补红楼梦

敖堃点校

中国古典名著·红楼梦续书集成

【清】嫏嬛山樵 著

内蒙古出版集团
内蒙古人民出版社

图书在版编目(CIP)数据

补红楼梦/[清]嫏嬛山樵著. －呼和浩特:内蒙古人民出版社,2014.6

ISBN 978－7－204－12946－1

Ⅰ. ①补…　Ⅱ. ①嫏…　Ⅲ. ①章回小说－中国－清代　Ⅳ. ①I242.4

中国版本图书馆 CIP 数据核字(2014)第 132160 号

补红楼梦

作　　者　[清]嫏嬛山樵
点　　校　敖　堃
选题策划　田建群
责任编辑　张　钧　李向东　董丽娟
责任校对　贾大明
封面设计　马东源
责任监印　王丽燕
出版发行　内蒙古人民出版社
地　　址　呼和浩特市新城区中山东路 8 号波士名人国际 B 座 5 楼
印　　刷　武汉安捷印刷有限公司
开　　本　710 × 1000　1/16
印　　张　26.75
字　　数　340 千
版　　次　2016 年 1 月第 1 版
印　　次　2016 年 3 月第 1 次印刷
书　　号　ISBN 978－7－204－12946－1/I·2556
定　　价　68.00 元

图书营销部联系电话:(0471)3946298　3946267
如发现印装质量问题,请与我社联系,联系电话:(0471)3946120　3946169

出版前言

自从两百年前曹雪芹在一个凛冽的寒冬离开人世，他的巨著《红楼梦》没有终稿，而《红楼梦》的最后结局一直为人所猜测。在乾嘉时代，《红楼梦》因为有了程伟元的木刻本而广为流传，迎来了《红楼梦》的第一个传播高峰。而程伟元本八十回正文后所附之高鹗所续之四十回结局，虽给了《红楼梦》人物一个全面的交代，但在许多人看来，这个结局是差强人意，甚至是不合理的。于是，不少文人骚客拿起他们手中的笔，为这部未完成的巨著添上他们自己认为最理想的结局。这就在乾隆时代后期和嘉庆时代形成了《红楼梦》续书的第一个高潮。

这些续书作者，通过续写《红楼梦》，或是希望按自己的理想，赋予《红楼梦》故事一个更完美的结局，或是发挥自己的写作才能，把这个故事讲得更圆满。于是诸如《红楼圆梦》《补红楼梦》纷纷出版，为《红楼梦》再添一份光彩。遗憾的是，这些续作者们艺术水平、写作才能、思想深度均远不及曹雪芹，且深陷曹雪芹预设的窠臼无法自拔，不仅无法与《红楼梦》相企及，且大多不及高鹗续书，在当时就有“狗尾续貂”之讥。但是这些作者所希望的《红楼梦》人物都有圆满理想的结局，却是符合当时大众审美的，因而有不小的读者群，使得这些续书得以在漫长的岁月里不断再版，不断为读者接受，不断有人评价，且不断有人加入为《红楼梦》写续作的行列中。

到了近代，随着中西文化交流的发展，西方文化不断传入中国。近代出现的《红楼梦》续书和拟作，比乾嘉之时则显得更加多样化。续书作者除了按自己的理解续写《红楼梦》的故事外，有的则是借《红楼梦》的故事框架，抒发自己的社会理想；借《红楼梦》故事，浇自己块垒，如吴趼人的《新石头记》。还有的更是光怪陆离，把西方小说写作技巧运用到中国小说创作中来，如喻血轮的《林黛玉日记》。当代作家亦有续《红楼梦》者，他们把现代小说技巧与现代人对古代社会的理解融入《红楼梦》世界中，别有一番风采。

据统计，《红楼梦》续书大约有近百种，但其大部已经淹没在历史长河中。我们从中选择有可读性者约三十种，逐一点校出版，以飨读者。点校中，得到洛阳白河书斋晁氏藏书楼主晁会元先生大力支持，特此致谢！

敖　堃

2015年12月于南开大学

序

太上忘情，贤者过情，愚者不及情。故至人无梦，愚人无梦。是庄生之栩栩梦为蝴蝶，彼犹是过情之贤者，不能如太上之忘情，亦不能如至人之无梦者也。是钟情者，正贤者之过情者也，亦正梦境缠绵之甚焉者也。不知庄周之为蝴蝶，蝴蝶之为庄周？然则梦生于情，抑情生于梦耶？

古人云：情之所钟，正在我辈。故情也，梦也，二而一者也。多情者始多梦，多梦者必多情。犹之善为文者，文生于情，情生于文，二者如环之无端，情不能出乎情之外，梦亦不能出乎梦之外。

昔晋乐令云：未尝梦乘车入鼠穴，捣齑啖铁杵，皆无想无因故也。无此情即无此梦也，无此梦缘无此情也。

妙哉，雪芹先生之书，情也，梦也，文生于情，情生于文者也。不可无一，不可有二之妙文。乃忽复有“后”“续”“重”“复”之梦，则是乘车入鼠穴，捣齑啖铁杵之文矣。

无此情而竟有此梦，痴人之前尚未之信，矧稍知义理者乎？此心耿耿，何能释然于怀，用敢援情生梦、梦生情之义，而效文生情、情生文之文，为情中之情衍其绪，为梦中之梦补其余，至于类鹜类犬之处，则一任呼马呼牛已耳。

嘉庆甲戌之秋七月既望，娜嬛山樵识于梦花轩。

目 录

第一回　贾雨村醒悟觉迷渡
甄士隐详说芙蓉城

话说那空空道人自从在悼红轩中将抄录的《石头记》付与曹雪芹删改传世之后，就风闻得果然是掷地金声，洛阳纸贵。

空空道人心下甚喜，以为不负我抄录了这段奇文，有功于世，诚非浅鲜。那里知道过了几时，忽然听见又有《后红楼梦》及《绮楼重梦》《续红楼梦》《红楼复梦》四种新书出来。空空道人不觉大惊，便急急索观了一遍。那里还是《石头记》口吻，其间纰缪百出，怪诞不经。惟有秦雪坞《续红楼梦》稍可入目，然又人鬼淆混，情理不合，终非《石头记》的原本。而且四种所说不同，各执一见。难道是我当日所抄的尚有遗漏之处么？因复又走到青埂峰前将那块补天未用之石重新细细的再看了一遍，见上面字迹依然如旧，与两番抄录的全然一字不讹。

空空道人道："我抄录的奇文，不过如此而已，怎么又添出这些混话来，是什么道理呢？"因将那块石头再三抚摩着，心内思索沉吟之间，不觉将那块石头翻转了过来，忽然看见那石头底下尚有一段字迹，却是当日未曾抄录过的。空空道人喜得哈哈大笑道："妙极！妙极！原来这底下还有这些奇文呢么！"

因低头拭目，细细的看去，据那石头底下历历的书云：

当日贾雨村在急流津觉迷渡口草庵中一觉睡醒，睁眼看时，只见甄士隐尚在那边蒲团上面打坐，便连忙站起身来，向前倒身下拜道："弟子自蒙老仙长恩赠以来，尝遍了红尘甘苦，历尽了宦海风波。如今就像那卢生梦醒，只求老仙长收录门墙，弟子就始终感德不朽了。"甄士隐便笑着拉他起来，说道："老先生，你我故交何必如此。我方才不说一念之间尘凡顿易么！"贾雨村道："弟子自那日火焚草亭之时，不能醒悟，所谓下愚不移，以致才有今日，此刻想起当初真是不堪回首。多蒙老仙长不弃庸愚，两番指教，弟子敢不从今斩断尘缘，一心无挂碍乎！"甄士隐道："苦海无边，回头是岸。可记得我从前说过：'要知道真即是假，假即是真。'你我至交，不必拘于形迹，以后万万不可如此称呼。"贾雨村道："从前之富贵利达，皆赖恩师之扶助；此日之勘破浮生，又荷恩师之指教。是恩师之于弟子，所谓起死人而骨肉之者也。刻骨铭心方且不朽，若再称谓不分，则尊卑莫辨，弟子于心何安呢？"甄士隐道："世人之拘执者即不能神化，然则贾兄仍是富贵利达中人，不能作方外之游者也。小弟就请从此辞矣。"说着，便站起身来要走。贾雨村便忙道："甄兄何出此言？小弟一概遵命。何当小弟现视富贵已如浮云，回想草亭之会，真正所谓'一误岂容再误'的了，如今情愿跟随甄兄，海角天涯云游方外，早早跳出尘寰，不作那门外汉就万幸矣。"甄士隐点头道："如此方是道理。然而此处不便久留，我今儿且与贾兄先到大荒山一游，还要与那茫茫大士、渺渺真人去说话呢。我们就早些趁此同行罢。"于是，各带了些包裹，撇下草庵，离了急流津觉迷渡口，望大荒山无稽崖而来。

二人信步而行，路上贾雨村问道："甄兄前云接引令爱，未知可曾见否？其中原委请道其详。"甄士隐道："小女英莲五岁丢失。贾兄初任之时，曾经判断令归薛姓，改名香菱，适当产难完结，所以接引他去的。如今已送入太虚幻境之内矣。"

贾雨村道："前闻太虚幻境之名，又有仙草通灵之说，竟使人茫然不解，要请教到底是何处何物呢？”甄士隐道：“太虚幻境即是真如福地，又名离恨天，又名芙蓉城。”贾雨村道：“此地现在何所呢？”甄士隐道：“此境上不在天，下不在地。当日白乐天《长恨歌》云：‘忽闻海上有仙山，山在虚无飘渺间。楼阁玲珑五云起，其中绰约多仙子’，就是这个地方，又名为芙蓉城。那东坡有诗云‘芙蓉城中花冥冥，谁其主者石与丁’也就是这个地方。此处有一绛珠仙草，原生于灵河岸三生石畔，因雨露愆期，渐就蔫萎。曾有个神瑛侍者，日以甘露浇灌他，他受了日月的精华，秉了山川的灵气，故能脱化为人，就感激神瑛侍者浇灌之恩，愿以他一生的眼泪酬德。此时亦已缘尽归入太虚。此人即林黛玉，还是贾兄当日的女学生呢！”

雨村道：“林黛玉自他父亲林如海亡后，他便在外祖母家贾府居住未回，如今也不过十六七岁罢了。那贾宝玉不是他表兄么？”士隐道：“贾宝玉就是神瑛侍者，侍者的前身乃是女娲氏补天所剩下来未用的一块顽石，在青埂峰下多年。他因为是女娲氏炼过的，故能通灵，化为神瑛侍者，因与绛珠草有一段情缘，故投胎衔玉而生，名为宝玉。那宝玉的前身，神瑛侍者的后身，又为石曼卿，乃是芙蓉城主。所谓‘石与丁’者，此也。那‘丁’乃是丁度，丁度的后身乃是柳湘莲。所以现今贾宝玉与柳湘莲俱在大荒山中。故此我今日还要到彼处去会会茫茫大士、渺渺真人，好指引他们归还芙蓉城去，以稍结太虚幻境之缘。况且太虚幻境中已经有十二钗之数了。”

贾雨村道：“何为十二钗？”甄士隐道：“幻境中‘金陵十二钗’有正册，有副册，有又副册。那正册中十二钗乃是薛宝钗、林黛玉、史湘云、贾迎春、贾探春、贾惜春、邢岫烟、李纨、李纹、李绮、王熙凤、薛宝琴也。如今幻境中正副册错杂其人，亦已有了十二钗之数，乃是秦可卿、林黛玉、贾迎春、王熙凤、甄香菱、妙玉、尤二姐、尤三姐、鸳鸯、晴雯、金钏、瑞珠也。”

贾雨村道：“如此说来，那宝玉与黛玉已成了姻缘了么？”

甄士隐摇头道："彼此俱有此心而不能成就，所谓以眼泪偿还者，此也。一则饮恨而亡，一则悔悟为僧。当其两相爱慕，又为中表至戚，髫年常共起居，此天生之姻缘，不问而可知矣。谁知竟不能如意，正所谓混沌留余，人生缺陷。岂不闻'有缘千里能相会，无缘对面不相逢'。宝玉、黛玉只有情缘而无姻缘者，皆因造化弄人，故尔分定如此。"贾雨村道："既然两相爱慕，常共起居，则儿女私情在所不免的了。"甄士隐道："不然，贾宝玉虽名为淫人，乃意淫也。若果有伤风化，又安得复入太虚幻境为芙蓉城主呢？且其平日最所亲狎者莫若其婢晴雯，亦只徒有虚名，全无私情之实事，则又何况于林黛玉乎？"

贾雨村道："我少时读书，见有诸女御迎芙蓉城主之事，又有王迥子高与仙女周瑶英游芙蓉城之事，只道是文人寓意之说，原来竟真有此境。将来仰仗甄兄挈弟到彼一游，庶不枉人生一世。"甄士隐笑道："那幻境中尚有一位警幻仙姑总理其事，其妹名唤兼美的，就是芙蓉城女子所谓名为芳卿者是也。贾宝玉既是贵族，林黛玉又是贵门生，贾兄到彼非他人可比。他们自然要尽地主之谊，势必留连作十日之饮。但须要等待宝玉归还之后，我们再去不迟。此时先要到大荒山去要紧。"贾雨村连连点头称是。于是，二人望着大荒山无稽崖而去，暂且按下不题。

却说林黛玉自那日死后，一点灵魂离了大观园潇湘馆，悠悠荡荡，忽然听见迎面似有鼓乐之声，睁眼看时，只见绣幢翠盖飘扬而来，又有女童数辈上前，口称："迎接潇湘妃子。"黛玉忽觉身坐轿中，低头一看，只见自己华冠绣服并非家常打扮，心下正在惊疑不定。少顷，忽进一垂花门，只见两旁游廊、层栏、曲榭。下了轿时，又有许多仙女搀入正房中坐下，两旁十数个仙女上来参见磕头。黛玉立起身来看时，内中却有两个人甚是面熟，只是一时又想不起他是谁来，因问道："你们两个叫什么名字？"那二人回道："我是晴雯，我是金钏，怎么姑娘倒忘记了我们，都认不得了么?”因一齐说道:“请姑娘安。”

便重新要跪下去，黛玉忙拉起两人道:“我说怎么这么面熟呢，原来是晴雯姐姐、金钏姐姐哟！你们怎么得在一块儿的，都来了好些时了么?”晴雯道:“金钏儿来的早些。这里头一个是东府里小蓉大奶奶，后来就是瑞珠儿、尤二姑娘、尤三姑娘、元妃娘娘，他们通在这里。小蓉大奶奶、瑞珠儿在一处住，尤二姑娘、尤三姑娘在一处住，元妃娘娘在一处住。我们两个是这里服侍姑娘的，这里叫绛珠宫，姑娘原是潇湘妃子，绛珠宫的主人。”黛玉道:“这会子我心里越发糊涂了，这里可是阴间不是?”晴雯道:“我初来也不知道什么，过了些时才明白了。这里叫做太虚幻境，有个警幻仙姑总理这里的事，说我们都是这里册子上有名的人，故此归根儿都要到这儿来的，总算是仙境的地方儿就是了。姑娘明儿少不得要到警幻仙姑那里去的，再细问他一问就知道了。这会子我们讲的也不能十分清楚。”黛玉点头道:“据你们这么说起来，这里还有这么些人，明儿自然要到各处去走走，请安问好也少不了的。但是今儿初到，这会子我实在乏了，天也晚了，早些躺躺儿歇息歇息罢。”于是晴雯、金钏服侍黛玉睡下，便也各自归寝。

到了次日，一早起来，梳洗已毕，黛玉便叫晴雯引他到警幻仙姑处去。晴雯便与金钏同众仙女围随着黛玉，步行前去。向东转北，不多一时，早到了警幻仙姑门首。进得宫门，早见警幻仙姑带领着痴梦仙姑、钟情大士、引愁金女、度恨菩提一群仙子迎接出来。黛玉连忙上前施礼道:“弟子下界凡愚，深闺弱质，偶因一念痴情，遂尔顿捐身命。仰求仙姑指示迷途，三生有幸。”警幻连忙携手相搀，笑道:“贤妹不必过谦，你我原系姊妹，因你有一段因缘，故尔谪降尘寰，了此宿债。今日缘满归来，且请坐下，等我慢慢儿的告诉你便明白了。”

于是，步入正房，宾东主西一齐坐定，仙女献上茶来。茶罢，黛玉欠身问道："适蒙仙姑慨允赐教，请指迷津以开茅塞，不胜欣幸。"警幻笑道："说来话长，此地名为离恨天、灌愁海、放春山、遣香洞，又名为太虚幻境，又名为芙蓉城。这贾宝玉的前身乃是女娲氏补天所剩下的一块顽石，多年得道成人，曾为赤霞宫神瑛侍者。那时贤妹乃灵河岸三生石畔的一株仙草，名曰绛珠草，因雨露愆期，日渐蔫萎。神瑛侍者日以甘露浇灌，故复润泽葱菁。这绛珠仙草后来得受日月精华，秉了山川灵气，乃能转化为人。因欲酬甘露之德，竟将一世眼泪偿还。故你与宝玉生前缱绻，死后缠绵，也不过是以情补情而已。"黛玉又道："弟子与宝玉既是以情补情，如何他又有负心之事呢？"

警幻笑道："莫之为而为者，天也；莫之致而致者，命也。我且给你瞧一个东西。"因叫女童到"薄命司"橱内将"金陵十二钗"的正、副册子，一总拿到这里来。那女童去不多时，早抱着一摞册子，笑嘻嘻的走进来，放在中间小炕桌儿上。

黛玉便将"金陵十二钗"的正册揭开看时，只见头一页上画着两株枯木，挂着一条玉带，下面画着一堆雪，雪里一股金簪。后面一首五言绝句道：

堪叹停机德，谁怜咏絮才。
玉带林中挂，金簪雪里埋。

林黛玉念了两遍，早已明白，笑问警幻道："细玩此诗，不过是藏着我们两个人的名姓而已，还是另有何说呢？"警幻道："你只细玩这个'叹'字'怜'字，就可以明白了。"黛玉道："原来就在这两个字上头分别。且如弟子算得薄命，原该可叹可怜。若说宝姐姐，他如今婚姻如意，夫唱妇随，有何可叹可怜的呢？"警幻道："人之薄命，遭际各有不同，未可一概而论。"因将册子又揭了一页，指与他看道："这是你元春姐姐，这是你迎春姐姐，他两个一个是贵妃娘娘，一个是诰命夫人，怎么算得薄命呢？只因富贵不长，荣华不久，所以也就谓之薄命了。如今你元妃姐姐现在东边赤霞宫居住着呢。其余姊妹各人有各人的薄命处,岂能相同。你往后逐页看去,自然知道了。”

黛玉闻言,便将三本册子逐一看了一遍,内中也有一看便知道的,也有参详而解悟的,也有不大明白的。遂将册子合上,笑道:“一时也难以深究其奥,只是宝姐姐的薄命,弟子到底不能无疑。”警幻笑道:“未来天机不便泄漏,你既然疑惑你宝姐姐,我有宝镜一面,你可拿去,到三更人静之时,休看正面,只将镜子背面一照,便知分晓。”因向女童们道:“把‘风月宝鉴’取来。”女童应声而去,不一时拿了一面镜子出来,递与黛玉。黛玉接来掀开套儿,只见这镜子正面背面皆可照人,便递与晴雯收好。

警幻道:“宝玉与贤妹未投胎之前,宝玉在人世于宋朝为石曼卿,游戏人寰,姓不离石,死后仍归于此为芙蓉城主。后因贤妹降谪人世,故石头又转为宝玉,以了情缘。将来芙蓉城主自有归还之日,而贤妹终有会面之期也。”黛玉立起身来道:“弟子还未到赤霞宫谒见元妃,明日再来领教罢。”警幻道:“有劳贤妹玉趾先施,恕愚姊今日不能回拜了。”于是,二人携手相送出门而别。

黛玉率领众仙女到赤霞宫来,行不数步,只见迎面一群丽人冉冉而来,忙问道:“这来的是谁啊?”金钏儿仔细一瞧,道:“这就是咱们东府里的小蓉大奶奶带着瑞珠儿同尤二姑娘、尤三姑娘来了。”说着,只见秦可卿等已到面前。可卿笑容可掬的道:“我今儿听见姑娘的驾到了,赶着带了瑞珠儿,约会了尤二姨儿、尤三姨儿给姑娘请安来了。姑娘这会子要到那里去呢?”黛玉拉了秦氏的手,笑道:“大奶奶好!”又向尤氏姊妹道:“二姐姐好!三姐姐好!我们可好几年没见了,才刚儿谒见过警幻仙姑,这会子去谒见元妃姐姐,回来就到大奶奶同二姐姐、三姐姐家拜望拜望,说说话儿。”秦氏道:“这么着,咱们就陪姑娘到赤霞宫去,等见过了元妃娘娘,再同到姑娘府上请安去,好不好?”黛玉道:“很好,就是我还没过来,怎么倒先劳驾呢?”尤三姐道:“什么话呢,这有什么先后了,咱们明儿是天天要见的呢!”黛玉道:“这么说,我遵命就是了。”因叫晴雯将“风月宝鉴”好生送回去收着,“我同蓉大奶奶们到赤霞宫去,回来在我们那里吃饭。你先回去,就吩咐他们预备着。”晴雯答应去了。

这里黛玉、秦可卿、尤氏姊妹带领众仙女,到赤霞宫里去谒见过了元妃,便一同回到绛珠宫里来。大家坐下,瑞珠儿过来给黛玉磕头,黛玉连忙搀起,因其殉主而死,现在秦氏已认为义女,便着实奖慰了一番。秦可卿问道:“老太太如今可还康健,二位老爷、二位太太都好么?”黛玉答道:“老太太、舅舅、舅母们俱各康健。”可卿又道:“我们东府里大老爷,不知怎么服了金丹升仙去了,如今我公公、婆婆可好不好?”

黛玉道:“大哥哥、大嫂子他们都好。”可卿道:“你蓉大侄儿如今续了弦了,听见说是胡家的姑娘,可还好么?”黛玉道:“这胡氏新大奶奶的模样儿、性格儿虽然不及大奶奶,也还不差大事儿,都很好的。”尤二姐问道:“琏二奶奶可好?”

黛玉道:“凤姐姐的为人聪明太过了,二姐姐你的性格也忒和厚了些,故此就吃了他的亏了。”尤二姐道:“我自从到了这里,晓得自己是‘薄命司’的人,命该如此。警幻仙姑又告诉我说,是这里册子上的人,总要归到这里来的,都是因缘分定,自然而然的道理。故此,我如今倒也不计较他了。”可卿又问道:“姑娘们可都好么?”黛玉道:“他们也都好。二姐姐是给了孙家了,听见说二姐夫为人脾气乖张,二姐姐如今很不得意。三妹妹许了周统制的公子了,还没过门。四妹妹是还没有人家呢。”可卿道:“前儿元妃娘娘到时,我去请安的时候,娘娘向我说迎姑娘不久也要来呢。”黛玉道:“才刚儿元妃姐姐也是这么说,说现在给他修理住房呢,不过早晚就要来了。可怜二姐姐,一辈子的老实懦弱,也还是这么薄命。”众人听了,皆点头嗟叹。金钏儿上来回说:“请姑娘示下,摆饭罢。”

黛玉点头,于是,大家坐下吃饭。饭后,众人略坐了一会子,也就散了。

黛玉送出众人，回到上房问晴雯：“那镜子你放在那里了？”晴雯道：“搁在里边书架子上呢，姑娘要，我就去拿来。”

黛玉道：“随他搁在那里罢，我不过问一声儿，天也不早了，你们都去睡罢。”晴雯等众人退出。黛玉一人坐在房内，等人静时，取出“风月宝鉴”一看，不知这镜内到底是什么故事，且听下回分解。

第二回 林黛玉夜照风月镜 金鸳鸯魂归离恨天

话说林黛玉独坐房内，等人静时取出"风月宝鉴"来，将背面对着灯下一照，但见里面隐隐有楼台殿阁之形，宛如大观园的景况，再仔细看去，却像自己住的潇湘馆的样儿一般。只见宝玉正在那里捶胸跺脚的嚎啕大哭，耳内仿佛听见他哭道："林妹妹，林妹妹，好好儿的是我害了你了。你别怨我，这是我父母做主，并不是我负心。"黛玉明明听见，不觉一阵心酸，眼中滚下泪来，忙用手帕揩拭。复又看时，却又不见大观园了，又像现在的太虚幻境光景。忽见宝玉从迎面远远而来，渐走渐近，渐近渐真，一直到了自己的面前来，嚷道："妹妹原来在这里，教我好想啊！"黛玉猛吓了一跳，连忙把镜子放下，回头往四下里一看，见门儿关得好好儿的，微闻外边帘栊一响而已。黛玉呆了半晌，又拿起镜子看时，只见宝玉还在面前，却又是僧家打扮，向他笑道："妹妹，我可真当了和尚了。"话犹未了，只见一个癞头和尚一个跛足道人，上前搀了宝玉就走，渐走渐远，渐渐儿的就不见了。看得黛玉似醉如痴，正欲放下镜子时，耳内隐隐却又就像听见有哭泣之声的样儿。因又细细定神看时，却又似荣国府的光景了，只见三个人哭作一团儿，一个好像王夫人，一个好像宝钗，那一个好像袭人的样儿。黛玉看着也自伤心。忽然看见里面四面黑云布起，将镜子罩得漆黑，一无所有了。黛玉便把宝镜套上套儿，轻轻收起。过来痴痴呆呆的坐在灯下，思前想后，就听见的那些光景看来，心中虽也略略有些明白，只好点头嗟叹，然而到底一时还参解的不能全透。又恐怕惊醒了众人，只得悄悄儿的上床睡了。

到了次日一早，警幻仙姑便来回拜。接着元妃又差了些仙女来问候，又送了许多礼物。晌午间，便带了晴雯等到秦可卿、尤二姐、尤三姐处，各坐了一会子。秦可卿又留着吃了晚饭，方才回来。

一日午后，黛玉在院中闲步，看看白石花栏内的绛珠仙草。只见那草通身青翠，叶头上略有红色，一缕幽香沁人心髓。黛玉已晓得是自己的前身。正是：

瘦影自临春水照，卿须怜我我怜卿。

黛玉默默伤感了好一会，又看着仙女们浇灌了一回，方才进去。

又过了数十日，果然迎春也早到了这里来了。大家会见，元妃便教迎春在赤霞宫里住了。

又过了些时，一日黛玉午后正在家闲坐，只见晴雯走来说道："今儿天气很好，姑娘怎不到外头逛逛去呢？"黛玉点头道："左右是闲着没事儿，咱们不如瞧瞧小蓉大奶奶，到那儿玩玩去罢。金钏儿在家看屋子，你跟着我去逛逛。"晴雯答应，同了两个仙女跟着黛玉出门，到秦可卿那里去。

正走之间，只见迎面一个女子，远远而来。晴雯眼尖，便指着说道："那来的，不是鸳鸯姐姐么？"及至到了跟前，果是鸳鸯。黛玉忙道："鸳鸯姐姐，你怎么也到这里来了？"鸳鸯道："原来林姑娘也在这里，晴雯怎么都在一块儿的呢？林姑娘，你们可曾见老太太来没有？"黛玉听见"老太太"三字，心中惊诧，忙道："你怎么问起老太太来了，敢是老太太也归了天了么？"鸳鸯道："可不是，老太太归了天了。我想我服侍了老太太一辈子，将来也没个结果，又恐怕后来落人的圈套，趁着老太太还没有出殡，我就把心一横，恍恍惚惚的像个人把我抽着上了吊了，好像是东府里小蓉大奶奶似的。后来我心里一糊涂，不知怎么就到了这里了。”黛玉一闻贾母仙逝，不觉恸哭起来。晴雯忙道：“姑娘可不又糊涂了么，老太太归了天，大家正好团圆，姑娘哭的可是那一条儿呢？”黛玉拭泪道：“我也忘了情了，这都是我平日哭惯了的原故。”

正说话时，秦可卿早已跑了来了，说道：“鸳鸯姐姐好快腿啊！我倒奔忙了一夜，你倒走到我头里了。”黛玉笑道：“你看你累的这个样儿，你既有这个差使，为什么不告诉我们一声儿呢？”秦氏道：“警幻催着叫快去，连我换衣裳的空儿都没有，那里还有工夫告诉你们去呢？”黛玉道：“大奶奶同鸳鸯姐姐都乏了，且到我这里来先歇歇儿罢。”于是，大家一齐进绛珠宫里坐下，仙女们捧上茶来。茶罢，鸳鸯道：“老太太既没在这里，却往那里去了呢？”秦可卿道：“我想老太太是年尊的人，未必同我们一样，只怕寿终了要归地府罢。”鸳鸯便着急道：“这么着，我可不又扑空了么？小蓉大奶奶，你今儿把我弄到这儿来，不教我见见老太太去，我可不依！”黛玉道：“鸳鸯姐姐，你也不用着急，等见了警幻仙姑，问准了老太太的下落，咱们再作道理。”

秦可卿道：“我才刚儿也没了空儿，没瞧瞧琏二婶娘去，不知他如今可好不好？”鸳鸯道：“琏二奶奶这会子病的不成样儿了，谁知抄家的事里头也干连着他呢？把他屋里抄了个干干净净，搭着老太太的事情上又没钱又受褒贬，已经发了几个昏了，还不知道这早晚是个什么光景呢？”秦氏道：“这么说起来，只怕他也是我们这一伙儿的数罢。好，罢了，他来了咱们这里更热闹了。”黛玉笑道：“热闹什么，不过是两片子贫嘴，怪讨人嫌的罢了。”秦氏又笑道：“姑娘，你说的这个话，我倒怪想他呢！那一天子我还到了大观园去警戒了他一番，只是他这个心总还不得醒悟么。”大家正说着，已经摆饭。

饭毕，秦氏便同鸳鸯先到警幻仙姑处谒见，讲了一会天机。警幻仙姑告诉他：“痴情”一司原是秦可卿掌管，因他是第一情人，引这些痴情怨女早早归入情司，所以该当悬梁自尽的，为他看破凡情，超出情海，归入情天，所以“痴情”一司无人掌管，“今特将你补入，可即赴‘痴情司’任事，不可违误”。

鸳鸯领了警幻仙姑之命，然后到赤霞宫去。守门的小太监问明了来历，奏了上去。不多一时，元妃召见。鸳鸯先行了大礼，一旁侍立。元妃询问家中别后的事情，鸳鸯便一一的跪奏明白。元妃道：“这些事体，前儿二姑娘已经告诉过我了。虽然是家运如此，到底也是凤丫头恃才妄作，老太太、太太为其蒙蔽所致。前儿警幻在我这里，提起宝玉与林妹妹的一段因果，我心里很不舒服。今儿听你这么说起来，凤丫头实在是要不得了。你也没问问警幻仙姑，如今老太太现在什么地方呢？”鸳鸯道：“奴才问过警幻仙姑了，他说咱们这个太虚幻境在上界之下、下界之上，原是个虚无飘渺的所在，不是这里有名儿的人是不能到的。老太太是寿终的人，必定要先归地府，见过阎君，稽查过了善恶，然后送往上界去与去世的祖先相会的，怎么得到咱们这里来呢？”元妃道：“老太太贵为一品夫人，生平谨慎，乐善好施，并没什么过恶，就到了阎君那里，也没什么可怕的地方儿。惟有那些刀山剑树，牛鬼蛇神，恐怕老人家从没见过，免不得要受些惊恐，况且又没人服侍，可怎么好呢？”鸳鸯道：“奴才原为老太太来的，奴才的意思要求警幻仙姑指引一条明路，亲身去地府里访一访老太太的下落，见见老太太去，就放了心了。要不然，奴才住在这里，心里怎么得安呢？”元妃沉吟了半晌，点点头儿道：“你这个丫头真是个少有的，很好，怪不得老太太疼你，竟比凤丫头强多着呢。前儿警幻说凤丫头不久就要来的，等他明儿来了，我自有个道理。你也要歇息几天，你且到二姑娘屋里坐着说说话儿去罢。”说罢，元妃起身进内去了。

这里仙女们引鸳鸯到迎春屋内，见了迎春，说了半天别后家中情事，迎春便要留着鸳鸯作伴。鸳鸯道：“警幻仙姑叫我到什么‘痴情司’去，那里是小蓉大奶奶，这会子他把事情卸了给我了。我又不知道什么，横竖我也不管他，同他一块儿住去就是了。”迎春道：“这么着，我送你到他那里去，任什么事叫他教给你就是了。”于是，同了鸳鸯到“痴情司”来。原来这些“痴情”、“薄命”各司，都是一溜配殿，各处都有匾额。走到“痴情司”的门首看时，只见匾额上写道“引觉情痴”，两边对联上写道是：

喜笑悲哀都是假，贪求思慕总因痴。

进了配殿，转到后面，小小院落三间正房，只见秦可卿迎了出来。迎春又坐了一会子，方回赤霞宫去。鸳鸯就同秦可卿、瑞珠儿在“痴情司”里住了。

那林黛玉每日无事，或过来在“痴情司”里闲坐，或会尤家姊妹闲谈，或与迎春下棋作诗，竟比从前在大观园潇湘馆的日子，反更觉得逍遥自在了，暂且按下不题。

且说王熙凤物故之后，一灵真性正自悠悠荡荡，忽觉有两个人在两边搀架起他来，行走如飞。顿饭之时，忽然觉得眼界光明，进了一道淡红围墙，只见前面显出无数楼台殿阁来。正然心中欢喜，忽然听见搀他的那两个人口里骂他道：“小蹄子，我只当你日头长晌午呢，怎么也有今儿么！”凤姐猛然吓了一跳，仔细看时，原来搀他的那两个人不是别人，却就是尤二姐、尤三姐姊妹两个。凤姐道：“嗳哟，我当是谁呢。原来才是你们这两个东西，怎么开口就骂起我来了么？”尤二姐道：“骂了你便怎么样，这里又是你们荣国府了？你又是当家的奶奶没人敢惹咧！我今儿可要报报仇了呢！”尤三姐道：“姐姐，你的嘴那里说得过他呢，等我来收拾他。”说着，“嗯”的一声拔出鸳鸯剑来，凤姐见了吓得魂不附体，便连忙往前就跑。尤三姐仗着剑随后赶来，口里嚷道：“凤丫头，你可走到那里去？”

正赶之间，只见迎面来了两个美人，凤姐一见，便高声嚷道：“快些救命啊！尤家三丫头要杀人呢！”原来这来的却是鸳鸯与秦可卿二人，因要往绛珠宫去瞧黛玉的。二人猛然一看，见那前头跑的却是凤姐。秦可卿便忙上前一把把凤姐抱住，那鸳鸯便忙上前拦住尤三姐道：“三姑娘，快些不要动手，恐怕娘娘知道了，那会子取罪不便呢！”尤三姐收了宝剑，笑道：“我吓唬凤丫头罢了，那里就杀了他呢！”

秦可卿拉着凤姐的手，说道：“二婶娘，你老人家怎么也到了这里来了么？”凤姐道：“我倒不愿意来呢，可由得我么？这是什么地方儿，这么体面，你们怎么都在这里的呢？”秦可卿道：“这里叫做太虚幻境，又叫做芙蓉城，有一位警幻仙姑总理这里的事。那中间向北的正殿，便是仙姑的住处，东边一带红墙是元妃娘娘的赤霞宫，西边一带粉墙是林姑娘的绛珠宫，中间朝南的是芙蓉城的正殿，那朝南东西两边的配殿都是‘怨粉’‘愁香’‘朝云’‘暮雨’‘薄命’‘痴情’等司，就是我们这些人的住处了。”

鸳鸯道：“二奶奶跑的头发也松了，裤腿儿也散了，咱们就近先到赤霞宫二姑娘屋里去歇歇儿，梳洗梳洗，顺便儿好先谒见元妃娘娘的，等见过了娘娘，再到别处去。”凤姐道：“这都是尤家三丫头闹的，你仔细提防着就是了。你二姐姐呢，怎么眼错不见的就没影儿了么？”尤三姐只不答言，抿着嘴儿在旁边笑呢。

四人便同到了赤霞宫，走进迎春屋里。凤姐道：“怎么二姑娘没在家么？”早有仙女们送上茶来，回道：“姑娘到林姑娘屋子里去了，还没回来呢！”鸳鸯道：“既然二姑娘没在屋里，二奶奶也乏了，且在这儿坐一坐，吃了茶，歇一会儿罢。”

遂叫仙女们舀水，取了妆奁过来。这里凤姐洗了脸，重新梳妆打扮，整理衣裳。鸳鸯便先进宫，启奏元妃去了。约有顿饭之时，才出来道：“娘娘身上不大爽快，不肯出来见人，听见二奶奶来了，倒像有些嗔怪的似的，亲笔写了一道懿旨封了，教我发给二奶奶自己开读呢！”凤姐大惊道：“这是什么道理呢？我又不认得字，这可不是难我么？”鸳鸯道：“这么着罢，咱们这会子都到绛珠宫去，见了林姑娘和二姑娘教他们念给二奶奶听就是了，好不好？”凤姐道：

"也罢了,就是这么着很好,横竖也要到他那里去呢。"

于是,众人一同出了赤霞宫向西而行,慢慢儿的走到绛珠宫门首,只见金钏儿与晴雯笑嘻嘻的迎了出来,道:"二奶奶好,才刚儿尤家二姨奶奶说二奶奶来了,我们在这儿等了好半天了。"凤姐笑道:"原来你们这两个小蹄子也在这里呢么,好热闹啊!"于是,大家进了宫门,只见迎春、尤二姐、林黛玉一齐迎了出来,彼此问了好。大家刚要归坐,只见鸳鸯走过来,站在上头道:"娘娘有旨,给琏二奶奶的,请二位姑娘代为宣读。"迎春道:"他才刚儿到了这儿,娘娘就有什么旨意给他呢?"鸳鸯道:"琏二奶奶才刚儿到了赤霞宫,娘娘就降了这一道旨意,因为二奶奶认不得字,所以带过来请姑娘们宣读给他听的。"迎春道:"这么着,就请过旨来,我念给他听罢了。"林黛玉道:"这可使不得,娘娘有旨,应该摆下香案,叫凤姐姐磕了头跪听宣读才是呢!"晴雯听了,忙移过香案,供上旨意。凤姐磕了头,端端正正的跪在那里。迎春这才打开懿旨,高声念道:

盖闻仪壶闺范,端有赖于贤媛;四德三从,望允孚乎内助。兹尔王氏熙凤,质虽兰蕙,识杂薰莸,利口覆邦,巧言乱德。贤贞自守,幸免帷薄不修;利欲熏心,竟蹈簠簋不饰。乃复妄言金玉,空使怨女红粉埋香;巧弄机关,以致痴郎缁衣托钵。揆厥由来,罪莫大焉!念尔赋性聪明,言词婉妙。斑衣戏彩,曾效老莱子之娱亲;菽水承欢,能法子舆氏之养志。功堪补过,罚可从轻。恭惟祖母太夫人鸾軿未返,鹤驭难逢。魂飘阆苑之风,魄冷瑶台之月。九重泉路,不无牛鬼蛇神;十殿森罗,半是刀山剑树。皤皤白发,难免恐怖之忧;渺渺黄泉,谁是提携之伴?兹敕熙凤拟正,遂尔孺慕之初心;鸳鸯拟陪,成彼殉主之素志。夙兴夜寐,早抵酆都,事竣功成,速归幻境。

于戏!予一人弃其瑕而录其瑜,用观后效。尔熙凤勉其新而革其旧,以赎前愆。曰往钦哉,勿负乃命。

大家听毕,尽都吃了一惊。鸳鸯道:"我是久有这个心的,才刚儿看见娘娘亲笔写旨，我就猜着几分，敢是为这个事，这会子可遂了我的心了。”只见凤姐还跪在地下发怔，黛玉笑着拉他起来，道：“念完了，你起来罢。你的差使到了，娘娘派你到地府里找老太太去呢。恭喜，恭喜！”凤姐道：“我不信这个话，方才念的我一句儿也不懂，你们讲给我听听呢。”

迎春遂又念一句讲一句，逐句讲完，大家都抿着嘴儿笑。

凤姐拍手道：“那抄家的事，原是大老爷和珍大哥哥他们闹出来的乱子，我不过是放了点子零碎帐在外头，月间贪图几个利钱，这就算‘簠簋不饰’了么？怎么把这些不是，都安在我头上来了？那一年东府里的大老爷生日，我在园子里撞着瑞老大那个混帐东西，教人听着我脸上很没意思，大概把这个事又给我安上‘帷薄不修’了呢！”迎春笑道：“二嫂子，你没听明白了呢，娘娘原写的是‘幸免’两个字，并没说你实有这个事呢。”凤姐道：“这也犯不着说到幸免的上头啊。前儿我没来的时候，宝兄弟好好儿的在家里和宝妹妹小两口儿一盆火儿似的。那一天子到舅太爷家去，巴巴儿的打发焙茗飞马跑回来告诉说：‘二奶奶若是去呢，快些来罢；若不去呢，别在风地里站着。’这都是鸳鸯姐姐亲眼见的事，这会子旨意上说是什么缁衣托钵，这不是冬瓜拉到茄子地里去了么？这不是林妹妹现在这里呢，他和宝兄弟两个人肚里的事情，我怎么能够知道呢？因为老太太说宝丫头稳重，林丫头多病，我不过是顺着老人家的意思，就说了一句现成的金玉姻缘的话，大主意也还要老太太、老爷、太太作主呢，那里就由着我么？”

秦可卿道：“二婶娘也不必焦躁，原也怨不得元妃娘娘嗔怪，总是二婶娘平日精明强干的过余了，俗语说的‘功之首，罪之魁’了。这也不必提他了，且和鸳鸯姐姐商量着明儿怎么起身是正经道理。”说着，金钏儿上来回说饭得了，问在那里摆。黛玉道：“就在这里摆罢。”

要知饭后有何话说，请看下回便见。

第三回　甄香菱云路拜严亲
史太君他乡救仆妇

话说凤姐与鸳鸯等大家在绛珠宫里吃过了饭，仙女们捧过漱盂来漱了口，坐着吃茶，又说了一会子闲话。鸳鸯道："我想二奶奶和我两个年轻的女人，纵有跟随的小太监们也算不得什么，万一路上撞着了歹人恶鬼，可怎么样呢？"凤姐道："你这话倒也说得是呢，才刚儿尤三妹妹他那个样儿，就几乎把我吓死了呢！"因又说道："这么着，倒不如就叫尤家三丫头护送了咱们到地府里去走一趟，回来也并不是我一个人见他的情。"

尤三姐笑道："任他什么歹人恶鬼，我可不怕。若说鸳鸯姐姐一个人儿，我愿意送他去。凤丫头他也要我送去，你可当着众人给我磕三个头儿，认是我的干女儿，我就送你去了。"凤姐笑道："好不害臊的东西，你一个女孩儿家，就想要做人家的妈了么？"秦可卿道："二婶娘还没见警幻仙姑呢。鸳鸯姐姐才接管着'痴情司'事，这会子又要出差，少不得还是我兼摄，这也是要告诉警幻去的。你们央烦尤三姨儿护送前去，也是要告诉警幻去的。我同二婶娘、鸳鸯姐姐且见见警幻仙姑去。再者二婶娘还要歇息几天，也在这里逛逛，大伙儿说说话儿，再打算起身去不迟。"大家都道："很是。"于是，当下各自散了，暂且不题。

却说那香菱死后的灵魂飘荡，忽然听见有人叫他，便忙仔细看时，只见来了一位道长，鹤氅纶巾，仙风道骨站在面前。

香菱道：“请问仙长，从何处而来，这里是什么地方呢？”那道长道：“我就是你生身之父，姓甄名费字士隐，家住姑苏阊门内仁清巷葫芦庙旁。你母亲封氏，单生你一女，名唤英莲。五岁上因上元佳节，家人霍起抱你到街上去看灯，不料一时丢失。后来葫芦庙失火，延烧家产，我与你母亲投奔你外祖家栖住。我就弃舍红尘，出家在外已经十有五年矣。今知你在薛家已产一子，孽债已完，特来送你到太虚幻境去结案的。”香菱闻言，跪倒在地，拉住士隐袍袖，大哭道：“女儿长了二十岁，只知道为人拐卖，并不记得家乡父母。今儿才能认着父亲，不知我母亲现在何处，爹爹可带我去见见母亲？”士隐叹道：“我的儿，你母亲如今现在你外祖家里，但你今并非生人，阴阳路隔，岂能相见？你也不必伤悲，且同我到太虚幻境去，与你们那些姊妹相逢，亦可稍慰寂寞。”香菱道：“那些姊妹，却是些什么人呢？”士隐道：“到彼自知。”一面搀了香菱缓缓而行。

转过一个山弯，只见一个女子披头散发，血迹模糊，号泣而来。士隐便指与他道：“这来的，不是你们的一个姊妹么？”

香菱闻言，仔细一看，忙问道：“你不是栊翠庵的妙师父么？”那女子也抬头一看，道：“你不是香菱姑娘么？”原来妙玉自从那日被强盗劫去，因众强盗都要抢先，各不相让，争闹起来。内中一个强盗愤极，竟一刀将妙玉杀死。他的魂魄聚在一处，只因迷了路径，身无所归，终日飘飘荡荡。此时正在悲泣之际，忽然看见了香菱，便犹如见了亲人的一般。彼此互将苦况细述了一遍。甄士隐上前，在妙玉面前将袍袖一拂，只见妙玉浑身血迹全无，依然是花容月貌。妙玉便拜谢了士隐相救之恩，大家一齐望太虚幻境而来。

走不多时，只见前面一片光明，真是琉璃世界。进了一层淡红围墙，便见层楼耸翠，飞阁流丹。及至走到面前，只见一位仙姑，向士隐稽首道：“老先生辛苦了，又了此一段因果。”

士隐也稽首笑道："因果虽了，还不能结局呢。"乃向妙玉、香菱道："这就是警幻仙姑。"二人便一齐向前施礼。警幻笑道："二位贤妹，来何迟也。"因一起让到前殿坐下，仙女们献上茶来。茶罢，甄士隐便起身告别。警幻仙姑道："老先生路途劳顿，且请少为歇息，略备一餐，再行何如？"士隐道："急流津觉迷渡口草庵中，尚有敝友贾雨村僵卧以待，故不能片刻迟延耳。"香菱上前拉住衣襟道："爹爹，才得相逢，何忍就撇女儿而去？"士隐道："你在此间，从此逍遥自在，尚有许多姊妹少间即见，不必悲愁。我既能到此，他日少不得还要重来，见期不远。我因有事，故不能久停。"警幻、妙玉又复送出门来，香菱忍泪看着甄士隐出门之后，走不数步，一瞬就不见了。

警幻仙姑道："你父亲已成仙体，不久又来。你且同妙玉贤妹到各处拜望拜望去，他们还不晓得你来呢。"因命仙女们领着，先谒见过了元妃，会了迎春，又到"痴情司"来见了凤姐、鸳鸯、秦可卿、瑞珠儿等。原来凤姐因与秦可卿甚说得来，故此在一处住了。妙玉、香菱又去见了尤家姊妹，然后到绛珠宫去见了黛玉、晴雯、金钏儿等。黛玉便留住二人吃饭，大家欢喜。

正在叙述别后之事，只见仙女们来回道："众位奶奶、姑娘们，都过来了。"原来凤姐、鸳鸯打算起身往地府里去，故此约了众人都到黛玉这里来商量的。当下大家相见，凤姐道："妙师父是爱静的，素日都不与我们在一块儿，今儿也都来了。菱姑娘也来了。我想活着倒没死了的有趣儿，早知道有这么样的好处，为什么不早些死了来呢？"

黛玉笑道："鬼趣原是有的，你没看见过罗两峰画的《鬼趣图》么？"迎春道："二嫂子同林妹妹你们说的都不是的，我们这会子是虽然死了，却犹如成了仙的一般，那里还算得是鬼呢？"香菱道："二姑娘虽然说的是，但只是还有一说，说是'宁为才鬼，犹胜顽仙'呢。"妙玉道："菱姑娘他是自道呢。"黛玉笑道："菱姑娘两年没见，想是诗才越发大长了。你听，他竟公然以才鬼自居了。那唐时的闺秀，原有‘生不作人杰，死当为鬼雄’之句，才鬼还不如鬼雄的好呢。”秦氏笑道：“菱姑娘还是才鬼，我们尤三姨儿才算得是鬼雄呢。”说得大家都笑起来了。凤姐道：“这里的才鬼有限，倒是顽仙多着呢。”

说着，早已摆下两席。黛玉请大家入座。于是，上首一席是凤姐、妙玉、香菱、鸳鸯、黛玉坐了，命晴雯打横；二席是迎春、尤二姐、尤三姐、秦可卿、瑞珠儿坐了，命金钏儿打横。

大家说说笑笑，议定明儿一早起身长行，往地府里去。众人都说：“明儿还要起早呢，酒是不喝了，早些儿吃饭罢。”于是，大家饭罢妙玉便往警幻仙姑那里去住了。香菱因喜谈诗，定要同黛玉住。黛玉却也巴不得有人谈讲作伴，便留香菱在绛珠宫同住。凤姐道：“尤三妹妹明儿同我们去了，二妹妹你一个人，倒不如搬到我那里，同小蓉大奶奶一块儿住去罢了。”尤二姐道：“姐姐想的周到，我倒忘了姐姐同鸳鸯姐姐都去了，可不是那里少着两个人呢。我明儿便同小蓉大奶奶住去，等姐姐同三妹妹回来了，再搬过来就是了。”于是，大家告辞，各自回去。

到了次日一早，众人都在太虚幻境的石头牌坊底下摆着祖饯的酒筵，大家到齐，让凤姐上坐，两边让尤三姐、鸳鸯坐了。

秦可卿执壶，迎春把盏，黛玉、尤二姐等每人亲递了三杯酒，凤姐三人等饮毕，又每人回敬了一杯，这才依序坐下。迎春、黛玉等道：“凤姐姐，路上留神保重，找着了老太太，先差人给我们送个信儿来，我们就放了心了。尤三姐姐，鸳鸯姐姐，路上也好生留神照应，见了老太太替我们请安。”三人答应道：“你们只管放心就是了。”秦氏道：“天也不早了，二婶娘请上车罢。”凤姐站起身来，正要作别，只见警幻仙姑同妙玉笑嘻嘻的走来，道：“我们来迟了，快拿酒来，我们借花献佛。”

晴雯忙送过酒去，每人又递了三杯，各道了谢，彼此洒泪而别。凤姐同尤三姐共坐了一车，在头里走，鸳鸯坐了后面的一车，赤霞宫的两个小太监御车如飞而去。这里众人也各自回家，暂且不题。

再说贾母自那日仙逝之后，一灵真性出了荣国府，四顾茫茫不辨路径。正在忧惧之间，忽听后面有人高叫道："前面走的是老太太么?"贾母回头看时，认得是东府里的焦大。贾母道："你作什么来了?"焦大道："奴才活了这么大的年纪，在小爷们手里过日子，看着很不上样儿。今儿老太太又去了世，奴才不如跟了老太太来见见老太爷们，强如活的猪嫌狗不爱的，所以昨儿晚上痛痛儿的喝了些酒，跌绊了几下子，也就赶着来了。"贾母道："你这老东西也活够了，来的很好，我正盼个熟人儿呢。你去给我弄顶轿来，我走不动呢。"焦大回道："前头没多远儿就是界牌，乃是阴阳交界的地方儿，只怕预备老太太的轿子，都在那里伺候着呢。"贾母听了抬头一看，果然见有一座牌坊，但见那里人烟凑杂，车马成群。焦大高声嚷道："你们那里，谁是荣国府预备老太太的大轿啊?"只见一伙人齐声答应道："我们都是的，你老是谁啊?"焦大道："浪忘八羔子们，抬过来罢，老太太到了，你管我是谁呢。"众人连忙抬过轿子，伺候贾母上了轿。

焦大又问道："楼库杠箱呢?"又有一伙答应道："在这里呢。"焦大道："好生抬着，跟着老太太的轿子走，预备路上好赏人的。我的马呢?"只见一个小厮拉过一头驴来道："焦大爷，你这个驴是林大爷、赖大爷给你预备的。焦大道："我知道啊，这是他们哥儿两个，可怜我没儿没女的意思。孩子，你把我抽上去。"这小厮把焦大抽上了驴，跟着贾母的轿子，缓缓而行。

但见来来往往，络绎不绝。这边去的，也有幢幡宝盖接引的，骑马坐轿的，逍遥步行的，也有披枷带锁的；那边来的，也有欢天喜地的，愁眉泪眼的。贾母在轿中看见了这些光景，惟有合掌念佛而已。走了多时，忽见迎面来了一伙囚犯，身上也有披着牛皮、马皮、猪皮、羊皮的，也有披着驴皮、骡皮、猫皮、狗皮的，后面跟着几个解差，背着黄布包袱，手提哨棍，摇头摆脑而来。

忽然听见那囚犯内中有个妇人，高声嚷道：“那驴上骑的，不是焦大爷么？救一救我罢！”焦大问道：“你是谁呀？”那妇人道：“我是鲍二的女人，你老人家记不得了么？”焦大道：“就是你这个浪东西么？悄默声儿的罢，看仔细惊了老太太呢。”

那妇人听见了，越发嚷起来道：“轿子里是老太太么，好老祖宗咧，救我一救罢。”贾母听见，忙叫住轿，只见那妇人早已跪在面前哭道：“老祖宗，可怜我罢。阎王老爷说我生前引诱主子，犯了淫罪，这会子罚我变个骒骡子，只许受苦，不许下驹。老祖守，可怜我罢，我可再不敢浪了。”这里焦大早跳下了驴，过来吆喝道：“滚开了罢，什么东西，成天家擦脂抹粉的，我就很看不上那个浪样儿。这会子你才知道利害呢，也是你自作自受，教老太太有什么法儿呢？”贾母道：“焦大，我也想来，你虽是个八九十岁的老头子，伺候我到底不方便。这个什么鲍二家的，虽然平常，到底是咱们家的个旧人儿。你去和那些解差们商量商量，看他们肯教咱们赎不肯？”焦大答应了一个“是”，忙走上前去，向那些解差们拱手道：“众位老大哥站一站，我有件事合众位哥商量。才刚儿这个媳妇子是我们府里的旧人儿，我们老太太因路上没人，要他跟了去服侍。众位哥们，通点情儿，让我赎了去罢。”

只见一个歪戴帽子的人上前喝道：“什么话！你吃了灯草灰儿了，说的这么轻巧，这都是王爷亲点了出来的，谁敢通情呢？”焦大笑道：“三哥，你别生气，咱们走衙门的人儿，一点弊儿不敢做，可仗什么吃饭穿衣呢？我总不肯委屈你就是了。”说着，便从杠箱里取出一挂元宝来，笑道：“足足的十个五百两，敬你们哥儿们喝个茶儿。”那人听了道：“这点子东西，谁没见过，你老请收着罢。我们没有身家，也有性命呢。”

鲍二家的听了，忙跪下磕头，哭道：“好爷们咧，开个恩罢，积修的好儿好女的，我给爷们磕头。”那解差便觑着眼一看，高声嚷道：“老三，老五，你瞧瞧咱们的眼睛，真正吃了蒜了，昨儿晚上瓜里挑瓜，竟把这么个妙人儿白饶过去了。"又笑向鲍二家的道："你多大年纪了？"鲍二家的道："我记不得我的岁数，只听见人说比我们二奶奶大一岁。"那解差听了，不由的哈哈大笑道："我又知道你们二奶奶多大岁数了呢？这么个怪俊的模样儿，原来是'金玉其外，败絮其中'的东西罢了。我们行个好儿，老爷子，你把他带了去罢。"说着，向焦大手中接了元宝，大家说着笑着，押解其余囚犯扬长而去。

鲍二家的过来给贾母磕了头。焦大道："小东西，你也不顾点儿脸面，才刚儿那个样儿，我也替你臊的受不得了。"鲍二家的道："你这个老人家，你才刚儿没听见么？昨儿晚上要是瞧出我俊来，我还不得干净呢。"贾母道："不用说了，咱们赶路罢。"鲍二家的道："焦大爷，你到底也给我弄顶轿子来么。"焦大怒道："不知好歹的东西儿，你才刚儿是轿子抬来的么？趁早儿乖乖儿的给我呀步罢！这么荒郊野外，教我在那里弄轿子去呢？"鲍二家的道："你老人家不用生气，过了这个山坡，那边就是酆都城的十里铺，那里雇的轿子多着呢。街头上有个尼姑庵，也让老太太喝碗茶歇歇儿。你看我身上这个样儿，也让我和老太太讨件衣裳换换么。"焦大笑道："小东西，有这些啰嗦就是了。走罢。"

于是，又走了几里路，绕过了山坡，果然看见人烟辏集。大路南边有座小庙儿，上写着"观音庵"三个字。鲍二家的忙叫住轿，上前搀了贾母出来，步入庙门。只见一个老尼姑迎了出来道："老施主，请到里头坐坐儿罢。嗳呀！这一位好面熟啊，你不是在这里住过的鲍二嫂子么？"鲍二家的笑道："老姑姑好记性啊！这是我们的老太太，是国公爷的一品夫人呢。"老尼姑道："原来是老太太，失敬了。"于是，搀了贾母到禅堂坐下。小尼姑捧上茶来，递给贾母，随跪下请安。贾母伸手拉起这小尼姑来仔细一看，向鲍二家的道："你看这个小姑子，像馒头庵的智能儿不像？"鲍二家的未及回答，只听老尼姑道："这是新收的徒弟，他说为找亲戚来的。后来找着了一位姓秦的相公，我看他两个人，那个样儿就很亲热，我的意思要教他还俗呢。”贾母听了，也并不理会姓秦的是谁，但笑道：“可是呢，年轻的小人儿家再别轻易出家。”

二人说话之间，鲍二家的早偷了个空，打扮了上来伺候。贾母笑道：“浪猴儿精，多早晚可就把我的衣裳诡弄出来穿上了？”老尼姑笑道：“这位嫂子是老太太的管家，我也不敢说，上回在我这里……”鲍二家的听了着急，连忙拿眼睛瞪他道：“你去罢，把你们的好点心拿些来给老太太吃，吃了我们还要赶进城呢。”老尼姑会过意来，笑着忙教智能儿取了十二碟茶食果品之类，摆在桌上，又送上一大盘冰糖包子，一大盘素菜烧卖，贾母随便吃了些儿。

只见焦大进来叫道：“鲍家的，你的轿子雇下了，请老太太走罢。我在外边打听了，城外闹杂的很，可住不得。城内城隍大人的衙门西首有一所大公馆，又雅静，又离衙门近。明儿一早，先要到大人衙门里过堂验看呢，迟了怕赶不进城了。”鲍二家的回明了，搀着贾母出来。老尼姑看着上了轿，方才回去。

这里主仆三人迤逦行来，早望见一座城池，楼堞巍峨。焦大便吩咐轿夫：“慢慢儿的抬着走，小心些儿。我头里看公馆去了。”说毕，颠着驴子如飞而去。这里贾母进了酆都城，在轿内看时，但见六街三市，热闹非常，楚馆秦楼都如人世。正然看时，只听焦大叫道：“抬到这里来。”众轿夫听了，便跟了焦大抬进一座公馆，落下轿来，鲍二家的搀了贾母进了上房，只见里面铺设的十分幽雅。贾母也觉乏倦，伏了引枕闭目养神。

焦大向鲍二家的道：“我已向那主人家言明了，酒饭茶水灯烛一总包了，明儿开发他十两银子。等老太太醒了，你就伺候洗脸吃饭，照应着行李杠箱。我要往大人辕门上打听打听，明儿过堂是些什么规矩，也好预备的。”说毕，一径去了。

这里贾母盹睡了片时，起来向鲍二家的道：“你过来，我细细的瞧瞧你。你既是家里的人，我眼里怎么不大见你呢？”

未知贾母可瞧出鲍二家的什么来没有，且看下回分解。

第四回　贾夫人遇母黄泉路
林如海觅女酆都城

却说贾母向鲍二家的道:“你过来,我细细的瞧瞧你。你既是咱们家里的人,我眼里怎么不大见你呢?”鲍二家的道:“奴才们两口子,原是珍大爷那边的人。琏二爷说奴才的男人好,才要过来伺候的,只在外头当差,那里能够轻易见老太太呢。”

贾母笑道:“怪道我瞧着眼生呢!那一年在琏二奶奶屋里,说他是阎王老婆的,就是你么?”鲍二家的红了脸道:“那是奴才该死,老太太又揭挑起人家的短儿来了。”正说时,只见主人家的婆子送了脸水上来,鲍二家的忙接了,捧过来请贾母洗脸。盥漱已毕,然后摆上饭来,乃是八个小碟,八个大碗,两个火锅儿。贾母也不喝酒,只吃了一碗饭。鲍二家的送上茶来,然后自去吃饭。

只见焦大走来回道:“奴才才刚儿到衙门里打听了,会见个年轻的书办先生,他说这里的规矩,不论阳世的官职,一概上堂要跪听唱名的。若没罪过还好,若有罪过时,立刻就上刑具的。奴才许了给他十个元宝,他才许了个明儿见机而作的话。奴才想先把银子给他,往后也就好说话了。”贾母听了这番言语,自念生平虽无大恶,终觉不甚放心,便道:“有的是银子,你只管办去就是了。你明儿可怎么样呢?”焦大道:“奴才怕什么呢?当日跟着老太爷出兵的时候,什么酸甜苦辣没受过么。别说是大人过堂,就是阎王殿上

‘上刀山，下油锅’也不怕他的。”说的贾母也笑了。焦大遂取了十个元宝，一径去了。这里贾母又与鲍二家的说了一会儿闲话，方才各自归寝。

到了次日黎明，焦大便催齐了轿夫，伺候贾母梳洗已毕，坐上了大轿出了公馆。鲍二家的坐了小轿，焦大骑着驴子跟着。

不多一时，早到了城隍的辕门，只见一个年轻的书办，生得眉清目秀，在那里笑嘻嘻的点手儿，教把轿子抬进角门西边一个小院子内落下。自己走到轿前，恭恭敬敬的作了一个揖，道：“晚生请老太太的安。”贾母见他人物风流，语言乖巧，就知道是十个元宝的力量，忙欠身笑道：“先生一向好，我们诸事还要仰仗呢。”那书办道：“老太太只管放心，晚生无不尽力的。”贾母问道：“先生尊姓啊？”那书办道：“晚生姓冯名渊，江南常州人氏，父亲也做过官的。只因晚生买妾与金陵一个姓薛的叫个什么呆霸王，彼此争买，他就倚财仗势将晚生打死了。晚生到了这里，告了一状，阎王查了查，那姓薛的与晚生原有夙冤，又且他阳寿未终，难以结案。幸喜城隍大人也是南边人，姓林，可怜晚生无故受冤，又是读书的人，就把晚生补了这衙门的六房总经承之缺，如今也好几年了。”贾母又问道：“大人是南边那一府的？”冯渊道：“苏州府人，就是从前做过扬州盐运司的……”

刚说到这里，只见从仪门里走出一个长随来，叫道：“冯经承在那里呢？”冯渊连忙答应着，跑到跟前陪笑道：“潘二爷，有什么话说？”那长随道：“大人今儿身上不大爽快，教你把过堂的花名册子拿进书房里去过目呢。想是委少爷出来点点，也未可定。”冯渊听了，忙取出册子，一面打开看着，一面又走到轿前问道：“老太爷的尊讳可是贾代善？老太太娘家可姓史？今年八十三岁了。”贾母未及回答，只听那长随嚷道：“快来罢，大人在书房里坐着等着呢！早作什么来，这会子唠里唠叨，问这个问那个的。”冯渊连忙合上册子，跟着那长随进去了。

这里贾母向鲍二家的道：“你们听见了没有，亏他不知道咱们是薛蟠的亲戚,原来他就是为买香菱被薛蟠打死了的那个公子。”焦大道:“这倒不相干,他们当书办的人,只知黑眼睛认得白银子,那里管什么仇人的亲戚呢。”贾母又道:“他才刚儿说,这位大人姓林,做过扬州的盐运司。咱们林姑老爷不是扬州的盐运司么,可惜没有问他名字。”

正说时,只见冯渊喘吁吁的跑来,到轿前笑嘻嘻的道:“老太太恭喜,才刚儿晚生拿上册子去,大人看了,低头沉吟了好一会儿,便吩咐教请少爷过来。少爷出来看了看册子,他便回了大人,要亲身来看呢。晚生虽不知其中底细,看那光景倒像和老太太是什么亲戚似的。大人如今进了内宅,想是告诉太太去了,所以晚生先来送个信儿。若认了亲戚,求老太太把赏晚生的使费,莫向大人提起,晚生即刻就缴上来。”贾母笑道:“这也何妨呢,些小笔资,那个衙门里没有?但只是我原有个女婿姓林,并无子嗣,只有一个女孩儿,去年也死了。如今是那里来的少爷呢?”鲍二家的便插嘴道:“姑老爷在这里也多年了,难道姑太太就再不养个老生子阿哥吗?”招的冯渊也笑起来了。

正说时,只听见堂上吆喝道:“闲人都退后些,少爷出来了。”贾母在轿内留神细看,只见两三个小厮拥簇着一位少年公子出来,生得器宇轩昂,眉目清秀,年约二十余岁。贾母见了不觉大惊,哭道:“那来的不是我那珠儿么?”那少爷见了贾母,也就跑到轿前跪下,抱住腿恸哭。众人不解其故,正在惊疑,只听堂上“当”的一声点响,威武三声,大门、仪门一齐洞开,出来了八个小幺儿,将贾母的大轿抬起,那少爷扶了轿杆,转身进了仪门。又见一名旗牌跪禀道:“请老太太的转堂上。”又威武了三声,八个小幺儿抬着一直的上了大堂,穿暖阁儿进到了二堂,才落下轿来。早见一位官员锦衣绣服,拱立轿旁。

贾母下轿仔细看时,果然就是林如海,不由的大哭起来。

林如海也自伤感,忙请安问好毕,两边闪出几个仆妇,上来搀

了贾母，刚到宅门，早见两个丫环搀着贾夫人，哭了出来。贾母认得是他女儿贾敏，母女二人抱头恸哭。林如海在旁劝道：“老太太，今日母女相逢正该欢喜才是，何必如此。且请老太太到上房里去坐罢。”于是，大家止泪，母女携手进了宅门。

丫环们打起帘栊，进了上房，只见里面陈设的十分精雅，虽系幽冥，也无殊人世。林如海夫妇让贾母炕上坐了，重新拜叩，贾母还了万福，贾珠也来叩见了。林如海夫妇便在两边椅子上陪坐，贾珠在下边杌子上坐了。丫环们捧上茶船儿来，贾母喝着茶，问道：“姑老爷是从扬州仙逝之后，就补了这里的城隍么？珠儿怎么得到这里的呢？”林如海答道：“小婿自那年捐馆之后，见了阎王。阎王因查小婿做了一任盐运司，竟不曾弄商人的钱，而且平生正直无私，德行优著，所以十分敬重，奏闻了上帝，就补了酆都的城隍，帮着阎王办事。大侄儿也是阎王爱他的文墨，就留在案下主文的，后来小婿到任，认了亲戚，谁知他姑母就在他那里呢。小婿现无子嗣，便求了阎王，将大侄儿讨了下来，替我管管家务。那年东府里的敬大哥到了这里，定要把他带了去见老太爷们去呢。小婿和他说之再三，他才给我留下的。”

贾母听了十分欢喜，道：“真是天缘凑巧，也是姑老爷的德行所致。”贾夫人又问贾赦、贾政、邢、王二夫人的好。贾母便将贾赦犯罪抄家的话，说了一遍，林如海夫妇不胜叹息。贾母又向贾珠道：“你的兰小子亏了你媳妇守着抚养，他如今也十五六岁了，诗也做的好，文章也做的好，也爱念书，将来是很有出息的。”贾珠听见，不觉心内惨然，忙站起来答道：“这都是老太太素日的教养。”

贾夫人道：“我的黛玉儿丫头，今年也有十七八岁了，难为老太太把他接了家去恩养，他这几年不知可比小时儿壮朗了些儿，还是那么样的弱呢？”贾母闻言，呆了半晌，道：“怎么的，你们没见黛玉儿丫头么？他死了有一年多了，这个孩子可往那里去了呢？”贾夫人听了，吓得面目改色，半晌，哭道：“怎么的，我的黛玉儿死了一年多了，怎么我们这里总没见他来呢？想必是老爷公出，衙门里的人疏忽了，不大理论，送到那个地狱里去了，不然就是打发到那里脱生去了，这还了得么。我的儿啊，苦了你了。”说着，便放声大哭起来，贾母由不得也哭起来了。

林如海也伤心落泪，便向贾珠道：“你去叫了冯书办来，吩咐教他在上年过堂的号簿上查一查，看有林黛玉的名字没有？再到王府里并崔判官衙门，以及秦广、楚江、转轮等各王九位府里出入的号簿上，都查一查，就知道你妹妹的下落了。教他查明了，即刻回覆。”贾珠答应了一个“是”，即忙去了。

林如海又劝他母女道：“不必哭了，只管放心，别说地狱是咱们管的，还怕找不出来么？就是脱生了人家，也还容易办的。老太太上了年纪的人，莫教他老人家尽着悲伤了。”

贾夫人止泪问道：“我想黛玉，小孩子家三灾八难也是常有的，不知得了什么利害病，就死了呢？”贾母欲要实说出黛玉的病源，又怕贾夫人着恼，自己也觉碍口，便含糊答道：“这个孩子生来的怯弱，又聪明的很，心眼儿又多。自从到家，三六九的咳嗽，我给他配的人参养荣丸，每日炖些燕窝汤，百般的将养，不能够见效，后来到底吐血而亡。”说道这里，便又哭道：“我的儿啊，真真的教我也后悔不来了。”贾夫人不解其意，便道：“老太太也不必后悔，这是他自己没造化，老太太白疼了他了。”

正说时，只见一个管家婆子上来回道：“早饭齐备了，摆在那里？”林如海道：“老太太才到，身子乏倦，就摆在这里罢。你去告诉你男人，晚上好生预备酒席，或是小戏儿，或是八角鼓儿，不拘那样，伺候老太太听听。”贾母忙摇头道：“不用闹这些东西，等你们找着了姑娘的下落，那时我再听戏。”

说着，只见贾珠也进来回道：“冯书办已经遵谕查去了。”

于是，丫环们摆上饭来，贾母上面正坐，林如海夫妇旁坐，贾珠下面相陪。不一时，吃过了饭，伺候的丫环们捧上漱盂来漱了口，然后撤过肴馔，又捧上茶来。贾夫人便道："司棋呢？"只见走出一个年轻轻的、穿红裙子、梳鬅头、高大丰壮身材的妇人来，上前跪下给贾母磕头，道："请老太太的安。"

贾母仔细一瞧，问道："你不是二姑娘的丫头么？"贾夫人道："可不是他是谁呢？那年你女婿坐堂点名，问出他们的来历，说是和他姑舅哥哥潘又安为婚姻不遂，双双自尽的。你女婿因为可怜他们义气，就留下他们来，给他配为夫妇，也好几年了。"

贾母道："我只知道他有了不是，撵了出去了，那里知道他有这些钩儿麻藤的事情。可怜迎丫头，老老实实的，他老子那个糊涂东西，许给了孙家，女婿很不好，活活儿的把迎丫头折磨死了。"贾夫人吃了一惊道："迎丫头也死了么？老爷每日点名，怎么也没点着他呢？"林如海诧异道："难道世上的女孩儿都不属我们管么？怎么过堂的时候，往往的也点着别人家的女孩儿呢？"

正说到这里，只听窗外有人禀道："潘又安回老爷的话。"如海道："进来说罢，这里也没你可回避的人。"只见潘又安进来给贾母磕了头，到林如海耳边悄悄儿的回了几句。如海默然良久，皱眉道："知道了。"贾夫人道："你不用鬼鬼祟祟的，找不着姑娘，我是不依的。"林如海道："你也不必着急，我另有道理。大侄儿，明儿一早亲自带些人去到十八层地狱、七十二司里头细细儿的查看一回。潘又安改了装，在城里城外、乡村堡寨、庵观寺院各处寻访，断没寻不着的理。再教冯书办写些告示，遍处粘贴，悬赏寻觅，更又周到些了。"潘又安答应了一声"是"，便下去了。

只见焦大与鲍二家的上来给林如海夫妇磕头。焦大遂请示如海，明日见阎王的规矩，并回明路上赎了鲍二家的话。林如海笑道："明日老太太自是不用去，连你们也不用去。明日我进府去面禀阎王，阎王也不好意思驳回的。你们放心，都吃饭去罢。"

林如海惟恐他母女伤怀，因笑道："今儿老太太初到，何不引着老太太到园子里各处逛逛去，回来你们娘儿们再斗斗牌儿。这会子，我到书房里去催着他们办文书，明早进府禀过阎王，就留老太太在这里住一两年，等我转了天曹，那时一同升天就是了。”说毕，站起身来出去了。贾夫人、贾珠搀了贾母，到花园里各处逛逛。

原来这园子里因有九个清泉，故名为九泉园。园内丘壑清奇，树木苍翠，不见天日，幽僻绝伦，仿佛宋子京不晓天的景况。内有一台，在极幽处，因名为夜台，登其台者，虽在白日犹如昏夜，景致之幽，果然无比。贾母看了点头道：“我们家园子里头看着也还大方不俗，就是那里到得这个幽静呢。真是他们说的什么‘别有天地非人间’了。”贾夫人笑道：“老太太家园子是天，我们这园子是地，那里比得来呢。”贾母道：“我看着这就很好。”贾珠道：“大凡景致无论好歹，是没见过的都说好，及自逛腻了又不说他的好处，这正所谓：‘司空见惯，不以为奇’了。今儿老太太是初到这园子，故此觉得好。咱们还没见过老太太家园子呢，若到了那里，自然要说那园子比这个强多了呢。这厌常喜新，是人都这么样儿。”贾母听着也笑了。于是，贾珠在前引着到各处逛了半天，回来仍在上房摆了酒席，坐中又说些家中事情，不必细赘。

到了次日，林如海进府办事，到了午正方才回来，向贾母道：“小婿今早见了阎王，将老太太之事回明，便稽查了册子，老太太一生并无过恶，阎王甚喜，一切允从。焦大呢？”焦大见林如海回来，早在门外伺候打听，一闻呼唤，忙上来打千儿道：“奴才在这里呢。”林如海道：“老孽障，阎王说你喝醉了酒不知道主仆名分，满嘴里混骂人，该下拔舌地狱的，姑念你跟着主子出过死力，又喝过马溺，暂且加恩，予以自新之路。你很要改才好。”焦大忙跪下磕头谢恩。如海又道：“鲍二的女人，不准收赎。我求之再三，阎王不得已，还教我买匹骡子，偿还他脱生的主儿，以结此案。”鲍二家的闻言，也过来磕头谢了。大家俱各欣幸，贾母也欢欢喜喜的住着，听候找寻黛玉的下落。

未知找着与否，且看下回分解。

第五回　青埂峰湘莲逢宝玉
观音庵凤姐遇秦锺

却说贾宝玉自从那日乡试出场，在稠人广众之中，忽然看见了那个癞头和尚，在那里远远儿的和他点头呢。他便趁着人挤的空儿，撇下贾兰，跟着那和尚就走，恍恍惚惚就像脚下生云的一般。不多一时，连城池房舍的影儿都不见了，但见一片旷野，人迹全无。山脚之下有个小小茅庵，那和尚便领着宝玉进到里面。宝玉心下欢喜，知是真师，便倒身下拜道："师父怎么这时候才来，弟子已于进场之时，将尘缘斩断，此心一无挂碍，伏乞师父就与弟子披剃了，好跟随师父到大荒山青埂峰去的。"那和尚道："你此时削发出家原可，但恐他日还要留发还俗呢。"宝玉道："弟子心如槁木，死灰久矣，望师父勿疑。"

那和尚笑道："你久已就要做和尚了，闺中戏语我已先闻。今日宝玉之和尚，正以答黛玉之眼泪耳。"宝玉听了，愈觉惊心动魄。当下那和尚便与宝玉削了发。

忽见庵门外走了一个跛足道人进来，哈哈大笑道："宝玉，你可真做了和尚了，你还是为林妹妹呢，还是为袭人呢？"宝玉心下大惊，知是异人，连忙下拜道："请问师父从那里来？"

那和尚道："我乃茫茫大士，这位道友乃渺渺真人。我二人自开辟以来，就在大荒山居住，那大荒山中间，最高的一峰名为青埂峰，峰下有一块女娲补天未用之石，就是你与宋朝石曼卿的前身。因你自恨无才补天，故我二人带你到昌明隆盛之邦，投胎于诗礼簪缨之族，在那花柳繁华地、温柔富贵乡里去阅历了一番。幸而你梦入太虚幻境，见了册子，醒悟过去未来，将红尘看破。故我二人今来指引，带你到大荒山青埂峰去归还原处。”宝玉道：“弟子之玉原来是碔趺之石，多蒙二位师父指明，顽石从此点头。”说罢，又磕下头去，起来看时，二人已顿改形容，那里还是癞头跛足的模样。

但见茫茫大士，光头白面，身披袈裟；那渺渺真人，头带纶巾，身披鹤氅，美目修髯，飘飘然有神仙之态。宝玉道：“师父，请问此处到大荒山还有多少路程？”二人道：“说远就远，说近就近。如今还有一事，你且随我去来。”

宝玉跟了二人，转过山弯，只见一道大河，一只大船湾在那里，满地上大雪。二人道：“天伦至性，不可以不拜辞。”二人把宝玉扶上船头，明明见他父亲贾政坐在船内，宝玉便拜了四拜，站起身来，打了个问讯。贾政吃一大惊，忙问道：“可是宝玉么？”只见船头上一僧一道搀了宝玉说道：“俗缘已毕，快走，快走！”三个人飘然登岸。贾政不顾地滑，在后面赶来，只见那茫茫大士、渺渺真人口中作歌：

我所居兮青埂之峰，我所游兮鸿濛太空。谁与我游兮吾谁与从，渺渺茫茫兮归彼大荒。

歌毕，一转就不见影儿了，那贾政只得回船去了。

这里宝玉三人，走不多时，早到了大荒山无稽崖。但见万丈嶙峋，直插霄汉，进了山口，顿觉眼界光明，别是一番世界。四下里琅岈怪石，诘曲虬松，云隐飞泉，萝纷峭壁，猿啼鹤唳，虎啸龙吟。直走到白云深处，只见那树林里有小小三间茅屋。

到了门口，大士、真人把宝玉领着进来，只见里面有一个少年，笑容可掬的迎了出来，道：“师父辛苦了，宝兄弟来了么？”

宝玉仔细一看，不是别人，却是柳湘莲，不禁大喜道：“柳二哥，你原来在这里，一向好么？”湘莲也笑着问好。大士、真人也笑道：“你们可谓他乡遇故知了，且到里面再叙罢。”说着，都到了里面。

湘莲、宝玉先行了师徒之礼，后叙了朋友之情。大士、真人上坐，湘莲、宝玉侍坐。宝玉先就站起身来道：“弟子下愚，多蒙二位师父不弃，度脱来山，惟望师父慈悲，指示些参禅悟道的路径，明心见性的工夫，也不枉弟子负笈千里一场。”茫茫大士、渺渺真人一齐大笑道：“你原来是个痴人，儒释道三教名虽殊而理则一，释道两家之明心见性，即儒教之克己复礼也。释道两家之坐静参禅，即儒教之正心诚意也。释道两家之定慧，即儒教之慎独也。我听见你要把《参同契》《元命苞》《五灯会元》之类等书，一火焚之，说是‘内典语中无佛性，金丹法外有仙舟’。这话就很是，为什么今儿反不明白了呢？你总因为是舍近而求远的缘故。那《孟子》说的：‘道在迩而求诸远，事在易而求诸难’了。我们如今索性把你小时读过的、熟的说给你罢。譬如道也者，不可须臾离也，可离非道也。是故君子戒慎乎，其所不睹；恐惧乎，其所不闻，这就是至捷的路径。非礼勿视，非礼勿听，非礼勿言，非礼勿动，这就是绝妙的口诀。人一能之己百之，人十能之己千之，这就是极尽的工夫。你若必要讲些通关运气、坎离铅汞之事，那就是惑世诬民之言，非我二人所知的了。”宝玉闻言，不禁大惊失色道：“依师父这等讲来，如何能够成仙成佛，白日飞升呢。”大士、真人笑道：“你真是个痴人，所过者化，所存者神，上下与天地同流，岂止白日飞升而已呢。”宝玉听了，恍然大悟，喜得手舞足蹈起来，道：“原来师父之道，不用他求，只是正心诚意而已。”大士、真人拍手笑道：“你如今既然醒悟，就在此与湘莲二人，同心合力的把我们适才所授的口诀，密授的心法，日新日新日日新起来，到了三月不违的时候，我们二人再来指点迷津。如今尚有未了的因缘，还要下山去走走。”说着，便站起身来，湘莲、宝玉二人送出门外，只见大士、真人将袍袖一展，早已不见了。

宝玉这里看的出了神，呆呆的发怔。柳湘莲道：“宝兄弟，怎么

发起呆来，做什么呢？"宝玉这才回过头来，拉着湘莲的手，笑道："柳二哥，你可知道那日跟了道士出家之后，薛大哥同人四下里找寻了几天，还哭了几回呢。你原来也就是跟着这二位师父来了，你在此已潜修了多时，工夫想是大有进益了。"

湘莲道："我初到此时，也是蒙师父口授了几句《四书》，专心学去，虽觉果有奇妙，然而究竟也还算不得什么工夫。宝兄弟，你我之来此处，皆是一样的心肠，一样的情境，真可谓：'同声相应，同气相求'的了。"宝玉道："可不是，你我把尘缘斩断，万念皆空，这会子乃是二人同心，不是同病相怜呢。"

湘莲道："宝兄弟，你可要看看你的前身去么？"宝玉猛省道："是啊，师父说我是补天未用之石，就在青埂峰下。柳二哥，青埂峰在那里呢？"湘莲道："你跟我来，我指给你就是了。"宝玉便跟着湘莲，由茅屋之后，攀藤附葛的上了山顶。

果见一块石头，约高七尺，玲珑剔透莹然如玉，与那块通灵玉的形状虽有大小之殊，略无参差之别。宝玉见了，不胜惊异，悲叹了一会子，漫漫用手摸抚着，不觉有感，成诗一首。因朗吟道：

故我相逢劈面惊，块然磊落识三生。
恨无精卫衔填日，空有娲皇炼补名。
磐固果然前辈事，石交奚只故人情？
峰前若问谁知己，我与当年石曼卿。

湘莲道："宝兄弟，你真可谓一往情深了。这诗词一道，我竟不能，也不敢勉强奉和。"说罢，下山吃了晚饭，又谈了一会子闲话，二人遂取蒲团铺在里间榻上打坐。由此日夜用功，暂且不表。

再说王熙凤、尤三姐、鸳鸯三人离了太虚幻境，车走如飞。

行了半日，但见阴风惨淡，黑雾迷漫，已不是光明景象。凤姐道："三妹妹，你看日色平西，天也不早了，也要早些找个下处。我们比不得男人们，晚上没处住，可怎么样呢。"尤三姐道："远远儿的望着，前头有一带树林，那里必有人家，且到了那里再说。”不一时，已到了面前，但见人烟凑密，热闹非常。路南有座小庙儿，上写着“观音庵”三字，旁边又帖着一张纸条儿，上写着“小庵专寓往来女眷”。尤三姐一见大喜，忙叫住车，遂下了车，走到庙前，将门环儿叩了两下。只听里面“咯吱”一声，开了庵门，走出个老尼姑来，见了尤三姐问道：“姑娘是那里来的？”尤三姐道：“我们是太虚幻境来的，特借宝刹暂住一宵。”那老尼姑道：“这么样，就都请到里面坐罢了。”于是，搀了凤姐下车，后面鸳鸯也到了，一起下车走进庵门。小太监一齐将车御进庵内。

老尼姑请三人到禅堂坐定，小尼姑倒上茶来。凤姐向鸳鸯道：“你看这个小姑子像谁？”鸳鸯也仔细一瞧，道：“你不是那馒头庵的智能儿么？”智能听了，也将他二人一看，道：“你们是从那里来的？好像是贾府里的琏二奶奶和鸳鸯姑娘似的。”凤姐笑道：“可不是智能儿是谁呢？”鸳鸯道：“好了，有了熟人儿，就好打听老太太的下落了。”智能儿道：“老太太过去了好些日子了。”老尼姑听见，便叫智能儿道：“既都是贾府上的奶奶、姑娘们，可将行李照应着搬到里边小套间里，说给厨房里预备上等的酒饭，泡了好茶来。”智能儿答应着去了。凤姐道：“这个智能儿是老师父几时收下的徒弟？他是我们的一个旧人儿。”老尼姑又将智能儿的来历述了一遍。凤姐听了，也不理会这个秦相公是谁。

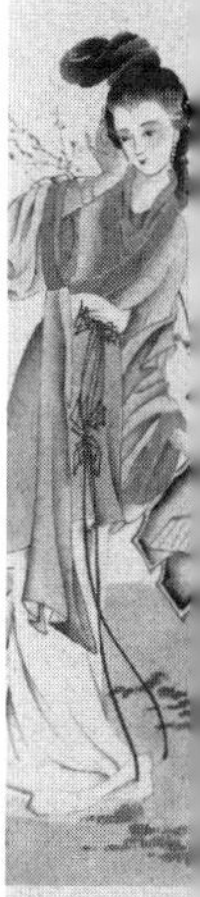

鸳鸯道：“老师父，才刚智能儿说我们老太太到你这里来过，如今过去了好些日子了。老师父，可知道我们老太太现在在那里呢？”老尼姑道：“老太太过去的日子久了，目今的下落，这却那里知道呢？我们这里的规矩是，进城之后头一天，先在城隍大人衙门里点名过堂，第二天才带见阎王，稽查了善恶，也有送往上界骨肉完聚的，也有打发脱生转世的，也有发在各处地狱里受罪的，种种不一。我们这会子，怎么知道老太太的下落呢？”凤姐听了，着急道：“这可怎么好呢？我们三个人原是从太虚幻境奉娘娘的命，来访寻老太太的。我想我们老太太一生好善,也断不能有地狱的事,这会子或者送往上界去了,或者脱生转世去了,都不可知。可教我们怎么寻访呢?"

尤三姐道:"你不用着急,咱们明儿到了城隍的衙门,也就好寻访了。"凤姐道:"我们原是太虚幻境的人,本不属城隍的管辖。这会子,为什么出头露面的自己寻上门去,教人家点名过堂呢?"鸳鸯道:"二奶奶,咱们千辛万苦,原为老太太而来,也讲不起出头露面的话了。"凤姐道:"你更糊涂了,就是咱们明儿出头露面见了城隍,难道敢问城隍要老太太不成?"老尼姑道:"奶奶、姑娘们不必着急,一路辛苦,这会子也饿了,且摆饭罢。吃了饭,我替你们打算个主意就是了。"

于是,吩咐智能儿摆上酒饭来,大家吃过,漱了口,送上茶来。凤姐手擎着茶杯笑道:"老师父,你才刚儿说给我们打算个主意,我倒要领教领教,你到底有个什么主意呢?"老尼姑道:"依我的愚见,奶奶、姑娘们且别进城去,就住在这里。我这个徒弟智能儿,他有个姑表兄弟秦相公,不时的瞧他姐姐来呢。奶奶可给他几两银子,托他到各处里打听老太太的下落,如果得个准信儿,你们再作商量,岂不妥当么?"凤姐点点头儿道:"就是这么着,很好。"智能儿却捏着一把汗儿,恐怕露出他的破绽来。却也无可如何,只得去将行李打开,替他们铺了炕,收拾点上灯来。

大家又闲谈了一会儿,尤三姐问老尼姑道:"你们这里可有方便的去处么?"老尼姑道:"这西边有个小后院,极其僻静,奶奶、姑娘们就在那里走动走动罢。"尤三姐向凤姐、鸳鸯道:"你们不去走走么?"凤姐道:"你和鸳鸯姐姐先去,我随后就来。"于是,尤三姐、鸳鸯头里去了,凤姐这里慢慢儿的口里吐净了槟榔渣儿,装了一袋玉兰香吸着,缓步出了禅堂,向西而去。

谁知秦锺因与智能儿生前绸缪过度,一病而亡。后因智能儿找了来,二人虽然情好甚密,却不敢在老尼姑面前露出形迹。每晚

黄昏乘人乱的空儿，他便钻在智能儿屋里藏着，只等上头老尼姑睡了，智能儿回房，两个便赴巫山。这晚正在智能儿屋里潜等了良久，不见智能儿下来，便伏在窗下舔破窗纸，望外偷看。忽见一个妇人，向西而去。此时月色朦胧，看不真切是谁，但见一个白生生的脸儿恍了过去。秦锺暗想，必是老尼姑睡了，智能儿到后院子里解手去了。他便大了胆子，蹑手蹑脚的溜到后院门首来窥探，只见门儿像是虚掩着的，才待要用手推时，恰值那边凤姐开了门过来。秦锺猛然见了，也并不细看是谁，只道是智能儿从后院子里小解了回房来了，便一把拉了他的手，笑道："你师父睡了么？"吓的凤姐魂不附体，大声嚷道："不好了，有了贼了。"尤三姐、鸳鸯恰值回来，听见凤姐嚷叫有贼，尤三姐生来的矫捷便俐，便忙上前一步，早将秦锺揿倒在地。鸳鸯便嚷道："老师父，快拿灯来，捉住贼了。"

禅堂内老尼姑听见有贼，也就慌了手脚，忙教智能儿提了灯，走过来看时，只见尤三姐揿着一个人，只叫快拿绳子来捆了他。智能儿一看，认得是秦锺，吓得呆了，连忙跪下央告道："二奶奶，三姑娘，不必生气，他就是宝二爷的朋友，小蓉大奶奶的兄弟。"凤姐道："怎么，是秦锺这个小子么？好小子啊，怎么干起这样勾当来了。"秦锺在地下哼哼的道："原来是琏二婶娘，我该死，认错了人了，当是智能儿呢。二婶娘开恩，饶了我罢。"凤姐道："三妹妹，放他起来罢。"尤三姐一松手，秦锺羞惭满面爬了起来，给凤姐请安。只见老尼姑照着智能儿脸上，下死劲的啐了一口道："没脸的东西，成日家闹姑表兄弟，今儿可不闹了。奶奶、姑娘们既然认得这个秦相公，且请到禅堂坐下，慢慢儿的说罢。"

于是，大家进了禅堂坐下。凤姐道："秦锺小子呢？"秦锺只得讪讪的走到凤姐跟前。凤姐笑道："好孩子，几年没见，你竟干出这些把戏来了。"秦锺道："说起来，这还是二婶娘的过失。"凤姐道："嗳哟哟，你们听听，他们两个人干出来的勾当，怎么倒说是我的过失呢？"秦锺道："那年子给我姐姐送殡，二婶娘若不带了我们住在馒头庵,那里有这一件勾当呢?"凤姐笑道:"这么说起来,宝玉一定也被你们引诱坏了。我只说你们多大点子小崽子,怎么竟会成起精来了。老师父,你才刚说秦相公,我也再猜不到就是他,他是我侄儿的小舅子呢。老师父,你可把智能儿让我们赎了去,成就了他们两个的生死姻缘,也是你出家人的好事。我们好差他寻访老太太去的。"老尼姑道:"奶奶说的很是,我早就要教他还俗呢。"

秦锺道:"前儿我听见智能说,老太太过去了好些日子了。二婶娘怎么这会子又来寻找呢?"凤姐道:"我们这会子都在太虚幻境,你姐姐也在那里呢。我们是奉了元妃娘娘之命,来访寻老太太的。他们两个人,你可认得么?"秦锺细将尤三姐、鸳鸯看了一看,笑道:"这一位好像鸳鸯姐姐,我在老太太屋里见过的。这一位姐姐也很面熟,只是一时儿想不起是谁来了。"

尤三姐笑道:"好个小猴儿崽子,我是你姐夫的三姨儿呢。你如今和我翻了辈数,叫起我姐姐来了。"秦锺笑着,忙给尤三姐请安,又给鸳鸯作揖,道:"二婶娘,三姨儿,请放心罢。侄儿明儿起个黑早进城到城隍衙门里,有个冯书办他和侄儿认识相好,只消找着了他,必然知道老太太的下落了。"

凤姐道:"很好,我今儿且给你们成全了好事。智能儿呢,怎么躲着去了?这里来,我和你师父说明白了,这会子你放心大胆的把你这个小女婿子带了房里去罢。"他二人听见了,只得老着脸儿双双的去了。这里凤姐三人也进了套间,各自就寝,老尼姑也在外间睡了。

次日天才黎明,凤姐等尚未起来,忽听门外人喊马嘶,打得庵门一片山响。鸳鸯忙起来穿上了衣服,推他二人道:"二奶奶,三姑娘,快穿上衣服罢,你听外面嚷闹的了不得,不知是什么事情?"说着,忙下炕走出外间来,将老尼姑推醒。老尼姑连忙起来,走出外边开了庵门看时,只见一群衙役拥了进来,嚷道:"昨儿晚上,这里的乡约地保报了大人,说你庵里窝藏下了美人儿似的三个姑娘,你们可莫要放他们走了，大人少刻着管家奶奶们来相看呢。”老尼姑吓了一跳，飞也似跑了进来道：“奶奶、姑娘们，不好了，你们昨晚住在这里，城里的大人知道了，差了多少衙役把守庵门，说少刻差人来相看你们呢。”凤姐大惊失色道：“这还了得，那里有这样的混帐大人呢。我们又不属他管辖，相看我们做什么？况且我也是五品的宜人、有夫之妇，相看了他又敢怎么样呢？倒是你们两个人，怕有些费手。”鸳鸯道：“二奶奶说的是什么话呢，怕他怎么，还有一死呢，谁还没死过的吗？”老尼姑道：“这也说不起了，现官不如现管，只好等他们相看了，再作商量罢了。”尤三姐道：“说不得了，拿鸳鸯剑来，等我出去杀了这一起混帐东西罢。”

正忙乱间，只听院内有个妇人的声音，问：“老姑姑起来了没有？”老尼姑连忙出来看时，只见是两个妇人，一个是鲍二家的，那一个不大认识。老尼姑大喜，忙叫道：“奶奶、姑娘们，不用急了，前儿跟老太太的鲍二嫂子来了。你们问问他，就知道老太太了。”

凤姐连忙出来一看，大喜道：“你们两个从那里来的，这一个不是司棋么？”原来这两个妇人，果是司棋、鲍二家的，一齐进来，笑道：“原来是二奶奶，林姑娘没来么？”凤姐道：“你们两个从那里来的，怎么问起林姑娘来了？”鲍二家的道：“二奶奶原来不知道，这里的城隍就是咱们家的林姑老爷。前儿老太太到了，认了亲了。姑太太因为林姑娘去了世，没到这儿来，怕是走迷了路，这会子，现在四城门贴了告示，遍处寻访。昨儿晚上，有这里的乡约地保报说，观音庵住下了美人儿似的三位姑娘。姑太太听见了，恐怕这里头有林姑娘，所以五更天催齐了人役，打发我们两个来看来了。”

凤姐三人听见，真是喜出望外。凤姐道：“才刚儿老姑姑来说，城隍大人要差人来相看我们呢，把我们都吓糊涂了。”

老尼姑笑道：“这个话，想是外头衙役们把话说错了，倒教奶奶、姑娘们受惊。”鸳鸯笑道：“我还记得，鲍二嫂子头里说过我们二奶奶是阎王老婆，怪不得今儿阎王爷转教城隍来相看呢。”说的众人都笑了。

凤姐又道:“你们两个怎么得到林姑老爷衙门里的?”司棋、鲍二家的各将自己的始末说了一遍。凤姐笑道:“你们这两个蹄子倒有造化,都得了好处了。我倒替你们受了多少委屈。鲍二家的我也不计较他了,那是我们那个爷自己平常。司棋,你和你姑舅哥哥两个,很该机密着些儿,为什么又弄你娘的个香袋儿扔在山子石背后,教傻大姐儿拾了,递给大太太,好教我受太太的数落。”说的司棋红了脸,低头不答。鲍二家的道:“二奶奶,我们如今都改了。既然蒙你老人家不计较我们,就当着老姑姑给我们留点儿脸儿罢。司姑娘,你出去告诉你们那一个,快回去给老太太、姑太太报个信儿去,就教再抬几顶轿来伺候。”司棋连忙出去了,老尼姑便叫智能儿去教厨房里早些预备早饭。

只见秦锺上来,给凤姐三人道喜。凤姐笑道:“老太太有了下落了,这里的城隍就是咱们林姑老爷,你和智能儿也跟了我们去罢。”秦锺道:“多谢二婶娘的恩典,侄儿正没个托足的地方儿呢。”老尼姑道:“这就很好,我们智能儿终身也有了靠了。”凤姐道:“你白折了个徒弟,我心里又觉不安呢。”

老尼姑道:“这倒不相干,我的徒弟多着呢。只要奶奶在大人面前把我提拔提拔,多赏点儿布施就有了。”说着,智能儿早回说摆饭。

大家正吃毕饭,只见潘又安进来,先给凤姐等请了安,便回道:“小的才刚儿回去,禀知了老太太、姑太太,都欢喜的了不得,立刻打了轿子来接奶奶姑娘进府呢,外边已经伺候妥当了。”凤姐三人立起身来,向老尼姑道谢,又给了五十两银子布施。老尼姑千恩万谢的道了简慢,直送至大殿前头,服侍他们一一的上了轿,方才进去。这里凤姐等三人,坐了轿到城隍衙门里来,要知进了衙门怎样相见,须看下回分解。

第六回　鸳鸯凤姐各遂初心
宝玉湘莲同证大道

话说凤姐等三人坐在轿内，但见前面旗锣伞扇，前呼后拥，十分热闹，也无心看那六街三市的风光。不多一时，转弯抹角，早到了城隍辕门。只听一声点响，重门洞开，一直抬进二堂，方才下轿。两边闪出许多仆妇来，搀了他三人进了宅门。早望见贾母同贾夫人在上房，倚门而待，见他三人进来，又悲又喜。贾母道："我的凤丫头、鸳鸯都来了，这一位姑娘是谁呢？嗐，我只说你年轻小人儿家，往后来还有几年的福享，怎么就都走了这条路了呢？"凤姐、鸳鸯见了贾母，便跪下痛哭。

贾夫人忙搀起他们来，劝道："请老太太进来罢，娘儿们相逢本该欢喜才是。"于是，大家进了房，一一的行过了礼。

贾母问道："这位姑娘很面熟，怎么再也想不起是谁来呢？"凤姐道："他是我珍大嫂子的三妹子，那年为柳湘莲退亲，抹了脖子的。怎么老祖宗倒忘记了么？"尤三姐不好言语，狠狠的瞅了他一眼。贾母道："尤三姑娘来的年代久了，你们怎么就会在一处了呢？"凤姐道："我们好些人都在太虚幻境呢，元妃娘娘、林妹妹、迎妹妹、尤二妹妹、小蓉大奶奶、香菱姑娘，都给老太太请安。"贾母听见，惊喜道："你说真些，你林妹妹、元妃娘娘都在那里呢？"凤姐又高声说道："太虚幻境。"贾母道："什么叫做太虚幻境？这个地方儿离咱们这里有多远?”凤姐道:“太虚幻境又叫做芙蓉城,又叫做离恨天。在上界之下,下界之上,原是个虚无飘渺的所在,要算是仙境的地方呢。”

贾夫人听了,也欢喜道:“这么说起来,你们姊妹们如今都是些仙人了。你林妹妹既在那里,为什么不和你们一块儿来呢?”鸳鸯道:“我们并不知道姑老爷、姑太太在这里,我原因老太太去了世,没人服侍,我就自缢找了来了。后来到了太虚幻境,才知道元妃娘娘、林姑娘都是那里的仙子。因他两个不放心老太太,所以才差了我们三个人来访寻的。林姑娘是那里有名儿的潇湘妃子,怎么能够私自来呢!”贾母听了,愈加欢喜道:“我这个鸳鸯丫头,真真的是个好孩子,不枉我疼了他一场。”贾夫人又问凤姐道:“你黛玉妹妹,在那里可有人伺候他么?”凤姐笑道:“姑太太放心,那里除了元妃娘娘,他就是第二位了。龙王爷少了漱口水,那个敢不伺候他呢?况且,各处通有伺候的仙女们多着呢。他那里贴身服侍的,还有晴雯、金钏儿。外头还有薛姨太太家的香菱姑娘,东府里的小蓉大奶奶同瑞珠儿,尤家他们姊妹两个,栊翠庵的妙玉。元妃娘娘那边,又有迎妹妹,还有我同鸳鸯姐姐,比这里还热闹多着呢。”贾母道:“前儿没把你姑妈急坏了,把七十二司、十八层地狱都翻了个过儿,也没找着你林妹妹。今儿你妹妹有了下落,你姑妈也放了心了。”贾夫人流泪道:“我这会子虽然放心了,还不知我们娘儿们几时才能见面呢?”贾母道:“这也不用着急,等姑老爷回了衙门,商量就是了。”

贾夫人点点头儿,拭了眼泪,回头瞧见司棋站在旁边,便道:“你怎么听着热闹了,也该吩咐他们伺候摆饭了。”司棋答应去了。凤姐道:“我们在观音庵吃过饭了,只预备老太太、姑太太的饭罢。”贾母问凤姐道:“你两个公公、两个婆婆、你宝玉兄弟他们都好么?”凤姐道:“二位老爷、二位太太都好。只有宝兄弟,我听见香菱说中了第七名举人,后来跟着个和尚出了家了。”贾母大惊道:“怎么的,宝玉出了家当了和尚了？这还了得！这个傻小子，媳妇也娶了，举人也中了，放着福不享，好好儿的为什么出家呢？”凤姐未及回答，鸳鸯便接过来道：“总是为林姑娘么。”凤姐急忙把鸳鸯瞪了一眼，贾母也会过意来，叹了一口气道：“罢了，都是我的业障，教我也后悔不来了。”

贾夫人听见话语蹊跷，又见凤姐瞪了鸳鸯一眼，不好往下追问，便也叹道：“这个孩子，怎么干出这样糊涂事来了，这把他娘活要想坏了呢！不知他娶的是谁家的姑娘，这可不把人家的女孩儿耽搁了么？”贾母叹道：“就是薛姨太太的女孩儿。”贾夫人道：“不是小名儿叫个宝钗的么？”凤姐道：“就是他，姑妈倒还记得呢。”

正说时，只见贾珠进来站在上房门口道：“问妹妹们的好”。凤姐大惊，忙站起身来道：“怎么的大哥哥也在这里么？”贾夫人便将贾珠的原委，告诉了凤姐一遍。凤姐道：“鸳鸯姐姐，你去替我给大哥哥请安，就说家里大嫂子很好，兰哥儿也中了举人了。”贾珠听了，也欢喜道：“这都是二婶娘的疼爱所致。”

贾母道：“你宝玉兄弟也中了举人了。这个下流种子放着福不享，跟了和尚出家去了。珠儿你在外头探听着，若果晓得他在那个庙里出家，把他给我活活儿的捉了来。”贾夫人笑道：“这个老太太想是气糊涂了，阴阳路隔，寿夭各有定数，那里能够活捉呢？若都由着人的性儿活捉起来，凤姑娘早就该把琏儿活捉来了。”凤姐笑道：“好姑妈呀，才见了侄儿媳妇就拿我说起趣话儿来了。为什么不说，教我大哥哥把我大嫂子活捉了来呢？”说的贾珠都笑了。

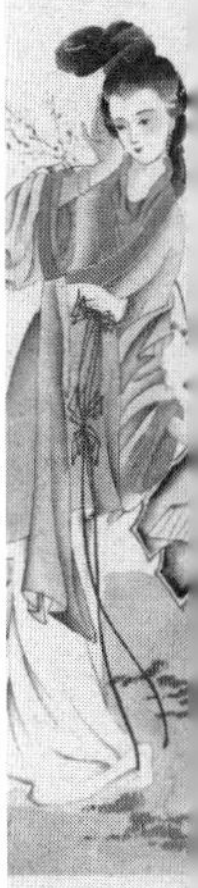

忽听外面“当”的一声点响，贾珠忙退了出去，道：“姑老爷回来了。”只见林如海笑吟吟的走进来，道：“姑娘们都到了么？咱们都是至亲，请到里间坐罢。”凤姐，尤三姐、鸳鸯三人早已拜了下去，林如海答了三揖。丫环们将里间的帘子打起来，让他三人内室暂坐，司棋便跟了进去。林如海先与贾母道了喜，贾夫人便将凤姐所说，黛玉在太虚幻境的光景，告诉了林如海一遍。如海也自欢喜道：

"我前日在崔判官衙门里,讲起黛玉的话来,崔判官也说:有个太虚幻境。当日白乐天《长恨歌》上有句云:'忽闻海上有仙山,山在虚无飘渺间。楼阁玲珑五云起,其中绰约多仙子。'就是那个地方,如今令爱姑娘必是登了太虚了。我还谦说,那里能够呢。谁知竟果然应了他的话了。"

贾夫人道:"老爷也要想个主意,教我们娘儿们也见一见呢。"如海沉吟了一会道:"你也不用性急,我想女儿既名列仙班,自不能私离职守。我们也有官守责任,不得擅离。我到任已满九年,明年必转天曹。那时同到太虚,母女相见也不过转瞬光景。如今只好写封家书,烦来的人带去,以慰女儿之心,也就同见了他的一样了。"贾夫人道:"这方说来,还有一年的光景,教我怎么等待呢?"林如海道:"多的日子都待过了,何在乎这一年呢,待我写了家书,就打发两个小太监先回去。且留下三位姑娘住着,陪伴老太太,明年同我们一块儿去,也不为迟。"

说到这里,只见鸳鸯走来道:"才刚儿我们三个人也商量来。我与二奶奶好容易的才见老太太,怎么忍就回去呢。尤三姑娘,他却不能久住,要先回去呢。"林如海道:"既这么样,就且留尤三姑娘略住几日,也让我们尽尽地主之谊,再去罢了。"

贾夫人道:"这个自然。今儿可吩咐外头,叫一班小戏儿来预备在后花厅上,请老太太和他们姊妹们听听。再打点孝敬元妃娘娘并送别位姊妹们的礼物,也给女儿带些衣物去,须要早些办妥了,免得临时周章。"林如海道:"这些事竟托大侄儿给咱们办一办,免得外头弄来的不合你的意思。"说毕,站起身来道:"把我的饭摆在书房里罢,这里让老太太和姑娘们多说说话儿。"说着,便出去了。

这里贾夫人就催着叫人照应花厅上预备开戏。鸳鸯于无人处向司棋道:"你那些事,都是你自己弄出来的,我并没敢向谁跟前讲过一声儿。"司棋道:"姐姐,我知道。我到今儿虽然好了,有了天日，总是感激姐姐的大恩，不能忘了姐姐你的为人的好处。谁还不知么，我们死了到了阴间，姐姐死了就到了天上，这可就明白了。我也没什么报答姐姐的，可怎么样呢？”鸳鸯道：“我不过问这一声儿，你要说这话，倒不是咱们相好的姊妹了。”说着，外面开戏，都到后花厅上听戏去了。

席散后，贾夫人又告诉了林如海，将秦锺、智能儿搬进衙门居住。智能儿从此留发还俗，这些节目，也不须多赘。

再说宝玉与柳湘莲在大荒山青埂峰下茅屋内，每日将师父传授的心法口诀用起功来，倒也十分快乐。韶光荏苒，不觉早已三月有余。这一日，天朗气清，惠风和畅。湘莲向宝玉笑道：“你我自从用功以来，虽觉太苦，然颇觉效验。我只觉得，近来气爽神清，骨轻体健，飘飘然似有凌云之意。我瞧你如今的容貌，也有个粹面盎背的光景了。你本来虽是面如美玉，只因从前为富贵繁华所扰，却少一段温润之色。如今看去，竟真是白玉中透出一番宝色来了，名之曰宝玉，可谓名称其实了。”

宝玉笑道：“柳二哥，你我弟兄素无戏言，今儿可该罚你了。”

湘莲道：“你不信，你去照照镜子，看可像你先前的样儿不像？”

宝玉果然取出镜子来，照了一照，也不觉喜形于色道：“柳二哥，我今日始信吾儒之道，即仙佛之道。总因世上的人为气禀所拘，人欲所蔽，习焉而不察，终日迷于声色货利，及至迷的要死，又妄想仙佛的长生，岂不可笑呢！”湘莲道：“到底宝兄弟是个极聪明的人，一悟就悟彻了。今儿天气晴和，咱们何不下山去逛逛？一则可以流通血脉，发舒精神；二则可以纵观花柳，悦性怡情。这些日子，咱们也太苦了。”宝玉道：“正合我的意思，你何不把鸳鸯剑带上，到了宽敞的地方，试舞一回，小弟也领教领教呢。”柳湘莲道：“使得。”遂取出鸳鸯剑来，系在腰间，拉了宝玉的手，慢步下山。

但见苍松翠柏青碧接天，异卉奇花幽香扑鼻。二人走了有数

里远近，忽见地平路坦，四下里一片桃花，人在红云深处，仿佛武陵景况。宝玉道："柳二哥，我读陶渊明的《桃花源记》，只说是文人的曲笔，皆假设之词。谁想今儿竟亲历其境，始信古人不我欺也。这里就很宽敞，你就请舞起剑来，也可以使桃花壮色。"湘莲便掣出鸳鸯剑来，先走了架式，然后斜行拗步的舞了起来，只见一片寒光浑身盘绕，喜的宝玉拍手叫好不绝。

湘莲舞毕，收了鸳鸯剑道："咱们何不再往前去，一直把桃花的踪迹追尽，看那里到底有什么人家没有？倘若遇着个山家村店，我们也沽饮三杯，以助清兴，岂不更有趣呢。"宝玉道："很好。"二人遂又顺着桃花又走了数里，隐隐的望见前面桃花影里，露出些楼台阁殿来。宝玉道："此乃荒山，怎么又有这样一个所在呢？真真的我们今儿，可胜过当日的陶渊明了。"

湘莲道："我来此多年，也下山走过几次，怎么总没见过这个地方儿呢？"二人一面说话，一面走到了跟前。

忽见一条长河阻路，白涌碧翻，却是沙明水净。复又寻至河湾窄处，只见一座石桥，两边白石栏杆，直接到那边缥缈飞楼之下。二人缓步上桥，却见那边垂杨影里，露出一带粉墙，内有几层飞楼直插云汉，盖的十分华丽。及到粉墙角下，忽见一垂花门，朱扉半启，曲径通幽。二人止步，正在徘徊瞻顾之间，只见里面出来了一个二八女郎，风鬟雾鬓，环佩珊珊。见了他二人，并无羞涩之态，笑问："二位仙郎，从何而来，来此何事？"湘莲、宝玉忙正色答道："我们乃茫茫大士、渺渺真人的徒弟，从青埂峰来，下山闲步偶尔到此，不知此处何名，望祈指示。"那女郎笑道："此处乃天台山，楼上乃玉真仙子姊妹二人的住处。当日有个刘晨、阮肇，采药误入此山，与我们仙姑姊妹二人绸缪燕好。自从他二人返棹之后，至今有一千多年，再没有人能够到此。今日二位仙郎忽然光降，直是三生有幸了，快请到里面奉茶。"

湘莲、宝玉吓得呆了半晌，笑道："我们二人，因被痴情所缚，所以斩断尘缘，来此悟道的。虽蒙神仙姐姐雅爱，我们断然不敢从命。”那女郎笑道：“二位仙郎既能如此，这就是真仙了，尚有何道之可悟呢？况且，你们所斩断的原是尘缘，这是仙缘，岂尘缘之可比么？只怕你们错过了机会，打着灯笼还没寻处呢。”

宝、湘二人不答，回身便走。那女郎怒道：“你们这两个没福的东西，真正不识抬举。你们既然来到此处，还想跑到那里去么？”说着，向袖中掏出一块手绢子，向湘、宝二人劈面掷来，忽然化作一条五色灿烂的情丝，将二人的脖项套住，拉了就走。柳湘莲着了急，便拔出鸳鸯剑来，要割断他的情丝。那里晓得那情丝是个柔软的东西，缠绵贴体，一时再割他不断，早不觉身不由己，手不能动，两脚前奔，收留不住。湘莲、宝玉无可奈何，只得随他拉到楼下，登梯而上。那女郎唤道：“二位仙姑，仙郎到了。”

但闻一阵环佩丁东，香风扑鼻。二人连忙定性宁神，以理制欲。定睛看时，只见两位仙子生得美艳异常，光华夺目，笑容可掬的道：“二位仙郎，请坐。”那女郎把情丝一提，他二人早已坐在椅上，那情丝依旧化作手绢子，塞在袖中。将手向楼下一招，早又有一个垂髫女郎，笑嘻嘻的手内捧了一盘四盏香茶上来，先宾后主，分送已毕，便悄悄儿的向两位仙子笑道：“二位仙姑，你看这两的个模样儿，长的比当年的刘郎、阮郎何如？我看这两个倒很俊呢！”那两位仙子秋波斜睨，笑了一笑，低声道：“痴丫头，快去整备酒筵上来，别误了千金一刻。”那女郎答应了一声，笑着接了茶杯，便同先那个女郎一齐下楼去了。

这两位仙子便问道：“二位仙郎，尊姓大名，仙乡何处？”湘莲、宝玉正在宁心定性，忽闻垂问，吓得二人不敢仰视，但躬身答道：“弟子二人乃下界凡愚，一名柳湘莲，一名贾宝玉，久将痴情斩断，弃舍红尘，入山访道，蒙茫茫大士、渺渺真人收录门墙。今者偶尔下山，虽蒙垂爱，不敢从命。乞二位仙姑慈悲，放我们回去，我们就感颂不浅了。”两位仙子笑道：“你二人的心事，我们早已知道了。

难道我们姊妹两个，反不如林黛玉、尤三姐两个么？你们若肯依从了我们，成就了好事，包管你们眼下立刻就与林黛玉、尤三姐相见何如呢？”湘莲、宝玉大惊，忙答道：“弟子之心，已同槁木死灰，一丝不挂，万念俱空。便使林黛玉、尤三姐立刻来到此间，弟子亦不过视为陌路之人，漠不相关而已。”两位仙子笑道：“只怕你口不应心罢！远在千里，近在目前，你们瞧瞧里间屋里坐的，那不是他们两个么？”哄的二人回头看时，只听两位仙子笑道：“在这里呢。”

二人急忙看时，那里是两位仙子了，果然就是林黛玉、尤三姐二人端然坐在椅上，喜的个宝玉刚叫出“妹妹”的两个字来，湘莲忙喝道：“宝兄弟，你怎么忘了师父传授的口诀了么？所谓致知在格物者，言欲致吾之知，在即物而穷其理也。”

宝玉恍然大悟，暗想林妹妹素日为人的脾气，就算他死后的灵魂，也断不肯当着柳二哥与我相见的。这一定是那仙子的什么障眼法儿了，因心中一急，便将通灵宝玉摘了下来，望着林黛玉脸上打来。湘莲也拔出鸳鸯剑，望着尤三姐劈头砍来。

只听得“哗啷”的一声，犹如山崩地裂，震得湘莲、宝玉二人一齐跌倒在地，急忙睁眼看时，那里有什么天台楼阁，原来还是在茅屋之内，并未下山。那茫茫大士、渺渺真人已经回来了，坐在那里呢！二人连忙上前叩见，大士、真人一齐点头道：“孺子可教，孺子可教。”湘莲、宝玉默默点头道：“原来是师父试我们的道力何如，还亏得不曾迷心乱性。”因上前问道：“请问师父，这些日子在何处云游，还是有什么因缘未了么？”大士、真人笑道：“你不晓得朝游北海暮宿苍梧么？我们的事情，你们此刻工夫未到，还不能十分明白呢。你看门外，你们又有两个熟人来了。”

只见门外果然进来了两位道长，飘飘欲仙，上前施礼道：“大士，真人，别来无恙。”大士、真人一齐站起身来，道：“二位道兄请坐。”宝玉看时，认得一位好像贾雨村模样，忙上前打了个问讯，道：“请问仙长是雨村老伯不是？”贾雨村笑道：“宝玉贤侄，眼力就很好，你认得这一位么？他就是你薛姨妈家香菱嫂子的父亲甄士隐。他是已经得道多年，你们从来也不知道的。”宝玉、湘莲一齐道：“侄辈不知二位老伯降临，有失迎候。”便一齐磕下头去，甄、贾二人，连忙扶住，然后大家坐定。

甄士隐道：“柳、贾二位来此多时，道力想是大进了。可晓得尤三姐、林黛玉现也同居幻境，亦在仙乡，故人不远，难免停云落月之思，何不求大士、真人指引，到彼一图把晤，细诉衷情呢？”湘莲、宝玉道：“弟子们已斩断尘缘，万念俱灰，刚才师父还试我们的工夫。弟子虽不敢说道力坚深，尚可以巴结刻鹄类鹜。从此越发要勉力精进，把住意马心猿，不敢稍有漏泄，方不负师父度脱之心呢。”大士、真人道：“你二人心迹，我已知道，固该如此。但宝玉与林黛玉，绛珠草以眼泪偿甘露之恩，前缘已了。湘莲与尤三姐鸳鸯剑断情，虽了而未尽余缘。况他二人已同居仙境，你二人学有渊源无难成就。见面之期，料想不远。”湘、宝二人道：“弟子原为痴情所缚，故立志斩断尘缘，心无他想。若再与尤三姐、林黛玉会晤，岂不成了个再来的冯妇么？”甄士隐摇着头道：“不然，不然，你们说的所谓小道了，可记得‘执远恐泥，君子不为’么？你们此刻，道将得而犹未得，却不可生此心。将来道既已得，则过化存神，又何所而不可呢？你们可晓得太虚幻境是什么地方？”湘、宝二人道：“弟子愚昧不知，只听见师父常说，想来总是仙地。”

甄士隐道：“太虚幻境又名为芙蓉城，内中尽皆仙子，不止十二金钗。你二人的前身，原是芙蓉城主，另有一段因缘，在尤三姐、林黛玉因缘之外呢。你们便不曾出家修道，将来也是要归还芙蓉城去的。此乃前定因缘，不容勉强。宝玉兄，就从此留发，你可晓得皇上隆恩，已经赐了你一个文妙真人的道号么？若光着头也不称那真人的名号了。待等功成行满的时候，我等再来送你们赴芙蓉城之任去便了。”茫茫大士笑道：“我当初原曾说过留发还俗的话，宝玉还记得么？我不过是要你应那宝玉当了和尚的话，故暂且与你削发，如今甄道兄既然与你说明，可就此留发，等待功成之日，我们再来看视你们。不可因此懈怠，还要努力前进，方不负我们一番指引。我们同二位道兄下山去了。”湘莲、宝玉答应，送出四人，看着他们穿过古木丛中，到那白云深处去了。

湘、宝二人转身进内坐下，湘莲道：“宝兄弟，怎么才刚儿都叫出‘妹妹’来了。”宝玉道：“我一时迷惑，情不自禁，都是道力不深的缘故。幸亏二哥棒喝，要不然岂不前功尽弃了么？”湘莲道：“才刚儿这一番话，我犹恐怕还是他们试我们的。我打算还要坚辞，因后来不像是试我们的话了，故此我才不言语。”宝玉道：“师父叫我留发，我想既做了和尚，怎又还俗呢？”湘莲道：“你才刚儿没听见皇上已赐了你一个文妙真人的道号么，那和尚那里做得真人呢？况且，你若不留起头发来，明儿到了芙蓉城，光着头怎么样去见你林妹妹呢？”宝玉道：“我正怕不光着头，怎么好见林妹妹去么？”湘莲道：“不用说了，我们功夫未到，不可又生他想。师父吩咐，不可懈怠，还是用功要紧。”于是，宝玉从此留发，与湘莲二人在茅屋内，同下苦功。

未知几时才得功成，请看下回分解。

第七回　两好同床岫烟教夫　四喜临门宝钗生子

话说宁荣两府，自贾赦、贾珍赦罪回来，复还府第，贾珍仍袭了宁国三等世职，贾政袭了荣国世职。贾琏已将平儿扶了正，管理家事。

瞬届会试场期，大家俱忙着给贾兰进场会试。到了初七这日一早，派了几个管事家人护送前去。王夫人想起宝玉来了，放声大哭道："我的儿啊，你到底在那里出家去了？要不然，今儿可不爷儿两个都进场去了么？"李纨、平儿、宝钗忙上前劝说："太太，不必尽着想了，这都是看见兰哥儿进场去了，太太请把这件事放过一边罢。"王夫人道："我何常不是这么着，由不得教人不想么。"李纨、平儿道："姨妈这几天都没过来坐坐，叫人过去请过姨妈来，同太太斗斗牌，说说话儿罢。"

宝钗道："妈妈这几天也没什么事，我叫人请去，就连我们家的二嫂子都请过来逛逛。"随叫莺儿："你快去叫打发人请去。"

只见彩云来回，刘姥姥来了。只见刘姥姥早进来了，笑道："请太太的安。"各人见了问好，坐下，小霞捧上茶来。刘姥姥道："巧姑娘呢？"平儿道："姥姥，他在屋子里做活呢，我叫他来给干妈请安。"刘姥姥忙摇头道："不用这么着，我横竖还要到你们屋子里去呢，这会子忙什么？我来者是为我们那里周奶奶说，既给府上仰攀了亲，为的他家里只一个儿子，又没什么外人，意思要打算娶巧姑娘过门，叫我过来通知一声，送日子来的。”王夫人道：“这么着，也要告诉他爷爷、奶奶一声儿，好早些预备的。”又向平儿道：“外头的嫁妆我不管。那内里的妆奁，鞋脚针线只怕一点儿也还没打算呢。”平儿笑道：“太太，这倒可以放得心，我早就陆续的给他料理下来了。现在出了三四个大箱子给他收的好好儿的在那里呢。”王夫人笑道：“这就很好，你这个姨娘比他的娘强多着了。可怜凤姐儿，要了一辈子的强，到了今儿……”说着，早又淌下眼泪来了。半晌又道：“到底还是你好。”宝钗笑道：“谁不晓得平丫头比凤丫头好，早就有了这个名儿的了。”说的王夫人也笑起来了。

人回姨太太、薛二奶奶来了，只见薛姨妈、邢岫烟早已进来。李纨、平儿、宝钗忙迎了出去，大家一同进了王夫人上房坐定。李纨道：“姨妈在家也没什么事，特请你老人家过来和太太斗牌呢。”薛姨妈道：“我在家里也没什么事，就是我们媳妇香菱已经临月，早晚要人照应着些儿。”宝钗道：“我晓得大嫂子临月，故此我没接他去呢。”李纨道：“他临月，你呢？”宝钗红了脸道：“大嫂子，这是什么话？”李纨笑道：“我是正经话，是什么话？谁家养孩子有什么避讳的么，正经该早些把那《达生编》看看，该料理的料理着些儿。”薛姨妈道：“你大嫂子这话很是。”因向李纨道：“大奶奶，你不晓得我们姑娘总还有些孩子气。”李纨道：“姨妈，这也怪不得他，他还没生长过呢。”因叫彩云拿出牌来，薛姨妈、王夫人、邢岫烟、李纨四人坐下抹点子花湖，旁边放下算盘。来了一天，三家皆输了，只有邢岫烟一个赢家。晚上请过刘姥姥来，一同吃饭。饭后，各自辞别，回家去了。李纨、平儿、宝钗也各自回了房。

贾政进来，到了上房坐定。王夫人便告诉他，刘姥姥来说周家要娶巧姐儿过门的话。贾政道：“该打发人告诉大老爷、大太太去才是，我们一个人也不能作主。”王夫人道：“我也是这么说呢，明儿早上叫人过去说罢。”贾政道：“今儿冯紫英也来作媒，说的是治国公之孙马尚，现今世袭三品威远将军，有个姑娘今年十七岁了，说是人材很好，来给环儿说亲。我想环儿这个东西，虽然不成材料，年纪也不小了，却也该给他说亲了。”王夫人道：“门第呢，可以配得上了，只是不知姑娘怎么样？虽不讲十分人材，也要走得出去，见得人才好呢。”

贾政道：“他说给临安伯是亲戚，你们在临安伯那里可看见过没有？”王夫人道：“我的记性儿平常，那里还记得了，明儿问媳妇们，他们或者倒还记得些，也不可知。”贾政道：“只也大概不离，也就定了罢。”于是，归寝不题。

且说薛姨妈、邢岫烟回到家中，香菱迎接进去，大家在房内坐着，说了一会儿闲话。薛姨妈道：“你们都去睡罢，我也要睡了。”于是，香菱、岫烟俱各道了安置，各自归房。

岫烟回到自己房内，只见薛蝌在那里坐着，灯下看书呢。见了岫烟进来，笑道：“今儿姨妈那边请了过去，做什么呢？”“岫烟道：“给姨妈斗牌的，我悄悄儿的问平姐姐，他告诉我说，因为姨太太想起宝玉来了，伤心的很，故此请了过去斗牌，给姨妈散散闷儿。大家教我来牌，我又不好不来的，生恐怕要输，谁知倒是我一个人赢了来了。”因叫笑儿把钱拿过来，只见笑儿笑嘻嘻的提了四吊钱过来，道：“我提不动了，还有四吊在那里呢。”薛蝌道：“都放在里边去罢，不用拿过来了。”

因道：“他们宝二爷那个人，就和我们的柳二爷一样的，不晓得怎么凭空的就出了家了。他们两个人原本就相好的很，这会子两个人总出了家，却又在两处呢！”因又叹了一口气道：“嗐，真是‘两地情怀叹索居’了。”岫烟听见，便笑着慢慢儿的说道：“‘同在泥涂多受苦，不知何日向清虚’呢？”薛蝌忙道：“这两句是那里来的？”岫烟笑道：“你问我是那里来的，我还要问你是那里来的呢？”薛蝌红了脸道：“那是我从前听见你在姨妈那里住着，日用起居艰难不足，我又因家下哥哥、嫂子的事情总不遂心，故此混写出来，出出闷气的。本打量粘在壁上，又恐怕被人看见笑话，故此夹在书里的。你是多早晚在书里看见了的？这里头有什么使不得的字眼儿，和那要改的地方儿，你可教给我怎么改罢。”岫烟只是嘻嘻的笑而不言。薛蝌道：“这有什么呢，你就做我的师傅罢了，当真还要我磕头吗？”岫烟道：“我也不大很会讲究啊。”薛蝌道：“我知道你的学问同宝妹妹他们都不相上下，比我们高多着呢。天也不早了，我们睡罢，明儿拜师。”于是，双双归寝。

由是邢岫烟无事，便教导薛蝌作诗为文。薛蝌也肯用功，悔恨从前无人指点。因此两人情投意合，互相体贴，便百般恩爱。况当先苦而后甜的，自与他人大不相同矣。

王夫人隔了一日，便告诉李纨、平儿、宝钗说冯紫英作媒的话，因说道：“你们在临安伯府里，可曾看见过有这个姑娘没有？”李纨道：“有一回临安伯府里老太太生日，我们跟太太去拜寿，他老太太有个外孙女儿说是姓马，这会子有十六七岁了。我还记得那模样儿有些儿像彩云似的呢，不知是他呢不是？”宝钗道：“我也想起来了，那天子人也太多，我们都没和他说什么话，惟有史大妹妹他很熟。我记得他们两个人倒时刻的说话儿呢。太太打发人把史大妹妹接来，问问他就明白了。”

王夫人道：“可怜你史大妹妹年轻轻儿的倒守了寡了，还亏这孩子从来的脾气洒脱，说话也有口无心，要不然可不就熬煎的不成样儿了么。他来了，留他在这里多住些日子再去。”随即叫人说给外头，叫来旺家的套了车接去。

不一时，史湘云果然来了，先给王夫人请安，然后大家问好，坐下喝茶。王夫人便问：“治国公马府里的姑娘，说姑娘认得么？”史湘云道：“世袭三品衔马尚的夫人，是临安伯的女儿，我在临安伯那里常会的。”王夫人便告诉他，给环儿说亲的缘故，因道：“临安伯老太太的外孙女儿姓马的，有几个人呢？”湘云道：“马姑娘只得一个，并没姊妹，今年十七岁了。人倒很好，说话也和平，我在临安伯府里的时候，我们倒都说得来。他那模样儿虽没十分，也还很去得，些微仿佛就像彩云姐姐的样儿。”李纨笑道：“可不是，我早就这么说了。”王夫人道:“既这么着,等老爷回来,择了日子就定下罢。”史湘云道:“明儿过了门,我是头一个熟人。我也曾问过他,他也是读过几年书的,虽不能才貌双全,大约总还算有一点儿。”王夫人道:“这就很好。”

湘云道:“四妹妹呢?”王夫人道:“他如今在栊翠庵里修道呢,无事总不到外边来的。”湘云道:“我瞧瞧他去。”于是,同了平儿到栊翠庵来,打从园里经过,只见草青遍地,到处尘封,燕泥蛛丝,甚是冷落。到了庵门首,只见门儿紧闭。平儿自己上前敲门,里面答应,紫鹃出来开门。湘云便问:“姑娘呢?”紫鹃道:“在里面打坐呢,姑奶奶同琏二奶奶请里边坐罢。”二人进去,到了禅堂,惜春见了忙站起身来,两下问好让坐,紫鹃沏了茶来。湘云道:“我因惦记着四妹妹,所以来瞧瞧你的,谁知倒做了个俗人搅扰清静,这可怎么好呢?”惜春道:“姐姐说那里话呢,我自己静坐,不到别处去,可以由我;人到我这里来,自然要由人,我那里有个拒绝人的道理。况且,都是自家姊妹,也不至逾垣而避之,闭门而不纳呢。多谢姐姐记念着我,我反怪姐姐不该这么样么?俗家尚不能如此,僧家复不能如此了啊。”湘云道:“妹妹无事,可还画画没有?”惜春道:“心如止水,此调不弹久矣。妙玉在时还与他手谈手谈,聊以消遣,自他去后,楸枰亦置之高阁了。”湘云道:“倒还是四妹妹清静的好,我们求之不得,也是无可奈何。”说罢,又坐了一会子,便同平儿出庵。

回到里边,来在宝钗屋里坐下,莺儿倒上茶来。宝钗道:“史大妹妹,你不嫌肮脏,今儿晚上在我这里睡罢。”湘云道:“宝姐姐,你怎么又说起这客套话来做什么?我还要瞧瞧巧姐儿去呢。回来在这里住,有话再谈。”遂同了平儿到他屋里,巧姐出来请安,又坐了会子,已经掌灯。那边请吃晚饭,饭后便到宝钗屋里。

湘云说起惜春来,未免叹息。宝钗道:“四姑娘他自来孤僻,是人劝他都劝不醒。这就和你宝哥哥一样,谁不说,谁不劝,怎奈他立定了主意,一心如此,这也就没有什么法儿了。“说着,眼圈儿便红了。湘云道:“姐姐,你不用说了,像我今儿这么样个光景儿,也就给姐姐差不多儿,什么说的‘愁人莫给愁人说,说给愁人辗转愁’了。”说着,眼圈儿也红了。

宝钗道:“妹妹,我们这会子是同病相怜了。”湘云道:“紫鹃姐姐可怜跟了林姐姐一辈子,如今又服侍四妹妹去了。”宝钗道:“这丫头倒很忠心,林妹妹死后,他的丫头空闲着,要打发他们出去配人,这紫鹃情愿服侍四姑娘出家,至死不肯出去。这会子他在栊翠庵里无事的时候,还要到潇湘馆来给他姑娘焚香供茶呢。”

湘云道:“想起林姐姐来,教人心里实在怪难过的。我明儿要到潇湘馆去痛痛的哭他一场,也尽尽咱们姊妹们的情。”宝钗道:“我前儿大年三十晚上,想起他来伤了半夜的心。我给他做了一首诗,装在包袱里烧了,不知他的魂灵儿在九泉之下,还知道不知道呢?”湘云便要诗稿来看,宝钗因叫莺儿取出来,递与湘云。湘云接来细细的读了一遍,也就伤心,弹了几点眼泪道:“宝姐姐,你这也就算情义兼尽了。林姐姐在九泉有知,他一定要感念你呢。”宝钗也点点头儿,又说说闲话,夜已深了,便收拾归寝。

过了一日,贾政会了冯紫英议定亲事,择日下聘。接着贾兰三场已毕,回到家内,听候发榜。家中便忙着料理下聘的礼物,恰值巧姐儿的婆家也是那一日过礼,又要料理这边的事情。

到了吉期的头一日,三姑娘也回来了。原来周姑爷进京之后,就援例捐了郎中,已经补了刑部江南司之缺。那甄应嘉安抚土疆回来,陛见后补了兵部侍郎,俱在京供职。探春来到家中与众人相见,大家欢聚。

到了次日,屏开孔雀,褥隐芙蓉,荣禧堂上铺毡结彩。薛姨妈也带了邢岫烟过来道喜。刘姥姥一早就到了,因巧姐儿是他的大媒。东府里尤氏也带着媳妇胡氏过来,邢夫人也过来了。

外边是冯紫英的大媒,甄宝玉、周姑爷、薛蟠、薛蝌、詹光、程日兴等一班亲友。贾赦、贾政、贾珍、贾琏、贾环、贾琮、贾蓉、贾兰都在外面陪客。派了林之孝、王和荣、赵亦华、来旺、玉柱儿、昭儿、焙茗、扫红八个家人押着聘礼，到治国公家去。又派了郑华、吴兴、钱启、李贵、兴儿、喜儿、隆儿、寿儿八个家人押着回礼，到周家去。午初摆饭，饭毕，午正打发聘礼出门，八个家人门外上马而去。去不多时，周家聘礼来了，一起抬进，摆在荣禧堂，来了六个家人，上来磕头。贾赦叫赖大让到前边款待，一面打点赏赐花红尺头，一面叫人搬进聘礼，料理回礼等件。

正在忙乱，忽然门上吵嚷起来。贾珍听见，便问门上为什么这么闹，“你们做什么的，还不快去看看吗！”家人答应，往外正跑，只见门上进来回说：“老爷们大喜，兰哥儿中了，送报子的人在外面吵喜呢。”贾赦、贾政大喜，忙说把报子拿过来看，家人忙去接了报子，送上打开看时，贾兰中了第一百二十九名进士。大家欢喜，遂打发了赏银去了。在座亲友一齐道喜。正在叫人告诉里边喜信，忽见甄府家人在门外下马进来，满头大汗也不及请安，就请甄宝玉立刻回去。原来甄宝玉中的是第十七名举人，也与贾兰一起进场会试的，如今中了第七十名进士了。甄宝玉随即作辞而去，贾兰赶忙抢上一步道：“明早到世叔府上叩贺，诸事还要领世叔的教呢。”甄宝玉笑道：“你我乡会俱在同年，我并非前辈，我还要领令祖老伯大人的教呢。有什么事不明白，我们大家来商酌着就是了。”说毕，上马去了。

这里里边，大家都在平儿那里瞧周家来的礼物：是金珠首饰六十件，妆蟒二十匹，各色绸缎线绉羽毛大呢一百匹，四季衣服一百件，折羊酒银三百两。巧姐儿已经躲起来了，平儿便料理回礼物件，彩明在旁边帮着。

只见来旺家的跑来，笑道：“太太、奶奶们大喜。”王夫人道：“谁不知道大喜，你这会子才跑了来说这个话。”来旺家的道：“不是这个喜啊！”王夫人道：“不是巧姐儿的这个喜，就是环哥儿的喜了。”来旺家的嚷道：“都不是的，是兰哥儿中了进士了。老爷外头看了报子，打发了赏钱，这会子报子都贴起来了。”大家听见，正在欢喜。

忽见莺儿慌慌张张的跑来了，说道："姨太太请太太、珠大奶奶、刘姥姥快些过去呢。"王夫人等大惊，李纨问道："不是宝二奶奶肚里疼了么？"莺儿点头说："快些去罢。"李纨道："我搀着刘姥姥先走一步儿，太太慢慢儿的来罢。"莺儿也上来两边搀着刘姥姥，赶着去了。王夫人道："偏偏儿的事情总挤在一块儿，这教人家怎么个照应的法儿呢。"湘云道："这都是喜事，人家巴不得这么样才好呢。我来搀着你老人家慢慢儿的走。宝姐姐那里横竖有姨妈在那里呢，邢姐姐没见他，想是他在那里帮着呢。大嫂子同刘姥姥去了就好了。"说着，已到了宝钗的新房子了。

刚走到房门口，就听见小孩儿的哭声了。连忙进到里面看时，只见刘姥姥抱起了小孩儿，正在那里剪脐带儿呢。然后给小孩儿穿上衣衫，包裹好了，又服侍宝钗上了炕，坐在被内。

刘姥姥便向王夫人、薛姨妈笑道："二位姑太太恭喜，大喜，是一位公子哥儿。"大家听了，俱各大喜。李纨、湘云、岫烟俱各过来道喜。

薛姨妈道："我们吃了早饭，同姑娘进来，姑娘就告诉我说肚里有些坠坠儿的疼。我就和邢姑娘在这里坐着没出去。我教他躺着些儿，后来渐渐儿的疼的紧了，我才叫莺儿过来请的。"

王夫人道："我才刚儿正和他们瞧瞧巧姐儿婆家的礼物，外头又来报兰哥儿中了，偏偏儿的莺儿又来请，都挤在一块儿，教我也不知道顾那一头儿的是了。"李纨道："这都是太太的洪福，今儿是四喜临门，也是百年难遇的。"薛姨妈道："兰哥儿中了，也是大奶奶的福，也不辜负了大奶奶为人一辈子的好处。"李纨道："这都是托姨妈、太太的福罢了。太太和姨妈请在这里坐坐。吩咐麝月、莺儿，不许教人在这里闹。我去告诉他们个喜信儿，就叫他们预备了稀饭来，好给宝妹妹吃的。"王夫人点头。

李纨到了后边，邢夫人等大家正在望信，听见李纨说了，大家欢喜，赶着帮着平儿料理清了，把回的礼物摆齐了，教人搬送出去，赏赐了周家的家人，这里派的家人们一同押着回礼都到周家去了。邢夫人、尤氏、平儿、探春、胡氏一齐都到宝钗屋里来，给薛姨妈、王夫人道喜。李纨便在里面照应，就便瞧瞧巧姐儿，又教人吩咐预备稀饭。外边也得了信，大家欢喜。

众亲友都说："我们今儿一天，才道了喜又道喜，也不知道了多少喜了，真是喜事重重，这都是尊府的洪福。"正说着，治国公府里送聘礼的家人回来了，又是马府来的八个家人上来磕头，叩喜请安，抬进许多回事礼物、庚帖等类，吩咐款待来人，整整忙了一日。

到了三朝，备了两万喜蛋，并各样果子，派人分送给南安太妃、西平郡王、北静郡王暨公侯伯各亲友家去。贾政又到宗祠里摆了祭祀，拜谢了天地祖先，遂给小孩儿取名叫桂哥儿，取兰桂齐芳的意思。这一日，并不请亲友外客，只算自己家宴。外面书房里，贾赦、贾政、贾珍、贾环、贾琏、贾琮、贾蓉、贾兰并族中的几个子弟坐了两席。里边大家看着洗了儿，也有金寿星的，也有如意的，也有金钱的，也有玉器的，都拿出来放在小孩儿身上。大家说笑了一会，平儿道："太太们都请到外边坐罢，我们闹了这半天就很够了，也让宝妹妹静静儿的坐坐罢。"探春道："可不是，倒是我们去外边坐坐去罢。"

于是，让到王夫人东厢房内，上面是薛姨妈、刘姥姥、邢夫人、王夫人、史湘云、胡氏坐了一席，下面是邢岫烟、探春、尤氏、李纨、平儿、巧姐儿坐了一席。惜春不肯身临产室，只在王夫人屋里吃素。

过了一日，薛姨妈与邢岫烟便回去了，刘姥姥也回去了。

贾兰便随着甄宝玉拜座师，会同年，料理殿试，练习写法，着实忙乱。谁知薛姨妈回去没三五天，香菱便生了一子，只因产难血晕，即时死了。薛蟠大哭，赶忙料理衣衾棺椁，一面装殓停放，一面雇觅奶子奶小孩儿。小孩儿取名叫孝哥儿。过了些时，瞬届宝钗生的桂哥儿满月，荣府差人来请。薛姨妈依旧带了邢岫烟坐车过来。

要知满月如何，有何话说，须看下回，便见分晓。

第八回　史湘云三宣新酒令　刘姥姥再醉荣国府

话说薛姨妈同邢岫烟到了荣府，原来薛宝琴因送喜蛋到梅翰林家去，方才晓得，今儿也来了。李婶娘也因送蛋晓得，就带了李纹过来道喜。李绮也从甄府来了。又有贾瑞之母带了喜鸾，贾琼之母带了四姐都来了。大家会见，请安问好，道喜已毕，大家归坐，丫环们捧上茶来。王夫人先提起香菱来，叹息了一番，宝钗、宝琴、岫烟都淌下眼泪来。因怕薛姨妈伤心，即忙忍住，拿话岔开。接着，各家都送了礼来。外面是小史侯、冯紫英、甄宝玉、周姑爷、梅姑爷、李婶娘之子、薛蟠、薛蝌、詹光、程日兴等一班亲友。里面因人多，分作两处坐席。王夫人正房外间摆了两席，让薛姨妈、李婶娘坐，邢夫人、王夫人、贾瑞之母、贾琼之母、尤氏、胡氏、喜鸾、四姐儿陪坐。宝钗新房子里也摆了两席，是刘姥姥、邢岫烟、薛宝琴、李纹、李绮、史湘云、探春、李纨、平儿、宝钗、巧姐儿坐。

惜春仍在王夫人屋里吃素。探春道："太太们都不在这里，刘姥姥也不是外人，我们把桌子并在一处，大家说话倒不热闹些么。"平儿道："很好，就是这么着。"丫环、媳妇们便上来把椅子拉开，将两张桌子抬了并在一处，然后大家团团围坐，丫环们斟上酒来。

饮酒中间，刘姥姥忽然瞧见穿衣镜了，乃指着笑道："众位姑奶奶们，我记得那一年老太太在日，留我在园子里逛过一天。那时，我因吃多了酒，到山子后头走了一走，回转过来，我就迷了路了。不知怎么绕了几个弯子，就走到一个屋子里去了。谁知鸦没鹊静儿的一个人儿也没有，只有一个大镜子嵌在里头。我不知道是镜子，猛然看见照出我自己的影儿来了，我心里一恍惚，只当是我们亲家母也来了呢。我就和他说了好一会的话，怎么我说什么，他也说什么，我笑了，他也笑了呢？”

说到这里，大家都笑起来了。刘姥姥又道：“后来我摸到跟前，碰了我的脑袋，才知道是镜子。我推了一推，又摸了一摸，不知怎么‘哗唧’的一声，门儿开了。我走进去一看，好鲜明齐整的床铺，也不知道是谁的，我倒下身去就睡着了。后来有个容长脸儿、高挑儿身量的一位姑娘来了，才把我叫醒了，仍旧送我到席上去了。怎么这儿回我来了，留心看着这些姑娘们里头，总没见那一位姑娘了呢？”探春听了，就知道他说的是袭人，乃答道：“姥姥，你不知道，那个姑娘就是我二哥哥屋里的人，因为我二哥哥出了家，所以太太把他打发出去嫁了。”

刘姥姥点头叹息道：“说起宝二爷来，也难怪太太们想起来就淌眼抹泪的。你们记得那年他拉着我尽自追问抽柴火的女孩儿，把我勒掯的没了法儿了，只得顺着嘴儿胡诌罢了。直到如今，我想起他那个怪撩人爱的小模样儿来，心也觉怪酸的。”说着，便取手帕子擦眼泪。

史湘云听见刘姥姥提起旧事，忽想起当日鸳鸯说的牙牌令来，又见刘姥姥说起宝玉淌眼泪，忙拦道：“今儿大喜事，你不用提这个话，仔细看招的太太们听见了，又要伤心呢。我的意思，咱们今儿也还像那年，行个酒令儿玩玩儿罢。”刘姥姥笑道：“好姑奶奶，你们饶了我罢。难道我的丑还没丢够么？”

探春、宝钗齐笑道：“姥姥，你那会子说的就很好，也不过是大家说说笑笑，免得吃点儿东西闷在心里。史大妹妹，你有个什么新鲜酒令儿要行呢？”湘云道：“我倒有个酒令儿，还是头里你妹夫在衙门里得的，虽算不得什么新鲜，倒也有点儿趣儿。”说着，便向翠缕道：“你把那个酒令儿拿来。”翠缕答应，去不多时，拿来递给湘云。

大家看时，只见是四颗牙骰子，上面刻的并非红绿点数，乃是一面镌着两个字，每骰六面共十二个字。头一颗骰子上镌的是，公子、老僧、少妇、屠沽、妓女、乞儿十二个字；第二颗骰子上镌的是，章台、方丈、闺阁、市井、花街、古墓十二个字；第三颗骰子上镌的是，走马、参禅、刺绣、挥拳、卖俏、酣眠十二个字。掷下去合成六句成语是：

公子章台走马。老僧方丈参禅。

少妇闺阁刺绣。屠沽市井挥拳。

妓女花街卖俏。乞儿古墓酣眠。

行此令时，若掷出本色成语者，合席各饮一杯公贺；若掷出参差综错名目时，即酌量其人、其地、其事之轻重，以定罚酒之多寡。第四颗骰子上镌的是，拇战、觅句、飞觞、雅谜、笑语、泥塑十二个字，乃是令底。同三颗色样骰子一齐掷下，如色样参差，应罚酒若干杯，再看令底是何名色：如遇拇战，受罚者将罚酒与同席一人拇战豁拳，输者饮酒；如遇觅句，受罚者席上生风，或诗文成语说一句，恰当的免罚，不通的加倍罚；如遇飞觞，受罚者将罚酒随意飞与同席之人代饮；如遇雅谜，受罚者说一雅谜给同席人猜，猜不着者代饮，如皆猜着或不能谜者，加倍罚；如遇笑语，受罚者说一笑话，同席人皆笑免罚，皆不笑加倍罚；如遇泥塑，受罚者将罚酒慢慢自饮，随意指同席一人令其泥塑，其人即就当下的情形，凡眼、耳、口、鼻、手、足一如泥塑之状，不许稍动，俟酒饮完才罢，如笑而动者代罚。设此六样，不过为罚酒之人酒多易醉，取其活泼变通热闹的意思。”

湘云将酒令讲明，大家俱各欢喜愿行。惟有刘姥姥攒眉蹙鼻道：“姑奶奶，这个酒令儿有这些累赘，我又认不得字，越发闹不清楚了，别算我罢。”湘云道：“姥姥，你只管放心，没人赖你，教巧姑娘给你看着些儿就是了。”巧姐也笑道：“干妈，你只管放心，我给你老人家瞧着呢。”

于是，湘云命麝月取出骰盆放在桌上，又随手抓了几个瓜子儿一数，从自己数起，数到薛宝琴为止，便从宝琴掷起。宝琴抓起骰子来笑道：“我这也不知道掷出个什么笑声儿来呢？”说着，便掷了下去。大家看时，乃是“屠沽方丈走马”，一齐都笑起来。湘云道：“屠沽非走马之人，方丈又非走马之地，该罚三大杯。”又看令底是“拇战”，笑道：“琴妹妹，你和谁豁拳？”说着，丢了个眼色，宝琴会意，道：“这会子豁拳，一来怕外头太太们听见了，二来也怕吵了小侄儿，不如猜雅拳出指头儿大管小最好。我就和姥姥猜罢。”刘姥姥笑道：“我这如今，手指头儿都强巴巴的不听使了，姑奶奶可要让着我些儿才好。”说着，二人一齐伸出指头来看时，刘姥姥出的是无名指，宝琴出的是中指。大家都笑道：“姥姥输了。”刘姥姥道：“我估量着姑奶奶要出小指的，谁知反倒上了当了。”说着，便把宝琴的罚酒拿起来，一气喝了。

下家该李纨掷了，李纨抓起骰子来，笑着掷了下去道：“掷个好的罢。”大家看时，乃是“少妇市井酣眠”，又都笑起来。湘云笑道：“好个没脸的少妇，怎么跑到市井上酣眠去了，该罚五大杯。”又看令底，乃是“觅句”，因道：“亏了这个令底还好，你快觅句罢。”丫头们斟上酒来，李纨把筷子指着果碟内的桃杏，说道：“天上碧桃和露种，日边红杏倚云栽。”湘云道：“这是烂熟的两句旧诗，人人都能说的，这个不算，你还得喝酒。”李纨道：“这个酒就该罚你，你说的原是旧诗文成语，怎么这会子你又嫌熟了？这又不是出题限韵，要什么生的呢？”宝钗笑道：“我说个公道话罢，大嫂子说的也不惊人，云儿挑饬的也没理，这五杯酒你们两人平分了罢。”李纨便将酒与湘云两下分着吃了。

下家该邢岫烟了，岫烟便拿起骰子来掷了下去。大家看时，却是“公子闺阁卖俏”。湘云笑道：“薛二哥想是每日在家里学张敞画眉了，请问有什么俏卖呢？”岫烟原本老实，便红了脸不好则声。宝钗便道：“云儿，你说该罚多少酒罢？”湘云道：“公子在闺阁卖俏，这于理上还说的去，可以免罚酒的。”再看令底，是“泥塑”，又道：“既不罚酒，也就不论了。”

把盆过下去，却该李纹掷，李纹便抓起骰子来道：“掷个好的罢。”掷下看时，却是“屠沽章台刺绣”。湘云道：“屠沽非刺绣之人，章台非刺绣之地，该罚三大杯。”再看令底，却是“飞觞”。丫头斟上酒来，李纹便说：“一杯一杯复一杯。”恰飞到湘云、探春、刘姥姥三人，将酒送过，三人饮干。

下该平儿掷，平儿便一把抓起骰子来笑道：“我若掷的不好，不算，再重掷使得么？”湘云笑道：“二嫂子，你倒很乖呢！”平儿便掷了下去道：“姑娘，你给我瞧。”巧姐儿一看，说道：“姨娘，你掷的是‘少妇方丈挥拳’。”大家齐笑起来，湘云道：“你这个少妇越发好了，怎么跑到方丈里挥起拳来了？”因向巧姐儿笑道：“你姨娘要打和尚去了，你也劝劝他呢。”大家越发笑起来了。平儿道：“我可喝酒不喝酒？”湘云道：“该罚五大杯。”因看令底，却是“拇战”，因说：“你和谁猜拳罢。”平儿道：“我就和你猜，仍旧是出指头儿，分作五拳。”猜了一会，平儿赢了两拳，输了三拳，二人将酒分着吃了。

下该李绮，拿起骰子便掷了下去，大家看时，却是“少妇闺阁刺绣”。湘云道：“这才掷得好呢，六样本色，惟有这个才是我们的本等。合席快快公贺一杯，也不必看令底了。”

下家轮到巧姐儿了，巧姐儿便抓起骰子来笑道：“我掷的要不好，你们可莫要笑。”唰的扔了下去，看时乃是“公子花街参禅”。湘云笑道：“也还掷得好，虽不是本色，这却免罚的。公子到了花街，还想去参禅，这样好公子怎么还罚酒呢？到底是我们巧姑娘，真掷的巧。”巧姐儿笑道：“我掷的这个名色，很该让二婶娘掷出来才是呢。”说的大家笑了。

湘云道："这可该轮着我了呢，我可别要学了商鞅为法自弊，可就了不得了。"说着，便抓起骰子使劲儿掷了下去，一看，先自己笑的动不得了。大家看时，乃是"老僧闺阁卖俏"，大家都笑起来。湘云道："我这个手，真该打了，怎么掷出这个大罚来了。"再看令底，笑道："阿弥陀佛，有这个救命呢。"大家看时，却是"泥塑"，都捏着一把汗，不知他要塑谁呢？湘云道："斟十杯酒来。"丫环们忙斟了十杯酒，便放在他面前。湘云挽了挽袖子拿起一杯来，慢慢的放在唇边，留神把众人一望，只见刘姥姥正拿筷子夹了个虾肉圆子，张着嘴才要吃时，湘云忙指道："姥姥，塑住罢。"

原来刘姥姥虽是乡下人，时常在城内亲友家喝酒，也懂得这些玩笑的意思。他便张着嘴、瞪着眼儿拿筷子夹着虾圆子，离嘴不远，纹丝儿不动，招的合席，并伺候的丫头、媳妇们都哈哈大笑起来。谁知虾圆子是滑的，那牙筷子夹不住，就轱辘下来了。刘姥姥忙用筷子赶着去夹时，湘云笑道："塑不住了，快把这九杯酒都给姥姥送过去罢。"刘姥姥笑道："罢了，姑奶奶，我怕圆子掉下去油了我的新裙子，这不算违令的。"湘云那里肯依，探春从中排解，每人喝了五杯方罢。

宝钗笑道："这又轮着我了，可又不知掷出个什么来呢？"岫烟笑道："姐姐恭喜添了外甥，自然要掷出好的来呢。"湘云道："罢哟，你这又是溜奉大姑子的话了，掷骰子与添外甥什么相干？骰子是凭手掷，难道外甥也是手添的么？"宝钗啐了湘云一口，大家又都笑了。只见宝钗掷了下去，自己先笑道："这个呢，可教我刚刚儿的掷出本色来了。快拿酒来，每人我先敬一杯。"大家看时，却是"老僧方丈参禅"。大家都道："真掷的好，我们这杯酒是要喝的。"巧姐儿笑道："我说我二婶娘要掷出和尚来呢，果然就掷出和尚来了。"大家又都笑着，每人饮了一杯，也就不必再看令底了。

下家就该探春掷，探春道："这就是凭天赐罢了。"掷了下去看时，却是"乞儿章台刺绣"。乃笑道："你们瞧我掷的，这也没有什么可罚之处，章台虽系游赏之地，那里就没一两个乞儿，他穿的那鹑衣百结，难道就不许自己用针线缝缝么？”湘云笑道：“三姐姐，你快别强词夺理了，章台刺绣，独有妓女方可，别人都是要罚的。若依你说，乞儿可以使得，推而至于老僧、屠沽，谁又使不得呢？”探春笑道：“依你说，罚多少呢？”湘云道：“不过三杯罢了。”探春道：“我且看看令底是什么？”一看乃是“雅谜”，因笑道：“斟酒来罢，我说谜儿，你们猜罢。猜不着的，怕不替我喝么？”湘云道：“咱们先说过不要市井俗谈，要文雅的才算呢。”探春道：“你放心，这也短不住我，我先说一个，邢姐姐猜罢。‘苔痕上阶绿，草色入帘青’，曲牌名三字。”岫烟想了一想道：“是‘满庭芳’么？”探春点点头儿道：“我再说一个，琴妹妹猜罢。‘九天阊阖开宫殿，万国衣冠拜冕旒’，也是曲牌名。”宝琴笑道：“这一个更好猜了，不是‘朝天子’，可是什么呢？”探春道：“好啊，都利害的很，我这三杯酒只怕推不出去了呢。云儿，你猜我两句四书罢。”湘云道：“你只管说罢，不拘什么，我都猜就是了。”探春乃用筷子在桌子上蘸着酒，写了个“人”字内里又有一点，却是个‘令’字的头上半截。湘云仔细端详了一会，笑道：“这也没什么难处，‘既不能令，又不受命’，是不是呢？”探春笑道：“刚刚儿的短住你了，快把这三杯酒喝了罢。”湘云笑道：“探丫头着了急了，人家猜着了，怎么赖着说不是呢？你说不是这两句，又是那两句呢？你且说说，你说的如果比我猜的恰当，我自然情愿替你喝酒。”探春道：“当真的，可不许反悔。我的这两句是‘嬖人有臧仓者阻君，君是以不果来也’。”大家想了一想，果真探春说的比湘云猜的恰当，湘云只得将酒喝了。然后将骰盆推在刘姥姥面前，笑道：“姥姥，该你掷了。”

刘姥姥笑道：“我已经醉了，还掷什么呢？”湘云道：“酒令大如军令，姥姥，你怎么不掷呢？”刘姥姥只得抓起骰子来，向巧姐道：“姑娘，你可给我瞧着些儿。”“唰”的扔了下去，笑道：“是个什么？”巧姐儿道：“是个‘妓女古墓挥拳’。”刘姥姥笑道：“好个浪蹄子，想是受了老鸨子的气，跑到坟院里打鬼去了。这可罚酒不罚呢？”湘云笑道：“怎么不罚，掷出妓女来，还要多多的罚酒呢。”刘姥姥道：“令底是什么？”巧姐道：“是‘笑语’，该你老人家说个笑话儿了。”刘姥姥笑道：“罢哟，我就是个笑话儿，怎么还要替另说个笑话儿呢？”巧姐道：“你老人家不说笑话儿，这罚的酒就都要自己喝呢。”刘姥姥笑道：“这么样，我就说一个罢。”

说着，便先咳嗽了一声，打扫净了嗓子。这里大家都止了说笑，鸦没鹊静儿的，听刘姥姥说笑话。只听刘姥姥说道：“一家子三个女孩儿，寻了三个女婿。这一天是丈人的生日，三个女婿女儿都来上寿。乡下人房屋不多，只得同坐一席。丈人丈母面南坐，大姑爷大姑娘面西坐，二姑爷二姑娘面东坐，三姑爷三姑娘面北坐。大家喝起酒来，谁知丈人要试试三个姑爷的才学，便说道‘咱们今儿要行个酒令儿，我的意思要说两句《四书》上的话，还要两头都有个人字。’那大姑爷沉思了一会，便说道：‘人能宏道，非道宏人。’丈人丈母喜了个了不得，大姑娘这一喜也就难以言语形容了。那二姑爷也就说道：‘仁者安仁，知者利仁。’丈人丈母越发拍手赞好，二姑娘也就乐到云眼儿里去了。只有这个三姑爷急的满脸飞红，头上的汗就像蒸笼一般，总说不出来，把这个三姑娘气的脸儿沙白的，恨的悄悄儿的在他大腿上拧了一把。忽见三姑爷把头一扭，把三姑娘瞅了一眼道：‘人越不会，越来拧人。’”说的大家一齐哈哈大笑，连伺候的丫头、媳妇们都笑起来了。

湘云向探春笑道：“三姐姐，你听姥姥的笑话儿，他竟是编派你呢。”探春也就笑道：“姥姥的笑话儿说的好啊，你自己说罢，该罚多少酒？侍书去拿个大些的杯来。”侍书答应取杯去了。刘姥姥忙笑央道：“姑奶奶，我这说的原是一个旧有现成的笑话儿，并不是我肚里编出来的，那里我就敢编排姑奶奶呢？”探春笑道：“俗语说的好，‘当着矬子，不说短话’，姥姥为什么尽自只是说三姑娘呢？”刘姥姥笑道：“姑奶奶，人家现成的笑话儿上原是三个姑爷三个姑娘，你可教我怎么私自加减呢?”探春又笑道:“说现成的笑话儿,原也不必加减,只是姥姥也该变通变通,或是说大姑爷说不上来,或是说二姑爷说不上来,皆都使得。怎么单单儿的就该说是三姑爷说不上来呢?”这话分明是探春的强词,无如刘姥姥是个乡下人,一时摆布不开,只得答道:“姑奶奶这难了,我要说大姑爷说不上来,难道不怕邢大姑奶奶疑心,若要说二姑爷说不上来,难道又不怕薛二姑奶奶嗔怪么?”探春笑道:“你们听听,说了大姑爷、二姑爷怕你们两个疑心嗔怪,这可不是单单儿的糟蹋我呢么?”刘姥姥无可对答,着了急,把手在自己的嘴上打了一下子,笑道:“姑奶奶们,我只顾说笑话儿,惟恐说的你们不笑了要加倍罚我的酒,那里还有什么别的心眼儿想起这些忌讳来呢?好姑奶奶们,你们也不用另外罚我,就把我掷出来的罚酒,我自己喝了,也就是了。”

湘云听见,忙向探春丢了个眼色,笑道:“三姐姐,就是怎么着罢。姥姥才掷的是‘妓女古墓挥拳’,妓女虽属下贱,到底也是女流,那有挥拳的理,况在古墓,越发不该。本就该罚五大杯,况且说的笑话儿又伤失了人,再加一倍,也就是了。”叫翠缕斟过十杯酒来,翠缕答应,捧上十杯酒来,放在席上。

湘云便拿起一杯来,放在刘姥姥唇边,刘姥姥只得一扬脖子喝了。湘云忙又拿起一杯来,刘姥姥笑道:“好姑奶奶,让我歇歇,慢慢儿的喝罢。”探春便夹了一块糟鸭,放在刘姥姥嘴里,刘姥姥只得嚼了一嚼,咽了下去。湘云把酒又放在刘姥姥唇边,刘姥姥推辞不过,只得又喝了。宝琴又夹了一块鹅掌来喂他,湘云一鼓气儿拿着酒,在刘姥姥嘴旁边催他喝。刘姥姥一来推辞不开,二来也喝顺了嘴,不知不觉竟将十杯酒全数喝了。只因吃紧了,呛的咳嗽起来。巧姐儿便在他脊背上,给他捶打。

忽见侍书拿了个玛瑙酒海子来。刘姥姥见了忙接在手中看了一看,笑道:“这杯子很像那年在栊翠庵喝茶的那个杯子的样儿,姑娘,你拿这个给我倒一杯茶来罢。”探春笑道:“姥姥,我也不敢说罚你的话了，这会子侍书既取了海子来，我到底要敬你一杯。你想你才刚儿说的笑话儿，幸亏我出了嫁一年多了，脸皮儿也闯下来了，若像头里在家做女孩儿的时候，教你才刚儿这一路三姑爷怎么出丑，三姑娘怎么发急，可教我在这里还坐得住么。”说的大家又都笑起来。

正笑之间，忽见尤氏走了进来，笑着说道……要知他说些什么，须听下回细表。

第九回　薛蝌中举何用生疑
平儿生子允宜称快

话说尤氏走了进来，笑道："你们做什么呢？一会儿嘻嘻哈哈的一阵子，笑的这么热闹。太太们说，怕吵了小哥儿，打发我来申饬你们来了。"宝钗便道："我说你们别太闹的没样儿了，这会子到底教外头太太们都听见了。"探春道："宝姐姐，你信他的话呢，太太好意思使唤起那边的大嫂子来么？"尤氏笑道："你真是个玻璃人儿很透亮，你却不知道，太太怕你这个大嫂子年轻脸软，管不下你们来，说我还老练些儿，故此才教我来管教你们来了。"探春笑道："你们听听，把他就俊的这个样儿，太太还打发他来管教我们来了，你管不成我们，只怕我们要把罚姥姥的这一大海子酒，倒要罚了你呢。"说着便教侍书斟一海子酒来，尤氏忙笑道："罢了，姑奶奶，别胡闹了，我在外头喝的酒也不少了，你看我的脸红的这个样儿。我实告诉你罢，太太们都喝多了酒，这会子害热都散坐着乘凉呢。我听见你们里头笑的很热闹，所以我进来听一听的。你们到底一阵一阵儿笑的是些什么？"巧姐笑道："大娘，我告诉你，我干妈说了个笑话儿，我姑妈说他不该说三姑娘来，所以要罚我干妈酒呢。"尤氏笑道："嗳哟，到底什么笑话儿上，有个三姑娘啥？"刘姥姥笑道："大奶奶坐下，我告诉你这个笑话儿，求大奶奶给我评一评这个理，看该罚不该罚呢？"尤氏便坐在刘姥姥身旁，刘姥姥遂将方才的笑话儿又说了一遍。尤氏也笑起来道："姥姥，据我看来，罚姥姥一海子酒也不为多。"刘姥姥道："嗳哟，我的大奶奶，才刚儿史大姑奶奶已经灌了我十杯了，这会子又罚我这一大海子酒，那我就实在要醉死了呢。"

尤氏道："姥姥，你听我说个公道话罢。我们三姑娘的脾性儿姥姥也是知道的，从小儿在家就好强脸热。如今这一位三姑爷现是四品京官，你把人家比成笑话儿上的傻女婿了，怨不得他要罚你呢。依我调停，这一海子酒你喝一半儿，我们妯娌四个替你喝一半儿，好不好呢？"刘姥姥又无言可对，只得应允。

尤氏便叫人拿四个大杯，舀出四杯酒来，自己便先喝了一杯，那三杯送给李纨、平儿、宝钗三人，也都喝了。

原来这个玛瑙酒海子，是一块整玛瑙石根子雕出来的，外面明处盛酒有限，里面暗处藏酒最多。刘姥姥见舀出四杯来，海子里所剩的不过两三杯了，遂也不再争竞，只得掇起海子来喝了一气子。瞧着干了，放下来酒又上来了。刘姥姥诧异道："怎么这个海子成了聚宝盆了，做的这样有趣儿，我再喝你一气子，看你还有没有了？"湘云笑道："姥姥，你再喝一气子，比这个好看的玩意儿还在后头呢。"刘姥姥果真的掇起来又喝了一气子，放下海子，只觉头晕目眩挣扎不住，就倒在炕上睡了。宝钗道："都是三妹妹，闹的人家说笑话儿，你又在里头胡挑眼儿，一阵子把姥姥灌醉了。过会子太太知道了，还要说呢。"探春笑道："都是云儿撺掇的，我也本来没有留这个心。"

湘云笑道："难道玛瑙海子也是我教人拿来的么？我想太太知道了也没什么要紧，他各人要喝罢了，难道牛不喝水强按得头么？"巧姐儿笑道："不相干的，我干妈那一遭儿来了没醉过呢，不过睡一会子也就好了。咱们何不也把席撤了去，大家都到外头和太太们说说话儿去罢。这里也让我二婶娘给我兄弟一口咂咂儿喝么。"尤氏笑道："我的儿，你比我还想的周到，明儿出了嫁，真赶得上你妈妈的脚踪儿。”说的大家都笑了。于是，伺候的丫头、媳妇们撤去残席。

大家都到王夫人上头去了，只有巧姐便跟着宝钗到屋子里来，叫奶子将桂哥儿抱了过来，道：“二婶娘，你给兄弟喝一喝咂咂儿罢，他饿了。”宝钗便把桂哥儿接来，放在怀里，解开衣钮，轻轻儿的奶上奶，把衣襟一把胸前盖住。巧姐儿笑道：“我特意要瞧你的咂咂儿，你怎么又盖上了呢？”说着，便伸手把宝钗的胸襟儿揭开了。宝钗笑道：“这么大的姑娘，眼看出嫁的人了，还是这么淘气。”巧姐儿笑道：“二婶娘，你看我姨娘他倒比你岁数大，他的咂咂儿怎么倒比你的还小些呢，也不像你这么样涨腾腾的呢？”宝钗笑道：“去罢，女孩儿家管的闲事太宽了。”

忽听刘姥姥在外边打了个呵欠，伸了一伸懒腰，放出个山响的大屁来，把个巧姐哈哈大笑起来。宝钗笑的奶也惊了，把桂哥儿也呛的咳嗽起来。宝钗便教麝月、莺儿出去看看刘姥姥醒了没有。两人出去看时，忽见刘姥姥一轱辘爬起来，咧里咧蹶的往外就跑。麝月、莺儿赶忙上来搀着，晓得他要找中厕，便搀架着他到后院子里来。刘姥姥哼哼的道：“姑娘，快把我的裙子给我解下来，我也弯不下腰了。”莺儿忙伸手替他解了裙子，褪下小衣，蹲了下去。麝月、莺儿又不敢松手，怕他跌在屎窝里，只得一只手捏了鼻子，一只手拉着他。少时解毕，二人把他慢慢儿的搀了回来。宝钗、巧姐儿恰好出来，便一同跟着刘姥姥到王夫人上房里去。

到了上房，众人见了都说：“姥姥来了。”刘姥姥笑道：“二位姑太太，别笑话我，教姑奶奶们闹的又丢了底了。”王夫人笑道：“姥姥，没什么好东西给你吃，多喝两杯酒，也是我们主人家的敬意。”刘姥姥道：“阿弥陀佛，姑太太快别这么说，我真可当不起了。”薛姨妈笑道：“姥姥如今上了年纪了，你看今儿我们这几位姑奶奶，也没一个儿善静好缠的，姥姥那里搅的过他们呢。”

巧姐儿问李纨道：“大娘，你们都进来了，我姨娘在那里去了？”

李纨笑道："你那个姨娘，当日不知怎么跟着你妈妈学来，就学的一模一样儿的毛神鬼似的，很怕家里丢了什么东西，才刚儿在这里打了个照面儿，就早溜到家里去了。"尤氏笑道："未必是怕屋里丢了东西，只怕是提防他老子趁这个空儿，又弄了什么鲍二家的来，在屋里喝酒，所以忙忙的捉去了。"巧姐儿笑道："这是没有的事，我父亲陪着爷爷们在书房里喝酒呢，我姨娘只怕是在奶奶屋里，看我四姑娘去了。"

正说着，只见平儿笑嘻嘻的进来道："姥姥，你醒了么？我才刚儿吩咐他们备了几样稀烂的菜，两碗鸡笋酸汤，姥姥你先吃碗饭罢。"刘姥姥道："我的姑奶奶，我酒也醒了，不怎么样了，过会子大家一起吃饭罢。"说着，丫头们掇上菜来，乃是一样炖肘子，一样酿鸭子，一样煨火腿，一样芙蓉豆腐，两碗鸡笋酸汤。王夫人道："姨太太也要饿了，我们都一起吃饭罢。"平儿答应，忙教人传饭，仍摆在两处。

于是，大家仍在两处吃了饭，已是掌灯时分。刘姥姥、薛姨妈、邢岫烟、薛宝琴、李婶娘、李纹、李绮俱各告辞，各自回家去了。惟留下史湘云、探春在这里住着，另日再回。谁知史湘云亦有遗腹之孕，起先不觉，故人皆不知，近来已将临月，因此不能再住。王夫人闻知甚喜，大家又叮嘱了一番，并伫望喜信的话，教人套车送去。随后贾瑞之母、贾琼之母、喜鸾、四姐儿也回去了。邢夫人、尤氏、胡氏俱各上车回去。探春便在宝钗屋里住了。

平儿搀了巧姐儿的手，一同慢慢回去。巧姐儿道："我今儿瞧见我二婶娘养的那个小兄弟，我就怪爱的。我记得那一年我妈妈小月了一个兄弟，要不然这会子也好大的了。"平儿听了心里伤感，早把眼圈儿红了。刚走到自己院内，早有彩明、善姐儿迎了出来。平儿道："你们怎么也不来一个人儿，拿灯笼接一接我们，教我们黑影里摸瞎儿回来了。幸亏是晴天，若是天阴，路都看不见了，姑娘怎么走呢？"彩明道："姨奶奶，你别生气，今儿有个缘故。太太知道咱们屋里没人，晌午差人赏了一大壶酒，四碗菜，两盘饽饽，一鼓子大米饭。我们就放在姑娘屋里，谁知老奶奶子眼错不见的把一大壶酒一个人儿都灌丧完了，这会子醉的人事儿不醒，叫着总不起来。两三间屋子就剩下我们两个人，又怪害怕的，又找不着灯笼和手照子，不知放在那里去了，心里也急的什么似的呢。”巧姐儿道："这都是姨娘素日慈善太过了，一个一个儿的都惯的不成样儿了。要是我妈妈活着，他们再不敢的。”说着，便自己到屋里换衣裳去了，彩明也就跟了进去。

平儿问善姐道："二爷怎么还没回来？”善姐儿道："听见外头说，大老爷、二老爷早就散了，剩下一伙小爷们，这会子只怕正喝到热闹中间呢？”平儿道："这么着，你就和彩明陪着姑娘玩一会子去，他才吃了饭没多大会儿，睡下怕停了食。我这会子也不用你们做什么了，茶儿水儿都预备着些儿，仔细二爷回来要用，你就去罢。”善姐答应着去了。

平儿换了衣裳，独对银灯坐着，想起凤姐在时，那一番势焰繁华的光景。如今虽说复了家产，到底所入不抵所出。李纨、宝钗都有了儿子，贾琏仅有一女。正在伤感，只听院内走的靴子响，就知是贾琏回来了。平儿素知贾琏的脾气，故意假装盹睡，只见贾琏走了进来，口中只嚷好热，一面摘帽子脱衣裳，道："怎么屋里连一个人儿也没有？这早晚还在那里浪去了。”回头见平儿在炕沿上盘膝打盹，忙笑着在靴掖子内取了些纸，拈了个纸捻儿，悄悄儿的来搜平儿的鼻孔儿。刚到跟前，平儿猛然一笑，倒把贾琏吓了一哆嗦，笑道："昨儿晚上又没累着你，今儿这早晚就困的这个样儿了。”平儿笑道："你悄默声儿的罢，那边姑娘还没睡着呢，仔细听见了，成个什么意思呢。”贾琏笑道："哦，我说低声些。你瞧这个薛大傻子傻不傻？因见我没儿子，把他倒急坏了，才刚儿把他配的什么种子丹，打发小厮取了一服来，立刻逼着我用黄酒吃了。他说这个药万灵万应，百发百中的。我借着酒劲儿，也就糊里糊涂的吃了。咱们今儿就快些试试，就知道这药灵不灵了。”平儿笑道：“你又胡闹了，知道是什么药，吃得吃不得的，就混吃起来了。况且养儿子一来也要自己的修积，二来也要自己保养身子。你看你头里和奶奶不是大天白日关上门，就是什么改个新样儿、旧样儿的胡闹起来，怎么能够养儿子呢？”贾琏笑嘻嘻的道：“这些事，你又怎么都知道了呢？”平儿笑道：“嗳哟，岂但知道呢，那一遭儿我又没见过呢。别说奶奶，我们在一块儿，就是尤二姨儿、秋桐你们的那些故典儿，你又当我不知道么？”贾琏笑道：“这么说起来，你竟是我的一个总掌柜儿的了。好的很，咱们一会儿睡下，你就把你奶奶、尤二姨儿、秋桐和你四个人的好处，细细的评论评论给我听听，看你说的公道不公道？”平儿鼻子里笑了一笑道：“也不用我评论，依我看来我们四个人也没一个儿中你的意的，那里赶得上什么多姑娘、鲍二家的好呢？”贾琏道：“罢哟，这又该你揭挑得了，你也想想头里有他们三个在的时候，你也就很受了委屈了。这会子，你独霸为王的，也就快活极了，还揭挑这些馊包子、烂粉汤做什么呢？”平儿道：“我也不稀罕什么独霸为王，只要你明儿立点儿志气，诸凡事要点儿强，不要日后落到搭拉嘴子的分儿，那我就沾了恩了，也再没什么痴心妄想了。”贾琏把手一拍，笑道：“罢了，不用说了，我也不喝茶了，睡觉罢。”说着，便脱了靴子，自己先睡下了。

平儿慢慢儿的收拾了器皿，卸了残妆，关上房门，坐在香炉旁边闻香儿。贾琏道：“你到底也睡呀，这会子三更天了，还坐着做什么呢？”平儿笑道：“咱们可要预先说过，睡下你可要给我老老实实的，不许像那一回喝醉了勒措奶奶的那个样儿。”因又走到贾琏身边说道：“我告诉你，我身上已经三四个月没行动了，也不知道是不是的呢？”贾琏听见，便一轱辘爬了起来道：“这么着，你早怎不告诉我呢？早知道，我今儿也不吃这个药了。咱们今儿还是试不试呢？”平儿“扑哧”的笑了，脱衣就寝，一宿晚景不题。

瞬届殿试之期，贾兰便会同甄宝玉二人料理一切事宜。接着，便是薛姨妈家的孝哥儿满月。史湘云也生了一子，名唤遗哥儿。王夫人教人两处都送了礼物。恰值殿试已过，甄宝玉是二甲第七名，贾兰是三甲第三名。两人会了众同年谢恩，赴过琼林宴，迎接回家。贾兰便先向宗祠内拜过祖先，然后拜见贾赦、贾政、贾珍、贾琏等长辈，众人俱各大喜。又到了内里来见邢、王二夫人，尤氏、李纨、平儿、宝钗等行礼，合家欢喜。

外面是庆国公、临安伯、锦乡侯、齐国公、缮国公、寿山伯、平原侯、神武将军并各亲友，贺喜的络绎不绝。贾政因贾母服尚未满，不能作乐，只在荣禧堂上摆了几席，留亲友坐坐。

那贾蔷、贾芸、贾芹因俱有过犯，不许进门。三人请托了林之孝，再三求着贾政，因念究系一族，又属近派，皇上尚且起复废员，弃瑕录用，何况我们呢。因此贾蔷、贾芸、贾芹今儿都同了贾琼、贾瑞、贾菌、贾蓝望荣国府内来了。

那王仁因巧姐之事，贾琏很申饬过他一顿，故同傻大舅皆无颜进门。今见贾兰中了进士，这番荣耀，又见贾蔷、贾芸依旧在荣府出入，心里甚是难过，便来找他二人。贾蔷道："我们是托了林大爷进来的。大舅，你要进来，也得托托人撕罗就好了。"王仁道："我怎么好托林之孝去的呢？"贾芸道："你会会三叔，叫他想个主意，这事原是他闹起的。"

王仁隔了一日，便到门上来找贾环。贾环听见，出来会他，王仁便把这话向贾环说了。贾环道："头里那些事，都是你和傻大舅闹的，带累的我就很不浅。那会子，我恨没个地缝子钻了去呢，后来懊悔已是迟了。我如今通身改过，现在上紧念书，还要巴结上进呢。你这会子，又来说这些话做什么？"王仁道："今儿傻大舅也在我们那里，还有几个好朋友在我那里设局，又叫了两个陪酒的。老三，你和我到我们那里逛逛去罢。"贾环道："这都是什么话？咱们已经改邪归正了，你再要这么着，咱们可就得罪你了。"王仁十分没趣，只得走了。贾环也不送他，径自进去了。

原来李婶娘之女李纹有了人家的，是给了神武将军之子陈也俊为媳，妹子李绮已嫁与甄宝玉将及一年。陈也俊因孝服未满，故到此时才娶李纹过门。李纨回去给李婶娘道喜，便住了两天，方才回来。

接着，朝考已过，贾兰补了刑部主事，甄宝玉点了翰林院编修。贾兰却与周姑爷同部，每日上衙门同在一处。贾兰年轻，凡事自然总要姑爷指点。探春已经回家，听见侄儿亦在刑部，甚是欢喜。每每上衙门回来，贾兰便随着周姑爷在探春那里吃饭。回家时，告诉贾政，贾政亦喜。

晚间在王夫人上房，说起贾兰来，贾政道：“兰哥儿年纪虽轻，已经两榜，现又归了部属做官，真也算是强爷胜祖了，很该给他说亲才是。”王夫人道：“可不是呢，兰哥儿这么样，外头谁还不知道，还愁没好女孩儿么？”贾政道：”现在都没人来说呢。”王夫人道：“老爷没提过，外头谁知道呢？明儿叫了官媒婆朱大娘来，和他说了，谁还不愿意给咱们家么？况且少年两榜的女婿，只怕选遍了天下也没几个儿呢。”贾政道：“今年把亲说定了，明年也就要早些儿娶了过门。”王夫人道：“后年咱们就可抱重孙子了。环儿的亲事，今年过门，老爷定了日子是几月里头？”贾政道：“巧姐儿出嫁周家是十月里。我打量把环儿娶亲的事，定在十一月头上罢，省的又挤在一块儿。”王夫人道：“环儿自定了亲，如今倒很好了，天天念书也不闲游浪荡，说明儿还要乡试呢。”贾政道：“去年皇上因海晏河清，万民乐业，大赦天下。所有恩科，旨意着今年举行，我已给他援例捐了监了。我昨儿看了看他的文章，虽不怎么样，也还很去得。只是场期也不远了，他这会子虽然上心，我只愁他是抱佛脚呢。”王夫人道：“环儿娶亲在十一月里呢，我想他岁数也不小了，他既然又读书肯巴结，可先给他屋里放一个丫头，只算奖励奖励他，又可收笼收笼他的心。”贾政点头道：“这也使得，你明儿就挑一个丫头给他放在屋里头罢了。”

次日，王夫人便挑了彩云，回明贾政，给贾环放在屋里。二人喜出望外，这会子才明目张胆，不似从前偷摸了。彩云也似袭人一般，常时劝勉，催着贾环读书。贾环遂了心愿，越发上心精进。不觉到了场期。

谁知薛蝌无事，只在家中闭户读书作文。人本聪明，又有闺中师友，士隔三日不见，当刮目以相待，学问竟大长了。便也捐了例监，来会贾环，一起进场。贾环道：“薛二哥，我自来没听见过你念书，怎么今儿要下起场来呢？”薛蝌道：“三哥，你去年为什么不下场，今年为什么又下场了呢？这会子也没工夫，等明儿三场毕了，咱们好好儿的比试比试。”贾环大喜，两人便同在一个下处。三场已毕，各自回家。贾环把文章写出来呈与贾政，贾政看了说道：“去是还可以去得，总还不十分老练，由于功夫浅的缘故。”贾环答应了出去，便来与薛蝌两人互相讲究评论起来，竟是薛蝌的好些。

隔了些时，东府里放出几个大丫头出来配人。这里焙茗年已过了二十，该配媳妇了。知道这事，便求了贾琏，向东府说了，配了一个丫头名叫万儿的。原来这万儿，还是宝玉初次梦入太虚幻境的时候，便与焙茗有了私情，被宝玉看见的。今儿配为夫妇，也就算遂了心愿了。焙茗原是宝玉小厮，今配了媳妇，便派在宝钗处当差，于是万儿便叫做焙茗媳妇了。

这日，焙茗媳妇因见重阳佳节，便在园内摘了几十枝菊花，使一个大盘子放了水，送上来与宝钗戴。宝钗素性不喜戴花，因见他特意送来，不忍拂其来意。因叫莺儿接过花来，看了一看道：“这花颜色就很好，难为你送来。”焙茗媳妇笑道：“今儿是重阳了，我才刚儿在园内看见这花颜色开的有趣儿，我本打量摘了自己戴的，因想还没给上头进新，怎么我就混戴了呢？故此，我赶忙摘了这些送上来给奶奶进新的。”宝钗道：“我戴不了这许多，你也拿两枝戴去

罢。”焙茗媳妇便拿了两枝，笑着去了。宝钗教麝月过来道：“你把这花，拣几枝送给二奶奶和巧姑娘戴去，剩下的你和莺儿、秋纹、文杏几个人分着戴了罢。”麝月便拣了几枝，送到后边平儿屋里去。

不多一时，只见麝月跑着回来说道：“奶奶，快些过去，二奶奶要生长了。太太和大奶奶都在那里，刘姥姥都来了。请奶奶快些过去呢。”宝钗忙扶着麝月出来，穿角门过去，走过甬道刚到了粉油的大影壁，忽见善姐儿跑了出来。宝钗忙问道：“做什么去？”善姐儿道：“我们奶奶生长了，我舀水去呢。”

宝钗连忙进去，早听见小孩儿的哭声了。走到房内看时，平儿已坐在炕上，刘姥姥已把小孩儿包好，说道：“姑太太、姑奶奶们大喜，又是一位哥儿。”众人大喜。宝钗道：“我算着日子也该是时候了，原也提防着，不打量怎这么个快法子。我才刚儿还是教麝月送花来才知道的，赶着过来，倒已经下来了。这都是二嫂子的福气。”李纨笑道：“小婶子，你也就不为慢了。”

正说着，只见彩云进来，请王夫人回去，说环哥儿中了。

大家听见，大喜。王夫人道：“上回养桂哥儿，是兰哥儿中了。这会子，又是环哥儿中了，偏偏儿又挤在一块儿。”李纨道：“上回是四喜，今儿是双喜，都是锦上添花。当初老太太在日，还没今儿太太的福大呢。”王夫人道：“我为的是事情挤在一块儿，照应不来，心里着急，难道不晓得知福感福么？阿弥陀佛，这都是菩萨赏的罢了。”于是，留下刘姥姥同巧姐儿在屋里照应平儿，王夫人便同李纨、宝钗到前头来。

原来贾环中了第一百八十名举人，薛蝌中了第六十九名举人，巧姐的姑爷屯里周姑爷也中了，是第三十六名举人。薛、周两处也有报子，一个是贵府姨甥，一个是贵府姑爷，三张报子都一齐贴起来了。大家欢喜异常。

要知后文如何，且看下回分解。

第十回　新孝廉迎巧姐出阁　官媒婆与贾兰说亲

话说贾环中了举，次日便与薛蝌会了周姑爷，大家会同年，拜座师，穿了青衫，簪花披红，赴鹿鸣宴回来。贾政命人开了宗祠，带着贾环祭拜一番。回到荣禧堂，各亲友皆来道喜。

贾琏养了儿子，女婿又中了举人，心下十分快乐。贾政将新生小孩儿取名贾蕙。这日，又是三朝，也摆了几席酒。周姑爷已中了举人，择了十月初十日娶巧姐儿过门。这里备办嫁妆并头面衣裳一切等类，甚是忙乱。幸喜平儿已将针凿鞋脚一切零星应用之物早已备齐。到了初八日，派了林之孝等十二名家人押送嫁妆过去，共计一百六十抬。周家留了家人酒饭，打发花红赏封回来。

次日便是蕙哥儿满月，薛姨妈、探春、史湘云、李纹、李绮、邢岫烟、薛宝琴、喜鸾、四姐儿都来道喜。刘姥姥也带了青儿来了。那青儿已有十五六岁，长的体态轻盈，出挑了许多。因与巧姐儿过的很好，故跟了刘姥姥来了。王夫人见了甚喜，道："青姑娘两年没见，长的越发出挑了，怎么不跟姥姥到这里来逛逛呢？"刘姥姥道："屯里的孩子，轻易不到城里头来，又没什么衣服穿，怎么好来呢？姑太太这里，他几时不愿意来么，早就要来的哟。"王夫人道："屯里的人便怎么样？难道屯里就长不出好女孩儿么？我看城里的女孩儿，只怕还没青姑娘这个样儿呢。姥姥，你给我的孙女儿做了媒，如今女婿都中了举了，你这个媒就很好。我如今也给你这个外孙女儿做个媒，使得么？”

刘姥姥笑道：“我的姑太太，城里的人都给城里的人做亲，谁肯要屯里的女孩儿呢？况且姑太太的亲戚，都是富贵双全的人家，我们从那里般配得上呢？姑太太既然看他好，倒是教他在这里当个丫头使唤，也给他学习学习，这还使得。”王夫人笑道：“我的孙女儿，怎么又给了屯里去呢？”因向平儿道：“后廊上的蓝儿，这孩子我前儿看见他长的很好，说话儿也有道理，就是年纪略大几岁，今年将近有二十岁了。你看着怎么样？要是使得呢，你明儿就向他娘说去。”

平儿道：“蓝哥儿他自小儿就肯巴结，进了学好两年了，前儿为没中举，自己还气的哭了。他娘娄氏大嫂子说，你年纪还小呢，这科不中还有下科呢，快不要这么着。这孩子将来总有出息的，家道虽然平常，饭总有得吃就是了。”王夫人道：“姥姥，你听见了没有？这是我本家的一个孙子，家道平常些，孩子倒很好。姥姥，你的意思怎么样呢？”刘姥姥道：“多谢姑太太的意思，了不得，这就是我外孙女儿的造化了，还有什么说呢？”青儿听见做媒的话，就红了脸，拉了巧姐儿到里头去了。王夫人向平儿道：“你明儿过了巧姐儿的事，就向蓝儿的娘说去，说是我的媒就是了。”平儿答应了。

只见奶子抱了蕙哥儿出来，大家都瞧了一会，齐声赞好，都有礼物搭贺。王夫人叫把桂哥儿也抱了来，丫环们答应去了。

不一时，一群奶子都抱了哥儿、姐儿过来。原来邢岫烟生了一女名唤宛蓉已两个多月了，宝琴亦生了一女名唤冠芳已将三个月了，李绮亦生了一子名唤芝哥儿已经三个月了，胡氏亦生了一女名唤明珠已经四个月了，桂哥儿是已经七个月了，史湘云之子遗哥儿是六个月了，连蕙哥儿共是七个小孩儿。大家都笑说：“这才有趣儿呢。”

薛姨妈道：“这些孩子们，一个赛似一个，都是同年的，真有趣

儿呢。"刘姥姥道:"到了明年都会跑了,还更有趣儿呢。那就成了个'七子图'了。"王夫人道:"还有一个孝哥儿没来呢。他没了娘,也该教奶子抱他过来玩儿,横竖有奶奶、婶娘在这里,怕什么呢?"薛姨妈道:"那孩子昨儿有点儿伤风,吃了奶都吐了好些出来,故此没给他来呢。等到明年三月里,给他做周岁的时候,请姑奶奶们都带了哥儿、姐儿们到我们家里逛一天,给小孩儿们刚刚儿的八个一桌儿。"大家都笑起来。于是,里头摆了四桌酒席,闹了一天。

因次日便是巧姐儿出阁,大家俱不回去,只有邢夫人、尤氏、胡氏各自上车回家。薛姨妈、探春、喜鸾、四姐儿便在王夫人屋里住了。李纹、李绮在李纨屋里住,刘姥姥同青儿就在平儿屋里住,史湘云、邢岫烟、薛宝琴便在宝钗屋里住了。因天还尚早,便同了宝钗到平儿屋里去瞧瞧小孩儿,大家说说话儿。谁知到了那里看时,都没见人。

湘云便问道:"二嫂子在家么?"平儿在房内答应道:"请里头坐罢。"奶子出来,打起帘子,大家进去,只见平儿正在那里给蕙哥儿吃奶呢。原来刘姥姥和青儿都在巧姐儿屋里说笑呢,彩明、善姐都在里头伺候。平儿见众人进来,连忙让坐,道:"怎么人都到那里去了,姑奶奶们来了,都不知道吗?"彩明、善姐听见,忙跑了过来倒茶。平儿道:"你们有一个在姑娘那里伺候就罢了,怎么都跑了进去,外头来了客,都不知道,这都是什么规矩?"

史湘云道:"嫂子这里还有几个人呢,怎么只见他们两个了么?"平儿道:"丰儿告了假,小红告了病到今儿都是大半年了,也没信儿。我因为他两个都大了,也该是放出去配人的时候了,来了也靠不住,我索性就由他去罢。"宝钗道:"老太太屋里的琥珀、珍珠几个大的都放出去配人去了,只剩了靓儿、傻大姐两个还在太太屋里当差。太太屋里的玉钏儿是他娘求着放出去了。彩霞、绣鸾、绣凤都配了人去了。昨儿把彩云又给三爷放在屋里了,也只剩了小霞一个人了。我那里自从袭人去了之后,柳五儿的娘,他求了大嫂子和我说了，讨出去给了人家了。碧痕、春燕也放出去了。如今还有麝月、秋纹、莺儿、绮霞、文杏、定儿六个人，就算我的人比你的人多些。二嫂子，你看谁好就挑两个过去罢。况且，巧姑娘也要跟两个丫头过去服侍呢。”平儿道：“我已派了善姐儿跟了过去。这会子彩明也大了，该放出去配人的还有六七个呢，明儿越发没了人了。我昨儿听见太太吩咐了赖大家的、林之孝家的，教早些挑一班女孩子上来伺候呢。前儿东府里放了一班丫头出来配人，也挑了一班十二三岁的女孩儿进去了。”宝钗道：“明儿善姐儿跟姑娘去了，这里伺候使唤的只得一个人，越发不便了。我明儿就打发秋纹、定儿两个过来，给你伺候罢。”平儿笑道：“这就多谢费心，我可也要谢谢呢。”

史湘云道：“咱们都是从小儿在一块儿玩儿的，那会子都还是孩子家呢，到了今儿，大家都有了孩子了。这里的丫头们，我们谁还不知道，评论起来，鸳鸯姐姐是头一个好的，也不用说了。除了他，就是袭人姐姐。可怜死的死了，去的去了。一个紫鹃姐姐，也是个好的，又跟了四姑娘出家去了。这如今倒是宝姐姐的莺儿，还不差什么。”宝钗道：“他也没什么好处，就是人还老实罢了。”因见史湘云的丫头翠缕，邢岫烟的丫头笑儿，薛宝琴的丫头小螺，都在旁边伺候，便说道：“他们三个倒都还好，比我们这里的人都强。”史湘云道：“罢哟，我这个翠缕，就很够受了。我记得那年在园子里头，说起树叶儿的阴阳来，他就说是主子是阳，奴才是阴，你说他这个聪明还了得么？”宝琴道：“这也难为他，就想得好啊。”翠缕道：“那会子，我只说我们姑娘是阳，我就是阴，后来才知道不是这么样。”宝琴道：“怎么又不是的呢？”翠缕道：“那会子我不懂得，还混说是怎没见头上又长出个头来的人呢？谁知道，我们姑爷是阳，我们姑娘是阴，这才明白了。要没了阴阳，怎么生得出我们遗哥儿来呢？”湘云道：“你不用混说了，快给我滚出去罢。”大家都笑起来。

又坐了一会子，湘云、岫烟、宝琴三人便同宝钗回到屋里来。

只见奶子还抱着桂哥儿未睡,大家又引逗着玩了一会子,方才拍着渐渐儿的睡了。史湘云道:“薛二哥自来没听见说他读书,怎么就中了举了呢?”宝钗道:“我们二哥哥,人本聪明。前年到了这里,家中七事八事的,没了空儿,就很荒疏了。这会子,我哥哥赎罪回来,家道萧条,倒没了什么事了。因此上我二哥哥,他就发愤读书,谁知不到一年的光景,就混了个举人出来了。原也是不想的,并没十年窗下,竟侥幸一举成名了。”史湘云笑道:“我知道,这都是邢姐姐的教育罢了。”宝琴道:“我们二嫂子同二哥哥讲讲书理,谈谈文墨,自然少不了的,若说教育可是没有的事。”史湘云笑道:“你这个小姑子,自然要给嫂子遮饰遮饰才是。”邢岫烟道:“这么说,史大妹妹从前妹夫自然是妹妹教化的了,所谓‘以己之心,度人之心’,是不是呢?”大家都笑了。

麝月上来回说:“钟已打了十二下了,请奶奶们都安寝罢。”宝钗叫拿过表来,看了一看,针已指到子正二刻十四分了,因道:“天不早了,咱们睡罢,明儿还要起早呢。”于是,大家收拾归寝,一宿晚景不题。

到了次日,乃是黄道嫁娶吉日。官媒婆朱大娘送了个帖子上来说亲,见了王夫人磕了头,贺喜请安,然后问道:“前儿说的两处,太太都不大合意。现在多少世宦人家的小姐还少么,就是有才的又不能有貌,有貌的又没了才,要挑选个十全的竟很少。只有今儿我们这位小姐,真是才貌双全,并且琴棋书画件件皆精。头里是原说过宝二爷的,就是岁数要比这里的爷大两三岁,小姐今年二十一岁了。”王夫人道:“从前说过的,我也不记得是谁家了。”朱大娘道:“这姑娘的哥哥叫傅试,说原是这里老爷的门生,原做通判,如今升了同知了。姑娘的名字是秋芳。上头老爷是不在多年了,只有太太在堂。”王夫人道:“我们老爷的门生,是有个姓傅的傅二爷,恍惚像是说过我们宝玉似的。但这位姑娘既有这样的才能,怎么过了二十岁,还没人家呢?”朱大娘道:“那边太太因为要拣门户,又要姑爷配得上才给，所以高不成低不就的就耽搁下来了。”

王夫人道：“论年纪呢，比我们家的爷大三岁，原可以使得。这会子，姑娘虽然说得很好，但我们家的人都没见过。你且说，他家还和谁有亲戚呢？”朱大娘道：“那里太太的娘家是李员外家，梅翰林家又是他那里的姑太太家。太太只消打发人到这两处问问，就知道了。”王夫人点点头儿道：“等明儿和老爷说了，再商量罢。”因叫小霞说：“你们让他到那边坐坐，喝茶去。”朱大娘谢了，便同小霞到那边去了。

这里众人都到王夫人上房里来，王夫人便问宝琴道：“才刚儿朱大娘来说亲，说姑奶奶府上和傅二爷家是亲戚么？”宝琴道：“我们那里太太是傅二爷的姑祖母呢。”王夫人道：“姑奶奶可到他家去过没有，可知道他家姑娘怎么样呢？”宝琴道：“我还没到他们家去过呢，倒是去年我们太太生日的时候，这姑娘到我们家里来过一回，听见说是会做诗画画儿的。那会子我们家里有事，都没空儿，也没和他细谈，看那样儿，断不是那有名无实的。那人品儿在上等是不消说了，就是说话儿一切都比我们强多着了。”王夫人笑道：“姑奶奶，你别要学媒人的嘴啊，亲事说成了，我是要请姑老爷、姑奶奶做媒人的。娶过来，要不照说的这么样，我可是要罚你的。”宝琴也笑道：“姨妈请放心，姑娘的才貌我可以包得起的。”

说着，外头人回说：“周家的轿子快到了，请里头好生预备着罢。”那边周姑爷新中了举，家里已经改换门庭，请了几个同年并五城兵马司裘良，陪了周姑爷到荣府来亲迎。这里贾赦、贾政、贾珍、贾琏、贾环、贾琮、贾蓉、贾兰迎接进来，到了荣禧堂上，姑爷拜见过了，然后与众亲友相见。摆了五席酒筵，让同姑爷陪来的人坐了。酒过五巡，献过烧烤，外面鼓乐喧阗，进来了十六个披红家人，提着八对宫灯，引了彩轿进了大门，一直到荣禧堂上。姑爷席上放了赏赐，便一齐起身谢酒告辞。贾赦等送出大门，便都上马去了。里边众人已忙着给巧姐儿梳洗打扮，穿戴齐备，搭上盖头，大家搀送出来。到荣禧堂上,搀送到轿内,闭上了轿门,众人便都到里头去了。外头将彩轿上好,鼓乐喧阗抬出大门,这里又派了四个家人骑马跟送过去。这日晚上薛姨妈、刘姥姥等众人,俱各回家去了。

过了一日,贾政在上房内闲坐。王夫人便告诉他道:"朱大娘前儿来说亲来了,说的是老爷的门生傅二爷有个妹子叫傅秋芳,今年二十一岁,才貌都很好,上年原说过宝玉的。前儿我因家里有事忙着,都没告诉你呢。"贾政道:"傅试虽是我的门生,迩来也轻易不会,他家里的事情总不能知道。我也记得头里给宝玉说过亲来,那时也为的是不能深悉的缘故。这傅姑娘又有才貌,怎么二十一岁还没人家呢?大约头里总是定过人家的,也未可知。"

正说时,外面人拿了帖子进来回说:"周大人昨日到京,陛见过了,今儿特来拜会。"贾政看了帖子上是姻愚弟周琼,便道:"快请罢。"随即换了衣服出去。原来海疆总制周琼来京陛见,昨日到京当即陛见,应对周详,圣眷颇隆,即降旨补了兵部尚书之缺。贾政会见,称说:"老亲家大人,荣补大司马。弟辈辱在亲末,叨光不浅。"周琼道:"小儿初入宦途,诸承指教,感谢不尽。昨闻令孙少年英发,恰与小儿同部,彼此互相关照。弟今亦补京缺,早晚与亲家大人聚首期多,非复外任之停云落月可比矣,何幸如之。"贾政道:"明晨趋府请安,登堂叩贺。"又说了一会别后的闲话。周琼便站起来道:"各处俱还未到,此际匆匆,暇日再图良晤罢。"贾政送出大门,看着上轿而去,复到里面上房里来坐下。

王夫人道:"三姑娘的公公进京来了,如今补了京缺好了,连我们都有了照应了。"贾政道:"我明儿起了复,要不是隔了部,还是他的属员呢。"王夫人道:"才刚儿老爷说这傅家的姑娘,必是定过人家的,想来这姑娘的命薄,把姑爷早妨掉了,这么说也不用问了。"贾政道:"我方才不过是这么说罢了。自古姻缘分定,各人的寿夭也是分定。什么姑娘的命狠,妨了姑爷,又什么姑爷的命狠,妨了姑娘,这都是胡闹的话,那里信的。倒是姑娘的人品,须要见见儿才好，依不得媒人嘴混说，这倒是要的。”王夫人道：“薛二姑娘嫁到梅翰林家，梅家和傅家是亲戚。薛二姑娘看见过这个姑娘的，说人很去得呢。”贾政道：“薛二姑娘给宝玉的媳妇是姊妹，他说的自然都是真切的，那里还有虚浮的话么。明儿亲事成了，就请梅家的姑爷同薛二姑娘做媒人罢。”王夫人道：“我也是这么说呢，等明儿朱大娘来了，我再细问问他，就应了他罢。”贾政点头，暂且不表。

且说贾芸复入荣府，打听得小红告病在家。小红是林之孝的女孩儿，贾芸前在林之孝家托他斡旋自己的事，已瞥见小红在家。后来访得缘故，因趁荣府连日有事，林之孝夫妇皆在府中，便偷空儿溜到他家。叩门进去。原来小厮们也跟了林之孝到府里去了，只有个小丫头出来开门，贾芸走到里面，故意问：“林大爷在家么?”小丫头认得贾芸，说：“二爷，今儿府里喜事，大爷、奶奶都进去了，二爷怎么没见么?”贾芸道：“林大爷才刚儿说是有事来家呢么，又往那里去了呢？既没有来，我且在这里歇歇儿着。”小丫头说：“二爷请坐，我倒茶去。”

小丫头进去了。原来小红听见叩门，便来屏后偷看是谁？一见贾芸进来，便心里一跳，见小丫头进去倒茶去了，便探出身子来，说道：“原来是二爷么。”

未知贾芸见了，便怎么样，请看下回分解。

第十一回　平儿连与两侄为媒　黛玉公向元妃祝寿

却说贾芸来到林之孝家，小红在屏后偷看，见小丫头进去倒茶，便探出身子来，说："原来是二爷么。"贾芸一见，跳起身来，作了一个揖道："姐姐好，一向没见了，听见姐姐病着，我又不好来问的。姐姐这会子大好了？"小红道："多谢二爷惦记着，也没怎么好清了，心里只是懒懒儿的么。"贾芸便向腰里扯下块手绢子来，说道："这还是姐姐换给我的，我总是塞在身上，时刻不能离的。"小红道："那是我掉在园子里头二爷捡着的，后来换给了我一块，我也收着呢。今儿二爷拿出这个来，我也把那个拿来还换过来罢。"贾芸道："这会子不用换，等明儿到我们家里的时候，再换罢。"小红道："我没什么事，怎么到二爷府上来呢？"贾芸走到小红面前道："我有要紧的话告诉你呢。"小丫头已倒了茶来，小红红了脸，低声说道："小丫头倒了茶来了，你不用说，我都明白了，你上紧的打算去罢。"说着，又丢了个眼色，贾芸会意，喝了茶，便说道："我才刚儿是顺路儿打这儿过，进来坐坐，也没什么话，我这会子进府去，少不得就会见的。"也向小红丢了个眼色道："我去了。"小丫头出来关了门进去，小红道："芸二爷是走这儿过，进来坐坐，也没什么话说，少刻大爷回来也不用说了。"小丫头点答应，不题。

再说贾芸回去，心里思索要寻赖大说亲，又怕赖大因上回要求发放出文书的事情不妥，说了不惟无益，反恐于中阻滞，越发难说，思前想后，彻夜不眠。直等荣府事过，隔了一日，细想还是去求贾琏，立定主意。

恰值这日贾琏一人在书房里闲坐，贾芸便忙上前，跪下说道：“侄儿有件事要求二叔赏脸。”贾琏道：“什么事？你起来说。”贾芸道：“二叔允了，侄儿才敢起来。”贾琏道：“我不知道是什么事，怎么教我允呢？你起来说了，再讲。”贾芸起来，站在贾琏面前说道：“前儿我母亲说，我的年纪也不小了，要给我讨媳妇儿。侄儿说，现在手头不足，那里有这项钱呢？况且，要说亲又高不成低不就的，要是将就些的人家女孩儿，侄儿也不愿意要。自古说：‘宁娶大家奴，不娶小家女。’侄儿想着叔叔这里有好些大丫头，该放出配人的就不少。侄儿打量求叔叔的恩典，挑选一个赏了侄儿，不但侄儿感激叔叔，连我母亲都是感激的。”贾琏道：“你这是什么话？你是我的侄儿，怎么给奴才做亲呢，这断乎使不得的。”贾芸道：“侄儿何尝不知道么，但是如今的世情不好，奴才的事情好了，他还不愿意给侄儿呢。赖大的儿子，怎么做知县呢？古来多少名人大位还娶妓女为妻，妓女又不及奴才了。侄儿为的是无力，又不肯将就要那些看不上眼的东西，这是侄儿情愿如此的。总求叔叔的恩典就是了。”说着，又跪下去。贾琏道：“你不用这么着，且说你想要谁的女孩儿呢？”贾芸道：“侄儿前儿在林之孝家里，听见他的女孩儿小红告病在家。侄儿头里带了人在园子里种树的时候，就看见过的，那时在宝二叔屋里，后来听见说在婶娘屋里当差。现今告病在家，年纪已是该放出配人的时候了。求叔叔的恩典，向林之孝一说就妥了。叔叔、婶娘只当是放出去配了个小子了，将来还是来给婶娘一样当差。”贾琏笑道：“这事你且不用忙，等我明儿教你婶娘和林之孝家的说了看罢。”贾芸忙跪下道：“侄儿今儿先给叔叔磕头，明儿再给婶娘磕头去。”

说着，只见家人来回说：“环哥儿新房子里，领油漆裱糊的工

价。”贾琏道:“知道了。喜儿来,对二奶奶说去,说我的话,教照数发给他,教彩明记了档子就是了。”喜儿答应去了。贾琏便到贾环的新房子里去看了一看,原来就是贾母的上房,在王夫人上房外左边的三间耳房后,开了一门通过去的。

王夫人上房外右边三间耳房,是王夫人做房。房后二十余间,是宝钗住的。李纨在园内搬回,便也在这二十余间内住,与宝钗相离不远。

贾琏回到自己屋内,见平儿不在屋里,只道是到王夫人上房去了。彩明倒上茶来,贾琏道:“才刚儿领油漆裱糊的工价,上了档子没有?”彩明道:“上过了,奶奶才打发了这项银子,便到后廊上娄氏大奶奶那里说话去,秋纹、定儿都跟了去了。”贾琏道:“说什么话?”彩明道:“听见说是给他家蓝哥儿说亲。”

说着,平儿回来了。贾琏道:“我昨儿没听明白,可是刘姥姥的外孙女儿青儿,要说给蓝哥儿么?”平儿道:“这是太太的意思,说青儿长的很好,要给他做媒,教我给蓝哥儿的娘说去来了。”贾琏道:“他娘愿意不愿意呢?”平儿道:“我去说是我们太太的意思,因为喜欢青姑娘很好,教来给蓝哥儿说亲。他娘听见就欢喜的了不得,有什么不愿意呢?”贾琏道:“青儿虽然好,到底是屯里的姑娘,不配我们这样的人家呢。”平儿道:“这有什么不配呢,常言说的好:‘白屋出公卿。’巧姐儿的姑爷,不是屯里人么?如今中了举了,明年再中了进士,不就是官宦人家了么。这都是姻缘,讲不定的。”贾琏笑道:“可不是,今儿还有人向我说,情愿娶个咱们家的丫头呢。”平儿道:“谁要娶咱们家的丫头?这个人可奇呢。”贾琏道:“你道是谁啊?就是芸儿这个东西。他再三的求着我,要娶咱们屋里的小红。”平儿道:“芸儿辈数虽小,到底是爷们呢,怎么给奴才做亲来了呢?”贾琏道:“我也是这么说,他再三的磕头求着说,现在无力攀亲,将就些的人家他又不愿意,说是‘宁娶大家奴,不娶小家女’,却也还说得是。”平儿道:“他怎么偏偏儿的看上了小红?这总有缘故。芸儿这东西,他头里也到园子里去过,也常到这屋里来,我看他总有些鬼鬼祟祟的。”贾琏道:“这不消说的了,我看他是久有了这个心,只是不好开口的。今儿我见他求着,不过意,已应了他了。他明儿还来给你磕头呢。你明儿就叫了林之孝家的来,给他说说罢。”平儿道:“还不知他愿意不愿意呢。”贾琏道:“你向他说这个话,是教他女孩儿给爷们做正配,又不是教他女孩儿配小子,他敢不愿意吗?”平儿笑着点头儿。只见外面家人进来回说:“三爷娶亲的大轿宫灯都办齐备了,请二爷出去看呢。”贾琏便站起身来,出去了。

到了次日,平儿正打量叫人传林之孝家的进来说话,恰值林之孝家的上来回事。平儿等他回完了事,吩咐明白了,便说道:“小红告了病,这些日子也很该好了。”林之孝家的道:“他还没好的清妥呢,还待调养几天,我就叫他上来伺候了。这孩子就是生的单弱的很么。”平儿道:“我不是要他进来伺候,我要给他说亲呢。”林家的道:“这是多谢奶奶的恩典了。”

平儿道:“我看这孩子倒很好,聪明伶俐,做事说话儿都乖巧,怪惹人疼的。这会子也该是配人的时候了,我想要是给他配个小子,就可惜了这孩子了。我昨儿会见后廊上五奶奶,说起他要给芸哥儿讨媳妇儿,又怕的是手头并不宽绰,门户高的攀配不上,将就些的人家女孩儿又自己看不上眼。他说芸哥儿说的好,‘宁娶大家奴,不娶小家女’,我就想起小红来,告诉他,问他愿意不愿意呢?五奶奶说:‘这可是打着灯笼还没处寻呢,多谢婶娘的怜爱,就感谢不尽了。’我看那芸哥儿,人就很不错,将来总有出息的,你看着怎么样呢?”林家的道:“多谢奶奶的恩典,真是天高地厚了,这也是我女孩儿的造化。要不然,配个小子罢了,怎么敢给爷们扳亲呢?这都是想不到的事。”平儿道:“你明儿就教他进来罢,我也不要他服侍,给他在这儿静静儿的调养调养,我也要瞧瞧他,问问他呢。这会子是我的侄媳妇了,我那里还拿他当丫头么。”林家的道:“多谢

奶奶抬举，这可是当不起呢。我明儿就教他进来给奶奶磕头。”说着，贾琏进来，到那边屋里去了，林家的便出去了。

平儿进到屋里，贾琏道：“那话说了没有？”平儿便把方才的话，告诉了他一遍，因道：“你这会子进来，又有什么事？”贾琏道：“兰哥儿的亲事定准了，打点下帖儿请梅姑爷、琴姑娘两个人做媒人。明儿下定，便过礼，就是老三娶亲的这一天，又省些费用，又添了热闹。到明年春天三月里过门。”

平儿笑道：“这几天通是闹媒人了，咱们两天就闹了两个媒。今年比往年可大不同了，咱们家出了多少事，都是喜事，重重叠叠的，可是运气该转了。人人都说老太太的福大，老太太在日都没见过这么些喜事呢。”贾琏笑道：“头里人人都说凤姑娘能干，办事妥当。我看着总不如平丫头好，我自来心爱的是平丫头，可见今儿还是平丫头有福呢。”平儿笑道：“你这是怎么说，你再要这么着，我可不依。”贾琏笑道：“你不依，我可由不得你不依呢。”说着，笑了出去了。

林之孝家的回去，把这话告诉了他女儿一遍。小红心下明白，知道贾芸是求了贾琏、平儿的了，心里一块石头落地，真是喜出望外的了。林之孝家的道：“你明儿就进府去，给二奶奶磕头，谢谢恩典。二奶奶教你就在那里调养几天，不要你做事情呢。”小红道：“二奶奶教我在那里调养，不教我做事情，原是奶奶的好意，就是我怪不好意思的么，怎么样呢，妈妈明儿带我进去，磕了头就出来罢。”林家的道：“这有什么不好意思的呢，奶奶教你进去，说要瞧瞧你，这就是疼爱你的意思。明儿回来，他少不得给你有格外的赏赐，虽然我要给你办嫁妆，到底多些东西倒不好么？”小红道：“那些姐姐、妹妹们都知道了，总要拿我取笑儿开心呢。我又不好说的，臊的人家脸上怎么过得去呢？”林家的道：“你这会子都给了爷们做亲了，又不是配了小子。才刚儿二奶奶不说么，说你做了他的侄媳妇了，还是丫头么？你比那些姐妹们高了一等了，他们怎好说你的呢?”小红心下细想,不能不去,只得点头答应。

到了次日,林家的便带他进府,上来给平儿磕头。平儿向林家的道:“给他在这里玩玩散散就大好了,等他照常好了,五奶奶那里有了日子了,我再教你带他回去。”林家的答应去了。

平儿进房,小红便跟了进去,平儿道:“你现在可还吃药了没有?”小红道:“药有一个多月没吃了,天天吃丸药呢。每日一样吃饭,就是没了气力,心里有些懒闷,没有大好。”

平儿叫他到面前来,拉了他的手,摸摸他的膀子,见瘦弱可怜,因说道:“你这也没什么病,不过要把心散散,多吃些饮食,调理调理就好了。”小红脸已红了,平儿见定儿在旁,便教他倒茶去。小红忙道:“我倒去罢。”平儿笑道:“你是我的侄媳妇了,该叫我二婶娘呢。我还要你倒茶么?”小红忙跪下说道:“虽蒙奶奶的恩典,我在这里要不伺候,一者心里不安,再者脸上过不得,这些姐妹们跟前,也不好看,还求赏照常办事。”平儿拉起他来,定儿已倒了茶来了。平儿笑道:“我知道你的意思了,这会子你病还没大好,我且不教你伺候,等病好了,再照常办事就是了。”因向定儿道:“你和他到你们那里坐坐儿玩玩儿去,你就对他们说,不许拿他取笑儿开心,我知道了是不依的。”又向小红道:“他们要是谁这么着,你就来和我说。”两人答应出去,往下房里来。

彩明、秋纹两个,正在那里坐着说话儿呢。秋纹一见他二人进来,便先笑道:“小芸二奶奶来了,请坐,我们还没过来请安呢。”小红的脸早已飞红,定儿道:“秋纹姐姐,你这是怎么说啊,奶奶才吩咐了,教我来给你们说,不许拿小红姐姐取笑儿开心呢。他才进门,你就这么着,怪不得奶奶说,可见奶奶想得周到呢。”彩明道:“不要闹,小红妹妹,你坐着。咱们姊妹们,好好儿的坐坐说说话儿。惟有秋纹妹妹,他总是这么样,喜欢嘻嘻哈哈的,怨不得奶奶说啊。我们这个奶奶,比头里的奶奶还明白,高多着呢,待人的好处不要远比,看他待小红妹妹就知道了。头里的奶奶有这样的恩典吗？他从前也是和我们在一块儿的，这会子做了奶奶，接着当家，要不是心里明白透露，这些人能够服他吗？头里的奶奶是一味利害，人人害怕他的，这个奶奶是一味宽厚和平，人人悦服他的。一个是金刚努目，一个是菩萨低眉呢。"秋纹道："这话倒是的。这会子我们都在这里谈心，上头没人伺候呢，我上去了。"说着，便出去了，暂且按下不表。

再说林黛玉在太虚幻境，自从凤姐等三人去后，每日与香菱讲究诗词，倒也快乐。一日，二人正在谈诗，晴雯在旁煎茶伺候，只见金钏儿笑嘻嘻的进来，向晴雯道："你今儿在家里没出去，你可没得看见这个稀罕的事儿。"晴雯道："什么稀罕的事儿？"金钏道："我才刚儿和那些仙女们六七个人斗草玩儿，大家都寻了些各样的草，都到牌坊里头警幻仙姑的宫门口，大家赌斗呢。仙姑和妙师父也在那里瞧我们玩儿。"晴雯道："斗草就算个稀罕的事儿么？"金钏儿道："你听罢，人家还没说完呢，你就拦人家的话靶儿。我们正斗到热闹中间，只见正南上远远的轿马人夫、旗锣伞扇过了一队，又是一队，都向正北上去了。我只当是拜咱们来的什么客呢？问了问仙姑，他才说今儿是腊月二十三了，过去的都是各府州县的灶王爷。我就问他，咱们怎么也不祭送灶王呢？他说灶王爷不敢当咱们的祭，他明儿反倒要把收下人家的灶糖，差人送些来给咱们吃呢。你说这事儿，稀罕不稀罕呢？"晴雯道："这也没什么稀罕处，咱们在家里的时候，那一年腊月二十三又不祭送灶王呢？"金钏儿道："不稀罕也罢，明儿灶王爷送了糖来，你就不用吃。"

黛玉听了，笑道："我们如今住在这里，连四时八节也都不知道了。"香菱道："这正是'山中无历日，寒尽不知年'了。提起斗草来，我记得那年子在园子里，和芳官他们也是斗草玩儿，把一条大红新裙子都弄泥了穿不得，还是袭人姐姐把他自己的一条新裙子拿来给我换了穿的。这斗草原是春夏天的玩意儿，冬天草木都枯了，那里去寻呢？这里腊月里竟还有花草，真是四季长春，比那人间真有霄壤之分了。”黛玉道：“斗草原是午日之戏，当日唐朝安乐公主，午日斗百草，欲广其物，曾遣人驰驿南海袛洹寺，剪维摩诘像上谢灵运之须，总不过是以稀罕为贵罢了。这会子说起祭灶来，这不是离年尽不远了么？元妃娘娘的生日到了，咱们可打点些礼物送送呢。”香菱道：“这正是的呢，明儿大家商量商量，倒是大家公办罢。”黛玉点头。

过了几日，便是除夕。太虚幻境的景况并不像人世繁华热闹。惟有松盆柏子，香篆氤氲，和那茶果清谈，酒肴消夜而已。次日元旦，乃是元妃诞辰，大家公送了九件礼物的祝敬。

警幻仙姑领着林黛玉、妙玉、香菱、尤二姐、秦可卿、瑞珠儿等一齐到赤霞宫来，迎春替元妃迎客，大家进宫见了元妃，先行朝贺之礼，然后谢恩，依序坐下。先叙了一回闲话，乃命摆上筵宴，大家畅饮。众仙女们奏起钧天雅乐，又歌了一回《霓裳羽衣》之曲，音响节奏非人世所有。

须臾乐止，元妃笑道：“这些歌舞，实在也听厌了。依我的意思，今日姊妹们聚会，不必拘泥常礼，倒不知大家猜拳行令，倒觉有趣些。”黛玉等大家俱各立起身来，答道：“今日乃娘娘千秋，又是元旦令节，体制攸关，臣妹等何敢放肆。”

元妃笑道：“这些年，我在宫里，实在教这礼数把我拘的受不得了。今儿好容易离尘超世到了这里，已非宫闱可比了，怎么你们仍然还要拘礼，教我也难了。也罢，拿笔砚过来，我前儿看见了绛珠仙草十分可爱，我就以此为题，作了七律一首，你们能诗的，可以步韵，各人和作一首，岂不雅趣呢。”大家听了，又道：“娘娘聪明天纵，学问渊源，臣妹等学识浅陋，焉敢续貂。”元妃笑道：“不必过谦。”只见仙女送上文房四宝来，元妃提笔一挥而就，递与黛玉。黛玉接来，仔细读道：

自是灵河不朽身，偶因一念谪红尘。

分来秋夜潇湘雨，占断风花上苑春。

青甫入帘香彻骨，苔初绕砌翠迎人。

芳姿别有销魂处，未许凡葩强效颦。

黛玉读罢，连声赞颂，又逊谢奖赏太过，实不敢当。遂又递与香菱、妙玉、迎春等，大家看了一遍，都称赞不已。

元妃笑道："换热酒来，大家吃一杯助助诗兴。"仙女们斟上热酒，大家又饮了一巡。香菱便拈起笔来，笑嘻嘻的也写了一首，出来躬身呈与元妃道："婢子初学，俚句不足以辱娘娘凤盼。"元妃接来一看，不知写的是几句什么，请看下回便见。

第十二回　警幻仙诗和贾元妃
薛宝钗书寄林黛玉

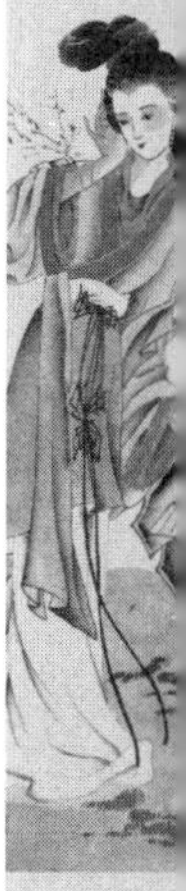

话说香菱拈笔和诗一首，出席躬身呈上元妃。元妃接来一看，见上写道：

不羡盈盈掌上身，幽芳一缕静无尘。
康成书带留佳话，茂叔芸窗占早春。
号绛果堪餐秀色，名珠恰似近鲛人。
湘君有意怜仙骨，白玉雕栏护翠颦。

元妃看了，惊喜道："我倒不如菱姑娘有这样诗才，真可敬可羡呢。"黛玉道："他的天分本高，又且专心致志，所以学了没多几年，如今竟居然老手了。"元妃笑道："如此说来，一定是你的徒弟了。"黛玉笑了一笑。

只见妙玉也提起笔来道："小尼也要献丑。"遂也写了一首呈与元妃。元妃接来看道：

三生石上认前身，留得芳徽接后尘。
翠黛依然当日恨，红心不减昔时春。
爱他袅袅风前影，感我萧萧槛外人。
侍者神瑛他日至，动摇重展旧眉颦。

元妃看毕，笑道："妙师的诗真妙，香艳之中，仍带烟霞之气。只是结句词语近谑，只怕林妹妹要罚你一大杯呢！"黛玉忙接过诗来，看了一遍，笑道："槛外人不应有如此诗句，妙师父，你自己说罢。"妙玉道："行乎其所不得不行，止乎其所不得不止。信笔而来，不觉有犯，罚我一杯就是了。"仙女们斟上酒来，妙玉吃了一杯。

黛玉趁着妙玉饮酒的空儿，提起笔来也就和了一首，躬身送上元妃。元妃接来念道：

蘧蘧梦觉旧时身，珠悔沉渊绛委尘。
为报当时甘露泽，酿成今日太虚春。
灵河辜负三生愿，湘馆凄凉再世人。
一自东风吹恨去，任他眉黛减青颦。

元妃念毕，大家都道："到底是潇湘妃子与众不同。"

元妃笑道："我们警幻仙姑自然是不屑与我们唱和的，我们小蓉大奶奶，我是知道的，诗上原本有限。二妹妹，你为什么也不作一首呢？"迎春笑道："臣妹平日原不大作诗，方才也正高兴，在肚里打稿儿，也想诌几句的。如今见了这四首诗，把我的诗兴早吓到九宵云外去了。"

说着，只见警幻仙姑也成诗一首，写呈元妃道："贫道山腔野调，勉强续貂，以博一笑。"元妃接来念道：

解识前身即后身，碧天如洗绝纤尘。
愆期雨露生余恨，泽遍虚无酿好春。
翠黛难舒形化石，红心不朽草成人。
东风唤醒红楼梦，不问荣枯与笑颦。

元妃看毕，笑道："仙姑大才，正所谓：'不食人间烟火'语了。我们的诗描写未工，今见大作，真是珠玉在前，我们都自惭形秽矣。"众人看了，都大加赞叹。

迎春道："可惜宝姐姐、琴妹妹、云妹妹、邢妹妹、三妹妹他们这几个人不能在座，若有他们，今儿又成了诗社了。"

元妃叹道："幽明异路，我们如何能与他们唱和呢？我仔细想来，我们的字迹，他们除了扶乩是万不能够见的，倒是他们的字迹，我们倒能够见的呢。”黛玉问道：“幽明路隔，他们既不能见我们的字迹，我们又怎么能见他们的字迹呢？”元妃道：“你原来不知道么？即如昨儿是除夕，今儿是元旦，朝廷家皆有祭祀的定例，礼部撰的祭文一经宣读焚化，我这里就得了。那些庶民百姓家，所有逢时遇节焚化的金银币帛以及悼挽的诗文，只要填注姓名明白，再没不得的道理。”秦可卿道：“林姑娘来这里还没多少时，怨不得还不知道。侄妇来这里多年了，每逢年节时令，总有家里焚化的金银币帛，都在牌坊外边堆着呢。因今儿五鼓伺候朝贺，还没教人收取去呢。”

黛玉、迎春二人听了这番言语，眼圈儿一齐红了。你道为何？迎春心里想的是孙绍祖那个没天良的，如何尚有夫妻之情，那里还想着年节的祭祀呢？黛玉心里想的是，自己并无父母兄弟，寄居外祖母家，此时也未必有人还想着了。

元妃瞧出他二人的光景来，正欲用言解释，只见仙女们进来，跪奏道：“尤三姑娘回来了，在宫门外候旨。”众人听了，一齐大喜。元妃笑道：“我算着日子，他们久该有信儿了，怎么他一个人独自回来，凤丫头、鸳鸯呢，不知访着了老太太没有？请三姑娘进来罢。”仙女们答应出去。

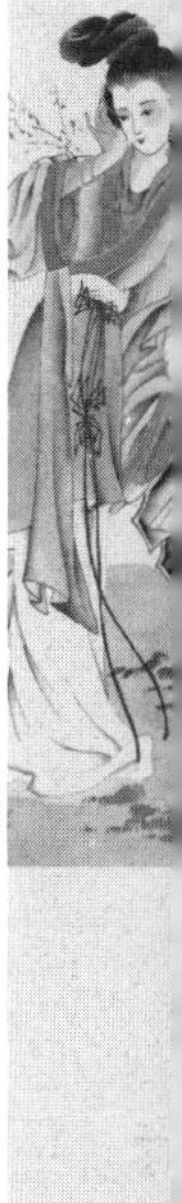

不一时，只见尤三姐全身的行装走了进来，先与元妃行了大礼，后与众姊妹们叙了寒暄。元妃因尤三姐远行劳苦，即令移坐了首席。尤三姐谢了坐，遂把他三人同往地府，先在观音庵遇了秦锺，后来到了林府会见了贾母的话，从头至尾细述了一遍。元妃与众人，俱各大喜。

黛玉听见他的父母现作酆都的城隍，又与贾母认了亲戚，真是喜出望外，忙问道：“三姐姐，你瞧我父母可还康健么？”

尤三姐道：“你放心罢，姑老爷、姑太太两个老人家身子很好，虽系地府官员，也与人世无异，衙门里整天家热闹的什么似的。贾府上的珠大爷和司棋家两口子都在姑老爷衙门里呢。”

黛玉听了，又是欢喜，又是伤心道：“三姐姐，你歇息几天，我可也要求你把我带往地府里走走，看看老太太和我母亲去呢。”

元妃笑道：“林妹妹，你想是喜欢糊涂了，你怎么比得他们，你是这里正分有名儿的人，怎么能私离职守呢？你若是应入地府去的，前儿早已去了。”尤三姐道：“姑太太在那里想你，也急的什么似的。姑老爷说必待明年任满转了天曹，方能相见呢。据我想来，如今已是正月初一了，大约今年里头总可以见面的，你又何必忙在这一会儿呢。”

元妃道：“凤丫头和鸳鸯他们，怎么不回来？想是被老太太留住了。”尤三姐道：“老太太见了他们，喜欢的什么似的，舍不得给他们回来，所以林姑老爷就留下他们，等转了天曹的时候，和老太太一同来呢。”元妃道：“这却也好，我倒放了心了。”

迎春道：“我倒不承望司棋这蹄子，他倒也得了好处了。”

尤三姐道：“现在他们两口子都送我来了，一则是林姑太太不放心，差他们来看看林妹妹，路上又给我做了伴儿；二则他也说要来看看你的。”迎春道：“他这会子现在那里呢？”尤三姐道：“他这会子现在林妹妹那里，同着晴雯、金钏们看着收拾带来的东西呢。林姑太太疼女孩儿的心胜，穿的、戴的、吃的、用的驼了两三驮子来了。”

元妃笑道：“你这可不用伤心了，才刚听见人家年节都有家里焚化的金银币帛，早把眼圈儿红了。你这会子有了两三驮子，可要拣好的分给我们些儿呢。”黛玉忙站起身来道：“我母亲那里，自必专另有娘娘的孝敬，就是众姊妹们自必也是有的。且待看了家书，就打发他们分送，只怕没什么稀罕的东西可备娘娘上用的，只好留下赏人罢了。”元妃笑道：“我是说玩话儿呢，你自己留着使罢。我们如今位列仙班，这些衣物、器具使也使不了的。姑太太又给你带了许多来，可见天下作父母的心，也就说不尽了。快换热酒来，尤三姑娘也劳乏了，我们大家公敬三杯。我们也再吃几杯，今儿早些儿吃饭，让林妹妹早些回去看看家书，他的心也就安稳了。”

于是，仙女们斟上酒来，尤三姐连饮了三杯，然后大家又畅饮了一回，方才吃了饭，便漱口吃茶。元妃向黛玉笑道：“林妹妹，你先回去瞧瞧家书，别位姊妹们没事索性在我这里热闹一天，等晚上再都回去罢。”大家听了，一齐站起来道：“蒙娘娘赐宴，俱已醉酒饱德。娘娘劳了半日，凤体也乏倦了，请回后宫歇歇儿罢。”说着，一齐过来叩谢，元妃立起身来，笑道：“既这么样，我也不敢强留了。二妹妹，给我代送送客罢。”说罢，自回后宫去了。

这里秦可卿拉了尤三姐的手，问道：“三姨儿，你见我兄弟来，你瞧他可比从前出息了么？”尤三姐道：“也没见什么出息，倒比从前越发学坏了。”秦可卿道：“怎么学坏了呢？”尤三姐道：“说起来话长，等咱们到了家里，慢慢儿的再告诉你们罢。”

迎春送至宫门，向黛玉笑道：“林妹妹，你回去料理妥当了，教司棋晚上到我这里来。”黛玉道：“我知道了，二姐姐请回去罢。”又向尤三姐道：“三姐姐今儿也劳乏了，暂请回家，与二姐姐说说话儿，明儿我亲身过去给你磕头道谢。”尤三姐与众人齐道：“你请回去罢，我们明儿会齐了，还要来给你道喜去呢。”于是，大家作别，分路各自回家。

黛玉同几个仙女们回到绛珠宫，早有金钏、晴雯同了司棋迎接出来，笑道：“姑娘回来了，今儿酒席怎么散的这么早？”黛玉道：“娘娘因为他们来了，所以教早些散了。”说着，进了套间，先向上给贾母并自己的父母请了安，司棋这才过来，与黛玉磕头。黛玉忙拉他起来道：“老太太和我父亲、母亲可还康健？”司棋道：“老太太、姑老爷、姑太太都好，恐怕姑娘想念，所以差了我来瞧瞧姑娘。大约年内，姑老爷必然高升的，那时骨肉完聚，教姑娘不要发急，耐着些儿罢。所有给姑娘带来的衣物，才和晴雯姐姐、金钏姐姐照数查点清楚，一一的都收好了。小炕桌儿上放的是姑老爷的书子。”黛玉便伸手从桌上取了家书看时，只见签上大书“爱女黛玉手拆”六个字，由不得落下泪来，拆去护封，展开细看，只见上写道：

汝父母不德，中年相继殒谢。幸邀天眷，补受酆都城隍，亦无所苦。惟念遗汝茕茕弱息，靡所依恃，幸赖汝外祖母慈庇，移取京师，寄食十年，伤心千里，方幸抚育成人。年已及笄，何期修短随化，忽罹夭亡？前因外祖母归泉，始悉颠末。因而大索幽冥，殊元影响，正在痛悼间，熙凤侄妇来辕，得知汝名列仙班，荣登紫府，神游芙蓉之城，雅得潇湘之号，儿女之情虽殷，父母之心稍慰。今我幽冥职任将满十年，待转天曹，相逢有日，嘱汝慎勿悲伤，时加珍重。兹因尤氏闺秀回车，特遣司棋夫妇同来看视，并寄汝衣饰、尺头、玩具、食品各若干。外进元妃娘娘并致众姊妹不腆之仪，统即照数查收可也。

黛玉看毕，扑簌簌眼中流下泪来。晴雯在旁劝道："姑娘，我才听见司棋姐姐说，姑老爷、姑太太现做地府城隍，又和老太太认了亲，姑娘听见很该喜欢才是。况且，姑老爷不久高升了，就要见面的，何苦来尽自伤心呢？"黛玉拭泪，向司棋道："二姑娘教你晚上过去呢。依我说，你吃了饭就早些去罢。晴雯姐姐，把方才给娘娘和二姑娘的礼物查了出来，就交给司棋姑娘送了过去。别位姊妹们的，也按名查了出来，搭上签子，明儿再送罢。"晴雯、司棋二人，答应而去。金钏儿送上茶来道："潘又安在院子里给姑娘磕头呢。"黛玉道："教他在外头歇着罢，等我写了回书，便打发他们夫妇回去呢。"金钏儿便告诉潘又安去了。

黛玉拿起茶来，正在喝茶，只见香菱手里提着两个包袱，笑嘻嘻的走了进来。黛玉道："咱们一块儿走着，怎么眼错不见的你往那里去了？"香菱笑道："才刚儿大家分路的时候，小大奶奶点手儿叫我，我就跟了他去了。到了牌坊那边，果然有好些衣箱包袱，都是各人家中寄来的。我就把我的一个拿了出来，还有你的一个我也带了来了。"说着，便把一个包袱递与黛玉。黛玉接来一看，上写着"林黛玉贤妹收拆"，下写"愚姊薛宝钗封寄"。黛玉见了，眼圈儿一红，道："原来宝姐姐他还想着我呢。"遂把包袱轻轻的打开，只见里面无非绸缎金银之类，又有一封书子，上写着“颦卿妹妹玉展”。黛玉见了，心中越发感激，便教金钏儿点上灯来，拆开细看，乃是一首五言排律诗。细细读道：

手足金兰契，知心更有谁？
花前肩每并，月下步同移。
午倦停针早，宵长罢绣迟。
清谈消俗障，雅谑解人颐。
斗酒怡红侣，评茶栊翠尼。
海棠争步韵，芦雪戏联诗。
再建桃花社，重填柳絮词。
韶华惊半改，气运叹中衰。
雁序伤兄劣，萱堂赖母慈。
妄希家有凤，误娶嫂为狮。
苦口咈吾谏，甘心任彼欺。
蒹葭愁倚玉，月老遽牵丝。
配偶非予愿，婚姻任母为。
只因熙凤语，顿易锦鸳姿。
青鸟传佳信，红鸾近吉期。
结缡方勉偶，染疾忽生悲。
瞥见金莺恼，频窥雪雁疑。
绛轩虚好梦，湘馆痛相思。
哀我于归日，当卿属纩时。
焚巾怜妹苦，托钵痛郎痴。
红叶句休赋，白头吟敢辞。
悠悠生死恨，只我两人知。

颦卿贤妹妆次愚姊薛宝钗敛衽

黛玉读罢，不禁一阵伤心，眼中流下泪来。

此时香菱已将自己的包袱看过收好了。走来见黛玉持笺流泪，忙伸手接来，也读了一遍。读到“误娶嫂为狮”之句，不觉触起他的旧恨，也就眼泪汪汪的伤起心来了。

只见晴雯进来道：“你们两个人，又是怎么了？大年下对头儿哭成红眼妈儿似的。”香菱道：“这是我们宝姑娘给林姑娘寄来的一封书子，所以林姑娘看了在这里伤心呢。”晴雯道：“你念给我听一听。”香菱道：“是一首五言排律诗。”晴雯道：“好容易盼他们一个字儿来，再不肯明明白白的写几句话儿，总是闹什么湿咧干咧的，教人家连一句儿也不懂得。我就来了这几年，也总没个亲人儿给我焚化些什么。只记得那一年秋天，又不是年，又不是节，忽然小大奶奶他们在牌坊那边得了一副冰绡縠，上头长篇大论的，不知写的都是些什么，说是宝二爷给我寄来的。我又不认得字，求他们念给我听听，谁知小大奶奶也不大认得字，还是尤家二姨儿、三姨儿大家打伙儿凑着，这才结结巴巴的念了一遍，我也不懂说的都是些什么，只记得有什么芙蓉花儿朵儿的。”黛玉忙道：“是了，那就是宝二爷祭你的《芙蓉女儿诔》了。那一年祭你的时候，我还瞧见了，那里头还有我给他改下的呢。这张字你还收着呢么？”晴雯道：“那时他们念了，我一句也不懂，求他们给我讲讲，他们也不懂得。我就赌气，叠了一叠夹在我的样本儿里头了。不知如今还有没有？等我找一找去。”说罢，便去拿了个针线笸箩来，取出样本儿翻了几页，果见有叠的一副冰绡縠，取了出来，递与黛玉。

黛玉打开一看，果然就是《芙蓉诔》，遂从头至尾朗诵了一遍。晴雯欢喜道：“姑娘念的怪好听的，他们那会子结结巴巴的，那里念的成个句头儿呢。我再求姑娘给我讲一讲，这么长篇大论的，到底说的都是些什么？”黛玉遂又念一句讲一句，逐句讲完，只见晴雯早已抽抽噎噎的哭成个泪人儿了。黛玉讲完便依旧叠好，揭开样本儿夹时，只见又有一副泥金角花的粉红笺，拿来一看，只见上面题着《双调望江南》词一首。细细的读了一遍，递与香菱道：“你看填的这首词，怎么样？”香菱接来，也朗朗的念了一遍。晴雯道：“这又

是一回冬天得的，你也讲给我听听呢。”香菱也就给他讲了一遍。晴雯听到“添衣还见翠云裘，脉脉使人愁”，又复伤起心来。黛玉劝道：“晴雯姐姐，你也不用哭了。那会子宝玉听了小丫头的瞎说，说你是管芙蓉花的神，故此称你是芙蓉女儿。不想你今儿竟成了芙蓉城的仙女，这就是以讹成实了。可见事皆前定，又何必伤心呢？”

说着，只见司棋进来了。晴雯便把词笺夹在样本儿里头，连笸箩掇着出去了。司棋道：“姑娘们还没睡么，元妃娘娘和二姑娘教给姑娘道谢。”黛玉笑道：“你怎么不住在那里，和二姐姐多说说话儿呢？”司棋道：“我原要住在那里的，只是姑娘吩咐说，这里是仙家清虚之府，原不容男人们到的，所以教我回来约束潘又安。又教我告诉姑娘，明儿写了回书，早些打发我们回去呢。”黛玉道：“这么着，我明儿就写了家书，打发你们回去罢了。夜深了，你也安歇去罢。我们也要睡了。”司棋答应出去，大家归寝。

到了次日，黛玉写了禀启，又备了几样奇异的礼物，打发司棋夫妇回转酆都去了。

要知下文如何，请看次卷便见。

第十三回　遗帕相思今朝勾帐　寻春心事他日开怀

话说小红在平儿屋里，每日与姐妹们闲玩说话儿。只因给贾芸亲事说定，心已遂了，便毫无思虑，安然畅适，不过旬日之间，病已全好了。贾芸也有了娶亲的日子了，平儿便捡了几套衣裳，赏了四十两银子，又回了王夫人，王夫人亦赏了两套衣裳，二十两银子。平儿又给了他些家常半旧的衣裳，给他装了四个箱子，传了林之孝家的进来，领他家去。林家的带了小红，到各处磕头谢了，又辞别了众姐妹，出门上车回家去了。

过了两日，马府家人押送过嫁妆来了，十六副箱橱，一百六十件桌炕椅杌，八十台古玩、瓶炉、茶酒器、帷幔等类。贾琏一面叫人搬过新房子里去铺设，一面叫人让马府家人到前边款待酒饭，给了一百六十两银子赏封，并八对尺头。那边家人上来谢了酒饭赏赐回去。又有两家陪房，领着四个丫头到王夫人上房来磕头参见，王夫人便吩咐教在新房子里照应铺设嫁妆器具，又吩咐教厨房里添设分例，外加奖赏。到了次日，主才铺设齐备，照奁簿档册查点清楚，请贾政等看过，里边方请王夫人等从左边厢房开门过去，大家各处看了一遍，都仍回到王夫人上房里来。

王夫人道："明儿兰哥儿过礼的东西，你们都预备停当了么？我还没瞧见呢。"平儿道："都停当了，在大嫂子屋里呢。"

因教秋纹到大奶奶那边，把明儿过礼的首饰都拿过来。因又回王夫人道："那些尺头、衣裳等明儿摆齐了，再请太太看罢。"

王夫人道："也罢了，不要太累赘了。"说着，秋纹同了碧月、素云三个人，捧了首饰过来。平儿便指与王夫人道："这是金项圈，这是金珠首饰，共计一百件。额外是妆蟒四十匹，各色刻丝羽毛大呢洋绉线绉绸缎一百六十匹，四季衣服一百二十件。那就是折羊酒的银子了。"王夫人点头道："头里宝玉给环儿两处的东西都也差不多儿，就是这么着也罢了。"

到了次日，荣禧堂上铺毡结彩，屏开孔雀，褥隐芙蓉。各公侯及工部、邢部官员并诸亲友，俱来贺喜。外面是贾赦、贾政、贾珍、贾琏等迎送，内里是邢夫人、王夫人、尤氏、李纨等接待。先派了林之孝等十名家人押着礼物，到傅同知家去。

午后回来，那边也是十名家人押了回礼，一齐到了荣禧堂上来叩首。这里一面款待来人，打发赏赐，去后便打点宫灯、大轿起身。鼓乐执事前导，官衔牌上是：世袭一等将军、世袭三品威烈将军、丙辰科进士、工部郎中、江西粮道、御前侍卫龙禁尉、刑部主事，后面对马引马领着贾环骑马亲迎，另有八个家人跟马在后，甚是热闹。

掌灯时候，家人探马报大轿已自马府起身。原来择定新贵人于酉时进门，贾琏拿起表来一看，见针已指到酉初一刻，便道："是时候了。"家人们答应，齐在檐前雁翅站立伺候。不一时，贾环下马进来，外面鼓乐喧阗，一对一对的宫灯引了大轿进来，抬至荣禧堂上，将轿夫、鼓乐全行撤去。里边家内女人用吹打细乐迎出，傧相请了新人出轿，两个披红喜娘搀扶着，与贾环并立，傧相赞礼，拜了天地，请贾赦、邢夫人夫妇登堂受拜，又请贾政、王夫人夫妇登堂，行礼已毕，送入洞房，揭去盖头。大家在花烛之下，争看一番，虽无惊人之貌，也颇有几分姿色。然后坐床撒帐，又有合卺酒筵等仪，皆已行过。大家方才出来，仍到王夫人上房。

这边来了史湘云，便拉了平儿、李纨在宝钗屋里坐着，笑问道：

"你们妯娌三个,看着这新人怎么样?"平儿道:"他低了头,我在迎面总看不清楚,两边又挤住了,好像是有两点儿雀斑似的。"李纨道:"我早就说有些儿像彩云的模样儿似的,今儿瞧了瞧,可不是他么。"宝钗道:"却乎有些像彩云的模样儿,这会子三爷倒弄了一对彩云在屋里了,妻妾同貌,倒也是少有的事呢!"史湘云道:"你们别拉拉扯扯的,到底看着怎么样啊?"宝钗道:"这会子总瞧的不十分清楚,只好拿彩云论罢了。彩云的模样儿虽不能在上等,也不能在下等,只好在中等之上算罢了。"史湘云道:"依你说便中等之上,你们妯娌三个比并起来呢?"李纨道:"我是老了不用说了,就是他们两个,不是我替他说话,谁比谁强么,都是不相上下的罢了。"平儿和宝钗笑道:"大嫂子这话很是,我们也是这么说呢。"史湘云道:"你们说话也没一个儿爽爽直直的,都是这么含着骨头露着肉的话儿,可不要把人都闷死了呢。"

宝钗笑道:"云妹妹又着了急了,依你怎么说呢?"湘云道:"我是公道话,由你们爱听不听。头一个数琏二嫂子,当初都说凤姐姐风流俊俏,那里比得上这会子的二嫂子呢。第二就数宝姐姐了。第三大嫂子说老还算不得老呢。第四才数到像彩云的新妇呢。我说的公道不公道?"李纨便拉了平儿的手,笑道:"好个风流俊俏的美人儿,到底是我这孩子好,你可别要恼罢,才刚儿我说的话要算把你很委屈了呢。"平儿笑道:"史大妹妹,他惯会拿咱们老实人取笑儿开心,也只好由他说去罢了。"

说着,外边人请坐席,大家仍到王夫人这边来了。这日没甚外人,只摆了三席:上首两席让薛姨妈、李婶娘坐了;下首一席让薛宝琴坐,因是兰哥儿媒人。史湘云、邢岫烟、李纹、李绮、探春、巧姐儿并家中众人,两下分陪。

过了次日,又是回九之期。恰值这日,乃是贾芸娶亲。他家中请了贾蔷、贾芹、贾蓝、贾菌并几个亲友,也摆了几席酒,娶了小红过来。到了次日,小红便向贾芸要那块绢子。贾芸笑道:"那是咱们的媒人呢，你有的使就罢了，又要他做什么呢?”小红笑道：“你说我到你这里来就换的么。”贾芸道：“你那会子又说不到我这里来，今儿怎么又来了呢?”小红笑道：“你还说呢，那一天小丫头倒了茶出来，你还要望着人家混说，把我急的什么似的了。”贾芸道：“我那一年在园子里带人种树，捡了这块绢子，原不知道是你的。这事是三四年了，后来知道是你掉的，我就把我的换了给你。咱们会了几回，后来我不大到园子里来，要想瞧你就瞧不着了。”小红道：“我那会子心里有话，不好对人说的，有谁知道呢?只好自己心里熬煎，茶饭都懒得吃了，就弄出这个病来的。”贾芸笑道：“你这个病，到底是我给你医好了的。你该给我好好儿的谢大夫呢。”

小红笑着啐了他一口，道：“我告诉了你心里的话，你倒拿我取笑儿么。”贾芸道：“玩儿罢了，我难道不许你拿我取笑儿的么。咱们两个人，你就是我，我就是你，分什么彼此呢。我记得去年我谋办陵工，弄了些东西送琏二奶奶去，琏二奶奶不收，我还给了你些东西。后来我就总没进去了，琏二奶奶也死了。我昨儿这件事，想来想去，想了两夜通没睡觉，还是求了这个琏二奶奶才办妥了的。这个琏二奶奶比头里的强多了，人品、说话、行事都好，不像凤婶娘一味的利害。我昨儿这个事，要是头里的琏二奶奶，求着他是不中用的。”小红道：“头里的二奶奶虽然利害，待我就好。那会子我在宝二爷屋里，头里的二奶奶说我很好，要我过去，教我做他的干女儿。我说奶奶错了辈数，我妈才是奶奶的干女儿呢。谁知这会子倒做了这个二奶奶的侄媳妇了，也是事有应该呢。昨儿奶奶叫我进去，调理了几天，不教我伺候，说我是他的侄媳妇，拉了我的手，摸我身上，臊的我脸上好不好意思的。又赏了好些东西，真是少有的恩典。咱们明儿可别忘了他才好。”

贾芸道：“可不是，明儿总要想个孝敬的道理出来。”由此夫妻十分恩爱，从前是两地相思，今日是各遂心愿，自与别的夫妇大不相同的了。

却说周姑爷在刑部做郎中，已经两年多了。一日奉旨放了江西粮道，便忙着料理携眷赴任。因贾政做过江西粮道，周姑爷这日便同了探春回来，一则辞行；二则要领贾政之教，规模典则，漕务弊端，条分缕晰，好仿照旧章，便不致陨越了。探春来到上房中，与众人拜见做辞。众人又与探春道喜。大家都说，路程不为太远，不像从前远隔重洋了。况且，三二年间仍旧调进京来，也未可知。

大家正在说笑，只见赖大家的、林之孝家的两个进来，因听见了周姑爷放了粮道，便先上来给探春道了喜。然后回王夫人道："太太前儿吩咐，教挑选进来伺候当差的女孩儿，现已挑选了十个，都是十一二岁、十二三岁的，请太太验看。"王夫人点头儿，赖大家的、林之孝家的便到门外领了十个女孩儿进来，见了王夫人磕了头。

王夫人逐一看过，因拣了两个老实些的，问他道："今年十几岁了，父母是谁呢?"赖大家的回道："这一个是郑华的女孩儿，今年十三岁了。这一个是来喜的女孩儿，今年十二岁。"王夫人道："这两个，我留着使罢。"因向探春道："你给我替他起个名字，才好使唤呢。"探春想了一想道："这郑华的女孩儿叫碧桃，那一个叫红杏罢。"王夫人道："这就很好，你索性把那几个都给他起了名字，好上档册的。"探春道："我也是顺口儿胡讲，还是宝姐姐你来说罢。"宝钗道："三妹妹你说罢，这有什么谦让呢。"探春因说道："这两个给他叫红梅、翠柳，这两个给他叫翠云、紫云，这两个给他叫绣琴、素琴，这两个给他叫文鸾、彩鸾罢。"王夫人道："这红梅、翠柳派给你大嫂子屋里，这翠云、文鸾、彩鸾三个派给你琏二嫂子屋里，这紫云、绣琴、素琴三个派给你宝二嫂子屋里。环哥儿屋里有他媳妇跟来的玉箫、凤箫、翠鸾、翠凤四个，也够使了，可以不必派他的了。"探春道："我的两三个丫头也渐渐儿的大了，那里虽然还有几个，我都不大中意，将来也还要挑几个呢。"

说着，人回请示在那里摆饭，王夫人道："没什么外人，就在这里摆罢。”当下探春至晚回家，过了两日，就起身往江西赴任去了。这里王夫人便把几个年纪大的丫头，彩明、麝月、秋纹、绮霞、碧月、素云等俱放出去配人去了。

再说薛蟠自香菱死后，屋内无人，每日闲游浪荡。因荣府接连有事，便常与冯紫英、贾蔷、贾芸、贾芹一干人喝酒玩笑，闲时便非赌即嫖，无所不至。这时贾芸新婚，无事便不大过荣府来。贾蔷、贾芹便来瞧薛蟠道：“薛大叔，你老人家在屋里坐着，不闷的慌么。咱们今儿还是到那里逛逛去罢，省得白坐在家里还闷出病来呢。”薛蟠道：“成日家在外头逛，逛的都怪烦的了。怎么想个好些儿地方逛去，才好呢。我是前儿在冯紫英家那里碰湖，来了一天我只成了五六牌，倒输了八个全荤飘儿。你说说，这是什么手气？到临了儿才算了一算，我共输了八十九两银子，心里很不舒服。这两天就总没出门，在家里又实在闷的了不得。”贾蔷道：“有什么好地方儿可逛？大家也要想一想看。”薛蟠道：“我昨儿听见人说，锦香院云儿那里新来了几个媳妇很好。咱们今儿倒是在那里看看去罢，要果然的好，咱们明儿就叫他们来喝酒，你说好不好？”贾芹道：“是啊，我昨儿也听见人也是这么说。薛大叔，咱们就走罢。”于是，三个人一路到锦香院来。

到了院前，才刚进了门，就听见后边琵琶弹的响，有人在那里唱呢。门上人说：“爷们请那边坐罢，这里头有客呢。”薛蟠道：“里头有客么，是谁呢？咱们且看看是个什么人。”三人便直往里走，门上人不敢阻拦。

三人走到里边看时，只见云儿同着一个媳妇在那里弹唱呢。上面炕上坐着两个人，一个是孙绍祖，一个不认得是谁。那孙绍祖见了他三人进来，便站起身来，说道：“我道是谁，原来是薛大哥。咱们好久没会了，今儿来的好的很，咱们就一块儿坐罢了。”薛蟠道：“我不知道是孙大哥，倒失回避了。咱们今儿是打这儿过，进来看看的，我还和他们有事去呢。咱们两便罢，改日再会。”孙绍祖道：“薛大哥既不肯赏脸，我来送你，看你们要是到那边坐了，可就对不住咱们呢。”薛蟠道：“咱们儿时是这么着的人吗？果然有事，你也不必送。”说着，两下虾腰，三人出来了。

贾蔷道：“怎么今儿偏偏儿的遇着这个混帐东西。”贾芹道：“我们进去了，他们人原请我们那边坐的。薛大叔定要瞧他们去，要是不认得的人倒也罢了，偏又遇见他，倒弄得个下不来了。只好过一天咱们再来逛罢。这会子倒弄了个有兴而来，败兴而返了。”薛蟠道：“除了他这里，就没处逛吗？前儿蒋玉函来了，说他又领了一起档子班儿来了，寓在小花枝巷里头，请我无事到他那里坐坐去呢。今儿也不知道他在家不在家？咱们横竖闲着，就往小花枝巷里头看看去，使得吗？”贾蔷道：“也好，小花枝巷的路也不多远儿，转两三个弯子就是了。”

于是，三人又转到小花枝巷内，只见一家门首写着“三台小班寓”。三人便走进门去，恰值蒋玉函出来，见了三人忙笑道：“薛大爷同二位贾大爷请里头坐。”三人进到里边，小小客坐颇也收拾的精雅。三人坐下，底下沏上茶来。薛蟠道：“你今儿没出门么？”蒋玉函道：“昨儿在临安伯府里，今儿没出门。”薛蟠道：“你来了有多少时了？我是前儿才知道的。”蒋玉函道：“我来了才得十来天呢。我头里听见说，宝二爷怎么出了家了么，这是怎么的道理，这会子可也有个信息儿没有呢？”薛蟠叹道：“这都是稀罕的事，宝二爷那么个人，谁知他一下子就出了家。头里我们柳二爷那么个人，也是出了家了，可都不是奇事吗。”这会子，也不知道他两个人是在一块儿呢，也不知他是各自干各自的？竟一点儿音信都没有。”

蒋玉函道：“我听见说宝二爷的奶奶就是大爷的妹子呢。这如今大爷可有了外甥儿没有呢？”薛蟠道：“今年三月里养了个外甥儿，叫桂哥儿。这会子渐渐儿的好玩儿了。你怎么知道的这么详细呢？”蒋玉函道：“不瞒大爷说，我上年娶了亲了。我原也不知道，谁知娶的就是宝二爷房里的袭人。故此宝二爷的事，我都知道。我这如今在外头各处做买卖，都留心访察着，要是碰见了宝二爷，我总要劝他回家还俗呢。”薛蟠笑道：“我只知道袭人打发了出去，给了人家，原来就是你吗？你可记得，那年子咱们在冯大爷家喝酒行令，你说是什么‘花气袭人知昼暖’，我说你怎么说出个宝贝来了，他们还不懂，我说‘袭人’可不是宝贝是什么呢？这会子，原来这个宝贝竟配了你了，你看着他是宝贝不是？”说着，哈哈的笑起来了，因说道：“我听见你买了房子，说是又开了铺子了，你的事情也就很够过了，又还领这班子做什么呢？”蒋玉函道：“我买了几间房子，是好久的话了。也置了一点子地，又开了一个铺子。那铺子里头都有伙计，我也不管那里的事。左右闲着，所以又弄了几个孩子们，出门到各处混混罢了。”

薛蟠道：“我是前儿听见你说了，今儿没事闲逛，特来瞧瞧你们这里的孩子们的。”蒋玉函道：“我叫他们出来，给爷们请安。”只见上来了三个粉妆玉琢的孩子，给三人打千儿请了安。薛蟠道：“一个个的都很好，叫什么名字，十几岁了？”蒋玉函道：“这个叫福儿，十五岁了；这个叫禄儿，也是十五岁了；这个叫寿儿，才十四岁。今儿是我备个小东，请三位爷们听听他们的嗓子，看怎么样？”薛蟠道：“怎么又扰你吗？这么着，叫他们也不用包头，就是随身的衣服儿，只算唱个帽儿戏罢。”蒋玉函答应道：“薛大爷吩咐了，你们就这么样唱罢。”

不一时，摆上果碟酒菜，福儿便上来给薛蟠斟酒，禄儿、寿儿便给贾蔷、贾芹斟了酒。教师上来弹着弦子，三个孩子各拿了一把纸扇儿、一条手绢子，在席前扭捏着身子，两头走着，唱的声嗓娇媚可人，抑扬宛转，真是遏云绕梁之音。内中福儿更觉体态轻盈，面目俏丽，向着薛蟠丢了几个飞眼儿。薛蟠大喜，点头儿叫他过来，便重新敬酒，拜了阿妈。薛蟠大乐，赏了十两银子，贾蔷、贾芹两个人也赏了六两银子，三个孩子上来谢了。薛蟠还说：“明儿闲了，到我们家里唱去。”蒋玉函道：“改日带了他们，到阿妈府上来请安。”

三人出了小花枝巷，一路回家。贾蔷道：“咱们今儿兴兴头头儿的出门，就遇见孙绍祖这混帐东西，心里头很不舒服，想不到才刚儿还有这么一乐，也算是不幸之幸了。正是什么说的，‘有意种花花不发，无心插柳柳成阴’了。明儿到底还要看看云儿家里新来的媳妇儿怎么样儿去。”薛蟠道：“你们明儿还是到我家里来，咱们同去。”说着，各自分路回家去了。

要知后文如何，再看下回分解。

第十四回　花氏袭人错认宝玉
椿龄鹤仙喜遇蔷芹

却说甄宝玉因为有事到平安州去，只带了包勇一个人上路。主仆二人轻身骑马，连夜兼程，三天便赶回来了。离城七八里地，时已二鼓，不能进城。那地名紫檀堡，不多几家人家。时又天阴，飞起雪来，只好就近便些的人家借宿一宵，次早进城了。

包勇看见一家房屋虽不甚大，却还齐整，便下了马上前去叩门。有个小厮出来开门，包勇道："我们爷赶不进城，天又下雪了，路上很不好走，要借你们这里住一夜，明儿该多少房钱照数给你就是了。"小厮道："我们主人不在家，你们是那里来的呢？"包勇道："我们爷是翰林院衙门里的官儿，因有要事出门去了两天，今儿赶着回来，已经迟了，天又下雪，路上滑的不好走，要不然还怕没地方住么？"小厮道："我们主人是不在家，等我回声奶奶，看使得使不得。我就出来，你老且请坐一坐。"小厮进去了，不一时，出来道："我已回过了，我们奶奶说，天迟了，要是城里早已下过梆子了，天又下雪，实在难走，借住一夜什么要紧的事呢。请你们爷到里面坐罢。"包勇随即出来，请甄宝玉下了马。小厮便领着到后边客屋内炕上坐了，点了蜡烛，倒了茶来。包勇便把马牵进来，小厮又指引他地方儿拴好了，上了草料，便和小厮在前边屋里，一块儿喝茶去了。

甄宝玉在客屋内坐着，看那房屋虽不甚大，却收拾的倒十分精雅，四壁挂着字画斗方，琳琅满壁。甄宝玉便下炕，站起身来闲看，只见那些字画都是时人有名缙绅之笔。暗想主人是谁呢？看来这人竟很不俗。因又细看斗方内中，却有一张是贾宝玉的，上面款上写着“书赠玉函贤友”，因看别的字画落款的上头，也是玉函贤友。猛然一想，记得有个蒋玉函，是个戏子，想必就是他了。因向着字上连连的点头儿。忽然，屏后走出一个丽人来，上前一把拉了甄宝玉的手道：“我的爷，你是怎么的，这两年是到那里去了？你好狠心啊，人家活活儿的都给你坑死了呢！”说着，眼泪直流。甄宝玉吓了一跳，忙摔了手，说道：“这是怎么着，你是认错了人了？”那妇人道：“二爷，你不认我了么？想是怪我走错了路了，这都是太太和姨太太做主的，教我也没法儿啊！”说着，越发哭起来了。包勇听见，赶忙上来，已看见了，便道：“原来是袭人姑娘，你错认了，这是我们家的宝二爷，不是贾宝二爷。”

原来袭人听见城里的爷们赶不进城在这里借住，便走到屏后张看。先一见了甄宝玉，便欲出来，又犹恐不真。况且，听见贾宝玉是出了家的，穿戴又不同，正在狐疑。及看见他对着贾宝玉写的斗方儿点头，这是他见了自己的笔迹意思，可一定无疑了，故出来拉住了他痛哭。及自听见包勇说，不是贾宝二爷，便道：“我原知道是真宝二爷，不是假宝二爷。怎么二爷都不认我了么？”包勇道：“袭人姑娘，你好糊涂啊！这是我们甄府里的甄宝二爷，你说的是贾府里的贾宝二爷。我们宝二爷是中了进士，现做翰林院编修，奶奶娶的是李氏，就是贾府里珠大奶奶的妹子，袭人姑娘，你也该知道的啊！”又向甄宝玉道：“这袭人姑娘，原是贾府里宝二爷屋里的人，想是因宝二爷出了家，故嫁到这里来的。因见我们二爷同贾府二爷面貌相同，故错认了。”

袭人听了，前后一想，果然不差。包勇已经回到甄府去的，李绮已嫁了甄宝玉的。往常虽听见说甄宝玉面貌相同，却没见过，此时错认了。反倒弄的脸上下不来，满脸飞红，只得上前给甄宝玉请安，道：“才刚儿冒犯二爷，不要见怪。”甄宝玉欠身道：“我这面貌原和贾世兄一样，怨不得错认了。我们今儿在这里打搅，心下就不安，明儿再谢，请进去罢。”袭人道了安置，便进去了。

包勇把铺盖打开，铺设停当，请甄宝玉胡乱住了一宵，次早便进城回家。甄宝玉便告诉了李绮一番，说道：“这可不是平空的一段诧事吗？”李绮道：“那袭人人倒很好，品貌端丽，性格温和，他与贾宝玉两个情深义笃。后来贾宝玉出了家，他们太太说他虽在屋里，非妾可比，故打发他出去配人的。今儿见了你，错认是贾家的宝二爷，可是他心里总忘不了贾宝玉的情义呢！”甄宝玉点头叹息道：“这是他情急了的缘故，我原也不怪他的。”

再说袭人嫁了蒋玉函已将两年，原把这件事已丢开了。不想今儿看见甄宝玉，触动前情，先疑后惑，遂也就顾不得了，径自出来相认，不由的就哭起来了。及自说明错认，甚是羞愧难当，回到屋里不禁落泪。细想起宝玉的情意来，那样的恩爱缠绵，我可原不该嫁人才是。但又是太太做主，我又不能违拗。到如今宝玉出家去了，连宝姑娘都不顾了，还讲我么？这又是情义已尽，也只好由他罢了。又想起太太的恩典是了不得的，给我配了人家，今儿丰衣足食。就是宝姑娘待我的情义，也很不薄。这是现在的，我虽没什么报答，提起来心里着实的感念。怎么儿时得到府里去请请安去，也略尽一点儿心才好。

过了两日，蒋玉函回家说起会见薛大爷来，知道宝二爷已养了儿子，叫桂哥儿的话。袭人又告诉他，错认了甄宝玉的话，因说道：“我想儿时要到府里去请请安，瞧瞧太太、奶奶们去，也略尽一点儿想念的心，还要打算弄点儿孝敬的东西呢。”蒋玉函道：“你明年正月里，横竖要到你哥哥家里去的，就那里套上车进府去也很便宜。倒是孝敬的东西有些费力，任是什么上好值钱的东西，那府里还怕没有么？要是什么不值钱的东西，又拿不出去，且慢慢儿的想着再斟酌罢了。”暂且不题。

再说薛蟠、贾蔷、贾芹三人，一日又到锦香院来。走进门去，门上人见了垂手说道：“请爷们那边坐罢。”三人又听见了这边有人在内弹唱说笑，薛蟠问道：“又是孙绍祖吗？”门上人回道：“是长安府太爷的舅子李衙内在这里，爷们请这边坐，两下便各不相扰。”薛蟠三人进了这边客座内坐下，只见云儿出来，给三人请了安，递了茶。薛蟠道：“我前儿听见你这里新来了几个媳妇儿，特和他们两个来瞧瞧的，偏偏儿的碰见孙绍祖这个混帐东西。”云儿道：“孙大爷和薛大爷府上是亲戚呢。”薛蟠道：“还提那个混帐东西呢，我们贾府里姨太太的侄女儿给了他，生生的被他凌辱死了。”因问道：“你们那边有客坐着，是什么李衙内，我才刚儿还当又是孙绍祖呢。”

云儿道：“他是长安府太爷的舅子。头里这长安县有个财主姓张，有个女儿叫张金哥，生得十分美貌，原聘的是原任长安守备的公子，后来穷了。这李衙内要娶张金哥，金哥的父母就经官退了守备公子的聘。张金哥知道了，就吊死了，那守备公子就投了河。后来这李衙内娶的奶奶丑陋，比不上张金哥，因此夫妻就不很和，家中坐不住，总在外头游荡。”贾蔷道：“这也就和孙绍祖差不多儿了。你们有什么新来的人，教出来给我们薛大叔看看啊！”云儿便叫了两个出来，到他三人面前请了安。

贾蔷、贾芹两个见了，都吓了一跳，便忙问道：“你们叫什么名字？”云儿道：“这个叫椿龄，那个叫鹤仙。”贾蔷便拉了椿龄的手，贾芹拉了鹤仙的手，都道：“你认得我么？”

椿龄、鹤仙齐道：“原来是贾大爷，怎么不认得呢。我们才刚儿一见了，原恐怕错认，因隔了三四年没看见了。我们到了没多少日子，要知道二位贾大爷来，我们早就该来请安的。今儿难得二位贾大爷既来了，就不用去了。”贾蔷道：“薛大叔，我们两个人今儿遇着旧相知了。咱们三个，他们也是三个，咱们今儿不回去罢。”薛蟠笑道：“你们两上有了旧相知，我可没有呢！”贾芹道：“云姑娘不是旧相知么?”薛蟠笑道:“你问他是不是呢?”贾芹笑道:“云姑娘,你说,你可是薛大叔的旧相知不是?”云儿笑道:“我说是的,他又不肯认呢。”

说着,摆上酒菜,云儿陪薛蟠,椿龄陪贾蔷,鹤仙陪贾芹,大家喝了三杯。薛蟠便要豁拳,贾蔷道:“单豁拳乱叫的没趣儿,倒不如输家喝酒,赢家唱的好。”薛蟠道:“我是不会唱。”

贾芹道:“不唱喝一杯就是了。”于是,薛蟠先给云儿豁拳,却是薛蟠输了。云儿给薛蟠斟上酒,便唱道:“转过雕栏,正见他斜倚定荼蘼架,佯羞整凤钗。不说昨夜话,笑吟吟掐将花片儿打。”薛蟠笑道:“我昨儿夜里何尝在这里了?你说的是谁啊?”云儿笑着拿起酒来,道:“你昨儿虽没在这里,头里可有在这里过过夜没有呢?”说着,把酒灌在薛蟠嘴里,薛蟠笑着一仰脖喝了。

下该贾蔷与椿龄豁拳,却是贾蔷输了。椿龄便给贾蔷斟上酒,顿开喉咙,唱了一套“袅晴丝,吹来闲庭院”。大家道:“好!”贾蔷把酒喝了。

下该贾芹与鹤仙豁拳,却是鹤仙输了。贾芹便唱了《玉簪记·茶叙》内的“方添离恨,忽听花前寄好音”一支《出队子》,鹤仙喝了一杯。

又该薛蟠与云儿豁拳,却是云儿输了,该薛蟠唱。薛蟠道:“我说过不会唱的。”云儿道:“我听见你唱过的么,怎么今儿又不唱了。”薛蟠道:“要我唱,你们就爱听不听,不要又说不好的。”因唱道:“一个蚊子嗡嗡嗡,两家苍蝇哼哼哼。”大家都笑起来道:“这个算不得唱,还是喝一杯罢。”薛蟠笑道:“我说我不唱,我们定要我唱呢,我唱了还教我喝酒吗?”云儿便斟上酒道:“这算什么唱,喝一杯罢,我陪着你呢。”薛蟠笑着和云儿各人喝了一杯。

下该贾蔷与椿龄豁拳,却依旧是贾蔷输了。椿龄遂伸手取过酒壶来,给贾蔷斟上酒,便唱了一支“抵多少烟花三月下扬州”。贾蔷道:“好!”把酒喝了。

又该贾芹与鹤仙豁拳,却是贾芹输了。鹤仙给贾芹斟上酒,便唱了一支"长清短清"的《朝元歌》。大家道:"好!"贾芹喝了一杯。

贾蔷道:"酒够了,我是不能喝了。"薛蟠道:"不喝咱们就吃饭,吃了饭早些儿去睡觉罢。"贾芹笑道:"很好,就是这么着。"于是,拿饭来,大家吃了饭,漱了口,散坐喝茶。薛蟠道:"外头下了绑子了,天不早了,我是要睡了。"贾蔷道:"咱们都睡罢。"云儿、椿龄、鹤仙便拿了灯,同薛蟠三人各自归房去了。

这贾蔷到了椿龄房里,关了房门,便问道:"我才刚儿当着他们,不好问你缘故的,你是怎么就到了这个地方来的?"椿龄拉了贾蔷的手,便淌下眼泪来,说道:"我只说今生不能见你了,那里知道还有今儿么?我自从府里蒙恩发回家乡,同宝官、玉官三个人是一起去的,各自交还亲人收领,这也罢了。不想我父母到了次年,便把我卖到山东给人家做小,这也还算不得苦。谁知那里大奶奶不容,过了一年就把我发卖,卖了身价银八十两。谁知这买的人,就是买了去当粉头、做媳妇儿的,你道谁还愿意吗?当不得打骂的利害,几回家想要寻死又不能够。这也是自己的苦命,也就没给奈何了。可怜四处里赶码头,那里还是个人了么。想起来,要是在府里当丫头何等不好呢?那会子自己又不愿意,这也是自作自受的了。"说着,哽噎难鸣,泪如雨下。

贾蔷一手拿手绢子给他擦泪,一手搂了他道:"你又是几时到这里的呢?"椿龄道:"我是前年冬里才到这行里头,去年冬天鹤仙也是被人卖了来的。我们在一处说起来,倒像是遇着了亲人的一般。我们两年也就给这买的人赚了好些钱了,前儿他又把我们两个转卖给锦香院里。我们两个人,这里的云儿共出了二百八十两银子身份,到了这里才一个多月。想起从前我病了睡着,你还买了个雀儿来给我玩儿,那会子我还不欢喜,到了今儿要想有这么个疼我的人儿,可不能够了。记得那一年,有一天子散了学,大家都在园子里逛,我一心只盼着你,独自一个在那里蹲着发呆,拔下头上簪子在地上画了个‘蔷’字，画了一个又画一个。谁知宝二爷在花篱笆那边看着，说道：‘天下雨了，你不用蹲着画了。’我那会子心里都痴了，也不知道下雨。及自宝二爷提醒了我，我说：‘我忘记是下雨了，你可也在露天地下呢。’说着，宝二爷才跑了。人说宝二爷惯会发呆，可就给我是一样儿。可怜想起从前的事来，到今儿眼泪也不知道有多少呢。”说着，吞声呜咽不已。

贾蔷道：“你从前发放回去的时候，我原打量要私自留你下来的，不想一两天你们就去了。我说你们回到家乡，自然配个好人家，这也就罢了。我这条心也就丢开了，怎么你今儿竟到了这个地方儿，这还了得了吗？我一见了你，我这个心也不知是怎么的了。”说着，也就滴下泪来，道：“我凭是怎么样，我总要把你赎出你的身子来，我这个心才得安呢！”椿龄道：“你要赎我的身，只要一百四十两银子，你可能打算呢？”贾蔷道：“我现在是没有，只好想方设法儿的办去罢了。”椿龄道：“恐怕迟了，或者我又不能在这里了，这就没法儿了呢。”贾蔷跺脚道：“这还能一年半载吗？多者不过个把月就足了，我要想不出方儿来，我也就不活了。”椿龄向着贾蔷耳边道：“我两年以来，也私自聚下了些东西，我总交给你凑着办去罢了。”贾蔷道：“你聚了多少东西，放在那里呢？”椿龄道：“我藏了一对金镯子也值着百十两银子，你拿了去，只要添出三四十两银子来就够了，我藏在枕头里头呢。”说着，便要拿剪子来拆枕头，贾蔷道：“你且不用拿，还放在这里，横竖算有了百十两银子了。这又好想方儿了，等我打算着凑够了，再来拿这个，你这事就算定了主意了。不知道鹤仙他们的事，又是怎么样呢？”椿龄道：“鹤仙也藏了些东西，我知道的，想该也是要交给芹大爷的，我们两个的事，总要交给你们两个就是了。”因道：“夜深了，咱们睡罢。”

说着，来给贾蔷解钮子，贾蔷道：“咱们今儿是在黄柏树底下弹琴了。”椿龄也笑了，两个脱衣就寝，又加了一番恩爱。次日早起，就与薛蟠、贾芹一同回家。薛蟠分路去了。

贾蔷、贾芹两人便不回家去，同来荣府来，于无人处两个谈心，说起昨儿的话来。贾芹道："上年太太把小女尼、小女道士的文书查出，差人雇船送到本处，发还各家。谁知半路上小女尼沁香就死了。小女道士鹤仙就被人卖了，给人家当粉头去，今年又转卖给锦香院了。说起来实在可怜的很，他向着我哭的什么似的。他说卖在这里是一百四十两银子的身价，他私下聚攒了五两金条子，值得着八十多两银子，叫我添着给他赎身。"因向身上取出金条子来，给贾蔷看道："只是这少的五六十两银子，怎么打算呢。"贾蔷也便把椿龄的话，告诉了他一番，因道："薛大叔还不知道这些底细呢，明儿我们还是到他那里去，告诉告诉他，寻他给我们打算打算，想想方儿这才好呢。"贾芹道："这话很是，除了他，还有好些人不好向他说这些话的呢。"

到了次日，两个人在荣府会齐，又同到薛蟠家来。见了薛蟠，两人都把这些细情告诉了一遍，因道："我们一时竟想不出这个主意来，要求薛大叔给我们怎么打算打算，想想方儿，将来不但我们两个侄儿连两个侄媳妇都是感激你老人家的。你老人家到了我们那里，两个侄媳妇少不得要来给你老人家磕头。"薛蟠笑道："这是什么话？你们两个是要赎了他们家去做老婆的，怎么还教他当媳妇儿么？"贾芹道："薛大叔，你老人家这些话可别告诉外人，若给别人知道了，我们怎么见人呢？"薛蟠哈哈大笑道："你这话说的越发不好了。"贾蔷道："薛大叔，说正经话，不要给他胡闹了。"薛蟠道："要二百八十两银子才够呢，这会子算有了一百八九十两银子，还短了百十两银子。我这会子手头也不富余，不能给你们凑上这些。你们又向我说了一趟，我帮你们四十两银子，下少的五六十两，我教给你，还是求你们琏二爷去。况且，你们就是把银子凑足了，你们自己便向云儿那里赎人去了吗，只怕还不妥当呢？也还要求求琏二爷给你们撕罗撕罗想个主意才是呢。"两人说道："多谢薛大叔的指教，我们明儿一起来磕头。"薛蟠道："我说的四十两银子，明儿我给你送来。你们就上紧的求求琏二爷去罢。”

二人答应了，掣身回到荣府，恰值贾琏在书房里坐着呢，见他两个进来，便问道：“你们两个到那里去的。”贾蔷道：“才刚儿在薛大叔那里去的。”贾琏道：“有什么事呢？怎么去了就回来，想是不在家吗？”贾蔷道：“薛大叔在家，已会见了。”说着，便和贾芹跪下，给贾琏磕了一个头道：“侄儿有件事，要求叔叔的恩典呢。”贾琏道：“什么事？”贾蔷、贾芹便把椿龄、鹤仙的事，从头至尾细细说了一遍，又道：“薛大叔已经帮了四十两银子，还短着五六十两，要求叔叔给侄儿打算打算，还要求叔叔给侄儿撕罗撕罗，打个主意，怎么个赎法子？总要求叔叔的恩典。”说着，又磕了一个头。

贾琏道：“你们这些东西，一个个的越发都好了，前儿芸儿配了小红，娶了个丫头去了。你们这会子索性要娶粉头了，这都使得的吗？”贾蔷道：“他们原本不是当媳妇儿的，只为给人卖了，平空的到了火坑里头，都是没及奈何，才受了这样的糟蹋。任是谁听见了都要可怜见的。这会子能够赎他出来，就算从火坑里救出他来，从此就见了天日了。一则是叔叔的恩典，二则也是叔叔的阴德。”贾琏道：“论理呢，原使不得。但又听你说的这可怜见的，要不然这两个孩子就白糟蹋了，何苦来呢？由你们去罢。我给你们拿出五十两银子来，你们就把那些东西兑换出银子凑齐了。我叫林之孝到锦香院里去说，这椿龄原是我们府里班子里的女戏子，鹤仙是我们府里的女道士，都是头里预备伺候过娘娘的。后来发放回家，怎么有恁么大胆的人，敢卖良为娼，问他知道是什么罪？姑念你们无知转买，今将原买身份发回，立刻就把椿龄、鹤仙并他二人原来衣物查交清楚，带他回来就是了。”贾芹道：“要不是叔叔这么着，单靠我们去赎只怕还赎不来呢！”贾琏道：“他敢不给赎吗？给他原价还是造化了他呢，你们早些办银子去罢。”

贾蔷次日便把金镯子取来，一起兑换了银子，共凑足了二百八十两，送来交与贾琏。贾琏便传了林之孝来，把这话对他说了，教

他把银子带了去，“这事也不用给老爷、太太知道。你们套了车去把人带了回来，领他从后门进来，到我那里就是了。”林之孝答应，便带了银子去了。

贾琏道：“你们两个，且到我屋里坐坐等着去罢。”遂带了二人，走后廊穿角门，转过粉油大影壁进来，到了贾琏西屋里。贾蔷、贾芹见了平儿，便上前磕头请安，道：“蒙叔叔、婶娘的恩典，反带累叔叔、婶娘不安。”平儿道：“这又有什么了，还没给你们道喜呢。”因叫倒茶来，贾蔷忙道：“不用倒茶，我们前头才喝了茶的。”奶子抱了蕙哥儿进来，平儿道：“外头天冷，你又抱他到那里去的？”贾芹道：“这是我们兄弟啊，有几个月了，会笑了么？”平儿道：“才三个多月儿。”贾芹道：“很好。”说着，便笑了。贾芹道：“有趣儿，笑了。”

说着，又坐了一会，林之孝回来带了椿龄、鹤仙进来。回贾琏道：“他们的箱子衣物都查点带了来了，叫他们搬进来罢？”贾琏道：“你去吩咐人搬进来就是了。”贾蔷、贾芹便指与椿龄、鹤仙道：“这是叔叔，这是婶娘。”椿龄、鹤仙便给贾琏磕了头，又给平儿磕头。平儿拉起他两个来，细细儿的看了一看，道：“你们比不得芳官他们，还常在园子里头的，怪不得我竟不大认得呢。”因又说道：“都很好。”随即每人给了四个戒指、一对簪子，两个人又磕头谢了。贾琏道：“你们就这个车，都带了他们回去罢。”叫人给他拿了东西，就送了去。

贾蔷、贾芹同了椿龄、鹤仙一齐向贾琏、平儿磕头道：“多谢叔叔、婶娘周全的恩典，真是杀身难报。”贾琏道：“什么话呢，你们早些回去罢。明儿闲了，尽管给他们到这儿来逛逛。”贾蔷二人答应，带了椿龄二人，出去上车。贾芹同了鹤仙，贾蔷同了椿龄，各自回家去了。

时已岁暮，瞬息新年，早又过了上元佳节了。要知新年新事，且看后回后文。

第十五回　花袭人酬恩荣国府
贾惜春梦入芙蓉城

却说这年过了上元佳节，袭人便带了一个丫头，套上车到城里花自芳家来。到了家里，他哥哥、嫂子接了进去，坐着喝茶。

花自芳又去添了菜，打了酒来。袭人道："我也不大吃什么东西，又买菜做什么？"花自芳道："菜是有些，怕不够，添了点子，这算什么呢？"袭人道："我打量还要到府里去走走。这几年来，惦记着太太、奶奶们什么似的，总也不得去吗。"花自芳道："今儿迟了，明儿一早套上车，我送你去就是了。"

于是，摆上酒菜，乃是一碗火腿炖肘子、一碗糟鹅、一碗酿鸭子、一碗东坡肉、一碗黄芽白煨鸡，另有十个碟子盛着果子、小菜之类，大家喝了几杯酒，就吃饭了。饭罢，坐着说说闲话，也就收拾睡了。

到了次日一早，花自芳套上车，袭人带了丫头上车。到了荣府门口，下了车进去。门上人认得，都道："花姑娘来了么。"扫红道："我给姐姐上头回去。"袭人道："我先到太太上头去呢。"扫红便领他到王夫人上房里来，先去回过了，便出去了。袭人便带了丫头进去，见了王夫人便磕头请安，王夫人忙叫拉着。恰值李纨、宝钗二人，也在王夫人上房里坐着说话儿呢。袭人见了，便也磕下头去，道："请奶奶安。"二人忙拉住了。王夫人便叫他坐了。袭人道："虽然太太的恩典，我们怎敢坐呢？”王夫人道：“你这比不得头里了，坐了好说话些。”袭人谢了坐，便在底下杌子上坐了。

王夫人道：“你在那里还好？听见说姑爷还开着铺子，又有房有地的。”袭人站起身来道：“蒙太太的恩典。那里有房有地，也开着个铺子，虽不怎么样，也就算很够过的了。常常的惦记着要进府给太太、奶奶们请安来的，就因家里没人，不能动身。昨儿进城到我哥哥那里，天又要晚了，今儿一早赶着来给太太、奶奶们磕头的。太太、奶奶们一向都纳福。”说着，取出一个羊脂玉福寿佩来，送上王夫人道：“没有什么孝敬太太的，取个福寿双全罢了。”王夫人接了过来道：“多谢你惦记着，来走走就是了，又拿东西来做什么呢？”说着，看了一看，道：“很好，你既拿来，我又不好不收你的，我留着罢了。”恰值红杏倒上茶来，王夫人便递与他，叫收起来，因道：“你两三年没在这里了，我留你在这里逛逛。新年头上都没什么事，大家玩玩儿，多住些日子，我才给你回去呢。”袭人道：“多谢太太的恩典。我也是要在这里住几天呢。”王夫人道：“你且在二奶奶那边坐坐去罢，回来再过来。”袭人答应道：“我也要瞧瞧哥儿去呢。”遂跟了宝钗到后边来。

进了屋里，重新又给宝钗磕头。宝钗忙拉住道：“往后你不用行这些礼，咱们虽不能算宾主，也不能算主仆的。你要这么着，我就不安了。”袭人道：“多谢奶奶待我的恩典是了不得，我们怎敢放肆呢？”说着，奶子抱了桂哥儿过来，袭人便接过去抱了，道：“哥儿很好，也快周岁了么？”宝钗道：“三月里才一周呢。”袭人道：“哥儿可认得我吗？”那桂哥儿，便望着他笑了。袭人笑道：“哥儿倒不认生。”便又引逗了一会儿，宝钗便叫奶子接过去。紫云沏上茶来，袭人又取出一对翡翠镯子来，送给宝钗道：“也没什么孝敬奶奶的。”又拿了一个翡翠扳指出来道：“这个送桂哥儿玩罢，算不得什么。”宝钗道：“这又教你费心，做什么呢？我要不收你的，我又知道你脸上过不去，我收下就是了。”袭人道：“多谢太太、奶奶都赏了脸，这是我的一点儿心虔呢。”

宝钗道：“我只知道你姓蒋，说是姑爷人很好，家计也算富余的了。我听见了就很欢喜，你这也算很得所了。”袭人道：“不敢瞒奶奶说，人家是没得说，到了那里有两个丫头服侍我，才刚儿带了一个来，还留下一个在家。我们那一个，虽然人也没得说，就是出身不好些，想起来便心里总有点儿不舒服似的。”宝钗道：“他是什么出身呢？”袭人道：“他原本是班子里的小旦，有名的琪官，名字叫蒋玉函。当初老爷打了宝二爷一顿，就有为他的事在里头。那会子，他给了宝二爷一条红汗巾子，宝二爷就把我的一条绿汗巾子换了给他，后来看见我问起来，宝二爷又把这条红汗巾子给了我，我不用就撂在箱子里头了。后来听见宝二爷挨了打，也为的是这个事，我就把这汗巾子总不教宝二爷看见了。上年到了那里，他开箱子看见这红汗巾子，他说原是他的，又拿出我的绿汗巾子来，我这才明白了。”

宝钗道：“这也就可见是一定的姻缘了。如今开了铺子，自然改了行业了。袭人道：“铺子里有伙计经管，他如今虽不唱戏，还领了一起档子班儿做买卖呢。我说你家业已有了，何必还做这下流的生意做什么？他说别的买卖都没这个赚的钱大呢。奶奶你说，可教人生气么？”宝钗笑道：“这个利上的贪心，是人都有的。只要看的破就好了。”

袭人道：“听见环三爷已娶了亲了。兰哥中了进士，现都做官，倒还没娶亲么？”宝钗道：“已定了傅家的姑娘，明儿三月里就过门了。琏二奶奶是平姑娘扶了正，去年也养了个哥儿了。”袭人道：“大奶奶那边李二姑娘、李三姑娘都出了阁了么？”宝钗道：“李二姑娘婆家姓陈，是去年才过门的。李三姑娘婆家姓甄，是先过门的，已经两年了。”袭人道：“甄府上也是个宝二爷，听见说现在翰林院里做官。去年冬里，因为出门有事去的，回来赶不进城，在我们那里住了一夜。”因把这话，告诉了宝钗一遍，道：“那会子臊的我脸上很下不来。”宝钗道:“这甄宝二爷头里到这里来过的,太太都见过,说是同我们宝二爷一样模样儿,名字又同。虽是这么说,到底总有些儿讹别的地方儿,人家双生的弟兄,多有一样模样儿的,细看起来总要有些儿不得同的地方儿。”

因道:“环三奶奶你没见过,我和你去走走去罢。”遂领了袭人,穿西边角门过来,到了这边上房。丫环玉箫见了,忙打起大红猩猩毡的暖帘道:“宝二奶奶来了。”二人进到里面,马氏见了,忙站起身来让坐。宝钗便把袭人原委告诉了他,袭人便上来请安。马氏笑着忙扯住了,便拉了袭人的手,推他在身边坐了。袭人不肯,马氏笑道:“二嫂子,你说罢。”宝钗笑道:“既是三奶奶叫坐,你坐了罢。”

袭人又谢了坐,才坐下。凤箫倒上茶来,坐了一会。袭人问:“三爷呢?”马氏道:“会试的场期快了,他在外头料理事情呢。”大家又说了几句闲话,袭人便要到琏二奶奶那里去。宝钗道:“索性我和你去罢。”

说罢,便从后院出去,走过穿堂,到了粉油大影壁。恰值平儿从里出来,袭人见了,忙上前请安。平儿笑着拉了袭人的手道:“我才刚儿听见说你来了,故此我赶着出来,要来瞧你的,请家里坐罢。”三人同到屋里,袭人又重新要给平儿磕头。

平儿拉住笑道:“袭人妹妹,咱们姊妹从前在一块儿耳鬓厮磨惯了的,今儿你要是这么着,咱们从前就白相好了。”袭人道:“今非昔比,名分不同,我难道都不知道这个理么?”平儿说:“什么话?你再要这么着,我倒不依。”宝钗笑道:“你这是制着他无礼了。”平儿也笑了,坐下,文鸾倒上茶来。袭人便问:“蕙哥儿呢?”平儿叫奶子抱了过来,袭人便接过去抱着玩了一会,又说了一会儿闲话。只见绣琴来请,说:“桂哥儿醒了,请奶奶回去呢。”

宝钗便和袭人回来,莺儿打起帘子,二人进去,只见奶子抱着桂哥儿玩呢。那桂哥儿见了袭人进来,便扑过来要他抱,袭人忙接过来抱着。素琴倒上茶来,袭人道:“这两年来,这里的姐妹们都换了人了，我都不大认得了。”宝钗道：“麝月他们都出去了，上年又挑进十来个来了。头里的人，都不大有了。”袭人道：“只有莺儿妹妹，倒还在这里呢。”宝钗道：“他比他们小两岁，也不过一二年就要出去了。去年挑进来的几个，倒都还罢了。明儿三月里兰哥娶亲，因这边的屋子都不宽绰，渐渐儿的天也热了，又不凉快，太太吩咐了明儿都还搬在园子里去住。昨儿已经开了门，不过一两天就要动工收拾了。明儿没事，和你到园子里逛逛去。你两年没在这里了，横竖在我屋里尽管多住些日子再回去。我也正没个人讲讲说说的呢。”袭人道：“我早就要进府请安来的，只为没了空儿，直到今儿好容易才来了的。”于是，便在宝钗屋里住了。

到了次日起来，袭人正在宝钗屋里梳洗才毕，只听绣琴在外打着帘子道：“大奶奶来了。”只见李纨进来了，袭人忙站起来道：“大奶奶早啊！”李纨笑道：“我那里又没小孩子，有什么事儿呢？我梳洗了好半天了，左右坐着没事儿，不如过来瞧瞧你们了。”因道：“你过去了两年了，只怕也该有喜了么？”袭人红了脸笑道：“还没有呢。”因问道：“三姑娘今年可回家来过么？”李纨道：“三姑爷放了江西粮道，三姑娘去年就同了上任去了。这还得好几年，才得回来呢。”袭人道：“四姑娘还在栊翠庵里么？我还没请请安去呢。”李纨道：“他无事只在庵里打坐，从不出来的。我看他倒一心向道，这几年来竟像是很有些功夫的样子。可见是‘有志者事竟成’呢。可怜紫鹃这孩子，如今算是他的徒弟了，也跟着他一样打坐，都不到外头来的呢。”宝钗道：“我们吃了饭，都同着到四姑娘那里走走去，便顺着在园子里逛逛，也要瞧瞧这些地方儿。大嫂子，你明儿还是在那里住呢？我是还在怡红院里头的了。”李纨道：“我也还是在稻香村罢，那里还清爽干净，又是住惯了的。明儿兰哥就给他在蘅芜院住，离我那里也近便。听见说不过两三天就要动工收拾了，也得一个多月才得收拾齐备呢。”

于是大家吃了饭，三人便同进大观园来。先到了怡红院，只见

画廊金粉半零星，池馆苍苔一片青。大家都叹息说："两年没人在里头住，便这么样衰败了。"里面灰尘满屋，并无可坐之处。遂出了怡红院，顺路到了潇湘馆。见了那一林竹子，萧萧瑟瑟，更有一段凄凉景况。走到里面，倒无甚灰尘，还可以略略坐的下去。原来紫鹃常到里面洒扫，祭奠黛玉的，故与别处不同。大家想起黛玉来，都落了几点眼泪。不能久坐，便又到了蘅芜院，只见那些香草也都干枯零落了。便不到里头去，转到稻香村来，只见那些茅屋都要倒了。宝钗笑道："大嫂子，你这要'彻彼桑土，绸缪牖户'了。"李纨也笑道："我这如今，要'昼尔于茅，宵尔索绹'呢。"说着，都笑了。

李纨道："我们要歇歇儿才好，这里也不能坐，不用进去了。我们到栊翠庵去罢。"说着，到了栊翠庵。紫云便上前敲门，里边紫鹃听见，出来开了门，见了众人，忙道："大奶奶、二奶奶来了，袭人姐姐怎么也来了么？都请里面坐罢。"

三人进去，惜春见了，站起身让坐。袭人便上前请安，惜春拉住了道："你怎么得也进来走走，是几时来的呢？"袭人道："昨儿来的，因为迟了，又怕惊动不安，今儿才来给姑娘请安的。"说着，紫鹃沏上茶来，袭人忙立起身来道："妹妹给我倒茶，我不敢当呢。"惜春道："你们姊妹们，好久没见了，都到那边说说话儿去罢了。"袭人便和紫鹃到那边谈心去了。

李纨道："四妹妹，你这每日也还看看经典不看呢？"惜春道："那经典也没什么看头，可是二哥哥说的'内典语中无佛性，金丹法外有仙舟'呢。"宝钗道："不知道你二哥哥，这会子可有成佛作祖呢没有？"惜春笑道："二哥哥成佛作祖是不能的，但他的功夫比我的高多了。他得道，总在我前头罢了。"因问道："我们侄儿桂哥儿，我有好些时没见了，该很会说笑了么？"宝钗道："这会子天还冷呢，要不然抱他来给姑娘请安来了。"惜春道："那孩子将来大有出息，二嫂子和大嫂子是一样的福命，都有大福享在后呢。"宝钗道："但愿侄儿明儿应了姑娘的话就好了。"当下又说了一会子闲话。

李纨道:“你们心也该谈完了,我们要走了。”袭人忙答应,同了紫鹃出来。惜春道:“横竖没什么事,再坐一会子去罢了,忙什么呢?”李纨、宝钗道:“我们因他要来请安,故此同着来看看你的,已经搅扰了半天了,我们也记挂着要回去了。”惜春便送了他三人出去。

紫鹃关了门进来。惜春道:“你们谈了些什么,就说了这半天?”紫鹃道:“我问问袭人姐姐,他说他原不愿意出去的,因太太做主,又不敢违拗,及自到了那里,倒也还丰衣足食的,也由得他,这也就罢了,又告诉了我,前儿看见了甄宝二爷,错认了我们宝二爷的一番话,所以说了这半天。”惜春道:“他头里原要跟我出家,宝二爷就说过的,说他是不能享这个清福的,可见那会子就知道后来的事了。”说着,早已点上灯来,紫鹃问:“姑娘吃饭吗?”惜春道:“我不吃饭了,你们吃去罢。”说着,便到屋里打坐去了。

坐不多时,恍惚出来在门外闲步。忽然看见远远儿的有个人在那里招手儿叫他,因看不分明,不知是谁,便走向前去。相离不远,细细一看,却是妙玉,因问道:“是妙玉师父么?我听见你被强盗劫去杀了,怎么还在么?”妙玉道:“没有这话,你且跟我来,我有话和你说呢。”惜春便跟了他,走够多时,忽然看见一带淡红围墙,进了围墙之内,又看见一座石头牌坊。惜春想道:“原来走了半天还是在大观园里,这不是省亲别墅的牌坊么?”及自到了面前看时,只见上面写着“真如福地”四个大字,两边一副对联,写道是“假去真来真胜假,无原有是有非无”。

转过牌坊,便是一座宫门,门上横书四个大字道“福善祸淫”,又有一副对子,大书道“过去未来莫谓智贤能打破,前因后果须知亲近不相逢”。

惜春看了,正在细想,转眼间妙玉便不见了。四下看时,只见一个丽人在那里招手儿,便忙走到跟前看时,就像是小蓉大奶奶似的,因他已死了多年,认不真了。惜春便问道:“你是小蓉大奶奶么?”那人道:“我不知道什么小蓉大奶奶,我乃第一情人。你这会子到这里来,还早呢。再过几年,等功行圆满才是你来的时候呢。”说着,便去了。惜春看这地方儿,乃是一溜配殿,各处都有匾额。随走到一间配殿前,见上写着“薄命司”三字,门儿半开半掩,便仗着胆子推门进去。满屋一瞧,黑漆漆的有十数个大橱,橱门半掩。遂把上首的大橱开了,见有好几本册子,便取下一本来看时,见上写着“金陵十二钗正册”。便打开看时,见上头有画,后面有几行字,却模糊看不清楚,依稀是“玉带林中,金簪雪里”。因想,这是林姐姐、宝姐姐两个了。又看见画了一张弓,弓上一个香橼,后边有什么“相逢大梦归”,因大悟道:“这是元春姐姐了。”又看见画着一个放风筝的人儿,都默默有悟。又看到一页上有诗云:

勘破三春景不长,缁衣顿改昔年妆。
可怜绣户侯门女,独卧青灯古佛旁。

惜春看了,大惊道:“二哥哥曾念过这诗的,原来却是在这里看见的。”遂又忙忙的往后细看,只见妙玉在外叫道:“你看过明日就罢了,这会子你还不该在这里呢,快些回去罢。”惜春便出来问道:“你才刚儿到那里去了,我正要问你呢,这是什么地方儿?”妙玉道:“这是芙蓉城,又名离恨天。这里有好些姊妹,都和我们在一块儿。这会子,还不能给你相见呢。待等数年之后,你的功行圆满,我再来领你到这里来就是了。”惜春还欲问时,只见妙玉把手中蝇拂子一摔,就犹如霹雳一般响亮。惜春猛然惊醒,细细一想,册子上的诗话十已参透八九,可见事皆前定,原来二哥哥竟先已到过这个地方了。由此心下有得,恍然大悟,便更下了精进的工夫,渐渐儿的有那超凡入神之意了,暂且不表。

再说袭人在宝钗屋里一连住了七八天,因说家里没人,便要回去。宝钗给了他五十两银子,袭人再三不肯,道:“奶奶的赏赐是断不敢领,我并不是为打秋风来的,奶奶别要拿我当做刘姥姥一类的人。我明儿有闲空儿，依旧还要进来请安的。奶奶要这么着，我就不好再来的了。”宝钗道：“我知道你并不短少什么，但你前儿又带了东西来，我原说我若是不收你的，你自然过不去的。这会子我这还不够你的本儿呢，你要不收，我就把你的东西原拿了还你。”袭人道：“我那也不过是一点儿孝敬的真心，并没什么想望的念头的。”宝钗道：“虽然这么着，我也知道你不稀罕。但只是我要白收了你的，我到底又过不去呢。”袭人无奈，只得谢了。又到各处作辞。王夫人又给了二十两银子，袭人不好推辞，只得谢了。宝钗教焙茗家的出去说，给他套上车，就送他到花自芳家去。又向袭人道：“你明儿闲了，尽管到这来逛逛。”袭人道：“多谢奶奶的恩典，我闲了总要来请安的。”焙茗家的进来回说：“车已套上了。”宝钗便教给他拿了东西：“你便送他去罢”。焙茗家的答应，同着袭人带了他的丫头上车到花自芳家去了。

接着，贾蓝便已娶了青儿过了门了。原来喜鸾是已定了李婶娘的儿子的，如今也过了门了。大观园又动工修理，又料理给贾兰娶亲，贾环会试。

事情甚多，下回细表。

第十六回　林如海观书疑黛玉　贾夫人借故问鸳鸯

却说潘又安、司棋夫妇自芙蓉城回转酆都，进了衙门，叩见了贾母并林如海夫妇，呈上了黛玉的禀启并寄来的物件。贾母并林如海夫妇俱各大喜。林如海便将黛玉的禀启拆开看时，只见上写道：

违女玉自睽违膝下，迄今十有余载。孤弱茕茕，形影相吊。幸赖外祖母慈庇，移取来京，衣食药饵，抚养成立。方幸一介余生，稍慰九愿慈念，不意时命不辰，横遭夭折。偶因一念之痴，遂抱百年之恨，幽魂一缕，幸返太虚，明月清风，都无所苦。昨因司棋夫妇护送尤姊来境，跪读慈谕，始悉父母大人荣任酆都，与外祖母完聚。女私衷窃慰，但思慈帏不远，咫尺天涯，音问虽通，相逢无日。言念及此，肝肠断绝。惟愿早升上界，速转天曹，此女所日夜引领而望之者也。兹遣司棋夫妇回辕，敬具寸禀，恭请慈安。临禀泣涕，不知所云。

林如海看毕，不禁伤心落泪，招的贾母并贾夫人也都流下泪来。

林如海劝道："老太太不必伤心了，外孙女儿既有了安身之处，将来相逢有日。我算着日子也差不多了。"说着，正要问司棋，盘究黛玉在太虚幻境的光景。只见凤姐、鸳鸯在里间，掀着帘子，向外张望。林如海见了，便立起身来道："我且到书房坐坐，让姑娘们出来，也看看他妹妹的书子。"说着，就出去了。

凤姐见了，连忙出来，向司棋问道："林姑娘身子可好，他们的光景怎么样？"司棋道："姑娘身上很好，就只是想念老太太、姑老爷、姑太太，心里十分着急。那里的光景儿，比我们这里还强呢。元妃娘娘和二姑娘，他们大家俱问二奶奶的好。"凤姐道："二姑娘怎么不留你多住些日子呢？"司棋道："二姑娘倒也要留的，只为我和潘又安一同去的，那里都是些仙女们，出入不大方便，所以姑娘打发我们早些儿回来了。"

凤姐点点头儿，又向贾夫人道："姑太太这可放了心了，我早就说我妹妹在那里很好，姑太太还不肯信，这会子司棋回来了，可见我的话不是撒谎呢。"贾夫人道："姑娘，你才没听见你妹妹书子上写的，只盼着娘儿们早些儿见面。又不知你姑爹几时才得转升，教我心里急的怎么受得呢？"说着，又流下泪来。贾母劝道："你也不必着急，你才没听见姑老爷说，算着日子也差不多儿了么？"贾夫人擦了眼泪，又问司棋道："你看姑娘的脸面儿怎么样，弱不弱呢？"司棋道："姑娘的模样儿，那里还像从前的弱样儿了，那个脸上红是红白是白的。那一种幽闲体度，画儿上也画不出来的。姑太太只管放心罢。那里吃的、穿的、用的都尽够了，贴身服侍的又有晴雯、金钏儿两个丫头，还没那么逍遥自在的呢！"

贾夫人道："晴雯、金钏儿这两个名字，我倒听着很熟，就只是记不得他们的模样儿了。这两个丫头年轻轻儿的，怎么也都死了呢？"凤姐道："晴雯是我宝兄弟屋里的丫头，就是为司棋和潘又安他们鬼鬼祟祟的丢下了个香袋儿，被傻大姐捡着了。太太知道了，就疑心丫头们里头有平常的，把宝兄弟恐怕引诱坏了。偏他老娘王善保家的，和晴雯有碴儿，他就在太太跟前说了晴雯的多少不好处。太太便生了气，把这个丫头带着病儿撵出去了，就这么生生儿的把个丫头气死了。金钏儿是我太太屋里的丫头，那年夏天太太睡中觉，他就和宝玉鬼鬼祟祟的说话，被太太听见了，打了一个嘴巴子，也撵了出去。这个丫头，他就自己羞愤跳井死了。”贾夫人道：“这两个丫头即是这样行为不端，怎么你妹妹还要他们贴身服侍呢？”凤姐笑道：“姑太太没听明白，这两个丫头原是好的，这都是受了委屈死的。”贾夫人道：“晴雯这个丫头算他委屈罢了，怎么金钏儿也算委屈吗？”凤姐笑道：“你老人家不知道，原是我宝兄弟先招他来，他不过说了句‘金簪儿掉在井里，你急什么呢？’这句话就教太太听见了，就打就撵的，究竟并没什么苟且的事情。”贾夫人笑道：“这样看起来，你宝兄弟也是一个小淘气精儿了。怎么这样一个淘气的人，这会子倒又出了家了，可教人真不懂了呢？”凤姐道：“这都是小时候的事。后来为什么出家，我们可也就不知道了。”

贾母叹了一口气道：“我也老的不中用了，又搭着诸事他们都瞒着不肯告诉我。我只知道一个跳了井，一个撵出去了，那里知道他们有这些钩儿麻藤的勾当呢？”凤姐道：“这些事谁敢教老祖宗知道呢？你老人家记不得了，宝兄弟捱了老爷一顿好打，是为什么呢？”贾母道：“猴儿精，都是你们不好，像这样的事情，也有该瞒着我的，也有该教我知道的，你们一概瞒的风雨不透的，这会子闹的死的死了，出家的出家去了，今儿你才样样般般的说出来了。”凤姐听了，把头一扭，忙取了贾夫人的烟袋，推故装烟去了。这里贾夫人便教丫头、婆子们把黛玉寄来的仪物，打开查点清楚，按着分儿分的分了，该收的收了。这才收拾摆过了饭，各自随便散了。

到了晚上，各自归房安寝。林如海进了卧室，在灯下复将黛玉的禀启，展开细看。因向贾夫人道：“我细看女儿书子上的话，竟有些缘故在里头。他说‘偶因一念之痴，遂抱百年之恨’，倒像有什么心愿不遂抱恨而死的意思。”贾夫人吃了一惊，忙道：“你再念一遍给我听呢。”林如海遂又念了一遍，贾夫人沉思了半晌，道：“是了，怪道呢，我只追问到他到底什么病死的？老太太他们就含含糊糊答应起来。那一天，我问宝玉为什么疯了？鸳鸯就说了句‘总是为林姑娘来么’，凤丫头就忙忙的瞪了他一眼，我就再没往下问了。今儿说起晴雯、金钏两个丫头来，里头也有宝玉。老太太又说凤丫头，都是他们‘瞒的风雨不透的，这会子闹的死的死了，出家的出家去了’。仔细推详起来，只恐怕宝玉也和我们黛玉有什么……”说到这里，又咽住了。林如海便把书子一摔道：“若果这么着，这个丫头还成了我们的女孩儿了么？”贾夫人道：“老爷不用着急，我想我的丫头断乎还不至于此。只怕这里头还有别的缘故，也不可知。”林如海道：“这个宝玉侄儿，我却没见过，不知人品儿长的怎么样呢？”贾夫人道：“你见他的时候，他不过三四岁，长的原得人意儿。听见他们说，这会子竟是第一等的人物儿。况又中了举，学问自然也是好的了。”林如海沉思了一会道：“我想来宝玉侄儿既有才有貌，我们黛玉女孩儿也是有才有貌的，又是从小儿在一块儿长大了的，只怕他们就难免彼此都有个爱慕的心肠，也不可知呢。及至后来宝玉侄儿却又娶了薛家的女孩儿，这不是他们彼此就都不很遂心了么？”贾夫人点头儿道：“是啊，老爷猜疑的不错，才刚儿老太太说，死的死了，出家的出家去了，都是凤丫头的不好。凤丫头见说到这里，他就推故给我装烟去了。这么看起来，可不是这个缘故是什么呢？”

林如海“嗐”了一声道：“我想才子佳人的事，从古至今相传以为美谈，殊不知相如、文君是原不可为训的，即如《西厢记》上的故事，大伤风化而人反艳称，可见都是人心不古的缘故。我常和崔判官玩笑，说他治家不严，不想这会子，竟轮到我头上来了。”贾夫人道：“老爷只管放心，我们再也养不出那么的女孩儿来。你想，黛玉如果像了崔莺莺，他又怎么能会死呢？我久已有心，要在背地里问问鸳鸯，只是成日家鼻子脸子的在一块儿，又不好意思的当着人盘根究底的问他。怎么得一个空闲，没人的地方儿细细儿的把鸳鸯丫头盘问他一番，这事可就水落石出了。”林如海想了一想道：“后日是清明佳节，阳间的人都要祭扫坟墓，我们这里也要大开鬼门关,放亡魂出入收取金银币帛。我们预备下轿子,请老太太在城外游玩游玩,看看热闹,回来再到七十二司、十八层地狱看看那些受罪的人,这就得一整天的工夫。你想个方儿,把鸳鸯留在家里,细细的问他原故,岂不好呢?”贾夫人大喜道:“就是这么着,很好。”夫妻二人计议已定,便收拾归寝。

到了次日,贾夫人便把林如海要请贾母、凤姐出城游玩的话说了一遍。贾母、凤姐素日最喜游玩,听了俱各不胜欢喜。

到了清明这一日,林如海便吩咐伺候预备了轿马人夫。贾夫人推身上不大爽快,不能奉陪,又留下鸳鸯打荷包穗子。这里贾母、凤姐俱坐了大轿,贾珠骑马在前引导,司棋、鲍二家的并几个家人媳妇、丫头们也坐了小轿,潘又安、焦大也骑了马,众星捧月出府而去。

不言贾母等出城游玩,且说贾夫人送了贾母去后,回到上房,遂把鸳鸯拉到身边坐下了。鸳鸯笑问道:“不知姑太太有什么荷包穗子打的,只管拿来教给我打就是了。只怕我的手段儿平常,打的未必能中姑太太的意。”贾夫人笑道:“我那里有什么荷包穗子打的,你且坐下,我有一句要紧的话要问你呢。”鸳鸯侧身笑道:“不知姑太太要问我什么要紧的话?就这么机密的样儿。”贾夫人道:“前儿那一天,我问你们宝玉为什么出了家,我听见你说了句‘总是为林姑娘来’,你二奶奶就连忙瞪了你一眼,你也就没往下说。我瞧出他那个神情来,我也就不往下再问了。到底宝玉出家怎么为的是林姑娘,这里头难道另有什么原故么?我因素常知道你的为人很好,爽直诚实,故此背地里来问你,你可要细细儿的告诉了我,不要撒谎。”

鸳鸯道:“姑太太不问到这里,我们也不敢乱说。姑太太既问我,我也不敢撒谎。这件事都是我们二奶奶把事情干冒失了。当日老太太接了姑娘到家,那时姑娘才五岁,宝玉才六岁,兄妹两个一见了面儿就亲热的了不得,又都跟着老太太在一桌儿上吃饭,一床儿上睡觉，比别的姊妹们分外的不同些。”贾夫人点点头儿道：“后来呢？”鸳鸯道：“后来大了，因元妃娘娘省亲，府里又盖了一所大观园，娘娘又命他们姊妹们都搬进园里去住。我们家的三位姑娘，还有薛姨太太家的宝姑娘，时常做诗，十分亲热。忽然有一天，姑娘的丫头紫鹃和宝玉玩笑，哄他说苏州姑太太家有人要接姑娘回南去呢。宝玉听见心里一急，立刻就疯的连人事都不省了。”贾夫人笑道：“这么说起来，宝玉竟成了个傻小子了。后来怎么治好了的呢？”鸳鸯道：“后来还是叫了紫鹃来对出谎来，说是哄他玩呢，这才渐渐儿的好了的。”

贾夫人道：“傻小子，这是什么原故呢？”鸳鸯道：“姑太太想，这是他心里想着将来必定要和林姑娘结亲的意思。只是小人儿家，自己说不出口来。那时，我们大家都瞧出他的心事来，谁知老太太和太太只说他兄妹两个是从小儿在一块儿长大了的，不忍分离的意思，并没想到这件事上头去。”贾夫人道：“宝玉为了句玩话就会急疯了，这是他心里有我们姑娘了。不知我们姑娘心里也有宝玉没有呢？”鸳鸯笑道：“姑太太问的这个话，姑娘心里怎么没有宝玉呢？如果姑娘心里没有宝玉，怎么听见娶宝姑娘就会病的死了呢？”贾夫人大惊道：“据你这么说来，难道姑娘和宝玉有什么没道理的事情么？”鸳鸯忙站起身来，答道：“姑太太怎么疑心说起这样的话来了。别说姑娘是读书好强的性格儿，就是我们宝二爷他也是大家子的公子，府里又有那些丫头、老婆子们成日家跟着，那里能够做出没道理的事来呢？总是他们两个人素日彼此都存了个配合姻缘的私心，原指望着将来老太太给他们成全好事，不承望中间又有宝姑娘的一段阻隔，所以他们两个人各不遂心，才闹的死的死了，出家的出家去了。这会子老太太提起来，后悔的什么似的了。”

贾夫人笑道：“这位宝姑娘的模样儿，长的比我们姑娘怎么样呢？”鸳鸯道：“论模样儿，也和姑娘差不多儿，都是长的怪俊的。”贾夫人道：“到底比我们姑娘强不强呢？”鸳鸯道：“据我看来，也不能强过姑娘。”贾夫人道：“宝姑娘既没强过姑娘的去处，老太太为什么舍近而求远呢？”鸳鸯笑道：“这就是我们二奶奶的一点儿私心了，说宝玉有胎里带来的玉，宝姑娘也有和尚给的金锁，这是天配的姻缘，所以一力撺掇着定下了。”贾夫人道：“这就是了，据你说宝姑娘也是怪俊的模样儿，怎么宝玉还不愿意呢？难道那会子给他定的时候儿，他自己不知道么？”鸳鸯道：’原是恐怕宝玉不依，所以瞒着他，总没教他知道。就是姑娘也不知道定宝姑娘的事。后来丢了通灵玉，又疯病发了，老太太要娶过宝姑娘来冲一冲喜。临娶时又怕宝玉不依，只得哄着他说给你娶林妹妹呢。那时姑娘在潇湘馆正病的着紧儿，二奶奶就说把姑娘的丫头雪雁叫了过来，搀着宝姑娘拜堂，哄哄宝玉。谁知后来娶了过来，宝玉揭了盖头一看，见是宝姑娘，他就昏迷过去了。这边正在忙乱，那边就有人来说姑娘也去了世了。”

贾夫人大惊道：“这么说起来，我们姑娘这不是自己寻了死了么？”鸳鸯道：“姑娘头几天就病重了的，后来大约也是听见娶宝姑娘的风声儿了，未免事不遂心，病怎么还能够想好呢！”贾夫人道：“姑娘死后，宝玉也就没想望了，为什么又出家呢？”鸳鸯道：“姑娘死后，宝玉就成日家疯疯颠颠的，不时的痛哭。后来老太太去了世，我也就自缢了。他后来到底为什么出家，我也就不知道了，估量着，他大约总为的是这一条儿罢了。”

贾夫人冷笑了一声道：“这就是了，我这才明白了。我想这件事虽是凤丫头的私心，也是老太太和太太希图薛家是财主的意思，我想也不过是得一副好陪送罢了。”鸳鸯陪笑道：“姑太太不必多这个心，凡事总是个定数。况且，姑娘如今已经成了仙了，老太太也后悔的什么似的，姑太太还提这个做什么呢？”贾夫人道：“我并不是多心，我惟恐怕我的女孩儿给我打嘴，他既然没什么伤风败化的事，我就放了心了。宝玉出家不出家，给我什么相干呢？我问你的这些话，老太太和你二奶奶回来，你可千万莫对他们说。姑娘已是死了，还提这些个作什么呢?”鸳鸯道:“姑太太见的很是，我也不敢对他们说，我要说了，这不是我在姑太太跟前翻了老婆舌了么?”暂且按下不题。

再说贾母等出城游玩，贾珠在前骑马引导。出了酆都城东门，只见一条大河横在面前，上面只有一道窄小长桥。桥上来往的行人，也有手里拿着金银的，也有背着包袱的，也有两人抬着箱子的，闹闹烘烘，络绎不绝。贾珠吩咐把闲人赶开，等我们过去了再走。那些人听见了，都在两旁回避，桥上并无一人敢走。贾母等过了这桥，问贾珠道:“这是什么桥，怎么这么样的窄小呢?”贾珠道:“这条河叫做奈河，这桥就是奈河桥了。”贾母道:“原来这就是奈河桥了。成日家在屋里坐着，谁知道外头的事呢？还是出来逛逛的有趣儿。”说着，又走了一二里地，但见一片桃花间着万株绿柳，十分有趣。贾母便叫住桥，毕竟是又有什么原故，且待下回再表。

第十七回　贾母恶狗村玩新景　凤姐望乡台泼旧醋

话说贾母过了奈河桥来，忽见一片桃花间着万株绿柳，十分有趣，便叫住轿。贾珠忙下了马，到贾母轿前。贾母道："这个地方儿很有趣儿，你看桃红柳绿就像画儿一样，等我瞧瞧这个景致儿再走。"贾珠道："我搀老太太下轿来看看。"贾母道："不用这么着，我就在轿子里坐着瞧瞧儿罢。"只见一群牧童过来，都骑在牛身上，也有吹着短笛的，也有放风筝儿的。那柳树阴里，也有些茅屋人家，也有酒店，树梢头挑着酒帘，也有游人带了酒肴在那里踏青，席地而饮的，三个一攒，五个一簇。柳阴之下，又有小桥流水，也有人在那里钓鱼。

正在看的高兴，忽然那茅屋篱边走出一只狗来，那狗从没见过这些人夫轿马的，便远远望着叫起来了。这一家的狗叫，便引了那别家的狗听见了，也都出来叫了，叫着便都跑向轿前来了。少顷竟聚了百十只大狗，围住了贾母等的大轿，咆哮乱叫。贾母和凤姐都怕起来了。贾珠忙叫人把预备下的蒸馍，四下里撂了有两百个出去。那些狗都去抢馍吃去了，便不叫了。

贾母问道："你们预备下这些蒸馍，原来是知道有这狗的么？"贾珠道："这里叫做恶狗村，原是有名儿的地方儿，打从这里过就要预备的，若不预备这些东西，凭你是怎么喝，怎么打，他都不怕的。

若打急了他，他便上来咬人了。这里原有景致，有名儿的叫做‘恶狗村踏青’，是冥中八景里头的一景呢。”贾母笑道：“景致倒很好，就是才刚儿吓了我一大跳，还亏的是在轿子里坐着呢。也怨不得，原来是上了恶狗村了。前头还到那里去么？”贾珠道：“前头不多远儿，还有预备的凉棚在那里。老太太到了那里，就可以坐坐，我们有人都在那里伺候着呢。”

贾母点点头儿，贾珠又上了马，轿夫抬起大轿，走不一二里地，来到宽敞之处，只见坐北面南搭着一架大凉棚。到了凉棚，贾珠便先下马，吩咐落轿，搀了贾母走进凉棚。只见里面结彩悬灯，铺设的十分华丽。司棋也搀了凤姐下轿。贾母便坐在正中炕上，凤姐便命司棋移开椅子，坐在贾母身侧。司棋、鲍二家的侍立两旁。贾珠就坐在凉棚子门口，看那些男妇老幼，往来收取金银，十分热闹。潘又安送上茶来，司棋连忙接了进去。

凤姐眼尖，早望见前面搭着一溜席棚，好像茶馆一般，门外站着个白发的老嬷嬷。又见有一群人状类囚犯，来到棚前。那老嬷嬷便掇出一盘茶来，分给每人一碗，喝毕去了。少顷又有一群人来，也每人给他喝了一碗，俱有人押解向东而去。凤姐手里擎着茶船儿，向司棋道：“你去问问大爷，那个卖茶的老嬷嬷怎么只卖给出去的人喝，不卖给进来的人喝，这是什么缘故呢？”司棋便下来询问贾珠，贾珠道：“那棚里并不是卖茶的，那老嬷嬷姓孟叫做孟婆。那喝的并不是茶，乃是迷魂汤。这些出去的人，都是打发脱生转世的，每人给他一碗迷魂汤喝了，转世为人就不能知道他前生的事了。你去请老太太和二奶奶再移向外边些来坐，就看见前头的六道轮回了。也瞧见后边的望乡台了。”司棋忙走上来，回了贾母。

贾母便和凤姐教把椅子移在檐前，下来坐了。果然看见南边立着六个大车轮，上面站着一个赤发红须的恶鬼，将那些脱生转世的人，推上车轮转了下去，就不见了。西边有一座高台，约高七八丈，四面俱有阶梯，只见有许多的老少男妇争闹着四面攀援而上。

凤姐见了，便也高兴起来，也动了个望乡之念，忙问贾母道："老太太为什么不上望乡台去，望望家乡呢？"

贾母道："我也老天拔地的了，手脚也不灵便了，没的白受奔波，望见他们心里倒又难过，不如不上去的好。"凤姐道："老太太懒怠上去，我倒要上去走走，不知可使得使不得呢？"

贾母道："你既然高兴，要上去走走，等我问你大哥哥看，使得使不得？"乃向贾珠道："你妹妹要上望乡台去逛逛，这可使得么？"贾珠道："既是他婶娘要上台去走走，等我吩咐把闲人撵净了，再去不迟。"于是，贾珠便叫过潘又安来，吩咐皂班上的人把台下的闲人撵净，就是应上台的人也教他们等一会儿。潘又安答应了，带了些皂役，不多一时，把望乡台上下的人撵的干干净净的。

这里凤姐留下司棋伺候贾母，自己带了鲍二家的坐上轿，径自去了。贾珠又打发潘又安也跟了去，只在台底下照应。原来这座望乡台只离凉棚有一里多远，凤姐来到台下，下了轿，鲍二家的忙搀了他，两手搂衣攀梯而上。一级一级的慢慢儿踏来，上上歇歇，不多一时，上了巅顶。只见台上并无房屋，竟是青石镶就的四四方方的一块平地。每方有三丈多宽，四面白石栏杆，凤姐扶了栏杆，喘息了片刻，望下一看，但见烟雾迷漫，不辨东西南北。定了一定神，仔细望去，忽见一带楼台房舍，果是荣国府的景况。再顺着房子的形势望去，只见自己的屋内，纱窗半启，平儿和巧姐儿都在炕上坐着，做针线活计。凤姐见了由不得一阵心酸，眼中流下泪来，忙用手帕擦泪。再细看时，忽见贾琏和一个年轻的妇人，在后院春凳上搂抱着，无所不至的玩耍，仔细望去却是多混虫的老婆，又重嫁了鲍二的多姑娘儿。于是，凤姐见了这般光景，心中一气，两眼发黑，"嗳哟"了一声，栽倒在地。

吓得鲍二家的连忙扶起，揽在怀内，叫够多时，只见凤姐苏醒过来，骂道："没脸的浪娼妇。"鲍二家的问道："二奶奶，你怎么了？"凤姐这才明白，自己跌倒了。听见鲍二家的问他，越发生起气来，待要直说出来，又觉碍口，又怕鲍二家的暗里笑话他吃醋，但道："你扶我起来罢，望什么家乡呢？倒望了他娘的一肚子闷气来了。"鲍二家的道："二奶奶，你老人家望见什么了，怎么就跌倒了呢？"凤姐道："你别管他，咱们下台去罢。你可要好生搀着我，我的腿发了软了。"鲍二家的不敢再问，只得小心搀扶着，慢慢儿的下台。刚下了两三级，凤姐往下一看，心中害怕，腿上越发没了劲儿了。

正然没了主意，只见秦锺在台下叫道："二婶娘，别害怕，我上来挡你来了。"说着，便两手撩衣，一气儿跑了上来。凤姐道："你这个小子，早上怎没见你呢？你调过脸去，我扶着你的肩膀下来罢。"秦锺笑道："我一早先就来了，这个凉棚就是我看着他们搭的。"说着，便把脊背调了过来，凤姐一只手抓住他的肩头，一步一步儿的慢慢踏了下来。凤姐道："我们来了这半天，怎么总没瞧见你呢？"秦锺道："我只说老太太来还早呢，我先到前面找我的金银去来。"凤姐道："如今你们家里还有你的什么人呢，谁给你烧化金银呢？"秦锺道："我们家那里还有什么亲人？不过有素日相好的几个朋友，即如你们家的宝二叔，还有我们相好的柳二哥，他们逢时遇节的烧些银钱给我。谁知今儿连他们的也没有了，倒教我瞎跑了一趟。"凤姐道："听见他们两个人这会子都出了家了，你还想望他们的银钱呢？你若没钱使用，到家里我给你就是了。"说着，早已下了高台，轿夫抬过轿来，凤姐上了轿，回到凉棚。

贾母笑问道："你巴巴结结的上了一会儿望乡台，到底望见了家里的些什么人没有呢？"凤姐道："望什么呢，倒望了一肚子的好气。"正欲往下说时，却见贾珠站在棚口，因改口说道："我望见我们屋里炕上坐着两个人，好像平儿和巧姐做针线呢，再没瞧见别人了。"贾母听了，也自伤感。鲍二家的道："二奶奶到底望见什么了，怎么忽然跌了一跤呢？"凤姐故意骂道："浪蹄子，你不好生搀着我，我怎么不跌跤呢？亏了台上再没外人，你还敢说来了。"贾母信以为真，便把鲍二家的骂了一顿。

凤姐正坐下喝茶，只见焦大带了许多人抬着楼库杠箱上来回话。贾珠忙拦住道："你就领了他们，都抬到衙门里去罢，等我回去按着分儿分就是了。"焦大答应了，便领了抬箱的人径自去了。贾母道："我们出来了大半天了，也该回去罢。"贾珠道："这里给老太太预备下点心了，请老太太和他二婶娘吃些东西。进了城，就往七十二司去看看，再回衙门，免得出出进进的。"贾母道："既这么着，就把点心拿来罢，天气也不早了。"于是，贾珠教潘又安掇了四盘点心上来，是一盘桃花烧卖，一盘水晶包子，一盘鸡油卷子，一盘牛奶饽饽。司棋接了进去，贾母和凤姐略吃了些，又喝了一碗燕窝汤。贾母便吩咐司棋拿了下去："你们吃了罢。"司棋答应，撤了下去。

不一时，便伺候贾母、凤姐上轿，凤姐又叫秦锺随在他的轿旁，便于问话。贾珠仍骑引马，一齐进城。顺着大街，但见六街三市，热闹非常。转了几个弯子，早望见王府的正门，气象巍峨。由东角门绕向东夹道，一直绕到府后，忽见一座虎头门，冯渊正在那里手持钥匙等候开门。见他们到了，便把虎头门开了，各自一边回避去了。贾珠下了马，命轿夫落下轿，司棋、鲍二家的搀了贾母、凤姐在前，贾珠、秦锺在后面相随，其余都在外边伺候。

进了虎头门，但觉一团阴森之气侵入肌骨。又见两边廓下一带，房屋绵亘百余间，每一门外站着一个相貌狰狞的恶鬼。

贾母见了这般光景，不觉心中害怕，乃向贾珠道："这个地方有什么可逛之处，看着怪怕人的。"贾珠笑道："这都是圣人垂教后世，勉人为善的意思。譬如世上的人，显然为恶的，国有常刑，惟有恶在隐微，国法所不能及的，死后必入地狱。所以这头一层地狱，就是王莽、曹操、秦桧这一干人。第二层就是李林甫、卢杞、蔡京这一干人。这些人都是永世千年不得脱生的，其余的罪犯俱是有年限的，年限一满，就放去脱生，或人或畜皆视其罪之轻重，临时分别酌定。这东边一带都是男狱，西边一带都是女狱。老太太既然看着害怕，也不必尽行开看，只拣爱看的看一两处也就是了。"贾母道：

"古来的人,我们也不必看他,我们也做不出他们的那样事来,只捡如今世上常有的罪孽看一两处罢了。"贾珠答应,便吩咐鬼卒,把现在的"速报司"的狱门打开。

贾母等进去一看,但觉冷气逼人,里面嚎天动地哭声震耳,也有上刀山的,也有下油锅的,也有剖腹挖心的,也有凌迟肢解的,也有碓舂磨磨的,种种凄惨不一而足。贾母见了,惟有合掌念佛,悲怜嗟叹而已。凤姐在贾母背后,吓得粉面焦黄,浑身打战,忙把贾母拉了一把道:"老太太,我不看这个了。你瞧那些男人们赤身露体血迹淋漓的,又害怕又磕碜。咱们到西边女狱里看看去罢。"

贾母点点头儿,正要命贾珠锁门,只听里面有人一声大叫道:"来的不是老太太么？救我一救罢,二嫂子,我再不敢了。"

贾母闻言,留神一看,只见阴山背后跳出一个后生来,赤条精光,面黄肌瘦的跪在面前。凤姐眼快,早已瞧见,认得是贾瑞,不由的满脸通红,连忙躲了出去。贾母老眼昏花,看不出是谁,忙问道:"你是谁家的孩子,年轻轻儿的犯了什么罪了?"贾瑞哭道:"老太太,不认得孙子了么？我的名字叫贾瑞,家塾里的先生,就是我爷爷。"贾母又仔细一看,这才认出他来了,忙问道:"你是瑞儿么,你犯了什么罪了？你告诉我,等我给你求求你姑老爷,再看你的造化罢。嗳！小人儿家,活着总不肯学好,这会子才后悔了。"贾瑞磕头道:"老太太,你只教我二嫂子开个恩,他说一声儿,我的罪孽就满了。二嫂子,我再不敢了,你怎么躲着走了呢?"贾母不解其意,回头向凤姐道:"你听这个瑞儿小子,怎么要你开恩说一声儿,我也不明白他的话。你到底知道他犯了什么罪了,你可记得他头里是什么病死的?"凤姐红了脸道:"这个老太太说的话,我可知道他犯了什么罪了呢？我也不知道他是什么病死的。老太太只问他,教他自己说就是了。"贾母道:"你才没听见,他说教你开恩说一声呢么。"凤姐把头一扭道:"他可教我开个什么恩呢,可又教我说一声儿什么呢?"只听贾瑞在内哭喊道:"二嫂子,你饶了我罢,我再不敢了。你可教我把那些话当着老太太说得出口来么?”凤姐道:“罢了,老太太也不必追究他的罪过,只问他改了没有?”贾母未及回答,又听贾瑞在内哭道:“二嫂子,我改了,我改了,我通改了。”贾珠原是极聪明的人,听见他们这些话,忙道:“老太太请出来罢,等我问问他去。”

于是,贾母、凤姐都走了出来,贾珠刚走进去,贾瑞忙拉住哭道:“大哥哥,你救我罢,我冻的受不得了。”贾珠道:“瑞老大,你几时来的,我怎么不知道你在这里呢?亏你是大家子的子弟,我才听见你和你二嫂子说的那些话,你还是个人吗?”贾瑞哭道:“大哥哥,我并没干逆理的事。那年东府里的大老爷生日,我在花园里遇见我二嫂子。我原年轻不懂事,和二嫂子说了两句不知好歹的话,并没别的事。我就是从那一天得了相思病,再没得好就死了的。大哥哥只问我二嫂子就知道了。”贾珠冷笑道:“这是你自作自受,我也管不了许多。”贾瑞又跪下百般的哀告。贾珠道:“你到底是真改,是假改呢?”贾瑞道:“这会子把我罚在阴山背后,冻的我真真的受不得了,怎么还不是真改么?”贾珠道:“苦海无边,回头是岸。你既能真改,等我回去求求姑老爷,看你的福分罢了。”

说着,便吩咐鬼卒们好生看待贾瑞,先给他两件衣服,暂且遮体。说罢,出来吩咐把狱门封锁妥当,便把贾瑞的话回明了贾母,又吩咐鬼卒将西边的“显报司”狱门打开,贾母、凤姐一齐进去观看。

但见里面阴风惨惨,刀山油锅之类,一如男狱。忽见中间有大磨一盘,把一个女人倒悬入磨,磨的只剩下下半截子雪白的两只光腿,一双小脚儿。凤姐见了,由不得心胆俱裂,低声向司棋道:“你看,这也不知是谁家的媳妇儿,不知犯了什么罪了,磨的这样可怜。你看他这两条腿这样雪白细嫩的,一定是个年轻的俊人物儿。”司棋未及回答,鲍二家的道:“前儿晚上,我看见司棋姐姐洗脚,他那个腿比他这个腿还白些儿呢。”

司棋便啐了他一口，凤姐握着嘴笑道："你听这混帐东西，他就信着嘴儿混唚了，亏了大爷和秦相公都没进来呢。"贾母听见也笑道："浪蹄子，这么嘴尖舌快的，你跟了我到东边看去罢。"

这里凤姐带了司棋，便向西转了一个弯子，只见西北犄角上放着一个大缸，满满的盛着一缸酽醋，里头泡着一个赤条精光的妇人，仔细一看，模样儿与凤姐一般，吓得司棋不敢言语。凤姐自己也吓呆了，定了一定神，问道："你是谁家的媳妇？"那妇人也道："你是谁家的媳妇？"凤姐又道："你姓什么？"那妇人也道："你姓什么？"凤姐心中一急，便拉了那妇人的膀臂往上一拉，只见那妇人"扑"的一声蹿了出来，赤条精光站在面前，恰像白羊一般。凤姐细看他浑身上下，没一处不酷肖自己，不觉羞的满脸通红，忙揭起自己的衣襟来，给他遮盖。只见那妇人上来，把凤姐一抱，忽然间踪影全无，吓得凤姐和司棋目瞪口呆，半晌说不出话来。凤姐心下恍然大悟，把平日吃醋的心肠，立刻就冰消雪化了。

司棋也猜着几分儿，只是不敢言语，只得搀了凤姐过东边来。看时，只见一座刀山，万锋攒立。贾母在那里手指一人，骂道："没良心的老猪狗，这是你自作自受，谁能救你呢。"

凤姐看时，却是马道婆四脚拉叉的插在刀山之上，只叫"老太太开恩救命罢，我再不敢镇魇人了"。凤姐拉了贾母道："老太太，别理他。这个老娼妇，这才使得该着呢。"贾母道："阿弥陀佛，这里果然报应不爽。你们小人儿家可该害怕不害怕呢？"凤姐道："怎么不害怕呢，吓得我腿肚子都转了筋了。逛什么呢，怪怕人的。老太太，咱们早些回去罢。"贾母道："也罢了，再往后看也不过总是些受罪的人，没的瞧着心里怪不忍的。"

凤姐忙搀了贾母，转身将要出来，忽见里面跑出一个披枷带锁，蓬头垢面的妇人来，拉住贾母的衣襟，大哭道："老太太，救我一救罢，我再不敢黑心乱肝花的了。"贾母倒退了两步，仔细瞧他遭挠的竟不像个人形，那里还认得出谁来呢？只听凤姐在后叫道："你不是赵姨娘么?”那妇人道:“二奶奶,你救我一救罢,大人不记小人过,我也不敢在你们跟前使黑心了。”

贾母再仔细一看,不是赵姨娘是谁呢?因骂道:“混帐老婆,你也想想,你在家里我和你老爷、太太那一个待你不好呢?你不过养了个不成器的小子罢咧,你就成精做怪的,安起坏心来了。你自己说罢,这会儿子受罪还是不该的么?”赵姨娘不住的磕头,哀告道:“老太太,我再不敢胡言乱道了。老太太也别看我和环哥儿,只看三姑娘的分上开一点儿恩罢。”贾母虽恼他行为不端,到底终有慈念,听见他说出探春来,也由不得伤心落泪,道:“也罢,你且去着,等我回去求求姑老爷,你听信儿就是了。”赵姨娘磕头叩谢而去。

凤姐搀了贾母走出狱门,贾珠就吩咐关门上锁,又请问:“老太太,还逛不逛?”贾母笑道:“这都没把人吓坏了,还逛什么呢,回衙门去罢。”贾珠便吩咐抬进轿来,贾母和凤姐一起上了轿,出了虎头门,仍由旧路而回。

凤姐在轿内只见秦锺扶着他的轿杆,因问道:“你怎么眼错不见的又跑到那里去了?”秦锺道:“那里一开狱门,我早就溜进去了,各处里看了一个够。听见老太太要回衙门,我才跑了来的。”凤姐道:“你都看了些什么呢?”秦锺道:“我看见的什么?多着呢。”

请听下回细说罢。

第十八回　张金哥逢贾母喊冤 夏金桂遇冯渊从良

话说凤姐问秦锺道:“你都看了些什么呢?”秦锺道:“男狱里我看见刀山上叉着一个人,他才认得我,他说是周瑞的干儿子何三,只教我救他的命,吓得我连忙跑出来了。嗳哟,那个女狱里才有趣儿呢,赤条精光的女人们不知有多少,都瞧着不成拉器的。惟有西北犄角上醋缸里泡着个女人生的很俊,见我来了就钻到缸底里去了,我就把膀子伸到醋缸里头去要摸摸他的光身子儿,他就把我的手抓住狠狠的咬了一口。这会子我的指头儿还疼呢。”凤姐啐道:“你这个下作的东西,人家一个妇人家,你去摸人家作什么?咬的好,活该。”二人只顾说话,不知不觉的早走到大街上来。

忽然人丛里跑出一个女子,在贾母轿前喊冤叫屈,投递纸状。凤姐忙教秦锺前去打听,告的是什么事?秦锺便跑上前去,只见贾珠下马,到贾母轿前来接了状子,细看了一遍,连忙揣在怀内,吩咐把这女子找人带去,交付冯渊押管候示。秦锺便跟了那女子去,细将原委问了一遍,吓得喘吁吁的跑到凤姐的轿前,低声说道:“二婶娘,那个女孩子告的才是你呢!”凤姐道:“胡说,我又不认得他是谁,他告我做什么呢?”秦锺道:“那年咱们给我姐姐送殡——女孩子交给冯书办去了。”凤姐因恐轿夫听着不雅,便不好再往下问,坐在轿里也无心观看路景,心里好像十五个吊桶打水——七上八下。

不多时，回到衙门，一直抬到二堂落轿。贾母、凤姐方才下轿，见贾夫人、鸳鸯早迎了出来。贾夫人道："老太太来了将近一年，总也没得出去逛逛。本来此处也没有什么可逛之处，大半都是些凶神恶鬼的。"贾母笑道："逛什么呢，没的教人怪害怕的。"贾夫人见凤姐面如金纸，忙问道："二奶奶，你怎么了？脸上的颜色很不好，想是在城外受了风寒罢？"凤姐道："我只觉得心口里怪疼的。"贾母也把凤姐一看，便道："今儿天气和暖，未必是受了风寒，想是瞧见那些地狱里受罪的人，惊吓着了。快到你屋里，别脱衣裳躺一会子去罢，盖的暖暖儿的。"说着，大家进了上房，换了衣裳。贾母与贾夫人讲些地狱里的故事并贾瑞、赵姨娘哀求之事。

凤姐早已拉了鸳鸯到卧室里来，拉着鸳鸯的手，流泪道："鸳鸯姐姐，你要想个方儿救我一救才好。"鸳鸯大惊道："二奶奶，你怎么了，怎么说起这个话来了？"凤姐低声说道："好姐姐，你悄着些儿，等我告诉你。那一年，我给小蓉大奶奶送殡，不是带着宝玉、秦锺在馒头庵住过两天么，那时老姑子和我商量着，干了一件没天理的事儿。有一个财主家姓张，他有个女孩儿名叫金哥，原许聘了原任长安守备的儿子。后来长安府知府的小舅子李衙内看见金哥美貌，也要聘了为妻。这个守备家不依，打了官司。因我们家和云节度家是亲戚，老姑子求我和云节度处说了，硬压派着守备家退了亲。谁知道这个女孩子守志不从，自缢而死。守备的儿子听见金哥寻了死，他也就投河死了。我自从作了这件事，活一日悬着一日的心，如今刚才放了心了。谁知道刚才大街上有一个女孩子拉了老太太的轿子喊冤告状，我听见秦锺说就是张家的女孩子，告的就是我。我想这件事若教姑老爷知道了，我这个脸可放在那里呢？方才秦锺说，状子大爷揣在怀里了，把那女孩子交给冯书办带了去。好姐姐，你趁着这个空儿，快到大爷屋里去，就说我求大哥哥好歹想个法儿，把这件事私下了结了才好，千万莫教姑老爷知道。就是要用银子我这里也有，若能够保全了我的脸面，这就是保全了

咱们贾家的脸面了。好姐姐,你就快去罢。”

鸳鸯大惊道:“我的奶奶,你怎么连这些事都包揽起来了。亏了姑老爷是咱们的亲戚,若是在别的衙门告了,这还了得?这件事若是在阳间犯了出来,只怕连二爷还带累在里头呢。”凤姐发急道:“好姐姐,这会子你还说这些个做什么呢?快些去罢,过会子大爷出去了,就难办了。”鸳鸯道:“二奶奶,你且别慌,我想大爷他也是个聪明人,他难道就不顾咱们家的脸面么?再者,这件事也先得告诉老太太一声儿,不要先对姑太太说出有人拦轿喊冤的话来才好。等我先把老太太请进来,说明了缘故,我再去向大爷说去。不然你是个小婶子,我是个大丫头,私自往大爷屋里去做什么呢?”凤姐道:“你说的也极是,就这么着,快着些儿罢。我心里这会子也不知道是怎么了?”

鸳鸯连忙出来看时,只见贾母独自个坐在炕上喝茶。贾夫人在那边看着司棋开箱子,像找什么东西似的。鸳鸯便向贾母使了个眼色,贾母会了意,便站起身来道:“凤丫头这会子可好些了没有?我也瞧瞧他去呢。”说着,便扶了鸳鸯走进屋去。凤姐见了贾母,虽觉害臊却也无可奈何,只得连哭带诉的把告状的事原原委委的说了一遍。贾母也吓得呆了半晌,道:“你这个猴儿精,前儿家里抄家的事里头也有你,今儿这里又被人家告了。嗳!小人儿家聪明过余了,也不是好事。鸳鸯,你快去找着你大爷,就说我的话,贾家的脸面要紧,教他把这件事私下了结了罢。要用银子,我这里也有,只别教姑老爷知道就是了。亏了这件事我还没告诉你姑太太呢。”鸳鸯答应了,自去了。

凤姐被贾母说了几句,低了头无言可对,那眼泪珠儿一双一双的往下乱滚。贾母看着,反又过意不去,心疼起来,道:“我的儿,你别害怕。你大哥哥也是个妥当懂事的人,这点子小事断没有办不来的。况且,就当姑老爷知道了,也是稀松的事。”说着,只见贾夫人进来道:“二奶奶,你这会子可好些儿么?我给你找了一丸子药来,烫了些黄酒,你吃了可就好了。”后面司棋果然提着一壶暖酒,凤姐不敢推辞,只得接来吃了,暂且不题。

再说鸳鸯一直来到贾珠屋里,只见贾珠盘膝坐在炕上,手里拿着那张状子在那里反覆观看。看见鸳鸯进来,忙放下,欠起身来笑道:“鸳鸯姐姐,稀客呀,有什么事情来了?”鸳鸯道:“老太太差了我来,教我告诉大爷说,才刚儿告状的那女孩子告的是琏二奶奶,如今二奶奶吓的什么似的。老太太教大爷费点儿心,给他们私下撕罗开了罢,别教姑老爷知道了,不但关乎二奶奶一个人的脸,连咱们贾家的脸面就全丢了。”贾珠把桌子一拍,道:“怎么你二奶奶一个年轻的少妇,就这么胆大?难道当日给蓉哥儿媳妇送殡,再没咱们家的个正经人,就由着你二奶奶胡行乱作的么?”鸳鸯道:“那年蓉大奶奶死了,是珍大爷求了太太们,把二奶奶请过去协理家务的。所以送殡的时候,老辈子的太太、奶奶们到铁槛寺就都各自回家去了。只有二奶奶带着宝玉、秦锺两个人,在馒头庵住了两天,谁知道就弄出这件事来了。想来二奶奶也断不是给人家白效劳的,自必里头图了人家的什么便宜了。”贾珠道:“可不是呢,人家状子上写的明白,受了人家三千两银子,逼死了两条人命。难道你二奶奶作这些事,你二爷也不管一管儿?”鸳鸯笑道:“二爷还能够管二奶奶?他连他自己的摊子还拾掇不过来呢。只要有了银子,由着性儿乱花罢了。”贾珠叹了一口气道:“这是怎么说呢?也罢,你告诉老太太和你二奶奶,教他们放心罢。我就亲自去找冯书办,我们商量个主意去办就是了。大约总要花几两银子才能妥当呢。”鸳鸯道:“老太太也说来,银子任凭大爷酌量着使就是了,只要不丢脸就好。老太太还等回信儿呢,我就去了。”说着,便出去了。

贾珠又把状子看了一遍,仍复揣在怀内,登上靴子,戴了个便帽儿,走上大堂,叫过潘又安来,吩咐道:“我到外边走走,老爷要问我,就说老太太差我买绸缎去了。”潘又安道:“大爷坐车去,还是骑马去呢?”贾珠道:“一概不用,步行逛逛,并不远去。少刻老爷面前，不必说才刚儿老太太回来路上有人告状的话。”潘又安忙答应了一个“是”。贾珠遂带了一个小厮，从角门步行出去。

原来冯渊的寓所，就在衙门后街。冯渊时常请贾珠到寓所小饮闲谈，所以贾珠也不用人引路，一直走到冯渊寓所的门首。

小厮上前把门敲了两下，只听里面出来了一个小厮开了门。一见贾珠，便跑了进去，嚷道：“大少爷来了。”贾珠刚到院门，只见冯渊春风满面的迎了出来，笑道：“大爷今儿劳乏了半天，还是这么高兴。”贾珠道：“我有件要紧的事，特意找你来了。”冯渊笑道：“大爷的事我猜着了，必是为拦舆告状的事。”贾珠道：“你既然猜着了，这件事更好办了。”

说着，只见秦锺从屋里笑着跑了出来道：“好呀，大叔也道喜来了。”贾珠进了屋里，问秦锺道：“你多早晚儿跑了来的，老冯有什么喜事？”冯渊笑道：“大爷别听他的瞎话。”秦锺道：“罢哟，大叔又不是什么外人，你怎么瞒他老人家做什么呢？”说着，便向贾珠努嘴儿。贾珠向炕上一看，只见摆着一桌酒席。秦锺笑着，又向书橱子背后努嘴儿。贾珠走到书橱后一看，只见一个年轻很俊的妇人在那里含羞而坐，见了贾珠连忙站了起来。贾珠哈哈大笑道：“老冯，你怎么干起这个勾当来了。”冯渊笑着拉了贾珠的手，道：“大爷，你先过来，咱们且把正经事商量妥了。等我慢慢儿的再告诉你这喜事的缘故。”贾珠听说，就走了过来，大家坐定，小厮捧了茶船儿上来。

贾珠笑向冯渊道：“刚才喊冤的女孩子，押在那里去了？”冯渊道：“发给女禁子押到班房里去了。我只略问了他几句，他说被人打破婚姻，夫妇双亡的事。”贾珠道：“状子在我这里，他告的就是我们舍弟妇。当日我们这舍弟妇原和云节度家是老亲，所以张家才求我们弟妇向云大人处说了，派压着这守备家退亲。那时我们弟妇年幼无知，就应承了他家的情面了。这会子，若是禀明了老爷，当堂审断，必致舍弟妇要到案对词，有碍寒舍的脸面。所以我特来给你商量，私下和息了，大家都有光彩。你看着这件事怎么样呢？”冯渊道：“这件事也还容易办。我的意思，先把那女孩子带来，我们和他讲讲，给他几两银子安家。他若依了就罢，倘若他不依，我们再另设法儿好不好呢？”贾珠道：“就是这么着，很好。”冯渊便叫小厮过来，传唤女禁子把张金哥立刻带来。小厮答应去了。

不多一时，只见女禁子把张金哥带了进来。冯渊便取了一个坐褥铺在台阶上，给他坐下。贾珠便问他家乡籍贯，并告状的原委。张金哥一一的哭诉了一遍。贾珠道：“我因为要给你们和解这案事，所以请你过来和你商量。这会子你所告的人，情愿把头里得过你家的三千两银子拿出来给你安家，两下里和息了好不好呢？我想你也是大家子的姑娘，出头露面的当堂审问口供，也觉不雅，万一说错了话，王法无情，不是上拶子就是打板子，都是论不定的事呢。”秦锺在旁插嘴道：“张姑娘，我告诉你那拶子是拶手指头儿，板子是打屁股的，你这么娇娇嫩嫩的，怎么受得起呢？”冯渊道：“你莫在里头胡搅。张姑娘，我和你说正经话，这一位就是贾府里的珠大爷，你告的就是他的弟妇，都是我们衙门里大人的至亲。俗语说的好，‘是亲三分向’，你必要到堂上去，只怕不能打上风官司，依我说私和了，又得银子又不吃亏，岂不好呢？”

张金哥道：“这位就是贾府里的大爷么，你们家原是国家的勋戚，还希图人家的银子，害的我好苦啊！如今虽说还我三千两银子给我安家，我又找不着我丈夫在那里，我一个女孩儿家自己怎么过日子呢？”秦锺笑道：“你原来是找你丈夫的，你看我是不是？”贾珠忙喝道：“又胡说了。”因道：“你既这么样说，也容易办的，你丈夫可叫什么名字？”张金哥道：“我不知道他的名字叫什么？”贾珠道：“可姓什么呢？”金哥道：“敢是姓崔罢。”贾珠道：“怎么连自己丈夫的姓都不知道吗？这么看来，这张状子多半是谎的了。”金哥发急道：“人家一个女孩儿家，怎么好意思打听丈夫的名姓呢？”贾珠笑道：“既不好意思打听，怎么又知道敢是姓崔呢？”金哥道：“当日他家下聘的时候，我哥哥就和我嗷着玩儿，我就急了，狠狠的啐了他一口。我哥哥说：‘呸，你婆婆家姓崔。’我这才知道的。”说着，大家都笑起来。

冯渊道：“这么说来，更容易了。但凡姓崔的，他父亲做过守备的，就是你的丈夫了。”金哥道：“你们不用混我，我认得他的模样儿。”贾珠笑道：“姓名都不知道，怎么又认得模样儿呢？”金哥道：“当日我母亲要相看他，把他请进卧房里来坐着，我是从窗户眼儿里看见了的。”说的大家又笑了。冯渊道：“既这么说，我们明儿就给你访查这个人。若真是你丈夫了，你可不许反悔的。”金哥道：“你们如果找出他来，我都依你们就是了。”冯渊道：“既这么样，女禁子过来，把张姑娘的锁子开了，送到官媒王妈妈家住去，教他三茶六饭好生供给，不可怠慢。使了几两银子，教他到我这里来领。你们就去罢。”女禁子便给他开了锁，手拉手儿两个去了。

贾珠向冯渊笑道：“公事毕了，该你说你的私事了。”冯渊也笑道：“前儿我偶到青楼一逛，遇见这个女子。他前生本是良家的子女，因素性好淫，所以死后罚入青楼为妓。因琵琶弦索还没习熟，故此还没接客。我因爱他生得很俊，所以接他来家要买来做妾，他倒也愿意。只是他乃官妓，也须得回明老爷，册上除名，方才妥当。我正和秦鲸卿商议，要求求大爷，不承望大爷来的这么凑巧。过来把酒席换了，请新姑娘出来给大爷手奉一杯。”小厮答应，忙把残席撤去，换上新鲜肴果。

冯渊便让贾珠上坐，自己和秦锺对面相陪。秦锺便叫道：“夏姑娘，快出来罢，不用装腔了。”

说着，只闻一阵香风，早见一个美人儿自橱后出来。冯渊指着贾珠道：“这是大人的少爷，快些过来拜见。”那妇人向上轻轻的福了两福，刚要下跪，贾珠站了起来，拦道：“只行常礼罢。”那妇人只得又福了两福，便拿起酒壶来，每人斟了一巡，这才挨着冯渊坐下。小厮点上烛来，贾珠在烛下细把那妇人一看，果有八九分姿色，乃笑问道："姑娘贵姓?"那妇人低声笑道："姓夏。"贾珠又问："芳名?"那妇人道："贱名金桂。"贾珠又笑问道："生前可有丈夫没有?"那妇人面红过耳,低声道："没有。"秦锺道："怪道说你生前好淫,原来是没有丈夫的,只好打野食吃罢了。可惜咱们两个人,生前怎么没会过呢?"

原来这妇人,就是薛蟠的妻子夏金桂。因施毒暗害香菱,误戕了自己的性命。阎王因他生前好淫,罚他在青楼为妓。一日偶与冯渊相遇,彼此都动了个爱慕之情。冯渊因青楼往来不便,所以接到家中,欲买来做妾的。金桂听见冯渊说贾珠是本官的少爷,并不知他就是薛蟠的表兄,今见贾珠问他丈夫,不好意思说出口来,只得含糊答应说"没有"。

贾珠见他风情流荡,眉目动人,也觉情不自禁,乃笑问道："你会唱么?"夏金桂不觉红了脸道："初到未久,尚未学唱。"贾珠笑道："岂有此理,你这么一个聪明人儿,难道就连一两个曲儿都没学会吗?"夏金桂笑道："学了一个多月,才会了两个曲儿,就是在人面前臊的唱不出来呢。"贾珠便拉了他的手,笑道："好呀,你会那两个曲儿?唱给我听听呢。"夏金桂道："一个是'解不开的连环扣',一个是'好难熬的春三月'。"贾珠乜斜着眼儿,摇头道："不好,不好。这两个曲儿我都不爱听,我只爱听的是'风儿刮',你会不会?"夏金桂把脸一红,低下头去拈弄衣带。秦锺拍手笑道："冯大哥,你听大爷教他唱个'风儿刮'呢。我且听他会叫阿妈不会?还要娇声嫩气的,叫的亲亲儿的才好听呢。"

冯渊见他二人更番戏谑,忙拦着笑道："今儿天也晚了,小寓就在衙门身后,若弹起弦索琵琶来,恐怕里头听见了,问出来不好回答。大爷既然高兴赏脸,我明儿备个小东,在城外望湖亭上,再叫几个会弹唱的,索性热闹上一天。明儿衙门里也没什么公事,就请秦兄弟做陪。将来还要仰仗大爷给我成全这事呢,拿壶来敬大爷一杯。"贾珠哈哈大笑道："老冯急了,吃起醋来了。我那里就肯夺人之所爱呢？既然你明儿请我，我这会子也还有事，便暂且告别，让你们好好儿的乐一夜罢。秦鲸卿，你也跟了我回去罢。”秦锺笑道：“你老人家让我在这儿多喝两杯酒，我还要看着把他们两个人送入洞房，看着他们脱了衣裳进了被窝，我才回去呢。”贾珠也笑道：“小猴儿精，你怎么这么涎脸，定要瞧个活春宫儿你才罢呢？”又向夏金桂笑道：“你听见了没有？好生招架着他罢。”说的夏金桂红了脸，低头不语，大家一齐大笑。贾珠走出屋去，秦锺、冯渊二人一直送出大门，垂手虾腰而别。

贾珠回到衙门，林如海适值崔判官招饮，尚未回署。贾珠一直到了上房，只见贾夫人因等林如海，在炕上和衣假寐。贾珠向丫头们摆摆手儿，便一直到后面贾母屋里。贾母尚未就寝，正和鸳鸯谈论张家女孩子告状的事，见贾珠进来，不胜欢喜，忙问：“事情妥当了么？”

贾珠便挨在贾母的身旁，屈膝坐下，低声道：“妥是妥当了的，就是这位守备的儿子没有下落，又不知他的名字叫什么？若找着了他，张家的女孩子一概全依。若找不出这个人来，倒有些儿磨嘴。他说他是女孩儿家，没了丈夫，孤身独自个怎么过日子呢？”贾母笑道：“这个小蹄子，倒有这么些累赘，定然要个小女婿子，这可就难了。”贾珠道：“我们明儿和冯书办商量，另想法儿办就是了。”贾母笑道：“如今这件事情，且把今儿来的杠箱打开，打算出三千两银子来，交给你办去，别的事情，咱们一概不管了。”

贾珠笑着站了起来，道：“老太太只管放心罢，银子原是重头儿，既是你老人家肯拿出银子来，别的事也就好办了。天下也没过不去的河，我们明儿只应许下给他找人，也就完了。”

贾母满心欢喜，正欲开言，忽听前边打点开门，知道是林如海回来了。贾珠便连忙迎了出去，刚到上房，林如海已进来了。

贾珠又与林如海说了一会子闲话，这才回到自己房中，上床安歇，在枕上翻覆寻思，不能成寐，到了五更，方才睡去，直睡到次日日上三竿方醒。起来穿衣甫毕，只见秦锺笑嘻嘻的跑了进来，道："大叔恭喜，恭喜。张家女孩子的丈夫有了下落了。"贾珠惊喜道："你在那里得的信儿？"秦锺笑道："昨儿晚上，我并没回家，就在老冯家闹了他一夜。我们送了大叔回家之后，就大碗家闹起酒来了，把老冯灌了个烂醉，进了卧房扒在枕头上动也动弹不得了。我正要给他们那一口子解钮子，谁知道老冯才是个老奸巨猾呢，他伏着枕头叫道：'秦兄弟，外间屋里书架子上，有一部十锦春宫册页，你给我拿了来，待我拣一出子好的，好照个样儿'。我就信以为真，刚跨出他的门槛儿，只听里头'咯噔'的一声儿，把门插了个结实。"

贾珠哈哈大笑道："你这个猴儿崽子，也太涎脸了。"秦锺笑道："他们把我诓了出来，我那里就肯饶他们呢？我就把他们外间放的一张小竹床儿，挪在挨他们睡觉的板壁背后，躺在上头，听见他们在里头唧哝，我就在外头咳嗽，直闹到鸡都叫了，我这才打了个盹儿。今儿一早，老冯起来一开房门就找我，我只当他要撕打我呢，把我吓的就要跑。他反倒把我叫住，教我快回来告诉大叔，说张金哥的丈夫，他们那一口子知道，也认得呢。"贾珠大喜道："这也奇怪了，他怎么又能知道呢？"秦锺道："老冯说昨儿晚上，他们在被窝里提起咱们审问张家女孩子的事来。他们那一口子说，他在青楼的时候，曾遇见过一个年轻的公子名唤崔子虚，他父亲做过守备的，给他定的媳妇是个财主家姓张的姑娘，因有人打破他们的婚姻，他媳妇没过门便自缢而死。他也就义不独生的也寻了死了。这么看起来，不是张金哥的丈夫，可是谁呢？"贾珠忙问道："他可知道这个人的住处么？"

要知秦锺怎么回答，且看下回便了。

第十九回　好友朋同志更同行
胞弟兄相逢不相识

话说秦锺告诉贾珠，说夏金桂知道张金哥的丈夫叫崔子虚的原故。贾珠忙问道："他可知道这个人的住处么？"秦锺道："我也问他来，老冯说他知道，就离青楼不远有一座关帝庙，这位崔相公就在庙里住着呢。"贾珠把手一拍，笑道："了不得，我为这件事直踌躇了一夜，谁知道又有这么凑巧的事呢？你说说，老冯他昨儿晚上还说他们那一口子总没接见客，今儿才头一夜，可就招承出认得崔相公来了。"秦锺笑道："我看他那个样儿，就让他不认得崔相公，也未必是原封货儿。"贾珠笑道："俗语说的好，'香油调苦菜，各人心上爱'，只要老冯个人爱罢咧，给咱们什么相干呢？他昨儿高兴，说今儿请咱们到城外望湖亭乐一天，到底是顺嘴儿说的谎啊，还是当真呢？"

秦锺道："是当真的请呢，过会子打了二鼓，他还到衙门里来伺候着姑老爷，签押了文书，约会了咱们爷儿两个，一同出城去呢。今儿一早就雇了轿子，把他们那一口子送到望湖亭等候着，又差了家人备办酒席去了。"贾珠笑道："罢了，既是他真心实意的请咱们，咱们也别辜负了他的美意。你一会儿出去告诉潘又安，教他把咱们家的轿车子套上预备着，等老冯来了，我们一同坐上车出城，好不好呢？"秦锺答应着去了。

贾珠叫过小厮来，打开箱子取了一套新衣出来换了，又取了一封银子，教小厮带着，以预备赏赐。不一时，林如海签押已毕，回了后堂。贾珠便禀知了林如海欲要出城闲玩。林如海不好拦阻，只说："早去早回，不可多事。"贾珠答应了，便带了秦锺走出仪门，早望见冯渊在那里等候。三人一齐上车，车夫赶起，出了辕门，向城外望湖亭而去。

贾珠在车上问冯渊道："老冯，你昨儿说你们那一口子总没接过客，他可又是从那里认得崔守备的儿子来呢？这不是你给他混充正经人呢么？"冯渊笑道："阎王爷说他生前邪淫，所以才罚入青楼的。你想天下有个邪淫的黄花女儿么？不过是他自己害臊，不肯说出他丈夫的名姓，以及他邪淫的实迹来罢了。我是因爱他的人物儿还很俊，所以要买来做妾，也不过是取乐儿的意思。圣人云：'人洁己以进。与其洁也，不保其往也。'"说着，秦锺大笑道："冯大哥，你这句话真说的很是。明儿日后他又看上了我们两个人，也那话儿起来，你可又该说'与其进也，不与其退也'了，你真是个君子哉！"贾珠也笑道："你又混插嘴了。老冯，你别理他，你说你的罢。他到底怎么认得这姓崔的呢？"冯渊笑道："昨儿晚上，我便细细儿的盘问他，谁知这位崔公子竟是个正人君子。他说他原是为义愤而死的，断不肯妄贪花柳，只因找不着他的妻子，所以才到青楼来访求。他只给我们那一个见过一面，叙了叙家乡住处，以及他寻妻的原委，并没一点儿别的勾当。"贾珠道：这么说起来，这位崔公子竟是个可交的朋友了，咱们务必给他成全了好事才是。我的主意，咱们到了望湖亭先吃了早饭。秦鲸卿就去辛苦一回，你到关帝庙找找这位崔公子。我们慢慢儿的喝着酒等你，若找着了这个人，一来成全了人家的好事，二来早结了我们的疑案，一举而两得，你说好不好呢？"冯渊、秦锺都道："很好。"于是三人一路同车共话，出城向望湖亭而去，暂且不表。

再说宝玉与柳湘莲在大荒山茅屋内用功。宝玉自从蓄发以来,又已半年,渐次可以带上束发紫金冠,便不减本来面目。柳湘莲道:“宝兄弟,你竟是仍旧冠如之何,何必改作呢?”宝玉笑道:“我在这里,正打量要正其衣冠,尊其瞻视呢。又惟恐怕使不得,还有些儿犹豫。柳二哥你既这么说,可谓‘夫人不言,言必有中’了。”

说着,二人正在大笑,只见外面茫茫大士、渺渺真人二人回来了,湘莲、宝玉忙起身迎接,进来坐下。

渺渺真人道:“宝玉自留发以来,到了此刻算是‘贫而无谄,富而无骄’的境界,再等一年之后,方是‘贫而乐,富而好礼’的时候呢。”茫茫大士道:“再一年之后,你们便当归还芙蓉城去了。现在芙蓉城中,王熙凤、尤三姐、鸳鸯三人都到酆都城寻访老太太去,尚未回来呢。”宝玉道:“请问师父,芙蓉城中现有多少人,怎么只这三个人赴酆都城去,毕竟寻访着了老太太没有呢?”茫茫大士道:“芙蓉城中现在有十二钗,除元妃外,是秦可卿、迎春、妙玉、林黛玉、王熙凤、尤二姐、尤三姐、鸳鸯、香菱、晴雯、金钏、瑞珠十二人。鸳鸯因殉主而死,来到芙蓉城中,警幻仙姑便令其掌管‘痴情司’事。鸳鸯原为老太太而死,不见故主心何能安?王熙凤又奉元妃之命,访求祖母,故二人同行,复邀尤三姐做伴。现已访着了老太太,同在冥中城隍府里相聚呢。”宝玉道:“鸳鸯乃弟子家的使女,尚能殉主而死,忠诚不忘故主,如今得遂初心。弟子蒙祖母爱视恩怜,反不如鸳鸯使女之心,何以慰祖母于九原,弟子亦何颜立于人世乎?”说罢,流下泪来。渺渺真人道:“宝玉合当赴冥去见祖母,以慰九原,兼可一会熙凤、鸳鸯,得悉别后情事。湘莲做伴同行,也可与尤三姐相会,并须传语三人,芙蓉城中皆各有专司,未便久羁冥境。”

宝玉、湘莲道:“弟子们都还没‘从心所欲’的功夫,只怕碧落黄泉不能往返自如呢。”茫茫大士道:“你们虽功夫未到,已非‘吴下阿蒙’了。我们同你下山,指引你前去便了,到彼不可留恋,一两天便可回来。他日仍须再到尘寰,另有因缘了结,此时未便预言。今日

已迟，明早下山去罢。”湘、宝二人答应了，吃过晚饭，各人打坐。

到了次早，大士、真人领了湘莲、宝玉二人下山，穿云入雾，行走如飞。湘、宝二人跟随着，步亦步，趋亦趋，宛似腾云驾雾一般，亦不自知其如之何之如此其速也。二人心下大喜，走了一个时辰，大士、真人把手向北一指道：“前面已离阴阳界不远，你们只向北而走便是。我们先回山去了。”湘、宝二人看着大士、真人回去了，便向北而来。

行不许多里路，早看见一座牌坊，上写着“阴阳界”三字。湘莲、宝玉二人点头道：“想必过了这个牌坊，便是幽冥地方了。”于是，二人过了界牌坊，便见阴风惨惨，旭日无光。

又走了一个时辰，看见路旁有个饭店。二人便进去打尖，以便问路，叫过店小二来，问道：“你们这里离酆都城还有多远儿?”店小二道：“我们这里离城十里，叫做十里铺。”湘莲向宝玉道：“方今暮春天气，花明柳媚，咱们只顾一路奔驰，总也未能观玩。今儿业已离城不远了，咱们何不缓步游行，也看看他们幽冥的景致，可与阳世同不同，不知你看着可怎么样呢?”宝玉道：“很好。”因问店小二道：“你们这里可有什么景致可逛的去处么?”店小二笑道：“二位爷，我们这十里铺原是个小地方儿，那里有什么景致呢? 惟有离城三里，向南有一条岔道岔了过去，那里有一个望湖亭，前临大湖，后通街道，楚馆秦楼样样齐备，算我们酆都的第一胜境。二位爷横竖是要进城去的，不过多绕点子路，也就可以逛逛了。”湘、宝二人大喜，遂算还了店账，一路缓步而行。

不多一时，早望见城阙巍然，向南果有一条岔道。二人遂由岔道过去，又走了有一里多路，果见一座大亭，匾上横书“望湖亭”三个大字。前面一道长湖，碧水澄清，新荷叠翠，十分幽雅，又见亭边茶坊酒肆，碧幌青帘。亭上设着几席桌椅，也有吃茶的，也有饮酒的。湘、宝二人上了亭子，也就拣了一张干净桌儿，对面坐下。走堂的见了，忙送了两碗茶来，面前又放了四碟果子，无非瓜子、松

瓤、花生、杏仁之类。

二人正在吃茶闲话，忽听一阵琵琶弦索之声，悠扬入耳。宝玉手拿着茶杯，侧耳听去，不觉听的出了神。湘莲笑道："我们久离尘世，不听此声已经好几年了。宝兄弟，你怎么今儿又动了凡心了呢？"宝玉笑道："非也，我常念白乐天的《琵琶行》，常恨不能身到九江的亭子上一看。不想今儿这亭，前临大湖，竟仿佛有琵琶亭的景况。又听见有琵琶之声，就不觉有感呢。"湘莲正欲答言，忽听歌声婉转，迎着顺风，字句真切。但听得唱道：

小耗子上灯台，偷油吃，下不来。碰的银灯当啷啷的响，惊醒了奴家的梦赴阳台。

那一种清脆柔腻之声，动人魂魄。湘、宝二人不觉相视而笑。

正不知琵琶歌曲声自何来，方欲寻究，却见走堂的掇了一碗热腾腾的酿鸭子上来，转过屏风而去。宝玉便从屏风缝儿里望后一张，只见后面还有三间正房。房里走出一个小厮来，把走堂的掇的接了进去。那走堂的便依旧退出回来。

宝玉便点手儿把他叫到跟前，问道："这后面的屋子，也是你们的么？"走堂的道："正是。这亭子原是官的，我们不过借着卖茶。这后面的房子乃是我们店里自己盖的，以备安寓来往客商的。今儿是我们这里的一位冯先生，在这里包整酒席请客呢。"宝玉道："刚才儿听见琵琶响，就是后面屋里弹的么？"走堂的道："可不是呢。"宝玉道："可是什么人弹呢？"走堂的笑道："我的爷，我看你老的年纪也有二十来岁了，怎么还是这么怯呢？弹琵琶的无非是媳妇儿罢了，还有什么人呢？"湘莲笑道："你不知道，他本来是大家子的公子哥儿，他可知道什么叫个媳妇儿呢？"走堂的笑道："既是这么着，你老何不教他老见识见识呢？我们店里这正房后边，还有三间小敞厅儿，又雅静，酒席也是现成的，叫两个媳妇儿来唱一唱，乐一乐，花不多几个钱儿罢了。"湘莲点头笑道："你既然说的这么好，你就去打扫屋子去罢，收拾妥了，你再来领我们进去。"走堂的笑着答应了去了。

宝玉埋怨湘莲道："柳二哥，咱们辛辛苦苦到这儿是做什么来了？你怎么又高兴闹起嫖来了？"湘莲笑道："怪不得他说你怯呢。难道听听曲儿就算嫖了吗？"宝玉道："就算不是嫖，咱们也不应这么着。柳二哥，你难道把师父的教导，我们的功夫，就这么都丢了吗？"湘莲笑道："宝兄弟，你到底还是致远恐泥的小道呢。你就不记得程明道的心中无妓了么？"宝玉正欲回言，只见走堂的笑嘻嘻的走来道："收拾妥当了，请二位爷过去坐罢。"

于是，二人跟了走堂的转过了屏风，但见院内车轿俱有，上面三间正房，两边六间厢房，旁有一月洞门。走堂的把他二人引进月门，绕到正房的背后，果有三间小敞厅，十分精雅。二人便在正中的桌儿对面坐下，吩咐走堂的："先拿了果碟儿，煨了暖酒来，我们先喝着，候叫了弹唱的人来，再随便上菜。"走堂的答应，送上酒果，便叫媳妇儿去了。

湘、宝二人斟酒对饮，原来这敞厅正对着那正房的后窗，相离不远，忽听琵琶顿歇，内中有一人哈哈大笑道："老冯，你昨儿还哄我说，他是初到青楼还没学唱。你听才刚儿的'小耗子上灯台'唱的怎么样？就是久经大敌的唱手，也不过是这么着罢了。"又听一人笑道："今儿原是诚心诚意敬大爷的，大爷既然听着说好，这就是我的心虔了。明儿你给我们成全了这件事，将来教你乐的日子多着呢。"宝玉悄悄儿的向湘莲笑道："你听见了没有？这两个冤大头，不知是个什么样儿的人？这个唱的，又不知是怎么样的个玉天仙儿？等我在他窗户眼儿里偷着看他们一看去。"湘莲笑道："罢哟，看仔细惹出事来。"宝玉摇手道："不相干，不过是个妓女罢了，难道是谁家的内眷，怕人看不成！"

说着，他便蹑手蹑脚的走到窗根底下，舔破窗纸，向里偷着一看，只见正中桌儿上对面坐着两个少年，衣冠济楚，两旁分坐着三个妓女，俱皆衣裙华丽，香艳可观。东边的一个面貌有些相熟，一

时也想不起是谁来。心下正在惊疑，只见上面坐的少年笑道：“老冯，明儿我给你们成全了好事，你可教他怎么谢我呢？”那下面坐的少年，便笑答道：“那也看大爷罢了，要教他怎么谢，他敢不怎么谢么。”那上面的少年，又笑道：“我想明儿我给你们成全了好事之后，那就有个名分在内，我也就不好意思的了，不如趁着这会子还没定局，你教他坐在你怀里，喂你一个皮杯儿，给我瞧着这么一乐，就算他谢了我了，好不好呢？”那下面的少年笑道：“大爷说的倒好，就是太寒碜了些儿，只怕他未必肯呢？”那东边的面貌相熟的妓女笑道：“我不，那是个什么样儿呢！”那上面的少年又笑道：“罢哟，依我说你趁着小秦儿不在这里，乖乖儿的喂他个皮杯儿，这还是你的造化，过会子小秦儿回来了，只怕比这个更甚的玩意儿还要闹出来呢，可看你依不依？”那下面的少年笑道：“是了，大爷不用说了，想来他自己也断然不肯的，不如我喂他一个皮杯儿你看，也是一样罢了。”说着，便噙了一口酒，走过东边来，把那面貌相熟的妓女抱在怀里，不容分说，搬过脸来嘴对嘴儿喂了下去。

宝玉在窗外看的忘了情，不觉大叫一声道：“好啊！”哈哈的大笑起来，只听里面有人喝道：“什么人，大胆在这里偷看呢？”说着，“咯喳”一声窗子早已推开了。那两个少年一齐大怒道：“你们两个是什么东西，在这里混笑的是什么？”

湘莲在这边看见有人开窗叱问，便有些儿不悦，忙答道：“你们自喝你们的酒，咱们自喝咱们的酒。咱们笑咱们的，给你们什么相干呢？难道你们还短住咱们的笑不成吗？”只见那两个少年齐道：“什么话？你们既然笑你们的，为什么笑到咱们窗根儿底下来了？你瞧，这窗纸上的窟窿不是他戳的吗？你瞧，他这么胆大的了不得，还在那儿没事人儿似的笑呢。”湘莲看时，只见宝玉还在那里揉着肚子笑道：“嗳哟，乐死我了。我今儿才见了世面了。”那少年大怒道：“你们听听，是那里来的野黄子，也不打听打听就在太岁头上动土来了。”湘莲大怒道：“你们这两个东西，满嘴里混唚的是什么？

你们不过是叫了两个媳妇儿在这里弹唱罢了，就是咱们这小兄弟，人家在窗下偷看了一看，也不为过。怎么你们就骂起来了，难道是偷看了你们家的内眷了吗？”那两个少年一齐大怒道：“好个野黄子，越发信嘴儿胡唚起来了。小厮们，过去快把这两个野黄子拿绳子拴了，带到衙门里去。”湘莲大怒，扑的蹿到窗下，揎拳掳袖，势将用武。

忽见从门内走进一个少年来，忙问道：“大叔怎么了？什么人这么胆大，等我瞧瞧他有几个脑袋？”湘莲一看，认得是秦锺，忙叫道：“来的不是秦鲸卿兄弟吗？”秦锺仔细一看，大叫道：“你不是柳二哥吗？”宝玉见湘莲和两个少年嚷闹起来，正待也要发话，忽见秦锺进来和湘莲厮认，忙也高声叫道：“秦鲸卿，你在那里来？”秦锺听见，抬头一看，认得是宝玉，不禁大叫道：“珠大叔，不用嚷了，大水冲了龙王庙了。他就是你们家的宝二叔。”贾珠、冯渊二人听见，一齐发起怔来。

宝玉便问秦锺道：“这位到底是谁？”秦锺道：“他就是令兄珠大爷，你怎么就都认不得了么？”宝玉便一手拉了秦锺的手，从窗台上跳了进来，便给贾珠请安。贾珠也便拉着宝玉，兄弟二人大哭起来。柳湘莲便也从窗台上跳了进来，忙与冯渊作揖赔礼，各叙姓名，又把珠、宝兄弟劝住。冯渊忙吩咐小厮教另整酒席，回头一看，那三个妓女躲的连影儿都不见了。原来夏金桂自从贾珠开了窗子叱问之时，他就早已瞧见了宝玉，心中正在惊疑，及听见秦锺叫出口来，便忙拉了同伴的二人，跑到厢房里去，把门插上了。

贾珠这里又与湘莲叙过了礼，便问他二人的来历。湘、宝二人遂把跟僧、道出家于大荒山青埂峰下，以及宝玉留发，因知鸳鸯、凤姐、尤三姐到地府来寻访着了老太太，故此也是特来见见老太太的，湘莲是欲会尤三姐的，且鸳鸯等三人在芙蓉城皆各有专司，未便久离职守，特来传语他们早为回转的话，从头至尾说了一遍。贾珠大喜，也把自己并秦锺、冯渊的原委一一的告诉了宝玉、湘莲。

然后遂教跟的人套车,大家早些回府。冯渊忙拦道:"宝二爷和柳二爷今儿初到,我这不恭的酒席原也不成敬意,不敢攀留,但只是车少人多,难以乘坐,不如先打发人回去,给老太太叩喜,先送个信儿,再备几匹马或是备两顶轿来才好。请略宽坐一会子,索性终了席再回去,好不好?"贾珠听他说的有理,便先教小厮回去报信去了。

冯渊又吩咐换了酒席,大家叙礼就会。冯渊挨次送酒已毕,便问小厮道:"他们三个那里去了?"小厮向厢房丢了个眼色,向跟前凑了两步,低声道:"夏姑娘请爷说话。"冯渊笑道:"宝二爷、柳二爷都不是外人,怎么又作起怪来了呢?"宝玉笑道:"他们既不肯见外客,冯大哥也就不必张罗,才刚儿我已经在窗外领教过了。"冯渊哈哈大笑起来道:"二爷,你可说说,令兄淘气不淘气呢?"贾珠也笑起来道:"你怎么倒赖到我身上来了。我劝你乖乖儿的把他们叫出来罢,这会子又害起什么臊来了呢?"冯渊便笑着往厢房里去了。

贾珠便问秦锺道:"你找的那个崔公子,可找着了没有?"秦锺道:"已经找着了,他说他身上的衣帽褴褛,不好来见。明儿教我把衣服借给他几件,他穿了亲到衙门里去叩见去呢。我想,大叔明儿可就趁着这个机会,一起回明了姑老爷,把冯大哥、崔公子的事一并给他们成全了,岂不好呢?"贾珠点点头儿。宝玉忙问:"什么事?"贾珠遂又把夏金桂、张金哥的原委,述了一遍。宝玉吃了一惊,悄向贾珠道:"我适才瞥见彼妇面貌十分可疑,这会子听见他的名字,竟果然就是他。这可怎么样呢?"贾珠也吃了一惊道:"你认得他么?你说他到底是谁呢?"宝玉道:"他就是表兄薛蟠之妻,生前本不正道,因暗害香菱,自己误服毒药而死的。"贾珠听见,也就呆了半晌,忽然把腿一拍道:"天网恢恢,我们这个老冯就是为买香菱被薛蟠倚财仗势白打死了的。他后来告到阎王案下,稽查册籍因薛蟠阳禄未尽,暂把此案悬搁。这会子,他与夏金桂又是已经生米做成熟饭的了。不如明儿将错就错的回明了姑老爷,就把夏金桂配了冯渊，以当薛蟠抵命之罪，了结此案。我想薛表弟既有了香菱，又何必要这不贞之妇为妻呢？”宝玉、湘莲、秦锺三人齐声说：“好！”

正在谈论间，只见冯渊面有愧色，讪讪的进来道：“我的敬意不诚，我们的那一个忽然受了风寒，心口里疼的了不得，我只得拿轿子把他们都送回去了。”贾珠也讪讪的答道：“这里也不用他们了，尽他们去罢。”说着，只见走堂的带了两个妓女进来，湘莲见了忙道：“也不用了，教他们也回去罢，过会子开发你赏钱就是了。”贾珠等不解其故，问明了原由，大家又笑了一会。冯渊便要留下这两个妓女弹唱陪酒。贾珠道：“不必了，我们早些儿吃饭罢，只怕老太太听见这个信儿，必定是盼望着急的。”冯渊便吩咐走堂的：“连后面所用的酒席都一总开在我的账上。”走堂的答应了，只得打发两个妓女去了。

于是，贾珠催着拿上饭来，大家吃毕，只见潘又安跑的满头大汗，下马进来，先给宝玉请了安，便道：“老太太听见二爷到了，喜欢的了不得，偏偏儿的王府里面差人请姑老爷商议公事，衙门里的各行人役都伺候去了。老太太吩咐小的备了几匹马来，请爷们早些儿回去呢。”宝玉忙立起身来，与冯渊作揖道谢。于是，大家坐车的坐车，骑马的骑马，一齐进城，穿街过巷，也无心观看路景，一直到了辕门，下了车马。冯渊自回寓所去了。

贾珠领了湘莲、宝玉等步行而进，刚到了二堂，只见鸳鸯搀着贾母颤哆嗦的迎了出来。宝玉一见，忙跪了下去。贾母也不问长短，一把搂住，儿啊，肉啊，哭做一团儿。贾珠忙命秦锺，先将柳湘莲让到书房里坐。这里贾夫人也出来拉住宝玉，也哭了会子，大家劝解了一会，这才搀了贾母到了上房。

宝玉重新与贾母、贾夫人、贾珠磕了头，方才依次坐下。贾母恨道：“好小子，你在那里出家去了？如今你到底还是个人是个鬼呢？”宝玉满眼垂泪，便把跟随大士、真人在大荒山和柳湘莲一同修道，以及现在留发，将来功成便归还芙蓉城去的话，说了一遍。又道："昨儿知道鸳鸯、凤姐姐、尤三姐三人到地府来访着了老太太，故此也求了大士、真人指引，到来见见老太太的。柳二哥同来，是意欲会会尤三姐姐的。并来传语鸳鸯姐姐他们三人，在芙蓉城皆各有专司，未便久离职守，教他们早些回去呢。"贾母听见，这才欢喜起来。

只见凤姐从后面走了进来，宝玉忙上前请安，大家又淌了会子眼泪。贾珠见凤姐出来，便到书房里与湘莲攀话去了。贾夫人自从私问了鸳鸯，已知宝玉并无苟且之行，晚间告知了林如海，夫妇二人十分感叹。如今见了宝玉，心下也甚是欢喜怜爱。

不一时，外面鸣锣响道，林如海回到府中。宝玉、湘莲诸人忙迎出二堂，请安叩见。林如海大喜，便一手拉了宝玉，一手拉了湘莲，直往里走。凤姐看见，便到后边回避去了。贾母起身笑道："姑老爷回来了，我们宝玉他同柳二爷特找到这里来瞧我的。这也是他一点儿孝心，可不枉了我疼他一场——这小子如今也好了。宝玉，你们给你姑爹磕过头了没有？"湘莲、宝玉便重新与林如海磕头，林如海忙又拉住了，便依次归坐。

林如海又细问了一番原委，湘莲、宝玉二人又从头至尾细述了一遍。

林如海道："尤三姑娘已先回去多时了，凤姑娘、鸳鸯是老太太留下的。既然那里有专司责任，虽不便于久留，也还再住一两个月不妨。贤侄与柳兄既来到此处，焉能就去？也须得盘桓两月，让我稍尽地主之谊才是。"湘、宝二人答道："深蒙大人厚爱，铭刻五中。但家师严命，说见了老太太一两日即便回来，不得稽延的，是以侄辈不敢奉命。"林如海笑道："虽不能两月，那里有一两天就要去的道理呢？"说着，人回请示摆饭，林如海便吩咐："在书房里摆罢。"遂教贾珠过来，让湘莲、宝玉都到书房里去和秦锺一同吃饭。饭后，掌上灯来，便收拾行李，在书房里间安歇。

宝玉便到贾母屋里来与贾夫人、凤姐、鸳鸯闲话。凤姐便问道:“你怎么知道我们在芙蓉城的,你可知道我们那里是那些人呢?”宝玉道:“那里连元妃姐姐、警幻仙姑是十四个人,还有痴梦仙姑、钟情大士他们,以及各仙女、黄巾力士等人。我虽没亲身到过,却从梦里去过三四回的。‘痴情司’‘薄命司’都进去过的,你同鸳鸯姐姐便是这两司的主人。我们师父说,教你们早些回去呢。”凤姐道:“因为要等这里姑老爷转了天曹,我们便同老太太一起去的。这会子已是迟了几个月了,横竖再等个把月再说罢了。我才刚儿听见姑老爷未必一两天肯给你去呢,你这一去要到几时才得到芙蓉城里去呢?”宝玉道:“大约还得一二年工夫,才得去呢。我们师父临行嘱咐了我们,叫早些儿回去,还有别的差事,不能迟延的。”说着,又谈了一会闲话,便出来到贾珠屋里安歇。兄弟二人又说了一会家庭闲话,方才归寝。

要知后事如何,且看下回分解。

第二十回　沁芳桥临流生画稿
栊翠庵静坐斗棋机

却说这年会试场期已过，接着贾兰已娶了傅秋芳过门，住的是蘅芜院。李纨、宝钗、马氏俱搬入园中，李纨还住的是稻香村，宝钗还住的是怡红院，马氏住的是秋爽斋。大观园收拾的分外整齐，依旧热闹，另是一番气象了。三月已过，瞬届四月，光阴荏苒。会试发榜：巧姐的周姑爷中了第十六名进士，薛蝌中了第七十二名进士，贾环中了第一百八十名进士。三人是一榜同年，便料理殿试之事。

一日，是平儿生日，青儿、小红、椿龄、鹤仙四人俱来与平儿拜寿。这四人是俱由平儿成全婚姻，故感激恩遇，与别人迥然不同的。这日巧姐也回来了，那巧姐原与青儿两个很说的来，许久不见，会着了都欢喜说笑的了不得。小红等三人又因巧姐的姑爷中了进士，且自己的出身低微，便都退后，不敢上前与巧姐说笑。平儿看见，心里明白，便道：“你们都是一样的姑嫂，不分彼此的，大家都要在一块儿玩笑，亲亲热热的，我才喜欢呢。况且，我们姑娘自来是好的，从不像那么样儿的人。”巧姐便道：“我和嫂子们都到园子里逛逛去罢。”平儿道：“也好。”因问道：“你们都见过了太太没有？”大家都道：“见过了。”平儿道：“姑娘可知道今儿是宝二叔的生日么？到了园子里，先到怡红院去给二婶娘拜寿，可别忘了。”巧姐道：“是的呀，宝二叔是同姨娘一天生日的。”青儿等四人都道：“幸

亏二婶娘提醒了我们，不然只知道给二婶娘磕头，怎么就不知道给宝二叔拜寿呢？”

说着，五个人便一齐出来，过了粉油大影壁，穿甬道角门转到前头，进了大观园。先到怡红院来，进了院门到了十锦槅子，丫环素琴见了，打起帘子，五人进去，只见宝钗同傅秋芳在那里坐着说话儿呢。巧姐道：“二婶娘，我和嫂子们特来给二婶娘拜寿的。”说着，五人齐跪了下去。宝钗忙拉住笑道：“姑奶奶，今儿是你姨娘的生日，怎么又给我拜起寿来呢？”巧姐道：“今儿也是宝二叔的好日子，怎么不给二婶娘拜寿呢？”傅秋芳道：“才刚儿二婶娘告诉我说，今儿是琏二婶娘的生日，我正打算要过去拜寿呢。二婶娘就不告诉我说，也是宝二叔的好日子。我这会子倒要先给这里二婶娘拜寿，回来再往琏二婶娘那里拜寿去了。”说着，便向宝钗拜寿，宝钗拉住道：“你二叔也不知那里去了，又不在家里，还算什么生日呢？”巧姐道：“二叔叔他是要成了仙道的人，只怕到海屋添筹去了。”傅秋芳笑道：“姑奶奶说的很好，好个海屋添筹。嫂子们还到那里去么？”青儿等道：“还要到大婶娘和三婶娘那里请安去，也还要到婶子那里坐坐去呢。”傅秋芳道：“既这么样，我陪嫂子们去，到我们那里逛逛，我也还要回去预备寿礼呢。”

于是，六人一同到了蘅芜院，丫环春山、秋水、柳媚、花明四人见了都站出来，两个打起帘子，大家进去坐下。柳媚送上茶来，大家说些闲话。坐了一会，巧姐便和青儿等要到秋爽斋去。傅秋芳送出众人道：“嫂子们回来到后头去的时候，我和你们一起到琏二婶娘那里拜寿去。我这会子，还到怡红院那里去等你们罢。”众人答应去了。

傅秋芳便料理下两份寿礼，吩咐了春山、秋水，自己单带了花明复到怡红院来。宝钗见了便问道：“他们都到那里去了，你怎么一个人来了呢？”傅秋芳道：“他们都到三婶娘那里去了，我还在这里等他们回来，一同到里边琏二婶娘那里去。二婶娘，你还没拜寿去呢？”宝钗道：“我因为桂哥儿有些发热，才刚儿叫奶子给他拿葱汤和了丸药吃了，教他带在屋里哄他玩着，不要见风，我还要瞧着他们呢。过会子再去拜寿罢了。”傅秋芳道：“桂哥儿昨儿晚上还好好儿的玩笑着学走路呢么，怎么今儿发起热来了？”宝钗道：“今儿早上，他头上身上忽然摸着微微儿的有些发热，便懒懒儿的不很玩笑，总是吃多了点子东西，又受了点儿风寒了。”傅秋芳道：“医书上原有小孩儿变蒸一证，大凡三五个月就有一次的，三岁后才没有呢。这皆由于知识渐添的原故，那俗说叫做长见识，不过一两天也就好了。”宝钗笑道：“医道也都知道么？可见你竟渊博的很呢！”傅秋芳笑道：“二婶娘，你当面就笑话侄媳妇么？我是事事都要来求二婶娘指教呢。二婶娘要这么样说起来，侄媳妇就是个不可教诲的人了。”宝钗道：“什么话呢，我又知道什么了？但是我知道的，我可总要说的。单是这医道，我却实在不知道，我可怎么说呢？即如画画儿，我虽不会画，我可又知道这里头的道理呢。从前四姑娘画大观园的图儿，他没画过大画，还是我教给他的呢。我听见说你的画很好，还没见过，明儿先要领教一张，这工拙我可以给你评论评论。”傅秋芳笑道：“这就好的很了，我原要请教，也就顾不得献丑了。明儿便先画两张来，一张请二婶娘教正，一张请四姑娘教正。”

正说时，只见巧姐、青儿等五人来了。青儿便向宝钗道：“大婶娘和三婶娘说，教我们先去呢。他们回来到二婶娘这里来，约会了二婶娘一起同去。”宝钗道：“你们先去罢，我等了他们两个人来了再来。”

于是，傅秋芳便和巧姐等大家出了怡红院，由聚锦门穿后廊角门，转过甬道，走过抱厦，进了粉油大影壁，到了平儿上房。大家进去，傅秋芳便与平儿拜寿道：“才刚儿姑奶奶同嫂子们都到园子里去，我陪着他们逛了一趟，故此来迟了。”平儿忙拉住了，大家坐下。彩鸾倒上茶来，说了一会闲话。

翠云在外间打起帘子叫道：“三位奶奶来了。”平儿便迎出屋去,李纨、宝钗、马氏三人便一起拜寿,平儿还礼已毕,便向宝钗道:“恕我不到怡红院了,就这里拜寿罢。”宝钗连忙还礼甫毕,平儿让坐,三人坐下,文鸾送上茶来。李纨道:“我记得今儿还有两个人生日呢。”宝钗道:“那两个是我们家的人,一个是我们琴妹妹,一个是我们家的二嫂子。”平儿点头道:“是的,是邢姑娘,我倒忘记了。”说着,人回摆饭。

饭后,尤氏、胡氏也过来了。晚上备了两桌酒席,请了邢夫人过来,都在王夫人上房外间坐了。外头也有两席,是周姑爷同本家的爷们坐了。席散后,众人都回去了,只有巧姐又住了两天才去。

一日,傅秋芳画成了两幅画,教秋水拿着同到怡红院来,打从蜂腰桥过,看见蓼溆一带柳色阴浓,新荷叠翠,黄莺弄巧,紫燕衔泥,便站住了闲看,不忍抛撇了好景。秋水道:“奶奶瞧着这一片好景,还是想着作诗题呢,还是想着作画稿儿?”傅秋芳笑道:“诗和画原是拆不开的,诗中就有画,画中就有诗。”秋水道:“依我说,就把这一段好景致画在画上,再添上奶奶这样的人物儿,可不成了一幅绝妙的仇十洲么?”秋芳笑道:“你便细细儿的记明白了,回去便画出他来,我看看可像不像呢?要是不像,可重新再来细看,该添的添,该减的减,这么一改就画出来了。这是天生成了的稿子,最是长人的学问的。”秋水也笑道:“奶奶教我画,我画出来的画儿,可真是‘奴婢学夫人’了。”秋芳笑道:“你说‘奴婢学夫人’的不好么?那奴婢学夫人的,是‘由也升堂矣,未入于室也’,多少人巴结这么样,还不能得呢。”秋水道:“那巴结不能得够这么样的,只算是门外汉罢了。”秋芳笑道:“你的志量倒很好,能够用心原不难的。”原来春山、秋水二人,皆识字能书,秋水更觉聪慧颖悟绝人,无事偷着学诗学画,秋芳最喜爱的是他。说着,到了怡红院,绣琴打起帘子说道:“小兰大奶奶来了。”

秋芳走进屋子,只见宝钗坐在那里引桂哥儿玩呢。秋芳道:

"二婶娘，请你老人家直言无隐。"秋水便送上画去，宝钗接来打开看时，只见上面画的是一幅《葛仙翁移居图》，上头有款，写着"请宝钗二叔姑大人钧诲，侄妇傅秋芳学画"。宝钗道："很好，山水树木、人物鸡犬、家具俱全，而且章法结构井井有条。闺阁中有这么样的笔墨，可谓'出乎其类，拔乎其萃'的了。"秋芳笑道："二婶娘，你不要徇情奖赏，要尽管贬驳才好呢。"宝钗笑道："没有贬驳的地方儿，教我怎么样贬驳呢？"秋芳道："便是没了贬驳的去处，还要请寻瘢索垢才好呢。"宝钗又细细儿的看了一看，便用手指着道："这鸡犬、家具高头略有瑕疵，想来是画这些东西的时候很少的原故。我们四姑娘的笔墨差的多着呢。你给四姑娘画的是幅什么呢？"秋水又把那张送上，宝钗打开看时，只见上面画的是一幅《天女散花图》。宝钗道："这幅更没包弹了，这幅单有人物，所有花卉原算不得什么。那幅的工夫比这幅大多着呢，又兼着山水树木，故此难得尽善尽美了。想来倒是人物擅长些。"秋芳道："四姑娘那里轻易不去，去了又怕扰了他老人家的静。二婶娘没事，我们一起到那里逛逛去使得么？"宝钗笑道："我给你做个介绍去罢了。"

于是叫了紫云跟着，便和秋芳出了怡红院，到栊翠庵来，打从沁芳桥过，看见两岸垂柳毵毵，掩映着画楼池馆。宝钗道："这便是天然画境，我们且到亭子上坐坐去，也领略领略，别要辜负了好景。"二人遂到沁芳亭坐下，秋芳道："我才刚儿从那边蜂腰桥来，也看了一会子。这里比那里更好，又有地方儿可坐的，有趣儿。"因向秋水道："这里比那里又不同了。"秋水道："虽然不同，却各有各的好处。譬如画图各成一幅，并不雷同的。"秋芳道："你明儿就照着这两幅画上了，也使得。"宝钗道："他会画么？"秋芳笑道："他时常偷着学画呢，他才刚儿还说的好，说是'奴婢学夫人'呢。"宝钗笑道："这可了不得，真正是有其主，必有其仆了。这孩子就很好，你今年十几岁了？"秋水笑道："十五岁了。"宝钗道："能画自是能写识字，聪明是不必说的了。我这紫云也还识几个字，从前只有彩明他能写字，其余就没人了。我们家里连从前老太太屋里起，几代的丫头原有好几个好的，就只是没有知书识字会写画的人。你这真可谓婢中的翘楚的了。这秋水的名字起的就很好，自然是你给他起的了。”秋芳笑道：“‘北苑春山，南华秋水’，这两句是书画的妙境，故此起了这两个名字。那春山也还能识字，却不及他的聪慧。”宝钗道：“很好，你明儿闲了教他到我那里来，等我细细儿的问问他，我虽不画画儿，读书写字还可以呢。”秋芳笑道：“明儿闲了，就教他过来请安。”

说着，二人起身，便往栊翠庵来。到了庵前，紫云上前敲门，里面紫鹃听见，便开门出来。宝钗问道：“姑娘在家做什么呢？”紫鹃道：“在里面打坐呢。”宝钗道：“我们在前边略坐坐儿，等他起来了，再说话儿，没的又惊动他罢。”紫鹃笑道：“奶奶请里边坐罢。姑娘无事，总是打坐，要起来便起来，也没什么时候儿的。”说着，便进去回道：“姑娘，宝二奶奶和小兰大奶奶来了。”

惜春便起身迎至檐前，宝钗、秋芳上前请安问好，到里面坐下，紫鹃沏上茶来。宝钗道：“四妹妹，今儿有个文徵明，特来请教你这沈石田老先生呢！”因向秋水点点头儿，教他把画呈上去。惜春接来，打开细细看了一看，说着：“这是老手的笔墨，我那是学而不成，岂止‘珠玉在前，自惭形秽’而已呢。”傅秋芳笑道：“我是献丑，特来求姑娘指教的。”惜春道：“此调不弹久矣，我因为学而无成，已将笔砚焚弃，所画《大观园图》至今并未成功，已算半途而废了。”宝钗道：“那图儿也该有七八分的工程，所差有限了，何不拿出来大家看看呢？”惜春便叫紫鹃去取了出来，打开大家看时，见墨已落完，颜色才填染了一半。惜春道：“我这个笔墨，自己都看不去，所以没了精神画了。”秋芳道：“章法结构都好的很，为什么不成全起他来呢？”惜春道：“我久矣就无心于此了，你要是可以成全，倒是送你拿去画罢。”秋芳道：“我给姑娘补完了，再送来罢。”惜春道：“你补完了，就留下罢。我领你这幅《散花图》倒还合我的意思，留着挂起来，细细儿的看罢。”

宝钗道：“画是你久已不画的了，棋也好些时没见下了呢？”惜春道："自从妙玉去后就没下，直到如今了。"宝钗道："他是特意来谈画的，既不谈画，你们两个人就手谈手谈罢了。"惜春笑道："我可丢生疏了呢！"因教紫鹃把棋枰取了出来，惜春便与秋芳二人对坐下了，宝钗在旁边坐了观奕。秋芳便拿起黑子来，道："姑娘，让我四个子儿罢。"宝钗道："定了输赢，然后才好说让子的话。这会子，头一盘自然是对下，也不必谦的。"于是两人对奕，下了有一个时辰，填完了关着，做起棋来，秋芳输了四个子儿。惜春道："我只怕丢生了要输呢。谁知竟还可以算是个对手棋，我们再下一盘罢。"秋芳道："我已输了，这回姑娘让我两子罢了。"惜春道："这一盘要是再输了，再说让的话就是了。"于是，二人又下了一盘，做起棋来，这回秋芳只输了半子。宝钗笑道："这不算输，还只算是个正经对手棋。这两盘棋的工夫也很不浅了。我们也要回去了，改日再来请教罢。"

惜春道："我是天天无事。你们闲了，尽管可以常时光降的。他们这些人不肯到我这里来，都说怕我拿他们当俗人，其实你们要是不肯到我这里来，倒是拿我当做俗人了。"宝钗笑道："他们都是以为客去主人安的意见，生恐怕你要恶嫌他们来搅扰清净的原故。殊不知贤主嘉宾，那却是又当异论的呢。"惜春点头道："宝姐姐这话，才说的是呢。"秋芳道："改日闲了，便来请安就是了。"惜春送出了二人，紫鹃便关门进去了。宝钗、秋芳也便各自回去了。

过不多时，又早殿试。周姑爷是二甲第四十九名，薛蝌是三甲第十九名，贾环是三甲第九十九名。荣府贺喜的络绎不绝。

探春又有信来，周姑爷已升了扬州盐运司，不日到任，大家都欢喜。说从前林姑老爷做过扬州盐运司的，地方很好。接着，朝考已过。周姑爷补了翰林院庶吉士，薛蝌是户部主事，贾环是归班铨选。

要知后文如何，再看下回可也。

第二十一回　秋芳补画大观园图　贾环承袭荣国世职

话说傅秋芳自那日在栊翠庵把《大观园图》带回之后,暇日便以此消遣。秋水时刻在旁边伺候,也把蜂腰桥、沁芳桥两处景况画了出来与秋芳看。秋芳道:“画却也还画的出去,只是章法间架还不好。”因一一的指点了他,教他改换过来。

一日,《大观园图》已经补画成功,便教秋水拿着,先来怡红院中给宝钗看。宝钗看了道:“你怎么还没落款么?”秋芳笑道:“这是四姑娘画的,我不过代为完工,还请四姑娘落款去才是。”宝钗道:“也罢了,我就和你到他那里去。”

说着,二人出了怡红院,又到栊翠庵来。敲门进去,惜春起身让坐,秋芳便把《大观园图》呈上,请惜春书款。惜春道:“便落你的款罢了。”秋芳道:“我所补完的不过十分之三,怎敢僭越,自然还请姑娘落款。落了款就送到太太屋里,请太太张挂了玩罢。”于是,惜春便拿起笔来,写了款,用了图章,说道:“这原是老太太教画的,这会子老太太已经不在了,就送给太太那里挂也罢了。”说着,便教紫鹃取过棋枰来,道:“今儿还早呢,我们且来下一盘再去。”宝钗笑道:“四妹妹一无所好,惟有此道尚有些结习未除。”惜春也笑道:“圣人还说‘不有博奕者乎,为之犹贤乎已’呢。”于是,惜春与秋芳又下了一盘棋,方才告辞出去。

宝钗与秋芳出了栊翠庵，顺道来至稻香村。宝钗道："且把这图儿给大嫂子看看，我教他同了我们到太太那里去。"秋芳笑着点头儿。二人走进里面，红梅打起帘子道："宝二奶奶来了。"李纨见了，起身让坐。宝钗道："四姑娘画的大观园的图儿，画了四五年都没见成功，今儿你媳妇来了，一画就画完了。你看看，怎么样？"李纨笑道："四五年的功夫，那是'为山九仞，功亏一篑'的了，成功有什么难处呢？"宝钗笑道："你看也没看，就这么瞎说么。"李纨便打开看了一看道："我也不知道他画了四五年，都画的是些什么？他这补画的，也不知道他是从那里补起的？"宝钗道："四姑娘原本画的不过六分，他这补的倒有四分。这会子四姑娘也不要这画了，他也不好要的。我们如今送给太太去，你也同着走一趟，到底是你媳妇的才能，也是你的光辉呢。"李纨笑道："你原来是教我陪着你去的，既这么样，说不得了便和你走一趟去罢了。"

于是，三人一同出了大观园，转到王夫人上房来，只见平儿在那里和王夫人说话呢。宝钗便把画送上，给王夫人看。王夫人道："这画四姑姑画了有四五年了，可怜还是老太太教画的呢。这会子，老太太都已不在了两年多了，怎么今儿又想起来画成了功的呢？"李纨道："四姑娘久已不画画儿了。昨儿因说起我们媳妇会画来，四姑娘便找寻出来给他补成了功的，还教四姑娘落了款，送来给太太这里挂的。"王夫人笑道："四姑娘画了四五年都没成功，他一接手就画起来了，想来他的画比四姑娘强多了。"宝钗道："小兰大奶奶他的丫头，这个秋水都会画的。"王夫人听见，便叫他到面前，细细的看了一看道："好孩子，你识字么？"秋水回道："也认得些字。"王夫人道："有这么个聪明能干的丫头，那姑娘自然也就不用说了。"平儿笑道："我的拙笨是不必说了，就是大嫂子和二婶子这两个知书达理的聪明人儿，也都没有这个手段呢。"说着，人回摆饭。王夫人道："你们不必又回园子里去了，就在这里一起吃了罢。"于是，李纨、平儿、宝钗、秋芳都在王夫人这里吃了饭，方才各自回去。

光阴迅速,又早秋尽冬初。十月中旬,马氏又生了一子,取名松哥。十月底老太太服满,贾政起复,吏部带领引见,圣眷颇隆。因念系元妃之父,加恩补授太仆寺少卿,因询问贾环系归班进士,并加恩将荣国世职着贾环承袭。贾政谢恩回家,大家欢喜。各公侯伯、六部、太仆寺、翰林院各官员,及众亲友等俱来庆贺。荣国府叫了一班戏,摆了两天酒筵。头一天请的是庆国公、锦乡侯、寿山伯、临安伯、临昌伯及刑部、工部、太仆寺、翰林院各官员,又有兵部尚书周琼、兵部侍郎甄应嘉、世袭三品威远将军马尚。第二日是甄宝玉、陈也俊之子、四姐姑爷卫若兰之子、冯紫英、梅姑爷、周姑爷、薛蟠、薛蝌、李婶娘之子及族中贾瑞、贾琼、贾蔷、贾芸、贾芹、贾菌、贾蓝、贾芷等人。这日唱的是《满床笏》,因无甚外客,贾环、贾琮、贾蓉、贾兰俱在座中。

贾赦在席上向贾政道:"二老爷,可记得那年中秋,环老三作的诗你说他的不好。我那会子就说,他的诗不失咱们侯门的气概,以后就这么作去,这世袭的前程,就跑不了你袭的了。今儿可不是他承袭了吗?"贾政笑道:"他的学问到底总驳杂不纯,故此虽然中了进士归了班,也就难以中用了。今儿得了世袭,也是想不到的事。倒是那年中秋大老爷的话,做了他的佳谶了,终久还是托赖大老爷的洪福。环儿,听见了没有,还不快给大爷磕头叩谢去吗?"贾环下了席,便到贾赦面前来,才跪下去,贾赦一把拉住道:"好孩子,不用这么着,我说我的赏鉴可是不错呢。"说罢,哈哈大笑。

这日,里边也没有什么外客,来的是傅秋芳之母、薛姨妈、邢岫烟、李婶娘、喜鸾、四姐、薛宝琴、史湘云、李纹、李绮、刘姥姥、巧姐、贾琼之母、贾瑞之母、贾蓝之母娄氏、贾芸之母五奶奶、青儿、小红、椿龄、鹤仙等人。另有一班小戏儿,先唱了四出《衣珠记》。平儿便悄向宝钗问道:"这戏是谁点的?"宝钗笑着,悄悄儿的道:"傅太太点的，他原也不知道这底下还有对景的呢。你不用说话，只听就是了。”说着，场上早换了《玉簪记》的《琴挑》《偷词》，又是《占花魁》一折。平儿笑向宝钗道：“这点戏的，是有意呢，无意呢？怎么这么促狭的法儿？”宝钗笑道：“我先就说了，他原也不知道，竟不防有这么巧呢，可见戏不是乱点得的。”说着，场上早又换了《八义记》的《观灯》。只见李绮走过这边来，和宝钗说道：“我瞧这出《观灯》里的周坚，偶然想起一件事来。你们袭人出去不是有两年了么？”宝钗笑道：“他今年正月里还在我这里来的，告诉我去年冬里甄府宝二爷在他那里借宿的话。我就说的那面貌虽然说是相同，到底细看总有讹别的地方儿的。这戏上的事，原也是信不得的。”李绮笑道：“这里宝二哥，我头里在这里的时候，可是天天见的。及自后来到了那里，你们妹夫竟没有什么讹别的地方儿呢，只有左耳旁边脸上有一点儿黑痣，就在这上头不同。”宝钗笑道：“可不是，细看总有不同呢。你没听见说，‘人心不同，如其面焉’。这都是造物的巧妙，从古及今万世不可及的奇才。若要是有了印板文字，那还成个造物了么？”李绮笑着点头儿道：“到底是宝姐姐的见解高远，我们都不能及的。”说着戏完，少顷点上灯烛，摆了六席酒筵。唱的是《扫花》《三醉》《云阳》《仙圆》，戏完散席。门外车马纷拿，里外的客俱回去了。

只有刘姥姥、巧姐没去。巧姐便又留下了青儿，都在平儿屋里住了。刘姥姥向平儿道：“姑奶奶，如今老爷升了官，巧姑娘的姑爷也中了进士做了官，府上的气运大转了。姑奶奶的哥儿，不过再迟十来年，也发了科甲，就好了。这都是姑奶奶的福气大。姑奶奶，你别怪我说，可怜头里凤姑奶奶要了一辈子的强，总不及这会子姑奶奶你的福分呢，这都是姑奶奶你素日为人的好处罢了。”平儿道：“都是托姥姥的福罢了。我们巧姑娘虽说个人的福命，到底是姥姥的媒，还是总托赖姥姥的福气呢。”刘姥姥道：“我们青儿也亏姑奶奶的抬爱，要不然只好配个屯里的小子罢了。这会子，在城里见了多少世面。姑爷年纪还轻，将来是总要发达的，都还是沾姑奶奶的福气呢。青儿呢，你可知道要孝顺姑奶奶的！”青儿正在和巧姐说笑，听见了便走过来，笑道：“我又不是个傻子，我怎么不知道呢？我这会子是叫二婶娘，不叫姑妈了。”巧姐道：“干妈，你放心罢。我们如今是姑嫂了，他常时到我姨娘这里来呢。”刘姥姥道：“我今儿看见他妯娌里头，不知可是小芸大奶奶不是？倒好像这里小红姑娘的模样儿似的么。”平儿笑道：“姥姥的眼力还很好呢，可不是小红是谁呢？”因又告诉了他原故。

刘姥姥道：“我这眼睛、耳朵，托姑奶奶的福，都还可以，就是牙齿不中用了。”平儿道：“姥姥，你今年是七十几了？”刘姥姥道：“我今年七十九了，再过两个月就是八十岁了。”平儿笑道：“明年来给姥姥拜寿。”刘姥姥笑道：“那里还敢惊动姑奶奶呢？我那里又没什么钱，又不成个地方儿，要是事体宽裕，有几间好房子，我早就要来请姑奶奶的。”平儿笑道：“我那年到你那里去过的，这有何妨呢？明儿我们姑娘，少不得也是要给你磕头去的。我们一起儿都是要来的，你也不必费什么事，就是家常弄个一两样菜，我们大家来吃个寿面就是了。”刘姥姥笑道：“这个容易，只是怕亵渎了姑奶奶呢。”说着，贾琏进来，刘姥姥、青儿便和巧姐往那边屋里去了。于是，大家归寝，暂且按下不题。

却说鲍二自从他老婆自缢之后，便娶了多混虫的老婆多姑娘为妻。后来因与周瑞的干儿子何三打架，被贾珍、贾琏打了，撵出在外，怀恨在心。便与何三勾通一起伙盗，偷去贾母上房金银不下三五千两。何三被包勇打死，鲍二复与伙盗用闷香、软梯盗去妙玉，闯出城去，惧人踩缉，便下海去了。妙玉不从，为众盗所杀。这一起群盗，复又遇着官兵，被杀死了十余个，只剩下鲍二三四个人在沿海的地方潜住。鲍二惧人踩缉，便不敢回家。他老婆多姑娘一人在家，也知道这事。他却亏了生的人物儿俊俏，轻浪风流，常时有人在他屋里走动，便巴不得鲍二永不回来才好。那傻大舅与王仁素常在荣府见过，都知道的，便常到他屋里来喝酒。多姑娘又会唱几个曲儿。傻大舅与王仁仗着是荣府内亲——外人那里知道他近年都不能进门去了——只说他的势派大，不敢怎么样他，以致二人便在那里公然轮流住宿。

这一天，王仁在那里歇，因和多姑娘说道："鲍老二是未必回来了，你一个少年女人在家又没亲族，我们虽然常来到底不是常法，须要打量个长远道理出来才好。"多姑娘道："要好，须是我便嫁了你们那个去，只是你们都有妻小，也未必能娶我呢。"王仁道："我前儿听见锦香院云儿那里，去了两个媳妇，现在要找人呢。我想你要是到那里去了，那些媳妇儿没那一个比的你上呢，谁有你这个人物儿风流，任是什么子弟近了你的身，他就酥麻了，勾住了人家的魂，还怕他不花么？你去到那里，要不成了锦香院的花魁也就算不得。而且，我们一样还得常来。你便多聚攒下几个钱儿来，过几年工夫再拣个合式的人嫁了他去，倒是个好主意呢。"多姑娘道："我不成自己卖给他去么？"王仁道："谁说卖呢，你给他做伙计去，有了生意你和他对分，譬如五两银子一夜，你得二两五钱，他得二两五钱就是了。一年的工夫就可以分得五六百两银子呢。男人家在人家做伙计的，任什么行业都没这个好手段能寻这些钱儿。你是这个手段儿好了去的原故，不要把这好手段儿埋没了，那就可惜了呢。"多姑娘笑道："我要去，也没这个门路呢。"王仁笑道："你果然要去，我明儿就和锦香院云儿说去，说妥了你得了好处，可要谢我呢。"多姑娘笑道："你要我怎么谢呢？"王仁道："随你怎么谢罢了。"多姑娘笑道："既这么着，你这会子就去罢。等我明儿到了那里，你来了再留你住，就算谢你了，好不好？"王仁道："只是这会子你教我那里去呢？你一个人睡么，怪冷清的，怎么样呢？"多姑娘笑道："你别管，我不怕。"王仁道："罢了，我去了。"说着，便站起身来，开门出去。多姑娘见了，又一把把他拉回来，把门关上了，笑道："罢了，今儿也迟了，可要说过的，我今儿不能谢你，要你谢我呢。”王仁笑道：“我特意的是要瞧你这个浪样儿呢，我们早些睡罢，我跪在你面前就是了，好不好？”多姑娘笑着脱衣，二人就寝。

次日，王仁会见傻大舅，便把这话对他说了。两个又计议了一番，便同到锦香院来，会了云儿，说明了是做对分的伙计。

次日便叫了辆车，把多姑娘送在锦香院来，家中所剩下的些家伙，便交与王仁、傻大舅两个收着。房屋本是租的，也就交还原主。王仁、傻大舅便把家伙两人分着卖了，又还要了云儿二十两银子，也是两人分用了。

多姑娘到了锦香院里，果然是车马填门，云儿甚是欢喜。

过了两个多月，王仁、傻大舅也去过几回，总逢有客不得空闲，所有几十两银子又已用完了。两人商议着便来瞧薛蟠。薛蟠会着，说道：“我们好些时没会了，你们这一向都到那里去来？”二人道：“我们成日家一点事儿也没有，总是闲逛也没一定的地方儿。”薛蟠道：“我也是天天闲逛呢，怎么就没碰见你们么？”王仁道：“你到锦香院去了没有？他那里新来了一个绝妙的媳妇儿呢。”薛蟠道：“我只知道他那里去了两个媳妇儿，这是几时添的？我可不知道。”王仁道：“这新来的有两个月了，叫多姑娘儿，十分俊俏，就是年纪大些，今年有二十六七岁了，现在是车马填门。”薛蟠道：“我倒不知道，明儿可要瞧瞧去呢。”傻大舅道：“何必明儿呢，就是这会子去罢了。”薛蟠道：“也好，咱们就一同去。”

说着，三人出了门，到了锦香院，云儿出来迎着。薛蟠道：“你们新来了个什么多姑娘儿，我竟不知道么？”云儿笑道：“你不到我这儿来，怎么得知道呢？我叫他出来就是了。”说着，多姑娘早出来了，换了一身艳丽衣服，越发显出风流俊俏来了。云儿道：“这是薛大爷。”多姑娘便走过来请安。薛蟠便一把拉了他的手，细看他两道弯眉，一双星眼，生成媚态十分，一见勾人魂魄，不禁哈哈大笑道：“果然名不虚传，你今年二十几岁了？”多姑娘笑道：“二十七岁了。”薛蟠道：“会些什么唱呢？”多姑娘笑道：“会的都是些小调儿，大曲儿还没学会呢。”薛蟠道：“大曲儿我不爱听，单喜的是小调儿。”云儿便取了琵琶过来弹着，多姑娘便唱了。

不知他唱了个什么，且听下回，便知分晓。

第二十二回　锦香院薛文起得妾　盐运司贾探春留亲

话说锦香院当下云儿取了琵琶过来弹着，多姑娘便唱了一个“马头调儿”，柔声娇媚，真是靡靡之音。薛蟠喜的拍手叫好，说着摆上了酒菜，薛蟠便拉了多姑娘坐在他手下，王仁、傻大舅对面坐了，云儿打横。喝酒中间，猜三豁五，闹了半天，又唱了十来个曲儿。掌上灯来，薛蟠已经半醉，王仁、傻大舅两个又还喝了一会子酒。薛蟠道：“我醉了，今儿是不能回去了。”王仁、傻大舅道：“天也不早了，你不回去，我们要走了，明儿会罢。”薛蟠便站起来，要送他两个。王仁、傻大舅拦住道：“你不用动，咱们弟兄家，还拘这些礼做什么呢？”薛蟠笑道：“这我就遵命。”说着，二人便去了。

薛蟠便到多姑娘房里，歇了一夜。他日里见了多姑娘，已就酥麻了半边。这一夜枕席的风流，便把魂灵都被他勾摄住了。

次日，便不想回去，一连住了三夜，两下十分恩爱。多姑娘也中意薛蟠，便把他的底里都告诉了薛蟠。薛蟠才知道他是贾府的家人媳妇，未嫁鲍二之先，就与贾琏有一手儿的，因向他说道：“我现在妻妾都死了，家里只有我们太太，并无别人。你若可以到我那里去做个姨娘，过两年养了儿子，我就把你扶了正，比在这里强多了。”多姑娘道：“我为的是一个孤身人，要嫁了人家去，不知道好歹，那时岂不后悔？故此权在这里，也是要寻个合式的人，便嫁他去。无奈这里来的人，总是有妻小的，便有年轻没娶过的，他又不能要我呢。难得你这么样凑巧的人儿，你便不娶我，我也是不放你的呢。”薛蟠道：“你在这里是没有身价的，也就不用赎了，只是你怎么出去呢？”

多姑娘笑道：“我又不是卖给他的，来去还怕不由我吗？我两个多月也算给他寻了两百银子了，我自己也分得了两百银子在这里呢。你要用，就拿去用罢。”薛蟠道：“我不等银子使，明儿短了的时候，再问你借。”多姑娘笑道：“借什么呢？我要用什么，可不都问你要么？你明儿还教王仁、傻大舅到这里来说说，多少给云儿几两银子。你那里便套了车来，到这里接了我去就是了。”二人商议定了。

次日一早，薛蟠便去找着了王仁、傻大舅，告诉了他们这一番话。二人道：“我们前儿特来告诉你，和你瞧去的。这会子，倒给你弄了这个巧宗儿去了。我们明儿要见他，就都不能见了。你可说过，怎么个谢我们？我们才说去呢。”薛蟠笑道：“我知道，总谢你们就是了。这会子，先把正事办了再说。”王仁、傻大舅道：“云儿那里，当初我们拿过他几两银子，这会子还要多给他点儿才说得去呢。”薛蟠道：“要给他多少呢？”傻大舅道：“至少也得五十两银子。”薛蟠道：“就给他五十两银子，任什么都有了。”王仁道：“那任什么都有了。”薛蟠道：“我兑了银子，便交给你，叫李祥套了车，同你们去把他的箱子东西都查点清了，一起带了来就是了。”二人便同到薛蟠家内，拿了银子。李祥套了车，二人坐上车到锦香院来，会了云儿说明白了，只拿出二十两银子来给了云儿，查点了箱笼物件，搬上车去。多姑娘便辞别了云儿，上车而去，车夫赶起车来。

不一时，早到薛蟠门口，李祥领着多姑娘下车进去，薛蟠已回过了薛姨妈。薛姨妈因见他妻妾都死了，也只好由他去罢。薛蟠便指与他道：“这就是太太。”多姑娘便向前磕了头，薛姨妈道：“叫臻儿带了他去，先见见蝌二奶奶，磕个头去。二爷等衙门里下来，再见罢。”薛蟠便叫臻儿带了过去，走了一趟回来，便到薛蟠屋里，箱子东西俱已搬进来了。奶子带了孝哥进来，薛蟠便向他道：“你添了个姨娘来了，你叫他声姨娘罢。”孝哥已是三岁了，便走到多姑娘面前来，叫了一声“姨娘”。多姑娘笑着连忙抱起他来道：“哥儿好乖呀！”

是晚，薛蟠屋里也摆了桌酒席。薛蟠便叫把孝哥儿也带着坐了玩儿，喝完了酒，吃过了饭，奶子方把孝哥儿带了过去。这里二人关门就寝。薛蟠由此每日在家，都不到外边去闲游浪荡去了。

过了月余，王仁、傻大舅把三十两银子早已使完了，便来找薛蟠。一见了面便说道：“薛大哥是不出门了，成日家看着，也该看厌了呢，就这么离不得么？你通共使了五十两银子，多姑娘倒带了二百多银子过来，你反落了一百几十两银子，又白得了个人。若不亏我们两个人，你怎么得有这么便宜的事？常言说的好，‘不因渔父引，怎得见波涛’。你该怎么谢我们呢？”

薛蟠笑道：“我前儿才知道，你们还收着他多少家伙呢，这个就算谢了你们罢了。”王仁道：“那些破烂家伙，还值什么钱么？他若要使，就叫他来搬罢了，我们也没处放呢。这东西，况且还是他的，也算不了你的谢啊！”薛蟠道：“依你，便怎么样呢？”傻大舅道：“也没什么依不依，只算我们两个人来问你借几两银子使一使，也不下数儿，只要你酌量着就是了。”

薛蟠料想不能推托，便在里头拿了四十两银子出来，道：“你们两个人，拿去分着使罢。”王仁道：“四十两银子，还是我们两个人分呢，只怕太少了些罢。”傻大舅道：“你不用累赘了，咱们且把这银子拿了，使着再说罢了。”说着，他便把银子揣在怀里，拉了王仁便走。薛蟠道：“忙什么，在我这里吃了饭去罢了。”傻大舅道：“咱们还有事去呢，明儿再来扰罢。”薛蟠便送了他二人出去。

这王仁、傻大舅拿了这四十两银子去，非赌即嫖，不过十来天就完了，依旧又来找薛蟠。薛蟠道：“你们前儿拿了四十两银子去，我就算谢了你们了,怎么今儿又来说这话呢?”王仁道:“我前儿原没应承,是他说且拿去使着再说的。薛大哥,你这件便宜事,在那里去找呢,难道只值这几两银子吗?你看的太贱了。”薛蟠道:“依你说,要多少才够呢?”傻大舅道:“也别提多少的话,你只见谅着找出多少来就是了。”薛蟠道:“既这么着,我再找出二十两银子来,你们可有什么话说了?”王仁道:“就是二十两罢了,我们又不卖什么吗,那里还这么添添饶饶的呢?”于是,薛蟠又给了他二十两银子。

这二人拿去,花不上十来天,又依旧完了,复来找薛蟠。薛蟠便变色道:“这是什么话呢?银子不是大水淌来的。”王仁道:“你通共给了我们六十两银子,连头里五十两,合共使了百十两银子。多姑娘倒带了二百多银子来,你一个钱儿还没费呢?我们今儿来,不向你开口,只问多姑娘借几两银子使使。”薛蟠道:“他既嫁了我,就是我的了。我不借,还由得我呢。”王仁道:“借不借,只问心就是了。”薛蟠道:“问心?我这个心很问得过去了。凭你怎么说,我打定主意一个钱儿也没得借。”傻大舅道:“我们只问多姑娘借。”因向李祥说道:“你去把多姑娘请出来,咱们当面说就是了。”李祥答应着,却不进去。薛蟠没法,只得又给了他十两银子,二人才去了。

薛蟠回到自己屋里,气的骂了一会子。多姑娘已知道原故,因道:“他们把银子看的容易了,只怕过几天还要来呢。”薛蟠道:“这两个混账东西,荣府里久已不许他们上门了。他明儿若要再来,便教人打这两个混账东西。”多姑娘道:“不是打的事情,便打他一顿,也不是了局。依我说,你倒是到那里去避他些日子。他若来了,你不在家,他也没法儿。他怎能够进来找我么?二爷要在家,请二爷出去申饬他一顿。他要混说,教人拴起他来送到衙门里去,这才得了结呢。”薛蟠笑道:“倒还是你有些主意,只是我到那里去呢?”多姑娘道:“地方大的很呢,你也不限定是躲避他啊,就可以带上几两银子,做个买卖去,三五个月再回来。况且,你左右闲在家里也不是事。”薛蟠道:“这也说的是。”因便去回了薛姨妈。

薛姨妈道："你两回出门做买卖，都闹出事来。你这会子又要出门做买卖去，我劝你竟很不必了。"薛蟠道："经一番，长一智。这回出门还像头里吗？我们家里近来很费撑持，还不趁着这会子出去巴结出点儿好处来吗？"薛姨妈道："你说的总好听呢，既这么着，你还是找张德辉和他商量商量，要去也还是同他去才好呢。"

薛蟠答应了，便找着了张德辉，和他商量停当，凑了一千两银子，办了两千银子货物，那一半许在半年内归还，收拾了行李，叫了牲口，往淮扬一带发卖。因周姑爷现做扬州盐运司，到了扬州便有照应了。于是，料理了四五日，诸事齐备，便辞别了家中众人，向南长行去了。

去不五六日，王仁、傻大舅果然又来了。家人回说："大爷出门到扬州去了。"二人不信，便要请多姑娘出来。家人回说："大爷不在家，不能去请。"二人不依，便说："你们大爷，怎么躲在里头不会我们吗？"正在发话，恰值薛蝌这日未上衙门，便出来申饬了一顿说："什么人大胆，在这里混闹，这还了得吗？教人拴起他来，拿帖子送到兵马司去。"这两个人听见，才吓慌跑了。

再说鲍二已经四五年未回家来，想谅缉捕的也不十分严密了，又记念老婆在家不知怎么样了，便约会了他们同事的两个人，一起回来。那两个人也是要到京城有事的。三人一路，不则一天，早到了京城，捱到傍晚掌灯时分，进了城，找个饭店歇了。鲍二和那两人走到自家门口，见门已锁了。鲍二惊疑，便叫同来的人，去问两旁邻居，只说是来找鲍二的。鲍二便在巷外等他。那二人走去问了回来，便同到饭店中来，那二人道："我才刚儿问那邻居找鲍老二，他回说鲍老二他去了四五年了，音信全无。他媳妇都嫁了人去了。"鲍二道："明儿再细细儿的访问，才明白呢。"

到了次日，访着是嫁了薛蟠做妾。隔了一日，又在薛蟠门口，来打听虚实，才知道是薛蟠娶了多姑娘做妾，娶过去两个月，薛蟠便带了三千银子出门，往淮扬一带做买卖去了，半年方才回来，已经去了两个月了。鲍二便和那两个人商量,要想弄个软梯,进去把他老婆弄出来。那两个人道:“这事来不得。听见说,他家里的人,现在户部做官儿,家里有坐更守夜的。咱们又不认得人,路径又生,你便同了去,只认得人,路径也不熟,别要像上回的何老三了。既是你知道他往扬州去的路径,又知道他来回的日期,况且你又认得他,咱们不如拣个地方儿去等着他罢,倒是个好主意呢。”鲍二道:“你这话很好。你们明儿把事办完了,咱们就出城去再议。”暂且按下不表。

再说湘莲、宝玉在酆都城隍府中住了三天,便辞别了众人回来。二人过了阴阳界,向南而行,走了有二三十里,到了三岔路口,不知那条是路。二人正在猜疑,忽见茫茫大士、渺渺真人在那里招手儿叫他,二人大喜,便跟了上前。走了两个时辰,早到了大荒山下。少顷进了茅屋,湘、宝二人便告禀到酆都之事。大士、真人道:“你们不说,我们已尽知道了。”因道:“这是冥中之事,你们都见过知道了。那芙蓉城中,你们只略知大概,不知细微。”

因便告诉他二人,自元妃、迎春、黛玉、妙玉、凤姐、鸳鸯、香菱、可卿、尤二姐、尤三姐以及晴雯、金钏、瑞珠等人始末原由,并现在各事迹,细细儿的说了一番。湘、宝二人道:“请问师父,现在世间一切人物因缘,毕竟又是如何光景呢?”大士、真人笑道:“我正要告诉你们现在世间的一切因缘呢。”因把宝钗、平儿、李纨、李纹、李绮、邢岫烟、湘云、探春、惜春、宝琴、秋芳、袭人、小红、椿龄、鹤仙、多姑娘以及薛蟠、薛蝌、甄宝玉、周姑爷、贾蔷、贾芸等人各事情,细细的又说了一遍,便道:“你们二人歇息两天,就再下山去。先到平安州,是湘莲的事;后到紫檀堡,是宝玉的事。你们已知大概,到临行时,我们再授机宜便了。”暂且不题。

却说薛蟠和张德辉先到了淮安,把货物发出一半,等着归起了银子,便到扬州来。到了扬州,已经出门两月有余了,下在饭店内,问明了盐运司衙门。

到了次日,薛蟠换了衣服,带了贾政的书子,便到运司衙门。门上进去回了,便请薛蟠到内署相见,与周姑爷会谈了一会寒温以及来意,便取出贾政的书子递了过去。周姑爷看了,又问问京中的事情。探春在内听见贾政有书,也要问问家中之事,便请薛蟠到内宅相见。周姑爷陪了进去,见了探春,两下问好。探春请了薛姨妈的安,问问自己家中并薛蟠家内事情,以及薛蟠来此做什么买卖的话。薛蟠便一一的告诉了探春夫妇。周姑爷道:“薛大哥,你的行李等件,现在那里呢?请说明了地方儿,我就教人去都搬了来,到我这里住,我们这衙门里,屋子也还有几间,况且我也没什么事,我们大家朝夕谈谈也好。”薛蟠道:“我还有同伴的伙计,且还有货物都还没发出去呢,等事情清了,再来打搅罢。”周姑爷道:“还有多少银子货物没售出去呢?”薛蟠道:“在淮上已卖去一半,这会子还有一千银子的货。”周姑爷笑道:“这个容易,我明儿给你向三四个盐商家说一声,教他们给你分销了罢。你们伙计便还教他在饭店里住着等,单把你的行李搬进来,使得吗?”薛蟠忙笑着作了一个揖,道:“这就承情的了不得了。”周姑爷便打发人去,把薛蟠的行李搬进衙门,在书房住宿。

次日,便向四家盐商说了,把货物抬送了去分销了。

过了一日,薛蟠便出去会张德辉,大家无事,便出了天宁门,到天宁寺逛逛,叫了个游湖船,便一路到平山堂一带,小金山、三贤祠,并各家园子逛了一天。至晚回来,薛蟠便仍回到运司衙门里头。

又过了数日,忽然有信,周姑爷又升了江西布政司了。薛蟠知道,便道了喜。接着,各衙门俱来道喜。这销货的四家盐商,听见运司已升了,素常声名又好,不敢怠慢,便每家缴了五百两货价。周姑爷便点交给薛蟠查收,共银二千两。薛蟠大喜,又谢了一番。

周姑爷道:“我也不过三五天,等接印的人一到了,就要动身的,恕我不能多留了。”于是,又办了送行的酒席,写了给贾政的回书禀启,交给薛蟠。薛蟠便告辞出了衙门,仍到饭店和张德辉商量了,便在扬州又买了一千银子货物,带回家去发卖。又在梗子上,到戴春林家,自己买了好些香货,带回以备送人之用,因此又耽搁了几天,才动身回去。

到了淮安,还有几处找项未曾清楚,又住了几个日子,方才起行。

一路晓行夜住,自从出门以来,已经五月有余。一日,到了平安州,离家只有三百多里,时已昏黑,便投在坊子里住了。

当槽儿的照应着行李驮子,进去把牲口拴好,上了料。薛蟠和张德辉吃了晚饭,便打开铺盖睡了。当槽儿的等各客屋里都睡定了,便照了门户,关了大门,也就睡了。

到了三更时分,忽然大门有人冲的十分凶险,不知是什么事情,且等下回细表。

第二十三回　柳湘莲再力救薛蟠
花袭人重错认宝玉

话说平安州坊子里，三更时分，忽然大门有人撞的十分凶险。当槽儿的听见了，便问："是什么人？"连忙起来看时，只见门外有火把照亮，便吓慌了，忙道："不好了，有了强盗来了。"说着，大门外连劈带冲，大门早下来了，进来了四五个稍长大汉，手里明晃晃的刀子。当槽儿的吓的躲起来了。这一起人进了大门，直拥到里面，便把薛蟠的房门砍开，火把明亮，薛蟠正要起来穿衣不及，早被一人捺住，把刀在他脸上一晃道："小子，你的银子放在那里？说罢，你不说就杀了你。"薛蟠吓的乱抖，忙说道："只有一千银子的货物，要便拿了去罢，银子是没有。"旁边又有一人说道："小子，你一千银子货物，还有两千现银子呢？你说了，好多着呢。鲍老二，你放手叫他说。"只见那捺他的那人道："他不说，咱们就搜不着吗？小子，你说不说？"

那时张德辉刚穿了衣裳，不敢下来，在帐子里发抖，偷眼看时，只见那捺住薛蟠的人道："小子，你不说吗？罢了，你说了，是咱也要找你脑袋；你不说，咱也是要找你的脑袋的。"薛蟠已经吓昏了，不省人事。那人便举起刀来，对着薛蟠的脖子使劲儿的砍了下去。

说时迟，那时快，猛然门外又踊进来了一个人，手里拿着两把宝剑，左手一起，便从后面先挑掉了那个人的刀，落在地下；右手一剑,早把他的脑袋削下来,拖着身子便倒在地下了。

还有三个人见了,便举刀一齐都奔这使剑的人砍来。这个人虚晃了一剑,便退出门外。那三个齐赶出去,举刀便砍。这人左手一剑,便刺中先出来的一个人的咽喉,那人往后便倒,恰跌在那两个人的身上。这人趁势,右手一剑,早砍中一个人的肩膀。两个人便都倒了,那一个慌了手脚,恰待要走,这人赶上又是一剑,也结果了他的性命。

那张德辉见人都出去了,便轻身下床来偷看,只见旁边还站着一个人,在那里哈哈大笑道:“杀的好,杀的好!”这使剑的人,便拿了火把,把大门外看了一看,回来道:“这几个瘟强盗都死了。”因把火把递给张德辉,教点起灯来,看看可有丢落什么东西没有。张德辉点上了灯,把这使剑的人细细的看了一看,上前作揖道:“尊驾是柳二爷么?”那人道:“我不知道什么柳二爷,我姓张。你们的东西也没有失落,这几个尸首,明早是要报官相验的,只说是你们自己杀的。我们还有要紧的事去呢,不能等待了。”说着,便和那个站着笑的人,一同出门去了。张德辉料想不能挽留,也只好由他去了。那当槽儿的也出来了,张德辉便问他,这两个人是什么人?那当槽儿的道:“这一个姓柳,那一个姓贾,昨儿晚上原说是四更天就要去的,房饭钱已经开发过了。”

张德辉便进屋去看薛蟠,只见薛蟠已吓得不省人事,连忙要了开水灌了下去,慢慢才苏醒过来,睁开眼睛,见了张德辉便问道:“这是什么地方?”张德辉道:“这是坊子里,你怎么忘了呢?”薛蟠道:“我死了没有?”张德辉道:“你好好儿的呢,那些强盗都被人杀了。”薛蟠听见,便爬起来穿上衣服。张德辉道:“你倒是躺躺儿罢,何必赶着起来呢?”薛蟠道:“不妨事。”说着,便下炕来,看见里外四个尸首,血迹满地,便伸着舌头道:“吓死我了,到底是谁杀的?这救我的人在那里呢?”张德辉便把才刚儿的事情,说了一遍道:“我问他是柳二爷么?他说姓张。他们去后,我问当槽儿的,他说一个

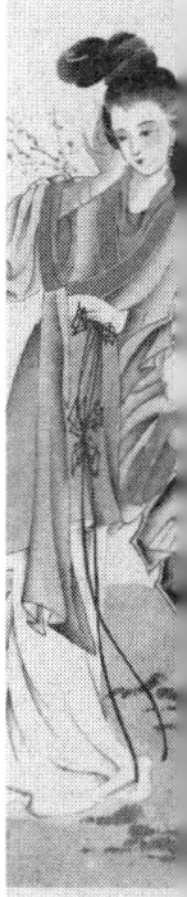

姓柳,一个姓贾。我那会子忙乱着,那里还辨得清楚。这会子细想着,就不错了。那姓贾的是宝二爷,那姓柳的是柳二爷了。”薛蟠听说,急的乱跳,便大哭起来,道:“我头里在道儿上,也是遇了强盗,亏柳二爷救了我。我们两个人结了生死的弟兄。后来他出了家去,我找了他几天,总找不着,我哭了好几场,这会子又是他来救了我。他从前救我还是无意的,今儿救我竟是有心的。宝二爷也是出了家的,原来他们倒在一块儿了。他们出家的人有什么事,怎么跑到这儿来做什么呢?可不是他们已经能够未卜先知,特意来的么?怎么我就昏死了,要不然怎肯当面错过。他们还稀罕我谢么,我还留得他们住么?到底也和他们会会,说说话儿,问问他呢?我该死了,我该死了!”说着,还咬牙切齿的跺脚。

张德辉道:“事已过了,不必急了。倒是瞧瞧这死的人,我听见那几个人叫那要杀你的人是鲍老二。这鲍二我却不认得,你且看看是不是?”薛蟠拿灯照看了一会道:“我认是认得鲍二,却隔了四五年没见了,这会子瞧着虽不真,估量着也是不错的,只听他们的话,也必定他了。头里荣府打死了何三的事情,那一起人必定就有这几个在里头。鲍二因此害怕踩缉,不敢回来,已是四五年了。想是近来私下回家,探听了消息来的。”张德辉道:“这总是在家门口访察定了来的,这会子报官也不提这认得的话,不必累赘了。”因把这四个人的刀,拿了一把蘸上些血,说是自己防身的刀,拿他杀的。

店主人和当槽儿的等天明了,便到衙门里报了。少时老爷下来验看,有劈破的大门,所遗下的火把、刀子为证,并同寓的客人都一样口供,检验了伤痕,比对了刀仗不错,便教地方抬去掩埋。余人无干,全行省释。薛蟠又耽搁了一天。次日,始和张德辉赶起骡驮,动身回去,暂且不题。

再说柳湘莲和宝玉救了薛蟠,便连夜离了平安州。次日到了京师城外,问着了紫檀堡,来到蒋玉函家敲门。里面小厮开门出来,看见宝玉二人,便道:“可是甄二爷么?”宝玉点头道:“你们主人在家么?”小厮道:“我们爷前儿回来了几天,昨儿又进城去了。”宝玉道:“我因上年在这里打搅了,还没来谢,今儿打从这里过,特来道谢的。你们爷既没在家,请你们奶奶出来罢。况且,你们奶奶头里都认得的。”小厮答应着,便进去了。不一时,捧出茶来道:“我们奶奶请爷的安,上年都简慢的很,这会子不敢当谢的话。”宝玉道:“我还当面有两句话说,请你们奶奶出来,略见一面就是了。”这小厮又复进去说了,袭人只得出来。

宝玉见了,站起身来作了一个揖道:“袭人姐姐,好些时没见了,上年借宿多蒙厚爱,时刻在心。今儿因和这个姓柳的朋友,出城有事,特来一见,有两把棋扇,也算不得谢意,聊表寸心罢了。”说着,便递了一个包儿过去。袭人接了,道:“上年都简亵了爷们,心里还很过不去。这会子反又多谢东西,我们家里又不在家,明儿等他回来,教他到府上来叩谢罢。”宝玉道:“我原打量送些银钱之物,也知道你不稀罕,这原算不得什么,不过略尽我的一点心儿罢了。我还和这个朋友有事去呢。”于是,又作了一个揖道:“我去了。”袭人送至檐外,宝玉回身道:“袭人姐姐,请进去罢。”说着,和湘莲二人,向袭人虾了一虾腰,便出去了。

袭人回到自己屋里,把包儿打开,见里面是两把湘妃竹的纸扇,随打开一把看时,见上面有字,都不大认的,只见后面像有“袭人”两个字的似的。因又打开那一把看时,见后面却没有“袭人”的字样,底下倒像有“贾宝玉”三个字的光景。因素常看惯了这几个字,故略有些认得。而且前面斗方,都有“贾宝玉”这三个字的样儿,因细细在心中想道:“甄宝玉怎么写贾宝玉呢?他一见了面,就作揖叫袭人姐姐。要是甄宝玉,前儿并没这样的称呼礼数。况且,又说是好些时没见了,及多蒙厚爱时刻在心,临了儿又说,略尽我的一点儿心的话。倒像不是甄宝玉,竟是贾宝玉呢。难道前儿拿甄宝玉认做贾宝玉,这会子又拿贾宝玉认作甄宝玉么?”心里越想越发疑惑起来，因叫小厮立刻到城里去请了蒋玉函回来，说有要紧的话说呢。

及至小厮回来，说爷没在城里，往通州去了，还得几天才得回来呢。

又隔了六七天，蒋玉函方才回来。袭人便细细儿的告诉了他这话，取出扇子来给他看。蒋玉函打开看时，只见上面写着的字都还认的。因念道：

前知渐识学参禅，记得偷窥离恨天。

说是优伶偏有福，谁知公子本无缘。

后面写着"书赠袭人姐拂暑，怡红院旧主人笔"。又打开那一把看时，只见上面写道是：

归杨归墨总无情，此日无颜可对卿。

记取卌年多福满，好来聚首在蓉城。

后面写着"书请宝钗姐姐鉴原，愚弟贾宝玉拜上"。

蒋玉函念完了，袭人道："怡红院旧主人，可不是贾宝玉么？那一把写着宝钗姐姐的，又是给奶奶的，这必是叫我转送去的。他不好明说，估量着上面写着名字，自然不得错的意思。明儿就要进府走一趟去才好，也要把这扇子上的诗，请奶奶说给我们听听，是些什么意思呢？"蒋玉函道："你说他同了个姓柳的朋友，那必定就是柳二爷了。可惜我偏偏儿的不在家，若在家里遇见了就认出来了。天下就有这么不凑巧的事，想来他们都得了道了，都能知道过去未来。甄二爷上年在这里借宿，他就能够知道，故托他的口气进来，使人无疑，又知道我不在家，人都不认得，可不是过去未来他都能知道了么。"袭人道："真正的话。罢了，上回把甄错认作贾，这回把贾又错认了甄，真是真假难辨了。"说着，便料理停当。次早便套了车，到荣府来了，暂且按下不题。

却说薛蟠回到家中，张德辉把货物发出，还了一千银子找项，除了一千银子本钱，净赚了一千六百两银子。薛蟠告诉薛姨妈说："这趟买卖也就算很好的了。只是我这性命又几乎送掉了，只当是在鬼门关又走了一趟来了。"因把探春留住，以及遇盗，又是柳湘莲救命的事情，细细说了一遍。薛姨妈道："总是你命里应该如此，不有此祸还必有他灾呢。这也就还算罢了。"薛蟠道："我也还得歇息歇息，再出门去罢。"因教人把探春的禀启送到荣府去，便接宝钗回来。

宝钗在王夫人处看了探春、周姑爷的禀启，知道又升到江西去了，便收拾套车回家。薛蟠便告诉了他，出外一路的始末缘由，因说："我那会子吓昏了，及自醒来，他们两个都去了。可见他们如今都算得了道了，要不然怎么预先就知道了，先在坊子里住着，把房饭钱都开发了，说四更天就要去的。他不是特意来等的吗？"宝钗笑道："杀人的时候，他倒在旁边大笑，可不还是那么傻气么？"薛蟠道："任是怎么傻气，杀人的事可是玩儿的么，他有个不怕的么，这可就见他不是个凡人了呢。"宝钗道："这么说起来，是和尚不是呢？"薛蟠道："我虽没见，我也问来，我们张德辉伙计说，都是有头发的，都是俗家打扮。他认定是宝二爷和柳二爷的。"宝钗道："头里我们家老爷，亲自看见是和尚呢。这会子，又是有头发的，只怕不是他罢？"薛蟠道："我们张德辉，是素常认得他的，怎么得错呢？"因又说起探春来，说了一会子，多姑娘出来向宝钗请了安。宝钗又到邢岫烟屋里，说了一会话。岫烟的女孩儿宛蓉，已是三岁了，便到宝钗面前来叫"姑妈"。宝钗便抱了他起来，和他说了一回玩话儿。说着，人来请吃饭，晚上便在薛姨妈屋里住了。

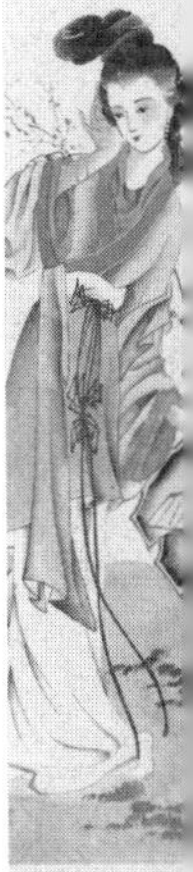

到了次日，梳洗才毕，便到岫烟屋里来闲坐。忽然那边焙茗家的套车来接，说袭人来了，请奶奶回去，说有话说呢。宝钗便上车回来，到了怡红院，袭人早迎了出来请安。宝钗进了屋里坐下，袭人便细细的把这话告诉了一遍，拿出两把扇子来，递与宝钗。

宝钗接了扇子道："我昨儿家去，是我哥哥回来了接我回去的，告诉我路上又遇了强盗,又是柳二爷救了他的性命。柳二爷和二爷在一块儿,柳二爷杀那些强盗的时候,二爷在旁边看看还哈哈的大笑呢。我问他是和尚不是呢?他说都是有头发的人,俗家的打扮。我说只怕他们认错了罢,他说他伙计自来认得他们的,怎么得错呢?这会子,你又是这么说,说起来这话,有几天了?"袭人道:"这有八九天了。我还是因上回错认了甄宝二爷的时候,后来想起二爷是出了家的,怎么得错认了人呢。昨儿二爷来了,说是甄宝二爷,我那里还疑惑是贾宝二爷呢?原来二爷并没出家做和尚的事。"宝钗道:"柳二爷和二爷救了我哥哥,必定就顺道同到你那里来的。想来总是在那一两天里头的事。"袭人道:"可不是,那柳二爷出家在先,二爷在后,他们两个人原来是在一块儿的。我们家里的说的,也是说他们是都得了道了。故此都能知道过去未来的事情了。奶奶且把这扇子打开,看看上头写的是些什么意思?"

宝钗随打开了一把看时,见上面写着"书赠袭人姐拂暑",又看了诗句,点了点头儿道:"他说你们是一定的姻缘,他早已就知道了的。不是你头里还告诉我换汗巾子的话么,我就说是,可见是一定的姻缘了。我是因你告诉了我,我才知道的。他是不要你告诉他,早就知道的了。"袭人道:"我记得,从前要学紫鹃跟四姑娘出家的时候,二爷就说我是不能享这个清福的。可见那时候二爷就有些知道后来的事情了。这把扇子是给我的,那一把是给奶奶的。奶奶也看看,是些什么话呢?"

宝钗又打开那把扇子,看了一遍,也点点头儿。袭人道:"奶奶也说说给我们听听呢。"宝钗道:"迟四十年之后,他说还会在一块儿呢。再过四十年,可不都要死了么,死了自然在阴间要会见的。"袭人道:"二爷是得了道的人,怎么还死呢?想必是四十年后,就来度奶奶成仙去的意思。"宝钗笑道:"我连阴间的话都不大信,何况是什么度了人成仙去的事呢?我最不信的是这些渺茫的话。"袭人道:"现在他们都能知道过去未来了么,怎么还说是渺茫的话呢!"

宝钗道："四姑娘他欢喜讲究这些话，且把这两把扇子拿给他看看去，看他怎么说？"

于是，同了袭人到了栊翠庵中，宝钗便把两把扇子递与惜春道："有两把诗扇，特来请教请教。"惜春接来，先打开袭人的扇子看了一遍，因想起花席的图画及"堪羡优伶有福，谁知公子无缘"的话来，因连连点头儿道："二哥哥他因偷窥，才得前知。我也偷窥过的，故也略知一二。看来总是一样的话，可见万事皆有一定的道理。"又把那一把打开，看了一遍道："我前儿不说过，二嫂子你有大福享在后呢。我今儿告诉你罢，二十年之内我就先到芙蓉城等你去了。四十年后，我们大家都在那里相聚就是了。"宝钗道："芙蓉城可就是酆都城不是？"惜春道："芙蓉城就是离恨天，那是仙境，怎么是阴司呢？"宝钗道："我记得诗上有'芙蓉城中花冥冥，谁其主者石与丁'，我看那总是文人的寓言，那里实在有这个地方呢？"惜春道："二嫂子，你既知道这诗，我就索性告诉你罢。二哥哥衔玉而生，名为宝玉，其实非玉，本质乃是补天之石。故'石与丁'之'石'，就是二哥哥的前身了。那'石与丁'之'丁'，就是柳湘莲的前身。故此二人，皆是芙蓉城主。这会子，功行未满，尚同在人间，将来功行圆满的时候，就都归还原处去了。"袭人道："怪不得二爷和柳二爷在一块儿呢，原来是都有根基，同在龙华会上的人哪！"

正说时，只见紫鹃在外打着帘子道："小兰大奶奶来了。"傅秋芳进来，先请了安，道："二婶娘也在这里么，袭人姐姐来了，怎么没到我那里坐坐去呢？"袭人道："我是才刚儿来的，还没过来请安呢。"宝钗便把袭人的话告诉了他一番，又把两把扇子拿与他看了。秋芳道："看来二叔叔得道，只怕是芙蓉城主罢。"惜春笑道："可不是呢，二嫂子，你这可信了么？"宝钗笑道："'子不语怪'，'子罕言命'，都是难以稽考的事。我是个愚钝的人，纵然信也不得十分真切。"秋芳道："二婶娘，你不见圣人尚知防风之骨、肃慎之矢、商羊萍实之类，又何尝不语怪呢？"

惜春笑道："你们不用说了，我们要下棋了。"宝钗笑道："你真是个棋癖了，我竟要做林和靖去了呢。"秋芳笑道："姑娘，二婶娘他笑我们是屎棋呢。"惜春也笑道："他说林和靖不能担粪与着棋。那林和靖他是自己不会下棋，故此才这么说；他要是会下棋的，又不这么说了。"紫鹃送上棋枰，二人对着下了半天，为了一个劫，秋芳的劫少，惜春的劫多，打到后来，秋芳没了劫了，惜春输了七个子儿。宝钗笑道："明儿再下罢，我们都要回去了。"于是，大家散了。

袭人便在宝钗屋里住了一夜，次日方才回去。未知后文如何，且待下回分解。

第二十四回　林如海升任转轮王
王熙凤归还太虚境

却说贾母在酆都城隍府中，自宝玉回去之后，一日大家都在面前，贾母便向林如海道："我有一件事要求姑老爷呢。前儿我们到地狱里去游玩，男狱里有我们本家子的一个孙子名叫贾瑞，女狱里有你二舅子屋里的一个妾，他娘家姓赵。他们两个人要求姑老爷施恩，求求阎王放他们脱生去罢。"林如海听见，诧异道："这两个人，小婿竟没见过，等我明儿查查册子，如果不是什么十恶大罪，也可以通融办得来的。"

贾珠听了，便也站起身来，向林如海笑道："侄儿也查出一宗公案：此女名唤张金哥，原许聘了崔守备的儿子为妻，因他父母逼他改字别人，此女不从，自缢而死；他丈夫崔子虚，闻知他妻子守节而亡，他也就循义而死，如今这一男一女俱在冥司。侄儿求姑老爷施恩，赐给花红，判为夫妇，以彰风化。"

贾母听见，就知是前日告状的女孩子，事情已经办妥当了，不禁大喜，说道："姑老爷，这样好事是我们做官的人应该做的。你大侄儿说的很是。"林如海笑道："这些旌善惩恶的事，原是我们衙门里的本等。我这几天很没闲工夫，就给大侄儿和冯书办商量着办去就是了。"贾珠笑道："冯书办他自家也有件事要求姑老爷施恩呢。"林如海笑道："他又有什么事求我呢？"贾珠道："姑老爷记不得冯书办生前是为买妾被人打死了的么?”林如海道:“是啊,这件事我到任后他还告过的,因查这凶手阳禄未尽,暂将此案悬搁。他如今求我的意思,是要怎么样呢?”贾珠躬身笑道:“打死冯书办的凶身,就是侄儿的表弟名叫薛蟠,是我姨妈的儿子。”林如海笑道:“哦,这个薛蟠就是薛姨太太的儿子么?嗐,听见你姑妈说,薛姨太太是个很好的人儿,怎么养了这么不肖的一个儿子呢?可惜!可惜!冯渊这如今到底要怎么样呢?”贾珠刚要说出夏金桂的话来,又觉碍口,只得便悄悄儿的把秦锺推了一下。秦锺站起来笑道:“冯书办如今又要买妾呢。”林如海拈须笑道:“他要买妾,只管尽他买罢了,难道还害怕有人来打死他么?”秦锺也笑道:“不是怕人打死了,只因上回发在青楼为妓的那个妇人夏金桂,原来就是薛蟠的妻子。这会子冯书办意欲买来作妾,要求姑老爷在册上除了他的名字就是了。”林如海道:“这么说起来,冯书办就不该啊,阎王已经许下给他结案,他怎么又图谋人家的妻子呢?”贾珠忙站起来笑道:“冯书办在先原不知道是薛蟠的妻子,前儿在望湖亭请侄儿游玩,将此妇唤来弹唱,也都不认得。后来是侄儿的兄弟宝玉,他们到了,才认得他本是薛蟠的媳妇。侄儿想他生前为妇不贞,薛家还要他作什么呢?况且,他与冯渊已经是生米做成熟饭的了。莫若求姑老爷就把此妇给了冯渊,禀明了阎王,以抵薛蟠偿命之罪,倒也两全其美。不知道姑老爷意下怎么样呢?”林如海便沉思了一会,“嗐”了一声道:“倒也罢了,只是可惜你们薛姨太太,既没养着好儿子,怎么又没娶着好媳妇呢?老太太可知道他生前怎么不好来?”贾母笑道:“我老了,在家也不大理会这些事。只听见他们说,这个媳妇子不大老成,蟠儿犯了官司陷在监里,他就受不过冷清,不知多早晚儿,又看上他小叔子了,亏了他兄弟薛蝌是个好的,不然早闹出事来了。姑老爷这一办理,很好。不但蟠儿减了罪名,冯书办也感激姑老爷的恩典呢!”林如海道:“这些事都不打紧,等我明儿到王府里去,当面禀求阎王就是了。”

于是，次日林如海便进了王府，将各事一一的禀求阎王，阎王不好意思驳回，一一都允准了。林如海回府便吩咐冯渊，把贾瑞、赵姨娘二人放去脱生。贾瑞发往京城周家投胎，与巧姐为子名唤瑞哥。赵姨娘发往江西布政司周衙投胎，与探春为女名唤照乘。又传了张金哥、崔子虚来，赐与金花羊酒判为夫妇。贾珠暗向贾母讨了三千两银子，与张金哥安家。又把夏金桂青楼册上除名，择吉与冯渊配合。

又过了几天，一日上帝有旨，林如海酆都城隍任满，着转升十殿转轮王之职。原来那十殿下原是胡判官署理。他自宋朝署到如今，已经五百多年了。林如海所遗城隍员缺，即着胡判官调补。贾母等听见了，都与林如海道喜。接着，阎王也和各王都来拜贺。林如海将任内经手事件，一切查办，交代清楚。因署内乏人，又回了阎王，将贾母、贾珠并冯渊、秦锺、崔子虚一同携眷随往，择吉上任。

进了王府，甚是热闹。午后，摆了几席家宴，叫了一班小戏儿。那唱旦的才得十二岁，拿着笏板上来请贾母点戏。贾母便点了《冥判》《阴告》《闯界》《冥升》四出。那小旦又到凤姐面前求赏戏，凤姐便点了一出《钟馗嫁妹》。开了锣鼓，唱的甚是精细，贾母与凤姐赏了八十串钱。

至晚席散，凤姐与鸳鸯向贾母道："姑老爷如今升了十王爷，还得好几年才得升转天曹呢。我们已来了好几个月了，各人皆有专司，未便久离职守，打量就要回转幻境去了，等过一两年再来请老太太的安。我们横竖是来过的，再来就是熟路，极容易的了。"贾母点头道："也罢了，我原为的是等姑老爷转了天曹，我们一起去的。这会子，既是还有几年，你们又都是事，就且回去，过两三年再来，也是一样。"于是，便向贾夫人说了，转告诉了林如海，摆了饯行酒席。凤姐、鸳鸯拜辞了贾母、贾夫人、贾珠等众人，便上车而去。

车走如飞，行到下午时分，早已望见太虚幻境芙蓉城淡红围墙了。不一时,已看见石头牌坊,只见几个黄巾力士过来查问,是那里来的,什么人?那御车的小太监道:“我们是送‘痴情’‘薄命’两司的主人回来的。”黄巾力士听见,便退了下去。说着,车已到了牌坊面前,凤姐、鸳鸯便都下了车来,早有仙女们看见,都跑去各处报信去了。

只见秦可卿、尤二姐、尤三姐、瑞珠儿路近先迎了出来,彼此请安问好。尤三姐道:“你们怎么到这会子才回来呢?昨儿警幻仙姑说,林老爷今升了十殿下,你们这两天该回来了。我今儿教仙女们在外边打听着些儿,才刚儿听见来报信了,我赶忙就出来了。”凤姐道:“老太太再三留着在那里不教回来,说要等姑老爷早晚转了天曹,好一起同来的。昨儿因为姑老爷升了十殿下了,还得几年才转天曹呢,故此我们才赶着辞别了回来的。”鸳鸯道:“通共要不得一天的工夫就回来了,也没什么难处。我向老太太说了,等明年有闲工夫,再去请安。一年去这么一趟也是极容易的事。”说着,只见警幻仙姑同妙玉也来了。凤姐、鸳鸯都上前彼此请安问好。凤姐道:“我们且到娘娘那里缴了旨,再来细谈罢。”于是,和鸳鸯进了赤霞宫,叩见了元妃,缴了旨。元妃问了些冥中之事,凤姐、鸳鸯一一回答了。元妃道:“你们都辛苦了,可到二姑娘那边歇息歇息去罢。”

于是,凤姐、鸳鸯便到迎春屋里来了,只见秦可卿等都在那里等候。才刚坐下,黛玉、香菱、晴雯、金钏也一齐来了。大家请安问好已毕,黛玉笑道:“诸公不弃,都请到我那里坐坐去罢。我今儿聊备一卮,特给凤姐姐、鸳鸯姐姐洗尘呢。”迎春道:“我这里也要给他们接风呢么,林妹妹,你改在明儿请罢。”黛玉道:“我为的人多,在我那里宽敞些。二姐姐既这么说,咱们公办也可以使得。”迎春道:“也罢了,很好。”于是,一同到了绛珠宫来。

警幻仙姑不肯坐席,说家里没人照应,便告辞回去。其余众人大家坐定,彼此谈了些别后事情。凤姐告诉他们说:“宝玉同柳湘莲到冥府见老太太来,在那里住了三天,就回青埂峰去了。他们都已修得了道，还得几年功夫就归还此处，我们大家相聚在一块儿的了。”因向尤三姐道：“柳二爷知道我们到冥府寻访老太太，他便同了宝玉特来给你相会的，谁知你倒先回来了。”尤三姐道：“咱们自来就是神交，那里在乎会不会呢。况且，终久是要聚在一块儿的。这会子，彼此俱脱离了凡情，那里还像头里怕有什么儿女私情了吗？”凤姐笑道：“到底是尤三妹妹给别人不同，说话都这么剪绝的有趣儿。就是宝玉，这会子也不像头里好么样了——他先是做了和尚的，如今又还了俗了。他都知道这里有名的人数，都一一的问我和鸳鸯来。他也并不惦记着谁，横竖没两年的工夫，总是要长久聚在一处的。他说我们各有专司，教我们早些回来呢。”

黛玉道：“你们去的那一年三十晚上，多谢宝姐姐他还寄书来给我，我想着要会他一面总不能够。你们既可以到得冥中，那阳世纵不能到，梦魂是可以通的了。”香菱道：“明儿请教警幻仙姑，若是梦魂可以来往，我也要回家去看看我那孩子怎么样了！”鸳鸯笑道：“你们家服毒死的奶奶夏金桂，这会子在冥中嫁了冯渊了。”香菱道：“这是怎么知道的呢？”凤姐笑道：“夏金桂在冥中罚入青楼为娼。这冯渊就是为娶你被薛大爷打死的，如今在姑老爷衙门里当总书办。那一天叫了夏金桂在望湖亭陪酒请珠大爷，后来遇见宝玉，他弟兄都不认得，及至秦锺来了，才知道是宝玉同柳二爷。宝玉认得夏金桂，夏金桂便躲了不肯出来。后来说明了原故，求了阎王把青楼册上夏金桂除了名，给冯渊作配了。”

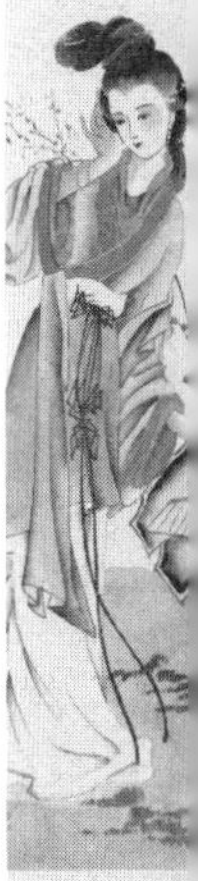

秦可卿道：“二婶娘，我兄弟还好么？听见说娶了馒头庵小姑子智能儿了。”凤姐道：“他倒还是那么样。他给宝玉、柳二爷他们自来相好。那一天，要不是他在那里，他们弟兄们会着了都不认得，还要错过了呢。”秦可卿道：“头里四姑娘到这里来的，他倒还认得我呢。我因还不是他来的时候，故此推托说他认错了。”凤姐道：“你怎不向他说明白了呢，倒推不认得他么？”妙玉道：“那是我引他来看这些册子的，他如今道力渐深，还有几年功夫，便同紫鹃一齐尸解来这里相聚了。”秦可卿道：“宝二叔头里到这里来过几次，我当面也是说不认得呢。总要到该来这里的时候，才是相聚。若是因缘未到，就不能相聚的。这就叫做‘须知亲近不相逢’了。”众人都点头儿道：“这话很是。”

说着，早已摆下两席酒筵，上首一席便请凤姐坐了，是妙玉、香菱、尤三姐、黛玉、瑞珠陪坐；下首一席请鸳鸯坐了，是尤二姐、迎春、秦可卿、金钏、晴雯陪坐。

酒过三巡，香菱道：“我们行个酒令儿玩罢，使得么？”黛玉道：“我有两副酒令骰子，今儿每席六个人，正合这酒令呢。”因教晴雯取出来，拿了两个骰盆过来。把一副西厢的，给那边使了。拿过这一副来，放在桌上。香菱拿起来看时，只见三颗骰子，每面皆有两个字，便问道：“这怎么使呢？”黛玉便拿起两颗骰子来，只留一颗在盆内，便教凤姐掷了，挨着下去。凤姐道：“你不说明白了，怎么教我掷呢？”黛玉笑道：“这是最公道的，你只管掷了。我对你说就是了。”于是，凤姐便拿起那颗骰子掷了下去，是个美人。下该香菱掷了，是个才子。尤三姐掷了，是武士。瑞珠掷了，是渔父。轮到黛玉掷了，又是美人，因道：“重了凤姐姐了。”复又掷了下去，是羽客。下该妙玉就不用掷了，是缁流。黛玉道：“这六个人就很称，武士除了尤三姐还有谁配呢？这一颗骰子就不用了，单用这两颗挨着掷就是了。这六个人，有六句本色，乃是：

才子瀛洲作赋。武士麟阁标名。

美人天台对镜。渔父桃源放舟。

羽客蓬莱游戏。缁流灵鹫谈经。

若掷出本色来了，大家公贺，各饮一杯，本人不饮。若掷出错综名色，酌量罚酒，数目不定。”

于是，该凤姐掷起。凤姐便拈起骰子掷了下去，大家看时，却是“灵鹫标名”。黛玉笑道：“美人到灵鹫，已是不该，又有何名可标呢？该罚五杯。”凤姐道：“我又认不得字，你可别要把当给我上呢。”香菱道：“二嫂子，你放心，林姑娘他并不欺人的。”于是，凤姐喝了五杯。

下该香菱掷了，却是“天台谈经”。黛玉道：“才子到天台原使得的，但不应谈经，罚两杯罢。”香菱道：“才子便谈谈经也不为过，怎么便要罚呢？”黛玉道：“但只是天台非谈经之处，故此也只罚两杯酒。”香菱喝了两杯。

下该尤三姐掷了，却是“麟阁对镜”。黛玉笑道：“武士应该麟阁标名，不应对镜，虽然算你是武士，到底还离不了美人的影儿，也罚两杯罢。”尤三姐笑道：“武士对镜，他是要在麟麒阁上图形呢，不罚也罢了。”黛玉道：“图形是别人图画，难道对镜自己图形么？”尤三姐笑着喝了两杯。

下该瑞珠，拈起骰子掷了下去。黛玉笑道：“好啊，掷出本色来了。”大家看时，却是“桃源放舟”。于是众人公贺了一杯。

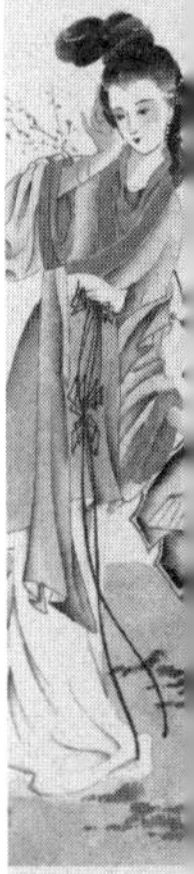

下该黛玉，拈起骰子来笑道：“我也掷个本色才好呢。”说着，掷了下去，却是“瀛洲游戏”，因道：“虽非本色，却可以免罚的。”大家都道：“你并没掷出本色来，怎不罚酒呢？这就是徇私了。”黛玉笑道：“我是羽客，本色是蓬莱游戏，那瀛洲离蓬莱不远，总是一样的仙境，有什么不合呢？我也不要你们公贺我，我也不该罚酒。”众人道：“我们这回也像这样的掷出来，就也不罚了？”黛玉道：“只要合理，就免罚的。”

于是，下该妙玉，掷了下去，却是“天台对镜”。黛玉笑道：“缁流不应到天台，更不应对镜，该罚五杯，还便宜了你。”妙玉笑道：“我这缁流只算尼僧，对镜也不为大过，罚的未免太重了呢。”黛玉道：“尼僧也不应对镜，况且缁流犯了美人的本色，应该大罚的。”妙玉只得饮了五杯。

又该凤姐了，掷了下去，却是“蓬莱游戏”。香菱道：“美人到蓬莱游戏，这该没了什么过犯了？”黛玉道：“这也可以免罚的，你掷罢。”香菱拈起骰子掷了下去，看时却是“蓬莱对镜”，因道：“这也没了什么罚罢?"黛玉道:"蓬莱可以到得,但不应对镜,罚两杯罢。"香菱饮了两杯。下该尤三姐掷了,却是"瀛洲标名"。黛玉道:"若是才子掷出来,倒可以免罚的。你是武士便不合了,也罚两杯罢。"下该瑞珠,掷了个"瀛洲作赋"出来。黛玉道:"渔父到瀛洲还庶乎可以,但不应作起赋来,要罚三杯。"瑞珠饮了三杯。下该黛玉,掷了下去,不禁笑道:"这可要罚了。"大家看时,却是"麟阁谈经"。黛玉道:"麟阁非谈经之处,要罚三杯了。"香菱道:"羽客非谈经之人,只怕还不止罚三杯呢?"黛玉道:"缁流谈经,羽客又何尝不可谈经么?罚的是麟阁三杯,连罚两杯就可以的了,我是克己倒情愿罚了三杯,还有什么说呢?"下该妙玉掷了,却是"灵鹫谈经"。黛玉道:"好,又遇本色。"大家公贺了一杯。

那边鸳鸯席上,只有迎春明白此令。先是鸳鸯起,掷的是杜将军。次该迎春,掷的是老夫人。下该秦可卿,是崔莺莺。金钏是老和尚。晴雯是小红娘。尤二姐是张君瑞。先掷定了人目,那两颗骰子要掷出六句本色,乃是:

张君瑞回廊操琴。老和尚僧房念经。

杜将军萧寺灭寇。老夫人中堂赖婚。

崔莺莺花园烧香。小红娘西厢寄柬。

未知这六个人怎么个掷法,且听下回分解。

第二十五回　贾探春荣归宁父母　薛宝钗雪夜拟诗题

话说当下鸳鸯席上，先是鸳鸯掷了个“花园念经”出来。迎春便笑道：“杜将军不是念经之人，花园又不是念经之地，该罚三大杯。”鸳鸯笑道：“将军就不可以念经的么？放下屠刀还立地成佛呢么！”迎春道：“才掷起不要讲究，你喝了，好让下家掷的。”于是，鸳鸯喝了三杯。

下该迎春，掷的是“西厢烧香”，因道：“老夫人原可以烧香，但西厢不是烧香之地，我罚两杯就是了。”

下该秦可卿，掷的是“僧房寄柬”。迎春道：“崔莺莺不是寄柬之人，僧房寄柬更大不该了，要罚五大杯。”尤二姐笑道：“莺莺都跑到僧房里去寄柬，真不成个莺莺了，五杯还罚的少呢！”秦可卿喝了五杯。

下该金钏，掷的是“僧房念经”。迎春道：“你是老和尚，啊！掷出本色来了。”大家公贺了一杯。

下该晴雯，掷的是“西厢操琴”。迎春道：“操琴不是红娘的事，罚两杯罢。”

下该尤二姐，掷了个“萧寺赖婚”。迎春笑道：“赖婚是老夫人，怎么张君瑞倒自己赖婚来么？要罚三杯。”

下又该鸳鸯，掷了个“僧房灭寇”。迎春道：“僧房到底与萧寺有别，只罚一杯罢。”

下又该迎春，掷了个“中堂操琴“，因道：“我再罚两杯罢。”

下又该秦可卿，掷了个“花园烧香”。迎春道：“这回掷了个本色出来了。”秦可卿笑道：“我先一个人喝了五杯，这会子你们五个人只喝五杯，还是我不上算呢。”

下该金钏，掷了个“花园灭寇”。迎春笑道：“花园不是灭寇之地，老和尚又不是灭寇之人，罚三杯罢，还便宜了你呢！”

下该晴雯，掷了个“僧房赖婚”。迎春笑道：“红娘不是赖婚的人，况在僧房里，越发大不合了，也要罚五杯呢！”晴雯笑道：“小蓉大奶奶他做莺莺，偏生我又做红娘。总是不该做这两个人的好，做了这两个人就罚的酒多了。”迎春道：“‘老和尚花园寄柬’，也是要罚五杯的。掷的好，就罚的少了。”晴雯喝了五杯。

下该尤二姐，掷了个“西厢操琴“。迎春道：“这个就好了，虽然不是本色，却不罚酒呢。”

说着，只听那边席上，一齐喧笑起来。迎春忙问：“你们那边怎么了？”香菱道：“琏二嫂子他掷了个‘美人灵鹫放舟’。那美人不是放舟的人，灵鹫又不是放舟之地，况且，美人也不应到灵鹫去，该罚五杯酒。他说连地府里他都去过了，为什么灵鹫就去不得呢？他要往那里去，不走旱道儿，叫个船去有什么使不得呢？林姑娘说灵鹫是山名，那山上怎么行船啊？这一句把琏二嫂子问住了，所以我们都笑起来了。你们这边倒没人赖呢！”迎春道：“也有人要赖呢，理上说不过去，就赖不成了。”因道：“酒也够了，大家吃饭罢。”

于是，都吃了饭，瀨口已毕，散坐吃茶。大家又说了一会闲话，鸳鸯、秦可卿、瑞珠三人归到“痴情司”住去，凤姐、尤二姐、尤三姐三人归到“薄命司”住去，妙玉还到警幻宫里住去，迎春还回赤霞宫住去，香菱、黛玉、晴雯、金钏仍在绛珠宫住，暂且不题。

却说探春在江西布政司署内，生了一女取名照乘。这边巧姐生了一子名唤瑞哥。两个恰是一天生的。其年贾兰也生了一子取名祥哥，邢岫烟也生了一子名唤顺哥，薛宝琴也生了一子名唤春林。贾琮娶了平原侯之孙、世袭二等男蒋子宁之女为妻，还在贾赦那边居住。甄宝玉升了翰林院侍读学士。贾兰升了邢部员外郎。

这年乡试发榜，贾蓝中了第九十六名举人，李婶娘子中了第一百二十三名举人，两处皆有报子到来。

贾蓝迎了举回来，先到宗祠内磕了头，然后到荣宁两府拜了众人，又磕头，定然请了贾琏、贾环、贾蓉并平儿等家去。

他家里内外也摆了几席酒筵，乃是贾琮、贾蔷、贾芸、贾芹、贾菌并各亲友等人，热闹了一天。平儿等至晚方回。

一日，贾兰下了衙门回来，便来回贾政、王夫人道："今儿衙门里有信，三姑老爷内升了刑部侍郎了，大约不过三四十天，就可以到京了。"贾政道："周姑爷的官运就很好，通共几年的工夫，倒升了侍郎了。"王夫人道："可怜三姑娘，自从嫁出门去，多在外少在家。这会子，又快回来了。明儿还是内升罢，不做外任就好了。"贾政道："做官是在皇上的意思，这说不定的，明儿再放了督抚呢，能够不出去吗？探丫头虽然这么样，到底是他的福命好，还有什么说呢，你都不知道为国忘家吗？"于是，家中总盼望着探春回来。

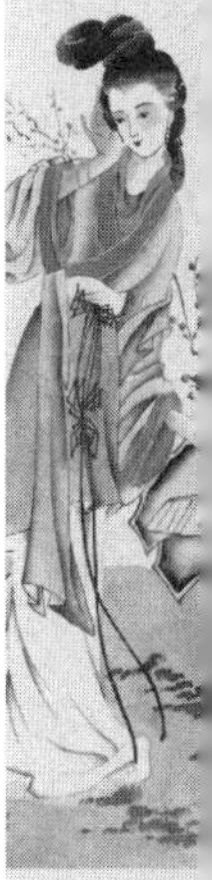

瞬息光阴，早到了十一月初间。这日午后，周姑爷到了家中。

次早陛见之后，便拜了本部同寅，然后到贾府拜见贾政、王夫人等，谈了半天别后事情，留了晚饭方回。

次日，贾政等回看贺喜，并接探春回家。

又过了一日，探春方才回来，先见了王夫人请了安，然后与众人相见。傅秋芳也来拜见磕头，探春忙拉住了，随教取出一对金花，一套刻丝尺头答贺侄媳。傅秋芳过来谢了。奶子抱了妞儿照乘过来，王夫人问道："他是七月几时养的？"探春道："是七月初一日养的，这会子四个月了。"平儿道："这不同巧姑娘的瑞哥儿，是一天生日了么。他是早上养的，姑奶奶是什么时候生的呢？"探春道：

“是辰时。”平儿道：“这也差不多的时候儿。我们小兰大奶奶也养了一个哥儿了。明儿这些亲戚家的人都来齐了，哥儿、姐儿有十四五个了，做个‘孩子会儿’倒有趣儿呢。”说着，桂哥、蕙哥、松哥都来了，一齐跪了给探春请安。探春笑着，连忙拉起他们来，道：“好孩子，一个赛似一个儿的，都很好。”奶子又抱了祥哥儿来了，探春便抱了祥哥儿过来，又说：“桂哥儿都长了恁么长了，他们都是四岁的了，松哥儿小一岁呢。我倒去了三年了，日子也快的很呢。”

王夫人因探春又去了几年才得回来，要留住到年才许回去，便搬在园子里怡红院，与宝钗同住。晚上探春说起：“去年薛大哥在扬州运司衙门，带了老爷书来，我问问他才知道些家里的事情，留薛大哥住了没几天，恰恰又升了，要往江西去了，就不能多留，赶着写了这里的禀启，就料理要动身了。”宝钗道：“我哥哥回来说，多谢妹妹、妹夫的情义是了不得的，又给他脱销了货，又多赚了钱，又省了力。他还没知道妹妹回来呢，我明儿教他到府上去道谢。”探春道：“亲戚家，这算什么了，又值得道谢。”宝钗道：“谁稀罕谢吗？不过各尽一点儿心罢了。我哥哥回来的时候，离家没两三天路，路上又闹出个大乱儿来，性命又几乎送掉了呢！”探春道：“那是怎么着了？我看薛大哥近来比头里好了许多了。”宝钗道：“这回虽然不像上回是他胡闹，闹出大祸来，到底也还是他自己不好的缘故。他未出门之先，把这里头的家人鲍二复娶的女人多姑娘，弄了家去做小。这鲍二因头里撵了出去，便勾合了周瑞的干儿子，约了一起强盗，趁老太太出殡的时候，弄了上房多少东西去。周瑞的干儿子被包勇打死了，报官缉捕，这鲍二虽没露出赃证，却惧祸逃了好几年了。所以他女人流落为娼，我哥哥是在锦香院里娶来的。想必这鲍二又私下回来了，因不见了他女人，察访出来是在我哥哥家里，又打听实了我哥哥在外做买卖的路径，故此又约了几个强盗，在路上坊子里劈门进去。那伙人叫出鲍二的名字来，他拿刀就要杀我哥哥。那时亏了坊子里柳二爷在那里，他把这几个强盗都杀了，才

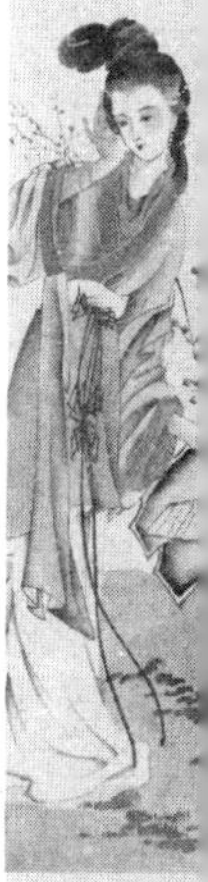

救了我哥哥。柳二爷是和你二哥哥一起来的，你二哥哥还在旁边看着傻笑呢！”

探春道：“这么说，薛大哥会见二哥哥的了！”宝钗道：“那时我哥哥都吓死了。我们张伙计出来，他原认得他们两个人的，便与柳二爷作揖；那柳二爷他说并不姓柳，我们还有事去呢，赶忙就和你二哥哥连夜走了。我们张伙计不能强留。及至我哥哥醒了，他们都去了好远了，急的我哥哥跳脚大哭了一场——这是他回来告诉我的。”探春道：“我记得薛大哥头里在路上也听见是遇了强盗，亏了柳二爷救的。后来柳二爷因尤三姑娘抹了脖子就出家去了。原来我二哥哥出家，也是和他在一块儿的。这会子又是他来救了薛大哥，虽然是他们生死有缘，这么看起来，他们竟有些道理呢。若论出家人就不该杀人，二哥哥在旁边傻笑，也不是出家人的行为。况且，出家人怎不在庵观寺院里住，反到坊子里来歇宿，杀人之后又连夜走了，这可不是事非无因么！”宝钗道：“我也曾问来，都说是俗家打扮并非僧道呢。我听见了我哥哥告诉了我这一番话，第二天袭人便回来了，他上年错把甄宝二爷认作你二哥哥，那甄宝二爷是因赶不进城，又值下雪，在他那里借住的。后来他想起你二哥哥是做了和尚的，怎么错认了人呢？他也回来告诉过我的。不想前儿，甄宝二爷又同了个姓柳的到他那里去，说上年给他那里借宿，今儿特来道谢的，送了袭人两把扇子。袭人便拿来给我看，原来这甄宝二爷，又是你二哥哥了，袭人又错认了。你二哥哥和柳二爷是救了我哥哥，就同到袭人家去的，总是在那一两天里头的事。那两把扇子，一把是给袭人的，一把是给我的。”

因叫紫云把扇子取来，道：“三妹妹，你是个明白人，看看这扇子评论评论。”探春打开扇子，细细看了一遍，道：“他说‘归杨归墨总无情’，可见非僧非道了，或是从前做过僧道，这会子并非僧道了。‘此日无颜可对卿’这句，还只算是谦语，看他这些行为，与先前大不相同了。士隔三日，尚且当刮目以相待，何况他已出去了好几年了，皇上恩典已封了他文妙真人。这会子是真人不露相，并非无颜可对呢。姐姐享尽了四十年之福，便同归仙境，谅来也不是假话。太太为二哥哥出了家，也不知哭了多少。你该把这扇子送给老爷、太太看看去，也教老人家喜欢喜欢。"宝钗道："我怕招得太太又伤起心来，我并没去告诉过。况且，我也总还不大信。"探春道："头里乱纷纷的各处找寻，我原说过是不中用的。这会子揆情度理，却与头里竟大不相同了。我才听见救薛大哥这一番，就说事非无因，再把袭人的事一想，更可知了。"宝钗道："我前儿把扇子给四妹妹看了，他还说的奇怪呢。并且泄漏天机，还凿凿可据呢。你明儿问他，便知道了。"探春道："我才刚儿也没和他大说什么，看他还是那么样么?"宝钗道："我却也不知道什么，听见说他的道力很进了呢。"探春道："我明儿到他那里谈谈去，就试试他的学问怎么样?"说着，收拾归寝。

到了次日，探春便和宝钗到栊翠庵中来，与惜春谈了一会宝玉的事情，又说了一会闲话。因抬头看见傅秋芳画的《天女散花图》，因道："这幅画是和宝姐姐那里的《移居图》一起画的么？这小兰大奶奶的笔墨，竟比四妹妹的高些呢。"惜春道："我因为画的学而不成，就总不画了。他比我的画高多着呢。"宝钗道："小兰大奶奶他倒喜欢讲究画呢，连他的丫头秋水都会画的，并且诗也做的很好，我前儿也看见过他几首。"探春道："自从林姐姐死了，史大妹妹他们都去了，就总不兴头了。想起从前做诗起社来，那还是我起的头儿呢。咱们明儿把史大妹妹接了来，横竖他也是一个人在家里纳闷，倒还是在这里来散散儿的好呢。等他来了，我再领个头儿起社好不好?"宝钗笑道："三妹妹，你倒还这么兴头，便是史大妹妹来了，也没几个人呢。不如把我们二嫂子邢妹妹索性也请了来，到底人多些。"探春道："那更好了，四妹妹明儿也要算你一个人呢。"惜春摇头道："我的诗自来不济，就和画是一样的，诗画总不讲了久矣，把笔砚都焚弃了，只有个棋还丢不掉，或者还可以下一两盘就是了。”宝钗笑道：“小兰大奶奶他除作诗画画之外，无事就是到这里来对着，他倒是时常来的呢。”

于是，探春便来向王夫人说了，教人到两处去接。王夫人道：“往常老太太在日，年年这时候请人作‘消寒会’，自从老太太不在了，就总没做过。咱们明儿也做个‘消寒会’，索性把巧姑娘也接了来玩几天儿。巧姑娘也会念书写字儿的，我听见说他很聪明，想谅也会作诗罢。”探春道：“正为人少呢，有巧姑娘来更好了。”于是，打发人到各处去接，俱回说明日早来。

这晚彤云密布，北风凛冽，早纷纷的下起大雪来了。探春向宝钗道：“可记得那年子下雪，在芦雪亭联句了么？”宝钗道：“怎么不记得，那时候云妹妹他们还自己烧鹿肉吃，平儿姐姐还不见了一只金镯子呢。”探春道：“倒是下雪儿有趣呢。明儿就以咏雪为题。”宝钗道：“单咏雪，题目太泛了，就不得有什么好诗呢。”探春道：“也像上回菊花诗，分出次序来，也拟他十二个题目，即如：看雪、踏雪、卧雪、煮雪之类，皆可以的。”宝钗道：“这都好，还有积雪、霁雪、春雪、听雪也都可以。”探春道：“咱们就先写出来看，开首是‘欲雪’使得么？”宝钗道：“很好，‘欲雪’之后便是‘大雪’，然后是‘看雪’‘听雪’。”探春道：“这是四个了，底下是‘积雪’‘霁雪’‘踏雪’‘卧雪’，还有‘立雪’可使得么？”宝钗道：“‘立雪程门’怎么使不得呢？‘立雪’之后就是‘煮雪’‘春雪’，有了多少了？”探春道：“有了十一，还少一个了。”宝钗道：“再以‘残雪’结尾就是了。”探春道：“好，就是这么样，这诗要作七绝，任凭每人不拘几首，便十二首全做也可。还要想个题目出来，要作五律一首，梅花诗太熟了，宝姐姐，你想想看，有什么好题目？”宝钗道：“何不咏即景，就以‘消寒会’为题呢？”探春拍手道：“好的很，就是这么样。”因问外头“雪还下么？”文杏道：“还下呢，地上已有二三寸了。”探春道：“再一夜过来，这雪就很好看了。”于是，收拾归寝。

次日，一早起来，小蝉进来回说：“雪已住了，地上都堆了有七

八寸厚了。"探春见窗纸上已照得彻亮,因问道:"出太阳了么?"小蝉道:"还没出太阳,是雪照的亮,走出外头去都亮的射眼呢。"探春、宝钗梳洗已毕,李纨、马氏早同了傅秋芳过来。宝钗道:"你们好早啊!"李纨道:"今儿是'消寒会',又是这么好雪,我多早晚就起来了。史大妹妹他们都要来了,你这会子还说早呢!"宝钗笑道:"我才刚儿说三妹妹是见雪欢。这会子,连你也是这么样,就怪不得了。"马氏笑道:"大嫂子,你看宝二嫂子他说你是见雪欢呢!"李纨笑道:"咱们都是一样的妯娌,我见雪欢,他也是这么样。"探春道:"大雪兆丰年,为什么不喜欢呢?"李纨道:"你今儿起社,我是不大做诗,只好看高兴,不过一半首儿。倒还是让我主坛,评论评论次第罢。"说着,人回:"巧姑娘来了,在太太那里呢,请奶奶们都上去罢。"

于是,众人都到王夫人上房来,只见巧姐儿来了,平儿已在那里。接着,史湘云也来了,大家相见已毕,坐下吃茶。王夫人道:"我今儿特请你们过来,也学老太太做个'消寒会',也没什么外人,再教人把姨太太请来。少刻就在暖香坞那里赏雪,你们就在那里收拾下两间屋子,住几天逛逛去。我们三姑娘要和你们做诗呢。"史湘云道:"我想起头里起社做诗来,那还是三姐姐起的头儿呢。这会子还这么兴头,你再起个社罢了。"宝钗笑道:"告诉你罢,题目都拟的现成的了。"湘云道:"宝姐姐,你先把题目说说我听呢,咱们就早些去做罢了,还等什么呢?"宝钗笑道:"我知道你这个诗疯子,是听见不得的。你且莫急,人还没来齐呢。"说着,邢岫烟也来了,大家相见过了。王夫人问:"暖香坞可收拾停当了么?"底下人回那里都已预备齐了。王夫人便道:"你们就都先到那里去坐罢,我等姨妈来了,再一起过来。"李纨等答应了,便大家都到园子里来。

进了暖香坞,只见里外皆是大铜火盆笼着火,玻璃窗里映着园里雪景,甚是好看。外面厢房里,婆子们预备茶水伺候。探春道:"笔砚还不够使呢,我们共算几个人要使?"史湘云道:"不用这么累赘，你只教他们多拿几副来就是了。”于是，探春教伺候的丫头们又去取了几副笔砚来。

探春便把拟的诗题粘在壁上，大家观看。湘云道：“诗题就好，我做这《欲雪》《听雪》《立雪》《卧雪》四首罢。”因取笔，把这四题下注上“湘”字。邢岫烟道：“我做这《霁雪》、《残雪》罢。”因也取笔，注上“岫”字。宝钗便把《看雪》《踏雪》《煮雪》《春雪》四题，注上“钗”字。巧姐道：“还有《大雪》《积雪》两个题目了，这让我来混诌罢。二婶娘，给我注上罢。”宝钗便注了“巧”字。李纨道：“我单做《消寒会》一首五律，这个我就不做了。”探春道：“小兰大奶奶还没注，就十二首全做也使得，不拘拣几首做也使得，那就不用注了。我是也不注，横竖随便做几首罢。那一个题目是要每人一首的。”于是，七个人各自舒纸磨墨，拈笔起草。平儿、马儿看了他们支颐构思，闭目作想，点头摇足，负手抱膝，各样不同。因笑道：“还是我们不会的倒好，免了烦心。”便同到窗下来看外面雪景。

不一时，薛姨妈来了，邢夫人也带了蒋氏来了，那边尤氏也带了胡氏来了。王夫人便同到暖香坞来，大家相见已毕。人回摆饭，当下薛姨妈、邢夫人、王夫人、探春、巧姐一桌在里边坐。王夫人道：“今儿也没甚外人，我们在里边坐了，你们在外边也不用过来伺候，晚上也是这么样罢。”于是，外边平儿、马氏、蒋氏、胡氏、傅秋芳坐了一桌，邢岫烟、史湘云、尤氏、李纨、宝钗坐了一桌。少顷饭罢，未知众人诗成是怎么样，且待下回分解。

第二十六回　王夫人复作消寒会
贾探春重征咏雪诗

话说众人在暖香坞吃过了饭，薛姨妈便与邢夫人、王夫人、尤氏四人斗牌。平儿、马氏、蒋氏、胡氏便到秋爽斋来闲话，因也斗起牌来。这里探春问道："你们都有了几首了？"史湘云道："我才有了两首，要不是吃饭也就得了。"宝钗道："我们是两起交卷，还是一起交卷呢？"探春道："作两起的好。"李纨道："一起搅杂，就看不清爽了。"说着，邢岫烟早已交卷。接着，傅秋芳、宝钗也有了。史湘云道："你们都有了么？我只好草草塞责了呢！"因赶着，便也完了。探春、巧姐接着都完了。李纨道："我只就交卷的先后，挨着看了。"因先把邢岫烟的取过来看时，只见上面写着是：

霁　雪

朝来喜听鹊声声，日映银沙照银明。

料得今朝消不尽，知他待伴始同行。

残　雪

留与梅花伴岁寒，庭隅犹有雪平安。

剧怜玉润冰清质，珍重还思几日看。

李纨道："老手的意思，不消说是好的了。"因又把傅秋芳的拿过来看时，只见上面写道是：

听　雪

寂寂无声夜闭门，增寒不信火犹温。
偶闻窗竹生微响，知是姗姗玉蝶魂。

看　雪

试看寒林化玉龙，四围白满射双瞳。
须知天地无私处，人在琼楼玉宇中。

大　雪

千山万径少人踪，知否天公玉戏工。
倾倒玉尘三万斛，乱飞宇宙斗雌雄。

踏　雪

欣然踏雪出柴门，特为寻梅过远村。
爱煞银沙铺满地，悔教屐齿破新痕。

煮　雪

扫取梅花枝上雪，竹炉松火趁煎茶。
休言当酒消良夜，风味全然胜党家。

残　雪

剩有经年雪未消，银沙犹覆沁芳桥。
东风切莫轻吹去，留取鸿泥伴寂寥。

李纨道："这《听雪》《大雪》《踏雪》《煮雪》四首都好，惟有《残雪》里头'银沙犹覆沁芳桥'这是本地风光，不可为典，未免俳谐，近于打油体了。"史湘云道："兴到笔随，偶一为之，还不为过。这《听雪》的'偶闻窗竹生微响，知是姗姗玉蝶魂'，那《踏雪》的'爱煞银沙铺满地，悔教屐齿破新痕'真是杰作，我要搁笔呢！"李纨因又挨着看了宝钗的，念道：

看　雪

一望乾坤玉琢成，光摇银海欠分明。
已无缺陷崎岖路，更有何人著不平。

踏　雪

飞雪初停兴颇饶，独来深处踏琼瑶。

却因一路人行迹，知有梅花隔野桥。

煮　雪

手把茶铛下玉阶，竹炉煮雪趁幽怀。

良宵汤沸车声急，烛影光中堕紫钗。

春　雪

六出花飞五出花，依然遍地玉无瑕。

东风有意催新绿，一夜吹融万里沙。

李纨笑道："到底是他的不同，沉著痛快的很呢！"史湘云道："好个'已无缺陷崎岖路，更有何人著不平'，推开一层，说出大道理来，好的了不得。想《看雪》总要让这一首的了。并且'却因一路人行迹，知有梅花隔野桥'，这样摇曳曲折，还不是登峰造极之句么？"李纨笑道："且等看完了，再细细儿的评论。"因又看史湘云的，只见上面写道：

欲　雪

北风连夜吼空林，天压云低覆远岑。

最是一年冬景好，诗情画意两关心。

听　雪

模糊细响欠分明，不是潇潇暮雨成。

恰似蟹沙声渐急，拥炉静夜隔窗听。

立　雪

独立衡门看雪飞，爱他梅瘦渐添肥。

讲筵不缀人忘倦，也学程门是也非。

卧　雪

黑甜一枕裹寒衣，栩栩魂随玉蝶飞。

梦到袁安僵卧宅，芭蕉窗外果然肥。

李纨道："你这《听雪》《卧雪》两首就很好，怎么还说是草草塞责呢？”宝钗道：“你这《听雪》的一首，给兰大奶奶的都不相上下呢。总好这《卧雪》的一首，想头更好，用笔玲珑，竟是无出其右的了。”李纨因又看探春的，只见上面写道：

看　雪

无数青山尽白头，拥炉镇日裹重裘。

试舒冷眼凭高望，好濯尘怀上玉楼。

踏　雪

踏遍琼瑶宇宙宽，缓行袖手不知寒。

骑驴只怕山桥滑，且访梅花慢步看。

李纨笑道：“这两首都好，怎么你也只作了两首么？”探春道：“我昨儿虽然拟了题目，并没想到先作。今儿作的时候，本打量还做两首呢，因见他们都交了卷了么，还作什么呢？”李纨又看巧姐的，见是《大雪》《积雪》两首，因念道：

大　雪

雪满空山大地平，林封没髁少人行。

何当乘兴扁舟夜，好寄当年访戴情。

积　雪

山色全然改却青，空林玉树得佳名。

天寒最喜消难尽，何只书窗一夜明。

李纨笑道：“这算难为他了，竟很去得呢！我近来久不作诗，只怕还没有他这个想头呢。这里头《看雪》《听雪》《踏雪》《大雪》《煮雪》五个题目都有重着的。《看雪》是宝妹妹的第一了，次之就算三妹妹。《听雪》是史大妹妹，次之就算我们媳妇。《踏雪》是宝妹妹第一，次之就算三妹妹和我们媳妇，这三首都好。《大雪》是我们媳妇，次之就算巧姑娘了。《煮雪》的两首都好，不相上下。通看起来，是宝妹妹第一，史大妹妹第二，邢妹妹第三，三妹妹第四，我们媳妇第五，巧姑娘第六。你们看公道不公道呢？”史湘云道：“别人倒也罢了，只是屈了你们媳妇了呢。”探春笑道：“婆婆原没个公然

高夸媳妇的道理，他这谦处却也怪不得他。依我公论，兰大奶奶第三，邢姐姐第四。”邢岫烟道：“不错，三妹妹评的公道。我的那两首诗，还不及三妹妹的两首呢。三妹妹第四才是。”宝钗道：“那是已经定了的，二嫂子，你也不用谦虚了。”李纨道：“日天短了，今儿已不早了，还有一个题目呢，我是已有了四句了，你们怎么样？”大家都说：“一首还容易，我们也就作罢。”

于是，大家都拈笔寻思。不一时，李纨早先有了。接着，史湘云、宝钗也有了。又等了一会，邢岫烟、傅秋芳也有了。因催着探春、巧姐完了，誊出来大家公看。只见李纨的，上面写道：

消寒会即事

寒气颇侵人，严冬负好晨。
聚谈堪祛俗，促坐可相亲。
绿酒能消冷，红炉即是春。
香山与洛社，难辨主同宾。

大家都说：“好。”史湘云道：“稻香老农，如今越发老了。你看他竟公然要学香山九老、洛社耆英呢！”大家都笑了。

于是，又看史湘云的，见是：

消寒会即事

唐有王元宝，暖寒作会佳。
追踪怀古哲，继美到吾侪。
酒满浮金盏，春生遍小斋。
顿然忘凛冽，疑有避寒钗。

大家都说：“这首更好了。”探春道：“清新俊逸，只怕这首要压卷呢！但只是结句‘疑有避寒钗’是给宝姐姐玩呢。这‘避寒钗’可不是‘宝钗’么？宝姐姐要罚你的。”湘云道：“信笔所到，就讲不起避讳。况且，并没说他什么坏处，我知道宝姐姐他是不怪我的。”宝钗笑道：“云妹妹，他自来说话都没什么忌讳的，再看别人的罢。”于是，大家又看，却是宝钗的。大家因争着念道：

消寒会即事

置酒群高会，消寒兴不孤。
莲灯燃绿蜡，兽炭爇红炉。
诗思留风雪，冰心在玉壶。
本来原耐冷，此际也吹竽。

大家都说：“到底是他的，与别人不同，另开生面，果是高手。”邢岫烟道：“后四句足见襟怀旷达，风雅宜人。宝姐姐真是词坛赤帜了呢！”大家随又看邢岫烟的，只见上面写道：

消寒会即事

严寒消不得，袖手苦逡巡。
白雪去苛政，红轮来故人。
会同人似玉，谈笑座生春。
广厦与大被，千秋语尚新。

大家都说：“这首高古，也不亚于蘅芜君之作。”因又看傅秋芳的，大家念道：

消寒会即事

炎凉天世态，酷冷作何消。
绿酒螺杯注，红炉兽炭烧。
消寒征好句，说快赌良宵。
惭愧狐裘士，居然竟续貂。

大家都说：“这首意思又好，声调也高。”因又看探春的，见是：

消寒会即事

风雪原佳境，其如苦太寒。
消他三斗酒，会我一身安。
觅句心情暖，拥炉笑语欢。
好张云汉画，相赏共盘桓。

大家都说：“这首风味自然，结句清丽，也是好的。”因又看巧姐的，只见上面写道：

消寒会即事

共拥薰笼坐，冬闺集艳时。
避寒凭好会，生暖借新词。
玉脍金齑列，红灯绿酒宜。
偶思龟手药，善用始称奇。

大家都说："这首也不弱，看起来今儿这题目的诗，总都很好。"

李纨道："依我看，这几首诗又还是宝妹妹第一，史大妹妹第二，邢妹妹第三。你们看我评的公道不公道？"众人都说："这评的很是。除了三鼎甲之外，那就各有各的佳句，都算不相上下了。"

说着，只见平儿、马氏、蒋氏、胡氏一起笑着进来了。宝钗道："你们都到那里去的，怎么这半天都没见你们呢？"平儿笑道："你们没了事，都寻着去烦心玩儿。我们虽不会做诗，也学你们去寻着烦心去玩儿呢。"马氏笑道："我和他们都到我那里去闲坐的，因说白闲着做什么，不如咱们也斗牌罢，因此咱们四个人就斗了半天的牌。"李纨道："怎么倒歇了场了么，谁赢了呢？"马氏笑道："琏二嫂子一个人赢了，他赢了就不来了。"平儿道："我怕上头太太们歇了牌，好上去伺候的，故此早些歇了。"李纨道："这倒也说的是的，没有个太太们歇了牌，你们还没歇的道理。平丫头赢了多少钱儿，明儿可要拿出来做个东道。"平儿笑道："通共赢了十来串钱，还做什么东道呢？"李纨笑道："你明儿把钱都交给我，我给你办就是了。"说着，人回太太们牌也歇了，问你们诗可作完了没有？打量要坐席了。

于是，大家一同到里边来，原来薛姨妈、邢、王二夫人都输了，只有尤氏一个人赢了。当下见众人都进来了，王夫人因问："你们诗都做完了么，谁做的好呢？"李纨道："也不过大家玩儿，都也差不多儿，没有什么高低。"因问："姨妈今儿彩头好，赢了多少呢？"薛姨妈笑道："我和你们两位太太都输了，就只是你大嫂子一个人赢了。我们渐渐儿的都老了，那里还是他们少年人的对手呢？"尤氏笑道：

“那是姨妈让我呢,我自来斗牌武艺儿就平常,今儿亏得是手气还好,牌也上张,要不然也是要输的。”说着,人回酒席都齐备了,请示怎么摆?王夫人道:“还给早上一样摆就是了,你们还照先前坐罢。”于是,还是薛姨妈、邢、王二夫人、探春、巧姐在里边坐了一席,余人在外边坐了两席。席散之后,薛姨妈、邢夫人、蒋氏、尤氏、胡氏俱各回去了。岫烟、湘云、探春、巧姐就在暖香坞里住了。四人谈了半夜的诗,方才收拾归寝。

次早起来,梳洗已毕,同到王夫人上房走了一回,便仍回到园中,先往怡红院来。大家坐定,史湘云道:“到底宝姐姐的学问高,你看诗社回回都是他的出色。最妙是昨儿《看雪》的‘已无缺陷崎岖路,更有何人著不平’,是何等胸襟!那《踏雪》的‘却因一路人行迹,知有梅花隔野桥’,是何等的风味!”傅秋芳笑道:“我还有两首诗没呈政呢!”因取出来,与众人公看。湘云忙接了过来,打开给大家同看。湘云便念道:

踏　雪

爱从无影月中来,几度蹒跚踏凤鞋。
忽地凌波罗袜冷,不禁狂笑堕金钗。

煮　雪

只疑天女散琼花,飞满卢仝处士家。
料得不须劳出汲,好炊玉液旋烹茶。

湘云念完了,道:“这诗倒清空,一气堆砌全无,却不像大奶奶你的口气呢!”傅秋芳笑道:“这原不是我做的。”探春道:“不是你做的,却是谁做的呢?或者从前的人原有这诗也未可知?”宝钗笑道:“那都不是的,这必是我们秋水姑娘做的。他学诗不久,心地空灵,却句法清丽,往往有出蓝之意。真是诗有别裁呢!”探春道:“是的呀!你前儿就说他会做诗的,我只道他不过学做罢了。早要知道他的诗这么好,昨儿就该请他的呢!”傅秋芳笑道:“姑妈言重的紧了,他那里当的起呢!”探春道:“什么话,任他是谁,有了这样的聪明,总该另眼相待的。这孩子很好,他没在这里么?"傅秋芳道:"他在家看屋子呢。"宝钗道:"明儿再当社的时候,叫他入社就是了。"湘云道:"这要到几时才当社呢?"傅秋芳道:"难得三姑妈、史大姑妈、薛二舅母都这么兴头,我明儿在我那里就请一社使得么?"大家都说:"这就好的很了,明儿添了秋水姑娘,又多了一个人了。你打算做什么题目呢?"傅秋芳道:"我打量还是'咏雪'十二题。"湘云道:"那未免似乎搜枯了呢。"

要知大家怎么说,且听下回细表。

第二十七回　傅秋芳诗社赓前日
薛宝钗酒令忆先年

话说当下傅秋芳说：“我明儿起社，还是‘咏雪’十二题。”湘云道：“那未免似乎搜枯了呢。”傅秋芳道：“把十二题换过‘雪’字在上，那底下的一个字总是实的，限韵不限体，古风、近体、绝句皆不拘，任人拣择着作。”探春道：“这却也新鲜别致，十二个‘雪’字在上，那底下的用些什么字呢？”傅秋芳道：“我还少着几个呢，我想的是‘雪月’‘雪窗’‘雪图’‘雪梅’‘雪松’‘雪竹’‘雪蕉’‘雪狮’‘雪泥’数数才有九个呢。”史湘云道：“还有‘雪渔’‘雪夜’也还可以的。”宝钗道：“结尾可用‘雪消’。”傅秋芳笑道：“很好，有了十二个了，就限底下一个字的韵，这里头只得三个仄韵，就用仄韵也使得罢。”探春道：“那也罢了，横竖听人拣择，也不用首首俱作呢。”宝钗道：“就是这么着罢，等明儿再写出来大家看就是了。这会子，不用说这个了。”

说着，奶子抱了照乘、祥哥、顺哥、瑞哥过来，接着遗哥、桂哥、蕙哥、松哥和宛蓉都来了。宝钗道：“这里头祥哥、瑞哥是小一辈的弟兄，那七个都是平班的姊妹了。再过一年就都会走的了，那才有趣儿呢。”史湘云拉了蕙哥儿问道：“你娘在家里做什么呢？”蕙哥儿道：“我娘在太太上头呢，我来和哥哥、姐姐们来玩的。”史湘云道：“这都是你的哥哥、姐姐么？”蕙哥道：“遗哥哥、桂哥哥、宛姐姐只得三个人哪,怎么都是哥哥、姐姐呢?”湘云笑道:“那几个到底是你的什么人呢?”蕙哥道:“那是松兄弟、顺兄弟、照妹妹了,那祥哥是侄儿,瑞哥是我们外甥,我们是他的舅舅呢!”湘云笑道:“他们都是四岁的,倒都怪惹人疼的。你看他说话儿,都这么清楚剪绝的有趣儿。我们遗儿就不能这么样呢!”宝钗道:“什么话呢,我前儿问了遗哥儿一会儿话,也是和他玩呢,他就回答的很明白。我看他比我们家的还强些呢。”探春道:“这宛姑娘说话才有趣儿呢,他也是四岁的,虽然是孩子家,你看他倒像个大人呢。”岫烟道:“他是在人家来了,就有点儿拘谨些,在家里也是混闹呢。”宝钗道:“在生处原比自己家里不同,姑娘家自小儿就知道这个道理,就很好。”说着,丫头们来请吃饭,于是,大家一起同着出去了。

到了次日,傅秋芳教人吩咐厨房里替另备了两桌酒菜。又请了平儿、马氏过来同坐。当下李纨、岫烟、湘云、探春、巧姐、宝钗、马氏都到了蘅芜院。大家正在吃茶,平儿笑着来了,大家让坐。平儿向马氏笑道:“我们两个俗人,又不知道什么诗,又请了我们来做什么呢?”宝钗笑道:“谁要你们做诗呢,难道你们两个喝酒吃饭都不会么?”平儿、马氏笑道:“既然是请我们出张嘴来吃东西,这却使得。”李纨笑道:“你们今儿只管吃了东西去,少不得挨着一个一个的来还席就是了。今儿是头一社,明儿二社、三社就是你们两个人邀。”平儿笑道:“我们不作诗的,还邀什么社呢?难道还白备办了酒席,来请你们做诗么?我们的主意还结实的很呢,今儿吃了兰大奶奶的东道,明儿不管你们是谁邀二社、三社,也不怕你们不来请我们呢!”李纨笑道:“你看他这不要脸面的东西,都想吃起白食来了。”

于是,大家笑了一会,傅秋芳早将诗题粘在壁上。大家看时,只见写着:“《雪窗》《雪月》《雪梅》《雪竹》《雪蕉》《雪松》《雪狮》《雪图》《雪泥》《雪夜》《雪渔》《雪消》十二题,限下一字韵,不拘体。”湘云便取笔把《雪月》《雪狮》二题注了。宝钗道:“惟有这诗疯子,他赶忙的就注上了,还该让他们生疏些的先注,剩下来的再做也不迟。且而题目好作些的,倒被老手占了,教那生手怎么作呢?巧姑娘他们到底还不很老练,你们先看了,注上了。秋水呢,你也来先注上了。”秋水笑道:“奶奶们注了,剩下来的我作罢。”宝钗道:“这是临文不讳的,你只管先注就是了。”

说着,巧姐便注了《雪梅》,秋水便注了《雪窗》《雪松》。探春过来看了一看,便把《雪渔》《雪消》两题注了,李纨注了《雪蕉》《雪泥》,岫烟注了《雪夜》,宝钗叫傅秋芳索性也来注了,“把剩下来的,我作就是了。”于是傅秋芳便注了《雪图》,剩下《雪竹》宝钗注了。这回是八人构思,各自舒纸起草。

平儿、马氏在旁边看了一会,道:“你们也未必一时就得完篇,日天又短,也该早些吃了饭,再烦心罢。”李纨笑道:“请了你们来,原来是催吃的么?”说着,自鸣钟打了十一下。

傅秋芳道;“已是午初了,也该吃饭了。”说着,人回摆饭。

于是,上下摆了两桌,上首一桌是湘云、岫烟、探春、平儿、李纨,下首一桌是马氏、宝钗、巧姐、秋芳。宝钗教秋水来坐,秋芳道:“婶娘们在这里,他怎么敢坐呢?”宝钗道:“教他坐,便坐了罢。要是使不得的,我也不能教他坐了。”秋芳道:“既是二婶娘命坐,你上来谢个坐便坐了罢。”秋水便上来谢了坐,挨在下首坐了。不一时饭罢,撤过残肴,依然入坐,磨墨拈毫。平儿、马氏道:“我们到上头太太那边走走再来。”李纨笑道:“你们吃了东西,就去了么?过会子要来迟了,就只好啃骨头了呢!”平儿笑道:“我们来的快啊!过会子我们大家吃了,把骨头都留给你啃就是了。”说着,和马氏二人笑着走了。

这里众人,不一时又是湘云先有了,接着宝钗、岫烟、李纨也都有了,因道:“我们且先看着,再等他们的罢。”于是,四人便先看湘云的,只见他是两首七律。那上面写道是:

雪　狮

大雪填门扫径时,阿谁游戏累成狮。

心寒顿减狰狞异，眼冷难甘骨相奇。
瓦犬陶鸡同笑滞，木牛流马独难羁。
吼声闻说铜钲响，日若铜钲减玉肌。

李纨道："这'瓦犬陶鸡''木牛流马'的一联，好警句，很像蘅芜君的句法呢。"湘云笑道："我最爱他的句子沉著痛快，意思高蹈不群，故此留心学他的呢。你既然说很像，可见我这学的还不大离左右呢。"岫烟道："咏物诗最不宜着实，这第二联就好，因尚觉着实，所以就不及第三联了。"宝钗道："且看那一首《雪月》的呢。"因大家看时，却是：

雪　月

雪中寒漏声无歇，弄影梅花窗外发。
欲玩银沙顷醁醽，更看皎月罗肴核。
爱他同洁更同清，取彼不尽用不竭。
安得招同二谢来，赋完大雪赋明月。

李纨道："这首也工稳，结句典雅清丽。"又看宝钗的，却是一首五古。大家念道：

雪　竹

大雪北风催，家家贫白屋。
玉树犹难伸，压倒千竿竹。
高节志凌云，不敢当滕六。
君子本虚心，甘自低头伏。
无复绿猗猗，何如在淇澳？
寒林尽白封，奚第琅琊独。
寒梅也不禁，何只君瑟缩？
读书小窗前，不见青矗矗。
搦管坐空斋，不听声谡谡。
缅怀文典可，佳画添几幅。
更思僵卧人，岂只食无肉？

湘云道:“仄韵倒是五古的好。蘅芜君的诗,首首都是好的,也不须说的了。”大家因又看岫烟的,却是一首五律。只见上面写道是:

雪　夜

雪满渐寒加,拥炉坐深夜。
酪奴尚未煎,麴生且先泻。
山径犬方嗥,剡溪舟始驾。
一灯影忽摇,风透纸窗罅。

宝钗道:“这结句好的了不得,颇有‘曲终人不见,江上数峰青’之意了。”因又看李纨的,却是两首七绝。因又念道:

雪　蕉

右丞妙笔最逍遥,曾画新奇雪里蕉。
昔日屠门聊大嚼,千秋快意到今朝。

雪　泥

可怜冰雪聪明质,一半消融一半泥。
鸿爪应留遗迹在,杖藜来踏短长堤。

湘云道:“两首都清丽芊绵。”说着,探春、秋水也都有了。

大家因先看探春的,却是两首七律。只见上面写道:

雪　渔

佳境从来信不虚,满天风雪一归渔。
会赊旧酿升余酒,为有新鲜尺半鱼。
江上橹声原活泼,雪中蓑笠自舒徐。
晚来堪画天然景,只恐丹青画不如。

雪　消

积雪连阴倏几朝,东风见晛易融消。
梅花尚未飘金殿,鸳瓦依然展翠翘。
渐识青山如故里,何来春水满蓝桥?
檐前滴沥声如雨,却与晴窗破寂寥。

李纨道:“两首都工稳。”因又看秋水的,却是二首七绝。只见

上面写道是：

雪　窗

雪逞寒威未肯降，香闺拥火喜明窗。
正疑新有中庭月，何处声声吠远尨？

雪　松

雪覆青山改旧容，惊疑不见岭头松。
最怜古怪苍髯叟，化作蟠虬白玉龙。

大家都说："这诗思路学力都很好，全不像个初学的。只怕再过两年，就要青出于蓝了呢！"说着，只见秋芳、巧姐也都完了。于是，大家又先看秋芳的，却是一首七古。只见上面写道是：

雪　图

雪诗雪赋雪词殊，一种冰心在玉壶。
伤易伤繁说不尽，何如泼墨兹成图？
梅花不瘦丑枝无，芭蕉掩映全不枯。
袁安高卧尚未醒，苏卿牧羝仰天呼。
灞桥驴背诗思在，剡溪扁舟兴不孤。
活火何妨煮酪奴，酒香须趁此际沽。
青山尽改非头白，玉树蟠曲玲珑株。
解衣盘礴未下笔，营邱妙手今有无？
好师王蒙为大巫，小弓架笔弹粉铺。
琼楼玉宇未模糊，好景一一当抚摹。
毋为细嫩宁老粗，识者掩口笑胡卢。
今人罕见有是夫，笑语君休见一隅，
卿用卿法我为吾。

探春笑道："这首七古，颇有气力，足见你长于丹青。这也可谓'先生自道'也了。"湘云道："这也是各有所长呢！要是我们作，只好说看人图画，断不能说自己图画的。"大家又看巧姐的，却是一首七律。因念道：

雪　梅

清瘦南枝正欲开，无端大雪漫天来。
温香雅韵梅骄雪，软玉冰清雪傲梅。
雪压梅花香馥馥，梅开雪际白皑皑。
色香双绝都高品，且尽当筵蕉叶杯。

大家都说：“这首两下互写，也还平稳。”李纨道：“三妹妹的《雪渔》里头的‘会赊旧酿升余酒，为有新鲜尺半鱼’，和那《雪消》的‘渐识青山如故里，何来春水满蓝桥’这两联，都清新俊逸的很。”探春道：“你那《雪泥》的‘鸿爪应留遗迹在，杖藜来踏短长堤’还要怎么好呢？”李纨道：“平韵好作，仄韵到底难作些。今儿三个仄韵，都是老手。三首的结句都好的了不得。”

正说着，平儿、马氏来了。平儿笑道：“你们的诗都有了么，诗作的就好的了不得呢？”宝钗道：“你又管他谁好谁不好做什么呢？怎么你们就去了这半天，是到那里去的？”马氏笑道：“我们在太太那里走了一趟，又到园子里来，在我那里坐了一会就来了。估量着你们的诗，也该作完了呢！”李纨笑道：“倒是估量着我们也该坐席了，怕迟了就要啃骨头了。”说着，大家笑了一会。

不一时，早摆下了两席，仍照前坐了。酒过三巡，湘云就要行令。平儿道：“我只会猜拳，要是别的，我总不来。”李纨道：“就行个雅俗共赏的令也好。云妹妹，你要行个什么令呢？”湘云道：“我有个酒令，要说两个字，把上一个字拆作两个字，要字义相协贯串。不能说的，就说个笑话儿罢了。”

李纨道：“这也罢了，你就说罢。”

湘云饮了门杯道：“窗外有明光，不知是日光，是月光？”

岫烟道：“这是个原有的酒令啊！”因也饮了门杯道：“堂上有珠帘，不知是王家，是朱家？”下该李纨，饮了门杯道：“闺中怀好孕，不知是子胎，是女胎？”探春道：“你们的都好啊，教我说什么呢？”因想了一想，饮了门杯道：“有客到馆驿，不知是舍人，是官人？”湘云道：“很好，今儿的人少，要轮两转才好。琏二嫂子，你说了笑话儿，再从我起，重行一转。”平儿笑道：“我也没有什么笑话儿，教我说什么呢？”湘云道：“不能行令，才准说笑话儿，两样皆不能，就要罚三大杯呢！”平儿道：“我便说一个，若说的不好，可不许挑饬的。”李纨笑道：“你且说了来看。”

平儿道：“有个屯里人进城有事来，回到家中，那些屯里人都问他道：‘你到城里去了一趟，可有听见什么新闻儿没有呢？’这进城的人说道：‘我到城里去，没听见什么新闻，就只知道了皇帝爷升了吏部天官了。’那问的人道：‘你见了没有？’这人答道：‘我怎么没见呢？我看见皇帝爷穿的碧玉的袍子，天青玉的褂子。’这问的人笑道：‘可见你撒谎，皇帝爷穿了玉袍褂，他怎么作揖呢？’这人道：‘我不撒慌，你的话倒是撒谎。我且问你，你看见皇帝爷和谁作揖来？’”说着，大家都大笑起来。

湘云道：“这个姑准了他的罢，我又从头起了。”因饮了门杯道：“半夜生孩儿，不知是子时，是亥时？”下该岫烟道：“这两转就要搜枯了呢！”因拿起门杯来，想了一想道：“烹调有鲜味，不知是羊羹，是鱼羹？”李纨道：“好，我这个倒难说了呢！”湘云道：“说不来，罚三大杯就是了。”李纨笑道：“当真的我就没有了么？”因饮了门杯道：“灯下观傀儡，不知是人形，是鬼形？”探春笑道：“这也亏你想呢！”因拿起门杯来，猛然一想道：“有了！”饮了门杯，说道：“树底憩畊农，不知是田边，是井边？”湘云道：“很好。又该琏二嫂子说笑话儿了。”

平儿饮了门杯，说道：“耗子生日，猫来拜寿。耗子害怕，躲在洞门口张望，不敢出来。猫在洞门外闻嗅，猫的胡须戳了耗子的鼻孔儿，耗子就接连打了两个喷嚏。猫在洞外祝道：‘百岁！百岁！’耗子道：‘你那里是真心愿我长寿，明明是哄我出来要嚼我呢！’”说着，大家哈哈大笑。李纨笑道：“今儿还亏没人生日，由你说罢。”

那边席上，宝钗因马氏不能行令，教人将花名酒令签取来，摇了一摇放在中间。从马氏掣起，马氏便伸手掣了一枝出来，大家看时，见上面画着一枝海棠，上有“香梦沉酣”四字，那边有诗一句，是

"只恐夜深花睡去",下注着"善睡者饮一杯"。宝钗道:"还记得那年云妹妹醉了,躲在芍药花下石凳上睡着了,晚上恰就掣得此签,罚了他一杯。今儿他不在座,也就没人罚了。"

下该秋芳,伸手掣了一签,出来看时,却是一枝牡丹,上有"艳冠群芳"四字,那边一句诗是"任是无情也动人",下注着"众人公贺一杯"。于是,大家满饮了一杯。

下该秋水,掣了一枝看时,却是一枝并蒂花,上有"连春绕瑞"四字,那边有诗一句,是"连理枝头花正开"。

下该巧姐掣了一签出来,看时却是一枝杏花,上有"瑶池仙品"四字,那边有诗一句,是"日边红杏倚云栽",下注着"掣得此签者,必得贵婿,众人公贺一杯。"宝钗笑道:"那会子三妹妹还没出嫁呢,掣得此签就红了脸说,不该行这令。这会子妹夫做了侍郎,可不是得了贵婿么!今儿你又掣着这签,可喜咱们家里上代下代的姑奶奶,都该得贵婿呢!明儿小周姑爷怕不像大周姑爷么?"探春听见了,说道:"巧姑娘的姑爷是翰林出身,将来连大拜都料不定的。我们家的是捐班出身,到了尚书就为止了。"湘云道:"我记得那年子,林姐姐掣得是芙蓉花,那上头是'莫怨东风当自嗟',可怜那就作了他的谶语了。"宝钗道:"可不是么,提起来教人心里过不得,不用说了。"于是,众人公贺了一杯。

下该宝钗自掣,却是一枝老梅,上有"霜晓寒姿"四字,那边一句诗是:"竹篱茅舍自甘心。"因道:"记得那会子,是大嫂子掣得这签的,自饮一杯的倒好。"于是,令完。

李纨道:"天也不早了,酒也够了,我们吃饭罢。"大家都道:"肚里都饿了,要吃饭了。"于是,撤过酒筵,摆上饭来。饭毕,漱口喝茶,大家散了。

过了几日,湘云、岫烟都回去了。

光阴迅速,转瞬到了腊月中旬,探春、巧姐方才回去。

要知再有什么事情,且看下回分解。

第二十八回　卜世仁与倪二醉打
贾郎中向裘良说情

话说宝钗一日与李纨说起："秋水这丫头聪明伶俐，才貌双全，要是给他出去配人，便不是个小子，也没什么上等人家，那就把这孩子白糟蹋了，岂不可惜呢？不如就给兰哥儿收了做小。况且，小兰大奶奶也疼爱他，兰哥儿年纪又不大，我们大家都抬举他，这可比给在外头的强多了呢。"李纨道："我也是这么说呢，但不知道我媳妇他愿意不愿意呢？"宝钗道："他有什么不愿意呢？我早就探过他的口气了。"李纨道："咱们这会子就回了太太，请太太的示去。"于是，上去回了王夫人，王夫人道："这孩子我头里瞧见很好，早就该这么着了。这会子也要过年了，且等过了年，正月里再吩咐他们罢。"

于是，荣府忙忙的备办过年。贾政、贾兰自封印后，每日便不上衙门去了。到了除夕，内外灯烛辉煌，十分热闹。匆匆已过新年，到了正月十五日上元佳节。大家都在上房里的时候，王夫人便吩咐了秋水之事。秋芳答应了，便叫了秋水过来，先给王夫人磕了头，然后挨次给大家都磕了头。秋芳便在自己卧房旁边，教人收拾了一间屋子，给秋水住，晚夕贾兰便在他屋里歇了。

贾兰自收秋水为妾之后，过了两月便升了刑部郎中。时值会试发榜，李婶娘子未中，贾蓝中了第一百九十名进士，两处俱有人贺喜，甚是热闹。东府里胡氏生了一子取名福哥，平儿生了一女取名月英，李绮也生了一女取名素云，暂且按下不题。

却说贾芸的母舅卜世仁开着个生药铺儿，也还趁钱，手头充裕。女儿银姐已经出了嫁了。一日，卜世仁同着相好的朋友到酒肆中去喝酒，散了的时候，已是一更多天了。卜世仁已喝醉了回家去，路上又没了灯笼，不提防一头早碰在一个人身上去。那人就骂起来道："瞎了眼的王八崽子，我糙你家祖宗，你乱碰你娘的什么？"这卜世仁已醉了，听见了也就骂道："狗妇养的，怎么开口就骂人啊！"那人喝道："咱骂了你，便怎么样？你还不快给我滚开么，我就打你这王八崽子，教你才认得我这醉金刚倪二呢！"卜世仁便上来抓倪二道："你是什么王八蛋的金刚，你吓谁呢？"倪二大怒，便左手来揪着了卜世仁右手，一拳早打在卜世仁肩膀上。这卜世仁两手揪住倪二，便一头撞去。这倪二也醉了，不防卜世仁一头撞去，早打了个坐跌，手还揪住卜世仁不放，两个人便在地下乱滚，嘴里乱骂。

恰值五城兵马司裘良打这里经过，看见了便问："是什么人？"衙役把灯笼照着，喝道："你们是什么人，还不丢手么？老爷在这里问呢！"这两个人都醉了，两下揪住不放，嘴里乱骂，都道："老爷，吓谁啊！谁要老爷仗腰子么！"这衙役回道："两个人都喝醉了，吆喝着都不听呢。"裘良喝着叫打，打着问他，看酒醒不醒，拴了带到衙门里去，明儿再问。衙役答应，上去把两个人着力的抽了几鞭子，方才放手，当下拿链子拴了，带着到兵马司衙门里去了。

原来这里是荣府后廊的路口，倪二就在这里左右居住。家里随即知道了，倪二妻子赶忙出来，已经带到衙门里去了，不知是和谁打架呢？有认得的人道："是开生药铺的卜世仁，就是这后廊上贾芸二爷的母舅。因走路不防两下里碰了头，两个人都醉了，就打起来了。"倪二妻子回到家中，同他女孩商量道："上回闯了贾大人的道子，拴到衙门里去，是求了荣府里的周瑞转央了人去说，才放出来的。这会子周瑞已经撵掉了两年了,又寻什么人去呢?"他女孩道:"上回原是托贾芸二爷去的,那会子贾芸二爷不很到荣府里去,才教我们去寻周瑞的。这会子贾芸二爷不像头里了,上年娶了亲,还是荣府里给的上等的丫头呢。况且,时常到府里去办事,本家的兄弟贾蓝大爷又新中了进士,荣府里都升了大官,还是托他去的好。"倪二妻子道:"我想起来了,头里贾芸二爷向他舅舅,就是这卜世仁家,要在他药铺里赊些香料,他舅舅分文不赊,连饭都不留他吃。他气了回来遇见你爹,告诉了他,你爹就借了十几两银子给他。他买了香料,打了荣府的门子,办了一趟差事,赚了好些银子,还了你爹,你爹连利钱都没要他的。这会子恰就是和他这舅舅打架,闹出事来,想来他听见了是要出力帮忙的。这会子不知道他家关了门没有?你在家里坐着,我且出去看看他家去,要没睡,我就进去和他说说看呢。"

于是,倪二妻子走出门来,隔两三家就是贾芸家了。看时,大门还没关呢,随即进去敲门,里面小丫头出来开门,认得是倪二妻。那小丫头道:"原来是倪二奶奶,这早晚还没睡么?"倪二妻道:"你二爷在家没有?"那小丫头道:"二爷才刚儿回来的。"倪二妻道:"我来和二爷说句话儿的。"那小丫头道:"奶奶请里头坐罢。"倪二妻便走进里边来,贾芸的母亲五奶奶已经睡了。小红听见赶忙出来接着让坐,叫小丫头倒上茶来,贾芸也出来见了。

倪二妻道:"我有件事情,特来央烦二爷的。"贾芸道:"什么事情这么要紧?"倪二妻道:"我们家里的,平空的才刚儿闹出个乱儿来了。"贾芸道:"倪二爷又闹出什么乱儿来了?总是喝醉了的原故,那酒要劝他少喝才好。"倪二妻便把方才的事,细细说了一遍,因道:"这和他打架的,就是二爷的舅舅。头里二爷短了向他措挪,他一点儿不顾外甥,倒还是我们家里的借了几两银子给二爷使了的。今儿总望二爷念头里的情,给我们撕罗撕罗,把我们家里的放出来,不教吃苦,一总来谢二爷就是了。"贾芸道:"这事不打紧,请放心就是了。上回倪二爷是得罪了贾大人,那事不同。那会子我不大到府里去,府里二老爷又从不给人家说情,他一点儿闲事都不管。我所以就办不来,那时我心里急的什么似的呢! 这会子兵马司衙门又不大,打架的事情又轻。我们府里小兰大爷是我的堂弟,他现今升了刑部郎中,我明儿和他说了,教他写封书子到兵马司衙门里去,包管就放出来了。况且,那兵马司裘良,我们都认得,和他喝过酒的。这事稀松,只管放心,请回去罢。”倪二妻道:“等我们家里的出来了,教他到府上来磕头道谢。”贾芸道:“什么话呢,我们好邻居人家,这点儿事,什么要紧?”贾芸、小红送出倪二妻,便关了大门进来,回到房里。

贾芸道:“我头里向我舅舅那里去要赊些香料,他一点儿不肯,连饭都不留我吃。他叫卜世仁,真真不是个人了。我气了回来碰见倪二,告诉了他原故,他倒借了二十两银子给我,我就买了香料,送了琏二奶奶,他就派了我种树的差。我天天带了人,在园子里头看着种树,那会子我们两个才认得的。你还在宝二叔房里呢!”小红道:“你明儿和小兰大爷说了,写了书子到兵马司去,放了倪二出来,你舅舅呢?”贾芸道:“两个人打架,不能放了一个,那一个又发落的道理。要放,两个就都放了。只是便宜了我舅舅了,要打他一槽板子,才出出我的气呢!”小红道:“只恐怕明儿舅母还要来央你去说情呢。”贾芸拍手道:“这话倒不错呢,我想他们任什么衙门里都没有熟人,这会子也不知道他怎么急的哭呢。他明儿要来了,我不会他,且等他急一急着。我明儿一早就到府里去,迟了他们就要上衙门去,那就会不着了。倘若舅母来时,你横竖看光景,拿话答应他就是了。”于是,二人上床归寝。

到了次日,贾芸一早起来,把倪二打架的事情,告诉了他母亲一遍,他母亲五奶奶道:“好歹到底是你的舅舅呢,比不得外人,还要看顾他些才是道理。”贾芸道:“我这会子到府里去说了,少不得两个人一起都放了出来的。但只是舅母要来了,把话推开,不管他闲事。且着实的急他一急,也不为过。你老人家只推我不在家就是了。我已经照应了媳妇拿话登答他了。"说着,便出门到荣府去了。

再说卜世仁的妻子,在家等到二更天,不见卜世仁回来,叫丫头拿了灯,到门口去探望。这丫头站在门口望了半天,还不见回来,只见斜对门住的一个人回来了,看见丫头站在门口,因说道:"你家卜大爷闹出事来了,都拴到兵马司衙门里去了,你还等什么呢?"这丫头听见,连忙进去告诉卜世仁妻。卜世仁妻吓了一跳,忙叫丫头去请过这人来细问。

原来这斜对门住的这人,姓管行四,在大街上开个杂货铺儿,才刚从铺子里回到家中,听见对门丫头来请,只得过来。

卜世仁妻见了,忙道:"管四爷请坐。"教丫头倒茶,便问道:"管四爷可看见了我们卜大爷没有?"管四道:"我没看见,我回来的时候,路上遇见一个朋友,他告诉我,才知道的。卜大爷今儿喝醉了,路上又没有灯笼,碰了一个人,这人叫什么醉金刚,是个泼皮,也喝醉了,两下骂着就打起来了。遇着五城兵马司走那里过,又不知回避,兵马司老爷喝叫拴了,都带到衙门里去了。"

卜世仁妻一听见了,就吓得哭起来了,说道:"我一个女人家,教我怎么样呢?家里又没有人的苦,这不是把人活坑死了么?"管四道:"这不是白急的事,须要想方设法央人到兵马司去说情,那就放出来了,也不得吃苦。"卜世仁妻道:"这会子,我到那里央人去呢,又知道什么人可央呢?便是破着花两个钱,没有这个人的也难,真真的要把人急死了呢!"管四道:"我倒替你想出个主意来了,你现放着门路,有什么难处呢?你们府上的外甥,可不是荣府里的本家么?"卜世仁妻道:"我们外甥贾芸,虽是荣府里的本家,只怕也不能够到兵马司去罢。"管四道:"我听见你们外甥贾芸二爷,天天在荣府里办事,这会子很红。况且,荣府里现在做太仆寺少堂,又是刑部郎中。只消去央你外甥,教他到荣府里要封书子到兵马司去,犹如吹灰之力,还怕不放出来么?"卜世仁妻道:"这会子,已经迟了，只好明儿去罢。”管四道：“明儿须要一个黑早就去。这会子也不用着急，夜也深了，我去了。”卜世仁妻道：“等我们卜大爷出来了，到府上来叩谢罢。”说着，送出管四，便关门进来睡了。到床上，一夜不曾合眼。

到了次日，天才半明就起来叫丫头出去雇了车，梳洗已毕，留下丫头看家，便上了车到荣府后廊上来。不一时，早到了贾芸门口，下了车进来敲门。里头丫头听见，出来开门，看见卜世仁妻，便忙跑进去说道：“舅太太来了。”五奶奶便同小红迎了出来，请到里面坐下，丫头倒上茶来。五奶奶道：“舅母，今儿怎么这么早啊！”卜世仁妻道：“我天没亮就起来了，外甥在家没有？”五奶奶道：“他今儿一早就出去了。”小红道：“今儿是荣府里头有事，他一早就到那里去了。舅母问他做什么呢？”

卜世仁妻道：“姑妈，你兄弟昨儿闹出个乱儿来了。我今儿特来寻外甥，给我出个主意的。”五奶奶道：“我兄弟他不是个多事的人儿，怎么得闹出事来呢？”卜世仁妻道：“我昨儿晚上，在家里等到二更多天，也不见他回来。我叫丫头到门口探望着，幸亏对门的邻居知道了，来说你兄弟喝醉了，路上又没有灯笼，黑地里错碰了一个人，这人也是喝醉了，两下骂着就打起来了。遇着五城兵马司的老爷，吆喝着都不放手，老爷叫拴了，都带到衙门里去了。姑妈，我一听见就把我吓死了。可怜我急的一夜通没得睡，思来想去，也没有什么人管我闲事。今儿天没亮就起来，叫了车到姑妈这里来，好歹央外甥给我料理开了才好呢！”小红道：“舅舅这件事，你外甥便在家里也只怕是办不来的。先不先荣府里二老爷，从来是一点儿闲事不肯多的，通不许给人家在衙门里说情。舅母，你老人家莫怪，我说竟是另打主意的好呢！况且，你外甥不知道多早晚才得回来。舅母，且请回去，等你外甥晚上回来了，我就把舅母的话向他说了。他要是办得来，便不消说，倘若办不来，他明儿早上少不得来给舅母的回复。”卜世仁妻道：“我的奶奶，那里等得到明儿，那还好吗?”小红道:“便是发落了,也不过打几个板子罢了。难道还有什么罪名不成么?”卜世仁妻道:“阿呀,你舅舅要是打了板子,拿什么脸去见人呢?”说着,便哭起来了,又道:“姑妈,怎么叫个人去找找外甥去也好。”五奶奶向小红道:“叫丫头到府里去问声看罢。”小红便叫丫头从后门进去,“到琏二奶奶那里,叫人到外边去找着了二爷,说舅太太在这里有要紧的话对他说呢,叫他就来”。那丫头答应着去了,不一时回来说:“二爷知道了,说就来呢。”

这卜世仁妻便坐着呆等,于是左等也不见来,右等也不见来,已是巳牌时分了,心里正在焦燥,只见贾芸回来了,见了卜世仁妻,便道:“舅母有什么话,这么要紧?”卜世仁妻便把这事,又告诉了他一番。贾芸道:“这也是舅舅自己不好,这会子外甥言不出众,貌不惊人,那里能够管这个闲事。况且,荣府里我本家的爷爷二老爷,是一点儿外事不许人管的,要是向他说了这话,先挨一顿好骂呢!”因向小红道:“你是知道的,怎么不早和舅母说呢?该请舅母早些回去啊,你都不知道今儿我们家里没有早饭米么?难道留着舅母挨饿不成么?”小红道:“我早就告诉过舅母说,你这件事是办不来的。今儿家里没早饭米,我怎么不知道呢,我才刚儿是问丫头借了三十来个钱,打量买两斤面来下下,给舅母吃呢。”

卜世仁妻听见了这一番话,知道明明的是提他旧事,因不觉大哭起来,道:“那都是头里舅舅的不是了,你这会子还提他做什么呢?舅舅便是个该死的人,也要看你娘的面子,到底是你娘的兄弟,怎么眼睁睁的见死不救呢?”五奶奶道:“你舅母都急的这么样了,你怎么给他料理料理罢。”贾芸道:“可知道和我舅舅打架的这个人,叫什么名字呢?”卜世仁妻道:“听见叫什么醉天王罢。”贾芸笑道:“那里又是什么醉天王了,这人叫醉金刚倪二,他就在我们隔壁第四家住。头里我到舅舅家去要赊些香料,舅舅不但不肯赊给我,反倒说了我一顿,不是连饭都不肯留我吃。我实在是气不过,就赌气走了,回来路上出了神,也是就碰了这倪二,他恰待要骂,因看见是我，就问我为什么走路出神呢？我就告诉了他原故，他说要不是你舅舅，我便要骂他一顿呢。既然你短钱使，我这里有二十两银子，你拿去使罢。我后来还他这银子的时候，他连利钱都不肯要我的。我自己的舅舅，一个钱儿的东西都不肯赊，倒是外人倒这么慷慨，你教人怎么不寒心呢？”卜世仁妻哭道：“原知道那是你舅舅的不是了，古人还说得好‘不念旧恶’呢，好歹看你娘的面上，救救你舅舅罢。”贾芸道：“我告诉舅母实话罢，我昨儿晚上就知道了，倪二的妻子彼时就来和我说了。我就说，什么要紧的事，你放心请回罢，交给我就是了。我要是恨舅舅的，就单把倪二弄出来，不管我舅舅的事了。舅舅虽然不拿我当外甥待，我心里便十分的怪他，到底看我母亲的面上，还要看顾舅舅呢。我今儿一早到荣府里，会了我本家的堂弟小兰大爷，他现做刑部的郎中，央了他写了封书子，教人送到兵马司衙门里去，随即把两个人都放了出来了。这会子，只怕舅舅已经到了家里了。舅母，你老人家快些请回去罢。我也不留舅母吃饭了，我不是不肯留舅母吃饭，等明儿闲了再来请舅母来吃饭罢。”卜世仁妻方才揩了眼泪，告辞出去，大家送出大门，看着上车去了。

原来贾芸一早会了贾兰，告诉了原故。贾兰便写了一封书，教林之孝赍了到兵马司衙门里去。裘良看了书子，便当着林之孝叫带过卜世仁、倪二来申饬了一番，说以后不许多事，便都释放了出来。倪二回家，他妻子告诉了他原故，便忙到贾芸家来谢了。那卜世仁回到家中，他妻子还在贾芸家未回，才知道是他外甥的力。及至卜世仁妻子回来了，告诉了他这一番说话，卜世仁也觉自愧，只得也到外甥家来谢了一番。贾芸回不在家，小红也不出来。卜世仁便和他姐姐说了一会昨儿的事，临去时说：“外甥回来的时候，给我说来给他道谢的罢。”卜世仁去了，贾芸出来笑道：“今儿才认得外甥了。”

要知后文更有何事，且看下回便知明白。

第二十九回　佳子弟拜家塾先生　群丽人迎芙蓉城主

却说这年殿试又早过了。贾蓝是三甲第一百二十名，朝考后，是即用知县。过不多时，早选了长安县知县，且喜离家不远，就带了家眷赴任去了。甄宝玉点了江西学差，小周姑爷升了翰林院编修。李纹生了一女取名淑兰，傅秋芳又生了一女取名绿绮，小红生了一子取名祺哥，探春又生了一子取名安哥。

时又早已到了年底，瞬息新年。桂哥已是六岁了。贾环在家无事，因就园里自己住的秋爽斋里头，另外收拾起两间屋子，做个家塾，以训子侄。桂哥应该草字排行，因添了一个"芳"字在下，取名桂芳。松哥也就照着排了，改名杜若。蕙哥原是草字，不用改了，还叫贾蕙。薛姨妈听见了，喜欢的了不得，便把孝哥儿也送来附读，来往便从园里角门出入，又近便，又有姑妈宝钗照应。每日读书写字，四人都还聪明，就中薛孝哥才料略为差次。桂芳本性聪明，五岁时宝钗便教他念书写字，已经认得两千多字了。每日一早便到塾中，晚上回来，宝钗又还教导。

一日，是四月中旬。紫云接了桂芳回来，不见宝钗在屋子里，问时知是到王夫人上头去了。只听那边屋内素琴、绣琴两个在里头笑打，桂芳便要瞧去，紫云遂跟了过来说道："奶奶不在家，你们就这么发疯，教人看见了是什么规矩？哥儿回来了，都不知道伺候。”素琴道：“哥儿回来了，今儿辛苦。”便拿了茶杯，要倒茶去。桂芳道：“我不喝茶，你们两个人，为什么事这么吵嚷？”素琴道：“奶奶到上头去了，叫我们两个看屋子。我们两个就说，白坐着做什么呢，不如一家写一张字，看谁写的好，写不上来的，就打五下手心。他写了一半多，就不写了。我说原说过的要打五下手心呢，他又不肯教打。我正要打他呢，你们就来了。紫云姐姐，你说我该打他，不该打他呢？”桂芳道：“你们写的字在那里呢？拿来给我瞧瞧。”素琴便把两张字递给桂芳，桂芳看时，见素琴的写完了，绣琴的还差着两行呢。桂芳道：“你们两个人的底子是谁写的？”素琴道：“都是紫云姐姐写的。”桂芳道：“紫云姐姐写的很好，你明儿也给我写两张呢。”紫云笑道：“我那是什么字，你要学了我的字，还好么？三爷同奶奶写的都很好，你只照着他们那样写，就是了。”

正说着，只见秋水进来了。紫云便忙让坐，绣琴倒上茶来。秋水道：“宝二奶奶那里去了？”紫云道：“奶奶在太太上头去了。姐姐又是带了诗来，是画来了呢？”秋水笑道：“那里有这么些诗啊，画啊的。我因今儿还没见过奶奶呢，特来请安来的。”桂芳便拉住他道：“姐姐，你来给我画张画儿罢。”秋水道：“这里又没有颜色画笔，怎么画法呢？等明儿在我那里，我给你画两张来就是了。”桂芳点头道：“也罢了，姐姐，你就别忘记了。”秋水道：“我知道。”因也拉了桂芳的手，问道：“你今儿在学里念的是什么书，可记得了，你念给我听听看呢？”桂芳道：“我今儿念的是：吉梦维何？维熊维罴，维虺维蛇。大人占之：维熊维罴，男子之祥；维虺维蛇，女子之祥。乃生男子，载寝之床，载衣之裳，载弄之璋。其泣喤喤。朱芾斯皇，室家君王。乃生女子，载寝之地，载衣之裼，载弄之瓦。无非无仪，维酒食是议，无父母贻罹。”秋水道：“你倒念第三本《诗经》了么？”说着，宝钗回来了。

桂芳便同了秋水众人过去，秋水向宝钗道：“桂哥聪明的很，我才刚儿问他念什么书了？他倒念了第三本《诗经》，念的很熟呢。

明儿总要比哥哥高些的,只怕鼎甲总有分呢!”宝钗笑道:“他却还肯念书,记心也还好。那里敢望鼎甲呢,将来功名还不愁罢了。”说着,早摆上晚饭,是一盘芥末拌雏鹅、一碗燕窝鲜笋煨鸡、一碗火腿炖肘子、一盘东坡大肉。

宝钗便叫秋水在这里吃饭,宝钗坐了上首,桂芳与秋水对面打横,绣琴盛上饭来。桂芳向宝钗道:“妈妈,秋水姐姐是妈妈的干女儿不是?”宝钗笑道:“那里是什么干女儿呢,他是我养的亲女儿么。”桂芳道:“他大我十几岁呢么,那里是妈妈养的呢!”秋水也笑起来了。桂芳道:“妈妈,秋水姐姐他明儿给我画两张画儿来呢。”宝钗笑道:“是了,你吃饭罢,仔细看吃冷了。”桂芳道:“不冷呢。”秋水道:“我给你浇些热汤罢。”桂芳摇头道:“我不要汤。”秋水便夹了一块火腿给他。少顷饭毕,撤过残肴,漱口喝茶。又坐了一会,秋水去了。宝钗又给桂芳理了一会书。方才归寝。

瞬息夏秋已过,交冬之后,到了十一月上旬,乃是探春子安哥周岁。平儿、宝钗、马氏、秋芳都坐了车,过去听了一天戏,至晚方回。

过了几日,探春的姑爷升了都察院左都御史,随即谢恩陛见回来,各衙门都来贺喜,车马填门。于是,一连唱了几天戏。头一天请的是郡王、驸马、各公侯伯、大学士,第二日请的是六部、都察院各官,第三日请的是翰詹、科道各官,第四日请的是国子监、大理寺、鸿胪寺、太堂寺、太仆寺、光禄寺各官,第五日请的是本地方官,第六日请的是各亲友。这日,贾赦、贾珍、贾琏、贾环、贾琮、贾蓉都在那里听了一天戏,甚是热闹,暂且按下不题。

再说湘莲、宝玉自从救了薛蟠之后,便同到袭人家里,见了袭人,宝玉丢下扇子,便和湘莲两人脱身走了。回到大荒山青埂峰下茅屋内,见了大士、真人,告禀平安州、紫檀堡两处之事。大士、真人道:“好,好!又了却世间两段因缘。再过一年,你们便该归还芙蓉城去了。我们又且到山下云游，只等到了其时，我们再来引送便了。”

湘、宝二人送出了大士、真人，回来坐下。湘莲道：“我们弟兄两个，却给薛家兄妹两人皆有夙世因缘。前儿两处之事，也是分该如此。”宝玉道：“可不是么。我们明儿到了芙蓉城中，无事时尽可游戏人寰。也还可再来看看未了的因缘，是怎么样呢？”湘莲道：“那却不然，前儿的两处事情，也只可偶一为之，不可复行。如此，一则怕被人识破，二则宝兄弟你都不知道神龙见首不见尾的事么？”宝玉道：“二哥说的是，你到底比我的见识高多着呢。我往常见你舞剑舞的风驰电掣，英气逼人，却没见你用过功呢。前儿才看见你的武艺，想古来剑侠，也不过如此罢了。我们在此，除坐功之外，别无消遣。不如你明儿就传授给我剑术，使得么？”湘莲笑道：“我的剑术也算不得什么，这剑术的讲究原大。当日黄帝与神女讲击刺之法，要守如处女，出如脱兔。这剑侠一流，原属阴。故妇人善此者不少，红线、隐娘最为高手。善剑术者，将双剑炼为弹丸，藏于脑后，任是铜关铁壁，障碍全无，来去如飞，不见踪影。我们师父，原不是此道中人，故我也没有传授。宝兄弟，你又何必学呢？你之不能学我舞剑，就犹如我不能学你吟诗的一般。我见你吟诗，又何尝不羡慕呢？我要学，想量一时也学不会，白可惜了工夫，又何必学呢？”宝玉笑道：“这还是各有所长的好了。”于是，二人每日还是打坐用功，无事时或到山下闲步，看些山花绕径，古木参天，飞泉瀑布，绝壁横云；或到山顶步月，听些龙吟虎啸，鹤唳猿啼，和那妖狐拜月，斑豹藏云。这都是司空见惯，不以为奇的了。

由是寒暑又更，宝玉已经离家七年了。一日，二人正在门外闲望，只见大士、真人同了甄士隐、贾雨村一起回来，二人忙上前迎接，同进茅屋内坐下，湘、宝二人献上茶来。甄士隐、贾雨村道：“柳、贾二兄，恭喜赴任蓉城，我们特来相送。”大士、真人道：“你们功行已满，该登芙蓉城主之位，今已届期，二位道兄有言在先，故来相送。我们就此同行罢。”

于是，大家出了茅屋，湘、宝二人跟随甄士隐、贾雨村、大士、真人穿云而去。行了两个时辰，早远远望见一带淡红围墙，里面隐隐楼台殿阁，只见警幻仙姑，带领痴梦仙姑、钟情大士、引愁金女、度恨菩提一群仙子，并妙玉、林黛玉、迎春、凤姐、香菱、鸳鸯、尤二姐、尤三姐、秦可卿、晴雯、金钏、瑞珠等都来迎接芙蓉城主，一齐在围墙之外。大家相见已毕，让甄、贾、大士、真人、湘、宝六人前行，只见围墙外两边，有许多黄巾力士站立。那淡红围墙，共有四门，即所谓芙蓉城也。

湘、宝二人由南门进去，行不多远，只见一座石头牌坊，上面写着“太虚幻境”四个大字，两边一副对联乃是：

假作真时真作假，无为有处有还无。

宝玉见了，心下道：“我来了数回，俱是梦里，到底不大明白。今儿才亲历其境，原来倒是此地的主人，也不枉我学道一番了。”

过了牌坊，便是一座宫门，门上横书四个大字“孽海情天”，又有一副对联，大书道：

厚地高天堪难古今情不尽，

痴男怨女可怜风月债难酬。

进了宫门，只见两边都是一溜配殿，各处都有匾额。行尽了甬道，只见中间一座正殿，上书“花满红城”四个金字。

众人进了殿中，大家重新施礼。黛玉又拜见了师傅贾雨村，妙玉拜谢了甄士隐昔日搭救之恩，香菱也来与他父亲磕头，湘莲与尤三姐相见，宝玉与凤姐、迎春、黛玉、鸳鸯、秦可卿、晴雯、金钏等相见。各道契阔已毕，然后让甄士隐、贾雨村、茫茫大士、渺渺真人四人在上面东西对坐，湘莲、宝玉二人在东边下首并坐，警幻仙姑与众人在西边下首陪坐。

仙女献茶已毕，警幻仙姑道：“柳、贾二公虽是此地主人，然而今日初到，尚在未谙。今蒙四位老仙长降临，小道亦忝在地主之列，略备一餐，少伸芹意。”大士、真人道：“多蒙仙姑盛意，有我们甄、贾二位道兄在此叨扰罢。我等尚有他事，不能羁延。”警幻仙姑道：“已知二位老仙长不茹荤酒，特备纯素蔬食，不过少顷之工，也不敢久留的。”因请到后宫去坐。

警幻仙姑在前引导，大家走进殿后看时，却是五间上房。原来不进上房，却由旁边角门出去，向北而行约有三五百步，转过甬道，只见向北也有一座石头牌坊，牌坊外再向北去，便是芙蓉城的北门了。警幻仙姑引着众人不过牌坊，却转向南，进了向北的宫门，到了警幻仙姑的正殿。里面已摆下四席，上首两席请甄士隐、贾雨村、茫茫大士、渺渺真人坐了，东边一席让湘莲、宝玉二人坐了，西边一席是警幻仙姑与妙玉二人相陪。不一时，饭毕漱口吃茶，大士、真人便起身告辞。湘莲、宝玉二人道：“二位师父，还请在此暂宿一宵，明日再行，也少尽弟子辈一点微忱。”大士、真人道：“我等还有因缘应当指点，将来到此之日尚多，汝等不必坚留。甄、贾二位道兄，他们可以在此留连两日，领略风光，也是一样。”于是，湘莲、宝玉二人与警幻仙姑、妙玉等送了大士、真人出去，过了牌坊，看着二人出了围墙，飘然去了。

湘莲、宝玉等大家回到警幻宫中，只见贾雨村正与黛玉谈讲别后之事呢。黛玉道：“闻得师傅当日宦途颇称得意，常在外祖母家与母舅拜会，学生几回要出来请安，又恐冒昧，是以因循不果。敢问何以又于几时入道的呢？”雨村道：“我因为沉溺宦海风波，幸遇甄道兄指点迷津，遂幡然入道的。甄道兄已经得道多年，我之入道是和宝玉兄入道的时候相等，于今才得七年耳。”宝玉道：“林妹妹，你到这儿来也是七年了。你来的时候，这里还没什么人呢么？”黛玉道：“我到这里来，也是七年了。我来的时候，已有好几个人了，头一个是小蓉大奶奶同瑞珠儿，以后便是金钏姐姐，再后便是尤三姐姐。”宝玉道：“尤三姐姐到这里有十几年了？”尤三姐道：“我也不记得是十几年了。”湘莲道：“也才得十年呢。”宝玉道：“柳二哥就是这年入道的，所以记得。那还有那个先来的呢？”黛玉道：“那就是尤二姐姐、晴雯姐姐、元妃娘娘了。”宝玉道：“元妃姐姐怎么没见？”凤姐道：“他在东边赤霞宫居住，轻易不到外边来。你今儿来了，也该谒见去才是。”宝玉道：“是的，凤姐姐亏你提醒了我，不然几乎忘了，我少刻就去。二姐姐是几时来的呢？”迎春道：“林妹妹来后，就是我来了。我来后，就是鸳鸯姐姐。”凤姐道：“鸳鸯姐姐之后，就是我了。我来后，就是妙师父和香菱嫂子了。”宝玉道：“再后呢？”凤姐道：“再后就是你了。”于是，大家都笑了。

宝玉道：“凤姐姐和鸳鸯姐姐我们在地府里会见之后，你们是几时回来的呢？”凤姐道：“你们去了，我们又住了一个多月才回来的。”秦可卿道：“听见宝二叔要不是会见了我兄弟，还认不得珠大叔呢！”宝玉道：“我那是和柳二哥一起去的，鲸卿兄弟他都认得我们两个呢。柳二哥是同去会尤三姐姐的，谁知道尤三姐姐倒先回来了。”湘莲道：“尤三姐姐，你们是三人同去的，怎么你一个人先回来了呢？”尤三姐道：“我原是护送他们两个去的。到了那里，因老太太要留他们在那里住，我又记挂着回来覆旨，故此就先回来了。”宝玉站起身来道：“我此刻便到元妃姐姐那里去，只是我路径生疏，要烦谁指引才好呢？”迎春道：“你跟我来，我带你去就是了。”湘莲道：“我也该去拜见娘娘，只怕礼仪不谙，宝兄弟烦你给我代奏请安罢。”宝玉道：“柳二哥，我给你转奏就是了。”

于是，迎春引着宝玉出了警幻宫门，向东而去。走了一会，早望见一带红墙，到了向东的赤霞宫，进到正殿，见了元妃，先行君臣之礼。元妃命宫女扶住，道：“此处已非禁地，只行常礼罢。”遂赐坐于旁。宝玉又代湘莲转奏请安已毕，元妃道：“我起先闻知你出了家去，心里很不爽快。后来凤姐、鸳鸯在地府回来，说你复又蓄发，将来还是此地主人，不久就来，我这才放心。我住的这赤霞宫，便是你的屋子。我在这殿后中间作为寝室，这殿旁左右另有上房，右边是你二姐姐住了，你便在这左边住罢。咱们姊妹们每日在一块儿说话，朝日相见的，何快如之？追想从前睽隔人天，不能聚首的时候，岂不顿有霄壤之分了么？”宝玉道：“这都是托赖娘娘的洪福。元妃道：“别的姊妹们住处，你还没到呢么？”宝玉道：“都还没去，先来请过娘娘的安，然后再去呢。”元妃道：“你且仍去警幻仙姑那边，恐怕还有什么事宜办一办去。你这里寝所的铺陈一切，我已教人预备了。你二姐姐先领他去看看罢。”

于是，迎春领了宝玉，到殿外左边转进一垂花门去，里面两边抄手游廊，上面三间上房十分精雅，进到里面，在炕上坐下，早有十二名伺候的仙女上来磕头参见，随又捧上茶来。宝玉道：“他们都还在那边等我们呢，不喝茶罢。”迎春道：“也好，横竖晚上还是我和你一起回来呢。”

于是，二人复回到警幻宫中，只见甄士隐与香菱正谈薛蟠之事，说起当日打死冯渊，还是在贾雨村案下判断的话。贾雨村道：“那时我因葫芦庙的小沙弥做了门子，他说薛家、贾家的富贵盖天下，教我不可秉公判断的话，因而枉法受私，就把这事胡乱断了。”湘莲道：“冯渊在地府，现已娶了薛大哥之妻夏金桂为妻，这事倒公允了。我与宝兄弟在地府回来之后，又到平安州救了薛大哥一命。”香菱等尚不知原故，湘莲又把前事细细说了一遍。甄士隐道：“那都是事皆前定，岂不闻‘莫之为而为者天也，莫之致而致者命也’的话么？”大家点头叹息。不一时，摆上晚饭，甄士隐、贾雨村、湘莲、宝玉四人坐了一桌，警幻仙姑与众人分坐了三桌。少顷饭毕，漱口喝茶，又坐了一会，大家都要归寝。

警幻仙姑等便送士隐、雨村、湘莲、宝玉到正南花满红城的正殿而来。正殿之旁另有三间上房，由一垂花门进去，里面铺设的甚是清雅，请士隐、雨村二人在内歇宿。众人道了安置出来。那花满红城正殿之后，五间上房内，请湘莲与尤三姐同住。湘莲道：“宝兄弟在那里住呢？”宝玉道：“我是在元妃姐姐那里住了。”警幻仙姑等便要送宝玉到赤霞宫去。宝玉道：“我先已经去过了，这会子我和二姐姐一起回去就是了。我今儿也不能到各位姐姐、妹妹处去请安问好了，只好恕我明儿到罢。这会子，竟是两便的好。”于是，大家都道：“也罢，恭敬不如从命了。”警幻仙姑、妙玉两个便仍回警幻宫去。鸳鸯、可卿、瑞珠就近回“痴情司”去。凤姐、尤二姐也就近回“薄命司”去了。黛玉、香菱、晴雯、金钏四人，向西面回绛珠宫去。迎春、宝玉二人便向东到赤霞宫去了。

要知后文，再观下卷。

第三十回　警幻宫歌红楼余音
芙蓉城舞鸳鸯宝剑

却说迎春、宝玉二人回到赤霞宫去，进了宫门，宝玉先到右边迎春屋里来又坐了一回，讲了一会别后事情。说起二姐夫孙绍祖来，迎春不觉流下眼泪。宝玉道："孙绍祖的报应，也只在早晚不远了。我们师父早已知道说过的。二姐姐，你明儿少不得有知道的时候，虽然不能现报在你眼里，耳朵里是听得见的。"迎春道："我也只怨我自己的命罢了。"因说："夜已深了，我送你过去罢。"只见那边早有四个仙女过来迎接，在外伺候着了。宝玉道："二姐姐，不用送了，明日会罢。"于是，四个仙女执着玻璃手照，迎了宝玉过左边上房里来，进了房内，便收拾就寝不题。

再说湘莲、尤三姐到了花满红城殿后的上房，也有十二个伺候的仙女上来参见磕头。湘莲与尤三姐在炕上坐下，湘莲道："自从那日一别，又早十年了。"尤三姐道："那从前我痴情待君五年，不期君果冷心冷面，我故以死报。那时因奉了警幻仙姑之命，前往此处而来，又不忍相别，故曾魂来一会，你还记得么?"湘莲道："这怎么得忘呢？我头里误听了浮言，因而生疑退聘，以致误了你的性命，故此我才痛恨出家的。我并非负心之人，你自然也该知道了。此时倒反得天长地久，竟可以不恨从前了。若没有从前的死别生离，怎么得有今日的逍遥聚首呢?"尤三姐道："这也是塞翁失马，祸福难期，可见事皆前定的了。”于是，二人收拾进房就寝不题。

话分两头，再表宝玉次日一早起来，便教仙女们引路，到绛珠宫来，走进里面，黛玉正在房内梳洗才毕。晴雯、金钏见了，便说道：“姑娘，宝二爷来了。”黛玉听见，便出来相见让坐，金钏送上茶来。宝玉道：“香菱姐姐也在这里住呢，我特来给他请安来的，怎么没见呢？”晴雯道：“姑娘在这左边屋里住，香菱姑娘在这右边屋里住，才刚儿起来，还没梳洗完呢。二爷，请坐一坐，他就出来了。”宝玉向黛玉道：“妹妹，我上午到地府里去，见了姑爹、姑妈，听见说有书子来给妹妹的。”黛玉因教晴雯：“把书子找出来，拿给二爷瞧瞧。”

不一时，晴雯取了书来，递与宝玉。宝玉打开看了一遍道：“姑爹现已升了十殿王了，还得几年才能转升相会呢。”黛玉道：“可不是，原指望该升转天曹的，不期又升了十殿王了，这又要还得好几年呢。”

宝玉因见书子外，尚有一封书子，上写着“颦卿妹妹玉展”，打开看时，却是宝钗的五言排律。宝玉看了点头道：“宝姐姐是几时有书来给妹妹的么？”黛玉道：“多谢宝姐姐寄了书来，是那年除夕。次日元旦，我父亲的书来，也是那一天，故此放在一处的。他才拿我父亲的书子来给你看，故此一起都拿来了。”宝玉道：“宝姐姐这诗把咱们头里的事都说透了。我今儿有句话，谅想妹妹也不能怪我的。自古说：‘太上忘情，贤者过情，愚者不及情。’这是万古不磨之论。我因这话，便悟到至人无梦，愚人无梦，所以贤者动谓情之所钟，正在我辈遂不觉过情，以致缠绵颠倒，入于魂梦，不能醒悟。可见庄周之栩栩梦为蝴蝶，尚不能如太上之忘情，故亦不能如至人之无梦也。这‘情’的一字，原是不可少的，也是不能免的。那喜、怒、哀、乐未发之时，便是个性，喜、怒、哀、乐已发之时，便是个情，不限定指那儿女私情才为情呢。故此这里的对联上说的好，‘厚地高天堪叹古今情不尽’，又说‘孽海情天’。故此小蓉大奶奶是这里的第一情人,掌管‘痴情司’事。世人都被痴情束缚,故跳不出孽海情天。妹妹已是到此多年了,况本性聪明,胜我十倍,应该久已悟彻了。太上忘情,一时虽巴结不上,然而太过犹如不及,故中庸之道庶乎可矣。咱们头里被痴情束缚,自罹于咎,倒是这里的对联说得好,他道‘过去未来莫谓智贤能打破,前因后果须知亲近不相逢’。到了今儿,方才如梦初醒,翻悔从前,正所谓‘识迷途其未远,觉今是而昨非’了。然而苦海无边,回头是岸,这会子咱们姊妹神交聚首,世外逍遥,天长地久,翻觉人世之百年短促,何况尚且不能如愿呢么!”黛玉点头道:“自来浓不如淡,淡之意味深远,只因世人都错认淡不如浓,不知道物极必反,盛极必衰,自然之理。所以宝姐姐与人不同,他见识高超,你看他凡事皆处于淡而不及浓,故此人都错认了他固执,仔细想起来,怎不令人佩服他呢!”宝玉因又把会袭人,寄宝钗扇子的事,告诉了黛玉一遍。黛玉道:“这等宝姐姐到这里来,还得三十多年呢!”宝玉道:“这三十年内,还有好些人要来呢。至快是四妹妹,不过两三年就要来了。”

说着,只见香菱笑嘻嘻地从屋里出来道:“宝二爷,好早啊!”宝玉道:“我特来给姐姐请安来的。”香菱笑道:“那可不敢当。我昨儿听见说,宝二爷同柳二爷在路上救了你薛大哥。宝二爷,你可见了你薛大哥没有呢?”宝玉道:“那会子,薛大哥已吓得不省人事了,及自他醒了的时候,咱们都去了好远了。”香菱道:“我只惦记着我那孩子,不知怎么样了?”宝玉道:“姐姐放心,你家孝哥很好。他和我们桂儿都是同年的,现今都在我们家里念书。先生便是舍弟环老三,他是归班的进士呢。明儿孝哥都有科甲的功名,姐姐你不用忧虑的。”

说着,只见警幻仙姑那边有人来请。于是,五人一起出来。

宝玉道:“我记得绛珠仙草在这里呢!”晴雯指着院中的白石花栏道:“这不是么!”宝玉等遂走至花栏边来看时,只见那草通身青翠,叶头上略有红色,一缕幽香,沁人心髓。宝玉走至跟前,却见那仙草婀娜摇摆不休，就像见了故人的一般。因想起从前到此处时，还有人怪他偷觑仙草呢，不觉心下叹息一番。

然后大家同到警幻宫来，只见甄士隐、贾雨村、湘莲、尤三姐、迎春、凤姐、鸳鸯、尤二姐、可卿、瑞珠早已到了，都在那里坐着说话儿呢。

原来这日是警幻仙姑特备了几席酒筵，款待甄士隐、贾雨村，并与湘莲、宝玉接风。于是，上边摆了两席，请士隐、雨村、湘莲、宝玉四人分左右坐了；下边四席相陪，头一席是迎春、黛玉、香菱、鸳鸯，二席是凤姐、尤三姐、可卿、晴雯，三席是妙玉、尤二姐、金钏、瑞珠，四席是钟情大士、痴梦仙姑、引愁金女、度恨菩提与警幻主人。大家坐定，只见席上摆列的都是交梨火枣、仙李蟠桃、龙肝凤髓、麟脯鸾胶之类，仙女们斟上千红一窟酒来，又有十二众仙女执着凤箫象管、锦瑟鸾笙上来，奏乐侑酒。

警幻仙姑道："十年之前，神瑛侍者初到此间，适值新谱成《红楼梦》曲一套，曾经当筵演奏，不知可还记得否?"宝玉道："我只记得出口是'开辟鸿濛'一句，那其余全然不知道了。惟有记得音律节奏是妙极了的，正所谓'此曲只应天上有'呢！"警幻仙姑道："昨儿新近又谱了《红楼梦余音》曲一套，只是巴人下里之词，并非白雪阳春之曲。今日无以侑觞，敢借此以博甄、贾二位老先生并二位芙蓉城主一笑。但恐新曲字句难明，先呈底谱共观，庶便指顾。"因命仙女们每席先呈上一本底谱，然后众仙女当筵奏乐，歌声嘹亮，真有遏云绕梁之音。

宝玉与湘莲一席，二人揭开底谱同观，只见上面写着道：《红楼梦余音》曲。

【仙吕·点绛唇】何事情天，古今不变。伊谁遣，万载千年，直恁地束缚人如绢。

【混江龙】试看这红楼梦演，珠围翠绕总堪怜。镇日价，痴男缱绻，怨女缠绵，从来意重没世心坚。只道是三生有幸，那

里晓一旦无缘。因此上心迷肺腑，智失疯颠。真教那金锁空偕连理梦。那知这绛珠久赋断肠篇。说什么，长垂玉箸，报答那甘露恩涓。悲绣户，愁眉枉黛，病潇湘泪眼空穿。葬花人心惜桃花落片，埋忧女魂悲弩箭离弦。咄咄手书空，不向那儒书究理；默默心解脱，竟来将内典参禅。昏迷时遇明师圆通妙解，透彻处逢良友道悟玄诠。说什么，脱拘牵咸通鬼趣；喜的是，解束缚同证天仙。翻笑煞小儿女痴迷。曩日全仗着大道力悔悟从前。今日里点头顽石主蓉城，会当年红心弱草还仙院。割断了尘缘障碍，从今后潇洒情天。

湘莲道："这都是说的宝兄弟与潇湘妃子的话呢！"宝玉点头道："柳二哥，你且听他唱。"因又看底下的，见是：

【油葫芦】说什么尤物移人蓦地牵，平白地结朱陈两姓联，又谁知浮言错认误婵娟。因此上扯碎了同心券，猛然间血溅了鸳鸯剑。这一个先归了离恨天，那一个倒做了世外仙。到头来，无意中刚趁了心中愿，笑煞那再世结姻缘。

宝玉道："这是说的柳二哥和尤三姐姐的故事了。"湘莲道："你才说我的，怎么这会子你又这么着，不用说话，听他唱的好。"因又看底下的是：

【天下乐】春满宫闱，可也早占先。年也波年不长圆，返云霄，先离了日月边。惟有那探春风三妹妍，性聪明，闺阁贤，到如今宦途中适良人，福寿全。

那边席上，迎春看到这里，便向黛玉道："你看这可是说的元妃姐姐同三妹妹么？"黛玉道："可不是呢。"因又听他底下唱道是：

【哪吒令】坐香闺幽闲少言，手芸编简编。嫁豺狼可怜甚奇缘孽缘，又何堪苦煎把身捐命捐。本待要叹人间称屈冤，又谁知有天道能消怨，早只见刀斩了恶兽施严谴。

迎春听到此处，早已扑簌簌掉下泪来。黛玉道："孙姐夫报应料已不远。二姐姐，你也不必伤心了。"香菱道："天道循环，自是不

爽的。这支曲子上,就说的好。”因又看底下的见是:

【鹊踏枝】只为怪三春快着鞭,因此上叹驹隙韶光浅。参古佛悟道人间,把天花一笑先拈。槛外人招邀非远,事功成尸解登仙。

黛玉道:“这是四妹妹了,不知几时才事功成呢?”迎春道:“听见说也不过一两年就要来了。”因大家又听他唱底下的,道是:

【幺篇】细数有情人第一先,可意女人娇艳。更有个运蹇英莲,恰似他诗稿频添,生憎那画梁双燕,说什么薄命堪怜。

迎春道:“这是小蓉大奶奶同香菱姐姐了。”香菱点头。因细看底下的,见是:

【寄生草】独不施脂粉轻盈姊妹翩,香闺针黹拈绒线,纱窗笔砚拈诗柬,珠帘卷处拈花片。喜的是,佳儿佳妇两和谐,享受了五花官诰荣非浅。

香菱道:“这又是珠大嫂子姊妹三个了。”只听他又唱底下的,道是:

【幺篇】冰雪聪明净风流窈窕,偏心酸泼醋人犹羡,心藏棘辣人皆怨,心伤气苦人难劝。堪叹是英姿出众,总成空。到如今,芙蓉城里重相见。

黛玉道:“这是琏二嫂子了。”因又看底下的,见是:

【幺篇】侍妾心肠好,娇娃巧性贤,平安保得芙蓉面,鱼车嫁得东床倩,鸾胶续得贤家眷。可知他,两下里富贵正绵长,荣华受享方无限。

黛玉道:“这又是平儿姐姐和巧姑娘了。倒是他们倒好呢。”迎春道:“平儿姐姐原是好的,这也不枉他为人一番了。”因又看底下的,见是:

【幺篇】人世娇多少,殊难数淑媛。有一个青灯课子儿称善,有一个青编粉指儿夫显,有一个青莲女士闺中彦。大都来富贵喜长存,一个个相夫教子登金殿。

迎春道："这又是说谁呢？"香菱道："一个是史大妹妹，一个是琴妹妹。那一个倒不知道是说谁呢？"黛玉道："那一个是邢姐姐。"大家说："不错。"因又看底下的，见是：

【幺篇】迟早来仙境，同归离恨天。一个捐生殉主由来鲜，一个轻生从井冤难辩，一个偷生恨把金吞咽。到如今芙蓉女已聚蓉城，又何须悔不当初便。

香菱道："这是鸳鸯姐姐和金钏姐姐、尤二姐姐、晴雯姐姐他们四个人了。"因听他又唱底下的，道是：

【幺篇】艳丽温柔女，情多缔好缘。一个相思女遗帕多留恋，一个画蔷女局外人忘倦，一个黄冠女抱恨抛经卷。须知道钟情原只为情多，到如今多情遂了多情愿。

迎春道："这几个又是谁呢？"黛玉、香菱都道："这可不知道是谁了，我们且听他唱底下的罢，明儿闲了再细看就是了。"因看那底下的道：

【赚煞尾】秋满蔚蓝天，春冷蘅芜院，他自把抱负才猷大展。试看那兰桂齐芳官爵显，一桩桩富贵频添胜当年。可晓得，天上人间增巨典，看红楼梦浅，为红楼事变。愿只愿，普天下有情人，早去证情天。

当下新曲奏完。甄士隐、贾雨村道："目览妙文，耳聆雅奏，何快如之！此曲前后包括无遗，抑且沉著痛快，足见仙姑大才，真补天手也。佩服！佩服！"于是席散，各自告辞回去。

到了次日，士隐、雨村和湘莲、宝玉先到赤霞宫去看了一看，又到绛珠宫来看看仙草，领略了一番芙蓉城中各处的景致。

这日却是湘莲、宝玉二人，在花满红城殿上，备了六席酒筵，请士隐、雨村坐了上首，中间面南一席；其上首面西一席，是警幻仙姑、钟情大士、痴梦仙姑、引愁金女、度恨菩提坐了；上首面东一席，是迎春、黛玉、香菱、尤三姐；面西下首一席，是妙玉、凤姐、鸳鸯、尤二姐；面东下首一席，是秦可卿、晴雯、金钏、瑞珠；那下首中间向北

一席，是湘莲、宝玉相陪。

席上黛玉、香菱说起昨儿曲中，有相思女、画蔷女、黄冠女这三个人，都不知道是谁的话来。宝玉道："那是小红、椿龄、鹤仙三人。"黛玉道："小红我认得的，那两个是什么人呢?"宝玉道："画蔷女椿龄是女戏子，黄冠女鹤仙是小女道士。"迎春道："你怎么倒都知道么?"宝玉笑道："怎么不知道呢，这三个人现都是我们的侄媳妇呢。这小红配了贾芸，椿龄配了贾蔷，鹤仙配了贾芹了。"甄士隐道："这三人内中有许多原委，宝玉兄谅想都知道的了。"宝玉道："我原也不知道的。这都是蒙我们师父，指示我们世间一切因缘，故于过去未来之事，都略知一二。"警幻仙姑道："神瑛侍者生有宿慧，故得道最早，与他人不同的。"宝玉道："柳二哥他得道在我之前，要算是前辈呢。有多少事，都是柳二哥指教我的呢。昨儿蒙仙姑赐教仙乐，令我辈俗耳一清。今日无以为欢，柳二哥出席当筵舞剑一回，以博二位老仙长与仙姑们一笑，何如?"众人都道："好的很!"

于是，湘莲出席，脱了长衣，拔出鸳鸯剑来，先走了两个架式，便盘旋舞将起来，只听飕飕风响，渐渐舞紧了，便只见一团白光罩住，全然不见人影。大家正在喝采，湘莲忽然收住宝剑，只见面色依然，气息如旧。士隐、雨村道："原来柳二兄竟是剑仙之流么，请将此鸳鸯剑作永镇芙蓉城之宝，庶不负此宝剑，亦不负此蓉城也。"宝玉道："既观妙舞，请各浮大白。"于是，仙女们献上巨觞，大家又痛饮了一回，然后吃饭，饭毕漱口撤席，又坐了一会，方才各自散了。次日士隐、雨村二人便告辞去了。

要知下文如何，请看后卷便见。

第三十一回　贾宝玉解衬衣慰婢
孙绍祖拔佩刀杀人

话说柳湘莲、贾宝玉到了芙蓉城中为芙蓉城主，每日与警幻仙姑、妙玉、迎春、黛玉等众人或是谈道，或是谈心，或是作诗下棋，或是看花饮酒，或是煮茗焚香，或是看书舞剑，真是无拘无束自在逍遥的了。

一日，宝玉到绛珠宫来，适值黛玉、香菱都到警幻宫中与妙玉闲话去了，金钏儿跟了去了，只有晴雯在家。宝玉走到里面坐下，晴雯倒上茶来道：“林姑娘和香菱姑娘都到警幻宫里去了。”宝玉道：“去了多大会儿了？”晴雯道：“去了好一会儿了，只怕也该回来了呢。二爷，请坐会子罢。”宝玉道：“我也没什么事，在家里也是白坐着没趣儿，不如到这儿来坐坐的。”晴雯道：“二爷近来怎都不像从前了么？”宝玉道：“我没改什么样儿啊，怎么都不像从前了呢？想是黑瘦了不成？”晴雯道：“不是说你脸上不像头里，是说你说话儿、心里不像头里了。”宝玉道：“怎么就不像头里呢？”晴雯道：“头里二爷和林姑娘何等的亲热，时刻都不肯相离。那会子说林姑娘要家去了，二爷就吓疯了。后来林姑娘死了，二爷就出了家了。怎么前儿二爷到了这里来，见了林姑娘总这么淡淡儿的，比着头里那么亲热的样儿，就很差多着了呢！林姑娘也不像头里，也是那么淡淡儿的了。这是怎么说呢？”宝玉道：“这也没什么说的。自从头里

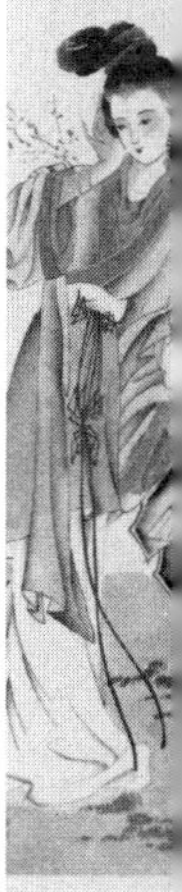

到了今儿,这个'情'字原还没有一点儿更改的。我们那从前都不知道这里头的道理,只想着我们姊妹们长在一块儿,要这些姊妹们眼看着我死了,还化成了灰,再化了烟给风一吹就散了才好,总为的是怕见那生离死别的原故。那里知道世人痴愚,谁能得够这么样么?怕见生离死别,偏偏儿的生离死别就不一而足,因此上才因痛而悔,因悔而悟。这会子做了芙蓉城主,原是想不到的。到了这里,不但是林姑娘一个人,就连大姐姐、二姐姐、凤姐姐、鸳鸯姐姐和你们大家都在一块儿,并且是天长地久,永没有生离死别的时候了。从前怕的是生离死别,偏偏儿的免不得的是生离死别;这会子经历了一番过来,不怕那生离死别了,倒又永没了生离死别了。细想起来,可不是淡淡儿的倒好,又何必尽着痴迷呢?况且,这个'情'是总在的,又谁还不知道呢?总之情多情浓倒反无益,还不如情淡情长的好。"晴雯道:"既是这会子胜似头里,这情义就该比头里还重些才是呢!"宝玉笑道:"这情虽淡,却比头里的情原还重呢!我说了这些话,你总还不懂。你且过来,我给你看就是了。"晴雯走了过来,宝玉拉他坐在手下,便在自己身上解开荷包,教他去看。晴雯看时,只见里面还装着他从前咬下的两根指甲,不觉一阵心酸,滴下泪来。宝玉道:"你又何必这么样呢!"因又掀起身上衣服来,给他看时,只见贴里还穿着是晴雯当日脱下来贴身的旧红绫小袄儿呢。晴雯擦着眼泪道:"这是多谢二爷,原不忘我的,情义是天高地厚的了。只是教我怎么补报二爷呢?"宝玉道:"你这也就是可见那情多情浓不如情淡情长的好了么。"

正说着,只见黛玉、香菱、金钏都回来了,大家相见坐下。

黛玉道:"你们两个又说什么梯己话儿呢?"宝玉道:"我来了没多大会儿,他说你们去了好半天了,也该回来了。我就在这里等你们的,因白坐着就说些没要紧的闲话儿。你们到警幻宫中是做什么去的呢?"香菱道:"我们到那里去,是和妙师父谈诗去的。"宝玉道:"好啊!我们在这里横竖没什么事,很该起个诗社才好呢。"黛

玉道:“要起诗社,就是人太少了些。明儿等四妹妹来了,那就好了。”宝玉道:“四妹妹原本就不大作诗,他近来是全然不讲此道了。我们这里现在有几个人?且数数看。”香菱道:“前儿作绛珠仙草的诗,是连元妃娘娘、警幻仙姑只得五个人呢!那天子二姐姐他又没作,越发觉得人少了。”宝玉忙道:“我没见过这诗,你这里有底子么?”黛玉便取出五人的诗草来,递与宝玉。宝玉接来,看了一遍道:“警幻仙姑的诗,我还没看见过呢。这诗首首都好,题目又新,少不得明儿我先要补和一首,然后再讲起社的话。”香菱道:“明儿起社还要算二姐姐一个人,那不就有了七个人,也不算过少了。”宝玉道:“就是这么说,我明儿先补和了仙草诗来请教罢。”话分两头,暂将芙蓉城事按下不题。

再说那孙绍祖自从迎春死后,并没续弦。只因人家听见他娶了荣府的姑娘尚然糟蹋死了,谁肯把女儿给他续弦?因此终日在外闲游浪荡,便常在锦香院里往来,与云儿宿歇。那锦香院自多姑娘去后,又来了个吴姑娘。这吴姑娘原来就是晴雯姑表之嫂吴贵儿媳妇,其淫浪更在多姑娘之上。那孙绍祖见了十分合意,便常来合他住夜。不期那长安府的舅子李衙内因妻丑陋,也长来锦香院里,与云儿十分相好。后来见了吴姑娘,更加喜悦,便在院里一住十天半月。孙绍祖又没有李衙内花的钱多,故此常时到了锦香院总值李衙内在内,便不许吴家的过来。

这日孙绍祖又来到了锦香院里,人回李衙内在内。孙绍祖道:“我来了几回,总没见吴姑娘,你叫他过来,我和他说句话儿。”这里人便过去对吴家的说了。那李衙内听见,便问:“是谁?”吴家的道:“是孙绍祖大爷,来了几回了,我过去说句话儿就来。”李衙内道:“你理他是什么东西呢?我不许你过去。”便一把把吴家的拖下了。

这孙绍祖等了半日,不见吴家的过来,气忿不过,又听得那边豁拳喝酒之声不绝,便一头闯将过去看时,只见吴家的与李衙内两个正在那里豁拳喝酒呢。孙绍祖便向着吴家的道:“我叫你过去说话,你为什么都不过去呢?”那吴家的便忙站起身来,李衙内便一把拉住吴家的坐下,道:“他是什么东西,好大胆,到这儿来混闹吗?趁早给我滚开罢!”孙绍祖大怒道:“瞎了眼的忘八蛋!我操你家祖宗。”李衙内也大怒道:“好大胆的王八崽子!我们的人呢,快拴了这野黄子,带到衙门里去问他。”孙绍祖道:“瞎了眼的忘八蛋,你吓唬谁?”因上前便一把拖了吴家的起来。

李衙内见了,便顺手拿起席上酒壶,照孙绍祖劈头打来,道:“我打你这王八崽子。”孙绍祖忙把头一闪,却打在右边肩头上,那酒淋了一身,前面衣袖都湿了。孙绍祖不觉怒从心上起,恶向胆边生,一面骂道:“好大胆的忘八蛋,了不得了。”一面在身上拔出解手刀子,上前一步,照李衙内劈面扎来,道:“我就捅了你这王八崽子了。”李衙内已经醉了,刚站起身子,见孙绍祖刀来,把头一侧,一刀正扎在左边太阳穴上。李衙内“哎哟”了一声,便跌在椅上,鲜血迸流。孙绍祖再复一刀,正扎中李衙内胸膛,早血流不止,登时死了。

李衙内有跟随的三个家人,上来见李衙内已死了,便齐奔孙绍祖来。有一个手脚利便些的,便一脚先踢掉了孙绍祖手中刀子。三个人上前,便揪住了孙绍祖,拿绳子来捆他。孙绍祖道:“这忘八蛋,他诈死呢!便是死了,也没什么要紧。咱们不怕,谁还走了不成!”那三个家人,不由分说,便拿绳子把他手脚都捆了。

锦香院里,已先有人到长安府里去报信去了。不一时,长安府里下来了三四个人,写了呈子,拖了孙绍祖一起到都察院来喊冤。

大周姑爷这日尚未下衙门,听见是孙绍祖的事,即时升堂。

先带原禀上来,这李衙内的家人便上来磕头,道:“小的叫李正,这死了的是小的的主人叫李衙内。今日在锦香院娼家喝酒,突有孙绍祖妒奸闯入,辱骂小的的主人,小的的主人也骂了他,他就逞凶拔出身上刀子来,把小的的主人戮死了。小的们把孙绍祖登时捆了,夺去刀子,现在大人案下,求伸冤作主。”周姑爷便叫带孙绍祖上来。这孙绍祖知道都察院里有探春的姑爷,原是两连襟呢,或者看情,可以避重就轻也不可知。便上来跪下道:“这李衙内是长安府的舅子,他倚势作威害民不浅。今日在娼家饮酒,官吏宿娼,律有明条,职员因去拿他,要送官究治的,不期他拒捕,先拿酒壶打了职员,把衣服都污了可证。职员一时气愤,就拿酒碗砸他,不期打中他太阳,就血流不止死了。”周姑爷把惊堂一拍,道:“你是什么职员,职员都去混杀人的么?先打他的嘴!”左右站班人役上来,先把孙绍祖掩过掌责二十。周姑爷道:“现有凶器,是刀子扎死的,怎么说是酒碗砸死的呢?”孙绍祖碰头道:“实是酒碗砸的,那刀子是他捆起小的来,在小的身上拔了去,图赖小的的。”周姑爷“哼”了一声,吩咐发交刑部监禁。即委刑部司员带领仵作人等,前往检验明确,再行讯究。

贾兰在刑部听得此信,便同了一位主事带领仵作人等,随即到了锦香院来,将李衙内尸首检验明确。仵作喝报:“验得左太阳穴有紫色刀伤,深一寸五分,皮破、骨伤、血出;胸膛有紫色刀伤,深一寸八分,皮破、骨断、血出。”当即填写尸格,禀覆都察院衙门。

贾兰下了衙门,回到荣府,见了贾政、王夫人。贾政也下了衙门,才刚回来。贾兰道:“今儿都察院三姑爹衙门里,饬委刑部司员检验李衙内尸首,我听见这凶手就是孙绍祖,在都察院衙门里犹称职员,三姑爹就喝住了他,先已掌责了二十了。我就忙同了一位主事带领仵作前去验明,已经禀报过了。这是明儿总定了抵偿的了。”贾政道:“你可知道是什么原故呢?”贾兰道:“这李衙内在娼家喝酒,孙绍祖妒奸进去吵闹。李衙内怒将酒壶掼打孙绍祖,孙绍祖便拔出身上解手刀子来,扎了李衙内太阳穴同胸膛两处,重伤血流不止,登时死了的。”贾政道:“孙绍祖这东西,平日也太凶横了。此时还是在这凶横上头了结,可谓恶贯满盈了。”王夫人道:“可怜迎丫头,就白被他家糟蹋死了,这会子也算是现报了。”贾兰道:“二姑妈此时在九泉之下,也可以瞑目了。”贾政道:“你明儿还在都察院打听打听,看是怎么审拟了?”贾兰答应下去,不题。

再说周姑爷下了衙门,回到家中,便把这事细细的告诉了探春一遍。探春道:“这总该定了是死罪了么?”周姑爷道:“他今儿还不认是刀伤,狡辩是酒碗砸的。这会子,刑部司员已验明是刀伤确切。将来照故杀律,总是斩罪罢了。”探春道:“可怜二姐姐,白被他凌辱死了。这会子,是他自投法网,也不是官报私仇,就是死罪还便宜了他呢!”周姑爷道:“我明儿讯供的时候,自有法儿处治他。”探春道:“死罪不算,总要活着给他受受罪才好,也出出人的气呢!”周姑爷点头,夜深归寝。

次日一早,上了衙门,等各官到齐了,便提了孙绍祖一起人犯当堂审讯。先叫上吴氏问道:“李衙内是怎么死的?从实供来。”吴家的供道:“这李衙内昨儿在小的家喝酒,孙绍祖不忿,他来就要叫小的过去,李衙内又不肯叫小的过去,孙绍祖便气忿,过来争闹,与李衙内两下相骂,李衙内动气便把酒壶掼打孙绍祖,孙绍祖急了便拔身上解手刀子,把李衙内戮了两刀子,就戮死了的。小的不敢蒙蔽,求大人问孙绍祖,就是恩典了。”周姑爷便叫上孙绍祖来,问道:“你是怎么用刀子杀死李衙内的呢?实供罢。”孙绍祖道:“小的实是拿酒碗砸伤李衙内的,那刀子是他家人们拔了小的的去,图赖小的的。”周姑爷道:“吴氏现供是你用刀子戮死了李衙内的。昨儿司员检验也是两处刀伤,比对凶器符合。你还狡赖吗?看大刑伺候。”两旁答应了一声,孙绍祖道:“实是酒碗砸的一伤,并没两处刀伤啊!”周姑爷把惊堂一拍,道:“夹了,问他招不招?”两旁答应,把孙绍祖拖下,将靴袜扯去,把孤拐套上夹棍眼里,用力一收,孙绍祖早已昏晕了过去。周姑爷问道:“到底是什么伤?”孙绍祖苏醒过来,道:“是刀伤,是小的该死。”周姑爷叫松了刑,问道:“怎么用刀子戮的呢?实说罢。”孙绍祖道:“李衙内先拿酒壶掼打小的,淋了小的一身的酒,小的气起来,就拔出身上刀子,先扎了李衙内太阳上一刀,又扎了胸膛一刀。是小的该死,求大人的恩典。”周姑爷

"哼"了一声道:"不用大刑,还狡赖呢!"吩咐当堂画了供招,仍发交刑部监禁。吴氏发交官媒收管,饬令李衙内家人李正将李衙内尸棺领埋去讫。

次日,便具了折奏,奏闻请旨。折奏上道:"都察院谨奏,奏为奏闻请旨事:据长安县民李正呈称,伊跟随主人李衙内在锦香院妓女吴氏家饮酒,突有荫袭指挥孙绍祖闯入,妒奸争闹,互相角口辱骂。绍祖逞凶,突拔身上解手刀子,将李衙内登时杀死。伊等当将绍祖捉住,夺去凶器,奔赴臣衙门求究等情。据此,当经饬委刑部司员带领仵作前往检验去。后旋据刑部司员填写尸格禀称:'检验得李衙内尸身左太阳穴有紫色刀扎伤,深一寸五分,长一寸,皮破、骨伤、血出;胸膛有紫色刀扎伤,深一寸八分,长一寸,皮破、骨断、血出,两致命伤检验是实。'并取具仵作人等不致脱漏增减、扶同捏合甘结前来。随经提同人证,当堂严讯。据李正供:'我是李衙内家人,我跟随李衙内到锦香院妓女吴氏家饮酒,突有荫袭指挥孙绍祖闯入,妒奸争闹,互相角口,以致辱骂。孙绍祖就逞凶拔出身上解手刀子来,在李衙内左太阳上先扎了一刀,复又在李衙内胸膛上扎了一刀,两处血流不止,登时就死了的,可怜我们的家主就活活的被他杀害了。'据锦香院妓女吴氏供:'我是锦香院妓女。这死了的李衙内,这日到我们家喝酒,孙绍祖也到我们家来,叫我过去,李衙内不许,孙绍祖就气忿起来,闯进去两下争闹,互相辱骂起来。李衙内先拿酒壶掼打孙绍祖,孙绍祖急了,就拔出身上解手刀子来,先扎了李衙内左太阳上一刀,血流不止,跌在椅上,孙绍祖复又扎了李衙内胸膛上一刀,就登时死了。我们一时救护不及,在旁都吓死了。求问孙绍祖,就是恩典了。'据孙绍祖供:'我是荫袭指挥。这李衙内倚恃是长安府的舅子,横行宿娼,我是去拿他要送官究治的,不期李衙内拒捕,反将酒壶掼打,淋我一身的酒。我一时气愤就用身上解手刀子先扎了他左太阳一刀,复又扎了他胸膛一刀,血流不止,就死了。是我一时该死,求恩典。'诘问孙绍祖:'你是妒奸争闹，因而杀死李衙内的，怎么又供是李衙内拒捕因而杀死的呢？’孙绍祖犹狡辩不服，因用大刑一次，始据供云：‘实因妒奸争闹，以致杀死李衙内的，不敢蒙蔽。’各等供。据此，查律载故杀者斩监候，又律载如系在官人役加一等。今孙绍祖身任荫袭指挥，因妒奸杀死李衙内，应准故杀律拟斩监候，又系在官人役加一等，应拟斩，秋后处决。吴氏私娼，以致酿成人命，应照不应重律杖八十。余人无干，俱各省释。相应将审拟缘由，恭折奏闻，伏乞皇上睿鉴训示，谨奏。”

过了一日，批下折子。奉旨：“孙绍祖身任荫袭指挥，罔知法纪，殊堪痛恨，着即立决，毋庸秋后。余依议，钦此。”

周姑爷见折奏批回，即委刑部郎中贾兰监斩。贾兰便带了人役到监中提出孙绍祖来，跣剥了衣服。贾兰标了斩标，将孙绍祖绑赴法场之上，刽子手上前一刀，将孙绍祖的头早砍下来了。贾兰监斩已毕，便到都察院衙门覆命。周姑爷便将吴氏也发落了，了结此案。

这吴氏原是吴贵儿媳妇。当初晴雯撵出，卧病在他家内之时，宝玉私自去看晴雯，却被这贵儿媳妇拉在他房内，将两腿夹住宝玉不放，后来听见人来，宝玉才挣脱跑了的。及至晴雯死后，这贵儿媳妇就跟人逃走了。吴贵儿回来，怕人耻笑，不敢声张，只说被妖怪从墙头上过来吸了精去死了。

这贵儿媳妇自来妖冶淫荡，久后遂至流落为娼。自从进了锦香院恰又遇着孙绍祖、李衙内。这一番人命在都察院发落了之后，就不许为娼。适值王仁妻死，知道这贵儿媳妇貌美，又不要花什么大钱，就娶了家去续弦去了。

要知下文如何，再看后回便见。

第三十二回　孙绍祖鼎烹转轮府
贾元妃高会赤霞宫

话说林如海在冥中做了十殿转轮王，那冯渊、崔子虚、秦锺三家眷属俱在署内。如海因着他们分管事情，犹如幕友一般，教冯渊掌管刑名兼理钱谷，崔子虚专管书启兼代红黑笔，秦锺专管号件。

这转轮王府中有一名厨子，原是前任荐过来的，名唤多官混名多混虫。原来便是多姑娘的前夫，原是荣府厨子，今知贾母、贾珠在林如海任上升来此处，便写了个手本，托潘又安回了，上来磕头请安。贾母便问问他生前之事，因知他妻子多姑娘现已嫁了鲍二。这多官并无过恶，况原是荣府旧人，贾母便向如海说了，加恩叫他在大厨房管总，这多官便磕头谢了。

一日，过堂脱生的鬼犯内中，忽有一名鲍二。林如海看了阳世犯由，叫上他来细问。鲍二不敢隐瞒，便将因荣府撵出，纠约盗贼，惧祸潜逃，探知其妻多姑娘为薛蟠娶去作妾，复约伙盗于平安州欲行劫杀薛蟠，至被柳湘莲杀死之事一一供明。林如海便罚令他转世为驴，因将此事告知贾母。

贾母叹息了一番。便因鲍二，想起鲍二家的来，他自来就与贾琏不端，现今年少在此寡居，难保其无暗昧之私。况鲍二已被湘莲杀死，转世为驴。鲍二既经复娶多官之妻为妻，今多官现在此处，且人胜似鲍二，何不即将鲍二家的配了多官，岂不十分公允呢！遂将此话向林如海说了。林如海笑道："老太太真是想得到，凡事一秉大公，这么一调剂，真是内无怨女，外无旷夫了。"于是，遂将多官与鲍二家的配为夫妇，一个是其妻曾嫁其前夫，一个是其夫曾娶其前妻，真是颠倒姻缘，从来奇事了。

一日，阎罗王那里有文书来，是有几名要过堂转世脱生的鬼犯。崔子虚看见内中有李衙内一名，心下惊疑，因请出林如海来，将李衙内名字指与他看，道："不知是那李衙内不是？请老大人明儿过堂的时候，留心问他一问。横竖晚生的始末，老大人是知道的。"林如海道："这个容易。这会子没事，就过堂罢。"因吩咐出去，叫伺候升堂。

不一时，人役齐了，如海升堂，便叫带过这一起过堂的鬼犯上来。底下答应一声，一一点名过去。点到李衙内，林如海问道："你把生前之事，细细说来。"李衙内道："小鬼犯是长安府太爷的舅子，生前总在长安府衙内，因到锦香院去宿娼，有孙绍祖妒奸争闹起来，那孙绍祖行凶，就把小鬼犯杀死了的。小鬼犯生前并无过恶，今当转生为人，到案下来过堂的。"林如海道："你生前聘过张金哥为妻的么？"李衙内道："张金哥聘后就死了，并未过门。"林如海大怒道："你倚仗长安府威势，强聘张金哥有夫之妇，以致金哥父母逼退崔守备家之聘。义夫烈女，双双自尽，你这罪恶还小么？姑念已死于他人之手，免受地狱之苦，罚令转世为犬，也不问枉了你了。"底下鬼卒就把狗皮给李衙内披上，同这一起过堂的鬼犯，都赶到六道轮回处转世脱生去了。

林如海退堂进去，便告诉了崔子虚一番。适值贾珠也在那里，便道："罚他为犬，还便宜了他呢！只是他才说被孙绍祖杀死了的，这孙绍祖是什么人？好像我二妹妹的姑爷是这个名字呢！等我问老太太去，看是不是？"于是，走到上房见了贾母道："方才姑爹在外过堂，有一个鬼犯是李衙内，就是崔子虚、张金哥的对头，姑爹已罚他转世为犬去了。这李衙内在阳间，说是被孙绍祖杀死了的。我

好像听见二妹妹的姑爷是这个名字呢，老太太可记得么？”贾母道：“迎丫头的姑爷是叫孙绍祖，他是荫袭指挥，怎么能混杀人呢？”贾珠道：“听见二妹妹还是他凌辱死了的，可见就是个凶横的人了。或者因斗殴，或者因什么事情杀了人，也是有的。这李衙内是长安府的舅子，这杀他的人总是要抵偿的，以后总留心看这孙绍祖的名字就是了。”贾母道：“要果然是孙绍祖这混账东西到这里来了，也要给他受受罪才好呢！”贾珠道：“我对他们说去，俱大家留心，不要给他错过了。”于是，出来嘱咐了冯渊等，大家留心看孙绍祖的名字，恐怕错过。

谁知过不数日，只见过堂的文书内早有一名孙绍祖。贾珠道：“是要抵偿李衙内的，不得这么快，或是别故死的，也未可知。”冯渊道：“恐怕是畏罪自戕的，也料不定。”贾珠等林如海回来，就将此话禀了。林如海道：“今儿已迟了，明早过堂罢。横竖他已来了，没有错过的事，就放心了。”

到了次日一早，林如海吩咐，今儿在内堂过堂，请贾母、贾夫人在屏后坐听。不一时，伺候人役已齐，如海升堂，逐一唱名点过，点到孙绍祖，如海便问：“孙绍祖，你在阳间是什么人，是怎么死的呢？”孙绍祖道：“小鬼犯生前是荫袭指挥，只因酒醉杀了李衙内，问了抵偿，正了国法死的。”林如海道：“你娶的妻子是贾迎春吗？”孙绍祖道：“是贾迎春。”如海道：“他是怎么死的呢？”孙绍祖道：“是病死的。”林如海把惊堂一拍，喝道：“我久已知道是你凌辱死的，还狡赖吗？”

叫鬼卒把他快叉下油锅底下。鬼卒答应了一声。只见檐前早已设下油锅，烈焰腾腾烧的锅内的油都滚起来了。一个鬼卒便上来把孙绍祖跣剥了衣服，一个鬼卒提起钢叉照孙绍祖腹上“咯喳”一声叉将起来，举着往油锅里一丢，那滚油都溅出锅外。不一时，皮骨俱烂，渐渐熔化，化成一道清烟。鬼卒将他捞将起来，向地下一掼，将水一喷，依然还是人形，穿了衣服，上前跪下，哭道：“十王爷爷，鬼犯从今悔悟，再不敢为非了。”如海道：“你生前杀了李衙内，故抵偿正法。那凌辱妻子致死的罪名，还没消除呢！今罚你转世为猪，长大了的时候，免不得心头一刀，还教那世人千刀万割吃你的肉去。”底下鬼卒便把猪皮给孙绍祖披上，同那一起过堂的鬼犯，都赶到六道轮回的地方，转世脱生去了。

堂事已毕，如海退堂进来。到了上房，见了贾母，问道：“老太太可听见了么？”贾母道：“我见他叉下油锅，看的害怕起来，也没听完就进来了。后来怎么样了呢？”如海道：“他后来知道改过，我就罚他转世为猪去了。”贾母道：“阿弥陀佛，这也就很够了他了。”贾珠道：“前儿李衙内转世为狗，今儿孙绍祖转世为猪，这猪狗都是差不多的畜生，还便宜了孙绍祖呢。”如海道：“猪狗虽然一样，却大有分别。这狗若生在太平富贵人家，得保其天年，逍遥自在，比那贫贱极了的人还高些呢。猪是长大了的时候，总免不了一刀，还要千刀万割的切食其肉，比狗就差远了。”贾夫人道：“二侄女儿此刻都在离恨天上，原也不恨他了。只是不知几时才得瞧瞧我们女孩儿去呢？”贾母道：“横竖总有见的时候罢了。这会子，又何必这么忙呢？”于是，又过了两月。

忽然，一日玉帝有旨：“京师都城隍忠祐王员缺，着林如海调补，所遗转轮王员缺，着胡判官补授，其酆都城隍员缺，着崔判官补授。钦此。”林如海接了玉旨，随即各王并城隍等都来拜贺。贾珠与冯渊、崔子虚、秦锺等也都道了喜。贾母道：“这可到太虚幻境里去不能呢？”林如海道：“这是到京城里去，倒离老太太家里不远了。明儿可以晚上梦里回家看看，倒使得的。”贾夫人道：“离恨天上到底几时才能得到呢？”贾珠道：“明儿姑太爷上任去，先要到天上陛见谢恩呢！我们便都一起动身前去，先到了太虚幻境住着，等姑太爷陛见了回来，再一起到京城上任去，岂不两全其美呢？”如海道：“但不知那里可顺路不顺？”贾珠道：“潘又安是去过的，问他便知道了。”便传了潘又安进来，如海问道：“你上年送尤三姑娘到太虚幻境去过的，可知道那里离玉帝天上有多少远，顺路不顺路呢？”潘又安回道：“小的还没上过天，远近是不知道。只记得那年在那里曾听见过他们说，他们那里离南天门不远。”如海道：“这么说，就是顺道了。”于是，一面料理交代，一面收拾，择日起身。如海又到各衙门去辞了行。

到了起身这日，各王与城隍等都在城外祖饯，如海下轿施礼，道：“多蒙盛意，铭感五中。但王程紧急，不敢稽延，待林如海立饮三盅罢了。”于是，各王公敬了三盅，如海饮了，便道：“列位王爷请回，小弟就此告别。”各王等再三要候如海上了轿，方才回去。

这里贾母头里坐了一辆大车，鲍二家的在前伏侍；第二是贾夫人带了司棋坐了一辆大车；第三是夏金桂、张金哥、智能三人坐了一辆大车。贾珠带了潘又安骑马在前引路，冯渊、崔子虚、秦锺带领焦大、多官等也都骑马，押着行李驮子在后。林如海坐了一乘大轿，从后赶了上来。

行到下午时分，贾珠在前早隐隐望见一带淡红围墙，便问潘又安道：“那是什么地方？”潘又安道：“那就是芙蓉城了。”贾珠道：“这就快到了，我们慢着些儿，等姑老爷上来，禀明了再走。于是，缓缓而行。渐离芙蓉城不远了，只见林如海大轿已上来了，贾珠便下了马，到轿前来回道：“前头望见的就是芙蓉城了。”如海道：“我此刻先要陛见去呢，你们先到那里去罢，我陛见回来，再到这里会齐。”贾珠答应了下去。如海便带了潘又安，取路往南天门去了。

这里贾珠在前，引了贾母等一起车马人众，早到了芙蓉城口。只见几个黄巾力士上前来问，贾珠道：“我们都是你们这里元妃娘娘、潇湘妃子贾、林两家的人，特意到这儿来的。”那黄巾力士答应了一声，便都上来领着进了南门，一个便先去报信。湘莲、尤三姐路近，听见了便赶忙招呼了凤姐、鸳鸯、尤二姐、秦可卿、瑞珠一齐迎了出来。

贾珠等已到了石头牌坊，见了湘莲忙下了马，上前拉手相见，并与尤三姐、凤姐、鸳鸯问好。凤姐道："老太太都来了么？"贾珠道："都来了，人多着呢！"鸳鸯便问道："这车里是老太太么？"贾母看见，便道："我在这里呢！"鸳鸯赶忙上去，同着鲍二家的扶了贾母下车，凤姐便扶了贾夫人下车，接着夏金桂、张金哥、智能都下了车。大家相见，请安问好。秦锺也上前给他姐姐相见，并给众人请安。贾母道："我们宝玉还没来么，林丫头呢？"凤姐道："我们路近，就先来了。他们都路远，走的慢些儿，也就都要来了。老祖宗同姑太太，且请到殿上坐坐，歇息歇息罢。"

于是，大家慢慢儿的走到宫门，正要进去，只见东边宝玉同迎春两个来了。宝玉忙跑上前去，请了贾母、贾夫人的安，迎春也上来请了安，大家相见。于是进了宫门，到了花满红城的正殿，正要坐下，只见黛玉、香菱、晴雯、金钏都来了，一齐跪下请安。贾母、贾夫人拉了黛玉，一齐大哭，黛玉也哭起来。凤姐道："老祖宗和姑太太，今儿都大家团圆相会，应该欢喜才是，怎么倒伤起心来做什么呢？"贾母道："原知道该欢喜才是呢，不由的见了面就伤起心来了么。"说着，只见警幻仙姑、妙玉也来了，大家请安问好。贾母道："妙师父隔了好几年没会了。这一位是谁呢？"黛玉道："这是警幻仙姑，就是这里太虚幻境的主人呢。"贾母与贾夫人道："我们初到，应该来奉谒才是，怎么倒惊动仙姑的大驾呢？"警幻仙姑道："听见老太太和姑太太的驾到，只因路远来迟，以致有失迎候了。"

于是，大家又从新逐一施礼。相见已毕，因冯渊、崔子虚不好起居，宝玉便让了贾珠、冯渊、崔子虚、秦锺同湘莲陪着六人都到赤霞宫宝玉上房去坐了。这边贾母、贾夫人、夏金桂、张金哥、智能等是警幻仙姑、迎春、黛玉、凤姐、可卿、尤氏姊妹等陪坐。茶罢，凤姐道："老祖宗只怕饿了罢，吩咐摆饭。"贾母道："元妃娘娘在那里呢？我们都要去见见呢！"凤姐道："他在东边赤霞宫里，宝兄弟、二妹妹都在那里住。老祖宗用过饭再去不迟。"于是，摆了两桌饭，上头一

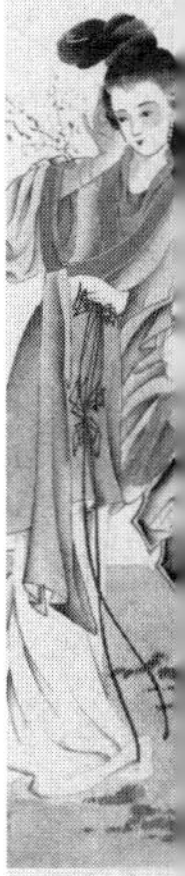

桌是贾母、贾夫人二人，黛玉、凤姐陪坐；底下一桌是夏金桂、张金哥、智能三人，尤三姐陪坐。

饭毕，贾母、贾夫人带了夏金桂等三人，便要到赤霞宫去，迎春、黛玉、鸳鸯三人陪了过去。到了赤霞宫，宝玉忙迎出来道："老太太来了，才刚儿大哥哥已同我见过了元妃姐姐了，冯大哥他们三个是代奏请安过了。元妃姐姐知道老太太来了，喜欢的很，正在那里坐着盼望呢！我和老太太、姑太太进去，先见过了元妃姐姐，再请冯大嫂子他们进去见罢。"贾母道："也罢了。"

于是，宝玉先领导进去，奏说："老太太、姑太太都来谒见娘娘来了。"贾母、贾夫人走上殿去，元妃便站起身来，贾母、贾夫人要行国礼，元妃便一手拉了贾母，一手拉了贾夫人，道："不用行礼，此处已非禁地，何必如此呢？"因命宫女设坐，贾母、贾夫人谢了坐，方才坐下。元妃道："多年没见老太太了，倒还康健么？"贾母道："托赖娘娘的洪福，还好。"元妃道："姑太太有三十多年没见了，我都不大认得了。才刚儿珠大兄弟来见，也只依稀仿佛，面貌都记不清了。姑太太，恭喜赴任京城，这倒离家里不远了。"贾夫人道："这都是托赖娘娘的洪福呢！娘娘一向玉体万安？"元妃道："自到此地，倒比宫闱强多了。"贾母道："同来还有冯、崔、秦三家女眷在外，要进来叩见请安，因候旨不敢擅入。"元妃便向宝玉道："你去领他们进来罢。"宝玉答应，便到宫门外领了夏金桂、张金哥、智能三人进殿。夏金桂等三人便向上一齐磕头叩见，道："恭请娘娘万安。"元妃命宫女搀起，赐坐于贾母、贾夫人之下。金桂等三人又磕头谢了坐，然后挨次坐下。元妃道："才刚儿两个兄弟说，陛见之后即赴新任，不过一两天就要去了，心里要留老太太、姑太太多住几天才好呢！也罢，今儿在我这里吃晚饭罢，明儿我就不管了。"因叫宫女去请了迎春、凤姐、黛玉、尤三姐、鸳鸯五人来陪坐。贾母、贾夫人等齐道："又多蒙娘娘赐宴，何以克当？"元妃道："什么话，我们多年都没有见面了，这会子权作个团圆家宴罢！"

于是，就殿上摆了六席酒筵。迎春、凤姐、黛玉、尤三姐、鸳鸯也进来了，参见已毕，大家就坐。右边上首一席是贾母，凤姐陪坐；下首一席是贾夫人，黛玉陪坐；左边上首一席是夏金桂，迎春陪坐；下首一席是张金哥，尤三姐陪坐；底下一席是智能，鸳鸯陪坐；中间一席是元妃相陪。

宫女们献上酒来，席间说些冥中之事。贾母便讲起孙绍祖变猪之事来，元妃道："这事我这里已略知梗概，只不很详细。今儿老太太一说，就明白了。但这孙绍祖原可恨，应该如此的。"迎春听见，便流下泪来。凤姐道："二妹妹应该欢喜，怎么倒反伤心起来呢？"鸳鸯道："他是自己想起从前的事来，不由人的要伤心罢了。难道还可怜孙绍祖伤心么？"黛玉道："正是，往事不堪回首处，这也是自然之理呢。"元妃点头道："林妹妹说的很是。"贾母又说："孙绍祖杀的这人，便是李衙内。"因又把李衙内变狗的事，说了一遍。元妃便向张金哥道："原来这位张姑娘可敬的很，应该旌奖的才是。我这里敬你一杯罢！"因命宫女将自己面前的一杯酒，送给张金哥去。张金哥忙要出席来谢，元妃令宫女拉住，不必出席。张金哥只得站起身来，接了酒，道："蒙娘娘的恩典，婢子遵旨立饮了。"宫女候干了，仍然取过杯子，送了上去。夏金桂生恐说到他的身上来，心下甚是难过。不一时，酒完上饭。饭毕，漱口喝茶，撤过酒席。大家谢了宴，便告辞出来了。

原来贾珠、冯渊、崔子虚、秦锺也是元妃赐了一席宴，是湘莲、宝玉相陪，便在宝玉那里坐了，已经吃完。贾珠、宝玉二人又去谢了宴。贾母等到宝玉这里，看了一看，便到迎春那边闲坐去了。湘莲便送冯渊、崔子虚、秦锺三人到花满红城之旁去住宿。夏金桂、张金哥、智能三人便在迎春上房住了。贾母与贾珠便在宝玉上房住了。贾夫人同了黛玉便到绛珠宫去住宿。

要知晚景有何话说，且看下回分解。

第三十三回　史太君聚会离恨天　林如海赴任都城隍

话说贾夫人同了黛玉来到绛珠宫住宿，黛玉那里早有仙女们前来迎接。到了那里，香菱、晴雯、金钏也都迎了出来，进了上房，大家坐下。黛玉问香菱道："你可有和你们奶奶去谈谈心去没有呢？"香菱笑道："我一会见着了他，就叫他奶奶，他脸上好不好意思的。后来警幻仙姑和妙师父来了，大家见礼。他就在那个空儿里，私下拉了我去，悄悄儿的说道：'你千万莫叫我奶奶，你只叫我姐姐，我叫你妹妹罢。等没人的时候，我给你磕头就是了。不然我这个脸放在那里呢？那真就不能活了，你只当可怜我罢！'我听见他说的那么样苦，那里还和他讲什么呢？"贾夫人笑道："到底是这位薛大奶奶为人好，量大福大呢！"黛玉道："香菱嫂子自来宽厚和平，要比起这位冯大奶奶来是真有天壤之分了呢！"贾夫人道："这位冯大爷倒是个好的，薛大奶奶可还认得他么？"香菱道："就是从前见过，如今也记不得了。"黛玉道："你们奶奶没有别的好，这会子倒是给薛大哥解了冤孽的好了。"贾夫人笑道："这却也是的呢，如今这薛大爷不知他续了弦没有呢？"香菱道："听见他如今要了鲍二续娶的多姑娘作妾，几乎连性命又都送掉了呢！还是亏了柳二爷去救了他的。"黛玉道："柳二爷就是在地府回来的时候，去救薛大哥的。后来仍回到大荒山去，又隔了两年才到这里来的。"贾夫人道："这多姑娘原是多官的媳妇,因多官酒痨死了,才复嫁了鲍二的。如今多官现在我们那里管厨,也跟着我们来了。那鲍二已经罚他转世为驴去了,鲍二家的是跟了老太太到地府来的。这会子鲍二变了驴,就把多官配了鲍二家的了。"黛玉笑道:"这么说,是鲍二续娶多官之妻为妻,多官又续娶鲍二之妻为妻了。"

香菱道:"姑太太今儿也乏了,请早些歇息歇息罢。"贾夫人道:"也要睡了。"香菱送贾夫人到黛玉房中,道了安置,便过这边房中来了。贾夫人和黛玉说了半夜的话,无非是生前死后,彼此两地的事情。听见自鸣钟打了两下,方才睡着。

到了次早,梳洗才毕,只见凤姐早走进来了,笑道:"姑太太好早啊,我来请姑太太的,请到那边警幻宫中去坐罢,老太太他们都在那里呢。"贾夫人道:"老太太倒到了那边了么,怎么这么早啊!"凤姐道:"老太太那边是鸳鸯姐姐去请的,我是来请姑太太的,这会子老太太他们也不过才到罢了。"于是,贾夫人、香菱、黛玉、晴雯、金钏、凤姐一齐都起身出来,到了庭中又看了看绛珠仙草,然后走到警幻宫中。进了殿去,只见贾母、夏金桂、张金哥、智能与警幻仙姑、妙玉、尤氏姊妹、迎春、鸳鸯、可卿、瑞珠大家都在那里坐着说话儿呢。贾母道:"我都来了半天了,你们这会子才来么,想必是昨儿晚上谈心睡迟了的原故。"贾夫人道:"昨儿晚上睡的也不大迟,就是在床上总睡不着么,听着自鸣钟打了两下,才合了一合眼儿。及至醒来的时候,太阳都出来了,赶着梳洗就迟了。"凤姐道:"怨不得姑太太,十几年都没见妹妹了,怎么一时儿能够说的清呢!"

原来,这日是芙蓉城主备席款待,都请在警幻宫中。贾母在中间坐了一席,警幻仙姑、妙玉、鸳鸯相陪;东边上首一席是贾夫人坐了,凤姐、黛玉、香菱相陪;下首一席是夏金桂坐了,尤二姐、金钏相陪;西边上首一席是张金哥坐了,迎春、尤三姐、晴雯相陪;下首一席是智能坐了,秦可卿、瑞珠相陪。

席上大家谈论,秦可卿问智能道:"我听见说,那年二婶娘、宝二叔和我兄弟都给我送殡去的，在馒头庵住了一夜。那张金哥的事，也是那会子办的；你和我兄弟两个人，也是那会子起的。后来我兄弟就死了，你们到了地府里，又是怎么得在一块儿的呢?”智能红了脸道：“姑奶奶，你悄悄的说罢，不要当着人给我没脸了。我到了地府里，便在观音庵还当姑子，后来就遇着了他，认做姑表兄弟，直等二婶娘来了，我才留了头发还俗的。二婶娘回来，也该告诉过姑奶奶的了。”可卿道：“二婶娘回来，他讲是讲的，我因为还不知道的十分详细，你今儿一说，我才明白了。”

这日，贾珠、冯渊、崔子虚、秦锺是在花满红城殿上坐了两席，湘莲、宝玉相陪，大家猜拳行令，闹了一日，至晚席散。贾母等在警幻宫中也散了，大家仍各回原处归寝。

到了次早，早有人报林如海已陛见回来。湘莲、宝玉听见，忙与贾珠等迎出芙蓉城外，让如海进了南门，到石头牌坊前下了轿，湘、宝等让至花满红城殿上，大家参见施礼，方才坐下。

贾夫人早带了黛玉、迎春、凤姐、尤三姐、鸳鸯等上来，行礼相见。黛玉上前哭拜父亲，如海忙拉住他道：“我上年见了你的禀启，知道你在此处很好。况我而今新任都城隍，不比在前，又很可时常相见的了，你又何必伤悲呢?”黛玉道：“女儿十几年没见父亲，一旦相逢，不由的悲从中来，不可断绝呢。想谅父亲不能在此多住，过一两月女儿总要到都城隍衙门里请安来的。”如海道：“这很使得，我此刻不能久留，就要前去赴任去了。”湘莲、宝玉道：“既到此间，还请暂住一宵，明日起马，也让侄辈稍尽地主之谊。”林如海道：“不必如此，我因王程紧急，不敢稽延，既承谆谆款留，我就先领一餐就道罢。老太太和他们还在此处再宿一宵，明早随后再来也罢了。”

说着，贾母也进来了，如海忙上前请安。贾母又问陛见之事，如海道：“小婿前儿进了南天门，为时已晚，不便陛见，便到麒麟阁去见老太爷请安。老太爷见了小婿，问问别后家中的事情，就留小婿在那里住了。小婿就告诉老太爷一切事情，并现同老太太来芙蓉城之处，一一的谈了半夜，老太爷甚是欢喜。昨儿陛见之后，因为山东衍圣公、江西正一张真人与西藏活佛三人都在那里拜会，他们三教互相夸诈，以致争论，在玉帝前来请旨的。在老太爷那里大家会着，谈了半天，故此迟了，还在老太爷那里住了一宵。今儿五鼓动身回来的。”凤姐道：“我们这些人都没见过老太爷，就是见过的，那时总还小呢，如今也记不得了。”贾母道：“珠儿还该记得你爷爷的样儿没有？”贾珠道：“我见爷爷的时候还小，如今也记不清楚了。”

黛玉又向如海道：“上年贾雨村师傅曾到这里住过两天，他如今也得了道了。”如海道：“他是宦情最重的人，是怎么着也出了家呢？”黛玉道：“他为历尽宦海风波，后来遇着甄士隐老先生，就醒悟入道的。”

说着，早就殿上摆了两桌。东边一席请如海在上坐了，湘莲、贾珠两边相陪，西边一席请贾母、贾夫人坐了，黛玉、凤姐相陪。冯渊等是宝玉陪到殿外去坐，金桂等是尤三姐陪到殿后去坐了。不一时，席上酒完饭罢，如海便起身告辞。大家都送至石头牌坊跟前，看着上了大轿，潘又安拉了马，在后跟着去了。

众人回来，大家又各处逛了一逛。至晚，便在花满红城殿上坐了四席，贾珠等在殿旁三间上房内坐了两席。贾母道：“我们这一去，隔一两个月便在那里盼望你们了。你们明儿有几个人去呢？”于是，大家齐道：“我们都要来给老太太、姑太太请安呢，都是要去的。”贾母道：“你们去到那里，我是要留你们多住几天的。我自从到地府里见了你姑爹、姑妈，接着凤丫头、鸳鸯都来瞧我来了，宝玉也来了。今儿到了这里，又给你们都会在一块儿，明儿你们又都到我们那里去。我明儿闲了，还要去家里走走，瞧瞧他们。等姑老爷转了天曹，我还打这里经过，又还到这里来呢。我们明儿起身去了，虽然是离别，却又有不同。人说离别的苦，我看这离别不但不苦，倒反觉的可乐了。我活了八十多岁，福也享尽了，就是死了也就罢了，怎么还这么样的骨肉团圆，大家相聚。我还有什么不乐呢？”

凤姐道：“到底是老祖宗的福大，就是我们这些人，谁还不是托赖着老祖宗的福才这么样么。老祖宗既然乐了，我来敬老祖宗一杯罢。”说着，便上去斟了一杯，双手捧上。贾母道：“凤丫头，你也去敬姑太太一杯么。你放着，我吃就是了。”凤姐道：“我先敬了老祖宗，再来敬姑太太呢。老祖宗赏了脸，姑太太自然也要赏脸的。”贾母笑着，就凤姐手里，把酒喝了。凤姐便过来又斟了一杯，敬与贾夫人。贾夫人见贾母很乐，便接来也喝了。大家又饮了一会，众人都道：“酒也够了，等明早祖饯再敬罢。”贾母听见，忙道：“那饯行的礼，很可不必行了。为的是临岐的光景，反倒不很舒服，又何必如此呢？”凤姐道：“既然老祖宗吩咐了，就遵老祖宗的命，不行也罢了。”于是，又说了一会话，便仍各回原处归寝。

到了次日一早，贾母等先到元妃娘娘赤霞宫里去辞了行，元妃要亲自出宫来相送，贾母等再三不肯，元妃只送至宫门口，便回去了。警幻仙姑与迎春、黛玉、凤姐等诸人并湘莲、宝玉一齐都送至石头牌坊之外，看着贾母等还上了原来的三辆大车。贾珠等带了焦大，也都上了马，一齐在马上欠身，向众人道：“列位都请回罢，恕我们放肆了。一月之后，在彼拱候。”说着，加鞭出芙蓉城去了。

不言警幻仙姑与湘莲、宝玉等诸人各自回去。单表贾母、贾夫人、夏金桂、张金哥、智能带领着司棋、鲍二家的仍然坐了三辆大车在前，贾珠、冯渊、崔子虚、秦锺带领焦大、多官骑马押着行李驮子在后。一路行来，走到下午时分，早已到了京城里面。焦大认得，便上来回贾珠道：“这儿已是京城里头了，等奴才头里去到都城隍王爷府里去，先报个信儿，好给他们也打发轿马人夫来接的。”贾珠道：“很好，你就先去罢。”焦大答应了，便撒开马上前去了。

贾珠便叫前头车子且歇住着，等停一停再慢慢儿的走。因上前禀明了贾母缘故，贾母道："既然都快到了，又何必歇着做什么呢？就慢慢儿的走也罢了。"贾珠答应了，便在前头引导，缓缓而行。

看看离都城隍府前，不到两里多路，只见焦大同了潘又安带领执事、銮驾、人役，两乘绿衣大轿，三乘中轿，两乘小轿并许多人夫迎了上来。贾珠便请贾母等下车上轿。贾珠、冯渊、崔子虚、秦锺骑马在前，焦大、潘又安、多官骑马在后，一路前呼后拥。

不一时，进了王府，重门洞开，穿过大殿，进了宅门，直到内殿下轿。林如海躬身在轿口相迎，早有丫环上前扶了贾母下轿，接着贾夫人等都下了轿。走入殿后，进内宅门上了月台，两边丫环打起帘子，到了五间上房内坐下，丫环捧上茶来。那上房之外，左右两边皆有六间小小净室，铺设的十分精雅。如海便与冯渊、崔子虚、秦锺到那边去坐。潘又安照应人役，搬抬行李驮子，直到吃过晚饭，内外方才收拾齐备。如海、贾夫人便住了正室五间上房。那后面另有五间上房，一样月台、抄手游廊，便请贾母住了。因教贾珠也在内居住，以便照应。前上房之外，左右两边各有六间房屋，皆分前后两层，一样俱有游廊。左边两层是冯渊、夏金桂，秦锺、智能两家分前后住了，右边两层是崔子虚、张金哥住了后边一层，其前边一层作为签押之所。择日放告，每日各司员，俱来参见办公，暂且不题。

再说荣府，又早过了新年。贾桂芳已是十一岁了。原来，秋水亦生了一子名唤禧哥，已是六岁了，亦在家塾读书。甄宝玉江西学差已满，回京陛见后，升了礼部侍郎。贾政升了工部侍郎，贾兰升了大理寺少卿，小周姑爷放了山东学差，薛蝌已升了户部郎中。

那时，瞬届灯节。一日，王夫人向贾政道："元宵佳节，自从祖老太太去世之后，就没怎么张灯赏玩。如今老太爷公孙都升了官，逢时遇节的，也该享享家庭之乐，热闹热闹才是。"贾政点头道："教他们预备些灯来点点就是了。倒是这些孩子们，也该弄些灯来给他们玩玩，瞧着倒有趣儿呢。”王夫人道：“可不是呢！”因叫了贾琏过来，吩咐各处多备花灯。

贾琏答应了下来，便传了赖大、林之孝进来，吩咐荣禧堂前搭盖彩棚，各处满悬花灯，到处预备纱糊联匾，并烟火花炮等类，自十三日起，至十八日止，大放花灯，庆赏元宵佳节。大观园里也到处放灯。贾环无事，便在园中亲自指点。李纨、宝钗也都兴头，会了秋芳与秋水在旁大家商议着，另出新裁，画出图样教传与外面去，照样扎来悬挂。到了十二日，各处俱已料理齐备。王夫人又差人去接了史湘云、邢岫烟、李纹、李绮、薛宝琴、探春、巧姐等都来赏灯。

十三日早，众人陆续都各带了哥儿、姐儿、奶子、丫环、媳妇们一起一起的来了。邢夫人也带了蒋氏，尤氏也带了胡氏过来。又有小红等也都来了。园里早已扎下了许多龙灯、马灯，预备哥儿、姐儿们玩的。贾琏预先派拨了家人三十名，在外面照应点灯、剪烛；荣禧堂后派拨了二十名家人媳妇，照应添换灯烛；大观园里派拨了四十名婆子、二十名家人媳妇、二十名粗使丫头、二十名小厮，犹恐怕不够使用，又把各家带来的家人媳妇们添了二十名，共分作四方，单照应点灯剪蜡。又把学过吹打的女人，安在荣禧堂后，上灯时便吹打奏乐。

到了这日晚上，贾政、贾兰下了衙门回来，便在荣禧堂上摆了家宴。贾赦、贾政、贾珍、贾琏、贾环、贾琮、贾蓉、贾兰、贾芸、贾蔷、贾芹坐了四桌，上酒奏乐。荣禧堂前搭起彩棚，满悬玻璃、羊角、建珠、料丝各样花灯。外面牌坊纱糊联匾，锦绣飘摇，辉煌艳丽。重门洞开，层层悬灯，连接不断，望去犹如银龙一般，照耀如同白昼。贾赦看了，便说道：“办的很好。”贾琏便上来回道：“这还算不得什么，园子里办的倒很有些意思，老太爷们用过了饭，都请到园子里去看看。”贾政道：“今儿没有外人，酒也够了，咱们吃饭罢。”贾赦道："酒是不喝了，早些吃了饭，到园子里去看呢。"原来贾赦、贾政都称老太爷，邢、王二夫人都称老太太了，贾琏是琏二太爷，贾兰是兰大老爷了。当下摆上饭来，大家饭毕，漱口喝茶，贾赦等早站起身来。原来后面王夫人上房外，众人也是四席，还在那里喝酒，尚未吃饭。贾琏便请贾赦、贾政等都到大观园来。

要知大观园中，灯景如何，且看下回，便知明白。

第三十四回　榆荫堂前大放烟火
大观楼上看闹花灯

话说贾琏当下请贾赦、贾政等都到大观园来，进得园中，只见万点灯光，四方普遍，水边山上，无处无灯。贾琏在前引着，先请上大观楼一看，只见满天星斗未足比其光华，极目花灯，四望浑无隙地，说什么火树银花，星桥铁锁。贾赦哈哈大笑道："这才叫个大观园呢，实在有趣。"贾政也笑道："好固然好，到底未免太糜费了，将来不可为例。"贾琏道："自老太太去世之后，从没放灯。今年老爷、太太特意吩咐了，故此格外加意办的热闹。那里年年以此为例呢？"贾赦笑道："一之已甚，岂可再乎？我们且下楼去看。"

于是，大家下了楼，一路看去，只见到处皆灯。那沁芳桥下，水中一带，都是荷花莲房各样花灯，浮在水上；各桥边皆是各色龙灯，也是浮在水面，头在桥边，身绕桥内；以后便是各样鱼、虾、蟹、鳖、蚌、螺蛳、青蛙等类各灯，皆浮水面。两岸树上，便是各色花灯，柳树上有蝉灯，松树上有松鼠灯、猴儿灯，枝头挂印灯，树根下有灵芝灯，各树上有各种禽鸟灯，夹着各种花灯，又有蝴蝶、螳螂、蚱蜢、蜻蜓等样各灯，飞舞枝上。山上便是各样走兽，鹤、鹿、狮、象、虎、兔、獐、獾等类各灯。稻香村一带，水中便是鹅、鸭之类各灯，岸上是鸡、犬之类各灯，又有各种瓜、茄等灯，皆在地上。又有羊灯扮的三阳开泰；又有各色牛灯，牛身上皆有牧童，或吹短笛，或放风筝，俱

是花灯。到处亭台楼阁周围，灯俱挂满。于灯少之处，添设了许多高竿，上安辘轳，将五色羊角灯扯上，连接到地，上入云霄。各处墙上俱挂琴、棋、书、画、扇面、博古瓶、炉各种花灯。其花墙、花篱笆皆点灯在内，墙头之上有猫儿灯，雪洞之中有美人灯。正中牌坊加上纱糊联匾，点灯在内，上面四个大字是"宝气腾霄"，两边对联上写道是：

不夜城中锦绣连天调玉烛，

光明藏里奇珍满地涌金莲。

贾赦道："这灯光把月光都盖住了，说什么'灯月交辉'呢？"贾珍道："总是灯多了去的原故。这灯不但多，而且做的精巧，安排布置的也十分妥贴。是谁的指点呢？"贾琏道："园里都是环三太爷经办的，要单是他一个人，也办的不能这么样。这都是珠大太太、宝二太太和兰大奶奶他们几个人商议出来的主意，都画了图儿去教外头备办了来的，还是他们自己看着安排摆设的呢。"贾珍道："怪不得这么样呢！这几位我久已知道，他们都是大有才干，比众不同的。"贾赦道："很好，实在名不虚传。"贾政道："只是过于糜费了些。从前祖老太太在日，都还没这么样的热闹呢。"

于是，大家慢慢儿的走至榆荫堂来，跟的家人们便把椅子都挪在滴水檐前，贾赦、贾政在中间坐了，两旁雁翅都摆了椅子，一一挨次的坐下，面前都放了脚踏、茶儿，两边献上盖碗茶船来，伺候的家人都黑压压的站在椅后。贾琏便教把烟火抬出来，在当中空处扯上去，一连放了二十余架，俱各做的十分新巧，还留了二十多架，等老太太们来了再放。贾赦道："我们到外头去罢，好给老太太们同他小妯娌们进来看看的。"说着，便站起身来，大家一齐都出了园门，仍到荣禧堂上坐去了。

这里邢、王二位老太太便同了众人一起都到园子里来，进了园子，一路看去。邢、王二位老太太道："这里的灯，比外头强多了。不但灯多，而且新鲜有趣儿。"尤氏道："实在有趣，连头里老祖太太在日,娘娘省亲都没有这么样的齐整巧妙。我猜这必定是宝二太太的主意,是不是呢?”平儿笑道:“大嫂子虽然猜的不错,也不是他一个人,这是珠大太太、宝二太太、兰大奶奶、秋水姑娘几个人商议出来的主意呢。”史湘云道:“我今儿来了,就看见了,说实在办的好的了不得。这会子点起来,更外有趣了。”尤氏道:“在大观楼上看去,只怕还好看呢!”邢、王二夫人道:“我们到楼上去看看去。”于是,大家一齐都上楼去。李纨便扯了探春不教上去,宝钗又扯了湘云也不教上去,平儿、秋芳、巧姐、秋水都在楼下,没有上去。其余便都随了邢、王二夫人,在大观楼上去看去了。

湘云、探春道:“你们两个留下我们不教上去,又是怎么个道理呢?”李纨、宝钗笑道:“我们特留下你们两个,在底下给我们帮忙呢。”因教丫头、婆子们搬出许多马灯来,又把这些各家的哥儿、姐儿都请了来。薛孝哥、贾桂芳、史遗哥、甄芝哥、贾蕙哥都是十一岁的,贾杜若是十岁的,周瑞哥、贾祥哥、薛顺哥、梅春林都是八岁的,贾福哥、贾祺哥、周安哥都是七岁的,贾禧哥是六岁的,共是十四个哥儿,都穿的是各色箭袖小蟒袍,一色换了翠云裘、凫靥裘、元狐、洋貂、倭刀、火狐各色小马褂,头上都是貂帽红顶大花翎,脚下粉底皂靴。大家与他们拴扎起各色纱糊的马灯来,腰里弓箭、撒袋、腰刀之类,都是纱糊点灯,手里执着鞭子。又挑了十六名都是十二三岁的小厮,也拴扎起各色马灯来,在前的便执五色大旗引路,旗帜也是纱糊点灯;后面的或执鸟枪,或执杀虎枪、钢叉之类,一手架鹰鹞,一手执马鞭,其器械、鹰鹞也是纱糊点灯。李纨、平儿、湘云、探春、宝钗、秋芳、巧姐、秋水带领着紫云、绣琴、素琴、红梅、翠柳、翠云、文鸾、彩鸾、春山、柳媚、花明诸人,七手八脚的忙了半天,才装束停当。

探春道:“这个玩意儿越发有趣,只是孩子们年纪小的,须要慢着些儿走,仔细跌了。这里头就是禧哥儿最小,虽然新年六岁,还只算得五岁呢。你们叔叔、哥哥们带了他去,到了宽阔的地方,留下一个小厮跟他站着，不用动。你们大家只管两边各处串着走，也不用跑，或远或近总给他不远就是了。”

于是，三十个孩子骑了三十匹马灯，一起去了。从沿河一带，绕至山坡，转折行走，甚是好看。

这里李纨、宝钗、湘云、探春等又把八个姐儿妆扮起来。那贾明珠、梅冠芳、薛宛蓉都是十一岁的，周照乘是八岁的，贾月英、甄素云、陈淑兰、贾绿绮都是七岁的。一色都穿的是箭袖团龙小皮袍，披上大红猩猩毡的斗篷，头上貂鼠昭君套，一个个粉妆玉琢。也都拴扎起各色纱糊的马灯来，手里执着马鞭。又挑了十二名，都是十三四岁的小丫头，也都妆扮齐整，拴扎起各色马灯来。头里的也是旗帜，后面也是弓箭、撒袋、鸟枪、马鞭之类，也有几个架着鹰鹞带着枪刀。一共二十个女孩子，骑了二十匹马灯，一起出去，也向沿河一带，绕至山坡行走，分作两队。大观楼下家人媳妇们打起锣鼓来，两队马灯四下交串，分外好看。

邢、王二位老太太与众人在大观楼上，看见水中山上、亭台桥榭，飞禽走兽、鳞介、昆虫、花卉各样灯火，犹如万点寒星，高低上下，远近大小，一片晶莹，辉煌照耀甚是好看。大家正在喝采赞美，忽见沁芳桥上过去了一群孩子，骑着各色马灯，又有旗帜、弓箭、枪刀，架鹰、鞭马由沿河一带，绕至山坡转了过来。

尤氏、马氏等与岫烟、宝琴等笑道：“这更办的有趣儿，想必这几家的孩子们都在里头了。”宝琴、李绮道：“怪不得史大姐姐、三姐姐和宝姐姐他们都不见上来了呢，原来在底下给他们孩子们妆扮呢！”说着，只见沁芳桥上又过去了一群女孩子，也骑着各色马灯，也是旗帜、弓箭、枪刀，一样架鹰、鞭马，也从沿河一带绕至山坡，分作两队，从左到右，从右到左，两下盘旋交串。大观楼下又打起锣鼓来，楼上看去，更外十分有趣。

邢、王二夫人喜的哈哈大笑道：“可惜祖老太太没见，要是今儿给他老人家看见了，也不知乐的怎么样呢？”尤氏道：“本来今儿与众不同，实在办的很好。他们真会出主意，也怨不得他们，聪明人儿都在一块儿了，怎么办的不精奇呢！”说着，只见那两队孩子，左来右往走得十分贯串。邢、王二位老太太在楼上叫道：“给他们孩子们歇歇儿罢，不要绊跌倒了，倒值了多的，我们都下来了。”说着，便一齐都下楼来。

原来楼下打着锣鼓，楼上说话都听不见。邢、王二夫人下来便叫歇了锣鼓，教人去“好好带了他们回来，都歇歇儿罢，仔细跌碰了要紧”。焙茗家的便跑过桥去，说：“哥儿、姐儿们都过来歇歇儿罢。老太太吩咐了，说恐怕跌碰了，倒值了多的呢！”这些孩子们正玩的高兴，那里肯歇，都只顾四下串阵，反更跑得快了。邢、王二夫人看了，着急道：“教他们去带了这些哥儿、姐儿们过来歇歇儿，怎么倒反跑起来了呢？”宝钗忙教秋水、紫云两个亲自过去，快带了他们过来罢。

二人答应，忙过了沁芳桥去，说道：“老太太教哥儿、姐儿们且过去歇歇儿再玩呢！”因一个上前拉了贾桂芳，一个上前拉了贾明珠，一面教领头的小厮、丫头都过桥回大观楼下来。于是，两队五十个孩子，一群马灯，都回到大观楼下来了。邢、王二位老太太见了，笑道：“好，好！你们都辛苦了，快歇歇儿罢。你们快拿果子来，给这些哥儿、姐儿们吃，喝茶的喝茶。”

平儿、湘云、探春、秋芳等大家忙着都给他们解卸腰下挂的马灯、弓箭之类。薛孝哥、桂芳、遗哥都道：“我们还要玩呢，怎么又解下来做什么？”平儿、湘云道：“老太太说怕你们乏了，明儿再玩罢，横竖还有几天玩呢！”李纨叫把烟火抬出来放了罢。于是，把未放的烟火，二十余架一起放了，又放了好些爆仗，赛月明、飞天、十响之类。这些孩子们又都抢着要放，李纨道：“不要闹了，明儿再玩罢。”

邢、王二夫人道：“天也不早了，我们都散了罢。”说着，便都出了园门，回到上房去了。蒋氏、尤氏、胡氏和小红等，也都各自回去了。史湘云、邢岫烟、薛宝琴三人便在宝钗处住了，李纹、李绮、探春三人便在李纨处住了，巧姐便在平儿处住了。

宝钗等看着园中吹灭了灯火，回到怡红院中，与湘云、岫烟、宝琴大家谈论。湘云道："想起从前咱们在一块儿玩的时候，也不觉的怎么样，怎么这会子倒都瞧着他们玩了。"薛孝哥、桂芳、遗哥、梅春林、薛顺哥、薛宛蓉、梅冠芳都道："我们今儿才玩的好好儿的，怎么又都歇了呢？妈妈，明儿早些点灯罢，让我们好多玩一会儿的。"宝钗道："明儿不玩马灯了。"桂芳道："马灯很好，怎么倒不玩了呢？"宝钗道："还扎了五条好龙灯呢，明儿玩龙灯罢，过一天再玩马灯。"宝琴道："姐姐，怎么不弄个春灯谜儿玩玩，也给他们猜猜，倒不好么？"湘云道："好啊，记得头里老祖太太兴过春灯谜儿的，倒是弄几个给他们猜猜，倒有趣儿。他们或是会做的，也给他们学做几个，何等不好呢？"宝钗道："明儿且玩一天龙灯。后儿十五上元佳节，另外做四盏灯儿，上头单贴灯谜。你们大家都写几个在上头，也不用过于深远，倒是浅近些的给孩子们好猜。"岫烟道："这很好，别的我不很会，这个你交给我就是了。"说着，就收拾归寝。

到了次日，傅秋芳梳洗已毕，来到栊翠庵中，见了惜春，请安已毕。秋芳道："昨儿晚上园中放灯，姑娘怎不出去看看热闹呢？"惜春道："昨儿我听见说放灯，在门外去看了一看，虽不十分明白，也略见一斑了。"秋芳道："十八日才止，还有几天热闹呢！灯不但多，而且新奇别致，实在与众不同。我特来请姑娘今儿晚上过去看看，横竖不远，总在园子里头。还有史姑太太、三姑太太、薛舅太太、梅姨太太、陈姨太太、甄姨太太、周姑奶奶这些人都在这里，只怕他们过会子还要到这里来呢。"惜春道："你去向他们说，教他们不用到这儿来。我今儿点灯的时候，总到园子里去，在那里会罢。没的又惊动他们到这儿来，做什么呢？"

秋芳答应了，出了庵来，回到沁芳亭上，只见众人都在那里看着整理桥边、水面的各样灯呢。秋芳道："今儿晚上，四姑娘还过来看灯呢。”探春笑道：“这是大奶奶你去请的，要是别人，任是谁才请不动他呢。”李纨道：“我看四姑娘近来又随和了好些，都不像那么固执了。”秋芳道：“才刚儿他也说的，昨儿晚上听见园里放灯，他也在门外边来望了一望的。故此我一请他，他就来了。他还说恐怕姑太太、姨太太们要到他那里去，可不敢当，晚上总在这里会就是了。”宝钗笑道：“这可越发温厚和平的了不得了。”大家说笑了一会儿。

到了晚上，各处点起灯来，惜春果然来了，与大家相见。大家又告诉他，昨儿是马灯，今儿是龙灯，明儿上元佳节各灯俱有，还有春灯谜儿呢！惜春道：“各样灯虽然好，倒不如灯谜儿有趣，也给孩子们长些聪明见识。这么说，我明儿还要来呢！”宝钗道：“今儿没有空儿，到明儿才能料理灯谜儿的事。我一个人也算不得什么，还要大家来帮着弄几个呢。”

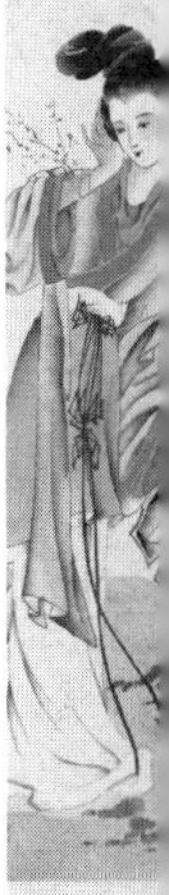

说着，邢、王二夫人并尤氏、蒋氏、胡氏、小红等都进园来了。李纨、平儿、宝钗等便与湘云、探春等把那些七岁、八岁的哥儿、姐儿们留下了十三个来，又把十二三岁的小厮们挑了十三个上去，仍是五十个人，又教秋水、紫云等都来帮着装束停当，每十个人玩一条龙灯，共是五色五条纱龙灯。又挑了七名小厮，合着那七八岁的哥儿、姐儿共二十个人，各执五色云灯，在四方围绕。那五条龙灯，翻来覆去，左右上下，四处盘旋，或分或合，团团飞舞，首尾活动，旋转自然，在那山坡之下空阔地方施展开了。锣鼓齐鸣，果然比着马灯更觉好看。

邢、王二位老太太又与惜春等众人，到大观楼上去看，只见四方花灯遍满，一片光辉映着一天明月。远远望去，只见那五条龙灯飞舞前去，直到那石头牌坊跟前，由左而右，由右而左，俱穿中而过，总在牌坊三方出入，上下盘旋。那五色云灯，便团团一转围住不动。又见四条龙灯，蟠住了石头牌坊四柱，只一条龙灯从三门出入，穿插盘旋。一会儿这条龙灯，又蟠在柱上，那柱上的龙灯又换下一条来，一样从三门出入，层层翻覆，滚滚旋绕，周而复始。那五条龙灯，直搅得人眼花缭乱。

邢、王二夫人与大家看了一会儿，便都下楼来了，招呼李纨等教他们都歇着罢，宝钗便教秋水、紫云前去知会。他们二人过了沁芳桥，直到牌坊之前，将那拿五盏珠灯的人一起叫回。

只见那五盏宝珠灯高举，一齐都到大观楼下来了。那五条龙灯，见宝珠灯去了，便也都随后跟着滚滚而来。那五色云灯，后面拥着，一齐都到大观楼下。大家忙与他们接下灯来，将衣服整理好了，丫头们倒上茶来，大家都坐下喝茶。于是，邢、王二夫人与众人等便都各自回去了。

这里惜春道："明儿的春灯谜，你们也该早些料理了。"宝钗道："今儿才糊了四盏纱灯来，灯谜儿只好明早再说罢。四妹妹若高兴，明儿可以代作几个儿，使得么?"惜春笑道："这个还可以，我明儿带几个来就是了。我这会子，也回去了。"秋芳便教秋水送四姑娘回去。惜春道："满园子里的灯，又有月亮，还要人送做什么呢?"秋芳道："紫鹃姐姐又没来，姑娘一个人怎么回去呢?"宝钗道："秋水姑娘送了四妹妹去，他一个人也不好回来的。"因教紫云同着送去，两人便一起回来，也有伴儿。于是，秋水、紫云二人送了惜春回去。

这里也便叫人吹了灯火，大家各自分头而去。湘云、岫烟、宝琴三人，回到怡红院中坐下。湘云道："我想灯谜儿倒是雅俗共赏的好。头里琴妹妹作的十首怀古诗虽然好，未免太深了些，难猜呢!"岫烟道："过于粗俗了，也不好。"宝钗道："我们这会子，且先说两个儿看看呢。"

未知说的是几个什么灯谜，须看下回分解。

第三十五回　春灯谜儿童清夜戏 闹花灯闺阁赏元宵

话说湘云、岫烟、宝琴与宝钗谈论灯谜，宝钗道：“我们这会子，且先说两个儿看看呢。”宝琴道：“那个‘花’字，猜‘萤’字的很好，只怕也还深了些罢。我且说两个字，你们猜猜看？‘吴头楚尾，乍问君平。’”湘云道：“这不是‘足下’两个字么？”宝琴笑道：“是的。”岫烟道：“我也有两个字，给你们猜一猜。‘霸王不是楚霸王，霸王自刎在乌江。’”湘云道：“这两个字倒难猜呢！”宝钗想了一想道：“这两个字，是从前祖老太太的丫头的名字。”湘云道：“是谁叫这个名字，是那两个字呢？”宝钗道：“上一个字是‘非羽’，下一个字是‘羽卒’。”宝琴道：“好啊，是‘翡翠’两个字呢！”大家又说了几个，方才收拾归寝，道：“不用说了，天也不早了，早些睡罢，明儿起来再说。”

于是，到了次日，乃是正月十五，上元佳节。是晚酒筵，贾政等仍在荣禧堂上，内里酒筵却摆在大观楼下。邢、王二位老太太与邢岫烟、李纹、李绮、史湘云、薛宝琴、探春、巧姐、薛宛蓉、梅冠芳、贾明珠在当中坐了两席，右边两席是尤氏、宝钗、惜春、蒋氏、胡氏、傅秋芳、小红、薛孝哥、贾桂芳、史遗哥、贾祥哥、贾福哥、贾祺哥、周安哥、周照乘、甄素云，左边两席是李纨、平儿、马氏、秋水、鹤仙、椿龄、甄芝哥、贾蕙哥、贾杜若、周瑞哥、薛顺哥、梅春林、贾禧哥、贾月英、陈淑兰、贾绿绮。当下坐定，各席献上酒来。园中灯已点齐，明月正上，真是灯月交辉。檐前添设了四盏大纱灯，上面春灯谜儿四方遍满。旁边摆设着许多荷包、香囊、宫扇、玉玩、笔墨等类各样彩物。

酒过三巡，邢、王二夫人道："今儿你们不用玩灯，倒是猜猜灯谜儿的好。头里祖老太太在日，也欢喜教人猜灯谜儿。这会子，你们会猜的，只管就瞧去罢，玩玩儿再来坐着喝酒也好。我们也看看你们谁会猜呢！"李纨、宝钗道："你们能猜的，都过去瞧去罢，谁猜着了，谁得彩物。且猜一会子再过来喝酒。"于是，薛孝哥、贾桂芳、史遗哥、甄芝哥、贾蕙哥、贾杜若、贾明珠、梅冠芳、薛宛蓉都下席来瞧灯谜儿。其余七八岁的还小，都不能猜，便不下来。这里六个哥儿、三个姐儿便在四盏灯前来，细细观看。

先是贾桂芳猜念那灯谜上道："'试看南方有一人，两枚葫芦腰间塞，喜逢甲乙东方生，怕见北方壬癸客。'这猜一个字的，可是个'火'字么？"岫烟道："猜的好，是个'火'字。"

薛孝哥又念道："'群牧亡羊亦世情，嬉游好女爱宵征，九霄不见云头月，自古春无三日晴。'这猜四个字的，可是'君子小人'不是？"这是惜春作的，便道："是的，好啊！你们都很会猜呢！"

薛宛蓉又念道："单身机匠，难织龙袍。"细细想了一想，道："这曹娥碑格，猜四个字的，好像是'大红纱裙'四字，不知可是的？"宝钗道："这个真亏你猜了，我这一个比前两个难猜多了。他们都说没人会猜呢，这会子，你一猜便猜着了，可见不可轻看了人呢！"探春笑道："这真是'后生可畏'了。"

说着，史遗哥又念道："'曾经沧海难为水，除却巫山不是云。'这猜四书一句的，可是'游于圣人之门者难为言'么？"探春道："不是，这犯了'难为'两个字了，再重猜呢？"遗哥又想了一会道："是了，这是'其余不足观也已'。"探春笑道："这才是呢！"

甄芝哥又念道："'二人并肩，不缺一边，立见其可，十字撇添。'这四个字，该是'天下奇才'呢！"湘云道："好啊！芝哥儿，你将来必是天下奇才了。可贺！可贺！”

贾明珠又念道：“‘白舫青帘一叶舟，鸦鬟不载载苍头，要知春雨前溪绿，何必蓬壶远处游？’这咏物的，可是采莲船么？”岫烟道：“船，虽是船，采莲船就不切了。”明珠又想了一会，道：“是茶船儿不是？”岫烟道：“是了，在‘苍头’上着真，便不错了，那底下两句自然也对了呢！”

贾杜若又念道：“‘三人同行，其一我也。’这个字，可是个‘秦’字？”岫烟道：“猜的有些意思，却还不是的呢！”杜若道：“不是‘秦’字，就是个‘徐’字。”岫烟笑道：“这才是呢！”

贾桂芳又念道：“‘尽日寻春不见春，芒鞋踏遍岭头云，归来笑捻梅花嗅，春在枝头已十分。’请问这打《四书》两句的，可是‘言近而旨远者，善言也’。”惜春道：“猜的就好，却还讹着些儿，不是呢！”桂芳又想了半晌，道：“我又想了两句，要再不是的，我就不猜这个了。”惜春道：“你又想了两句什么呢？”桂芳道：“我想的是‘道在迩而求诸远，事在易而求诸难。’”惜春笑道：“实在好，我这个侄儿将来比兰大爷还要高些呢！”

梅冠芳又念道：“‘百炼钢成绕指柔，夫人城里擅风流，莫道锋铓无一割，良人投笔学封侯。’这咏物的，可是画眉的铅刀不是？”湘云笑道：“是的，猜的很好。”

贾蕙哥又念道：“‘水向石边流出冷。’这打古人名的，可是陶潜么？”岫烟道：“不是。”蕙哥又道：“不是陶潜，是陶泓。”岫烟笑道：“陶泓是砚瓦的别名，算不得古人。”蕙哥又想了一会，道：“是山涛不是？”岫烟点头道：“是了。”

甄芝哥又念道：“‘湘帘半卷雨来时。’这打一字的，可是个蓑笠的‘笠’字么？”探春道：“这个猜的又好。”

贾杜若又道：“这‘问管仲’三个字，打一个字的，可是个‘他’字么？”宝琴道：“是的，‘人也’两字合起来，可不是‘他’字么！”

薛宛蓉又念道：“这‘东风着地吹’五字，猜一个字的，可是草字头底下着一个西字，是个‘茜’字么？”宝琴笑道：“这个字，也很亏你会猜。”

贾桂芳又念道：“‘用之则行，舍之则藏，惟我与尔，危而不特，颠而不扶，将焉用彼？’这可是个拐杖子么？”湘云笑道：“是的。”

贾明珠又道：“这‘弄璋’两个字，猜一个字的，该是个外甥的‘甥’字罢。”宝钗道：“生男两个字合起来，可不是个甥舅的‘甥’字么，猜的好啊！”

贾杜若又道：“这‘达摩渡江’打《诗经》一句的，可是‘宛在水中央’么？”惜春笑道：“这么说起来，是人渡江皆可以得，又何必是达摩呢？你要在这上头想呢！”杜若又想了一会，道：“是了，是‘一苇航之’不是？”惜春点头道：“这才是呢！”

薛孝哥又念道：“‘一位假老虎，一位纸老虎，一位死老虎，一位小老虎。’猜《四书》四句四处。我先请问头一句可是‘望之俨然？’”岫烟道：“不是。”孝哥又道：“‘俨然人望而畏之’，是不是呢？”岫烟道：“这是的，那三句呢？”孝哥又道：“那第四句是‘后生可畏’不是？”岫烟道：“是的，还有两句呢？”孝哥点头道：“原来四句，都是有个‘畏’字的，怪不得每句上头有个‘一位’，如何不说‘一个’呢？”

甄芝哥听见了，便也过来瞧了。孝哥又道：“第三句是‘斯亦不足畏也已。”岫烟点头道：“是。”甄芝哥便道：“第二句是‘何可畏也’了。”岫烟笑道：“猜着两个，就好猜了。”

梅冠芳又念：“‘为长者折枝，挟泰山以超北海。’打《四书》二句两处。我先猜下一句看是不是，请问这‘挟泰山以超北海’，可是‘多见其不知量也’？”湘云道：“是的。”梅冠芳又道：“上一句，是‘犹反手也’了。”湘云笑道：“猜的好。我这个都好猜。”

桂芳又道：“这‘外甥都像舅’五个字，倒要猜两句《四书》，实在难呢。”想了半天，问了几句，都不是的。大家都说：“这个难的很，你如何不猜别的去？白糟蹋了工夫了。”桂芳道：“我已猜了半天

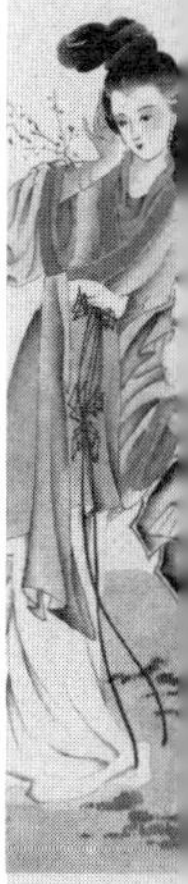

了，到底要猜了这个去。”因又想了半天，猛然跌脚道：“是了，请问可是‘丹朱之不肖，舜之子亦不肖’么？”岫烟笑道：“这个真亏你会想了。”

说着，这边薛宛蓉又猜：“中男驱犊出前村，须避南山百兽尊，更与诸儿相共语，年来齿落复生根。”四古人名，已猜着了头一句是牧仲，第二句是阳虎了。梅冠芳在旁便道：“第四句是易牙不是？”宝钗道：“是的。”宛蓉忙道：“第三句是告子。”宝钗笑道：“这一个更好猜了。”

梅冠芳又念：“‘满院棋声暑气收，乃翁局败少机谋，君家季父还犹豫，为语儿童且自休。’打四古人名。请问这头一句可是奕秋么？”宝钗道：“是的。”冠芳道：“还是《四书》内的古人，这就好猜了。这第三句是叔孙武叔不是？”宝钗道：“这却不是。”宛蓉便接过来道：“是子叔疑了。”宝钗点点头儿，冠芳道：“第四句是子莫。”宝钗道：“是的。还差第二句呢！”宛蓉道：“这是公输子不是？”宝钗道：“是的了。”

冠芳向宛蓉道：“姐姐，你看这打《四书》一句的，倒有这么些话。我和你两个人来商量着猜猜看呢。”宛蓉看时，只见上面写道：

> 普救寺，草离离。空花园，或寄居。夫人卧病头难起，一炷香卜告神祇。薄暮日沉西，张生长别离，虽见面没佳期，错认了白马将军至矣。

宛蓉道：“这是西厢戏上的话，怎么与《四书》得合，这从那里猜起呢？”冠芳道：“这必是意在言外，另有机关的。”因想了一会儿道：“我看这‘空花园，或寄居’两句，园字中间空了，着个或字在内，可不是个‘國’字了么？”宛蓉点头道：“是了，这必是拆字的体了。‘夫人卧病头难起’，夫字头上不出，可不是个‘天’字么？‘一炷香卜告神祇’，一卜合起来是‘下’字了。这‘国天下’三字是不错了。有了三个字，再看上下就容易了。”冠芳道：“‘普救寺，草离离’该是个‘晋’字呢？”宛蓉道：“不错，‘薄暮日沉西’，暮字去了日字，是‘莫’

字。‘张生长别离’，是个‘弓’字旁，‘虽见面没佳期’，虽字去了佳字，半边合上弓旁，是个‘强’字，底下是个‘焉’字了。‘晋国天下莫强焉’，这是稳稳当当，一点儿也不错的了。”宝琴笑道：“你们两个人合着猜，还有什么猜不去呢？”

说着，邢、王二夫人在上面说道：“你们该歇歇儿了，快些过来，都吃些东西罢。”李纨也道：“你们都过来坐坐儿，再去猜罢。”于是，六位哥儿、三位姑娘都上来了，各人猜着了的彩物，都有各人的奶子、丫头们给他拿着，大家仍复归了原坐。邢夫人道：“你们到底是谁猜的多呢？”湘云道：“这里头是桂哥儿、甄芝哥儿、松哥儿和薛姑娘、梅姑娘猜的多些。头一个是桂哥儿，格外聪明。”王夫人笑道：“倒是他猜的好么？怨不得他，先是他娘从小儿就教他念书，到五六岁上便是他三叔教他念书，也常听见说他很聪明呢！今儿看起来，到底不错。好孩子，你且吃些东西，把灯谜儿拿到外边去，给你爷爷、叔叔、哥哥们都看去。你们便一起都去外头玩玩再来。”

说着，早已献上玫瑰元宵，大家笑着吃了元宵。姑娘们仍在席上坐着不动，只有佳哥、孝哥、遗哥、芝哥、蕙哥、松哥六个人便一起出席，到外边来到了荣禧堂上。

这里贾赦、贾政等也才吃过元宵，正在那里闲话呢。见桂哥等出来，便道：“你们不在园子里玩，这会子，又到外头来做什么呢？”桂哥儿道：“我们在园子里猜了好些灯谜儿，奶奶教我们拿来给爷爷、叔叔、哥哥们看看的。”贾赦笑道：“这很好啊！谁猜的多呢？”桂哥等便各把灯谜儿都送上去，贾赦便接了蕙哥儿的去看，贾政便看桂哥儿的，先看了那“火”字与“拐杖儿”的道：“这两个也罢了。这个‘外甥都像舅’的，你猜的是什么呢？”桂芳道：“我猜的是‘丹朱之不肖，舜之子亦不肖’。”贾政笑着点头道：“这首诗是现成的，也猜《四书》两句，是什么呢？”桂芳道：“是‘道在迩而求诸远，事在易而求诸难’。”贾政道：“好。”又看甄芝哥的“天下奇才”四个字及“湘帘半卷雨来时”的“笠”字说：“这也猜的好。”因又看了孝哥、遗哥、蕙哥、松哥儿的道:“这‘曾经沧海人为水,除却巫山不是云’,是句什么《四书》呢?”遗哥道:“是‘其余不足观也已’。”贾政笑着点头道:“好。”因又道:“你们这几个人,是桂哥儿猜的多些呢!好小子,你念书要上心啊!我看他比他老子小时候不同,将来只怕要高些呢。”

贾环道:“我记得,我那时候也像他这么大,园子里也闹春灯谜儿,我总猜不着。我还混作了两个灯谜儿,一个是兽头,一个是枕头,那真是瞎胡闹。娘娘说,他猜不着,我自己也不好意思的。过了两年,我渐渐儿的才好了些。桂哥儿这会子比我头里就高多了,他兰大哥是从小儿就聪明,我看桂哥儿明儿还比兰大哥强些呢。”贾珍笑道:“他们都是你的学生子呢,可见你这个师傅的教导好呢。”贾环道:“那倒不然,本来是他的天分好,又兼之我们宝二嫂子从小就教他念书写字,所以比他们总好些呢。”贾赦道:“除了桂哥儿,这几个也还不弱,都是好的。”贾琏道:“你们玩玩儿,还到园子里去罢。”

于是,桂哥等复到园子里来,只见邢、王二夫人等都已散了席,在那里散坐看灯。平儿又叫人抬出烟火来,在当中放了。

孝哥、遗哥、桂哥等还要玩灯,李纨、宝钗又叫人搬出马灯来,湘云、探春等大家帮着妆扮起来,仍是那五十匹马灯四散开了,两边交串,玩了半天,一起儿回来。邢、王二夫人和尤氏、胡氏、蒋氏、小红等已经出园,各自回去了。孝哥、遗哥、桂哥等还要玩龙灯,李纨道:“明儿玩罢,天也不早了。”因问:“什么时候了?”红梅道:“自鸣钟打了两下了。”李纨道:“迟的很了,已经丑正了。我们都要去睡了,明儿早些儿再玩罢。”于是,看着吹了灯火,各自分头而去。

到了次日,天阴下起雨来,便不能放灯。一边两日,园内之灯已被雨打坏。十八日晴了,也收拾不及,遂一并不点了。

湘云、岫烟、探春、宝琴、李纹、李绮、巧姐等也各自回家去了。

要知后文有何话说,再看下回可也。

第三十六回　稻香村上巳踏青游
榆荫堂清明风筝会

话说光阴迅速，又已早交了三月之初了。一日，宝钗与秋芳同到稻香村来，只见杏花已经零落，见了李纨，大家坐下。宝钗道："这杏花最不经久，也没有大看，倒要开过了么?"李纨道："'二月街头卖杏花'，这会子已交了三月了，怎么还有杏花呢?"宝钗道："这里本来起名是'杏帘在望'，有杏花的日子，还该安起酒帘来的。"秋芳道："倒是前儿放灯的时候，布置的倒很有些意思。"宝钗道："我倒又想起个玩意儿来，我们从前做饯花会以及葬花、斗草各样的玩意儿就很不少，却从没做过扑蝶会以及春游、踏青呢。"李纨道："踏青、扑蝶这都是郊外的玩意儿，说他做什么呢?"宝钗笑道："可见你物而不化。郊外呢，不过是水边山畔旷野的地方儿。咱们这大观园还小么，可不一样的有水边山畔么？我们也不用外人，就是我们这几个，各带了孩子们也做了踏青、扑蝶，就后儿三月三上巳之期，你这里就安起酒帘来，教几个丫头、媳妇们在里头卖酒。我们但携着食榼的就在山坡席地踏青，没带食榼的就来沽饮，各随其便，岂不有趣呢?"李纨道："我们这几个人也太少了，就连上琏二太太、环三太太也只得四五个人呢，不如把周姑太太和周姑奶奶接了回来，别人都不用请，到底也多几个人好些。"宝钗道："也好，就是这么样。"随即着人两处去请。

到了次日，探春、巧姐都回来了，大家便告诉了他原故。

探春笑道："你们在家里一点事儿没有，就想出这么些玩意儿来，倒都很兴头呢，也很会乐呢！"巧姐道："园子里从前自来都没做过扑蝶会儿，这也是自古有的玩意儿，却倒新鲜别致，很有趣儿呢！"

李纨、宝钗又教人做起酒帘来，挑在稻香村的路口，旁边是竹子做的麂眼篱笆，里面收拾出几间茅屋，安下酒垆，又备了各样的山肴、野蔌，派了焙茗家的、扫红家的、喜儿媳妇、寿儿媳妇四个在那里当垆卖酒。探春笑道："这四个里头，谁是文君呢？"巧姐也笑道："这喜儿媳妇很好，要算他是文君了。"探春看那媳妇时，不上二十岁光景，一双星眼，两道弯眉，梳的鬅鬓大头，桃腮杏脸，满面春风，因说道："果然不错，你看他还不算'眉似远山，眼如秋水'么？"宝钗笑道："你知道他是谁啊？"探春道："我怎么得知道呢？"宝钗道："他是柳家媳妇的女儿，他姐姐柳五儿，原在我们屋里当差，你们都该看见过的。"巧姐道："哦！他是柳五儿的妹子，怪不得呢！他姐姐就长的很好的。"宝钗道："他自小在东府里当差，十六七岁就放出来配人，如今嫁了喜儿，已经两三年了。"

于是，又传人把沁芳桥、蓼溆一带并稻香村等处临水依山各地方，打扫收拾干净。大家先议定了，明日平儿、马氏、秋芳三人带了壶榼、红毡在一处同行；秋水与周照乘、贾月英、贾绿绮四人也带酒果、茵褥另在一处；桂芳、惠哥、杜若、祥哥、禧哥、周安哥、周瑞哥七人各带风筝，大家放后，便到酒店共饮；探春、巧姐、李纨、宝钗四人随意各处看花，凭眺临水登山，再到花村买醉。商议定了，到了次日，乃是三月三日上巳之期，大家俱各带了丫环等分头而去。

却说探春、巧姐、李纨、宝钗四人带了红梅、翠柳、紫云、绣云并探春的丫环杏花、菱花，巧姐的丫环玉兰、珠兰等由沁芳桥过来，只见蓼溆一带长堤，春柳间着桃花欲放，宛若画图。

探春道："听见说西湖上有苏堤、白堤，想来也不过是这么样。不过那地方略大些儿罢了。"巧姐道："从前山阴道上兰亭修禊，也是上巳之辰。他那上头说‘引以为流觞曲水’,我们就这水上流觞也不是一样么!”宝钗道:“他说‘引以为流觞曲水’,原是做出来的。听见人说,并没什么多大地方。那画上的图儿也尚不实在。何况,那不能够亲历其境的么。咱们这园子里的水虽然算长,却不怎么大曲,所以是学不来的。”李纨道:“不但没有曲水流觞,抑且没有崇山峻岭,就是这林也不茂,竹也不修。咱们这园子里的山水,通是假的。他那兰亭原是真山真水,怎么比得上呢?”

说着,走到桃花深处,只见山坡之上,秋水与周照乘、贾月英、贾绿绮四个人在那里铺下茵毡,摆着酒果,都席地而坐,共饮看花。旁边有一群丫环们,都站在背后,也在那里扑蝶玩耍呢。探春笑道:“倒还有些意思儿。”因道:“你们倒都在这儿坐着玩了么,他们都在那里呢?”照乘道:“我们拣了这儿,坐着看桃花儿呢。哥哥们都到稻香村那边空地上放风筝去了。琏二舅母、环三舅母和兰大嫂子他们都在山那边儿逛呢。”

于是,探春等绕过山坡,四下观看并不见平儿诸人。大家都说:“他们到那里去了,怎么不见呢?”宝钗道:“想是到稻香村去了,我们还绕过去罢。”说着,只见平儿的丫头翠云从蓼溆一带山坡那边转了过来,走至面前不远,李纨便问道:“你们太太在那里去了,你怎么又跑到这儿来做什么呢?”翠云道:“我们太太叫我回家拿手绢子去的,他说的那地方儿又不在那里,我找了好一会儿才找着了。这会子拿了来,还没送给太太去呢。”宝钗道:“你们太太到底在那里呢?”翠云笑着指道:“我们太太和环三太太、兰大奶奶他们都在那儿,那不是么?”

众人方远远仰面看时,却原来都在凸碧山庄上头呢。因笑道:“他们怎么又跑到那高头去做什么呢?”翠云说着,便取路绕到山上去了。探春等也随后慢慢的上来,到了凸碧山庄上头,只见平儿、马氏、秋芳三人把绣茵铺在檐外,摆着酒肴攒盒,在那里席地而坐,眺览山水呢。一群丫头们都雁翅般站在背后,见了探春等都忙说道:“姑太太、姑奶奶们来了。”平儿等忙起身让坐,探春笑道:“今儿是三月三,又不是九月九,你们应该去临水才是,怎么倒登起高来了呢?”李纨道:“我走了这一趟倒乏了,可真要坐坐歇歇儿了。”于是,大家都席地坐下。

平儿道:“我们在园子里各处逛了一会,因见他们姑娘们都在那里山坡上坐着,哥儿们又在稻香村那边放风筝玩呢。因此,我们便转到这里来,他们说这里幽静的好,又有眺望,就在这里坐了。你们没到稻香村去么?”宝钗道:“我们还没去呢,我们从沁芳桥、蓼溆一带打那边山坡下绕过来的,找你们不见,要不问你们翠云,还不知道你们在这里呢。”说着,丫头们斟上酒来,李纨道:“我们且喝一杯,歇歇儿再走罢。”于是,探春等各饮了两杯,又坐了一会儿,便站起身来道:“你们且慢慢儿的,等喝完了酒,再到稻香村来会齐罢。”说着,四人便取路慢慢儿的下了山来。

转过山坡,那边空阔之处,只见那七个哥儿同着丫头们都在那里放风筝呢。也有放蝴蝶儿的,也有放蜻蜓儿的,也有放螃蟹的,也有放仙鹤的,惟有桂芳放起一连七个雁儿来的有趣。

探春等便站着看了一会,因问瑞哥儿为何不放呢?丫头们回说:“原放了一条蜈蚣的,因为走了,就没有放了。”说着,蕙哥儿正放了一个美人儿,忽有一阵风来,往底下一歪,却绊在柳树头上。蕙哥儿忙用力一扯,风筝没扯下来,倒挂破了,因赌气便把线扯断了,也不放了。探春道:“你们且把风筝都收下来罢,不用放了。我们都在稻香村里头去了,你们随后也就来罢。”

说着,四人便到稻香村来,走到酒帘之下,进了茅屋。那四个媳妇见了,忙迎出来笑道:“姑太太、姑奶奶、大太太、二太太都请里面坐罢。”探春笑道:“你们铺子里,今儿做了多少买卖了没有呢?我们特来给你发市的,有什么好酒、好菜都搬上来罢。”于是,四人便拣了一张桌子在上面坐了,喜儿媳妇、寿儿媳妇搬了许多山肴野蔌并各样果品上来。两个笑道:“蒙姑太太、姑奶奶赏脸,只是没有什么可吃的东西，不过是点儿野意儿，求姑太太、姑奶奶别笑话就是了。”巧姐道：“这么着就很好。”说着，两个媳妇把酒烫热了，自有跟的丫头们拿壶上来筛酒。

李纨笑道：“这么样可倒是头一遭儿，想谅外头，自然也不过是这么样罢。”宝钗笑道：“这是摹拟着弄了玩的，他们外头怎么得有这么样呢？那些房屋、家伙、器具、酒肴、媳妇，任什么都不能这么样的。”说着，七个哥儿也进来了。李纨道：“你们另外坐一桌儿罢。”焙茗家的、小红家的忙搬上酒果、菜蔬，跟的丫头们服侍哥儿们坐了，便在旁边斟酒。

不一时，平儿等三人也进来了，笑说道：“你们好生意呀，快拿好酒来罢。”于是，三人也另拣一张桌子坐了，喜儿媳妇等拿上菜果，烫了酒来。只见门外秋水等四人也进来了，平儿便叫他们也另坐了一桌，焙茗家的送上酒果。当下四桌，各有丫环们伺候，喜儿媳妇等往来添酒送菜。马氏笑道：“怎么着，咱们大家今儿竟到酒铺里来喝酒，这可是真想不到的事。”

平儿笑道：“咱们四桌子人，到底今儿是谁的东呢？别要过会子没有酒钱，不得出去，还要脱衣服做当头呢！”宝钗笑道：“说到钱就俗气了，说给你也不知道，自来古人都拿金貂换酒，这什么要紧呢！”探春笑道：“琏二嫂子，你不用慌，你们四桌子的酒钱都是我一个人会东，你尽管放心喝就是了。”李纨笑道：“三姑太太，你说什么话呢，怎么请了你来做东道么？”平儿笑道：“既然有了做东道的人，我就尽管放心吃了。”因向喜儿媳妇道：“你们所有的什么东西，都一箍子拿上来罢，也不用卖给别人了。”于是，大家笑着，又喝了一会子酒。因说：“我们玩了一天也够了，大家都回去罢。”说着，大家都站起身来，探春笑向喜儿媳妇等道：“你们算算，共该多少钱儿？不许浮开呀！”喜儿媳妇笑道：“多谢姑太太，姑奶奶和府里太太、奶奶、哥儿、姑娘们赏脸就了不得了，还说什么钱呢！”探春笑道：“我钱可没带，也不用脱衣服做当头。”因教跟的丫头取出四个玉佩来，说道："你们辛苦了，每人一个，留着带罢。有什么不够，我明儿再补罢了。"巧姐笑道："方才说是'卿相解金貂'，这会子姑妈做了个'神仙留玉佩了'。"大家又笑了一会，四个媳妇子上来磕头谢了。

于是，大家一路出来，因说再隔两天就是清明了，你们风筝今儿都没很放，倒糟蹋了几个，明儿还添他几个好的，等到清明好放晦气呢。说着，大家便出了园子，都到王夫人上房里去了不题。

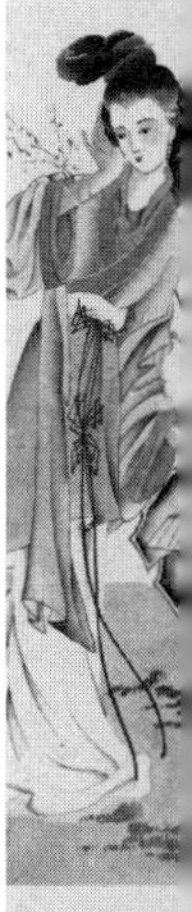

过了两日，乃是三月初六日，这年正值清明佳节，天气晴明。吃过了早饭，大家都到园子里来，连王夫人也过来看他们孩子们放风筝。惜春也带了紫鹃出栊翠庵来，大家相见，便都到榆荫堂上坐了。这些哥儿、姐儿们，各人的丫头都搬了风筝过来，大家绑剪子股儿，播起籰子来，总在山坡底下空阔的地方。

先是贾蕙放起一个大螃蟹来，桂芳又放起一边七个雁儿来，月英放起一个大蝴蝶来，祥哥儿便放起一个美人来，安哥又放起一个蜻蜓来，周照乘便放起一个麻姑骑着青鸾的风筝来，大家都说："这个风筝很有趣儿。"绿绮又放起一个仙鹤来。瑞哥儿便放了一个金鱼，谁想放了半天，总放不上去，别人的风筝都放在天上，大家仰面观看，偏是他的放不上去，便甚是着急。桂芳道："你那个是顶线不好的缘故，你且放着我这个雁儿，等我给你收拾好了，就放得上去了。"不一时，禧哥儿又放起一个软翅子大凤凰来，杜若也放起一条大蜈蚣来。桂芳把金鱼的顶线收拾好了，便果然也放上去了，就与瑞哥儿仍然换过七个雁儿来。一共十个风筝，一起在天上，甚是有趣。

桂芳又有个蝴蝶儿送饭的风车，上面安着碰弓，是将竹片儿做成的机括，将蝴蝶儿两翅分开，穿在手内放的风筝线上，那风车儿便两翅凌风流转，由线而上，直到那风稳的顶线，那上面便有疙瘩，将竹弓儿一碰，触动机括，那蝴蝶翅儿便收闭了，不能得风，便依然由线而下，到了面前，将碰弓儿机括仍然分开，便又凌风由线而上。当下探春、惜春、平儿、宝钗、巧姐、秋芳等了都过来，在跟前仰面观看，都说这东西做的很巧，也亏人怎么想出来的。又说照乘的这个风筝，也很好看，就是太远了些，看不清楚，因教把线慢慢儿的收回了好些，那风筝便渐渐儿的大了，分得清楚，更觉好看。

正看时，只见那个麻姑在上面好像招手儿似的，平儿道："那上头的麻姑是个活的么？怎么都会动的，且把线再收回些看呢。"于是，又收回了些线，那风筝越发连眉目都可以辨了，那麻姑明明在上面招手儿呢。惜春便上前望着那风筝，叫道："妙师父来了么？"众人一看，果像是妙玉，大家正在惊疑，忽然那风筝上的线无故断了，那麻姑与青鸾就随风飘飘而去，不知所之了。惜春望着上面道："妙师父，你怎么倒去了么？"探春道："那是妙玉么，他怎么得到这儿来呢，既来了怎么又去了呢？这可不是奇事了么！"惜春道："你们都看不出是妙玉来么？但只是他来处来，去处去，这可不能知道呢！"

说着，那贾蕙放的一个大螃蟹，因线没拴的牢，一阵风紧把线早挣脱了，"啊呀"一声，那风筝早飘飘荡荡的落了去了。李纨看见，笑道："好，好，早些放了晦气去罢。你们也都该放了晦气去罢了。"于是，大家由各人的丫头都拿了剪子来一起绞了。那八个风筝都随风而去，渐渐儿的只看得见有鸡蛋大，再一会儿，只得一点儿黑星儿，再渐渐儿的就不见了。大家都就："有趣，有趣！"

正在仰面观看，只见沁芳桥那边柳树中间新立了一座秋千架儿，上面有彩旗招驰，那架儿角上却挂着一个大绸蝴蝶风筝。平儿便指着道："那里怎么还有一个风筝么？"于是，大家都走到跟前去看时，果然好个风筝，比月英方才放的还好。秋水道："这是那边琮三太太家放的，教人取下来，送过去罢。"李纨道："这是人家放晦气的，不用送还了，取下来烧掉了罢。"于是，丫头们拿竹子挑了下来，便拿去烧了。

这里绣琴、素琴两个看见秋千架儿，便坐上画板去，两人挽住两边彩绳，紫云便给他两个推送起来。

要知这秋千打的好不好，请看下回，便见明白。

第三十七回　贾惜春尸解大观园
史太君示梦荣国府

话说当下绣琴、素琴两个在秋千上打了一会下来，秋水、春山两个看见了，便笑着也坐上画板去，紫云便也给他两个推送起去。这两个比绣琴、素琴打的更好，大家喝采。一会儿两个人下来了，惜春在旁边看着笑道：“你们都打的是坐秋千，有什么好看呢？你看我打个立秋千你们看，好不好？”说着，便撩衣上前，站上画板去，两只手挽住两边彩绳，也不用人推送，把脚蹬开，便渐渐儿的打了起来。平儿笑道：“今儿四姑娘怎么这么高兴呢？”大家都说：“可不是么，这也算是奇事了。”

说着，只见惜春在上面越打越紧，直飞到半天里去了。李纨道：“可惜四姑娘不肯穿艳丽衣服，只爱素静，若有好颜色衣服打起秋千来，真是诗上说的‘飘扬血色裙拖地，断送玉容人上天’了。”大家都说：“可不是呢！”

当下正在喝采，不防那秋千架上两边的彩绳忽然一齐断了，把惜春连人连脚下的画板，一齐抛了出去。因去的力猛，直抛出有四五丈远，方才落了下来，“扑通”的一声，却落在沁芳桥的河中间。那河通着外潮，现今春水长了，也有两丈多宽呢，惜春恰掉在中间，人便沉了下去，那画板便飘在水面。当下众人都大吃一惊，说声“不好了”，连忙一齐跑至河边看时，见人已沉下。紫鹃看见大哭，料想捞救起来也未必中用，姑娘死了，我还活着做什么呢？因心里一想，便拼命的也向河当中踊身一跳，"扑通"的一声，也下去了。大家看见，叫说："不好了，一个还没去救呢，怎么又下去一个，还了得了吗！"

当下王夫人等也听见了，都吓了一跳，连忙与众人走过来看时，只见这些丫头、婆子们都不能下水，大家都在那里说要用竹子上头绑了钩儿去捞。探春喝道："你们还不快些外头去叫人去呢，只管在这里混说些什么！"底下婆子们答应了一声，连忙的跑出去，叫外边的人去了。宝钗道："你们再去两个，叫他们外头的人快些进来，一面告诉老爷们，就请老爷们进来。"两个媳妇答应着，也跑了去了。

不一时，只见园子外头林之孝领了一起家人进来了。探春叫说："你们是能下水的，便快着都下去罢，再迟了，就不中用了。"于是，林之孝便忙叫了十个人撩起衣服来，赶着从河边一起下去。说着，外面贾琏、贾环也跑进来了，都喘吁吁的说道："那是怎么着了？"跑至河边，见了众人，便忙叫林之孝再添两个人下去。林之孝答应，又叫了两个人下去。

那起先下去的人，早在水中捞着了惜春，四五个人撮着抬了上来，放在岸上，重新下水帮着又把紫鹃抬了上来。只见两人周身是水，大家摸了摸全然冰冷，并无热气。宝钗道："我记得书上说，溺死的人要用牛一头，将人肚腹贴伏在牛背上，使头垂向下，以便从口中出水，等水去尽，用皂角末吹进鼻孔，得嚏就活。仓猝不得有牛，则用锅一口，反覆地下，以人腹对锅底，头亦垂下，可以出水。我想来锅小不能如牛，牛又一时不能现成，不如用大缸一只，反覆过来比锅好多了。"大家都说："这话很是，快就这么办！"于是，叫家人们去抬过两只大缸来，反覆在地，吩咐林之孝等且带了家人们出去，等传唤再来。探春便叫婆子和家人媳妇们，把惜春、紫鹃两人抬了，翻过身来伏在缸上，肚腹贴着缸底，头垂向下，又叫人将缸两边移动，口中果然淋出水来。李纨道："好了，水出来了。"探春道："我看来，只怕有些难救呢！"平儿道："该打发人到东府里给信去，就请了大嫂子过来呢。"宝钗道："快传人过去。"底下答应了一声，早有人赶忙过去了。

不一时，尤氏、胡氏都过来了，大家相见后，看见了惜春，尤氏便道："四姑娘这是怎么着了？我才刚儿听见了，就吓了我一跳。"李纨便告了他原故，尤氏道："捞救迟了，只怕难得中用呢。"大家忙着看时，只见他两人口中流出来的水已经不少，身已渐瘪。大家商量着把地下铺上裀褥，将两人抬下缸来，仰面放在裀褥之上，用皂角末向鼻孔中吹了半天，全然不见有嚏。尤氏伸手向惜春胸前摸了一摸，已经冰冷，全无热气，因说道："这已不能救了，何必枉费气力呢。"王夫人便吩咐贾琏，去外面作速备办两副棺木，并一切衣衾之类，料理齐备。

不一时，贾珍、贾蓉也都过来了，看见无救，便放声大哭了一场。王夫人与探春等，大家也同着哭了一会。贾琏在外边早办了两副上等杉木棺椁，带领家人们抬了进来，并一切衣衾之类，各样齐备。宝钗便叫丫头、婆子们将惜春、紫鹃两个抬进栊翠庵去，替他们周身换了衣服。只见他二人身上虽然冰冷，却是其软如绵，并不僵硬，兼且面色如生。装殓停当，抬进棺去，把惜春停放栊翠庵云堂中间，因紫鹃系殉主而死，其义可嘉，便停于旁边左侧。除王夫人之外，俱在灵前上香，大家哭拜了一会。然后除尤氏、李纨等一班人之外，以下傅秋芳、巧姐等也都与紫鹃上香展拜。

当下忙乱已毕，李纨道："这秋千架子是新今竖立的不久，那彩绳如何得一齐都断了呢，这可不就是诧事了么？"宝钗道："四姑娘近来行为跟头里大不相同。正月里放灯一请即至，今儿并没人请他，自家便老早的来了。头里看见风筝上是妙玉向他说话，已经奇怪的很了，后来秋千他自家又要上去。你想，他早日可是打秋千的人么？我们彼时原不好阻他的，又怎么知道有绳断的事呢？这绳原断的古怪,可见他这秋千也打的古怪了。总言是他已经得了道力,不比从前,故藉此尸解升天去了。况且,头里他曾向我说过,说是二十年之内他便先到芙蓉城中等我去了。你们细想想看,是不是?"探春道:"这却不错。头里二哥哥和柳二爷那一番事,也就奇的很了,我问他时,他说早知道了,原该是这么着的。可见这会子二嫂子说他是尸解的话,一点儿也不错了。"平儿道:"可怜这紫鹃,真是个好的。自从林姑娘死了,就跟了四姑娘情愿出家。这会子四姑娘死了,他也就寻了死了,可不和当初鸳鸯姐姐是一样的可敬么!"大家点头,又叹息了一会。

到了次日,王夫人便叫人到馒头庵里去,请了八个姑子来,在栊翠庵里给惜春诵经。宝钗向李纨道:"四姑娘要是得道去了,还要这些姑子诵什么经,忏悔什么呢?要是不能得道,这些姑子有什么武艺儿,听他瞎胡闹,白费了钱钞还有限,到底有什么益呢?"李纨道:"老太太喜欢这么样,也只好随他念去罢了。"于是,八个姑子每日在栊翠庵中,念了七七四十九天经忏。然后发送至铁槛寺中停放,待等差人搬柩回至南京祖茔安葬,暂且不题。

再说惜春在秋千架上绳断之时,魂已出窍,看见妙玉明明在前招手。惜春连忙上前,说道:"妙师父,你等我一等。"妙玉笑道:"我在这里等你呢,你快上来罢。"惜春连忙走至跟前,拉了妙玉的手道:"妙师父,你可是从芙蓉城来的么?"妙玉点头,惜春道:"我们走罢了。"妙玉笑道:"我等了你来,你还要等他呢!"惜春道:"我还等谁啊?"妙玉道:"你看,那不是他来了么。"惜春回头看时,只见紫鹃忙忙的来了,看见惜春,忙叫道:"姑娘慢着些走,我来了。"惜春笑道:"原来你也来了,你这可认得妙师父了么?"紫鹃忙给妙玉请安。妙玉道:"我在头里走,你们只跟着我来就是了。"

于是,妙玉在前,惜春在中,紫鹃在后,三人一路行来,隐隐半云半雾。走够多时,只见前面一带淡红围墙里面,隐隐楼阁。

惜春便问道："妙师父，那前头可是芙蓉城了么？"妙玉笑道："你只来过一回，怎么就认得出来了么？"说着，已到跟前，只见门外有许多黄巾力士，见了妙玉等来了，便都垂手站立。

妙玉等进了南门，到了石头牌坊跟前，只见警幻仙姑同了宝玉、迎春、凤姐、黛玉、香菱、鸳鸯、尤二姐、尤三姐、可卿、晴雯、金钏、瑞珠都迎了出来。大家相见，便让至花满红城殿上坐下。宝玉道："妙师父来的好快啊！我算着你们是时候到这了，才刚儿约齐了他们出来迎接，走到牌坊跟前，就有人来说你们到了。"妙玉道："我是算着时候儿去的呢，且没有什么耽误的事，可不就来的快了么。"惜春便问宝玉道："二哥哥，你到了这里有几年了？"宝玉道："我来了好两年了。我们这里，这些日子天天盼你来呢。原来紫鹃姐姐也跟你来了。"紫鹃便与黛玉请安，黛玉忙拉着说道："我们这有十多年没见了，我知道你在四姑娘那里，却不防你们今儿一起来了。这可好的很了。"

惜春又向可卿道："这是小蓉大奶奶呀，怎么我头里到这儿来，你说是第一情人，不是小蓉大奶奶，都不认我呢？"可卿笑道："那会子，我原回过姑娘的，说还不是你来的时候呢，到了时候自然就知道了。这会子，该是姑娘来的时候了，故此我们打伙儿通来迎接姑娘了。"宝玉道："我头里到这儿来过几回呢，也都是这么样的。四妹妹，你可看见那对联上说的'前因后果须知亲近不相逢'么。"

惜春又向迎春道："二姐姐，你来的年代多了，可知道二姐夫的事么？"宝玉道："孙绍祖的事，谁不知道呢！你们只知道他杀了人偿命的事，还不知道他在阴间变了猪去了呢！"惜春道："我只听见二哥哥和柳二爷救了薛大哥，又到袭人家里头去的事，至于孙绍祖变猪的事，二哥哥，你怎么知道的呢？"宝玉便把老太太在地府林姑老爷任上的事，细细告诉了他一遍。惜春道："原来老太太这会子倒在京城里去了，凤姐姐、鸳鸯姐姐都到地府里去过一趟的。"凤姐又问问家里的事情，大家谈了一会。

迎春道："四妹妹，你这会子初到，我且先和你去见见元妃姐姐去，回来再谈。"惜春道："原来元妃姐姐也在这里呢！"于是，迎春领了惜春、紫鹃到了赤霞宫，去见了元妃。元妃道："我们姊妹四人，此刻倒有三人聚于此处，也就很不寂寞了。现在你二姐姐一人独居，你今既来了，便在这里给他和紫鹃三人在一处住罢。这屋子就在前边，那边便是你宝二哥哥住，我们姊妹总在一块儿，朝夕可以相见，何等不好呢！"惜春道："臣妹蒙妙玉指引而来，未忍与之抛撇，窃恐辜负其情奈何？"元妃笑道："妙玉与警幻同居，相隔不远。既系同在此处之人，便无分尔我，即如王熙凤、林黛玉、秦可卿、甄香菱等均与在生之时不同。此刻虽然未经得道，然已如入芝兰之室，有久而不闻其香，与之俱化的景况了。我因为的是姊妹同居，正好续天伦之乐事耳。"

于是，惜春上前谢恩后，便告辞出来，复到警幻宫中以及绛珠宫、"痴情"、"薄命"司内各处走了一回。至晚，回到迎春屋内同住。

紫鹃道："林姑娘那边已有薛大奶奶和晴雯、金钏，我又已经跟了姑娘多年，只好遵娘娘的旨，在这里住了，早晚到林姑娘那边请安去罢。"迎春道："你这来的原故，谁还不知道么？林姑娘他也断乎不能怪你的罢了。"

于是，到了次日，芙蓉城中公具了酒筵，在警幻宫中与惜春、紫鹃接风。席间说起贾母与贾夫人已经过去了半年了，我们耽延至今，俱未得前去请安。这会子，四姑娘也来了，我们打量也该去的很了，不可再迟。警幻仙姑道："你们也商量商量，是那几位同去呢？"当下，众人都说要去。警幻仙姑道："据我看来，要去又何必都去呢？此刻先去几位，来年再去几位，轮充着每年都可以去得的。老太太那里，年年有人过去请安，也不寂寞，这里也不缺人照管，岂不两全其美呢？"妙玉道："我是此刻便可不去，四姑娘初到也可不必，都到来年再去罢。这会子，林姑娘自然是头一个要去的，你们再商量几个人同去就是了。此刻便不去，横竖还有来年的，又何必挤在一块儿呢?”凤姐道:“二妹妹和四妹妹都到来年去罢,这会子鸳鸯姐姐是要去的,连我和林妹妹才三个人,还商量一两个人同去才好。”晴雯、紫鹃道:“我们两个跟了林姑娘去罢。”黛玉道:“紫鹃妹妹才来,且到下年去罢。倒是晴雯同了我们去也好。”于是,商量已定,又过了两天,方才料理起身,前去吩咐仙女们备下两辆云车,收拾齐备。

到了这日,大家都送至牌坊跟前,齐说:“到了都城隍府见了老太太、姑太太们都给我们转禀请安罢。于是,凤姐、鸳鸯坐了一辆云车,黛玉、晴雯坐了一辆云车,带领八名仙女,簇拥而去。出了芙蓉城中,便取路向京城都城隍王府而来,暂且不题。

再说贾母在都城隍府中,每日无事,或与贾夫人、夏金桂、张金哥等斗牌,或叫班小戏儿来听戏,或是说书的女先儿,或是八角鼓儿。有时盼望黛玉、鸳鸯、凤姐等人,都不见到来。

贾夫人道:“他们也该来了呢,恐怕有什么事绊住了,也不可知。”贾母道:“他们那里有什么事呢? 就像我久已想着要到家里去看看,也是这么着,到如今都还没去呢,我可又有什么忙处么。今儿晚上,可一定要去了,叫司棋跟我去走一趟罢。”贾夫人道:“老太太只带一个人去,不少么?”贾母笑道:“这比不得到那里赴席去,一个人就够的很了。”贾夫人道:“吩咐外边备一乘大轿,一乘小轿,二更天老太太到荣府里去呢。”底下答应了,吩咐出去。

到了二更天,司棋上来服侍贾母起身。贾夫人问:“轿子齐了么?”司棋道:“已经伺候着了。”贾夫人与司棋扶了贾母,到内殿前来坐了大轿,司棋上了小轿,前面打了一对灯笼照着,轿夫抬出大殿,由中门而出。一路转弯抹角,不一时早到了荣国府前,吩咐绕至后门,远远住轿。司棋下来搀了贾母,吩咐灯笼人役、轿夫俱在此伺候,不用上来。潘又安已骑了马赶了上来,便在外面照应灯轿伺候。

贾母扶了司棋从后门进去，先到了大观园内，顺路走到稻香村来，进了李纨屋里。贾母便道："珠儿媳妇，你可认得我么？"李纨从梦中睁眼一看，见了贾母便道："是老祖宗么。"便忙跪下请安。贾母笑着，忙拉他在身旁坐下，道："你竟还认得我么。"说着，司棋上来给李纨请安。李纨道："你不是司棋么，怎么得和老祖宗在一块儿的呢，是从那里来的呢？"贾母笑道："珠儿媳妇，我告诉你。我自从那年死了，就有焦大跟了我去，路上又收了鲍二家的。到了阴间，说是先要在城隍大人那里过堂，焦大就找了城隍的书办，和他商量，谁知那书办叫冯渊，就是为买香菱被薛蟠打死了的。他说城隍府里教他进去，细细问他，只怕少爷要出来亲看呢。谁知那少爷就是珠儿，细问起来，城隍大人就是林姑老爷。姑太太也在那里，因为无子，就把珠儿当了少爷。那时候，请了我们进了城隍府里住着。司棋、潘又安夫妇都在林姑老爷那里伺候。林姑老爷问起黛玉来，我说林丫头已死了两年了。姑老爷、姑太太说怎么都没见么，这可那里去了呢？差人四下寻访，后来凤丫头和鸳鸯找我来了，才知道他们和林丫头、迎丫头、香菱、尤二姐、尤三姐都在芙蓉城里，算是仙境地方呢。后来林姑老爷升了京城都城隍，我们一起出了地府，姑老爷上天陛见，我们便到芙蓉城去了一趟，这会子宝玉和柳二爷都在那里呢。姑老爷陛见回来，我们便一同到京城都城隍王府里来了。这会子离家不远，我故此今儿回来瞧瞧你们的。家里的一切事情，我都知道。现在你们兰小子就很好，将来桂小子上来，更外荣耀。老爷现已升官，家业复兴，我心里就很欢喜。这会子环儿媳妇和兰小子媳妇他们都认不得我，我也不去瞧他们了。"说着，便站起身来，李纨忙拉住道……

要知他说些什么，请看下回便见。

第三十八回　晴雯姐昼责善保妇 林黛玉夜会薛宝钗

却说贾母当下站起身来要走,李纨便忙一把拉住道:"老祖宗,请坐一坐。我们这些人一个儿也不见了,也没人倒茶上来。老祖宗也该饿了,等我吩咐他们预备点心上来,给老祖宗吃些儿,再走罢。"贾母笑道:"我不饿,也不吃什么。横竖我明儿闲了,还要到这儿来看你们呢。"李纨拉住贾母不放,道:"老祖宗,请再坐一坐,我还有话说呢。"贾母道:"我说闲了就来的,你又何必累赘呢?"说着,把手中拐杖子在地下一击,就犹如打了个焦雷的一般,把李纨惊醒,原来却是一梦。听了一听,人都睡的静悄悄的,那自鸣钟刚打了十二下,已交子正。

李纨细想梦的奇怪,于是翻来覆去总睡不着。直到将交五更,方朦胧睡了一觉。天明醒了起来,梳洗已毕,换了衣服,便到王夫人上房里来,见了王夫人,只见平儿、宝钗也都来了。才刚坐下,王夫人道:"你们来的都好,我正要打发人来请你们呢!"平儿道:"老太太要叫我们过来,可是今儿夜里头有梦不是么?"王夫人道:"可不是么!"李纨、宝钗道:"我们上来,也是要来回老太太的。"王夫人道:"这可奇的很了,竟是人人都有梦么?这个梦可与别的不同呢!"我看老祖太太还同活着的时候全然一样,说话诸事都还照常。今儿一早老太爷就向我说了,吩咐教我问你们可都有梦?他就上衙门去了。”平儿道：“司棋还跟了老祖太太来的，梦里向我说的话，也给琏二太爷是一样的。他今儿一早就要来回老太太的，我说我上去回了也是一样，你不用上去了。”宝钗道：“老祖太太可是福大的很，如今又在王府里头受享去了。林姑老爷做了忠祐王，姑太太做了忠祐王妃，可也不小了，珠大太爷这会子算是世子了。老祖太太在那里也就很不寂寞，还要记挂着来家里看看，到底还是老人家头里疼爱儿孙的心肠。”李纨道：“宝二叔同柳二爷、林姑娘、二姑娘、妙玉、香菱、凤妹妹、鸳鸯、尤二姐、尤三姐他们总在芙蓉城里头，去了那里还是仙境，更加逍遥自在呢！四姑娘去了不久，想是老祖太太还不知道。记得他死的时候，大家都看见妙玉来的，可不是妙玉是来叫他去的么？自必也在芙蓉城里去了。”王夫人道：“他们倒都算得了道去了，这也罢了。只是林姑娘、二姑娘、尤二姐他们怎么得道的呢？”平儿道：“这也是他们应该有这福气，才是这么样的，这一半人算是成了仙了。老祖太太这些人，又算是成了神了。想来都城隍王爷的庙宇离这里不远，我们这些人要见老祖太太去是不能够的，也该到庙里去烧烧香磕个头儿去，就是林姑老爷、姑太太那里也是该去的。虽然不能看见老祖太太们，到底也各尽一点心儿去呢。”王夫人道：“既然知道老祖太太在那里，自然要磕头去的么！看来今儿已来不及，明儿一早去罢。”因吩咐人到外面去请了琏二太爷进来，底下人答应去了。

不一时，贾琏来了，王夫人便吩咐道：“明儿一早到都城隍庙里烧香，你可教人早些预备供献祭礼。外头就是你同老太爷去，里头就是我们这四个人。别人都不必去，老祖太太说的好，他们都认不得呢。”贾琏答应了下去，便传人备办了猪羊祭礼，金银元宝币帛，香烛供献，酒果之类。

到了次日一早，贾政便先和贾琏到了都城隍庙里，各处祭祀展拜了一番。礼毕，贾政便上衙门去了。贾琏在庙里等候王夫人、李纨、平儿、宝钗到了，先在大殿上拈香礼拜已毕，便到后面寝宫里一一拜过，然后到后面来。那后面殿上，供的是圣父圣母。王夫人等刚走至殿外，忽见殿上有人走了过去，明明一闪，俨是司棋的样儿。王夫人等上殿看时，并不见有一人在内。李纨道："这圣母就该是老祖太太了，老太太请行礼罢。"王夫人道："多年都没见老祖太太了，前儿反蒙老祖太太下降指示，只是我们的罪可重的很了，惟有多磕些头罢。老祖太太，谅来宽恕我们的。"说着，便磕下头去。平儿、宝钗看那塑像时，虽不很像贾母，却也神气温和。王夫人拜毕，李纨等挨次都磕过了头。然后又到各处看了一看，方才上车回来，暂且不题。

再说贾母那晚在荣国府中，仍由后门出来，上轿回至都城隍王府。贾夫人等迎接，到上房里坐下。贾母便细细的把回到家中之事，说了一番。贾夫人道："我原也想跟了老太太去，回家走走，只是年代多了，所有的人我都不认得了。他们也认不得我，只怕连舅太太都记不清楚了呢。"说着，自鸣钟打了三下。贾夫人道："啊呀！已经寅初了，老太太也乏了，请安寝罢。"于是，各自归寝。

过了一日，却是贾政、王夫人等到都城隍庙中来，上殿拈香祭献，到了巳正，俱各回家去了。这里贾母等大家聚谈，贾夫人道："舅太太我还依稀认得，这珠大奶奶我就全然不认得了。"贾母道："今儿珠儿见了他媳妇没有呢？"贾夫人道："他见是见了的，也不能说话儿，他们两下如今都安享如意，儿子都做了大官了，还有什么不好么？若是两下苦楚伤悲的，一见了面可就难过了呢。今儿我看这琏二奶奶，竟比头里凤姑娘的人材还高些呢。"贾母道："他原是凤姑娘的丫头叫平儿，他自来为人就很好。如今扶了正，又养了儿子，将来都是有造化的。"贾夫人道："这宝二奶奶就是薛姨太太的姑娘了，果然很好。我看他们妯娌们，一个赛似一个，怨不得老太太看着也乐的很呢。"贾母道："宝玉的媳妇他叫宝钗，可怜他自来与人不同，端方和顺。如今儿子叫桂小子，将来很有出息的。"

正说着，只见潘又安在宅门口来禀事，司棋进来回说："芙蓉城里琏二奶奶和我们姑娘都回来了，坐了车在门外呢！"

贾夫人听见，忙叫司棋先迎了出去，叫潘又安快头里去请。潘又安答应了，忙跑出大门来，叫快请车进去，吩咐门上的人把车子帮着推进了大门、二门，到了大殿檐前，吩咐一应人役都退出大门之外。司棋出来先扶了凤姐、鸳鸯下了车子，然后又搀了黛玉、晴雯下车，同仙女们簇拥着上了大殿。走进宅门，到了内殿，贾母、贾夫人等都迎出内宅门来，大家相见，然后一起同到上房。凤姐、黛玉等重新拜见，又请了林如海、贾珠拜见。请安已毕，方才大家坐下。林如海、贾珠仍到外面去了。

贾母道："我们一到了这里，就盼望你们来的，足足的等了有半年了。怎么你们直到今儿才来么？"凤姐道："我们那时候原就打量要来的，因为是怕老祖宗才到了这里，不好就闹着来惊动的，也要等过下一两个月来，我们再来才好。其实我们也没什么事，不过这里耽搁一天，那里耽搁一天，就一天天的耽误了下来了。正在打量要来，又说四姑娘要来了，又等了他好些日子。前儿不久，他才来了，又还耽搁了两天。昨儿还说老祖宗要在这里望我们了，我们也该去的很了。二姑娘、四姑娘他们都说要来请安来的，我们恐怕人多累赘，故此赶着先来了，叫他们都等我们回去了，下回再来罢。"贾母道："四姑娘也到你们那里去了么？"黛玉道："四妹妹是妙玉去迎了他来的，他是已经得道尸解，与人不同。那紫鹃也跟了来了。"贾夫人道："你们那里又添了两个人，越发热闹了。"凤姐道："老祖宗这里人也不少啊。我想我们这些人，这会子竟分作三处了。荣国府里还剩了十几个人，现今又添了多少新人了，忠祐王府里分了十几个人去，芙蓉城里也分了十几个人去。这会子，就是荣国府里的人，不能到我们这两处来往。我们现在这两处的人，都可以彼此往来的，虽然是两处还犹如在一处呢。"

贾母道："我前儿回到家里各处去看看，他们却都还很好。今儿二太太和珠儿媳妇、琏儿媳妇、宝玉媳妇他们特意都到这儿来烧香磕头的。我们才刚儿在这里正说他们妯娌们呢，就有人来回说你们来了。”凤姐道：“我明儿也想着要到家里去走走呢！”黛玉道：“我明儿和你一起去罢，我也要去看看宝姐姐去呢。”正说着，只见夏金桂、张金哥、智能一起都进来了。大家相见已毕，坐下叙谈。

到了次日，贾夫人备办了酒筵，叫了一班小戏儿，在花厅上预备着。贾母等大家在上房里吃过了早饭，便都请过去听戏。

大家到了花厅坐下，班子里的孩子上来打千儿请赏戏。贾母道：“不拘什么，拣好的唱罢了。”贾夫人道：“请琏二嫂子赏两出儿罢。”凤姐忙站起来笑道：“姑妈，我知道什么呢，还是请老祖宗赏几出好的，叫他们唱去的好。”贾母便问道：“你们会唱‘四梦’的戏不会呢？”那孩子道：“有是都有，只怕不全，不知老太太教唱那几出呢？”贾母道：“《南柯梦》的《花报》《瑶台》，《邯郸梦》的《扫花》《三醉》，《紫钗记》的《折柳》《阳关》，《牡丹亭》的《游园》《惊梦》。”那孩子答道：“这都是有的。”贾母道：“就唱这几出罢。”

那孩子答应了下去，当下妆扮起来，随即开戏，唱完了这八出，便摆下酒席。席上唱的是《蝴蝶梦》八出，贾母、凤姐赏了八十串钱，夏金桂、张金哥、智能、鸳鸯赏了五十串钱，贾夫人、黛玉赏了四十串钱。戏完席散，回到上房，各自归寝。

过了一日，贾母与凤姐、贾夫人无事，便要斗牌，因还少着一家，便叫了智能上来，四家铺下红毡，斗起牌来。黛玉、鸳鸯、晴雯便与司棋到各处闲逛，暂且不题。

再说王夫人等那日回到家中，说起看见司棋的话来。大家都说：“老祖太太不便给我们相见，故叫司棋出来打个照面，使我们知道的意思，也未可知。我们既然知道老祖太太在那里，今后须要常去请安才是。”王夫人道：“明儿每逢初一、十五，我们轮流派两三个人去上香罢，也不必限定都去就是了。”

过了一日，邢夫人往这边来闲逛，王夫人便把老祖太太回家示梦的事情，并大家到都城隍庙中去祭祀的话，都细细告诉了他一番。邢夫人至晚回去，便告诉了贾赦。贾赦道："怪道去年冬天有人说，都城隍王爷已经升了去了，换了新王爷来上任。那左右住的人家，天天晚上听见人喊马闹，又有鼓乐之声，真是奇事。我说那里有这话呢，都是那些愚人瞎说罢了。今儿这么说起来，这事竟是有的，新王爷就是我们林姑老爷了。老祖太太既然在那边王府里头，我们自然要去磕头，都要过去请安去呢。"邢夫人道："吩咐他们外头预备现成了，我们明儿一早起来就去罢。"贾赦道："就是这么着。"

于是，到了次日一早，贾赦同了贾琮，邢夫人带领着蒋氏并丫头、媳妇及王善保家的等人，一群车马往都城隍庙来。到了庙中，先到大殿上拈香礼拜，然后到寝宫各处磕头。贾赦等祭拜在先，各处走了一走，便在大殿上坐着喝茶。

邢夫人等在寝宫拜后，王善保家的在旁说道："这忠祐王妃就是我们家的姑太太了，我们都该磕头呢。"说着，便跪下磕头，刚跪得下去，忽然口里骂道："你这老娼妇，又向主子跟前讨好献勤儿罢。我先打你这老娼妇的嘴。"说着，只见王善保家的自己举起手来，左右开弓一连打了四五十个嘴巴，登时那脸上就青紫起来。旁边那些丫头、媳妇们见了，一个个都吓住了，又不敢上前拉劝。那王善保家的又骂道："老娼妇，我给你有什么仇？你平空的葬送了我，我今儿可要你这老娼妇的命呢！"说着，又自己举起手来，又打了一气，打的嘴里鲜血淋漓，两腮肿胀。旁边丫头、媳妇们见了害怕，便都一齐跪下，说道："这总是他的不是了，我们也不知道是那位姑娘或是那位奶奶，总求你老人家开恩饶恕他罢。"那王善保家的又打了一会，说道："司棋姐姐，你还给这老娼妇说情做什么呢？罢了，罢了！好了这老娼妇了。"说着，便一跤跌倒在地，口吐白沫，昏晕过去。

邢夫人便叫几个媳妇在旁看守着，“等他醒转过来就搀扶着他一起坐车来罢”。吩咐已毕，便带了蒋氏上车回去了。先到了家中，贾赦等已经回来。邢夫人便告诉了王善保家的之事，道：“司棋是王善保家的外孙女儿，故此给他讨饶，这打他的人，好像是宝玉头里屋里的丫头晴雯似的。但只是老祖太太、姑太太那里并没听见有这个人呢！”说着，王善保家的已经苏醒过来，众人搀扶着出庙，坐车回来了。邢夫人便问他道：“那打你的人，你到底可知道他是谁不是呢?”王善保家的道：“啊哟，罢了我了！这是我作多了孽了！我磕头的时候，恍惚看见就像是头里宝二爷屋里的丫头晴雯的模样儿似的，后来我就不晓得了。”邢夫人道：“可不是，我也疑惑是晴雯呢！你且去歇着罢，好生躺躺儿去。”王善保家的答应了，众人搀他去了。邢夫人道：“我记得头里为司棋的事情，里头也有晴雯在内，那原是他的不好，也怨不得人。”贾赦道：“他那个嘴原也很不好，今儿这么着也应该呢。”暂且按下不题。

再说贾母等正与贾夫人、凤姐、智能斗牌，忽然听见晴雯打王善保家的，司棋在旁求情。鸳鸯道：“晴雯妹妹，你如今也罢了，还记他的仇做什么呢？既打了他一顿，也该撂开手了。”

晴雯道：“我并不是记什么仇，这些年过来，我久已都忘记了。这会子见了他，不由的就生了气呢！”黛玉笑道：“你这还是结习未除，参悟不透的原故。”凤姐听见，说道：“那老娼妇原也可恨，很要这么着收拾他一顿才好。”说着，大家笑了一会。

一日，凤姐说道：“今儿没事，可要家去走走去了。林妹妹要去，我们一起去罢。”晴雯道：“我跟了奶奶、姑娘也去逛逛。”黛玉道：“也罢了，就是我们三个去罢，人多了也累赘了。”于是，吩咐外边备了两顶大轿、一顶中轿。到了二更时分，三人回明了贾母、贾夫人，到了外边内殿上轿。轿夫抬出大门，前边打了一对灯笼，潘又安骑马在后，一起往荣国府来。不一时，转过府后，潘又安上前吩咐轿夫落下轿来。凤姐等三人都下了轿，吩咐潘又安与灯轿俱在此等候。

三人仍由后门进去，凤姐便顺路先到自己屋里去了。晴雯跟了黛玉，到大观园来。凤姐道："你们回来，还在这里来会齐。我不到园子里去了，便在这里老等你们罢。"黛玉、晴雯答应了，便进大观园来，到了怡红院中，只见众人俱已睡熟。

黛玉二人走到宝钗炕前，黛玉便叫道："宝姐姐，我特来瞧你来的。"宝钗梦中听见，睁眼一看，说着："是林妹妹么！那一个不是晴雯姐姐么！你们怎得一起来的呢？"晴雯便上来请安，宝钗忙拉着他，便都一起坐下。黛玉道："宝姐姐，我们有十多年没见了，姐姐一向很好？我久已知道添了侄儿桂哥儿，这会子已过了十岁了罢，都很好？"宝钗道："我们桂小子今年十一岁了，托妹妹的福，都还好。前儿老祖太太回家来告诉我们，才知道妹妹在芙蓉城里，已登仙境了。元妃娘娘、二姐姐、凤姐姐、鸳鸯姐姐、妙玉、香菱、尤二姐姐、尤三妹妹、小蓉大奶奶他们这些人总在那里呢，比我们这里热闹多了。"晴雯道："那里还有个警幻仙姑，我和金钏、瑞珠，宝二爷和柳二爷都在那里呢！"

宝钗道："上年听见柳二爷和宝二爷在路上救了我哥哥之后，便到袭人家里去，宝二爷寄了一把扇子来给我，上面有诗，待我取出来给妹妹瞧。"说着，便去取出扇子递与黛玉，黛玉接过扇子来，道："这事我也知道的。"因打开看了一遍，笑道："这会子，不过三十年就可以聚会，用不着四十年了。我记得头里到了那里的那一年除夕，多谢姐姐寄了一首五言排律来给我，至今我还收着呢！等你明儿到那里去的时候，再给你看。"宝钗道："那也是我无聊之极，因思想着妹妹，故此写了焚化的，也不知道得到不得到，不过是我一点儿心罢了。早要知道妹妹可以看得见，这几年里头我又很可再寄几封书子去了。"晴雯道："宝二爷头里在家里寄给我的诗文，我总在那里得了的。我也至今还收着呢。"

宝钗道："我们四姑娘，可在你们那里没有？"黛玉道："他是前儿不久，妙玉才接引了他来的，紫鹃也同着来了。我们因等四妹妹到了那里，过了几天，才到老太太这里来的。"宝钗道："是的呀，你们是到老祖太太和姑爹、姑妈这里来请安的。"

要知黛玉怎么答言，且看下回，便见明白。

第三十九回　城隍府贾母庆生辰
芙蓉城宝玉建诗社

话说当下薛宝钗梦中向林黛玉道："原来你们是到老祖太太和姑爹、姑妈这里来请安的。"黛玉道："我和凤姐姐、鸳鸯、晴雯四个人来的。到了那里，恰是你们同舅母在那里祭祀的那一天。隔了两日，又是大舅母他们来祭祀的。又过了两天，今儿没事我们便到这儿来走走。鸳鸯姐姐在老太太那里没来，我们和凤姐姐三个人来的。这会子凤姐姐他在自己屋里给平儿姐姐说话去了，我便和晴雯来看姐姐的。宝钗道："怪道昨儿有人说那边大老太太家王善保家的，在都城隍庙中给鬼打了一顿，说是晴雯呢！我们总没听见老祖太太说晴雯在那里呢，那里只有司棋、潘又安、珠大太爷、冯渊、秦锺、智能、焦大、鲍二家的几个人，所以都诧异呢。"晴雯道："那里还有崔子虚、夏金桂、张金哥三个人呢。头一个是张金哥，他是贞节有名的人，很不该给夏金桂在一块儿的。"宝钗道："我们那嫂子，真是提不起的，这会子他倒也得了好处了。"黛玉道："我看他倒比头里好了好些，也知道改过了。"

宝钗道："妹妹，我想着要和妹妹到王府里去见见老祖太太、姑爹、姑妈，请请安去，你说使得使不得呢？"晴雯道："宝二奶奶要去，这会子就走罢。琏二奶奶在他自己屋里呢，宝二奶奶就坐了琏二奶奶的大轿，我们便一起同去，去了回来再把轿子来接琏二奶奶回去，岂不两全其美呢！”黛玉道：“这倒也好，姐姐不要耽误了，要去就去罢。”

于是，宝钗跟了黛玉、晴雯出了大观园，由后门出来，三人走到轿前。潘又安看见宝钗，便上来问道：“琏二奶奶还没出来么？”晴雯道：“这是宝二奶奶，同去请老太太的安去的，回来的轿再来接琏二奶奶罢。”潘又安听见，便远远的打千儿请了安，三人各上了轿，头里打了灯笼，潘又安上了马在后跟着。

不一时，早到了忠祐王府，进了大门，穿过大殿，又进宅门，到了内殿上头，下了轿，早有人在头里报信去了。贾母、贾夫人听见了，便迎出来在内宅门口站住，宝钗、黛玉、晴雯走到面前，贾母看见宝钗，便笑道：“那是宝玉媳妇么？”宝钗忙上前请安，贾母便指着贾夫人道：“这是姑太太了，你们还认不得呢！”宝钗便也上前请了安，于是一起到了上房。

黛玉道：“宝姐姐他要和我们过来请安，便坐了凤姐姐的轿来了，等回去的轿再接他去。”贾夫人道：“你宝姐姐既来到这里，虽然没什么款待，也略坐这么一坐。凤姐姐他在那里老等着呢，还是叫人先接了他回来才是。”晴雯道：“他们人不好进去的，还得我去接他回来呢。”贾夫人道：“也好。”吩咐外面，备两乘轿子，仍叫潘又安跟去。晴雯便坐了一乘，外抬了一乘空轿，仍往荣国府去了。

宝钗在上房里，又重新拜见了贾母、贾夫人，并与鸳鸯相见，又请了林如海、贾珠出来拜见了。请安已毕，林如海、贾珠便到外面去了。司棋、鲍二家的等上来给宝钗请了安，丫头们倒上茶来。贾母又命人去请了夏金桂、张金哥、智能三人来，大家相见。

不一时，秦锺也上来请安，接着夏金桂、张金哥、智能都上来，大家相见。宝钗见了夏金桂，便欲叫嫂子，因又不好出口。黛玉在旁看见，便道：“这是冯大嫂子，这是崔大嫂子，这是秦大奶奶。”宝钗便叫金桂是冯大嫂子，金桂红了脸，便上前拉住宝钗，低声说道：“姑奶奶，你是宽洪大量的人，要求姑奶奶海涵包容我呢！”宝钗道：

"什么话呢？但请放心，咱们不言而喻就是了。"因向张金哥道："崔大嫂子，我们虽没会过，却是久仰大名的。"又向智能道："这秦大奶奶，我们头里也会过的。"智能道："宝二婶娘，有十几年没见你老人家了，早要知道林姑娘到婶娘那里去，我也跟了来请安了。"

说着，凤姐也回来了，与宝钗相见，说道："你们同宝妹妹回来，都不告诉我一声儿，教我在那里老等。姑太太评评，他们可是个人么？"贾夫人笑道："依他们还要等你宝妹妹回去了，方才接你回来的呢！才刚是我吩咐他们，教先接你去的，要不然这会子你还在那里呢。"

说着，便摆下两席酒筵，上边一席是贾母、贾夫人、夏金桂、张金哥、鸳鸯，下边一席是宝钗、凤姐、黛玉、智能、晴雯，大家坐定，献上酒来。宝钗与凤姐又说了些别后事情，酒过多巡，菜献五道，宝钗便要告辞回去。贾夫人再三不肯，道："此时才交四鼓，天也还早，我也断不敢多留的。"于是，又饮了一会，方才散席。

宝钗惟恐已迟，便忙谢酒告辞。贾夫人问："什么时候了？"底下答应道："钟已打过三下了。"贾夫人道："并不为迟，还没有寅正呢！"便吩咐外边备轿伺候，教司棋跟送回去。

众人送了宝钗到内殿上了大轿，司棋坐了小轿，前面打了灯笼，一起出了王府。不一时，绕到荣府后门，都下了轿。司棋搀了宝钗进去，到了大观园怡红院中宝钗上房里面，司棋便要告辞回来。宝钗拉住司棋道："你且坐着喝茶，我还有话问你呢！"司棋道："老太太等着回话呢！我要去了。"宝钗拉着不放，司棋死命的争脱，宝钗便跌倒在地。

惊醒过来，却是一梦。那时已交过五更，天还没亮。宝钗细想道："这回比老祖太太来的又大不相同了。"便翻来覆去的，总睡不着。渐渐天亮，窗纸大明，树上鸟声历乱。宝钗便披衣起来，坐着看时，渐渐窗上纸红，已有日光，便叫起绣琴、素琴来。桂芳已醒，看见宝钗，便问道："妈妈今儿怎么起得这么早，做什么呢？"宝钗道："我今儿天没亮醒了，就睡不着，看着天亮的，不如早些起来罢，还睡什么呢!”说着,素琴、绣琴服侍宝钗起来,桂芳便也起来了。绣琴便舀水进来,伺候宝钗、桂芳洗脸。

宝钗道:“我今儿夜里头是和林姑娘到老祖太太那里去的。姑太太再三的留我喝酒,赶着回到家里就醒了,再睡不着。”桂芳道:“妈妈怎么就不带了我去见见老祖太太也磕个头去,我见了老祖太太不用说是喜欢的了,就是老祖太太他见了我,他老人家自然也欢喜的呢!”宝钗笑道:“那是梦里头,怎么能够带你去呢?”桂芳道:“妈妈前儿到都城隍王爷府里去,怎么也不带我去呢?”宝钗道:“连我们前儿去,也看不见老祖太太呢,你要去了,老祖太太也认不得你,故此前儿没见老祖太太的人,都不用去呢。”桂芳道:“前儿妈妈要是带了我去,我虽然看不见老祖太太,妈妈你昨儿夜里去的时候,就好告诉他老人家的了,那老祖太太他不就认得我了么?老祖太太他要是认得我了,他这回再回家来的时候,他就要问我,和我说话儿了,我那不就认得老祖太太了么?”宝钗笑道:“等明儿再到王府里磕头去的时候,再带你去罢了。昨儿夜里先是林姑娘、晴雯和头里的琏二太太三个人一起来的,林姑娘和晴雯在我这里说了半天话,我们才同着到老祖太太那里去的。那琏二太太,他到他自己屋里去了,我们没等他出来,便先去了。到了那里,重新又打发人来接他回去的。后头琏二太太昨儿夜里头必定也是有梦的,我这会子梳洗完了,便到他那里问他去。”

说着,便带了素琴出了园子,到平儿屋里来。转过粉油的大影壁,进了院子。翠云看见,说道:“宝二太太来了。”忙上前打起帘子,宝钗走进屋里,只见平儿梳洗才完,正在洗手,笑说道:“我今儿算起的早了,谁知你更比我起的早。你昨儿夜里头到老祖太太那里去的么,怎么就不叫我一声儿同去呢?”宝钗笑道:“我连凤姐姐也没教他知道,怎么还得工夫来约你去呢?”平儿道:“你见了姑老爷、姑太太、珠大爷没有?他们那里还有些什么人呢?你多早晚回来的?”宝钗道:“我是和林妹妹、晴雯去的,到了那里,还有夏金桂、张金哥、智能、鸳鸯、秦锺都会见了。姑太太再三的留我在那里坐了席，我怕迟，赶着回来已经五更多天，天快亮了。凤姐姐回去的时候，才交四更天，他在这里也没多大会儿。”平儿道：“我们奶奶来时候，还没三更天呢，和我坐着说这样说那样的。他说，我们那天的庙里祭祀的那一天，他们就来了。又问问蕙小子，他瞧着他倒很欢喜，我就要叫他起来，给我们奶奶磕头，奶奶不肯，说孩子家他又不认得我，没的吓了他罢。又问巧姑娘，他也知道是养了外孙，姑爷做官很好。又问问合家的人，这个那个，原来他都知道，也并不是为老祖太太前儿回来才知道的，他早就知道了。正在说着四姑娘尸解成仙的事情上头，忽然晴雯来了，说你们已经到了那里了，请琏二太太快些回去呢。我就向我们奶奶说：‘奶奶你也带了我去请请老祖太太、姑太太的安去呢！’我们奶奶倒也肯的，后来想起来说没有多的轿子怎么去呢？他说我一时还不能回芙蓉城去呢，等明儿无事我再来的时候，带你去就是了。我正要送他出来，他把我一推，就惊醒了。我想着你自然也是有梦的了，故此起来赶着梳洗了，打量就要往你那里来的，谁知你倒先来了呢。”宝钗道：“怪不得前儿那边王善保家的挨了打，说是晴雯，我们还都不信，说晴雯并没听见说在老祖太太那里呢？谁知道，就是我们在老祖太太那里去的那一天，他们就都来了的。”

说着，桂芳来了，先向平儿请了安，便说道：“二大娘，你老人家昨儿夜里有梦没有？”平儿笑道：“我给你妈妈是一样的。你妈妈昨儿夜里到老祖太太那里去，他就不叫我和他同去，你说我该骂他不该骂他呢？”桂芳笑道：“我也说妈妈怎么不带我去呢？我妈妈说：‘你还认不得老祖太太，怎么带你去做什么呢？’二大娘，我妈妈连我还不肯带了去，自然也不肯和你去了。”宝钗笑道：“可是他说的明白，连儿子都不带了去，还带女儿去么？”平儿笑道：“桂小子你很好，我可要撕你的嘴呢！”桂芳笑着忙跪下道：“二大娘饶恕了罢，是侄儿说错了。”

说着，蕙哥与月英两个都出来了，见了宝钗请了安，便向桂芳道："哥哥，我们今儿还不到学里念书去么?"桂芳道："我因为今儿还早呢，故过来逛逛的，你们也才停当了呢!"宝钗道："你们也该好好儿的念书去罢。"于是，三个人一齐到园子里家塾中念书去了。宝钗便也同着回怡红院来，按下不题。

接着，是甄应嘉升了户部尚书，贾政等与周琼等都去贺喜，陈也俊等也去贺喜，薛蝌是属员，更不消说。大小衙门贺喜官员络绎不绝，也唱了几天戏，门前车马纷纭，甚是热闹不题。

再说黛玉、凤姐等在都城隍王府中，不觉早已两月。凤姐一日向贾夫人道："我们在此已经两个多月了，芙蓉城里虽没什么事，到底也要回去。况且，他们要来的人多，也得我们去替换他们才好来呢。我们这会子回去了，开年依旧又来请安来了。"贾夫人道："这会子已经七月里了，待等过了八月初三日老太太的生日再回去罢，我也不多留了。"

于是，到了八月初三日这一天，大家一早都给贾母拜寿磕了头。不一时，听见外面贾赦、贾政、邢、王二夫人等率领一起荣府里的大小男女都在外面磕头。贾母与众人俱在房内看着点头微笑。不一时，拜寿磕头已毕，都回去了，连那些供献也都搬回去了。凤姐出来笑道："老祖宗，为什么都不出来享用些儿，他们倒都一拢统搬回去了，原来他们也是虚邀老祖宗的。"鸳鸯道："那原不过是尽一点儿心，老太太用不用，他们那里知道呢?况且，他们来磕头的，老太太也没有备寿面赏他们吃，这会子把供献搬回去了，也只算是老太太赐他们的克食罢了。"黛玉笑道："这倒也说的是呢。"这日也没什么外人，外头是本衙门十来个司官冯渊、崔子虚、秦锺，林如海、贾珠等叫了一班小戏儿，在外头听戏。里头贾母、贾夫人、金桂、金哥、智能、凤姐、鸳鸯、黛玉、晴雯等因贾母不喜听戏，叫了一班八角鼓儿打皮口儿的，玩了一天。

于是，又过了数日，凤姐、黛玉、鸳鸯、晴雯便告辞了回芙蓉城去。依然坐了原来的两辆云车，一路凌风踏雾，云路翱翔，半天的工夫，早到了芙蓉城里。仙女们见了，忙去报信，尤二姐、尤三姐、秦可卿、瑞珠路近便先迎了出来，都请到花满红城殿上坐定。尤三姐道："你们一去又是三四个月了。"凤姐道："我们原要早些回来的，当不得老太太再三不肯，你便怎么样呢？"说着，宝玉、迎春、惜春、香菱、金钏、紫鹃也都来了。宝玉道："你们这些日子不来，我就说是他们必定是要等过了老太太生日才回来呢。今儿回来了，可不是我说的话不错么？"鸳鸯道："姑太太定要留着过了八月初三老太太的生日才许回来的，要不然，早就回来了。"说着，警幻、妙玉也来了。大家坐着细谈贾母回家示梦，以及贾赦、贾政到庙里祭祀，凤姐、黛玉回荣府，黛玉又同了宝钗到都城隍府中之事。大家说了半天，然后凤姐、黛玉、鸳鸯、晴雯四人又到赤霞宫去禀见元妃，奏明一切。接着，又是接风酒筵。

不觉又过了一个多月，一日，大家都在绛珠宫里闲谈，宝玉道："我上回说的，左右无事，不如起个诗社倒还有趣呢。那里知道七事八事的就耽误了，直到如今，差不多儿竟有一年了。这会子，一点事儿也没有了，人又齐了，这社可要起的成了呢。"香菱道："且先要算算是那几个人呢。你一个，我一个，我们师傅自然要算一个了，这才得三个人。那是那几个呢？"宝玉道："二姐姐是四个，四妹妹是五个，妙师父是六个。"迎春、惜春道："我们的诗都去不得，而且丢久了，不用算我们罢。"宝玉道："谁的诗又怎么好呢么？你们要再不算，就没有人了，管他好不好，不过是玩儿罢了。"香菱道："警幻仙姑他的诗就很好，可以请了来算一个的。"宝玉道："这个就托妙师父转请罢，一定是要算一位的。明儿禀明了元妃姐姐，也是要求请了算一位的。可不就有了八个人了么？"当下计议已定。

到了次日，宝玉便把这事禀明元妃。元妃大喜道："我倒欢喜这些事的呢！既这么样，明儿起社就在这里罢。你便预告诉他们，都不要拘什么礼才好。况且，这也是文墨事情，须要洒脱，不可拘谨。你不见古人还要解衣磐礴呢么！”宝玉答应，过来告诉众人。众人都道：“娘娘自来是喜欢翰墨的，因为拘于礼范，故不能常时举行。今儿既有这旨意，我们明儿就遵旨，不要过于拘谨，尽可随意而行，但不致于放诞就是了。”

妙玉已经请了警幻仙姑，也应承了。

香菱道：“我们明儿这社里，用什么题目呢？”宝玉道：“此刻芙蓉盛开，明儿就以芙蓉城的芙蓉为题，每人七律一首，也不限韵。这社就叫芙蓉诗社，何等不好？头里咏梅花、桃花、柳絮、海棠、菊花，从没有咏过芙蓉的，况兼这芙蓉也是花中美品，而且又是本地风光呢。”惜春道：“晴雯是芙蓉女儿，他还是芙蓉之婢，还是芙蓉之主呢？”香菱道：“他还不能算芙蓉之主。潇湘妃子从前行酒令，掣得芙蓉花签是‘风露清愁’四字，一句诗是‘莫怨东风当自嗟’，那芙蓉花，除了他也没人配得上，他才算得是芙蓉之主呢。”黛玉道：“这社几时起呢？”宝玉道：“还要等到几时还好，就是明日罢了。”大家说定，各自散了。

到了次日，警幻仙姑、妙玉、黛玉、香菱都到赤霞宫来，会了迎春、惜春、宝玉，一起进去面见元妃。元妃道：“我昨儿已对宝玉说过，列位都知道了么？”众人都道：“谨遵娘娘的旨意就是了。”元妃笑道：“这么说，还是拘谨的了，以后不准说这些话，爱坐就坐，起居如常，也不用谢坐等类一切繁文。”众人都答应道：“是。”元妃笑道：“今儿八个人，倒有我们姊妹三个，这正是‘群季俊秀，皆为惠连，吾人咏歌，独惭康乐’了。”警幻仙姑道：“今儿咏的是芙蓉，要是咏的桃李，就是娘娘的太白了。”于是，摆下八副笔砚，各人散坐构思。宫女、仙妇们旁边伺候，倒茶、添香、磨墨、拂纸。不多一时，元妃的诗早已一挥而就，说道：“你们谁先有了，谁先交卷。我是不计工拙叉手而成，已经先有了。你们且先来看看。”

要知元妃之诗说些什么，留作下回细表。

第四十回　怡红院灯火夜谈书
蘅芜院管弦新学曲

话说当下元妃诗已先成，大家都说道："娘娘是天纵之聪，英才敏捷，臣妹等万不可及的。"因接过来，大家念道：

曾闻花发满秋江，何事移栽近帝乡。
罗縠裁成隋苑彩，轻脂染就汉宫装。
妖娆人面天然色，妩媚枝头别样芳。
试问芙蓉城内主，何如宛在水中央？

大家念完，齐声说道："有温八叉之敏捷，更有韩冬郎之清丽，定然以此首压卷的了。"元妃笑道："我这原算不得什么，君等少不得总有元白佳作在后呢。等交卷齐备之时，我再妄为君等品第甲乙罢了。"于是，大家仍复入坐，弄笔挥毫。少顷之间，香菱的早有了，正交卷上去，妙玉的也有了，便也交卷上去。元妃便先接过香菱的来看时，只见上面写道是：

秋风袅袅荡娇容，天半朱霞漾碧空。
画阁愁多风露重，秋江肠断月明中。
千枝浓艳才轻浣，一片凝酥旋欲融。
最是年年风景好，锦官花发满城红。

元妃看罢，点头道："甄妹诗才典雅清新，自是不同的。"又取过妙玉的来看时，念道：

何年海上赤瑛盘，浣化轻红花万攒。
含露含风形冉冉，疑非疑是影姗姗。
轻盈欲语娇无限，清瘦多愁泪不干。
江上秋风花景重，扁舟好去弄渔竿。

元妃念完道：“妙师的诗真是清新俊逸，起句突兀，结句悠扬，又比甄妹的较胜一筹了。”说着，警幻仙姑、黛玉、宝玉三人都也完了，便也交卷上来。元妃便接着看警幻仙姑的，见上面写道：

芙蓉艳质殿群芳，媚压金钗十二行。
露浥轻红浓欲滴，风含叶翠霭如狂。
谁方脂肉谁方镜，窃比娇容窃比裳。
大抵诗人工说谎，翻言不及美人妆。

元妃看完，笑道：“仙姑大才，只用芙蓉‘不及美人妆’一句，便一意翻转到底了。佩服！佩服！”因又把黛玉的取过来看时，念道：

芙蓉千朵正悲秋，一片红云压碧流。
泪湿闺中方锦褥，懒登花外夕阳楼。
城头明月传哀角，江上秋风送别舟。
弱质那堪风露重，不禁为尔发清愁。

元妃念完，点头道：“妹妹一往情深，不减太白《乌栖》之曲矣。”因又看宝玉的道：

花里芙蓉分外娇，淡红染就剪轻绡。
千重艳冶依香陌，一片温柔近画桥。
残月枝头光历乱，秋风江上影逍遥。
芙蓉城畔新栽柳，为与芳卿伴寂寥。

元妃看完道：“宝玉这诗，也风韵自然，颇有别致。”因问迎春、惜春道：“二妹，四妹，你们怎么还没完卷么？过迟了，是要罚的。”迎春、惜春道：“臣妹原说过久矣荒疏的，这会子是抱佛脚，也只好勉强塞责罢了。”说着，便一齐交卷上来。

元妃便先看迎春的，念道：

花开娇媚剪秋罗，万点轻红映碧波。
带露好看容偃仰，临风时见舞婆娑。
浓霜拂面迎青女，皓月当头问素娥。
谁染枫林如中酒？秋江一样醉颜酡。

元妃念完，遂接着念惜春的道：

遍种芙蓉待发花，高低重叠艳横斜。
娇容对镜疑金谷，瘦影临流拟若耶。
叶际泼翻天水碧，枝头洗淡赤城霞。
也知开落秋江晚，不怨东风只自嗟。

元妃念完，点点头儿道："你们两个虽不叫怎么好，也都还去得。四妹的'叶际泼翻天水碧，枝头洗淡赤城霞'这一联就好，竟比二妹的强些呢！一总品第起来，我看是仙姑、妙玉、林妹三人是超等，甄妹、宝玉是特等，二妹、四妹算是一等。你们都大家看看，是不是呢？"

于是，大家把各人的诗，都互相看过。香菱、宝玉道："妙师的'含露含风形冉冉，疑非疑是影姗姗'，仙姑的'谁方脂肉谁方镜，窃比娇容窃比裳"，林妹妹的'城头明月传哀角，江上秋风送别舟'，这几联实是绝好的警句。我们看了，实是'眼前有景道不出，崔颢题诗在上头'了。"黛玉道："那'最是年年风景好，锦官花发满城红'与那'芙蓉城畔新裁柳，为与芳卿伴寂寥'，这两个结句都典切而摇曳有致的很，我们都不及的。"元妃道："我们只得八个人，他们倒有一半人都不能诗，岂不可恨的很么，怎么就有这些曾子固呢？他们那些不能诗的，然而也不可使之向隅。"便吩咐了宫女，都一起分头去请了来，大家聚会。

不一时，凤姐、尤二姐、尤三姐、秦可卿、鸳鸯、晴雯、金钏、紫鹃、瑞珠都到了，先见元妃请安。元妃又谕令不必拘礼谢坐。于是，摆了五席筵宴，元妃在中，宝玉在旁陪坐，其余众人分坐了四席。大家猜枚行令，尽欢而散，暂且按下一边不题。

再说光阴荏苒，日月如梭。那小周姑爷学差已满，回京陛见之后，升了鸿胪寺少卿。接着，又是大周姑爷之父周琼大拜了，由兵部尚书升了内阁大学士。于是，荣府的人都忙着到两处贺喜。闹了几天，早到了五月中旬，乃是贾政七十生辰。荣府搭篷挂彩，派了五天戏筵。头一天请的是南安郡王、东平郡王、西宁郡王、北静郡王、永昌驸马、安国公、庆国公、镇国公、治国公、平原侯、襄阳侯、锦乡侯、锦香伯、寿山伯等客，并请了大学士周琼相陪。第二日请的是六部、翰詹、科道各官员。第三日请的是鸿胪寺、大理寺、太仆寺、太常寺、光禄寺及本城各官员。第四日请的是各亲友并族中的人等。第五日乃是家宴。那内里是薛姨妈、傅太太、邢岫烟、李纹、李绮、史湘云、薛宝琴、探春、巧姐、小红、青儿、鹤仙、椿龄等都来了。外面各家送礼络绎不绝，都派定了家人，大小男女各有执事，不得紊乱。荣禧堂上屏开孔雀，褥隐芙蓉，歌喉宛转，舞态翩跹。到了晚上，一路灯球照耀，如同白日。堂上貂蝉满座，门前车马成群。

到了第五日家宴，只有贾赦、贾政、贾珍、贾琏、贾环、贾琮、贾蓉、贾兰、贾蔷、贾芸、贾蓝、贾芹等，并无外人。

内里是薛姨妈、邢岫烟、薛宛蓉、李纹、陈淑兰、李绮、甄素云、史湘云、薛宝琴、梅冠芳、探春、周照乘、巧姐、小红、青儿、椿龄、鹤仙，邢、王二夫人、尤氏、李纨、平儿、宝钗、马氏、蒋氏、傅秋芳、胡氏、明珠、月英、绿绮等都在大观园内榆荫堂上，另有一班小戏儿预备伺候。那时桂芳已十四岁了，便同了蕙哥、薛孝哥、遗哥、甄芝哥、杜若都到外边听戏去了。那周瑞哥、梅春林、周安哥、薛顺哥、祥哥、福哥、祺哥、禧哥都还小些的，便在园子里听戏。

薛姨妈本懒待听戏，邢、王二夫人也都上了年纪，都不爱听戏。薛姨妈道："我们在那边坐坐去罢，戏也没什么听头，白闹的慌，天气又热，咱们斗斗牌去罢。"邢、王二夫人道："很好，戏都听厌了，也没什么趣儿，倒是换个地方坐坐儿凉快些。"因说斗牌，还少着一家子呢,便叫了尤氏过来,一起到红香圃那边,四家子斗牌去了。

探春道:“老太太们都爱静,不欢喜听戏都去了,单剩了我们这些人乱闹了。这会子,就算大嫂子有年纪些了。”傅秋芳道:“我们太太这几天也闹乏了,连琏二婶娘、宝二婶娘、环三婶娘都有些乏了,多少事情都是这四位照应指点,多早晚才得睡,天一亮就起来了,就算今儿没有外客,事情还少些。这会子,只算在这儿坐着歇歇儿罢了。”史湘云道:“你们太太自来有限,还亏着这会子有大奶奶你可替他的劳了。这里头只有两个二嫂子的事多,却也只是他两个人才能够办。”平儿笑道:“你们看着好戏不听,只管说张说李的做什么呢?”大家都笑了,正待再要说时,只听那戏场上转了《芦花荡》,张飞上场,锣鼓喧阗,说话也听不见了,于是大家看戏。

到了晚上,薛姨妈等歇了牌,都请过来坐席。榆荫堂上摆了八席,又唱了两折戏下来,便放了赏。席散之后,都归到王夫人上房里来。薛姨妈便先回去了,只留下邢岫烟没去。薛宝琴、李纹、李绮也各自带了哥儿、姐儿告辞去,单留下史湘云、探春、巧姐儿来。接着小红、青儿、椿龄、鹤仙也去了,邢夫人也带了蒋氏过去,尤氏也带了胡氏各自回去了。巧姐便在平儿屋里住了,湘云、探春在稻香村内李纨屋里住了。邢岫烟便在宝钗怡红院里住了,孝哥已跟了薛姨妈回去了。

桂芳与薛宛蓉、薛顺哥在岫烟、宝钗旁边灯下,大家说笑。桂芳便问宛蓉、顺哥道:“你们在园子里,今儿听的是些什么戏?我今儿一天通没在里头呢,也没知道这个小班子儿唱的好不好?”宛蓉道:“今儿开场唱的是《郊射》《迎举》《满床笏》的八出,后来唱的是《西川图》一折,晚了席上唱的是一折《永团圆》,一折《儿孙福》,倒还是晚上的戏有趣些儿呢。”薛顺哥道:“桂哥哥,你们外头今儿听的是些什么戏?也说给我们听听呢。”桂芳道:“今儿外头唱的是《遂人愿》的整本新戏,倒也生疏有趣呢。”宛蓉道:“是个什么故事呢?这本戏我还没听过呢!”桂芳道:“这本戏是接着《白蛇记》新今打出来的。那白蛇在雷峰塔里不得出来，青蛇便又配了个秦生，也犹如许宣头里的一般，也到雄黄山去取了仙草来救了秦生。那许宣却在西湖上做了和尚了，他每日还去哭妻。后来秦生做了官，遇见许宣，问其哭妻的原由，后来便拆了雷峰塔，许宣还与白蛇团圆的故事。”岫烟道：“这《遂人愿》的名字就起的有趣儿。人都因为看着白蛇并无过恶，那法海又何苦来要把钵盂罩住了他，压在雷峰塔底下呢？是凡听戏的人，总要给白蛇称冤道屈，故此才演出这本新戏来，给人听着称快，都遂了人的心愿了。这里头和尚哭妻，倒也是翻案的文章呢。”

宝钗道：“但凡前头有过的书以及传奇等类，后人见他做的很好了，便想着要续，殊不知前人好手，所谓‘极盛，尤难为继’的了。后人做出来的，总难免续貂之诮。不但这《白蛇记》，就是《西厢》十六出，《草桥惊梦》为止，关汉卿也是填词的名手，续了四出尚且贻讥千古呢。那小说里头，施耐庵《水浒传》七十回为止，谁知后人就续了个四传，又续了个《后水浒传》，皆是狗尾之笔。”

岫烟道：“我看小说里头倒是《后西游记》比前书竟还好些呢。”宝钗道：“也就是这部书算后来居上，其余总是后不如前的了。”岫烟道：“我最爱他里头说伏羲的龙马、周昭王的鞍辔、文明天王麒麟的春秋笔、造化小儿的圈子等类，想头很好，嘻笑怒骂皆成文章。而且语言有味，妙旨无穷。”桂芳道：“我最喜欢他说的，到灵山有无见佛的一段，他说佛原是没有的，是空是无，那大颠说到了灵山见不成佛，岂不枉费了功夫呢！那小行者听见了，就变成了如来佛，坐在上头要割猪一戒的舌头，说你骂师兄就是骂我，我和你师兄不分彼此。那是说心即是佛，真是游戏三昧，是好文章呢。”岫烟道：“桂哥儿，你看书倒也精细呢，这些书并不是单看他的怪诞的，总要瞧他游戏含蓄的道理。”

桂芳道：“今儿这和尚哭妻的那一套曲子，倒很好听。我却又不知道他的曲文。今儿园子里唱的《西川图》《郊射》这些曲子，我倒知道的呢，可惜今儿我又没在里头。”宛蓉道：“那《郊射》郭子仪唱的是些什么东西？桂哥哥，你说给我听听呢！”桂芳道：“郭子仪他唱的是《玉芙蓉》的曲牌名儿，那起头儿是‘平生志颇矜，事业期钟鼎。肯甘心章句，空老穷经。倒不如长天倚剑把孤云截，博得个一战功成四海名’。”岫烟道：“桂哥儿，你倒连这些词曲竟都知道呢。”

宝钗道：“这是我们兰大奶奶，他自幼儿在家里就学的会弹会吹会唱，跟他来的秋水姑娘人也聪明，也就学会了，也能吹能弹能唱。我们这里原没人唱这些东西，自从他到了这里，接着我们环三太太来了，他们都差不多的年纪儿，况他头里在家里的时候也是学过的，便成日家无事也就大家吹唱了玩儿了。我们桂小子、蕙哥儿、松哥儿、月英、绿绮、祥哥、禧哥都学会了好些曲子。单是禧哥儿小些，今年才得九岁，倒唱的怪好听的呢。”桂芳道：“二舅母，你老人家明儿等我去请了我们大嫂子和秋水姑娘，把这些兄弟、妹妹、侄儿们都叫了来，唱给你老人家听，好不好？”

宛蓉道：“桂哥哥，你有什么好曲子，先教给我两支儿，明儿他们唱的时节，我也就会唱的了。”桂芳道：“宛妹妹，你爱唱什么好呢？”宛蓉道：“我才学知道是什么好呢？桂哥哥，你只把你会的教给我罢了。”桂芳想了一想道：“我教你唱个‘把几分春三月景’罢。这是《祝英台》的牌名儿。”宛蓉道：“这是那一出戏里头，什么人唱的呢？”桂芳道：“这是《琵琶记》里头《规奴》牛小姐唱的。宛妹妹，你唱这个才合式呢，别的曲子唱出来不合的多。”宛蓉道：“桂哥哥，你可写出来，我先看看曲文呢。”桂芳道：“自然要写出来，也才好点板眼呢。”遂叫紫箫、玉箫取了红黑笔砚笺纸出来。

原来紫云、绣琴、素琴一班丫头年纪大了的，都已放出去了，宝钗这里又换了紫箫、玉箫、惊鸿、塞鸿四个。当下取过笔砚来，桂芳便写出曲文，用红黑笔点了板。宛蓉念了一遍，说道：“这板怎么又有红有黑的，为什么并不一样呢？”桂芳道：“有黑板的曲子音高而腔长故慢，无黑板的曲子音低而腔短就快了。那词赋里说的红牙、红幺就是指的这个了。”因用手拍着，便教了宛蓉数遍。那宛蓉心性聪明，早已会了一半。桂芳又教了数遍，宛蓉便单自唱了一遍，早已不错。

顺哥在旁边听着，也便随着学了一会，道：“桂哥哥，你替另教给我一支曲子罢，我不欢喜唱这旦脚的曲子呢。”桂芳道：“顺兄弟，你明儿且听他们唱过一番，我再教给你唱就是了。”岫烟道：“天也不早了，明儿再说罢。”宝钗道：“也要睡了，明儿好早些起来的。”于是，大家收拾归寝不题。

到了次日，岫烟、宝钗梳洗已毕，便带了宛蓉等到王夫人上房里来。马氏、平儿、巧姐等已都在那里了。大家坐下，正在喝茶，湘云、探春、李纨、秋芳等也都来了。大家说说话儿，坐了一会子，便一齐下来，都到园子里来。

路上走着，宛蓉便告诉湘云、探春说：“昨儿晚上，桂哥哥说今儿请大嫂子同这些妹妹、兄弟们唱曲子玩儿呢。史大姑妈，三姑妈，都请到我们大姑妈那里去逛逛罢。”湘云、探春道：“这可有趣儿，我们却也听见说他们学会了曲子，总还没听见过他们唱呢。”宝钗道：“我们那里没有这些家伙，倒是到兰大奶奶屋里去罢。他那里这些东西是现成的，也免得搬动累赘。”秋芳道：“既是姑妈、舅母们肯赏光，就请在我那里坐坐喝茶去罢。”

于是，一同到了蘅芜院里，大家坐下。原来秋芳的丫头也都换了，一个鼓琴、一个弹棋、一个曝书、一个侍画。当下鼓琴、弹棋挨次送茶，宝钗道：“索性把琏二太太也请了来。”秋芳因教侍画去请，连姑娘、哥儿一起请来。

不一时，平儿、巧姐等也都来了。平儿道：“你们又请了我来，做什么呢？”探春道：“听见说你唱的曲子很好，要请教你的妙音呢！”平儿笑道：“我只会听，可不会唱，这又是谁的兴头？这会子人也都齐了，要唱就唱罢了，还等什么呢？”桂芳道：“宛妹妹昨儿晚上，寻我教给他一支‘把几分春三月景’，今儿先来合了笛子，唱唱看是不是呢？”秋芳道：“这就很好，把笛子拿过来，我吹着姑娘唱罢。”宛蓉笑着不肯，桂芳道：“他还没唱过，不好先唱的，也要谁先唱一遍给他听听看，他就明白好唱的了。”秋芳道：“我吹着，请环三太太就先唱这一支，给宛姑娘听听，他就好唱的了。”马氏道：“要我先献丑么！秋水姑娘，我和你两个人就唱这一套罢。”

秋水点头，便取过弦子来弹着，蕙哥在旁边哺着笙，马氏打着鼓板，便唱了一支“把几分春三月景”，秋水便接过来，唱“春昼”的一支，两人把一套四支曲子都唱完了。大家齐声赞好，然后便叫宛蓉来唱。宛蓉道：“我只怕唱不上来呢。”秋芳道：“姑娘，你放心只管唱，我把笛子领着你就是了。”于是，宛蓉便唱了一遍，马氏道：“板眼不但不错，而且嗓子清脆，那里像个初学的？将来任是什么曲子总不难学的了。”

秋芳道：“这该谁唱了呢？”秋水道：“月姑娘来唱一套罢。”月英便过来唱了两支《扫花》的“翠凤毛翎”，不但音韵嘹亮而且高，字眼都自然的很，大家赞好。绿绮又过来唱了一支阔音的“蝴蝶呵”，大家越发赞好。

薛顺哥道：“这是那一出戏，什么人唱的？”宝钗笑道：“这是《冥判》里头大花面唱的。”顺哥向秋芳道：“大嫂子，我要学这支曲子，你可好歹教给我就是了。”秋芳道：“这支曲子很难唱呢，你初学，须要拣那容易些的先唱，等学会了几套曲子再学这个就容易了。”顺哥笑道：“我是先要把那很难的学会了他，那容易的不就更容易了么？那书上说的‘不可畏难而苟安’，我倒是不怕难的。”秋芳笑道：“这话也是，等他们唱完了，我再写篇子教给你就是了。”宛蓉道：“桂哥哥还没唱呢，你也唱个什么给我们听听呢？”

要知桂芳可唱了个什么没有，且听下回分解，便知道了。

第四十一回　大观园荷露共烹茶
藕香榭采莲群赋景

话说当下宛蓉向桂芳道:“桂哥哥,你也唱个什么给我们听听呢?”桂芳道:“我唱什么好呢?也罢,月妹妹才刚唱了《扫花》,我来唱《三醉》罢。”于是,便唱了一套“秋色萧疏”,秋芳便过来弹着弦子,换过秋水吹笛。祥哥上来唱了一套“袅晴丝”,桂芳便上去接着哺笙。让蕙哥唱了一套《疑谶》的“论男儿壮怀须自吐”,大家赞好。又换上松哥过来唱了一支“天运有循环”的《大红袍》。这两个都唱的是阔音。还有禧哥九岁,唱了一套“莽乾坤一片江山”。大家齐声说:“他至小的,倒都唱的这么怪好的,实在有趣儿呢。”

顺哥便拉着秋芳写“蝴蝶呵”的曲子,遗哥、周瑞哥、周安哥、周照乘姑娘都央马氏、秋水等教唱。于是,马氏便教了遗哥一支“满胸臆”,秋水便教了照乘姑娘一支“容潇洒”,桂芳教了周安哥一支“月明云淡露华浓”,蕙哥教了周瑞哥一支“顿心惊”。于是,各人写了篇子,点了板眼,五个人教五个人学,都用手拍着,教了有十几遍,就上笛子领唱。周瑞哥、周安哥、照乘姑娘都会了,只有顺哥、遗哥两个人还没会。秋芳道:“我说这曲子难唱呢,通身腔多难唱,都不为奇,只这末了一句‘只教恁翅膀儿展,将个春色只这也么闹场来’,他又唱的快,板眼又太少,腔儿又太多,所以难了呢。这‘满胸臆’是《锦缠道》的曲子,也是难唱的。”于是,又教了十几遍,再上笛子,将就可以了,还不大熟。宛蓉又要学底下的一支,便一直唱到夜晚才歇。

到了次日,便各人又要学唱别的曲子,一连闹了三四天,也学会了好些曲子。

时已五月将尽,天气炎热,大家便都在藕香榭里乘凉。那曲音临水,更觉好听。湘云、探春、岫烟、李纨、宝钗儿人在蓼风轩里坐着乘凉,远远听着藕香榭里管弦之声,倒也有趣。

湘云道:"这里荷花盛开,何不赏莲呢?弄他几支小船儿,教丫头们采莲,这个玩意儿也还好。"探春道:"很好么,这个玩意儿头里都没办过,并且可以作诗,也是个好诗题呢。"李纨道:"也给孩子们学着作作诗,比唱曲子总有益些。"宝钗道:"小船也有四五只呢,也还有几个驾娘,教几个丫头们采莲,却倒还有趣。诗就作即景,也不必定咏采莲。就吩咐他们,今儿先把船收拾好了预备着,就是明儿举行罢了。"李纨道:"就在藕香榭里头坐罢,也请老太太出来逛逛。"原来李纨那里,也换了几个丫头,一个叫玉燕、一个叫紫燕、一个叫轻云、一个叫轻霞。那里紫燕、轻霞两个在旁,李纨便叫他两个去叫了管园子的婆子们过来,叫他去吩咐驾娘们,把船早些预备妥当了。再叫人把藕香榭摆设停当,预备明日之用。然后,便大家一起过藕香榭来,都对他们众人说了。

桂芳等听见了,便说道:"采莲作诗,这个玩意儿又比唱曲子更有趣了。"蕙哥道:"我们今儿唱唱,要早些儿歇了,好预备明儿的事呢。"秋芳笑道:"可不是,早些儿歇罢,这几天也够了,还亏这些兄弟、妹妹们都还聪明,要是教上百十遍还学不会的,可就要把我磨死了呢。"探春笑道:"谁教你样样都精通了的,像我们不会写画,不会吹唱的倒不快活么!这正是常言说的好,能者多劳呢。"说着,大家都笑了。

李纨道:"明儿都要一早在这儿会齐,连饭也都在这儿摆,迟了天就热了。"岫烟道:"这荷花全是一早好看,带露清香,领略那一派清气，是最妙的。到了太阳将午，天也热了，花也倦了，连人的精神也比早上起来的时候减了。到了下午，更不消说了。”湘云道：“果然荷花须是太阳初出的时候才好看呢，原取他‘未经日照精神满’，足可见那‘映日荷花别样红’的话，尚非定论。最好是‘城边野池莲欲红’和那‘门外野风开白莲’这两句，便秀丽而清润了。”说着，天已渐晚，便大家散了。

到了次日一早，众人都到藕香榭会齐，王夫人也请下了。

大家因天热图早上凉快，都天一亮便起来了，赶着梳洗齐备，便陆续都到齐了。王夫人也来了，道：“你们今儿倒都起的很早。”湘云道：“我们也才到齐，天热的很，就是早上还凉快些儿，迟了太阳高了，就难走的很了。”说着，只见那藕香榭栏杆外头，早系着四只采莲船在那里。一望莲叶布满，真是“接天莲叶无穷碧”，那荷花含露，分外精神。大家凭着栏杆，只闻得一股清香，令人心醉。探春道：“你看这荷叶上的露珠都遍满了，再迟一会子太阳高了，被风翻动，那露珠就滚掉了。趁着这会子，叫他们拿些家伙去都收了来烹茶吃，倒是很有趣的事呢。”宝钗道：“荷露烹茶，那却很好，胜似古人碧筒劝酒多矣。”李纨、平儿道：“既这么着，就吩咐驾娘们快些去收了来，再迟了就有限了。”

李纨便叫紫燕去吩咐驾娘们，各带了盘子碗盏，撑船四下去收。驾娘们领命各把莲船解了缆，一路荡去，挨着莲叶上收取，用大碗盛接。不一时，四只船上都收拢来，倾在一处，却有一小官窑坛子，碧清香霭。随教丫头们将小茶炉子安放在轩子后边，生起火来，用小茶铞子先烹了两壶龙井茶起来，大家尝着，果然不同。宝钗道：“记得那年在栊翠庵品茶，妙玉把自己带来收着的从前扫的梅花上的雪，封贮在鬼脸青的瓮内，旋取出来烹茶，那已经是绝妙的了，也还到不得这个清香呢。”大家喝了，都说：“实在很好，从来没喝过这个茶，这还是头一遭儿呢。”王夫人道：“连头里祖老太太那么样，也还没尝过这个新呢。”

湘云道："这采莲也还得派几个人去才好。"李纨道："也不用多，一船两个，派八个人去罢。过小的去不得，挑几具长大些的去就是了。"探春道："我给你们挑就是了。"原来平儿屋里换了素兰、春兰、倾城、翠云四个，马氏屋里换了荷珠、绿珠、飞云、红杏四个，湘云带来的丫头是香雪、红雪两个，探春的丫头是碧莲、紫绡两个，岫烟的丫头是伴月、停云两个，巧姐的丫头是菱花、双喜两个。当下探春挑了一会，便挑了八个出来。一个长挑身材，面容清秀的，是马氏的丫头，问他叫什么名字，那丫头答道："叫荷珠。"探春笑道："好的很，这个名字正合时景，这孩子就长的很好，也不愧这个名字。"又一个梳鬅头，眉眼盈盈含笑的，是宝钗的丫头，问是什么名字，宝钗笑道："他叫惊鸿。"探春也笑道："很好，都是名称其实的。"那其余的六个，便挑的是：平儿的倾城、秋芳的弹棋、湘云的红雪、岫烟的伴月、巧姐的菱花和探春的紫绡了。平儿道："已经吩咐摆饭了，等吃了饭再分派他们上船罢。"说着，便在藕香榭里摆了四桌饭，大家坐下，丫头们在旁边伺候，添饭打扇。不一时，饭毕漱口喝茶，伺候的丫头们都替换下去吃饭。

那荷珠、惊鸿、倾城、弹棋、红雪、伴月、菱花、紫绡八个人先吃了饭，都换了轻纱短衣上来。探春便吩咐他们，分坐四船，前去采莲。桂芳、蕙哥、遗哥等见了，便也都要到船上去。李纨道："这可使不得，不但恐怕掉下水去不好，况且这采莲原是在高头看着才有趣的事，又何必定要亲历其境呢！"湘云道："可不是么，这正是作诗的道理，你不听见说'写花决不写到泥'的话么！你们还说今儿作诗呢，且看看他们采莲，也就料理着谁会作，谁不会作，好预备下纸笔的呢。"

于是，桂芳、遗哥、蕙哥、松哥都说："我们是作的，不知道再还有那几个要作呢？"薛顺哥、贾祥哥、周瑞哥听见，便也都道："我们也要学作呢。"宝钗道："你们姑娘们，又是那几个作呢？"薛宛蓉、周照乘二人道："我们也学着作罢了。"李纨笑道："一共是九个人，今儿是我的大主考，也没什么难题目，你们各人都作一首即景的七言绝句罢，也不用限韵。”随即教人去取了十副文房四宝过来，铺设停当。

其时荷珠等八人已各上了采莲船，驾娘们将船四下荡开。王夫人等在藕香榭上面都伏在栏杆上看，只见四只采莲船都串入荷花丛里去了。湘云指着道：“这正是‘红蕖向脸两边开，莲叶罗裙一色裁。乱入荷花看不见，闻歌始觉有人来’。可见前人的诗，总说的不错呢！”宝钗道：“不但是好诗，而且是好画。”因向秋芳道：“大奶奶，你画过‘采莲图’没有？”秋芳道：“原有‘莲舟新月’和‘柳岸莲舟’，画是也画过的，只是总不及这真的好看呢。”探春道：“画原不能画的全，总要得其神妙就是了；诗也不能说的全，也是只要得其雅趣就是了。你们作诗的，看着他们，也就好见景生情的。”李纨道：“领略一番，心境开豁，就下笔自然有神了。你们也就动手作去罢。”

于是，桂芳等九人，便都入坐磨墨拂纸，拈起笔来打稿儿，各人凝思注想。岫烟看着，笑道：“看着他们一个个的拈笔弄砚的，倒还有些趣儿呢——我们今儿都算同考官了。”湘云笑道：“等他们交了卷，我们先看过了，再荐卷给主考看罢。”说着，桂芳、宛蓉两个先有了，上来交卷。湘云接过来，便与岫烟、探春同看。先看那桂芳的，只见上面写道：

临水人凭亚字栏，藕花香里耐盘桓。
最怜清晓君须记，露泻荷珠满翠盘。

探春道：“好啊，就现在的景致说来，便是好句子。况又有荷珠的名字，触目生情，懂得这个道理就知道文章的化境了。”因又看宛蓉的，只见上面写道：

阴阴垂柳可人怜，一望荷花红欲然。
蓦地投竿鱼戏处，采莲船作钓鱼船。

湘云道：“他这首更好，句法清秀曲雅，都是将门之子，怪不得又敏捷而又清新呢。”说着，松哥、薛顺哥、周照乘三人也来交卷，湘云接过来，先看松哥的，只见上面写道是：

满池莲叶满池花，说甚吴宫斗馆娃。

日暮莲舟风景好，柳梢新月一钩斜。

探春道："才刚儿说的'莲舟新月图'，他这两句用的就很好。"

湘云又看薛顺哥的，只见上面写道：

垂杨罅里采莲舟，两两双鬟自不愁。

底事中流停荡桨，怕他惊起水中鸥。

湘云大家看了，都点点头儿。又看周照乘的，只见他上面写道是：

画桨兰桡水一方，荷花人面斗新妆。

折来莲叶浑如盖，好把斜擎障夕阳。

湘云道："也都很去得呢！"因看那四人尚未脱稿，还不能交卷。

只见水面上四只采莲船，都已回来了，荷珠等八人下了船，采了许多荷花，一起送到藕香榭里来。王夫人教吩咐底下人，搬了大小花瓶十二个过来，将采来的荷花插了，摆在两旁，高低错落，红白参差，满屋清香，丽容幽静。大家都说："实在有趣。"

正说着，只见那蕙哥、遗哥、祥哥与周瑞哥四人，也都交卷上来。湘云接过来，便先看蕙哥的，见上面写道：

垂柳垂杨映画桥，采莲舟上载多娇。

都来日暮莲歌起，袅袅听吹碧玉箫。

湘云看完了道："也还罢了。"又看遗哥的，见是：

水阁生凉雨过时，绿阴深柳舞参差。

一池菡萏花初发，写出豪苏腻柳词。

湘云道："可见你是平日不用心的原故，这会子不但交卷已迟，而且诗又平常，不及你桂哥哥多矣。"探春道："你不要委屈了他，我看这诗也就很去得，将来总有长进的，诗有这个意思也就罢了。孩子们总要作兴鼓舞他，他便有兴头了。你过于一味挑饬他，阻了他的兴头，他便颓丧了。"宝钗笑道："史大妹妹同三妹妹说的话，一个太过，一个不及，都不算中道。我看，总以不偏不倚为是。"岫烟笑道："宝姐姐的话是公允极了，丝毫不错的。"湘云又看祥哥的，只见上面写道是：

采莲人在水中央，碧杜红蘅次第香。

一阵风倾荷叶露，跳珠惊起睡鸳鸯。

湘云看了点点头儿，又看周瑞哥的，见是：

万绿参差叠水中，粘天莲叶自无穷。

最怜清景何人赏？一片荷花欲放红。

湘云道：“这诗都很去得，总还不大相上下。”

说着，桂芳、宛蓉因交卷独早，颇有余工，便各人又作了一首，都送上来。湘云接着看桂芳的，见上面写道：

断续蝉声柳畔鸣，曲房临水午风生。

藕花香沁诗书里，把卷消闲分外清。

湘云看了，笑道：“你这可谓是‘有余勇可贾了’。”因再看宛蓉的，见是：

藕香榭里暑风清，梁燕依人掠水鸣。

消得昼长无个事，疏帘清簟赌棋枰。

湘云道：“这两首又好，看起来还是宛姑娘的更觉清丽些呢。这里头是桂哥儿和宛姑娘两个人，是要荐元的，其余的也都是荐卷，并无败卷，请大主考看罢。”

李纨笑着，接过来从头一一看完，说道：“我看了，是取中三等。一等是桂芳和宛姑娘，二等是薛顺哥、照姑娘和我们家杜若，三等是遗哥、周瑞哥、蕙哥、祥哥。再过两年，他们又要添好几个上来了，比我们那头里起社的时候，人越发多了。”

探春道：“我们桂侄儿、蕙侄儿和遗哥儿，他们都是同年的，今年十四岁了，也很可以赴考去得了。”王夫人道：“他爷爷前儿说过的，明年已是科场了，早就给他们捐了例监子。开年也就要教他们用功，预备下场去呢。”

说着，藕香榭中早摆下了四席。后檐卷篷下一席，是王夫人坐，湘云、探春、巧姐、宛蓉、禧哥陪坐。前檐临水摆了三席：是李纨、

岫烟、桂芳、松哥、周照乘、绿绮坐了一席，宝钗、秋芳、遗哥、蕙哥、月英、薛顺哥坐了一席，平儿、马氏、秋水、周安哥、周瑞哥、祥哥坐了一席。

当下猜枚行令，大家正在畅饮。只见外面管园子的婆子，同着平儿屋里的翠云慌慌张张的跑来，回道："那边大老太爷不好的很了，琏二太爷、环三太爷已经赶着过去了，请琏二太太快些过去呢。"大家尽吃了一惊。王夫人听见了，便忙说道："前儿听见了大老太爷不好，已经五六天了。不过是上了年纪了，吃多了点儿东西，又受了点儿风寒，也不怎么样。怎么这会子，一下子就这么利害起来了呢？"平儿道："本来我们大老太爷年纪也不小了，今年已是七十七岁，将近快八十岁的人了，只怕受不起什么病了呢！"王夫人道："既这么着，你就快些去罢，到了那里看怎么样，就先打发人过来给信。"平儿答应了，下来便吩咐巧姐照应着孩子们，他便带了丫头回到自己屋里，收拾了东西，连忙上车过去了。当下众人因平儿去了，况且听见贾赦不好，大家都不兴头，略坐了一会子，也就各自散了。

王夫人回到上房，平儿已打发人回来给信说，大老太爷病重的了不得，现在已经不能说话，只怕不能救了。贾政、贾兰下了衙门回来，听见了，便也连忙过去了。到了二更时分，贾兰回来说："大老太爷只怕今儿夜里未必得过呢，爷爷在那边看视，今儿不能回来了，教我回来给信的。"王夫人道："你环三叔也在那里呢？"贾兰道："环三叔也不回来了，因为家里没人，才教我回来的。"王夫人道："你也歇着去罢，明儿早些过去就是了。"贾兰答应了下去，当下各自归寝。

到了次早天才一亮，外头早有人进来回说："大老太爷于丑正不在了。"王夫人等赶忙起来，贾兰听见便赶着过去了。

王夫人便教巧姐赶忙梳洗了，带了瑞哥、月英坐车过去，又教桂芳、蕙哥、松哥、祥哥、禧哥都过去磕头，就便在那边跟着叔叔们照应罢。贾政又上衙门去告假，启奏了皇上。当今念系元妃之伯，功臣之后，且知世袭革去，现是贾环承袭，便加恩赐了个四品职衔。贾政代谢了恩回来。贾琏在家将衣衾棺椁预备齐了，天文生择了申时入殓，门口搭起棚来，上下人等换了一身白衣，从门外一直到内里一片尽白。入殓之后，从贾政起一一哭拜，贾琏、贾琮匍匐举哀。次日，便有各家上祭，王夫人带了探春、李纨、宝钗、马氏都过来拜奠，留了湘云、岫烟与秋芳在家看家。至晚回来，次日又去。尤氏、胡氏也是天天过去，小红、青儿、椿龄、鹤仙等也天天过来。一连七天，方才无事。贾琏、平儿等在彼守孝，并不过来。巧姐便从那边回家去了。湘云、岫烟、探春等也各自回去。

贾琏又请了铁槛寺十二个和尚来家，启建道场，念了四十九天经忏。过了百日之后，便开丧发引，贾政这边内外大小人等，都一起过去，穿孝祭奠，照应分派事情。各衙门并各亲友人等，都是猪羊祭礼，金银纸札之类，一起一起的前来打祭，门前鼓乐喧天。一连又忙了两天，这日出殡，铭旌上大书：恩赐四品职衔，享寿七十七岁，恩侯贾公之灵柩。殡仪甚是热闹，一路各家棚子摆祭的不少。自辰正起身，未正才到了铁槛寺中，把灵柩抬进，停放正中。料理一切齐备，款待送殡的亲友酒饭已毕，都各自进城去了。送殡的女眷们怕迟，也都赶着进城回去。这里只有贾琏、贾琮等在寺伴宿，内里是邢夫人、平儿、蒋氏等。贾政、王夫人等也都一起回家去了。

贾琏把搬灵柩回南之事，料理齐备，又将家内安排停当。

过了一日，邢夫人、平儿、蒋氏等哭着拜辞了灵柩，先已回家去了。贾琏带了八个家人，雇了一只大座船，将贾赦灵柩抬上停放中舱，又将惜春、紫鹃之柩抬放前舱，吩咐贾琮带领贾惠等好生回去照应家中事情：“我不过三四个月，便可回来了。”贾琮答应，等贾琏开了船，方才回去。

平儿回到家中，过了几天，便依然搬过荣府这边来了。

要知后文如何，且看下回可也。

第四十二回　大观园中金盆蟋蟀
怡红院里锦盒蜘蛛

话说平儿自铁槛寺中回来，过了几天，便依然搬过荣府这边来住。

时已九月初旬，一日桂芳在秋爽斋家塾中念书，惊鸿来请吃午饭，两个便同回怡红院来。行至沁芳桥边，只见塞鸿躲在那太湖石背后，蹲在那里瞧什么呢。桂芳看见了，指着问惊鸿道："他怎么在那个地方就解手么？"惊鸿笑道："他那里是解手，他在那里掏促织儿呢！"桂芳笑着摇手道："你不用说话，待我去吓他一吓。"说着，便蹑着脚步悄悄儿的走了过去。惊鸿笑道："那是何苦来呢，又吓他做什么呢？"因叫道："塞鸿姐姐，桂哥儿来了。"塞鸿听见，回过头来，看见桂芳两个，说道："你们还不吃饭去，又跑到这儿来做什么呢？"惊鸿笑道："你怎么不吃饭去，就跑到这儿来做什么的，你可掏着了几个好的没有？拿出来给我看看呢。"塞鸿道："才刚儿掏着了个上好的黄麻头，送到家里养着呢。我听见这里还有一个叫，故此又到这儿来掏的，谁知掏了半天总掏不出他来么。"桂芳道："你掏着了的，放在那里呢？我先和你瞧去，等吃了饭，再来掏这个罢。"

于是，三人一起回到怡红院中，桂芳就要先瞧促织儿。惊鸿道："你先吃了饭，慢慢儿的再瞧罢，我们有好几个呢！"

于是，桂芳忙忙的吃了饭，便下来催着惊鸿等吃饭，道："你放在那里呢？你们吃你们的饭，等我自家先瞧去罢。”塞鸿道：“你莫去，我们都收着呢。你看不打紧，不要给他都跑了呢。我们吃了饭就拿出来给你看就是了。”桂芳道：“既这么着，你们就快些吃罢。”玉箫笑道：“你催狠了，把他还噎死了呢。”桂芳笑道：“我给你浇上些汤就吃的快，又不得噎了。”说着，把一碗鸡笋汤给他两个倒在饭上。惊鸿等笑着，二人吃完了饭，漱口喝茶，婆子们收去家伙。

塞鸿便搬出四个盆子来，一个一个的揭开了看。玉箫道：“叫惊鸿姐姐把他的也拿出来，两下斗了看那才有趣儿呢！”

惊鸿便也去掇了四个盆子出来，道：“这里头有紫箫两个呢。”遂也揭开了看过。惊鸿便拣出一个红头黄牙的来，给塞鸿刚儿掏出来的黄麻头两个去斗，都放在斗盆里，拿草棋子轻轻拨转，两下对头，须眉竖起，张开两牙便斗起来了。两下咬了一二十口，惊鸿的红头掇转身子败走了。塞鸿的黄麻头便站住不动，“趋趋”的一连叫了三声。桂芳道：“有趣，有趣！你再放两个下去斗斗看呢。”惊鸿道：“我这是拣了个好的出来的，还输掉了呢，那几个越发不配了。后边的倾城们，秋爽斋的荷珠们，蘅芜院的弹棋们，他们都养着呢，明儿叫他们都拿到这儿来斗。”桂芳道：“我也要养几个呢，你们就替我先弄两个，再教他们外头也弄几个来。我给蕙哥儿、松哥儿他们说了，他们也是要弄的，等多弄他些，我们大家来斗，那才有趣儿呢。”塞鸿道：“你到学里去罢，等我们给你养下几个就是了。”

于是，桂芳到家塾里去了，便告诉蕙哥、薛孝哥等养促织的话。大家听见了，都说有趣，我们都弄他几个，大家玩儿。

到了晚上，各自回家都弄了盆子，大家养起来了。桂芳又教外头小厮们弄了好些进来，挑选了几个用雕花戗金的旧盆子，养了七八盆，教惊鸿等照应喂食。早晚自家瞧看，放出来自家挑斗，斗败了的就撂掉了，一连挑了五六天，共挑了四盆出来。

总起了名字，安上牌子，约了大家，明日在怡红院中来斗。原来薛孝哥、顺哥两个也养了七八盆，蕙哥、松哥、祥哥、月英都各人养了几盆。这日贾环知道他们斗促织儿玩，因他们平日读书作文都还用心，便由他们玩去，反放了他们半日的假。

于是，各人的丫头都把盆子掇到怡红院来，平儿、马氏、秋芳也都到这边来看。宝钗接着说道："我们从前倒都没弄过这个玩意儿，不知道他们怎么着就知道的。"马氏道："嫂子，你不知道，外面专养这个的人开个闸儿，斗上百上千的输赢呢。到了临末了儿，将军圆盆还唱戏贺喜呢！"秋芳道："我们哥哥他就好养这个东西，三婶娘家里自然也是常养的。"马氏道："我们哥哥头里一年要养两百盆呢，到了临了也不过只得一两盆圆盆。他在这个上头也花掉了好些银子呢，这些年来久没养这个东西了。"宝钗道："怪不得，他们怎得知道的呢，原来有你们这两个行家在这里呢。"马氏道："你们把盆子搬过来，秤过了分两，配起来才好斗呢。"于是，用戥子逐一秤了，号上分两，配匀了。

先是薛孝哥的给蕙哥的斗起，两下都放在斗盆里，孝哥的是个紫头黑翅，蕙哥的是个黑头灰翅。两个张开黄牙咬起来了，一连斗了二三十口，那紫头回身就走，黑头追上，紫头复又张口来斗，又咬了几口，那黑头两牙钳住紫头往外一提，把那个促织儿直抛出盆外，那盆里的黑头便"趋趋"的叫了。大家都笑说道："好利害，你看他得了胜就自鸣得意了呢。"平儿笑道："他叫的也不过是'谁敢来'的意思。"于是，又挑了祥哥的一盆上来，与月英的斗了一回，却是月英的赢了，那祥哥的促织儿连腿都蹦掉了一只了，大家大笑。又该是桂芳的与薛顺哥的两个斗了，这两个斗了半天，却是桂芳的赢了。又轮松哥的给薛孝哥的两个斗，却是孝哥的赢了。

一连斗了二三十场，打败了几十个，只剩下孝哥一盆、顺哥一盆、蕙哥两盆、桂芳两盆、月英一盆，松哥和祥哥的七八盆都败了。孝哥的一盆给蕙哥的又斗了一场，孝哥的也输了；又给顺哥的两下一斗，顺哥的也输了。桂芳的又要给他斗，蕙哥道："我这个一连斗了五六场了，我不教他斗了，我拿那一盆给你斗罢。"遂将这盆收过，又把那一盆放下去，与桂芳的去斗，仍是蕙哥的赢了。桂芳又把那一盆放下去斗，却是桂芳的赢了。桂芳又给月英的斗了一回，月英的也输了。桂芳道：“我这个算是个将军了，蕙兄弟的也是个将军，咱们两个将军来拼他一拼罢。”蕙哥道：“使不得，这会子都是强弩之末了，自古说‘两虎相斗，必有一伤’，这会子算是疲惫之际，不要弄的两败俱伤，那又何必呢？总是给他养两天再斗的好。”

正说着，只听玉箫在外说道：“蒋奶奶来了。”宝钗等回头看时，只见袭人带着两个孩子，还跟了一个丫头进来，逐位的请了安。平儿笑道：“你早来这么一会子就好了，我们这些促织儿才刚儿斗完了呢。”袭人笑道：“这个玩意儿倒很有趣，我们头里都没有大弄过，只有他们小丫头们弄一两个玩玩就是了。”宝钗便教他到上房里面，和平儿、马氏、秋芳等一起坐着说话儿去，教两个孩子和哥儿、姐儿们在外面玩罢。原来袭人生了一个女儿叫做绿云，今年十一岁了，生的比袭人更加娇媚；一个儿子叫做瑶华，今年八岁了。蒋玉函已经死了三四年了，袭人这几年以来，常到荣府出入。因蒋玉函已死，遗留下有两三千金，家内无人，把要紧的东西都寄在宝钗这里，遇有事情，俱要荣府照应一切。适才先见过了王夫人，便到怡红院里来的。平儿等坐着谈了一会，便各自带了孩子们回去了。

这里宝钗便留袭人在怡红院里住了，晚上孩子们都在面前说笑玩耍。宝钗道：“你家儿子今年八岁了，也念了三四年书了，我们桂哥儿可问问他读的什么书，写的什么字？你又可以教教他了。”袭人道：“他能念个什么书，我又没知道书的人，也只好由他瞎胡闹去罢了。”宝钗道：“你家绿云姑娘，长的越发很好了。”袭人道：“这是托太太的福，他倒还罢了。”宝钗道：“他倒也还像你这么性格温柔，言语沉静，将来倒很好的呢。”袭人道：“太太既说他好，我明年叫他来在这里伺候，想谅太太也不能叫他当粗使的丫头，只学着做些细事罢了。”宝钗笑道：“那是什么话呢？”袭人道：“我是实心实意的话，跟着太太才学的出人来。太太凡事指点教导他，我就感恩不尽了。”宝钗笑道：“你这个话说在那里，真是笑谈的话了。”袭人道：“连就是太太肯教他伺候，不过算赏我的脸了，到底还没尽我报效的心呢！”宝钗笑道：“等明年没事的时候，常时给他在这里来住着玩玩，没事我还可以教他做做针线，这原可以得的，若说做丫头，那却使不得。”袭人道：“那粗事原不要他做，不过倒茶装烟，那原算不了什么事。”因叫：“绿云，你听见了没有？”绿云走过来道：“我听见了，明年过来伺候太太，倒茶装烟我都会的呢。”袭人道：“今儿先给太太磕了头，太太才收你呢。”绿云答应，便过来给宝钗磕头。宝钗忙拉住了，笑道：“你这孩子就很好，我倒是疼他的，做丫头断乎使不得。瑶华呢，我不要他姐姐做丫头，我倒要他做丫头呢。瑶华，你肯不肯？”瑶华笑道：“我又不是个女人，怎么做丫头呢？”说的大家都笑了。于是，袭人在园子里又住了几天，才带了孩子们回去了。

光阴捻指，早又到了腊月中旬。贾琏在南京安葬事毕，回转京都，到了家内。先见了邢夫人回禀一切，然后过这边来，见了王夫人。大家相见了，说说金陵事情，路上光景。正说着，只见外面人来回说：“黑山庄庄头乌进孝的儿子送东西来了，在外面磕头请安，有个禀单在这里，请太爷们看呢。”贾琏听见了道：“他们年年总要到这时候才来，再不肯早些来的。”说着，便要接禀单出去，贾环道：“二哥你才回来，歇歇儿罢。我出去看他怎么说就是了。”说着，接过禀单看了一看，就出去了。王夫人道：“你这一路很辛苦了，早些回去歇歇儿罢。”贾琏答应了，便回到自己屋里，与平儿、蕙哥、月英们说话去了。

话休絮烦，早已又过了新年。春来夏往，荏苒之间，不觉又是七月新秋——这年是初六日未时立秋。大家都在秋爽斋闲话，平儿道：“今儿什么时候立秋？”马氏道：“听见说是未时，这会子也该差不多儿了，钟已早就打过十二下了。”平儿便叫拿过表来看时，针已指到午正四刻十四分了，因说道："刚刚儿的要交未时了。"正说着，只听自鸣钟"当"的打了一下。

宝钗道："交了未时了，你们都看秋罢。"李纨道："'梧桐一叶落，天下尽皆秋。'你们留心看梧桐就是了。"平儿道："这么着，叫素兰和他们大家在屋子外头看去，等落下叶儿来，就快些送上来看就是了。"秋芳道："近来人的诗，有两句很好，又恰合这会子的情景。"宝钗道："是那两句呢？"秋芳道："小婢拾将梧叶去，也从闺阁报新秋。"李纨、宝钗齐道："实在好的很，真是清新俊逸之句。"马氏道："二嫂子，你教这些傻子在外头等梧桐落叶儿，知道他多早晚才落呢？"月英道："叫他们拿东西去打下他一个叶儿来就是了，又何必等呢？"蕙哥笑道："那打下来的也算不得落的，你的主意儿倒也好呢。"

原来袭人的女儿绿云，从春天就在怡红院住了一个多月才回去。到了六月，又来在这里住着，还未回去。他见素兰们一起人都在外面等梧桐落叶儿呢，便一个人绕到屋后去瞧，等了一会，只见那棵梧桐树上微风过处，竟飘下一个叶儿来。他便连忙上去拾了藏着，绕到前头，进了屋内，拿出梧桐叶儿来，送了上去。大家都说道："好啊！他们都还在那里傻等呢，你是在那里捡来的？"绿云道："我到屋后头瞧去的，没多会儿就看见掉下这个叶儿来，我赶忙的捡了藏着进来的呢。"李纨道："这个姑娘伶俐的了不得，原也是巧拙不同，却也难得这么凑巧的很呢。"宝钗道："明儿才是巧节呢，他今儿倒先得了巧了。"秋芳道："乞巧倒不得巧，不乞巧倒偏得巧呢。"马氏道："乞巧倒也是个好玩意儿呢。"

桂芳听见了，便说道："咱们年年怎都没听见过乞巧么，那书上说穿针乞巧，瓜果金盘，这么些东西，我都没见过呢。"秋芳道："这都是女孩儿的玩意儿，原是闺中儿女之戏。"蕙哥道："这么着，我们和妹妹们今年也学着乞个巧儿玩玩罢了。"宝钗道："乞巧是今儿晚上，并不是明儿的事。"平儿道："该怎么样给他们学着玩玩也好啊！”宝钗道：“那穿的是七孔针，这会子也没这个东西，只好摆列瓜果，焚香祭拜双星。然后各人用小盒子一个，里面放上一个极小的蜘蛛在内，供在桌上，等明儿早上开看。如里面结成小网有钱一般大的，便为得巧，也还有结网不圆不全的，又次之也还有全然不结网的。”李纨道：“既这么样，你就教他们备办起来罢了。”宝钗遂教玉箫、紫萧两个去吩咐外面备办了瓜果、供献、香案之类进来，再备雕漆小香盒十来个来。“你们是乞巧的人，须要把蜘蛛预先寻了来放着，只要小绿豆儿大，越小越好”。

于是，桂芳、月英等各带了丫头们在园子里，四处遍寻，寻了来便各自放在各自盒子里头，号上了人名，桂芳、蕙哥、松哥、祥哥、禧哥、月英、绿绮、绿云共是八人。到了晚上，将香案抬至檐前，上面罗列金盘瓜果，香花缭绕，灯烛辉煌。

八个人献酒，对天跪拜，然后各将香盒供上。大家便在院内乘凉，马氏道：“既祭牛郎织女，也该奏乐侑觞才是。”秋芳道：“这却也该呢。”遂教人去取了笙、笛、鼓板过来，大家轮流唱了一会，直到三更方散。

到了次早，桂芳见天初亮便起来了，到了各处把众人都催了起来，梳洗已毕，都到怡红院中。大家来齐，便到昨儿所供檐前香案上面，把各人的盒子拿了过来。打开看时，只见桂芳与松哥的两个盒子里面有蛛丝结网并未结成，蕙哥、祥哥、禧哥的盒里全然没有蛛丝。松哥道：“都是桂哥哥，今儿起的太早，把人都催了起来，赶着打开了看，也没等他结的成，要是迟些儿再开了看，可不就结的完全了么。这会子就算是很巧，也到底还算不得巧呢。”平儿道：“还有他们三个盒子没打开呢。”因又将绿绮的揭开看时，也没有蛛丝。又将月英、绿云的两个盒子揭开看时，只见里面却都有钱大的蛛网，结的齐全圆密。大家都来看了，齐声说：“好！”李纨道：“这才算的很巧呢。本一这乞巧都是女孩儿家的事，这两位姑娘将来都是巧的。这月英姑娘，他姐姐就是个巧的，今儿他又得了巧了。这绿云姑娘，他昨儿就先得了巧，今儿倒又得了巧，可不都巧的很了么。”大家都笑说：“不错，不错，真正是巧极了。”

李纨道：“今儿是七月初七了，科场只得一个月了，你们也该预备下场的事了。”宝钗道：“可不是，明儿桂小子和蕙哥儿弟兄两个，还有薛家孝哥、史家遗哥、甄家芝哥都是同年的，他们也都捐了例监了。明儿考的时候都会在一起同了去，彼此都有个照应。你们也该会会他们，大家商量商量呢。”蕙哥道：“我们前儿还在甄老伯家都会见的，他们也说要约我们呢。我们这五个人明儿先要会会谈谈文章，将来要天天在一块儿呢。”

于是，桂芳、蕙哥便约会了甄芝哥、史遗哥、薛孝哥商量下场之事。平儿、宝钗也把他们下场的东西，都预备停妥了。

到了八月初六日，便派了四个家人跟了桂芳、蕙哥约会了甄芝哥、史遗哥、薛孝哥，五个人在一块儿寻了寓处住了。初七日夜里进了头场，到了三场已毕，十六日便一起回到家内，大家接着。王夫人道：“好，你们都辛苦了，都好好儿的家去歇着罢。”

桂芳、蕙哥各自回到自己屋内，便先把文章抄出来送与贾环去看。贾环道：“都还罢了，到底是桂芳的好些。”到了晚上，贾政、贾兰都下了衙门，桂芳、蕙哥两人又把文章送上去看。贾政先看了，便说道：“你们年纪都还小呢，有这个样儿也就罢了，将来总不止如此，功名很不用愁的。”因递与贾兰道：“我看这文章竟都还可以巴结呢，你看一看。”贾兰接过来，看了一遍道：“蕙兄弟的文章很可以巴结得中，桂兄弟的文章不但中，只怕中的名数还要高呢。”贾政笑道：“便不能这么样，也总可以有望就是了。你们都好好儿的歇着，听信去罢。”桂芳二人答应了，便下去各自回自家屋里去了。

要知几时发榜，两人中是不中，须待下回便知明。

第四十三回　秋爽斋重阳群赏菊
怡红院除夕共联诗

话说贾桂芳、贾蕙自科场考试已毕，匆匆八月已过，又早已是九月了。到了初九日这日，乃是重阳佳节，又是贾蕙生日。

秋爽斋菊花正开，王夫人便叫在秋爽斋赏菊吃螃蟹。蕙哥儿先到王夫人上房磕了头，又到各处都让过，下午便都到秋爽斋来赏菊。宝钗道："头里吃螃蟹，作菊花诗的时候，到如今倒不觉将近二十年了。"李纨道："桂哥儿今年倒十五岁了，可不该有二十年了么。"平儿道："那会子，老祖太太兴头，还有鸳鸯、琥珀姐姐他们闹的才有趣儿呢。"蕙哥道："是怎么个闹法子？也说给我们听听呢。"李纨笑道："那会子，你娘还算是丫头呢，鸳鸯、琥珀两个是老祖太太的丫头，他们在一块儿玩惯了的。你娘剔了一壳螃蟹黄子，要擦那鸳鸯的脸上，鸳鸯闪过了，你娘把一壳螃蟹黄子倒擦在你前头王氏娘的脸上了。他们都笑说是主子奴才为吃螃蟹打架呢，连老祖太太听见了，都笑起来了。"桂芳道："这也不过是错误，却原好笑呢。我们如今人也不少，怎么倒没有头里热闹么？"李纨道："那会子，还有林、史、薛、邢、李五家姑娘们在这里，故此人多热闹。那一天菊花诗、螃蟹诗都是你娘作的好，你明儿教你娘拿给你看就知道了。"

说着，已摆下酒席，请大家入坐。周围一转尽摆了菊花，高低重叠，颜色参差，大家饮酒赏菊。酒过两巡，王夫人便教拿螃蟹来吃。不一时，掇上几大冰盘螃蟹。平儿道："这螃蟹虽不叫怎么大，却倒还老，都是顶壳的黄子。"李纨道："教他们换热酒上来，这东西最怕吃冷了。"于是，大家都用姜醋蘸着剥蟹。

正在吃的高兴，忽然外面有人进来回说："恭喜老太太，太太们大喜，蕙哥儿中了，外面头报来了。二太爷、三太爷都在外头呢。"王夫人笑道："好，这螃蟹就是联登黄甲的吉兆，你们再打听去，是中了多少名数呢？"外面人答应出去了。王夫人道："桂小子倒没有名数么？"李纨道："他们都说他的文章好，要中的名数高呢，这前五名总是在后填的，想来必定是五经魁首，也不可知呢。"说着，外面人又进来回说："蕙哥是第一百二十二名举人。"不一时，又有人来回说："史遗哥中了第九十名举人，也有报子来了。"宝钗道："他们五个人同着考去的，倒中了两个了，只怕那三个人未必能侥幸了呢。"

说着，又有人来回道："甄府芝哥中了第二十名举人，也报到这里来了。"说着，贾政、贾兰都下了衙门，回来听见贾蕙中了，便教人进来叫他们出去。桂芳因为没中，不肯出去。宝钗道："爷爷叫你们出去，为什么不去呢？这科不中还有下科呢，你要知道巴结就是了。"桂芳、贾蕙等正打量一起出去，只见又有人进来回说："老太太、太太们大喜，桂哥儿中了第五名举人了。"大家都笑说："果然是中的高呢，恭喜！恭喜！快些出去罢。"于是，到了外面，早有各亲友都来道喜。只有薛孝哥没中。

到了次日，桂芳、贾蕙两人便同着拜座师，谒见主考，赴鹿鸣宴。原来房师就是贾蓝，是从长安县奉调入闱的同考官。

桂芳、贾蕙会着了，说本是一家的弟兄，如今倒做了师生了。贾蓝道："我只以朱卷秉公荐的，又并无关节，谁知道就是你们呢！到底是兄弟们的才学好，都是万选青钱，难得又恰恰的出在我房里，真是家门有幸。彼此都可喜的很呢。"

这科的大主考就是甄宝玉，谒见时老师又是年伯。甄宝玉又着实奖励说道："我给你家宝二兄是同年，又给你们令兄是同榜，今儿房师又是令族兄，可见是世代科第，学有渊源的了。"当下赴了鹿鸣宴，迎举回来，先到宗祠里祭拜过了，然后到各处磕头。

各衙门及亲友们都送贺礼，摆了两天酒席，大家欢喜，甚是兴头。

到了九月半间，因会试尚早，贾环见他们两个都中了举了，便不十分查他们功课，随他们在园子里闲逛，或是下棋、唱曲、钓鱼、浇花等类。贾环道："你们闲玩，我并不禁止，就是前儿斗促织儿等类，虽然是玩，到底总觉无益，须要拣那有益的玩儿才好。我们家里世袭原是武的，这弓马总是该讲究的。我们头里谁没习过？到了今儿都忘不了。我想你们都还没学过呢，明儿园子里立个鹄子，你们都来学射。琏二太爷没什么事，便请他过来教导你们。我也可以带着指点指点。"桂芳、贾蕙听见了，齐答应道："是！又学了弓箭，又当是玩意儿，况且原是该学的呢！"于是，便去回了贾琏。贾琏道："好。"便吩咐人去外面备了鹄子进来，又备了十张弓，一百枝响箭，亲自到园子里来，先教桂芳、蕙哥吊膀子，拿架式。除了禧哥尚小，还不能拉弓，那薛孝哥、松哥、祥哥也一起来跟着学射。先吊了三四天膀子，便学拉弓的架式，然后搭箭讲撒放，这才讲究准头。一连学了十来天，渐渐儿的便可以了。贾琏、贾环都在旁边指点。五个人挨次而射，先立定架式，搭箭开弓，便要膀子平正，讲究高低上下，先要忍而不发，然后再讲撒放，那箭一离了弦，嗡然有声，那骲头中了鹄子，便把中心套子摧了下来，旁边小厮们便在地上拾起来，连忙照样合上，以便挨次再射。先是十枝里头只能中一两枝，又过了几天，便十枝里头能中三四枝，弓也渐渐长了一个劲儿了。倒是杜若的弓箭很好，十枝能中八九枝，不但有准头，而且撒放也好。贾琏道："他才得十四岁啊，明儿再过一两年就很有长进，倒不如将来习武罢，也好承接世袭的职衔的。"贾环道："我看他读书也还可以呢，且等下科给他考了看，如不得中，再弃文习武也不迟。到底是文的好些，这射鹄子的弓箭，原算不得什么。”于是，大家又学了几天，渐渐儿的十枝里头能中六七枝了，架式撒放也好了。不觉已交十月中旬，天也冷了，便收起弓箭鹄子来，等明年春天再射罢。

光阴迅速，又已冬尽年底。到了除夕这一日晚上，贾政率领子侄儿孙先到祠堂里祭拜过了，便到宁府里来展拜影像，女眷自邢、王二夫人起，至傅秋芳止；外面自贾政起，至禧哥止，一同祭献。跪拜已毕，便回到荣府。早有贾珍、尤氏等过来与贾政、王夫人辞年磕头，然后是桂芳、贾蕙、杜若、福哥、祥哥、禧哥、明珠、月英、绿绮等上来磕头。王夫人教丫头们取了一盘金锞子出来，散了压岁钱。丫头们的，都是一般的银锞子。邢夫人与尤氏等俱各带了孩子们回去了。贾政、贾兰与贾琏等在荣禧堂家宴之后，便料理出门朝贺去了。

荣国府中，其时到处灯火辉煌。大观园内，一路椝灯明亮，园内之人花枝招展，到处欢笑。桂芳等与月英、绿绮等都在大观园内睹放爆仗，只见李纨、马氏、秋芳、秋水一群人都到怡红院来。李纨看见他们放爆仗，便说道：“你们看仔细烧了衣裳，都随我们到这儿来玩罢。”

于是，一起到了怡红院中，宝钗接着，大家坐下。李纨道：“年下放爆仗这件事，颇觉无味，况且怕烧了衣裳，以及跑跌倒了，这又何必呢？你们怎不寻个别的玩意儿，总比这个好呢。”秋芳道：“今儿大年节下，何不就以除夕即景为题，算起一社作诗，总比别的玩意儿好了。”李纨道：“也不用多作，倒是大家联句的好。”宝钗道：“说起联句来，有十六七年都没做了。还是那年，在芦雪亭赏雪，大家玩的。那会子，凤姐姐还说了一句‘一夜北风紧’，就拿他这句做了起句呢。光阴荏苒，真是往事不堪重提起了。”李纨道：“不用说了，拿过笔砚来，我先起一句罢。”紫萧便忙取纸笔过来，桂芳便接过来道：“我写罢。”说着便提笔写道：《除夕即景联句》。李纨道：“我起一句。”是：

今夕知何夕，

桂芳写了，便说道：“我便接了下去罢。”因又写道：

良宵岁尽时。松盆香馥郁，

秋芳道：“你写着罢，我接这一联了。”因说道：

红烛影参差。残雪无心尽，

祥哥儿道：“这一联让我联罢。”因念道：

东风有意吹。桃符新郁垒，

绿绮见了，便说道：“叔叔你写着，这一联让我联罢。”因念道：

图画旧钟馗。爆竹声千里，

秋水便道：“我接这一联罢。”因说道：

屠苏酒一卮。诗犹咏雪句，

杜若道：“这联的句法很好，我要接这一联呢。”因想了一想，便念道：

松本岁寒姿。家庆团圆宴，

桂芳写了，便说道：“你们都接着联了去了，到底还让我联两句呢，这一联可要让我了。”因提笔便接写道：

群欢令节仪。斗杓回禹甸，

宝钗道：“这一句转的还庄重，这一联我接罢。”因念道：

蓂荚转尧墀。马齿行年长，

贾蕙听见，便说道：“二婶娘这一句倒难对呢，让我想一想，你们不要抢了我的去。”因点了点头道：“有了，桂哥哥你写着。”因念道：

牛毛义理知。光阴弹指过，

月英道：“桂哥哥，你写着，我接这一联罢。”因念道：

岁月隙驹移。笔墨有闲意，

秋芳道:“这一句却很有些意思,我先对这一句。”因念道:

梅花无丑枝。

众人都说道:“对的好。”李纨道:“我又接起一句罢。”因说道:

栗为消夜果,

绿绮道:“二叔叔,你写罢,我又有一联了。”因念道:

书是睡魔医。试写宜春字,

杜若道:“这一联我倒有了,你就接着写罢。”因说道:

还听响卜词。燃灯照虚耗,

贾蕙道:“这都是除夕应有的事,我接这一联罢。”因想了一想,便说道:“有了,你写罢。”

煮茗佐诗思。戴胜簪花女,

秋水道:“好啊,这还没有说到呢,我想一想就接联这两句罢。”因说道:

囊钱压岁儿。谁家送穷乏,

月英道:“这送穷倒难对呢。”因想了半天,忽然道:“有了,桂哥哥你写罢。”因念道:

何处卖呆痴?是事呼如愿,

桂芳道:“这‘呼如愿’的典,也用的好呢,我对这一联罢。”因提笔想了一想,便写道:

逢春尽皞熙。黄羊方祀灶,

秋芳道:“这‘黄羊祀灶’的典,也很好,可难对呢。”因想了一想,便念道:

绿酒又酬诗。致祭床婆乐,

宝钗道:“这床婆子倒真难对呢,我有一句未免牵强些。”因说道:

还钱酒媪怡。灯明一塔火,

贾蕙道:“我接这一联罢。”便念道是:

烟霭万家炊。漏永鸡鸣早,

杜若道："桂哥哥，你接着写罢，我又有了。"因念道：

人喧犬吠迟。只缘守一岁，

桂芳道："这要让我联两句了。"因接着便写道：

宛似避三尸。佳趣生豪兴，

秋芳道："这又该我联了。"因说道：

欢娱总好禧。翻嫌良夜短，

李纨道："也够了，不必再往下联了，我收一句罢。"因说道：

乐此不为疲。

说着平儿来了，见了众人，便笑道："好啊！你们知道这会子多早晚了，还在这儿做什么呢？"宝钗道："这会子也还没五更天呢，二嫂子你睡觉了没有？"平儿笑道："我连着衣服躺了一躺，也没大睡着，起来听自鸣钟刚打了两下，问他们都没见回来，必定是在园子里玩儿呢。我估量着是要在这里的，可不是一找就找着了。你们做什么呢？都不叫我一声儿。"马氏在旁边磕着瓜子儿，笑道："叫了你来，也给我在这里的一样。他们刚作完了诗呢，我在旁边坐着盹都坐上来了。这会子才交丑正，不过才得四更天罢了，天亮还早呢么，白坐着有什么趣儿呢？倒不如唱两套曲子，搬出锣鼓来，大家打打又热闹，又醒了盹了。"平儿笑道："好么，大年节下很该这么着。好好儿的唱两出戏给我听听，也是你们的一点儿孝心。"说的大家都笑起来了。

于是，便大家唱了半天，又打了几起锣鼓。到了五更天，大家都说："咱们有这么些火气，怎么还有些儿冷么？"原来各人都踏着脚炉子，当中又有流金大火盆笼着火。宝钗道："五更天了，格外显冷呢。"便吩咐人来在火盆里添火，又教烫了热酒来，摆了两桌碟子。大家又喝了一会子酒，天就亮了，大家方散，各自回去梳洗去了。

瞬息新年灯节已过，接二连三会试场期亦毕，专望发榜。

到了发榜这一日，贾桂芳中了第七名进士，甄芝中了第三十七名进士。史遗哥与贾蕙都没中。桂芳便与甄芝同赴了恩荣宴，回来到祠堂里祭祀过了，然后与贾政、王夫人等磕头，拜见众人。外面贺客盈门，貂蝉满座。湘云、岫烟、探春、巧姐等都来贺喜，便留住园内。

一日，湘云、岫烟在李纨稻香村里，与马氏、秋芳四人斗牌。李纨因牌不大很熟，只在旁边闲看。看了一会，因见孩子们都在旁边瞧看呢，便拉了宛蓉、照乘、月英过来道："我们也来斗牌罢。"便另在一桌也斗起牌来了。薛宛蓉已是十六岁了，周照乘十三岁，月英十二岁。湘云看见笑道："你们那起斗牌的，倒有趣儿呢。真是老的老，小的小了。"李纨道："你们又不和我来么，我就和他们来去了。"当下稻香村两桌斗牌不题。

宝钗却与探春、巧姐在平儿屋里闲谈。探春道："我们桂芳侄儿算是强爷胜祖的了，今年才得十六岁，倒中了进士，将来比兰大侄儿还要高些呢。也很该给他说亲了，都可以娶得媳妇，怎么还没见提起这件事么？"平儿道："可不是，殿试过就要做官了，怎么还不说亲呢？我们蕙小子已经定了梅家冠芳姑娘了，杜若侄儿也定了甄家的素云姑娘了，周安哥也定了东家的淑兰姑娘了，我们外孙儿周瑞哥也定了我们家的绿绮姑娘了，三妹妹家照乘姑娘也给了绮妹妹的儿子甄芝哥了。这几个都配的很好呢！"宝钗道："我久已拣定了个媳妇儿在那里了，前儿已向老太太说过，老太太也说很好，教请三妹妹做媒人呢。"探春道："是那个姑娘呢？"巧姐道："就是现在这里的薛大妹妹，姑妈就看不出来么？"探春道："哦，就是宛姑娘啊！果然是个好姑娘。"平儿道："这薛二舅太太又自来和我们宝二太太说的来，两亲家就像姐妹一般，两家孩子又都配得上。这宛姑娘谁不说好呢！我们蕙小子定了梅家的姑娘也还不错，那原是留下宛姑娘配我们桂芳侄儿的，要不然我早就要了做媳妇了。三姑太太，这个大媒要你做呢。"探春道："这个容易，只是谢媒的礼，我可要先讲定了呢。"宝钗笑道:"这什么要紧,三妹妹,你说要怎么谢就怎么谢罢了。"

到了次日,探春与巧姐便约了岫烟,在平儿屋里把这话说了。岫烟自来与宝钗相投,况兼桂芳青年科甲,有什么不愿意?又有探春夫妇的大媒,遂当面应承了,说:"这会子,不必拘于形迹,且等殿试朝考过了,再为下聘,开年择日过门便了。"

岫烟是在怡红院住,晚夕与宝钗两下都是心照,仍然照常一样,不露一毫形迹,也因孩子们面前说出,彼此不便的原故。过了几天,探春、湘云、岫烟、巧姐等都各自回去了。

到了五月殿试已过,要知桂芳是几甲多少名数,须看下回,便知分晓。

第四十四回　琼林宴贾甄同蕊榜
大观园昆仲并完姻

话说光阴荏苒，到了五月殿试已过，桂芳是二甲第二名，甄芝是二甲第十二名，两人一起同赴了琼林宴。朝考以后，桂芳是点了翰林院编修，甄芝是翰林院庶吉士，两个都入了词林。

这里贾政请了大周姑爷与探春过来，择日到薛家下聘。到了这日，把聘礼摆设齐备，派了十二名家人押送过去，大媒是都察院大堂。薛家是薛蟠、薛蝌迎接，也是貂蝉满座，珠履盈门，屏开孔雀，褥隐芙蓉。收了聘礼，赏了家人，安排回礼，也差了八个家人押送回来。这里一样款待了酒饭，发了赏赐花红尺头，家人上来磕头谢了，方才回去。

荣府里便料理收拾新房子，桂芳与贾蕙都是开年便娶媳妇过门的，要两处房子呢。园子里只有藕香榭、潇湘馆两处房屋宽大，别处都不够住。桂芳要住潇湘馆，大家都说："潇湘馆虽然宽大，只是空久了，从前林姑娘在里面死的，又不大吉庆，何必要住这里呢？"桂芳道："人的寿夭穷通，皆有一定的，那里在乎房子呢？"宝钗道："却乎也是的，就是那些风水休咎的事，都不足信。况乎生死，何关房屋？他既喜欢这里，就定了在这里罢。"

于是，贾蕙便定了藕香榭。这两处都着人收拾，藕香榭连着暖香坞一带，不过油漆裱糊，所需修理有限。潇湘馆却久无人住，修理工多，单只是那些竹子都已零落的不成样儿了，足足的修理了一月有余，方才略可看得。

宝钗与众人进内到处细看，因说道："头里林妹妹死了，人都说是听见这里有人哭，我就不信这些鬼话。宝二爷那会子要到这里来，他们都说这可使不得，我倒特意教他到这儿来痛痛的哭了一场，也不见怎么样，倒反觉得明白了些。紫鹃在栊翠庵里服侍四姑娘，他有空儿便到这儿来洒扫、焚香、供茶。别人都不敢进来，其实紫鹃也没有看见林姑娘在那里呢。那里知道林妹妹他久已到了芙蓉城里，一半是仙体了。及至紫鹃跟了四姑娘去后，林妹妹倒到了这儿来的，还和我说话谈心，可见头里林姑娘死了，都没到这儿来过，所以人都是白见鬼呢。"平儿道："常言说的好，疑心生暗鬼。从前园子里拿妖捉怪，也尽都是些谎话，空费了许多的事呢。"宝钗道："什么屋子里没死过人，难道死过人的屋子就有鬼了么？就便算是屋子不吉利，还有个人杰地灵呢。大凡屋子里三五天没人住，就尘封遍满了，岂不闻人气纷尘么？"李纨道："这是自然的道理，所以人胜屋是兴旺的气象，屋胜人便颓丧了。"于是，该油漆的油漆，该裱糊的裱糊，窗格上仍然换了茜纱。收拾齐备，又已新年。

到了三月，桂芳娶亲之时，三日前薛府早送了妆奁过来，安排铺设齐备。探春、湘云、李纹、李绮、巧姐、青儿、小红、椿龄、鹤仙等都来贺喜。到了迎娶的这一日，外头派了八十名家人，上下各处伺候照料，各有执事。那赖大已经死了，单是林之孝一个人的总管。里边派了八十名家人媳妇，各处照料，也各有执事。外面预备了一班大戏，园子里预备了一班小戏儿。

这日王公侯伯、各衙门大人都来道喜。门前执事车马拥挤不开，来往行人都避道绕路而走。到了午正，发了大轿，全付执事，全付銮驾。原来桂芳迎娶，贾政已奏闻，代为请假，皇上知系元妃之侄、宝玉之子，现中二甲第二，已点翰林院编修。圣心甚喜，便赐了喜字玉扳指一个，大荷包一对，给假完姻。

故此轿前羊角槊灯上书“奉旨完姻”四字。桂芳便坐在大轿内，前去亲迎。前面抬着雁亭，后面便是王和荣、赵亦华、焙茗、扫红等八名家人，骑马在后，一路到薛府去了。那时，贾琏等已经服满。贾政率同贾珍、贾琏、贾环、贾琮、贾蓉、贾兰、贾蕙、贾杜若、贾蓝、贾芸、贾蔷、贾芹、贾福、贾祥、贾祺、贾禧等在外面陪客，荣禧堂上开戏。里面邢夫人、尤氏、蒋氏、胡氏与王夫人、李纨等陪客，在园子里榆荫堂上听戏。

平儿、宝钗、探春、秋芳四人不肯听戏，原也有好些事情通要照应指点，便在潇湘馆新房子里坐着。宝钗因说起蕙哥娶亲，择的是六月里头，天气炎热，不如这会子和暖的好。平儿道：“这会子，已经闹的了不得了。明儿六月里大热天，还不知道是怎么样呢？媳妇娶进了门，我这个婆婆只怕要累倒了呢。”探春笑道：“你还不怕累，自来就像狗一般似的吃得来辛苦。要是宝姐姐在六月天里头，就怕要累倒了呢。宝姐姐，你明儿六月里不用帮他的忙，等他一个人受去才好呢。”平儿笑道：“宝二太太他不听你的话，他给别人办事比自家的事还放在头里呢。”秋芳道：“今儿梅大妹妹都跟了姨太太到薛舅太太家里去了，他们妯娌两个，这会子在一块儿呢，到了六月里，就都到这儿来了。”探春道：“怪不得，今儿梅姨太太没来呢，一者是家里侄女儿出阁，再者要到这儿来女孩儿家又不便。我们家照乘是甄姨太太自来从小儿见的，原不用回避。况且，我们女婿也大了，总在外面通不进来，这就没什么碍处了。”

正说着，只听外头有两个媳妇在那里嚷闹拌嘴。平儿听见，说道：“是什么没规矩的人，竟在这儿来嚷闹，还了得么？”便叫倾城出去看去，原来是兴儿媳妇和焙茗媳妇两个嚷闹。这焙茗媳妇是派在怡红院伺候的，兴儿媳妇是派在潇湘馆伺候的。

因巧姐的丫头菱花吃过饭，没有洗脸便进园来，走到沁芳亭见有婆子们舀了水送到怡红院来的，菱花便道：“我倒要点水儿先洗洗脸呢。”恰值兴儿媳妇走过来，见了便叫那婆子把水倒些给菱姑娘洗手。那婆子道:“这是怡红院惊鸿姑娘要的,姑娘要水等我送了去再舀来罢。”兴儿媳妇道:“你先倒给菱姑娘洗了,再换了水送给惊鸿姑娘去就是了。”于是,婆子把水倒在盆里,菱花便褪下手上金镯子,把手巾抹了一把脸,洗了洗手,就赶忙的上去伺候去了。兴儿媳妇把水盆递给婆子,叫他再换水送到怡红院去。婆子去了,兴儿媳妇便把菱花的镯子拿了起来,把自己的个手帕子包了,便转过蓼溆走到滴翠亭旁边,绕过太湖石,去把镯子便藏在石头底下,等到晚上没人的时候,再来取了出去。谁知焙茗的媳妇因偷着在榆荫堂听了一出戏,便连忙跑回怡红院来。走到滴翠亭里,因离怡红院不远,便且在亭子里略坐一坐。那亭上四面都有窗了,他坐着却从玻璃窗里往外正看,只见兴儿媳妇忙忙的走来。正待要叫着和他说话,只见兴儿媳妇却绕到太湖石背后,蹲在地下四面一望,就像藏了个什么东西在那里的,转身便走回去了。

这焙茗媳妇等他去远了,便下了亭子,走到那太湖石背后细细一望,只见那石头底下露出一点儿红东西在外面,因伸手进去掏了出来看时,却是个大红手帕子的包儿,里面甚是沉重,忙打开看时却是一对金镯子。因想道:“不知道他是偷的谁的呢?这会子,这东西人都戴在手上的,怎么着偷得来呢?”因把镯子藏在身上,把手帕子便捏在手里,一直到潇湘馆来,推说是来看新房子的热闹的。那里一般的媳妇们见了,便让坐喝茶。兴儿媳妇看见焙茗媳妇的手帕子,猛然惊心,细看越觉疑惑,便撤身连忙跑到滴翠亭太湖石底下寻了半天,早不见了。

便依然跑回潇湘馆来,只见焙茗媳妇还在那里喝茶呢。兴儿媳妇便拉他到没人的地方,问他道:“你这手帕子是在那里捡着的?”焙茗媳妇道:“这是我自己的,怎么捡着的呢?”兴儿媳妇道:“我看见你的手帕子是绿的,这红的是我自己的东西,我认得的。”焙茗媳妇道:“手帕子就有不得两块么?有绿的就不许有红的?怎么我自己的东西,你来冒认,这话好跷蹊啊!”兴儿媳妇道:“我头里见你还是绿的,这会子怎么又是红的呢?你不认,我就在你身上搜。”焙茗媳妇道:“搜不出来呢?”兴儿媳妇道:“搜不出来,我再给你一条手帕子。”说着,便动手掀他的衣裳要搜。焙茗媳妇怕他搜出镯子来,便推他道:“我自己的东西,你来冒认,我不搜你就罢了,你倒来搜我?你又没拿住我的赃,你敢搜我么?”兴儿媳妇急了,道:“我现拿住了赃了,你还强辩么?”焙茗媳妇啐了他一口,道:“你的东西放在那里,看见我拿去的么?我和你到上头去讲理,还要你给我消贼名呢!不知世务的混账东西。”兴儿媳妇道:“你这小妇养的,现是我的东西,你还赖么?”便一把把手帕子抢了过去塞在身上,便硬来搜焙茗媳妇身上。焙茗媳妇把他两手抓住,骂道:“好大胆的娼妇,我和你回主子去。”

正嚷着,只见倾城出来问道:“你们为什么拌嘴?琏二太太叫你们进去呢!”两个媳妇只得跟了进去,见了平儿等四人,焙茗媳妇便上前跪下回道:“这兴儿媳妇不知在那里偷了一对金镯子,用手帕子包了藏在太湖石底下,我在滴翠亭窗子里看见的。等他去了,我便拿了出来,正打量送上来的。他见了我,就说我偷了他的手帕子,要搜我身上,我不给他搜,故此吵嚷的。”说着,便在身上取出一对金镯子来,送了上去。平儿接过来看了,便问道:“这镯子是谁的呢?”兴儿媳妇上前跪下说道:“这镯子是焙茗媳妇偷的菱花姑娘的。菱花姑娘在沁芳亭褪下镯子来洗手,洗过手便连手帕子都忘记拿了去了。这焙茗媳妇就拿手帕子包了镯子去了,我后来见了他,便问他手帕子是那里来的?我抢过他的手帕子,要搜他身上,他怕搜,故此吵嚷着惊动了太太们。这会子,他还强辩呢!”说着,把手帕子也送了上去。

平儿便叫翠云去把菱花叫来,探春问道:“他说在滴翠亭窗子里看见你的,你又是在那里看见他的呢?”兴儿媳妇无可回答,只得支吾道:“我在沁芳亭旁边太湖石背后解手,看见他偷的。”焙茗媳妇道:“我在滴翠亭看见他是从沁芳亭来的,我并没到沁芳亭去。”

说着，翠云已叫了菱花来了。

菱花正因不见了镯子，要来回琏二太太的，半路上遇着了翠云，便和他一起上来。宝钗问道："你的镯子怎么不见的？"菱花道："我在沁芳亭旁，看见个婆子提了热水来，因说要洗洗手。这兴儿嫂子便叫婆子倒了水，我褪下镯子洗了手，就忘记戴了。那会子，只有个婆子和这兴儿嫂子两个在那里。他们该知道是谁偷了去呢？"宝钗道："这手帕子是你的不是？"菱花道："这手帕子不是我的。"探春笑道："这手帕子就是兴儿媳妇的了。"平儿便吩咐传了林之孝家的过来，说道："这兴儿媳妇偷了菱花姑娘的镯子，还赖焙茗媳妇偷了，大呼小叫的嚷闹，真是无法无天了。你把他带出去，在园门外头打二十板，撵了出去就是了。"林之孝家的答应，带了兴儿媳妇出去了。

到了酉正，已经迎娶了新人过来了。桂芳骑马在前，到了门前，鼓乐喧天。大轿抬至荣禧堂上，伴娘搀出新人，拜了天地，便送入洞房，坐床撒帐揭去盖头。新人虽是从小儿见惯了的，这灯光之下，更觉百媚千娇。潇湘馆内灯烛辉煌，花枝招展，香烟人气，锦绣笙歌，十分热闹。

少顷，榆荫堂上又摆下酒筵，大家都请去坐席听戏。开了锣鼓，先是《天仙送子》，那一班小戏儿扮的天仙张仙，童男童女，俱执着长幡宝盖，点着氤氲安息香，后面奏着细乐，一班小孩子直送至潇湘馆内。王夫人吩咐赏了四盒果子，十串大钱，单给这送子的一班孩子们的。次早，把天仙送来的小泥孩子，又还赏了一个荷包，里面一个金锞子，便挂在小孩子身上。那外面的戏上，一样送子却不送到里面来。到了三更多天，客就散了。园子里的小戏，一直唱到天亮，席上共赏了二百多串钱。

过了几天，探春、湘云等俱各回家去了。匆匆过了回九、满月。

瞬息之间，已交六月，又是贾蕙娶亲之期。三日前，梅翰林家便送了嫁妆过来。这日是甄宝玉的大媒。李纹、李绮、湘云、探春、巧姐等都来道喜。岫烟因是外甥女儿出阁，便到梅府去了，只有薛姨妈一个人过来，仍在王夫人上房里住，因有了年纪，况本来怕闹，天又炎热，饭后都请到园子里听戏。薛姨妈到了园子里头，便在怡红院里坐了，不肯听戏去。宝钗、宛蓉两个陪着，其余的人都去听戏去了。薛姨妈同着一个女儿、一个孙女儿坐着，说道："我且在这里乘乘凉着，这么大热天还听戏去呢？新房子里人多，我也不去了。"宝钗道："妈妈，过会子倒是到宛姑娘屋子里坐坐去罢。"薛姨妈道："姑娘，你外头有事，快出去照应去罢。宛丫头他初来，还没他什么事，我和他到他屋子里坐坐去罢。"宝钗答应，等薛姨妈和宛蓉到潇湘馆去了，他便过去照应去了。

薛姨妈到了潇湘馆，各处看了一看，便在宛蓉屋里坐了，丫头在后面打扇。薛姨妈道："这里有这些竹子，倒很凉快。想起头里林姑娘在时，他还是我的干女儿呢。可怜他人倒是很好的呢，在我面前说话儿就像女儿一般，给你姑妈也是亲姐妹一样的。"说着，就淌下眼泪来了。宛蓉道："我听见说林姑娘给这里的四姑娘都成了仙了，现在芙蓉城里头呢，这是虽死还比活着的高了。"薛姨妈道："听见是这么说，也不知道是不是？这会子，日天很长，我且在你这里躺一躺。你且过去听听戏去罢。"

宛蓉便吩咐了丫头在里头伺候着，便也过去陪着大家听戏。到了戏快煞锣，便回屋里来，看薛姨妈已经睡醒，问戏完了没有？宛蓉道："这出完了就煞锣了。预备迎接新人，是时候了。"薛姨妈道："过会子，他们都要看新人去呢，你且和我到老太太上房里去。我便在那里，不过来了。"

宛蓉便同了薛姨妈，到王夫人上房里来，王夫人也回来了，问薛姨妈："怎么不听戏？"薛姨妈道："这么大热天，还听什么戏呢？我且在你屋子里坐坐，一会子新人到了，你们都要到外头去呢。这新人是外孙女儿，我是不用看的。我就在这里替你看屋子罢。"说着，外面鼓乐喧天，媳妇上来回说："大轿到了，请老太太、太太们都到前边去呢。"且按下这边不题。

再说贾蕙迎娶了新人梅冠芳回来，伴娘搀扶着拜了天地，送到藕香榭新房里面，坐床撒帐诸事已毕，外面开戏，都请过去听戏去了。宛蓉、月英、明珠、照乘、绿绮都不出去，要在屋里等看外面送子进来呢。新人冠芳又自来是在一块儿玩惯了的，便都来与他说话儿。月英道："嫂子，他们都出去了，我们都是些熟人，有谁笑谁么?"冠芳便低了头，抿着嘴儿笑。宛蓉道："咱们姐妹们原比不得外人，我前儿初来，他们也是这么样，我就和他们说话儿。真是说的，有谁笑谁么?"冠芳笑着，低声说道："姐妹们有话问我，我才可以答言的。你们不问我，我可有什么说的呢?"月英道："嫂子，你穿的这些衣服不少，这么大热天很该去掉两件呢。"冠芳道："原是热呢，叫我不用脱的么。"宛蓉道："很可以把里头的衬衣去了一件。"说着，便上来给他解纽子，先脱去外罩，然后把衬衣去了一件，复将外罩穿上，丫头在旁边打扇。

说着，只听外面笙箫管笛的，一路细乐吹打，却是戏班里送子进来，伴娘接进房去。宛蓉等大家又玩了一会，方才出去听戏。到了三朝，因天气炎热，薛姨妈、湘云、探春等都各自回家去了。

袭人因两次喜事，本日都不好来的，直等回过了九，便带了绿云、瑶华两个过来叩喜。宝钗便留住了几天，袭人便要告辞回去。宝钗便留下绿云在园子里玩儿，袭人带了瑶华回去了。

要知后文如何，且看下回可也。

第四十五回　凹晶馆赏桂赋新词
城隍府玩月歌旧曲

话说贾蕙娶亲之后，过了两月，早是八月中秋了。贾政、贾兰、桂芳到了晚夕，都下了衙门回来。贾政便率领了子侄贾琏、贾环、贾兰、桂芳、贾蕙、杜若、贾祥、贾禧在凸碧山庄玩月家宴。王夫人便带了平儿、李纨、宝钗、马氏、秋芳、宛蓉、冠芳、月英、绿绮、秋水、绿云在凹晶馆摆席。时桂花正开，大家赏桂玩月。秋芳道："这花与月倒是个好诗题呢，咱们妯娌们就唱和两首罢。"宛蓉、冠芳都笑着不好答应。李纨听见了，说道："你们且先议定了是那几个做，今儿已迟了，明儿早些做罢。"宝钗道："明儿十六，一样好月，再迟了月就不圆了。你们都没见填过词，何不就把这"花月即事"，各填小令一阕也好。就是你们六个人罢，也不必要他们来做了。我们老妯娌两个做主试，好不好？"李纨道："就是这么着，也还就在这凹晶馆里头，这月亮、桂花映着水，分外有趣些。"于是，大家猜枚行令，直到三更天方散。

到了次日，晚上月色刚上，王夫人睡的早，也不喜闹，都不敢请。单约了平儿、马氏过来赏月，备了两桌碟子摆在凹晶馆檐前，临水月光正照两旁，桂花香气袭人。大家坐下，各有笔砚在旁，都摆在各人面前一张花梨茶几之上，一面喝酒，一面拈笔起草。

李纨道："倒是这么样很好呢，原是即席赋诗。况且，不作诗的一样喝酒，也不见向隅，可不是雅俗共赏的有趣么。”

平儿向马氏道：“我们不会作诗的，只会喝酒。他就笑我们是乡愚了，我们要罚他呢。”马氏道：“可不是，这可不要依他，要罚他三大杯呢。”李纨笑道：“我说的是‘向隅’，你不懂得，错认了是‘乡愚’。你罚不得我，我倒要罚你呢。”平儿笑道：“宝二太太在旁边听的明白，可不是他说的是乡愚，这会子他还要赖呢，你说句公道话罢。”宝钗笑道：“他原说的是‘向隅’，你们不懂得就认做是‘乡愚’了，两下都不用罚酒就是了。”平儿笑道：“‘向隅’是怎么说呢？”月英道：“‘一人向隅，满座不乐’，大娘说的，这原是现成的一句话。妈妈不知道就认错了。”宝钗笑道：“可见该罚你的，倒还不如你女孩儿明白了。这向隅的话，是说一桌子的人坐着喝酒，人人都对着席上坐的，这一个人倒背过脸去，对着墙角儿淌眼泪去了，所以满座的人见了都不乐了。大嫂子他说你们不会作诗的，又吃不着东西，就气的躲在墙角儿那里哭去了。”说的大家哈哈大笑起来。

不一时，秋芳、宛蓉、冠芳、月英、绿绮、秋水六人的词都作起来了，一齐呈上，李纨与宝钗两个同看。开先却是绿绮的，只见上面写道是：《凹晶馆玩月赏桂即景》下写着《调寄捣练子》：

花在眼，月当头，喜煞平分一段秋。金粟如来香世界，玉京宫殿水明楼。

李纨道：“气派雄丽，将来要成老手的。他今年才得十三岁，算他至小呢。”宝钗道：“他自来的聪明就比别人好些，这也在乎各人呢。”遂又拿起一张来看，却是月英的，只见上写着《调寄如梦令》是：

徙倚桂阴香霭，人在清虚世界，疑向广寒游。万里清光一派，堪爱，堪爱，飘落天香云外。

宝钗道：“他这首的意思也好，单就‘桂子月中落，天香云外飘’两句里头翻出来的。”李纨点头，遂又取过一张来看，却是秋水的，写着是一调《减字木兰花》：

可人良夜，一个素蟾窥树罅。秋色平分，黄雪盈盈欲断魂。

秋风袅袅，声起梧桐吹绿筱。池面萧疏，客亦知夫水月乎。

李纨看了道："现成之句，巧凑的有趣呢。"宝钗道："前半调句法意思也就很清丽，后半调除了现成之句，还不及前半调呢。"因又取起一张来看，却是宛蓉的，乃是一调《菩萨蛮》：

秋风袅袅吹青桂，移时明月生衣袂。花月最多情，冰壶濯魄清。

香飘金粟蕊，池馆闲临水。秋色净无尘，银河没点云。

李纨道："这首更好，真是辛、苏之笔了。"宝钗道："这《菩萨蛮》与《减字木兰花》两调皆是换韵的，顿挫铿锵，声调流丽，易于动听，再能句法清新，就格外见好呢。"秋芳道："这换韵的词，就犹如曲中的北曲一样。诗中的七古也是因换韵，而声调顿挫有致。曲中北曲流丽铿锵，其最易动人者，亦全在犯调、出调之字，抑扬好听。可见是同一理也。"宝钗笑道："你这不是举一隅以三隅反，竟是告诸往而知来者。可谓'芳也，始可与言词已矣。'"李纨、秋芳等大家都笑了。因又看底下的，却是冠芳的，乃是一调《望江南》小令：

秋光好，花月总奇观。十里桂香金匼匝，一轮月满玉团圞，良夜觉清寒。

李纨道："这首词，句虽短，却句法老练，有咫尺千里之势。"宝钗道："这正所谓'寸铁杀人'呢。不见那'伤易则诞，伤繁则支'么。"因看还有一张，便拿起来看时，却是秋芳的，上写《调寄西江月》，念道：

金粟盈盈香满，玉盘影影光寒。算来何处可盘桓，第一凹晶之馆。

宝钗念到这里道："好啊，这本地风光的有趣。所谓'随手拈来，头头是道'呢。"因又念那下半调道：

良夜月明有约，秋风蹴水无端。可人领略且凭栏，秋色三分在眼。

宝钗念完了道："这后半也好，到底是老手不同，要算后来居上了。”李纨道：“他们的也都还强，没有什么过弱的呢。”

说着，月光照满，举室皆明。李纨便教折一枝桂花来：“咱们传花饮酒，花到谁手中，谁唱一支曲子，不会唱的便说一个笑话儿，两宗俱不能的，喝三大杯就是了。”

于是，又命丫头们取了笙笛鼓板过来，又拿了一面花腔小鼓，命丫头在屏后起鼓。那鼓声忽紧忽慢，前面花恰恰传到马氏手中，那鼓声忽然住了。秋芳便取过笛子来，道：“三婶娘唱什么呢？”马氏道：“我这两天嗓子很不好，唱个‘强对南熏’罢。”秋芳道：“单唱这一支么？”马氏道：“这还是勉强呢，唱出来你就知道了。”于是，秋芳吹着，马氏便唱了一支《懒画眉》。令过复又起鼓，这回花到宛蓉手里，鼓声住了。宛蓉饮了门杯，便唱了一支《江头金桂》的“怪得你”。大家都说：“这曲牌名儿，倒很对景。”说着，令过又起鼓，又到了绿绮手中，鼓声住了。绿绮便唱了一支《油葫芦》，《醉打山门》里头的“俺笑着”。大家都说：“他唱的这大喉咙的曲子，倒很好呢。”宝钗道：“这《山门》里的曲子都好，开头儿是‘树木槎枒’，那后头的一支《寄生草》还更好呢。他说‘慢揾英雄泪，相随处士家。谢慈悲剃度在莲台下，没缘法转眼分离乍。赤条条，来去无牵挂。那里管，烟蓑雨笠卷单行，一任俺，芒鞋破钵随缘化’。头里林妹妹还在的时候，我就说过这支曲子的。那会子还没人会唱呢。”绿绮道：“这一支‘慢揾英雄泪’我也会唱的，等过会子花再到了我的手里，鼓声若住了，我就唱这一支罢。”

说着，鼓声又起，这回花却到了平儿手中，鼓声忽然住了。马氏道：“你唱什么呢？”平儿笑道：“你可看见我唱过没有？少不得说个笑话儿罢了。”李纨道：“说的不笑，是要罚酒的。”平儿笑道：“我还没说呢，你怎就知道不笑么？”因说：“有一个捐纳的官府，坐堂审事，那原告、被告上来回话，各人总说的是各人有理，这官府断不下来，因说道：‘你们说的话本县都不明白，我先据原告的话，把被告的打他二十个板子。那被告说的话也还有理，再把原告的也打他二十个板子。’这一件事马上就结了案了。官府正要退堂,那书办、衙役上来告假。那官府便问道:‘为什么事,要告假呢?’那书办、衙役回道:‘告假回家害眼睛去。’那官府‘哼’了一声道:‘我看你们都是好好儿的两个眼睛,怎么说是回家害眼睛去呢?’那书办、衙役回道:‘老爷的眼睛看着小的们是明明白白的,小的们的眼睛看着老爷却是糊里糊涂的呢。’”说着,大家都笑了。

令过,鼓声又起,这回却到秋水手中住了。秋水饮了门杯,便唱了一支“小春香”。令过,复又起鼓,花到月英手中,鼓声住了。月英道:“我唱什么好呢?”秋芳道:“你的曲子很多,随你拣着爱唱什么,就唱什么罢了,有谁点戏呢么?”于是,月英饮了门杯,便唱了一支“抵多少烟花三月下扬州”。

正刚唱完了,只听那高处山上有人说道:“唱的实在很好!我可唱不上来。二哥,你还可以呢。”大家听见,惊疑不定,都说道:“这时候,怎么有人在山上说话呢?”忙命丫头们出去看去。平儿道:“这声音很像宝二爷说话,大月下,回家来走走,也不可定呢!”李纨道:“我们都出去看看去着,要是他,可不请他下来坐坐呢。”于是,一起走到外边,只见那先出来的丫头说道:“我们一出来,就像凸碧山庄的月台上有两个人坐着似的,看不明白。这会子都不见了。”平儿又叫人走到凸碧山庄里头,四处看了一番,并不见有一个人影儿。

月英道:“宝二叔他老人家又说人唱的好,他又不肯给人见见他。我们这里好些人都没见过他呢。”平儿道:“头里我们奶奶在的时候,几回家大月下像是见鬼,这会子,大月下竟是见仙了。”宝钗道:“夜已深了,咱们大家也散了罢。”李纨笑道:“想是宝二爷到自己屋里去了,你们快些回去,说说话儿去罢。也叫他出来,会会我们才好,先给我们请安问好罢。”宝钗笑道:“他要是到自己屋里去,才刚儿他就答应着下来了。你没听见是两个人么,那一个就是柳二爷了。想谅他们必是到老祖太太那里去的,因为大月下,所以到园子里逛逛，听见唱曲子就听住了。既然惊动了人，他们还不走做什么呢？”马氏道：“既然听曲子的人都走了，咱们也散了罢。”于是，大家各自回去不题。

原来宝玉果然是与湘莲二人，到贾母这里来的。头一天在都城隍府里过了中秋，次日晚上月色更明，二人出来步月，便顺道来到大观园内。宝玉道：“这看月要在高处，这里惟有个凸碧山庄最好。当初起造的时候，原为玩月而设。”于是，二人便上了凸碧山庄，在月台上凭栏而坐，却望见底下凹晶馆里众人传花击鼓，饮酒唱曲。宝玉道：“我们头里还没有他们这会子会玩儿呢，我还记得在冯紫英家里，曾唱过‘滴不尽相思血泪抛红豆’，那会子我的板眼也记不清，又没常唱，都不过是瞎闹罢了。二哥，你的曲子是好的。”湘莲道：“我会的也有限，嗓子也不大好。这曲子是要常唱的才好呢。你没听见说，‘曲不离口’么。”

说着，只听绿绮在那里唱“俺笑着”呢。湘莲道：“宝兄弟，你听这曲子很有趣。”于是，听他唱完了这一支《油葫芦》，湘莲道：“这《山门》的北曲最好听的，是谁唱呢？”宝玉道：“这是我们贾兰侄儿的女孩儿，他叫绿绮，这孩子很聪明呢。”

说着，只听宝钗说起“慢揾英雄泪”的《寄生草》来。宝玉听见了道：“二哥，你听你弟媳说起这《山门》的《寄生草》来，可记得我常和你说过的，‘谢慈悲剃度莲台下，没缘法转眼分离乍。赤条条，来去无牵挂’，我头里就因为这几句才想着出家的。那里知道，后来倒应了这几句话了。”湘莲道：“那会子，全是做和尚的心念，就给我出家的一般。这会子，我们两个人全然换过了，也算得是两世人呢。”宝玉道：“就这会子看起来，也还是‘来去无牵挂’的好呢。”湘莲道：“你头里要那些姊妹们看着你化灰，还要化成一股烟，被风一吹就吹散了。可知道，那就是不能‘来去无牵挂’的缘故么？”宝玉道：“可不是的。”

说着，又听秋水唱“小春香”。湘莲道：“这曲子也唱的很好呢。”不一时，秋水唱完了。少顷，又听见月英唱“抵多少烟花三月下扬州”了。湘莲道：“这又是谁唱呢？嗓子很好。”宝玉道：“这是琏二哥的女孩儿，我们的侄女儿呢。”正听得他唱完了，宝玉就大声的说道：“唱的实在很好！我可唱不上来。二哥，你还可以唱得来呢。”这一声，早惊动了他们，走出来看。湘莲道：“他们都知道了，我们走罢。”

于是，二人便离了大观园，仍然回到都城隍府中，见了贾母、贾夫人，宝玉便把上项事情细细说了一遍。贾母道：“他们后来的这些人，倒都会唱的，有趣儿。你们头里都没听见谁学过呢。”湘莲道：“老太太的孙女儿、重孙女儿都唱的很好呢。听见说，都会作诗写字，一个个的都是聪明极了的人，可真难得呢。”贾母笑道：“他们这些人，一个个的都到我这里来磕头，我是都认得他们的，只是他们却总认不得我呢。”说着，林如海、贾珠进来，大家又谈了一会，方才各自归寝。

到了次日，贾珠却约了冯渊、崔子虚、秦锺陪湘莲、宝玉在花园里头赏月饮酒。中间宝玉说起：“头里在望湖亭喝酒，也是咱们这几个人，就只没崔大哥呢。”湘莲笑道：“虽然少着崔大哥，却又多着两个媳妇呢。”贾珠笑道：“那是冯大嫂和薛大嫂，两个也不知谁是谁了。”说着，大家哈哈大笑。冯渊笑道：“你们两个薛大嫂，都给我有瓜葛。头里在芙蓉城，见了你们甄氏薛大嫂，他可也认不得我，我也认不得他了。他倒养了个好儿子呢，前儿他和你们家的子侄们到这儿来给老太太、姑太太磕头，我见了的。”秦锺道：“他给我们这一辈儿的弟兄，和我的姐丈，常时都是在一块儿的，只恨我不能够和他们说说话儿，看着怪闷的，怎么样呢？”崔子虚道：“这原是不得齐的事，咱们这会子在这里相聚，他们要是知道了，也是白想着不能够的。正所谓‘易地则皆然’呢。”

宝玉道：“咱们今儿弄个什么新鲜酒令儿玩玩罢。”秦锺道：“宝二叔有什么好酒令，就说出来，咱们行罢了。”宝玉道：“我想起头里在冯紫英家行的那个酒令儿，倒很有些意思。那是要说女儿悲、愁、喜、乐四样，咱们如今把女儿改作丈夫，这是酒面，还有酒底是要唱一支曲子，不会唱的说个笑话儿罢。就先人我起，说不上来的罚三大杯。”因斟起门杯，就说道：“丈夫悲，季子无颜下地归。丈夫愁，诗书未可博封侯。丈夫喜，忽地题名金榜里。丈夫乐，谈笑且倾金凿落。”众人都道：“好。”宝玉饮了门杯，便仍然把“滴不尽相思血泪抛红豆”的曲子又唱了一遍。令过，下家便是柳湘莲。

湘莲也斟起门杯，便说道：“丈夫悲，唾壶击碎寸心摧。丈夫愁，襟怀抑郁抚吴钩。”宝玉道：“柳二哥是感慨的话，豪放的很呢。”湘莲道：“我也不过是顺口瞎说罢了。”因又说底下的道：“丈夫喜，遨游任意夸仙体。丈夫乐，苦趣全无多快活。”饮了门杯，便唱了一支“一个汉锺离”。大家都叫好。

下家便挨着秦锺。秦锺道：“我只怕说不上来呢。”因想了一想道：“丈夫悲，少年夭折咎谁归。”宝玉道：“这就很好么，你就照这么说就是了。”秦锺又道：“丈夫愁，玉人何日始梳头。”宝玉笑道：“你为他是光头啊，这会子是梳了头了，不用愁了。”说着，大家都笑了。秦锺又道：“丈夫喜，旧雨重逢如愿矣。丈夫乐，娇妻久已抛衣钵。”湘莲也笑道：“抛了衣钵，才能梳头呢。总是旧雨重逢如了愿的好，还有什么不喜，什么不乐的呢？”秦锺饮了门杯，便唱了一个“听他一声两声”。大家赞好。下家便该冯渊了。

斟了门杯，冯渊便说道：丈夫悲，埋没阴曹是也非。丈夫愁，白发星星欲上头。丈夫喜，仇雠解释婚姻起。丈夫乐，闺房小语鸣弦索。”贾珠道：“他这后两句，倒比前两句好。”冯渊饮了门杯，道：“我大曲儿不会唱，唱个小调儿罢。”贾珠道：“只要唱的好，不然是要罚的。”冯渊便唱了“一个小耗子上灯台”的京柁子。秦锺笑道：“这是冯大婶娘教的，我也不知听他唱过多少回数了。怪不得‘闺房小语鸣弦索’呢，原来就是教你唱了这个小调儿了。”下首却该崔子虚。

子虚便说道：“丈夫悲，拆散鸳鸯两处飞。丈夫愁，义不孤生负

好逑。丈夫喜，孟光俟我黄泉里。丈夫乐，团圆永远无萧索。”宝玉道：“好，到底是崔大哥，文品双高的人，不同呢！”子虚饮了门杯，道：“我不会唱，说个笑话儿罢。”宝玉道：“原是不会唱的，便说笑话儿。崔大哥，你的笑话儿必是与众不同，就请教罢了。”崔子虚道：“有一个先生教小学生对对子，那先生出的是‘云开’两个字，那学生说：‘云开了，就有太阳出来了。’便对了个‘日出’两个字。那先生见了，道：‘也还罢了。’便又出了个‘和尚’两字，那学生说：‘这是出家的男人，我便对出家的女人就是了。’便写了‘尼姑’两字。那先生又出了‘青山’二字，那学生便对了‘白水’二字。那先生便把这六字一连，添上一字凑成一句道是：‘云开和尚青山去。’那学生便也添上一字道是：‘日出尼姑白水来。’”说着，大家哈哈大笑，都向秦锺说道：“你明儿就把这‘云开和尚’做个别号，倒很有趣儿呢。”秦锺也笑着向崔子虚道：“崔大叔，你老人家怎么着拿我来取笑么，这要罚你三大杯呢。”崔子虚也笑道：“我是一时出于无心，就忘了忌讳。这说笑话是最难的事，说的不笑又嫌不好，说的人笑了又容易犯人忌讳，偏是听笑话儿的人，又惯会吹毛求疵，所以难了。”柳湘莲道：“我有个道理，这三大杯罚酒，平分一半，我给你转敬秦鲸卿，就贺他这‘云开和尚’的别号，你们说好不好？”贾珠、冯渊、宝玉齐说道：“很好，这评的平允而有趣儿，还有什么说呢？”于是，子虚、秦锺两人分喝了三大杯酒。令过，下家轮该贾珠。

贾珠斟上门杯，便说道：“丈夫悲，将生白发此心灰。丈夫愁，花月空留旧画楼。丈夫喜，故乡不异他乡里。丈夫乐，自在逍遥殊不恶。”饮了门杯，便唱了一支“叹双亲”。大家都说：“好！”于是令完，已是三更多天了，撤过酒席，又看了一会月色，便大家散了。

次日，又是冯渊请，接着崔子虚、秦锺各请了一回。于是，又闹了几天方才回芙蓉城去。

下文如何，请观后卷。

第四十六回　众金钗暖香坞会饮
群丽人紫菱洲看梅

话说袭人带着儿女家人在紫檀堡居住，那时绿云已十五岁，瑶华已十二岁了。却有一班恶贼，打听得他家自来富足，又欺他是妇女，并无男人在家，便从后门挖洞而入，窃去了首饰、衣服、银钱等物将近有二三百金。其时花自芳已死，袭人便同了他嫂子到荣府里去，求了宝钗。宝钗便教人传了焙茗进来，吩咐他出去给袭人撕罗撕罗，一面报官缉获。袭人因紫檀堡系在城外，况经了这一番偷窃，便不敢在那里居住，将家中所有的东西，收拾停当，一起搬到花自芳的女人——他嫂子那里去同住，就在荣国府后边，离府又近，有人照应，便将紫檀堡的房子租给人住了，又得了租钱。

过了些时，袭人进荣府内，来到了怡红院见了宝钗。宝钗问他，怎不带孩子们来玩呢？袭人道："我们嫂子有个女孩儿，今年也是十三四岁了。他们这会子都在那里玩呢，所以就没带他们进来。"宝钗道："你家绿云那孩子倒很聪明，我前儿看他做的针线却很好。我这里有些活计，还打量要央他来做呢。"袭人道："太太有什么东西，尽管教他来做就是了。说什么央呢，只怕他做的不好，还求太太教导他呢。"宝钗道："他倒是样样都做的很好呢，本一他心里聪明，比别的孩子不同些。"袭人道："头里我要教他进来伺候，太太又执意不肯。这会子，搬在我们嫂子那里一块儿同住，我们两

个寡妇，一个正经男人也没有，家里大小事情，都要托赖府里照应。我是感激恩典，也没什么补报。太太既喜爱绿云，又不肯教他当丫头，这会子只求太太把绿云给桂大爷收在房里，早晚伺候。况且，桂大奶奶待人很好，就像那边秋水姑娘，兰大奶奶也很体惜疼爱的。我们这也算不得补报，只求太太们早晚教人照应照应，给外头的人知道了，也不敢欺负，这就沾恩不尽了。”宝钗道：“你头里说教他做丫头的话，我都不肯么。这会子，怎么又说这话呢？不过一两年之间，你拣个好人家，给他一夫一妻的过活去，再不然招个女婿子来家，你也有了照应了，怎么说出这句话来呢？”袭人道：“要说拣女婿，这会子要拣好的原有，只是他又不肯要我们这等人家的女孩，要是将就些的，我又不肯把女孩儿给他。我看他倒很欢喜府里，当不得太太又疼爱他，不但是我感激，就是他也感激不尽的。太太要是不允，我就磕头总要求赏收的。”说着，便跪下去。宝钗忙拉住道：“那有这个道理。”袭人便跪着不肯起来，道：“只求太太允了，我才起来呢。”宝钗道：“你快起来，我允就是了。”袭人便磕头道：“我这里先叩谢太太了。”说着，站了起来。

宝钗道：“这也要请老太太的示，还不知道老太太准不准呢？据我看到底使不得。”袭人道：“老太太自来是疼顾我的，要是不准，我磕头去就是了。太太这会子就带我去回老太太去。”

宝钗道：“等过一天，再回老太太去罢，那里在乎这一时儿呢。”袭人道：“老太太准了，这事定规了，我就放了心了。请太太就领我走一趟去罢。”说着，便求了宝钗，同到王夫人上房里面，把这话回了。王夫人先也不肯的，当不得袭人跪下磕头，王夫人又自来喜爱袭人，见他如此，只得便应允了。

过了一天，袭人便带了他女儿绿云进来，从王夫人起，到处都磕了头。从此绿云便在桂芳屋里，宛蓉也给秋芳待秋水的一般。况且，绿云聪明乖巧，原足取怜，故此王夫人、宝钗等自来喜爱，又兼袭人感恩图报，一片真心，与众不同，便都格外看待。那袭人无事便常在府内出入。

这年八月初三日，乃是贾母百岁冥寿。薛姨妈、邢岫烟、湘云、宝琴、李纹、李绮、探春、巧姐等俱来拜寿。头一天，贾政率领子侄儿孙，邢、王二夫人率领大小人等，都到都城隍庙里祭献磕头，回来家中悬起贾母影像，面前罗列供献，香花缭绕，锦绣缤纷。这日，两班合演《安天会》的整本，托塔天王带领哪吒三太子、二郎神、巨灵神、九曜二十八宿、六丁六甲、天神天将共有一百多人上场，热闹非凡，都赞好戏。到了晚上，贾母面前抬过炕桌放在当地，赏了八十串钱，其余各亲友内外共赏了二百多串钱。席散之后，薛姨妈等都到王夫人上房里来。湘云道："记得头里老祖太太八十岁的时候，听了五六天戏，总没有今儿的戏热闹。"探春道："本来今儿是两班两演，故此人多，兼之行头艳丽，装束精奇，怎么不格外的显热闹呢？"当下薛姨妈、岫烟、邢夫人、尤氏等俱各回去了。湘云、宝琴等在园子里分在李纨、宝钗两处住了一夜，次日也便都回家去了。

再说湘莲、宝玉二人回到芙蓉城内，说起月下回家，在凸碧山庄听唱的话来。大家都问："是些什么人唱呢？"宝玉道："先是我们环三弟妇马氏唱，接着就是我们媳妇薛宛蓉唱，最好是兰大侄儿的女孩儿绿绮唱的是《醉打山门》里头大花面的曲子，才有趣儿呢！"凤姐道："他们这会子，一个个的倒都会唱的了，比头里的人还兴头些，更外热闹的了不得了。可还有谁唱呢？"宝玉道："后来是平姐姐的女孩儿月英唱了，我听他唱的实在好，忍不住就说了一声'很好！我可唱不上来'。这一声就惊动了他们，出来探望。平姐姐他早听出是我的声音来了，我那月英侄女儿，他还说的好，说：'宝二叔他又说人唱的好，他又不肯给人见见他，我们这里好些人都没见过他呢。'"凤姐笑道："他既这么说，你就该下去瞧瞧他们去才是的，又怕什么呢？"宝玉笑道："我和柳二哥步月，偶然到了那里，忍不住说了一声好，还懊悔的了不得，怕做了惑世诬民呢，怎么还下去见他们么?”林黛玉道:“二哥哥,你就不知道丁令威化鹤归来的故事么?别要说沧海桑田,就这十几年的工夫,人事已变更的了不得了,现在舅母家里已是认得的人少,没见过的人多了。”迎春道:“我们来的早的,没见过的人多是不消说的了。只有四妹妹他来的迟些,又比我们多看见好些后来的人。”

凤姐道:“明年八月初三,是老太太一百岁冥寿。我们也该早些议定,是那些人去呢?”鸳鸯道:“是人都要去呢,也只好酌量着留几个人在这里办事罢了。”凤姐道:“妙师父、甄妹妹、尤三妹妹、瑞珠、晴雯、金钏、紫鹃姑娘这七个人,都请留在这里不去。我和林妹妹、二妹妹、四妹妹、尤二妹妹、蓉大奶奶、鸳鸯姐姐也是七个人,恰分一半人去就是了。”香菱道:“我头里就说要去,都还没去过呢,明儿我是也要去给老太太磕头去的。”尤三姐道:“你不用忙,等他们明儿去了回来,咱们两个消消停停的一同再去补祝就是了。”

于是,到了次年八月初一日,凤姐等回了元妃,元妃另备了寿礼,咐吩鸳鸯赍带。七人一同出了芙蓉城,半云半雾,两个时辰,早到了都城隍府中。见了贾母、贾夫人,并拜见了林如海、贾珠等,请过夏金桂、张金哥、智能来,大家相会。秦锺也上来请安,与他姐姐说话,可卿晚夕便在秦锺屋里住了。黛玉在贾夫人上房住了,凤姐、尤二姐、迎春、惜春、鸳鸯五人便在贾母上房住了。

到了次日,初二日,只见贾政与邢、王二夫人率领合家男女大小人等,都来供献磕头。凤姐便一一问明了贾母,等他们去了,说道:“我们媳妇梅家的姑娘人品也还去得,我们侄媳妇甄家的姑娘也好,总不及我们侄媳妇薛家的姑娘模样儿娇媚呢。你们看着怎么样?”鸳鸯道:“这薛家的姑娘倒不像他姑妈——我们宝二姑奶的模样儿,倒很有些像林姑娘的模样儿呢。”黛玉道:“我看这环三奶奶的模样儿,倒很有些像彩云的样儿。”凤姐道:“一点儿不错,我也是这么说呢。这两个三奶奶的人品儿,都没十分了不得的去处。倒是小兰大奶奶他们小妯娌的人品儿好了。”这日下晚,湘莲、宝玉二人也到了,就在贾珠那里住了。

次日初三一早,贾夫人与凤姐等挨次拜寿,外面是林如海、贾珠、湘莲、宝玉、冯渊、崔子虚、秦锺等上来磕头拜祝,先吃了寿面,都请到花园里听戏。这里并无外客,便请贾母正中坐了,林如海、贾珠、湘莲、宝玉、冯渊、崔子虚、秦锺及贾夫人、凤姐、迎春、惜春、黛玉、尤二姐、鸳鸯、可卿、金桂、金哥、智能分男东女西在两边相陪坐了。原来是一班弋阳腔,唱的是《大香山》整本,唱到观音游十殿,上刀山,下油锅,锣鼓喧天。贾母嫌闹的慌,便摇手叫快剪了锣鼓罢,于是,登时煞锣下场。班子里小旦又上来请赏戏,贾母便点了《乡里亲家母》《四老爷打面缸》《刘二姐赶会》《王小二过年》,听的人人发笑。贾母大喜,赏了五十串钱,尽欢而散。

次日,湘莲、宝玉便先回去了。凤姐等又住了数日,贾母留着过了中秋,方才一起回芙蓉城去,暂且不题。

却说这年又逢科场,贾杜若带了贾祥与薛孝、薛顺、梅春林、周安、周瑞一起同去下场,三场已毕,大家回来,各抄出文章与贾环、桂芳等观看。瞬息发榜之期,先是人报梅春林中了第十八名举人,薛顺中了第三十六名举人,接着是周安中了第六十名举人,周瑞中了第六十三名举人,贾杜若中了第七十五名举人,薛孝中了第九十九名举人,贾祥中了第一百三十八名举人。次日,赴了鹿鸣宴,便各自回去。到了十月里头,杜若便迎娶了甄素云过门。又过了一月,到了十一月里便是甄芝迎娶了周照乘过门。接连三月,各家喜事,往来甚是热闹。

到了十二月初间,王夫人又要作"消寒会",便请了薛姨妈、岫烟、湘云、探春、巧姐等诸人来家。这日到了日午,方才陆续来齐,吩咐明日作"消寒会",将酒席一切早为预备停当。

到了次日,在暖香坞围炉会集,各处用大铜火盆满笼了火。那火盆周围,一转摆下椅子,大家俱向火团坐。每人座右各放一张小

儿,也有方的,也有圆的,也有梅花式的,也有海棠式的,也有方胜、连环、六方、八方的,各样不同。几上各放一个雕漆葵花小茶食攒盒,里面俱是杏仁、松子仁、核桃仁及各样细巧茶食,额外一双小牙箸,一个茶船,里面一个小盖盅,大家拥炉茶话。到了傍晚,撤去茶食,每人面前便是一个果菜小攒盒,另外一个镶银酒盅,一把流金走乌自斟酒壶,一双镶金小牙箸。到了上菜的时候,便撤去攒盒,另是一色的小洋碗。当下薛姨妈、邢夫人、王夫人、湘云、岫烟、尤氏、巧姐、绿绮八人围了一盆火在上;那底下便是探春、李纨、马氏、胡氏、薛宛蓉、月英、秋水七人也围了一盆火在左;那平儿、宝钗、秋芳、梅冠芳、甄素云、明珠、绿云七人也围了一盆火在右。

原来杜若娶了甄素云,住的是紫菱洲。梅冠芳住的是藕香榭。这藕香榭原连着暖香坞的,到了夏天便住藕香榭,到了冬天便移在暖香坞来,这暖香坞就是梅冠芳的屋子。探春道:“这暖香坞原合乎冬天住,所以暖而又香的惟有梅花,这是取个暗梅的意思。这会子小蕙大奶奶住在里头,他恰姓梅又名冠芳,可不是梅花么?这暖香坞的主人真是名称其实的了。”

平儿道:“头里老祖太太也喜欢的暖香坞暖和,那会子作‘消寒会’都是下雪的日子多,今年怎么都没很见下雪么?”探春道:“头里不但下雪,并且咏雪作诗,咏雪联句呢!这会子,又没有雪又不作诗,不如过会子喝酒的时候,行个雪字酒令罢。”李纨道:“也好,不拘诗词以及书上成语,只要有个‘雪’字的,说出来就是了,说不上来的罚一杯,这也还容易。”说着,早撤过了茶攒盒,换上酒器。

于是,先从薛姨妈说起,薛姨妈道:“我自来不知道这些酒令,教我怎么说呢?”探春道:“不拘诗词成语,只要有个‘雪’字就是了。”薛姨妈饮了门杯道:“我就说个‘丰年好大雪’罢。”探春笑道:“‘珍珠如土金如铁’,姨妈是从自己家里说起的。”下家便是邢夫人,说道:“踏雪寻梅。”

王夫人接着饮了门杯,道:“石城霁雪。”探春道:“这是南京家乡的景致，可惜我们长了这么大，都没有到过，空知道这个名儿。”下家便是湘云，说道：“一枝春雪冻梅花。”大家说：“好！”下家挨着岫烟，饮了门杯道：“独钓寒江雪。”

接着，便是尤氏说道：“鹅毛雪。”湘云道：“这也算不得什么成语，该罚一杯呢。”尤氏道：“雪像鹅毛片，难道没有这句话么？”探春道：“虽有这句话，却算不得成语，本该罚一杯才是，姑念素不知书，权且将就了罢。”下该巧姐，便说道：“飞雪初停酒未消。”接着，绿绮也饮了门杯道：“风雪夜归人。”

底下便先轮着左边，该探春说道：“残雪压枝犹有菊。”下该李纨，饮了门杯道：“踏雪沽来酒倍香。”接着便该马氏，说道：“梅雪争春未肯降。”下该胡氏，饮了门杯说道：“佳人雪藕丝。”湘云道：“这个‘雪’字算不得，是个假的，罚一杯，也不用重说了。”于是，胡氏罚了一杯。下该薛宛蓉，饮了门杯道：“梅瘦雪添肥。”接着便是月英说道：“雪满山中高士卧。”下该秋水，饮了门杯道：“步自雪堂。”

底下便又轮着右边，该平儿说道：“雪花儿飘飘。”探春笑道：“这也算不得诗词，又不是成语，要罚一杯。”平儿笑道：“‘雪花儿飘飘，飘了三尺三寸高’，难道没有这一句么？探春道：“纵有，也是山腔野调，算不得的。罚一杯，不用重说就是了。”于是，平儿罚了一杯。下该宝钗说道：“梨花白雪香。”接着秋芳饮了门杯，说道：“乱山残雪夜。”下该梅冠芳，说道：“巴蜀雪消春水来。”下家甄素云饮了门杯，说道：“惟解漫天作雪飞。”接着，便该明珠，说道：“梅须逊雪三分白。”下该绿云，饮了门杯说道：“雪却输梅一段香。”探春笑道：“这句省力，有了上句，就自然有这下句了。”于是令完。平儿道：“我们不认得字的，怎么知道行什么令呢？可不是生拿着我们瞎闹么！”说着，大家都笑了。

薛姨妈道：“这里有这些火，又喝了几杯酒，倒很暖和，咱们散坐罢。”于是，大家站起身来，都到后面梅冠芳屋里去坐了。伺候的丫头捧上茶来，探春道：“这里离紫菱洲不远，咱们再到杜大奶奶新屋子里去坐坐，回来就好吃饭的。”薛姨妈道：“那边只怕没有这边暖和罢。”李纨道：“那里也和这里一样，夏天便住临水的屋子十分凉快，冬天另有避风的地方，也给这里差不多儿。”甄素云站起来道：“姨奶奶、姑妈们不嫌简亵，便请过去坐坐。那里有几棵腊梅，才刚儿要开也还可看呢。”探春道：“这就很好，姨妈请过去逛逛去罢。”薛姨妈便与邢、王二夫人等一起到紫菱洲来。

藕香榭原离紫菱洲近，出了藕香榭转过弯来，并不多远早到了紫菱洲。走到素云住的屋子，乃是小小三间，两边抄手游廊。廊下伺候的丫头见了，便忙来打起大红猩猩毡绣花灰鼠暖帘。大家走进屋去，只见中间摆炕，两边一溜紫檀小宝座椅子，上搭灰鼠椅搭。薛姨妈与邢夫人便在炕上坐了，王夫人、岫烟、湘云、探春、巧姐、尤氏、月英、绿绮在两边椅上坐了，其余李纨、平儿、宝钗、马氏等俱在两边房内分着坐了。四个丫头捧上洋漆茶船，挨次送上茶来。

玻璃窗内望见外面庭中五六棵冰心腊梅，恰才初放，甚是好看，屋内香气扑鼻。探春道：“这腊梅并非梅之种类，这香却比梅花还香些呢。”湘云道：“腊梅原算梅中逸品，所谓黄梅，就是此种。从来咏此梅之诗甚少。腊梅须要接过，才能有冰心，那没有接过的不但是红心，且而花瓣尖小，名为狗蝇，既不可看，且又不香。所以这移花接木的法儿，倒是能夺造化之巧的呢。”岫烟道：“这冰心腊梅，根上发出来的，开花仍是红心，只为没有接过的原故。

于是，大家坐了一会，暖香坞里已经摆饭，丫头们便上来回了。大家便仍回暖香坞里来，吃了晚饭，漱口喝茶，又坐了一会，便大家散了。过了一日，湘云、岫烟等也各自回去了。

渐交年底，转瞬新年。到了二月，薛孝便迎娶了陈淑兰过门。这陈淑兰便是李纹之女，乃李纨甥女。接着，便是梅春林迎娶贾月英过门。这梅春林乃宝琴之子，宝钗之甥。两家唱戏请客，甚是热闹。接着，三月又值会试之期，薛孝、薛顺、史遗、梅春林、周安、周瑞、贾蕙、贾杜若、贾祥便会同一起入场会试，三场已毕，大家把文章抄出，互相评论，并请教贾环、贾桂芳、甄芝等，都说："文字清醇，尽皆有望。"

到了四月半间，又值周瑞迎娶绿绮过门。三天头里，早已押送过嫁妆过去。这日贺喜的亲友盈门，荣禧堂上屏开孔雀，褥隐芙蓉，王公侯伯、六部九卿，貂蝉满座。交到午正，周府花轿已到，先迎接周瑞进来拜见，一切礼仪行毕，便在荣禧堂上当中设下筵宴，真是食前方丈。让周瑞坐了，八个家人雁翅侍立在后，其余亲友俱在两边相陪，坐定开戏。里边李纨、平儿、宝钗、马氏、蒋氏等俱在秋芳屋里帮着打扮绿绮梳妆穿戴。

因那边择的是酉时上轿，平儿等照料绿绮穿戴齐了，因叫拿过表来看时，才交申正一刻，便大家坐着闲话。不一时，里面王夫人又打发人出来催问，教早些齐备，不要误了时辰。平儿便到王夫人上房里来，回复说已经齐备，单候时辰的话。到了王夫人上房，只见邢夫人、尤氏、胡氏等俱在那里坐着呢。平儿上去，恰才把这语回明了王夫人。

只见外面有人传进话来，说："恭喜老太太，太太们大喜，蕙大少爷中了第一百二十八名进士，报子来了。"邢夫人道："好，今儿又是双喜。"王夫人等大家俱各欢喜。不一刻又有人来报，薛顺中了第一百二十名进士，梅春林中了第九十八名进士，周安中了第八十三名进士，俱有报子来了。接着，又有人来报，新姑爷周瑞中了第三十一名进士，报子也来了。外面戏上剪了锣鼓，大家俱与周瑞贺喜，并与贾蕙贺喜。薛顺、梅春林、周安亦俱在坐，大家互相贺喜。那王公侯伯等都说："今儿这喜事，实在可喜，难得这般巧又聚在一块儿，真可谓一段佳话了。"贾政道："这都是托赖王爷、公爷们的洪福罢了。"说着，已交酉初，内里才扶出绿绮上轿，这里周瑞便告辞起身，鼓乐喧天，迎娶去了。

过了一日，大家同赴了恩荣宴。只有薛孝、史遗、贾杜若、贾祥没中。到了五月，殿试以后，金殿传胪：周安是二甲第二十三名，周瑞是二甲第三十三名，薛顺是二甲第四十三名，梅春林是三甲第三名，贾蕙是三甲第三十三名。朝考以后，周安、周瑞俱是翰林院庶吉士，薛顺是户部主事，梅春林是刑部主事，贾蕙是工部主事。

要知后文怎么样，请观下回就知道了。

第四十七回　椿龄女剧演红香圃
薛宝钗梦登芙蓉城

却说其时大学士周琼死了，贾政等与各亲友都去吊丧，内里王夫人等也过去打祭。周府中王公侯伯及各位大小官员总来打祭，门前素车白马，拥挤不开，皇上赐谥赐祭，热闹非常。

大周姑爷丁艰在家。甄应嘉便奉旨调补了都察院左都御史，所遗户部尚书员缺着贾政升补。贾政由工部侍郎现升了户部大堂，各亲友及大小官员都来贺喜。

恰值薛宛蓉生了一子，贾政大喜，取名贾祉。湘云、岫烟、宝琴、巧姐、月英、绿绮等俱来贺喜，惟探春在重服新丧没来。邢夫人、尤氏、蒋氏、胡氏、青儿、小红、椿龄、鹤仙等过来了。大家俱到潇湘馆内，先到房内看了看小孩儿，便都道："我们人多，总在屋外坐罢，省得在屋子里头闹的慌。"于是，都在外面坐了。湘云道："这祉哥儿相貌就很富态，生的还快么？"宝钗道："昨儿一早起来，他就告诉我说肚里有些疼，我就给他料理，一切预备停当，接了姥姥过来，到了午初就生下来了。"岫烟道："生的快，大人就不很吃力，也易于调养了。"

宝琴笑道："想起我们姊妹们，头里做姑娘的时候，总在这园子里头一块儿玩的。这会子，我们姐姐倒有了孙子了。真是不觉得日子怎么样就这么快法呢！"湘云道："说起头里的话来，已是二十多年了。我们渐渐儿的都要老了,都是四十上下的人了。我们珠大嫂子自来比我们年纪大,今年也将近五十了么?”李纨笑道:“我今年五十二了,那边大嫂子今年都五十九了,明年就六十岁了。”湘云道:“大嫂子前年就过了五十大寿了么,怎么我们都不知道呢?”巧姐笑道:“前年姑妈们都到这儿来拜寿的,怎么倒忘了么?”岫烟道:“大嫂子生日是九月里,那年杜大爷叔侄两个中了举,我们都来道喜,就顺着拜寿,那会子喜寿并作一起。史大妹妹想是只记得喜事,就把寿事忘了。”湘云笑道:“是的,我想起来了。我自来这记性就很平常,明儿到了老太太的年纪还不知道是怎么样呢?”

平儿道:“头里看着他们这一起小孩子渐渐儿的会走、会玩,就很有趣儿。怎么这会子孩子倒又养了孩子了?我们这一班的人眼看看的都要抱孙子了。小孩子们就把大人都催老了呢!”宝钗笑道:“连周姑奶奶都要抱孙子了,我们姑嫂妯娌们渐渐儿的该称老太太了。”说着,大家都笑了。

这日外面荣禧堂上开了大戏,里面园子里榆荫堂上是八角鼓儿。王夫人陪了薛姨妈、邢夫人、湘云、岫烟、宝琴、巧姐、尤氏等大家都到榆荫堂听唱。薛姨妈,邢、王二夫人等都嫌听戏很闹的慌,倒欢喜听八角鼓儿打皮扣有趣儿。

马氏、秋芳、梅冠芳、月英、绿绮等都不爱听八角鼓儿,便悄悄的拉了小红、椿龄、鹤仙到蘅芜院来,叫丫头搬出笙笛鼓板,要椿龄唱曲。椿龄道:“三婶娘和嫂子们教我唱,我怎好不唱的么,就是丢了二十年,都没很理过,只怕唱不上来呢。”马氏道:“你是自小儿专心学的,怎么得忘了呢?我们不但要请教你的曲子,还要你走个山势做出身段来。我们这里都没什么外人,不过大家玩儿,怕什么呢?”椿龄笑道:“实在丢久了,怕唱不上来,婶娘和嫂子、姑娘们都别要笑。请婶娘的示,教我唱什么呢?”秋芳道:“听见说你的《游园》很好,我们秋水姑娘也会这一套曲子,教他扮春香,你指点了他的身段。况且,这出的宾白有限,他宾白也是记得的,就只没有说过。”秋水道：“大奶奶，你先不用笛子，走个上场看我可接的上来？有不是的教给我就是了。”椿龄道：“还要把镜台、衣服预备停当了呢。”说着，便捏出身段，轻轻脚步，上场唱引子：“梦回莺啭，乱煞年光遍，人立小庭深院。”秋水便也做出身段，上场接唱：“炷尽沉烟，抛残绣线，恁今春关情似去年。”椿龄便说定场白，秋水接着把这段宾白说完。椿龄道：“春香与杜丽娘的身段不同，春香的身段要活变，摇摆脚步要轻巧利便，说白要轻快就是了。”

于是，又演了两遍，便重新妆扮齐全了上场。秋芳道：“这出戏的行头不用费什么事，有了你这个教师，他们尽可以学的。即如《规奴》《题曲》《拜月》《狐思》之类，行头都是现成的，大家都可以学了玩儿。”因教把小锣取了出来，于是秋芳吹笛，马氏弹弦子，月英打鼓板，绿绮哺笙带打小锣。当中地下铺了红毡，锣鼓打了上场，椿龄扮了杜丽娘出来，唱了两句引子。秋水便扮了春香上来，接唱引子，说过定场白，取了镜台、衣服过来，椿龄便唱“袅晴丝”对镜梳妆更衣。底下两人合唱进园、游园，一直唱到尾声“观之不足由他缱，便赏遍了十二亭台是枉然”。秋水说白道：“小姐回去罢。”又合唱“倒不如兴尽回家闲过遣”，两个一起下场。大家都说：“好。”

小红道：“三婶娘、嫂子、姑娘们都没听过我们蔷大嫂子的戏，我倒是头里都听熟了的呢。他的戏自来是好的，这会子丢了二十年还有这么样，就可见他头里的好处了。就是秋水姑娘今儿初次踩毡，有他这好领袖都带挈好了。”马氏道：“咱们早就没想起你来，我们唱的曲子不但没说白并且曲子不全。明儿大奶奶没什么事，便请到这儿来，我们都要请你作教师呢。”

椿龄道：“秋水姑娘倒很聪明，我一说他就明白了。我明儿教你一出《题曲》。这出戏又好又不要陪场。”秋水道：“《题曲》里头的曲子是《桂枝香》，我虽没学过，曲文却是知道的。”椿龄道：“既记得曲文，更容易了。”因把手拍着，便教了两遍。秋芳也没学过这曲,马氏却是有的,便取过笛子来吹着给秋水唱,早会了两支曲子了。

秋芳道:“这会子一时也不能全会,明儿再学罢。我们且大家来各唱几套,请教大嫂子听听有什么不好的地方儿,要指点指点呢!”于是,秋芳吹着笛子,马氏先唱了一套“南浦无限别离情”,接着,秋芳便唱了一套“他媳妇”。椿龄道:“婶娘和嫂子的曲子都很好,这《谏父》的嗓子,我就没这么样。”秋芳笑道:“没这么样坏啊!”椿龄道:“这‘他媳妇’和‘袅晴丝’的曲子,虽然都是细的,我这嗓子唱‘袅晴丝’还可以唱得,要是唱‘他媳妇’,就没嫂子的嗓子这么样好了。‘他媳妇’比‘袅晴丝’的曲子又高些,所以比着就难唱些了。”说着,梅冠芳又唱了一支“娘亲教”,原来冠芳过来,跟着大家也学会了好些曲子了。月英又唱了一套“怕奏阳关曲”。接着,绿绮唱了一支“师父道”。椿龄道:“这阔音我虽不能唱,却听得出来这小姑奶奶实在唱的很好。这小堂调的嗓子,就圆熟的了不得。”大家都唱过了,因知小红不会,便要鹤仙唱。鹤仙道:“我头里虽然学过,却没学会。这会子,久已忘了,更不能唱了。”秋芳道:“既然学过的,好歹总要唱的,便唱错了又有什么要紧么?”鹤仙无奈,只得唱了一支“小春香”。

只见外面平儿、蒋氏进来了。平儿笑道:“好啊!我说你们怎么都不见了呢,原来躲在这里唱呢!”秋芳道:“二婶娘,你老人家早怎不来,才刚儿蔷大嫂子还唱了一出戏呢,你看红毡子还铺在地下不是?”平儿道:“他的戏,我头里是听熟了的。这二十年来通没听他唱了,怎么这会子高兴又唱起来了呢?”椿龄道:“我原说丢久了,恐怕记不得了。三婶娘和兰大嫂子定要我出丑,我没法儿只得旋教了秋水姑娘,同他两人唱了一出《游园》。”蒋氏道:“二嫂子是头里听过的,三嫂子是才刚儿听过了,就可惜我还没听过呢。三嫂子,你们先来的时候,怎么就不叫我一声儿么?”平儿笑道:“小婶子,你不要慌,环三婶娘有脸,这琮三婶娘难道就没脸么?蔷大奶奶少不得也唱一出给你听就是了。他就便回你,也不好回我的。”椿龄道:“二位婶娘既不弃嫌,但请包涵不要见笑,我说不得献丑就是了。”因要烛台蜡烛一支、书一本,“我便唱这出《题曲》罢”。

于是,马氏吹这一套曲子,椿龄便扮了小青上场,果然唱的身段神情细腻幽静,与众不同。唱到后来“下雨题诗”云:“冷雨幽窗不可听,挑灯闲看《牡丹亭》。世间亦有痴于我,岂独伤心是小青?”大家都赞说:“好!实在班子里都没这么神情入妙的呢!真是绝技了。你有这么样好本领,还不肯唱,岂不白埋没了么?”说着,外面丫头们进来回说:“榆荫堂上请坐席了。”于是,椿龄改了妆,大家一同出了蘅芜院,到榆荫堂来。

李纨、宝钗见了,便问道:“你们都是在那里玩的,怎么这一天都没见你们呢?敢是在那里斗牌来不是?”马氏笑道:“斗牌也没什么趣儿,我们今儿听了顶名公的戏,玩的实在有趣。因为闹着也没空儿得来请你们两个的。”李纨道:“你们不过唱了些曲子,翻来覆去不过是那几套罢了,怎么又说听什么戏呢?”宝钗道:“是了,你们必定是拉了这蔷大奶奶,叫他出场的,是不是呢?”秋芳笑道:“到底二婶娘明亮,凡事谩不过去。这蔷大嫂子说了,明儿常过来教我们呢,少不得也要唱几出请二婶娘听听。”宝钗笑道:“他的戏自来是好的,我听过了多回,这又有二十年没见了。”说着,大家入坐。榆荫堂上摆了四席,猜枚行令,直闹到三更天方才散了。

次日,湘云、岫烟等便都各自回去了。

到了腊月里,小周姑爷又升了礼部侍郎,内外大小人等都去贺喜,又闹了几天。早又过了新年。

到了四月,乃是平儿、宝玉二人生日,湘云、探春、巧姐、月英、绿绮等都来拜寿。时值芍药盛开,都请在红香圃里坐席。探春道:还有琴妹妹、邢大姐姐都是今儿的生日,故此他们都没来呢。”宝钗道:“可记得史大妹妹那年子喝醉了,睡在芍药花底下石凳上的时候了?”湘云道:“说起来就像没几年的话,那会子也是在这红香圃里，行令喝醉了的。今儿又在这红香圃里，我可不行令，也不喝酒了。我们且看看花着。”于是，大家一同到外面看时，果然芍药盛开，有上千的花头，真是一片红香，十分烂熳。湘云道：“韩诗上说的‘浩态狂香’，真是不错。”

这日，小红、椿龄、鹤仙等也来拜寿，都到红香圃来。椿龄道：“今儿是宝二叔、琏二婶娘的千秋，我们是特来上寿的，就在这里演几出以当祝寿罢。”马氏、秋芳等便叫人搬了乐器家伙，并一切应用的行头过来，当地铺了红毡。原来秋芳、冠芳、秋水、绿云都学会了几出。

开场便是《扫花》，冠芳扮了吕洞宾上场，秋水扮何仙姑，唱“翠凤毛翎”；转场便是椿龄唱《题曲》。接着，又是秋芳扮牛小姐上场《规奴》，绿云扮惜春；转场又是冠芳扮蔡伯喈上场《盘夫》，秋水扮牛小姐；下来又换秋芳扮杜丽娘上场《游园》，绿云扮春香；转场又是椿龄扮瑞兰上场《拜月》，秋水扮瑞莲，共唱了六出。

探春笑道：“你们学问长进的了不得，不但能唱曲，并且能登场，身段、口角、神情还驾梨园之上。我们连唱也不能，真是自惭老拙。你们虽则聪明，真也会乐的很呢。”湘云道：“祝枝山文士风流，他最喜傅粉登场，虽老梨园都叹不如，真是今儿的光景了。”巧姐道：“自然还有几出戏，尚没唱的完呢。”秋芳道：“还有《狐思》《廊会》《跌包》《长亭》《番儿》《乔醋》，因为人多难以转场，故没有唱。现在桂大奶奶才学，还没学会呢，再多两个人就好了。”

于是，红香圃里摆了三席。邢、王二夫人、尤氏等俱在王夫人上房里坐，不到园子里来。这里是湘云、探春、巧姐、月英、绿绮、李纨、平儿、宝钗、蒋氏、马氏、胡氏、秋芳、青儿、小红、椿龄、鹤仙、薛宛蓉、梅冠芳、甄素云分着坐了。大家猜枚行令，直闹到三更多天，方才散了，各自回去。

到了七月，贾祉周岁。探春、巧姐、月英、绿绮、尤氏、胡氏、蒋氏都来贺喜添寿，湘云等俱没来。这日袭人也在这里园子里，有一班女档子伺候。大家先都到了潇湘馆内,奶子抱出祉哥儿,大家接过来引逗玩笑了一会儿。于是,也有金寿星的,也有金魁星的,也有金必定如意的,也有玉锁、玉佩的,都取出来与祉哥儿添寿。宛蓉、宝钗谢了,大家坐下,丫头挨次送上茶来。

只见那潇湘馆的竹子一片绿阴,映着茜纱窗,分外幽静。探春道:"古人用芭蕉绕屋,取名'绿天庵',那只宜于夏天,春秋天便不足观,冬天便全然没有了。那王摩诘'雪里芭蕉'是只有那幅画,没有那件事,怎及这竹子,四时皆好看呢!古人说的好,'何可一日无此君'。那苏东坡还说'宁可食无肉,不可居无竹'呢!可见这竹子的绿阴,比芭蕉的绿阴就高多了。记得这里的名字,原叫'有凤来仪',后来林姐姐在里头住,才改了叫潇湘馆的。"只见那粉墙上,有个月洞儿,洞外挂着一个鹦哥儿,在那里叫道:"客来了,倒茶。"袭人指着笑道:"这鹦哥儿有趣,倒也还是头里的样儿。"宝钗道:"我但到了这潇湘馆,便想起林妹妹来,故此总照他在日的铺陈点缀,一毫不改。我到了潇湘馆虽然看不见林妹妹,我见了这屋子便犹如是有林妹妹在里头的一般,犹如见了林妹妹一样。这鹦哥是前年收拾起这屋子就买来的,也教会了好些话,也会念诗的了。"说着,那鹦哥便念诗道:"夜来风雨声,花落知多少。"平儿笑道:"这东西有趣,比别的雀鸟都好玩些。那八哥儿虽也会说话,形像是个粗笨的,怎得及他这毛片青翠配着这红嘴儿好看呢!"巧姐道:"那就犹如这一片绿竹,须要这茜纱窗才映着出色的一样。"

说着,四个女档子进来磕头请安。平儿便问道:"你们叫什么名字,今年十几岁了呢?"只见一个大些的回道:"我叫庆喜,今年十六岁了。那一个叫双喜,一个叫迎喜,都是十五岁。那一个叫添喜,今年十四岁了。"平儿道:"很好,你们都下去好生妆扮去罢。"于是,都请到榆荫堂上听唱,邢、王二夫人也到了。四个女档子唱了一天,赏了八十串钱。席散后,各人便都回去了。

到了九月初一日,桂芳升了翰林院侍读学士,各衙门及各亲友都来贺喜。薛姨妈、邢岫烟、湘云、宝琴、月英、探春、巧姐、绿绮也都来了。

初二日，外面一班大戏，园子里一班小戏儿。大家都在榆荫堂上坐了听戏，唱的是《遂人愿》的整本。宝钗道："上年听见外头唱过这本戏的，我们都还没听过呢。这是《雷峰塔》的续本。"湘云道："这续本不但能遂人愿，却于情理吻合，关目合宜，通身还不甚支离。就如这'雄黄山'一段，也不厌其重复呢。"李纨道："听见今儿外头唱的是《南阳乐》的整本。这本戏虽没听过，却看见过这本传奇，是新曲六种里头的一种。这算是补天之石，演的是诸葛孔明灭魏平吴，也给这《遂人愿》的戏是一样的意思。"湘云道："那是从孔明有病禳星起，天遣华佗赐药，北地王问病，兴师灭魏平吴，功成归卧南阳的故事。这本戏名为《补恨传奇》，《遂人愿》也是补恨。这么说起来，今儿里外唱的戏虽不同，意思倒是一样了呢。"宝钗道："每每续书补恨的，其才远逊前书，以致支离妄诞，便成画虎类犬，自取续貂之诮。这两本戏虽不能登峰造极，还算刻鹄类鹜的呢。"

说着，戏上已唱到西湖上和尚《哭妻》的关目。探春看了笑道："这翻案的文章倒还做的有趣儿。想起头里我们二哥哥出家做了和尚去了，各处找寻了年把，合家大小终日哭泣，闹的家反宅乱。后来我回家来了，就说这都是事有一定，不必找寻了，也不必伤悲，只当没有这个哥哥罢了。谁知后来，二哥哥有人见他又留了头发，不是和尚了。并且优游自在，已成仙体，身居仙境。大家把这找寻伤悲的心肠，久已丢掉了，坦然毫无挂碍。可见头里那些哀痛迫切，都是白撂掉了的。这会子，我们侄儿已发了科甲，入了词林，又升了官。这也不是翻案的文章么？将来有人谱入填词，还不是一本绝妙的好戏么？"湘云笑道："不错，不错，我明儿闲了就先起稿儿作出这部传奇来，大家看看，再为更改添补就是了。"岫烟道："这本传奇很不好作，为的人太多了，脚色不够就转不过来，恐难免挂漏之讥呢！"宝琴道："人虽多，也只好拣点着要紧的人作，怎能全呢。"

岫烟道："这会子，现在的人就有二三十个，还有老祖太太、元妃姐姐、二姐姐、四妹妹、林妹妹、凤姐姐这都是少不了的。"

探春道："你这么一说，我倒偶然想起来，今儿还是有一个人生日的呢。"湘云道："八月初三才是老祖太太的生日，今日是九月初二日，是谁的生日呢？你只怕记错了罢！"巧姐站起身来道："不错，今儿是我娘的生日。姑妈倒还记得么！"李纨笑道："我倒也忘了，九月初二是琏二太太的生日。头里老祖太太在时，年年都要给他做的呢。"说着，早已摆席，大家坐定。等场上《遂人愿》的戏唱至《团圆》，大家赏了一百多串钱。席散时，才交二更天，薛姨妈、岫烟、湘云等大家都各自回家去了。

宝钗回至怡红院中自己屋内，便收拾归寝。才合上眼去，只觉朦胧之中有一个美人在面前来，叫他道："二婶娘，你可还认得我么？"宝钗只当是傅秋芳来了，细看时并非秋芳，却比秋芳格外娇媚。这模样儿的可人处，又是见过的。想了一会道："你可是小蓉大奶奶么？"那美人笑容可掬的正要回答，只见后面转过晴雯出来道："宝二奶奶的眼力很好，可不是小蓉大奶奶是谁呢？"宝钗道："你们今儿怎么得到这儿来的呢？"秦可卿道："前月初三是老太太生日，我们那里林姑娘、二姑奶奶、四姑娘、琏二婶娘都来给老太太磕头的。我们没来，等他们回去了，我才和晴雯姐姐两个又后来的。今儿是琏二婶娘的生日，今年四十九寿，又是金钏姐姐的生日。我们才刚儿在老太太那里禀了辞，还要赶着回去拜寿，顺路儿到这儿来请婶娘的安的。"宝钗道："才刚儿还说今儿是凤姐姐的生日呢。这会子，倒不如我和你们一起给拜寿去，就到你们那里逛逛，可使得使不得？"晴雯道："宝二奶奶既然要去，不要迟了，就走才好呢。"

于是，可卿在前，晴雯在后，宝钗在中，一路行来，隐隐如在云雾之中，明明就像并未出了大观园的样子。走了一会，远远望见一带淡红围墙，走到面前，只见有几个黄巾力士在门外把守，见了可卿等都分开两旁，垂手侍立。宝钗问道："这是那里了？"可卿道："这就是芙蓉城了。"宝钗随着可卿走进门去，只见前面有一座石头牌坊。宝钗心下想道："虽然走了多少路，并未见出了大观园，这石头牌坊倒像省亲别墅似的。"

及至走到牌坊面前看时，只见横书四个大字是"太虚幻境"，旁边一副对联上写着道：

假作真时真作假，
无为有处有还无。

宝钗道："怎么这里又是太虚幻境了么？"可卿道："太虚幻境就是芙蓉城，又名为离恨天，又名为灌愁海、放春山、遣香洞，其实是一个地方儿。"于是，过了牌坊便是一座宫门，金碧辉煌，上面一匾横书四个金字"孽海情天"，又有一副长对联写道：

厚地高天堪叹古今情不尽，
痴男怨女可怜风月债难酬。

宝钗细细看了一遍，正待进去，只见宫门内早走出一群丽人来，大家齐声笑道："宝姐姐来了么？"

要知出来的是些什么人，下回便见。

第四十八回　甄士隐重渡急流津
贾雨村再结红楼梦

话说宝钗与可卿、晴雯看见宫门内走出一群丽人来，齐声笑道："宝姐姐来了么？"宝钗看时，却是凤姐、黛玉、迎春、惜春、香菱、尤二姐、尤三姐、鸳鸯等，大家相见，请到花满红城殿上。宝钗与可卿先给凤姐拜寿。凤姐笑道："我今儿怎么当得宝妹妹给我拜寿呢？"鸳鸯便笑道："大远的来的，你该怎么样罢了？不是单吃寿面就算了的。"说着，大家笑了。

宝钗道："凤姐姐、林妹妹、鸳鸯姐姐、晴雯姐姐，我是头里在老太太那里都再会见过的。四妹妹也还隔别了不久，惟有二姐姐、香菱嫂子、尤二姐姐、尤三姐姐、小蓉大奶奶这竟有二十年都没会了。"香菱道："听见外甥娶了媳妇很好，又养了孙子。外甥科甲词林，如今又升了官。宝姐姐的福也就算全了。"宝钗道："嫂子的孝哥，已中了举，现今娶了媳妇，早晚也要有孙子了。"说着，仙女们捧上茶来。茶罢，黛玉道："这里有个警幻仙姑，乃幻境之主，妙玉师父与他同住，在这北边不远，我和宝姐姐到那里逛逛，就聚谈聚谈，回来顺到我那边屋子里坐坐去罢。"宝钗道："你们这里还有妙玉呢？我说怎么不见呢！"

于是，大家一起出了宫门，向北而来。走不多远，转过身来看时，只见向北的也是一座石头牌坊，一样横书四个大字乃是"真如

福地”,旁边一副对联上写道:

假去真来真胜假,

无原有是有非无。

宝钗看毕,心下狐疑道:“怎么这里的联匾又迥然不同呢?”

只见过了牌坊,也是一座宫门,上面一匾横书四个金字是“福善祸淫”,也有一副长对联上写道:

过去未来莫谓智贤能打破,

前因后果须知亲近不相逢。

于是,大家正走进宫门,只见警幻仙姑与妙玉早迎了出来,让至殿上,大家坐下,仙女献上茶来。宝钗道:“久仰仙姑大名,无缘拜识,今者幸晤林妹妹,特来晋谒的。”警幻仙姑道:“有失迎候,方深抱歉,更蒙奖顾益切惭惶了。”

正说着,只见宝玉进来了,对着宝钗作了一个揖道:“宝姐姐,别来无恙!头里我有一把扇子送你,说是‘记取四十年多福满,好来聚首在蓉城’。这会子,恰才一半,还有二十年洪福,待等享尽之时,你那时候才能归到此处呢!这会子,总还不该相见的,故此仙姑们都不来迎接你,看见外面的联匾就明白了。”宝钗道:“古人说过的:‘鸡猪鱼蒜,遇着便吃;生老病死,时至则行。’这会子,我既不该到这里,我也不能必于要到此处。明儿我既该到这里了,我也不能不到此处的。万事无过数与命,我久已是听之而已的了。即如三妹妹、史大妹妹、琴妹妹、邢妹妹,他们将来可还到这里来不来呢?”宝玉道:“怎么不来呢?宝姐姐,你是个聪明绝顶的人,少刻有些册子,你细细一看就明白了。是凡册子上有名的人,都是要到这儿来的。宝姐姐,你直待二十年之后,到了这里的时候,他们就打总儿都来齐了。小蓉大奶奶头一个先来,故此他是第一情人。这里有名的人是从小蓉大奶奶他起头儿,等大伙儿都来齐了,是宝姐姐你一个人收尾就是了。”

当下黛玉又请到绛珠宫里去逛逛,宝钗、黛玉、凤姐、宝玉等又出了警幻宫门，往西边绛珠宫来。进了宫门，先看了看绛珠仙草，走到里面，只见金钏、紫鹃、瑞珠都在那里呢，早一起迎了出来请安。宝钗道："金钏姐姐今儿生日，我来给你拜寿来的。"金钏道："宝二奶奶，说也不敢当，我来给你老人家磕头。"两个让了一会，然后一起同到上房坐下。仙女们捧上茶来，大家坐着又说了一会闲话。

花满红城殿上，早摆了酒席，仙女们过来请去坐席。宝钗道："横竖重来有日，这会子我就要告辞回去，恐怕迟了呢。"凤姐道："既承贵步光降，一杯水酒总要敬的，也没寿面给你吃，横竖不耽搁就是了。"于是，一起都到花满红城殿上，请宝钗首座，余人挨次坐了，送上酒来。

席间，凤姐道："我上年到老太太那里拜寿，头一天看见你们都到那里磕头，那些没有见过的人，我在那里一个个的都看见了。我们平姑娘的女孩儿月英，同小兰大奶奶的女孩儿绿绮，两个都长的很好，听见说又都唱的很好呢。"宝钗道："这会子，两个人都出了阁了。月英是给了我们琴妹妹的儿子梅春林了，绿绮是给了巧姐的儿子周瑞哥了。这两个姑爷，都中了进士了。他们好些人都学会了曲子，那是环三奶奶和小兰大奶奶两个人教的。他们两个人是自幼儿就会唱的。"鸳鸯道："我看那环三奶奶，倒很有些像彩云的模样儿似的。"宝钗道："可不是么，彩云现也是环三爷收在屋里，我们都常时说他是妻妾同貌呢。"

迎春道："我看见四个侄媳妇都很好，一个赛似一个的。我听见说小兰大奶奶姓傅叫秋芳，又会画画儿，比四妹妹的画还画的好些呢。那小桂大奶奶、小蕙大奶奶、小杜大奶奶一个个的，人虽然看见都知道了，那姓名我就弄不清了。"宝钗道："我们桂芳的媳妇，就是我二哥哥的女孩儿叫薛宛蓉。我们蕙侄儿娶的是我琴妹妹的女孩儿叫梅冠芳。我们杜侄儿娶的是绮妹妹的女孩儿叫甄素云。我们香菱嫂子留下的侄儿，娶的就是纹妹妹的女孩儿叫陈淑兰。

那绮妹妹的儿子甄芝，又娶了三妹妹的女孩儿叫周照乘。这几个都是亲上做亲的。”说着，酒完上饭。

饭毕，宝钗便告辞起身，大家送出宫门，只见两边一溜配殿乃是“朝云”“暮雨”“怨粉”“愁香”“痴情”“薄命”等司，鸳鸯指着道：“这便是我和小蓉大奶奶的地方儿。”宝钗看时，只见门首一匾，上写着“引觉情痴”四个大字，两边一副对联上写道：

喜笑悲哀都是假，贪求思慕总因痴。

秦可卿还要请到里面去坐，宝钗道：“恐怕迟了，不及看了。”说着，已走到“薄命司”门首，只见也有一联，上写道：

春恨秋悲皆自惹，花容月貌为谁妍。

凤姐道：“这是我的地方儿，请进去看看册子罢了。”宝钗进去，满屋一瞧，只见黑漆漆的有十数个大橱，橱门半掩。随把上首的大橱开了，只见果然有好几本册子，随手取出一本来看时，只见上写着“金陵十二钗正册”。便揭开了一看，只见头一册上画着两株枯木，上面挂着一条玉带，下面画着一堆雪，雪里一股金簪，后面一首五言绝句道：

堪叹停机德，谁怜咏絮才。
玉带林中挂，金簪雪里埋。

宝钗看着，念了两遍，点点头儿。再往后看时，又只见上面画着一张弓，弓上挂着一个香橼，后面有什么“虎兔相逢一梦归”的话；又看见一页上画着一个放风筝的人儿，又见后面一页上有诗云：

勘破三春景不长，缁衣顿改昔年妆。
可怜绣户侯门女，独卧青灯古佛旁。

宝钗看了，心下俱已明白。又看见后面一缕轻云，一湾流水，便忙忙看完。又取了一本出来看时，只见上写着“金陵十二钗又副册”。便又揭开看时，只见上面画着一团乌云，映着一轮红日；又有一页上面画着一枝花，下有一条破席，又有什么“堪叹优伶有福，谁知公子无缘”的话。宝钗看了，心下明白，道：“这必定是晴雯、袭人了。”又取出副册来，一一看过，十已明白了八九，点头叹息，便将册子仍然收送橱内。出了“薄命司”门外，便请众人不须远送。可卿道：“还是我和晴雯姐姐两人送婶娘回去就是了。”于是，大家送过牌坊，直到芙蓉城南门为界，看着宝钗去了，方才各自回去。

这里仍是可卿在前，宝钗在中，晴雯在后，一路凌云踏雾。不一时，早已到了荣国府大观园怡红院上屋之内，可卿与晴雯把宝钗一推道：“二十年之后，再来迎请罢，我们是回去了。”

宝钗猛然一惊，醒来却是一梦。听了听自鸣钟正打了四下，已交寅正，是五更天了。心下细想，比上回到老祖太太那里去的梦更奇了。勉强合上眼，再睡不着。看着天亮，也就不睡了，慢慢起来，梳洗已毕。薛宛蓉早上来了，宝钗便把梦中之事，细细告诉了他。宛蓉道：“这太虚幻境，原来竟是有的。我看那《红楼梦》的书，一百二十回说的都是二十年前的事。但他只说太虚幻境内有警幻仙姑，却怎么又没有芙蓉城的话呢？究竟那一百二十回的事，不知可全然不错么，这是什么人作的，怎么单说咱们荣国府的故事呢？”宝钗道：“那《红楼梦》的书一百二十回，是曹楝亭先生的公子曹雪芹作的。那一百二十回书里的事，丝毫不错。他只作到一百二十回，书便止了。故此总说的是二十年前的事，你们这些人在后的怎么能说到呢？所以芙蓉城就是太虚幻境的话，《红楼梦》书里也尚未曾说着了呢。听见说现在又有人作出《后红楼梦》的书来，其中支离妄诞，与曹雪芹先生的书，竟有天渊之隔了。”宛蓉道：“《后红楼梦》听见有这部书，却还没见过，想量必是说的我们这些人了。但是这曹先生作的一百二十回书，如走盘之珠，我们没见过的人，即如二姑妈、琏二大娘、林姑娘这些人，这会子看了这书就犹如见了这些人的一般。只怕这《后红楼梦》的笔法，断不能如这曹先生的，必定难免画虎类犬之诮故耳。”宝钗道：“纵然他是狗尾续貂，到底也要看看他说的是些什么话呢？”

到了晚上，桂芳下了衙门回来，先到宝钗屋里来见宝钗。宝钗便也把梦中之事，告诉了他，并说起《后红楼梦》的话来。

桂芳道："这曹雪芹先生作的《红楼梦》的书，已是家弦户诵，妇人孺子皆知，把从前一切小说尽皆抹倒。今儿正同甄妹丈谈论这《红楼梦》的书，他说南京织造曹楝亭先生的儿子曹雪芹做出这部书来，总说的是尊府的事，内中也有他家君在里头。所以外人都说甄即是贾，贾又即是甄，并没有两个人呢！又有人说：'甄贾都是借说，其实是雪芹先生自道呢！'这真假事迹，都是现在的，也不须分辨。总而言之，这书作的空前彻后，实在好的了不得。可笑后人不度德、不量力，便都想续出后本来。不但事迹全讹，并且支离的不成话说了。先是有人作了一部《后红楼梦》来，便又有人作了一部《绮楼重梦》出来。山东都阃府秦雪坞因见了《后红楼梦》，笑其不备，便另作了一部《续红楼梦》出来。又有人见了说，《后红楼梦》《续红楼梦》皆不好，便又作了一部《红楼复梦》出来。合共外有四部书呢！我就先问他借了《后红楼梦》《绮楼重梦》两部书来看。那《续红楼梦》《红楼复梦》两部书，他那里没有，说是梅妹丈那里有，我明儿再问他转借。"

因叫丫头去把这两部书拿来。不一时，取了《后红楼梦》《绮楼重梦》两部书来了。桂芳道："太太请先看完了这两部，我再向梅妹丈那里借了那两部来就是了。"宝钗道："我不过两三天就可以看得完了，你且去歇着罢。"桂芳答应了下去。

宝钗就灯下先把《后红楼梦》打开细看，看了两天，早已看完了。桂芳恰又将《续红楼梦》《红楼复梦》两部书借了送来。宝钗道："这《后红楼梦》妄诞不经，林黛玉、晴雯竟死而复生，林良玉为黛玉之兄不知从何而出，且突添一姜景星则其意何居呢？四姑娘复为贵妃，史湘云忽成仙体，种种背谬，岂但是狗尾续貂而已呢。《绮楼重梦》我只看了一半，那部书是丧心病狂之人作的，通身并非人语，看了污人眼目，也不用看了。"桂芳道："听见这书是说的小钰，更比《后红楼梦》不如，所谓一蟹不如一蟹的了。太太且请看这两部呢。”因把《后红楼梦》《绮楼重梦》两部取了回去了。

宝钗又把《续红楼梦》《红楼复梦》两部书看了两天。

桂芳这日下了衙门，又到宝钗屋里，问道：“太太可看完了没有？”宝钗道：“已看完了。这《续红楼梦》虽然有些影响，就只是十数人都还魂复生，比《后红楼梦》妄诞更甚，纵然通身圆满，有这一段大破绽，也难以称善了。《红楼复梦》其才似长，因欲更还魂复生之谬，遂改为转世。不知其谬转甚。至于琏二太爷为白云僧，正是《后红楼梦》史湘云成仙之意，其背谬多端，都不成话说了。”桂芳道：“总缘曹雪芹先生的《红楼梦》脍炙人口，故此人都想着学作续本，那里知道‘极盛，尤难为继’的道理。这曹雪芹的《红楼梦》，结尾原有个‘余音袅袅不绝如缕’的意思，或是留了个续本的地步，或是已经有了续本，尚未行世，也未可知呢。”宝钗道：“但不知这曹雪芹先生现在何处？只须找着了他，问他一问，如有续本便求他借出来看看，如尚没有续本，就求他另作一部出来行世。那四部书见了他，少不得自惭形秽，都要一火焚之了呢！”桂芳道：“听见有人说，他在急流津觉迷渡口不远。等我明儿闲了，到那里去访问访问，就知道了。”宝钗道：“你既知道地方，就容易了。”桂芳答应。

过了一日，便带了焙茗找到急流津觉迷渡口。只见那条河内，有木居士掌舵，灰侍者撑篙，早渡过两个人来，骨秀神清，须髯如戟，飘然有出尘之态。桂芳便迎上前去，施礼问道：“请问二位老先生尊姓大名？此地有一位曹雪芹先生，可知道他在何处呢？”只见那一个年长些的答道：“贱姓甄名费字士隐，这位敝友姓贾名化号雨村。敢问老兄尊姓，因何事要找这曹雪芹呢？”桂芳道：“晚生姓贾名桂芳。因《红楼梦》之书系雪芹先生所作，这会子要访寻他，是问他续本可曾脱稿与否的话。”雨村道：“这么说起来，尊驾莫非是宝玉兄的后人么？”桂芳道：“二位老先生，何以知之？”雨村道：“向叨一族，与令祖昔常聚晤，今已暌隔二十年矣。归问令祖，说雨村致意就知道了。这一位乃是令表弟薛孝的外祖。至于《红楼梦》之书为曹雪芹所著,天下闻名已久,但雪芹已不在了六七年矣。此书并无续本,现在纷纷狂瞽妄语,争奇其意,欲起雪芹于九原而问之,故演为黛玉破冢而生,正昔人‘拟凿孤坟破,重教大雅生’之意耳。”桂芳重新施礼,道:“原来是二位叔祖老大人呢!请问曹雪芹先生既死,二位老大人从前自是会晤过的。他的原书,原是有余不尽,留了个续本地步的意思,或是他有心欲成续本,已经胸有成竹而未尝属笔,抑或已经脱稿,藏之名山,不肯行世,均未可定。致使斗筲之器全无忌惮,纷纷效颦,殊难寓目。奈何!奈何!”甄士隐道:“我等昔与雪芹共谈之时,深知其并无续本。但他此书以我们二人起,复以我们二人结。现在纷纷四出之书,已经乱杂无章,又焉能知道起结之道呢?贾兄今后但遇能以我们二人起,复以我们二人结的书,则虽非雪芹之笔,亦可以权当如出雪芹之手者矣。既知道效法起结,则必与原书大旨相合而不相背,又何必定欲起雪芹于九原乎?”桂芳点头再拜道:“二位老大人之言,使愚蒙如梦初醒,何相见之晚也。”于是,拜辞出去。

士隐道:“《后红楼梦》与《续红楼梦》两书之旨,互相矛盾,而其死而复生之谬,大弊相同。《红楼复梦》《绮楼重梦》两书荼毒前人,其谬相等。更可恨者《绮楼重梦》,其旨宣淫,语非人类,不知那雪芹之书所谓意淫的道理,不但不能参悟,且大相背谬,此正夏虫不可以语冰也。”雨村道:“汤若士《还魂记》:‘理之所必无,安知非情之所固有。’此寓言之旨,其所谓柳盗跖打地洞,向鸳鸯冢者实指昙阳子之事,而设此假借之词耳。故情虽有,理必无,实有所指而假借,岂真有还魂之事哉!《后》《续》两书,乃自二人还魂,以至十余人还魂,然则有所指乎,无所指乎?其与《红楼梦》原书背谬矛盾之处,又何可胜道。譬如作文须顾题旨,断不能至于题外也。《后》《续》两梦其旨虽不同,而还魂复合则皆取意于此。譬之不知题旨而为文,犹之题是《论语》之题,而文则《孟子》之文矣,有是理乎?

无此理即无此情，握笔作文，审题定格，胸有成竹，然后行乎其所不得不行，止乎其所不得不止，乃称能事。《后》《续》两梦尚居门外，《重》《复》两梦更不足与言矣。且《红楼梦》中，蒋玉函解茜香罗之送宝玉，为'优伶有福，公子无缘'之关键，从初窥册时一线贯下，至末卷结出袭人在又副册之故。而《续红楼梦》乃有黑夜投缳、璧返香罗之事，《红楼复梦》又有守节自刎之文，《后红楼梦》则群加讥贬，更同嚼蜡。总之不明前书之旨，而以还魂复合为奇妙，全与前书背谬矛盾而不知。古人谓：'画鬼魅易，画犬马难。'彼四子者，不能为其难，而群趋于易，方且自矜敝帚千金，又安知其有背谬矛盾之事乎？是不特《石头记》之为《情僧录》，何可移动，则宝玉无为冯妇之理，而袭人又何用破镜之重圆乎？"士隐道："鱼目何能混珠，碔砆不可当玉。我们且到芙蓉城，把此四部书与宝玉看看去，谅他不是攒眉，必当捧腹呢！"

再说那空空道人当日把青埂峰下补天未用之石翻转过来，将那石头底下的字迹从头至尾细细看完，不禁手舞足蹈的笑道："这才是奇而不奇，俗而不俗，真而不真，假而不假《石头记》的原来续本呢！可笑那《后红楼梦》《绮楼重梦》《续红楼梦》《红楼复梦》四种，纰缪百出，怪诞不经。而且所说不同，各执一见，不知其是从何处着想，真可谓非非想矣。其实他于《石头记》妙文，尚未能梦见万一。我今儿于观四东施之后，复睹一丽人，其快如何！惟有将此妙文，权当韩山一片石耳！"因取出笔砚，忙忙从头至尾抄录一番。复想曹雪芹已死，只好另觅一个无事小神仙，倩他点缀传世去罢。

正是：

满纸荒唐言，略少辛酸泪。
休言作者痴，颇解其中意。

《补红楼梦》点校说明

《补红楼梦》四十八回，自署“嫏嬛山樵”，名里不详，仅从书中得知作者姓魏。书当成于清嘉庆十九年甲戌(1814)。扉页题：“此书直接《石头记》《红楼梦》原本，并不外生枝节，亦无还魂转世之谬，与前书大旨首尾关合。兹有先刻四十八回，请为尝鼎一脔。尚有增补三十二回，不日嗣出，读者鉴之。”

其书构思布局与秦子忱《续红楼梦》约略相同，个别情节颇为精彩，语言流畅，富于表现力。本次校点以洛阳白河书斋晁会元先生藏嘉庆庚辰刊本为底本点校。

敖　堃

2015 年 12 月于南开大学

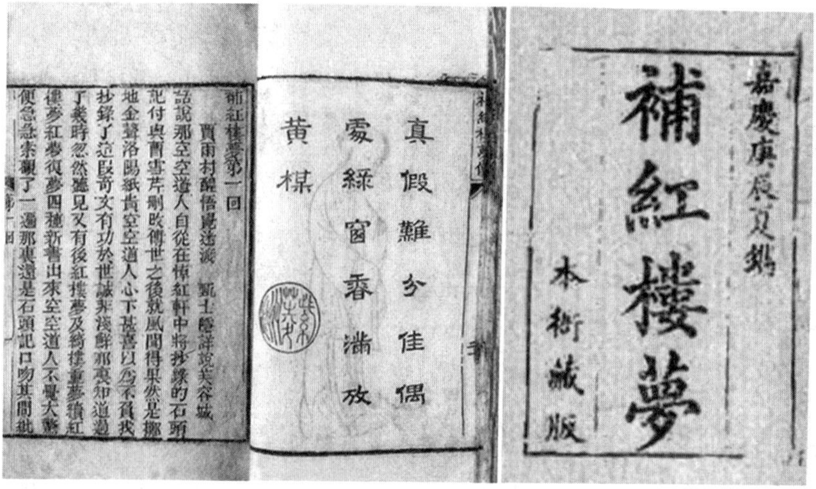
嘉慶庚辰夏鐫
補紅樓夢
本衙藏版

真假難分佳偶
夢綠窗春滿放
黃棋

補紅樓夢第一回
賈雨村醒悟覺迷津　甄士隱詳說天谷城
話說那空空道人自從在悼紅軒中將抄錄的石頭
記付與曹雪芹刪改傳世之後就風聞得果然是擲
地金聲洛陽紙貴空空道人心下甚喜以為不負我
抄錄了這段奇文有功於世詠弄後解那裏知道過
了幾時忽然聽見又有後紅樓夢及綺樓重夢續紅
樓夢紅樓復夢四種新書出來空空道人不覺大驚
便急急索觀了一遍那裏還是石頭記口吻其間批